U0657661

柳萌自选集

随笔杂文卷

老柳村言

作家出版社

图书在版编目（CIP）数据

老柳村言/柳萌著. – 北京:作家出版社，2010. 12
（2012. 5 重印）
　　（柳萌自选集）
　　ISBN 978 – 7 – 5063 – 5537 – 7

　　Ⅰ. ①老… Ⅱ. ①柳… Ⅲ. ①随笔 – 作品集 – 中国 – 当
代②杂文 – 作品集 – 中国 – 当代　Ⅳ. ①I267.1

中国版本图书馆 CIP 数据核字（2010）第 177013 号

老柳村言

作者：柳　萌

责任编辑：李亚梓

装帧设计：曹全弘

出版发行：作家出版社

社址：北京农展馆南里 10 号　　　　邮码：100125

电话传真：86 – 10 – 65930756（出版发行部）

　　　　　86 – 10 – 65004079（总编室）

　　　　　86 – 10 – 65015116（邮购部）

E – mail：zuojia@ zuojia. net. cn

http：//www. zuojia. net. cn

印刷：紫恒印装有限公司

成品尺寸：152 × 230

字数：466 千

印张：28.25

版次：2010 年 12 月第 1 版

印次：2012 年 5 月第 2 次印刷

ISBN　978 – 7 – 5063 – 5537 – 7

总定价：90.00 元（全三册）

作家版图书，版权所有，侵权必究。
作家版图书，印装错误可随时退换。

作者近照

柳萌 天津市宁河县人。20世纪50年代起，从事文学编辑工作。曾在《乌兰察布日报》社、《工人日报》社、《新观察》杂志社、《中国作家》杂志社、作家出版社、中外文化出版公司、《小说选刊》杂志社供职。

出版的主要著作有散文随笔集：《生活，这样告诉我》、《心灵的星光》、《岁月忧欢》、《寻找失落的梦》、《消融的雪》、《穿裤子的云》、《当代散文作家精品文库——柳萌散文》、《散文名家精品文库——柳萌卷》、《珍藏向往》、《真情依旧》、《生命潮汐》、《春天的雨秋天晴》、《绿魂》、《变换的风景》、《无奈的告白》《夜梦与昼思》《悠着活——柳萌散文随笔选》、《时间的诉说》、《文坛亲历记》、《放飞心灵的风筝》《村夫野话录》等20余种。

在现代文学馆（2004年）

活得虚伪容易，
活得真实难；活
得虚伪累，活得
真实轻松。

——柳萌

有友自是老来福。到了老年孤独了想交朋友，临渴挖井当然不会有甜水，这时只好感叹当初的短见。其实一切的名声地位都是黑板上的字，随时随地都有被擦去的可能，惟有真诚交出的朋友，随着时间的推移才会更牢固。就像果实经霜才越显成熟。

——柳萌

在雾灵山创作之家（2007年）

性格决定命运（代序言）

国际写作营营址，在庐山别墅村。

邓友梅、束沛德二兄和我，是参加写作营作家中，中方作家最年长者。出于对年长者的关照，我们这三位七旬老人，分别居住三处别墅套间。友梅兄住的是一栋新别墅的套间，陈设和生活设施，自然更有现代气息。我和沛德兄住176号别墅，两个单独的别墅套间，门对着门，窗邻着窗，如同这栋别墅的两只手臂，直愣愣地从别墅两旁伸出来，不知是欢迎客人的表示，还是拒绝来访者的姿势，大概只有别墅设计者知道，留给后来人的只是猜测和联想。由于建筑年代久远，面积和设施都很一般，不过住着还算舒适。

好像是来到庐山次日，吃早餐的时候，作家郭雪波先生问我："柳老师，昨天晚上，徐坤我们去你房间，几个人又敲门又喊叫，把瑞典老太太（参加写作营的瑞典作家林西莉女士）都吵火了，你怎么就未听到啊？"我问了问他们来的时间，那时我正在洗澡未能听见，对于这几位年轻文友的造访未遇，我自然表示歉意和遗憾。雪波随后又跟我说："你知道你那间房，过去谁住过？彭德怀。《万言书》就是在那儿写的呀。"噢，真未想到，这605号房间，还有这么一段经历。其后包括外国作家在内，许多人都对这间房，发生了浓厚的兴趣，有的来参观，有的来拍照，我就成了房间主人，热情地接待来访者。

知道了这是个有故事的房间，这次有幸暂住这里，我的心情和思绪，比之别人更为复杂更为不安。有天夜里似睡非睡，冥冥中听到有声音，噼噼啪啪响个不停，我定了定神坐起来，拉开窗帘往外一看，外边小雨飘飘洒洒，却丝毫没有什么声响。再仔细地听一听，原来是密集雨滴，敲落在铁皮屋顶，发出噼噼啪啪的声响。这声音让我联想起，战场的机枪声，会议的发言声，癔者的絮叨声，睡眠的梦话声，还有受冤屈人的申诉声。这时再也睡不着觉了。我想到作为一代英雄的彭德怀的人生，我想到作为一个凡人的自己的人生。最后，我只能说，如何解释我们的人生呢？如果让我概括的话，只有两个字：命运。

我知道我的经历，跟大人物的经历，实在没有可比性。不过无论是谁，命运都是一样。当年彭老总为民上书，被打成小集团的首脑，这是由于偶然事件，给他造成的命运悲剧。当年我们在政治运动中，说了真话被划成"右派"，这是由于偶然事件，给我们造成命运悲剧。身份不同情况不同，从个人命运来说，好像没有太大区别，反正都是政治冤案受害者。两者不同的是，我们这些普通人，遭受的苦难更多。

想想这位彭老总的沉浮人生，再想想作为草芥之民自己的人生，我们过去所经受的那些苦难和屈辱，就没有什么想不通的了。联系到自己的经历，当时毕竟还算年轻，政治身份恢复正常后，总算赶上比较安定的年代，后半生尚能做点自己的事情。不然不会有我后来的写作，更不会有这套书中的文章，这就是说，人不会永远这么倒霉。人生实在不好预测。一个好的偶然机遇，或许把你抬得很高，一个坏的偶然事件，或许把你踩在地下，这就是通常说的命运。不知别人信不信，反正我信。

那么，命运又是如何造成的呢？早年我未认真地想过，好像从来也不想去想，总觉得那是客观存在。直到老到论天过活的现在，回想走过的七十多年人生路，跟同时期的同龄人相比，这才悟出，自己命运的起伏跌宕，原来都是性格搞的鬼。就是日本人芥川龙之介说的："命运非偶然，而是必然，它就藏在你的性格中。"

我的命运完全印证了这句话。我的性格比较散淡、固执、直率、抗上、不愿受人摆布，在一个有约束的社会里，必然要受大罪吃大亏经受磨难。按照世人追求的所谓"进步"，应该说，从年轻最早的时期，到中年重新起步时，我都有极好的"进步"机会，闹好了完全有可能谋求一官半职。比如说，在部队时我在兵团级直属机关任职，又比如说，转业以后我在国家中央机关当职员，再比如说，"右派"问题改正后我在国家某部政策研究室工作，换个想当官性格又温顺的人，这都是求之不得的"进步"境遇。可是，我却觉得根本不适合自己的志趣，于是千方百计地想办法脱离，非要往文人扎堆的文学单位跑，这一干就是大半辈子的时光。

同样是性格的驱使和左右，在文人堆里也没有吃到"好果子"，这不是命运的注定又是什么。有位比我年轻十多岁的作家朋友，后来成为副部级的干部，有次曾坦率地对我说："你不必溜须拍马去钻营，哪怕你什么话都不说，几十年下来，你都比现在混得要好。"我听后只是淡然一笑，既表示认同他的看法，又显示我活得也不错，假如他非要我回答的话，我想说："什么人什么命嘛。"我的命就是老天给了我一支笔，让我在可以利用的业余时间里，写下了我想说的一些话，不然就不会有这套书。这就是命运对我的回报。足矣。

我这套书的出版也是命运使然。我的年龄告诉我，留给我的时间不多了；最近的一次身体检查，癌症又将缩短我的生命。我只能坦然面对命运的摆布。好友、文学评论家陈德宏兄，有次像往常一样来电话问候，跟他说起我近日患病的情况，他建议我把自己写的东西，出套文集作个阶段性总结，这样，我才产生出版这套《柳萌自选集》的念头，不然，我绝对想不到做这件事。

我的职业就是个报刊编辑，文学写作不过是业余而为，把这些短小文字汇集出版，无非是给自己一个安慰。自打喜欢上文学那刻起，苦难的种子就植在了我身上，先是以"不安心工作"为由遭整治，次是在"反胡风运动"中受审查，最后在"反右派"运动中成贱民，前半生几乎没有安宁过一天，原因都跟爱好文学有一定关系。想到前半生的坎坷经历，想到后半生的平静生活，想到文学给我的快乐与烦忧，给自己的命运留下点浅浅印迹，我觉得还算说得过去。这就是在这炎热的暑天，利用跑医院治病的间隙，不顾劳累整理书稿，唯一可以说得通的理由。

在写作营结束前一天晚上，来自克罗地亚的青年作家马瑞科·可塞克先生，在加拿大华人小说家张翎女士陪同下，参观完有故事的605号房舍，由张翎女士作翻译我们一起聊天儿，除了文学也谈到了命运——彭德怀的命运，普通人的命运，都成了我们关注的话题。看来命运对所有人来说，都有普遍的兴趣和意义。这正是人们对于605号别墅房舍，比对别的豪华别墅更想探望的原因。这就启发我以命运为话题，写了这套丛书的自序，目的是想告诉读者，我书中有太多的文字，都是关于普通人命运的，说不定会对诸位有所裨益。

诚挚感谢何建明先生，成全我出版这套书的愿望。

作家出版社的老同事曹全弘先生、初克堡先生、罗静文女士、祁斌女士，都为这套书的出版付出辛劳，我在此表示由衷的谢意。

2010年7月26日伏天

目　录

闲人思絮（随笔）

第五辑

无弦弓音（杂文）

第二辑

闲人思絮（随笔）

第一辑

岁月年轮

每到年终岁尾，就会接到友人贺卡，像一捧秋天落叶，飘撒在我的桌案上，仿佛在告诉我：岁月之树又增加一圈年轮。审视片片落叶，每一片的叶脉，都是那么粗壮、红润，显然，经受过风霜磨砺，吸纳过阳光浸染，给人一种苍老、沉稳的感觉。我的心也会随之颤栗：唉，这时光过得多快啊，又是一年。

面对岁月的流逝，我发现，感叹的不光是我。就是比我年轻许多的人，都会时不时地诉说，易逝的年华，艰辛的生活，当然，还有那对未来的希冀。这时就会自然而然地想起，读过的那句诗"百年那得更百年，今日还须爱今日"，我想这才是真正的人生。过去不管过得是好是坏，未来不论等来是喜是忧，不饶人的岁月总要往前走。人活着就应该更实际些为好。既然无法挽留住消逝的过去，更难以预测出如何的未来，那就千万不可再错失当下。让每一天都活得快乐些，在条件允许的情况下，尽量把日子安排得舒适些，让自己的心境纯净安详些，每一天都像在度假村休息，岂不是更好？

我不敢夸口说，自己是个完全的乐观主义者，但是起码对未来我有信心，相信国家和人民生活，乃至我们生存的这个星球，明天会比今天更美好更幸福。我这样说并非主观臆想，而是现实生活这样告诉我。在即将过去的一年，我有时间和机会去过几个地方，所到之处都有很大变化，就连过去的穷乡僻壤之地，现在都正在修路搭桥，设法改善贫穷落后面貌，这就是愿望的体现，这就是行动的表现。只要有这样美好的愿望，只要有这样切实的行动，何愁幸福之鸟栖息寻常百姓家。

日复日年复年。跟随着时序季节更替，花草树木荣荣枯枯，在风霜雨雪洗礼中，无言地坚守着恒久忠诚。只为不负上苍的恩赐，花草们留下丰满的种子，孕育着更鲜活的绿色生命。只为增添清新的美丽，树木们留下粗壮的年轮，绵延着更纯净的人类环境。我们应该感谢这花草树木，在一年年岁月的更替中，因有它们的付出天地才会变新。倘若这世界没有这草木，我们的家园会是怎样呢？想一想就会懂得，生命——哪怕是柔弱如草木的生命，当潜能火花得到充分迸发，都会留下无愧时光的迹痕。

我们也是在这时序变更中，一年年渐渐地长大和成熟，那我们应该留下什么呢？给这赖以生存的这片热土。每到这时光交接时节，我都会认真考问自己。如同小时候临近期末，面对热切期望的父母，不知交出怎样的学习答卷。这时困惑和忧虑的情绪，就会悄然攀上心头，总想设法挽住时光，让拥有的轻松快乐，在身边多多留会儿。后来长大成人了，再后来越发老了，蛮以为这心绪，会随年龄变老，会随身体变弱，岂知，依然像少年时活跃，依然像中年时健壮，如此算来，背负着沉重的考问，整整地走了一生啊。实在够累呀。

我常看人家写："岁月有痕"的字句，可是我不赞成这样说，以我的体会："人生有迹，岁月无痕"。这岁月就如同微风，我们就如同落叶，轻轻地，悄悄地，把你我吹到什么地方，在大地上滑动时，我们各自留下不同痕迹。你的痕迹也许是种子，他的痕迹也许是年轮，我的也许什么也不是，所以我才会在此惆怅，感叹岁月是如此地无情，转瞬之间就让我变老。没有了年轻人的幻想，没有了壮年人的志向，老了就越发更为实际更为畅达。每天睁开眼睛就寻找，哪里有我的欢乐，哪里有我的温馨，然后，毫不犹豫地奔过去拥抱。

噢，新的一年又来了。但愿你这棵花草，带给大地丰满的种子；但愿你这株树木，刻下时光清晰的年轮，免得像我现在这样，想起来，总会有些感叹、遗憾和懊悔之情。人生可以复制的东西很多，唯有时光和生活无法复制。可要当心哪。

2009 年 12 月 16 日

幸亏还有记忆

　　幸亏还有记忆。假如连记忆都没有了，过去经历的许多事情，还能留下多少痕迹吗？在政治运动像捣蒜似的年月，日记、照片、信件这些纯隐私的东西，随时都有可能被抄被查成为"证据"，从而影响自己的生活和安定。因此，大凡渴望平安避祸过日子的人，运动一来宁可含泪毁弃掉，也不愿意保存下来招惹是非。其实这只是一厢情愿，麻烦照样有，蛇鬼依旧当，命运并未因无痕而好转，失去的倒是珍贵的生活记录。现在想起来还真的有点惋惜呢！

　　我的照片、日记、信件，还有一些自己喜欢的书，是在什么时候，是在什么情况下，不再伴随着我的呢？

　　第一次知道文字和照片罹罪，是在1955年"反胡风运动"中。在我成为胡风分子嫌犯受审查时，勒令我交出日记、信件、照片，为证明自己有一颗忠诚的心，真的是片纸不留顺从地拿出，还以为这样会解除组织误解。想得也太美了。结果完全是另一个样子，正是因为有这些表忠心的物件，整人者恰好从中找出"蛛丝马迹"，牵强附会地来个上纲上线，让我交待"反动思想""反党情绪"。说真话是态度不老实，说假话是认识不深刻，弄得我简直进退两难，第一次感受到"革命"的艰难。最后尽管手下留情未定什么分子，却落了个"资产阶级名利思想"结论，你再说什么真话假话都是白搭。理由很简单，自投罗网，心中有"鬼"，不然，干吗上交这些东西呢？得，红心变成了紫心黑心，一气之下，从此不再写日记，即使真的有牢骚想骂街，让它烂熟于心生根发芽，反而倒平安无事天下太平。你说怪不怪。

　　有了第一次可怕的遭遇，日记倒是未记过，可是信不能不写，朋友赠送照片不能不要，天长日久又积存了一些，蛮以为不再会有什么大运动。谁知这次来得更凶更猛更残酷，抄家毁物成了革命行动，打人辱人成了高尚理想，这就是美其名曰的"文化大革命"。好在这时我已经不再天真，忠心早已经被教训剥蚀，开始懂得如何保护自己了，为了阻挡祸水冲进家门，提早便思谋着防范办法。那时我住在单位单身宿舍里，同室的人是个造反派小头头，担心他有一天使坏于我，趁他忙着革命不在的时候，就把照片、信件、书信放在背包里，然后背着上街到处转游，看见厕所就进去蹲在那里，在别人看来好像是如厕，其实是正在撕毁丢弃东西。这些记录情感的照片信件，就这样被我一点点消灭掉，当时别提多么轻松踏实了。完全让我出乎意料的是，这次的"革命"居然没有抄我家，更没有谁让我交出"罪证"，然而这些非常珍贵的物件，由于害怕"再来一次"还是消灭了。事后想起来别提多么后悔了。

这些年时兴出版带照片的书，特别是那些有老照片的书，听说在市场上非常抢手畅销。大概读者是想借此唤回往日生活的记忆。我自己也是这些图书的爱好者。只是每次读到这种书的时候，就会有种说不出的苦涩滋味，像雨渗沙滩似的滴滴钳入心底。因此非常羡慕这些书的作者，他们不是生活平顺的人，要不就是个平日有心人，当然，首先得是个不曾遭难的人，不然哪能保存下来这么多照片？我最近出版的书《春天的雨秋天晴》，写我前半生的风雨人生，书中用了一些年轻时的老照片，朋友们读后都很意外，说："你经历了那么多政治运动，几乎哪个运动都有你，你怎么能把那么多照片留下？"说实话，倘若放在我手里一张也留不下，被划成另类发配北大荒劳改时，考虑带着不便放在了父母家，这样才得以比较好地保存下来。

就我个人的情况来说，还有两段特殊的经历，应该留下痕迹却未能留下，一段是北大荒右派劳改情况，一段是内蒙野外工程队劳动生活。这两段经历之所以未留下来，并非是自己或别人不想留下，没有拍照条件是一方面，更主要的那是苦难的经历，客观上哪能让你留下时代记录。所以在《春天的雨秋天晴》书中，这两段生活也就没有照片，事情只能尽量用文字来讲述。

真的，幸亏我的记忆尚好，还能多少记住那些事，如果记忆完全或部分衰退了，恐怕连这些文字都不会有。因此，在羡慕照片拥有者的同时，我也很庆幸自己还有记忆，总算没有完全忘却那些往事。一个失去记忆的民族是痛苦的，一个失去记忆的人同样苦恼。经历过的事情就是历史，真实记录下来就是史书，无论是国家还是个人，若要进步若要有个美好未来，就不应该忘记历史拒绝记录。现在我越来越觉得有记忆真好。真的，幸亏还有记忆。

2004 年 11 月 26 日

钟声再响起

每逢年节或喜庆日子，大钟寺就会荡出钟声，在北京的夜空上回响。倘若钟声再次响起，应该是 2000 年元旦，既是新的一年开始，又是新的世纪开端，可谓是敲响"双新"钟声。站在这时光的立交桥上，此时此刻，人们会想些什么呢？我们实在无从推测。但是有一点，相信人们准会想到，这就是：关于时间。

一百年算一个世纪。对于人类来说，似乎并不漫长；对于个人来讲，实在有些悠远。在今天的条件下，长寿者的确不少，可是寿攀瑞年的人，请问又能有几位？时间——对于我们个人，实在太宝贵了，对于一个国家，同样非常重要，它简直就是生命。丢掉了时间，就会丢掉机会；丢掉了机会，就会落后于人。这样的道理，谁都会讲，真正地把握，却并不容易。所以才有"只争朝夕"的咏叹，所以才有"发展是硬道理"的呼喊。难道我们不应该认真地想想吗？

我认识一位年长作家，参观过北京市政建设后，他兴奋地对我说："变化实在太大了，几天不出来，有的地方就不认识了。"然后他又略显忧郁地讲，"假如改革开放前 30 年，我们也这样搞，那我们国家的今天，该会是什么样子呢？"说完，我们俩人都在沉默，因为，历史无法假设，未来不好猜测，谁又能回答得了。不过时间是不好欺骗的，你不充分地利用它，它就必然会薄待你。这样的教训，对于我们是深刻的，今天再次说起，并非是追究责任，而是希望愚昧不再重复。

早在几年前就听到这样的议论：什么"下个世纪属于亚洲"，什么"下个世纪中国龙会腾飞"，等等。作为亚洲人，作为中国人，我当然很爱听这些喜歌，更希望自己的祖国强盛。但是，与其相信这些美好的预言，还不如相信自己的双手，腾飞也好，发展也好，绝不能靠说靠吹靠想象，而是靠我们每个人，实实在在一点点地干。新中国 50 年的成就，前 30 年如此，后 20 年如此，今后同样不能有丝毫懈怠。

大钟寺的钟声响起时，正是春临大地之时。我们以喜悦的心情，迎接这新春，迎接新世纪，在嘹亮的钟声里，开始新的百年征程，为更美好的未来去奋斗。当你听到这钟声时，这是对你的祝福，更是对你的警示，不要完全陶醉在幸福中。

　　　　　　　　　　　　　　　　　1999 年 11 月 12 日

热爱土地就是热爱家园

沙尘暴席卷而来，刮得天昏地暗，许多人在抱怨时，我从来不敢启口。更多的是追问自己：把好端端的生态，破坏到今天的地步，难道我就真的没有责任吗？从来没有天生的圣人，即使被神化的伟大人物，其光环大都也是后加的，不然我们对其错误，就无法解释和原谅。何况像我这样的小人物。不同的是在承认过失上，我没有沉重的名誉包袱，所以我可以坦诚地说，我也曾经是个生态的破坏者。

2003 年 1 月 6 日《光明日报》上，发表过一条这样的报道："北大荒"重现原始风貌，保护区内有成群飞鸟和遍野绿色。报道中说，持续了半个世纪的垦荒，使三江平原湿地面积从 536 公顷减少到 113 公顷，锐减了 79%。经过近十年的的保护，湿地面积大大改观。多年不见的荷花又在湿地湖泊里绽放，禽、鸟逐年增多，植被明显恢复。目前，保护区已被列入"国际重要湿地名录"。

在重大新闻天天有的现在，这条报道实在太微不足道，绝对不会引起一般读者注意，就是环保工作者看了也只会欢喜，相信不会想到更多别的事情。然而，当我读了这条消息则不同，除了为此感到高兴以外，还顿时觉得脸发烧心不安，一种负罪的沉重感压在身上。因为破坏这块宝贵的湿地，我也有一份儿——尽管是流放那里被迫劳动，而且当时还觉得蛮"神圣"呢。记得在号召开垦北大荒时，"向地球开战"、"人定胜天"这类口号，如同一把把火点燃人们的热情，颇有"与地斗争其乐无穷"的劲头。破坏的罪恶就是在这种情况下产生。

我国的"天人合一"说，可以视为文化，可以视为哲学，可以视为科学，我想这都应该是对的。但是，我觉得这首先应该是生活体验，如果没有无数人的得失成败，体验出这天地和谐的益处，从而不遗余力地保护这天地人间，我们能够会有如此美妙的环境吗？我想绝对不会。然而非常令人遗憾和痛心的是，在上个世纪的五六十年代，我们愚蠢地破坏了生态环境，还自以为无比地神圣伟大。这不能不说是一种无知和反科学的鲁莽。所以才有近些年的沙尘暴袭击。这正是老天对我们的严厉惩罚。

万幸的是今天终于觉悟，把保护我国的生态环境，不仅写入庄严的宪法，而且正在逐渐付诸行动。这是用惨痛的后果换来的教训，很值得我们世世代代的人记取啊。

同样也是我流放多年的内蒙，记得刚到那里第一次去草原，天蓝云白，草茂羊壮，看上一眼都会让人兴奋三天。可是经过几年的瞎折腾，非让放牧的草原长粮食，结果粮食未长出多少来，反而破坏了茂美的草原，"天苍苍野茫茫，风吹草低见牛羊"的景象消失了，人们赖以生存的环境从此不再驯服。它愤怒啦，它反抗啦。这就是我们常常抱怨的风沙源。最近从媒体报道中得知，经过几年退耕还林还草的治理，这片穷瘠的土地上开始泛绿，正在逐渐恢复往日的风貌。我听后感到由衷的高兴。

世界上最诚实的是土地，世界上最宽厚的是土地，世界上最无私和最慷慨的还是土地，只要你尊敬它爱护它起码不欺负它，它就会永远把最美好的东西献给你。土地是万物之母，土地是万生之源。科学技术的高度发展，可以把人送上太空遨游，以此炫耀人类的智慧，可是最后还是得回归到土地。我们常说热爱故乡热爱祖国，其实就是热爱这块生养我们的土地。诗人艾青写过多首关于土地的诗，其中的《我爱这土地》我特别喜欢，艾青写道：

> 假如我是一只鸟，
> 我也应该用嘶哑的喉咙歌唱：
> 这被暴风雨所打击着的土地，
> 这永远汹涌着我们的悲愤的河流，
> 这无止息地吹刮着的激怒的风，
> 和那来自林间的无比温柔的黎明……
> ——然后我死了，
> 连羽毛也腐烂在土地里面。
> 为什么我的眼里常含泪水？
> 因为我对这土地爱得深沉……

每次默读这首只有 10 行的短诗，我就和诗人一样眼为我同样对这土地爱得深沉。

热爱土地吧，保护土地吧，土地是人类的家园。热爱土地就是热爱我们自己。

2003 年 1 月 10 日

"富"不等于"贵"

借了债还钱，做错事认错，伤害人道歉。即使无法律约束和道德规范，这也是做人的起码品德，甚至于是人的本能自然反应。更是一个有教养的人的应有素质。这样做，既不会降低身份，更不会失掉尊严，相反，会赢得人们敬重。不知为什么，现在有的人，而且是貌似文明的人，做了伤害别人的事情时，表现得竟然是那么冷漠和傲慢。那态度恶劣得好像是别人错怪了他。这种拿不是当理讲的事情，在当今个别有钱有势的人身上，表现得尤为突出和扎眼。

例如，2009年9月17日中央电视台早新闻，播放两起宝马轿车违章撞人撞车事件，一件发生在广东省一件发生在山西省，发生地点不同司机表现出的"傲慢"却一样，以至于播放这条新闻的主播微微摇头。我看后心里也很不是滋味儿。不管电视主播摇头的意思是什么，我却觉得流露出的是普通观众的情绪，倘若央视主播跟凤凰台主播杨锦麟那样，允许把他的感受直接表达出来，我想他的潜意识跟我们会相同相通。既然职业规则不允许他说出来，那我就试着解读和表达这意思。

我不懂汽车牌子的档次，更没有机会乘坐名贵车，听人说，像"宝马""奥迪"都属高档车。车以人分，人以车贵。乘坐这类车的人，自然也就"高档"——不是钱多就是位要。这两起事件司机"傲慢"的资本，我猜想也就在于此吧，潜台词无非是"老子有钱，我撞了，是罚是赔随你便"。所以才没有负罪之感，更没有常人的恻隐之心，完全一副无教养的新权贵模样。表面看自以为好像是高人一等，其实这种人很不值得普通百姓高看，除了钱他再没有什么别的东西，他那点傲慢也是几点金钱在作祟，有朝一日钱没有了就什么都没有了，恐怕连普通人的尊严都不复存在。

我一向认为，人有钱总比无钱要好，只是来路要真的正当。我们无钱或少钱的人，当然也应该尊重有钱的人，绝对不能嫉妒和排可是有一点得讲清楚，有钱只能算是"富"，却不见得就是"贵"，只有富和贵相连一起，这样的人这样的家庭，才会在社会上真正站稳。一个人拥有金钱不容易，一个人获得高贵更要难。金钱一时可以获得，高贵要靠一生修炼。那些开"宝马"车违章的人，在警察面前表现出的"傲慢"，缺少的正是这种高贵，所以只能说他们是富人，而不能说他们是富贵人。现在的富人很多，富的高贵人却很少，这不能不说是社会悲哀。

前不久去了趟杭州，跟每次去不同的是，这次没有游湖喝茶，而是特意参观"胡雪岩故居"。胡雪岩史称"红顶商人"，就是今人说的"官商"。如何评价胡雪岩，不是我的事情，我只想作为一般观众，对于他的治家为人思想，说点自己的感想和看法。

胡雪岩故居有许多楹联和匾额，读后很给人以启发和思索。随便抄录几条："存一片好心，愿举世无灾无难；做百般善事，要大家利民利人""传家有道唯存厚；处事无奇但率真""勉善成荣""乐善好施""奉扬仁风"等等，无不透着这位大商人的人生追求。据说胡雪岩的家境，原来非常贫困，发迹后遵从母亲教诲，一生都在做好事善事。这跟那些成了大款，驾驶着"宝马"名车，违法后还很傲慢的人相比，胡雪岩显然是位有教养的富贵之人。他的家庭也是个富贵人家。不然他也不会得到世人的尊敬。

这样就提出一个命题：有钱的富人或者准富人，他们本人和后代子孙，要不要成为一个尊贵的人？答案也许是肯定的。只是并未普遍地做到。现在我国的有钱人家，送子女读书或留学的不少，目的单纯得也就是学知识，以免像自己似的文化低，再有钱也不能跻身主流社会。让子女在自身修养上下点功夫的，恐怕就不是那么主动那么多了。当然，这跟整个社会的风气也有关系，多少年来，在公民觉悟提高上比较下功夫，在公民素质的培养上却显得弱，尽管近些年开始注意和加强，但还没有形成有效的方法。

"宝马"司机的"傲慢"，看似是小事一桩，而且是少数人所为，但是它反映出的现象说明，在让一部分人先富起来的同时，未能先让这部分人更有教养更有爱心。这不能不说是个遗憾。难怪我们缺少那些有尊贵气的富人呢！

2009 年 9 月 26 日

撼不动的乡根

人跟树一样，都有自己的根，这就是故乡。无论你走多远，无论你在哪里，说话的口音变了，生活的习惯改了，好像成了外乡人，可是这个根，却很难被撼动。谁是哪里人，外表上很难看得出，有时于不经意间，流露出的什么，譬如一个眼神，譬如一声惊叫，哪怕只是一点点，却毫不含混地告诉你，他，就是什么什么地方人。而这一点点举止显示，正是根的"须"枝的"叶"。

就拿北京来说吧。这可是个海纳百川的地方啊，各地方各民族的人都有，如果把这些人比喻为水滴，汇集一起浩浩荡荡浑然成片，谁又能分辨出谁是哪里人来？真的实在太难太难了。

我的生活圈子比较小，几乎仅仅限于文学界，据我所知，至今乡音难改的作家，最多的当属山西、福建、山东、江浙人，在北京生活了几十年，说起话来依然乡音明显，一张嘴就给自己报了"户口"。来自西北地区的作家，在北京显得格外地多，而且每个人都非常活跃，2003年他们还结帮还乡，如果不是名字公布在报，从他们平日说话口音里，有好几位，比如阎纲、周明、王巨才、雷达、雷抒雁、白烨、何西来、刘茵、李炳银、南云瑞等等，很难知道是"老陕""老甘"。看来西北人的语言应变性非常强，即使未成"京片子"，起码普通话说得还算不错。当然，也有例外，有的作家出于对乡音的留恋，或者学普通话难以启口，至今也还是坚持讲家乡话，很有点"乡音无改鬓毛衰"的意思，不过也不再那么纯正地道。我相信只要他们愿意学，同样会操一口流利普通话。

可是在聚会的饭桌上，几个人十来个人围坐一起，即使说话再有京腔京韵，问到饭菜吃什么的时候，立刻就都显露出乡根。四川人必要"泡菜"，山西人必说"有醋吗？来点儿"，福建人总是说"没米饭吃不饱"，陕西人张嘴准是"吃面"，湖南人最爱吃辣菜，沿海人见到海鲜比谁都亲，如此等等。倘若这其中有一两个原本不认识，从吃食上判断出是同乡，立刻就会大惊小叫起来："来，咱哥俩好好喝上一杯。人不亲土亲，谁让咱们是老乡呢？"彼此距离马上缩短到心贴心。临分手时还要互换名片，未忘记乡音的人，断不了还用家乡音，讲上几句悄悄话，以示他乡遇亲人的高兴劲儿。

在电视上我看见过好几次游子返乡寻根的情景。那是相当隆重相当感人的，虽说没有什么正式礼节仪式，但是从远方归来人的神情上，你可以看出那种神圣和虔诚，这是任何大典都无法代替的。特别是在我国南方沿海城乡，由于祖祖辈辈久居海外历经磨难，有朝一日重归祖先故里，真的是有种叶落归根之感。有的下车就在乡土上久跪不起，有的眼含热泪连连长叩头，有的俯下身子亲吻土地，还有的打开先人当年带走的泥土，仔细地抛撒在故乡的河流上，大概是取意水流千遭也要回源头的想法。总之，水不能无源，人不能无根，这就是普遍存在的观念。正如长年居住国外的人所说，外国景色再美那是人家的，只有回到自己的土地上，这一草一木才觉得更亲切。

是的，这种恋乡寻根的思想，在我这辈人中尤为强烈，或因战乱或因生计，很小就跟随父母背井离乡，成人后几乎不曾再回故乡，故乡只是个朦朦胧胧的记忆。有的人因为故乡实在贫穷，为了未来过上好点的日子，很小便背井离乡去谋生，如今已经是子孙满堂，生活根基已经深深在异乡扎住，故乡完全成了生命的符号。可是即使是这样，到了晚年的时候，当他闲坐那里，想起到过的地方，最能撩拨他心弦的依然是故乡。还有的人终日为生计奔波，不曾抽时间再返故乡探望，临终时跟家人千叮咛万嘱咐，闭眼以后让自己魂归故里，把骨灰撒在故乡土地上。觉得只有这样才叫入土为安。

至于那些事业有成或发了大财小财的人，想为社会做些善事好事，尽管在哪里都可以做，但是首先想到的还是故乡。因为在他们的思想里，认为最值得报答的地方，就是生养自己的故乡，他们知道聪明才智的形成，得益于孕育生命的圣水沃土。国际数学大师陈省身先生，在90高龄回到母校南开大学，几乎是天天都是忘我工作和奔波，唯一想做的事情就是给祖国建一座世界一流的数学研究中心，实现他"数学强国"的梦想。正是因为他的故乡情怀感染了人们，所以他逝世后才有那么多人感念他，愿意为实现他的理想而继续奋斗。有位当年的老兵，现在居住在台湾，有机会回到家乡，尽管身上积蓄不多，还是坚持要为乡亲修条路，他说，我一生未娶也无子女，修这条路不为别的，就是要告诉家乡年轻人，我是永远属于故乡的人。这不就是要留住乡根吗？

　　你看，乡根就是这样牢固，乡根就是这样神奇，别看看不到摸不着，却能左右一个人的行为，同时还会感染别的人，因为它植在每个人的心中。你挖不走人的心吧，那也一定撼不动乡根。只要我们的心脏还在跳动，乡根就永远埋在心底。

2005 年 4 月 28 日

猜想张光年先生的遗憾

　　张光年先生逝世后百天，北京文学界的朋友们聚在一起，追思这位老诗人老评论家，《张光年文集》首发仪式同时举行。看着他那皇皇五卷本大书，朋友们无不感慨系之，对他的勤奋表示由衷敬意。特别是他以光未然笔名写的《黄河大合唱》歌词，经作曲家冼星海谱曲后成为不朽之作，至今仍然回响在全球华人当中，成为振奋中华民族的主旋律。张光年先生担任文学界领导职务时，他扶持了一批有才华的作家，多部小说经他评论力荐获奖，成为新时期文学作品的代表。作为一位作家、评论家、领导者，能够创造下这样的业绩，张光年先生无愧于自己的一生。

　　那么张光年先生的一生有无遗憾呢？我以为有的。跟每个人一样有他自己的遗憾。可是光年先生的遗憾是什么呢？不知道他生前说过没有，如今我们只能妄加猜想。在追思会上有人发言说，光年先生亲自校阅了文集，却没有看到这部书的出版，就匆匆地离开了人间，这不能不是他的一个遗憾。这话当然没有说错。但是我觉得比这更大的遗憾，恐怕还是生前他没有机会在公开场合说心里话。尽管这只是我的冒昧猜想，没有更多的直接的根据，但是从他私下的聊天中，我们也能隐约地感觉到。

　　光年先生生活在 20 世纪，是个充满灾难的百年，外患内忧，动荡不安，知识分子在沉浮跌宕中生存。光年先生置身在这样的境遇里，其思想行为很难超越现实、自觉不自觉地做了些事是可以理解的。特别是"反胡风"、"反右派"这些运动，矛头直接指向知识分子，光年先生作为领导者伤害了一些人，事情的对错一看便十分清楚，这里就不再细说。我觉得问题的关键是如何对待这些历史上的事情，人的善恶真假也以此区分。善良的人真诚的人有了过错，觉悟到了他会表示歉意；险恶的人虚假的人有了过错，意识到了他也要死扛着。所以我以为用品德做标准比用思想做标准衡量人更接近人的本质。

　　作家从维熙在会上发言说，他跟光年先生一起去日本访问时，看到一眼水花喷放的温泉，光年先生当时触景生情，联想到一些过去受压制的作家，说了一番对自己往日过错歉疚的话，我想这应该是光年先生的真实心迹。听了维熙的发言，身旁的评论家也是光年先生的老部下刘锡诚跟我说，维熙说的情况是对的，"文革"十年动乱结束后，当时中国作协主要负责人就是光年，他不仅允许原来作协被错划"右派"的人回来，而且原来在外单位被划错的人他也接收下来，并且都一一作了妥善安排，这本身就说明他在修正自己的过错。我听了不禁连连点头称是。

同样的例子还有一个。今年出版的第20期《老照片》杂志，有一篇题为《吕荧——唯一敢于为胡风申辩的人》的文章，作者闻梅访问张光年先生时，他说了这样一段话："事隔多年，具体情况记不太清了，不过，确有这样一件事，一次反胡风的会上，我突然站起来，向正在发言的吕荧同志提出质疑。那时候，整个儿是个人迷信，执行上面的决策。开始也吞不下，然后就紧跟，犯错误，经过'文革'才认识了。吕荧同志我不熟，很对不起他……不要再说这件事了，你们搞这段历史，根据当时的情况，该怎么写就怎么写，我一点意见见都没有。"从这段引述的文字里可以看出，光年先生对自己的过错是认账的，态度也是恳切真诚的。

从张光年先生这两次公开场合的谈话，这样大胆猜想光年先生的遗憾，我想不应该算是牵强附会吧。这次出版的《张光年文集》许多人注意到了，涉及到政治运动的内容不多，如果光年先生健在，能够在出席文集首发式，跟他的朋友们解释这些事时，我想说不定他会借此机会，公开地表达他对伤害过的人的歉意。我相信他有这样的勇气，可是却没有给他这样的机会，所以我说这才是张光年先生最大的遗憾。

2002 年 5 月 30 日

平安大道随想

在京城居住几十年，大街没少走，胡同没少串，街巷里最让我喜欢的，就是它的人气地缘。不管是繁荣的大街，抑或是幽静的胡同，都曾经给过我慰藉。尤其是那条十里长街，更让我兴奋，更让我深沉，只要一挨近这条街，我立刻就来了精神。就如同置身在广袤的大海之滨，心中立刻就会涌起无尽的波涛。思远年往事再没有了浮躁的情绪，赏眼前景色局促的心境豁然开朗。长安街啊，是一条天成地就的通衢，她像一道绚丽的五彩长虹，永远高悬在亿万人的心空。

长安街宽吗？宽，很宽很宽。长安街长吗？长，很长很长。可是她再宽再长，都容不下人们的向往，都赶不上城市的发展。于是，有人想到再改造一条街，让她成为第二条"长安街"。这主意不能算错，这想法不能算差，所以一开始动工，就轰动了北京城。新闻媒体更是起劲地报道，把建成后大街的美景，不时地展示给人们欣赏。我跟许多市民一样，怀着美好的向往，期盼这条街早日建成……

没有记住用了多少时间，反正并没有感到不方便，经过工人们的连续施工，一条长长的宽宽的大街，果真建在了京城之北，这就是现在的平安大道。南有长安大街，北有平安大道，简直是想象中的兄弟，真亏了创意者的心思。这时人们是多么希望，这建成于世纪之交的平安大道，跟那条古老的长安大街一样，都给新北京带来持久的兴旺，更让人们感受到那只属于北京的气息。然而非常遗憾，无论我怎样努力，都没有获得到。原来，街道可以建设，感觉却难营造，这大概就是常说的，所谓的文化心理吧。就是在这种心理的支配下，我可怜起这条平安大道了。

我坦诚恳切地说，对于动机效果统一的理论，我总是无法理解和接受，现实生活里有许多事情，常常是动机很好而效果不佳。譬如这条新建的平安大道，创意者当时想法的美好，我绝没有任何一点怀疑，更没有丝毫责备的意思。可是建成后的情况却完全相反。本想让车辆行驶顺畅些，现在却是东西畅南北堵，并没有解决多少大问题。原来打算建成古风的街道，现在却成了两不像街道——（打个不中听的比方）有点像穿西装戴中式帽，连原有的平民气息都没有了。每次从这里走过，都得惋惜和遗憾。

我工作的单位长期在沙滩，家原住团结湖现住亚运村，几乎每天都要经过宽街、十条、小街。这一带浓浓的平民气息，以及熙熙攘攘的商市，总是让我在情感上得到满足。现在再也找不到往昔的感觉，那深深潜入心灵的氛围，如今突然成了眷恋的记忆。

我没有去过更多的中外城市，从去过的地方得到的综合印象，无非两点：一是现代的高楼和繁荣景象，一是过去的旧居和平实风气，在一座老城市这两者无法代替，更难巧妙而完美地融合，强行扭在一起就没有了风格。平安大道的道路是宽敞了，却因街道两旁无高大建筑，加之店铺门前无法停车，这条街道就显得越发冷清。特别是在重大的节日里，住户门前灯笼临风摇曳，老远望去颇像山野酒家，很少勃勃生气和喜庆。如遇大风扬沙天气走过，灰蒙蒙的一片混浊，总是让人觉得凄楚。

宽阔街道得由高楼大厦衬托，才会显出雄伟、畅达的气势；低矮房舍与幽巷窄街匹配，才会给人宁静、平和的感觉，生把两种风格扭接在一起，结果两种风格都丢失了，这不能不说是建设中的败笔。现在平安大道给人的印象，只能走车不能停车，只能居住不好漫步，既无往日的朴实民风，又缺今天的时代光彩，真也着实委屈了这条街啦。至于，那里居民由不便而抱怨，那里商家由于萧条而不悦，就只能让他们自己去承受了，谁让他们是平安大道上的人家呢？

这条建于1999年的平安大道，还让我想起过去北京的建设，许多地方都是急功近利之作，只图解决眼前的不便或改变，而没有从保存文化的角度，从长远计议和筹划整体布局。结果是老的不老新的不新，老中有新，新中有老，文化和历史的含金量在贬值。说句事后诸葛亮的话，倘若早几十年就考虑，像现在这样向城外发展，尽量保存老城的面貌，今天的北京就会更有特色。显示在世人面前的北京，既有个完整的过去，又有个清新的现在，对于旅游者就会更富有吸引力。

新的可以再建，旧的不会再有。我们有的地方官员，总是愿意以"旧貌换新颜"来夸耀自己在位时的功绩。其实就是在"换"字支配下，有意或无意地办了蠢事。假如是因为不可抗拒的天灾，类似唐山那样被地震夷平，可以千方百计地大换新颜，越新越好越是官员的功绩，像北京、西安、南京这样的古城，一定要慎在这个"换"字上下功夫。保存得好又建设得好才是真正的功绩。这一点绝对不能含糊，绝对不能明知不妥还要干，然后用"交学费"的歪理推脱。

本以为会繁荣的平安大道，建成后竟然会如此沉寂，而且连原有的人气也消失了。像我这样热爱北京的普通市民，每逢走过这条大道时，总是想高兴却实在高兴不起来，平安大道未给我"平安"心态。可是，道路建成了再难以改变，即使人为地制造繁荣景象，那原有的人气也难以实现。只希望今后的改建工程，能够有个思前想后的方案，倘若能听听普通市民的意见，我想也不失为一个良策。因为普通市民的想法更实际，而且绝不会掺杂什么私利。

2000 年 5 月 30 日

顶着作家头衔的贪官

当官的作家，现在很是不少。县处级官员中，作家数不胜数，就是省部级官员中，少说也得有几十位作家。作家是离不开生活的，跟群众有着自然联系，对于民情民意民生比较了解，从这个意义上来讲来看，我赞成有更多作家当官。

这些官员中的作家，有的是先成作家后当官，有的是先当官后成作家，从表面上看没有什么区别，其实来路完全不一样。就拿加入作家协会来说吧，前一种比之后一种入会要困难，前一种可以说是完全靠笔杆子拼出来的，后一种则不然，在一定程度上职位也起着作用。再从入会的动机上看呢，前一种完全是追求兴趣，后一种难说没有装风雅成分。对文学真正有兴趣的官员，把业余时间都放在写作上，歪门邪道的事情就想的少；拿文学充风雅的个别官员，业余的时间关注在别处，写作也就成了装点门面事。

作家这个职业或称谓，早些年还算比较神圣，曾被称为"人类灵魂工程师"。现在再没有人这么说了。不过也好，不然显得过于沉重，压在头上支撑不住，对于有社会责任感的作家，会形成思想压力和负担。何况如今的文学，商业化、金钱化、官僚化倾向，在某些时候也有表现，再没有过去那么圣洁。

但是不管说与不说，作为拿文字给人看的人，在社会道德和社会责任上，总还是要有所担当才好。既然跟文字结上缘，首先在做人做事上，自己都要有所约束，读者才会对你信服，你写出的文字才受人尊重。前不久我们从雾灵山回来，送我们回北京的司机师傅，知道我们是文学编辑，就主动跟我们闲聊天儿。这位40出头的年轻人，大专毕业后开出租车，现在做汽车维修保养。说到他读的一些文学书，以及他知道的当代作家，丝毫都不隐讳地说："某某作品不错，人品不怎么好，我对于一个作家，更看重他的人品。"我们听后十分感动。

现在有个别作家，不仅是人品不好，而且灵魂也不很干净，完全玷污了作家称号。最近，中国作家协会开除五人会籍，其中一个（因贪污受贿判刑）我曾经见过，当时任山西省霍州市委书记，那年邓友梅、姜德明我们几个人去灵石县，在邻县任职的他知道后，特意赶过来找到我们，请我们去他那里看看，还给我们送了他出版的书。我是做出版工作的，他出的几本书我一看，就是自费出的书，用纸好打扮得花里胡哨，正常出版的图书讲成本，出版社不可能搞成这个样子。这就是当官的作家，比之一般纯作家的优越性，被我称之为"文路顺畅"。

何谓"文路？即，诸如出书、入会、开研讨会、请编辑吃饭、活动评奖，在这类为文的路数上，办起来就比较顺手、方便。比如，用公款（实为纳税人的钱）出两三本书，再借助自己的职务之便，找两个人一介绍就入会了，他也就成了作协会员。在名片上堂而皇之地印上"作家"二字，甭说，会给他的身价增高不少。再把"自费"出的书，往下属单位一摊派，还会挣一笔大钱，真可谓名利双收啊。一般的写作者就无此方便了。考虑到头上还有个作家头衔，自己又无时间写作或者文才殆尽，顾枪手或者让秘书代写作品，在个别官员作家中也不为鲜。

倘若仅仅这样成为作家也倒罢了。起码还知道顾及情面，可怕的是成了作家当了官，跟其他有劣迹官员的劣迹比，作家中的贪官几乎无一例外，有用金钱打通文路的劣迹。比之不是作家的贪官，更有讽刺意味和丢人现眼。比如，还有一个中年官员作家，据说也因贪污事揭出被"双规"，只是还未见被中国作协开除会籍。其实，此人的散文、书法都很不错，如果一门心思放在为文上，即使有朝一日退了休，我想都不愁没有事情干。不承想灵魂也如此龌龊，最终丢了官也断送了文运。听说（仅仅是听说）他自己交待的罪过，其中有一项就是用金钱，到北京贿赂某项文学奖评委，想让自己某部作品获个国家级大奖。当了婊子还要立牌坊，这就是作家贪官，比别的贪官的独特之处。

有的进入官场的作家，偶尔还貌似怀念文场，如有时碰到过去同道，会轻声地叹口气说："唉，还是那会儿好啊，无官一身轻，想写点就写点，现在没那么自在啦。"其实谁都知道，如今的社会岗位，最好的莫过于当官，不然作家不会放弃写作去当官；同样可以装门面的文学也有诱惑力，不然当官的也不会往作家圈里钻，这两者一旦运用好了身价就会增值。当官的有了作家头衔，就会显得有些文气，作家当了有实权的官员，就会大大提升知名度。我觉得这都是水到渠成的事情，局外人无必要大惊小怪，当事者也不必故做深沉和玩玄虚。

对于官员作家来说，关键是当了官有了权，不要忘记作家的社会责任，放弃作家应该有的尊严，跟其他有的官员一样去腐败，这就无论如何说不过去了。毕竟文学还有着净化社会风气的功能，毕竟在道德方面读者对作家还有期许，何况不当官的作家是绝对的多数，有社会责任心的作家是绝对的多数，让成千上万的同道给你陪绑挨骂，文学还怎么面对社会、历史和读者?! 作家官员千万要自爱和自重。如果实在约束不住贪欲，就索性放弃作家头衔，找个有财路的地方去混。

2009 年 8 月 27 日

自在，从退休开始

仔细想想，我这辈人，活得并不容易。既没有前辈人的庄重，为了民族的解放举枪抗日，给自己的青春增加绚丽光彩；也没有下辈人的潇洒，在安逸和平顺中度日，充分地释放自己的才干。生命的价值在他们身上，显得是那么多姿多色。

我们在二十几岁的时候，好像是活得很有理想，做每件事无论是大是小，都有着傻乎乎的真诚。其实真实的生命色彩，在我们的身上有多少呢？穿的是一样的黑蓝制服，说的是报刊上共有的话语，就连做梦都是单一的色调。更不要说那些无休止的政治运动，就跟季候风似的到时就来，不是被人整，就是整别人，一笔谁也说不清楚的糊涂账，算了几十年还找不到债主。最后连自己的青春都搭上了，还不曾有丝毫的醒悟。唉，这就是今天60岁左右的人，我们这批老哥们儿。

现在，到了可以退休的时候了，按照正常的思维去想，这本来是件好事情，对自己可以歇歇脚，对后人可以让让位儿，合情又合理，实在没有什么好恋栈的。但是事情真的落到自己头上，往往会有这样那样的想法，当官的怕没了威风难受，当兵的怕少了钱难度日，早年标榜的革命和进步，此刻全都撕去了包装，还了一个真实的自我。秃子再不好装和尚。可是一些有着平和心态的人，却觉得无所谓，说不定反而感到自在。从这个意义上认识，国家规定的退休制度，可以试出一些人，在位在职时唱的歌，是用的真嗓子还是假嗓子。

"退休好，退休自在"这句话，在我未退休之前，只是当做安慰话，劝说早我退休的朋友，其实自己没有一点体会，说时就有着某种虚假性。虽说我在退休之前，就有过赋闲之时，知道没有羁绊的愉快，但是那时毕竟还有盼头，在身心上并没有完全放松。直到真的这一天来了，又度过了退休后的"难受"期，这时才真正毫不含糊地感受到："退休好，退休自在。"

那么，这"退休好，退休自在"，好在哪里自在何处呢？以我现在的体会，一是心灵的自由和放松，二是时间的自由和宽松。

　　心灵放松的直接表现，就是说话无须再照本本，更无必要看别人脸色，怎么想就怎么说，不绕弯，不伪装，像高速公路上的车，爽爽快快地直达目的地。正像有的人说的那样，现在最说真话的人，就是离退休的人。这话一点不错。在岗位上的时候，有个一官半职就别说了，这本身就要求你说官话，就是你不怕丢官，总也得考虑个影响，所以那时候有的人的话，是真是假很难判断；就是无官无职的平头百姓，出于某种个人的利益需要，谁又保证他会说心里话呢，就是豁出去不要那点利益，还怕给穿只玻璃小鞋哪，许多人只能说些顺情话。现在完全地退下来了，头上没有了乌纱，前途没有了远景，说话不再吞吞吐吐，活得也就真正地自由自在。

　　至于时间上的自由和宽松，这是显而易见的，每位退休的人都有体会，起码不再为了上班早起，更不再是领导的"闹钟"，想定你在什么时候干啥就干啥。退休后真正成了时间的主人，早晨健身，上午做事，下午翻报，中午小憩，晚上看电视，一天平平和和地过日子，简直是神仙的好生活。原来在岗位上，匆匆忙忙，跑前跑后，一天下来像散了架子，次日仍然还要奔波，哪有时间干自己的事情。现在坐在电脑桌前，这才发现，敢情要说的话这么多，要写的事还真不少，从而也就觉得时间的不够用。恨不得精力再充沛些，好有时间养花遛鸟儿，真正地享受一番生活情趣，把20年前怕变"修"，不让人干的事情干一番，体会一下变"修"的滋味儿。

　　如果把工作和退休分为两个时期，套用一句过去常用的官话，退休后才是我的"历史最好时期"。生活上自在，心灵上放松，这样的日子去哪里找？有朋友问我，退休后感觉如何，我打比方说："就像一匹草原上的马，完全由着自己的性子，无拘无束，自由自在，溜溜达达地吃草抓膘儿。"这样说绝不是矫情，真的是这样认为。举例来说吧，在班上的时候，对人对事你再有看法，总不能离开"规定"标准，现在凭着自己的良心标准，我来识别好坏是非曲直，对也罢错也罢，总还算是个真实的自己。人活得累就活在为别人活上。尤其是为毫无价值的事情，或者是听从品德不佳的人领导，就会越发觉得累觉得气，因为得跟他一起说谎混日子。

　　"退休好，退休自在"，这是在退休后，我个人的体会。那些到了退休年龄，仍旧寻找理由恋栈者（确实工作离不开者另论，不过从国家大局着眼，这样重要者能有几人），不想早日享受这份自在，别人当然不好强求。从另一方面来说，对他人也要有点同情心，因为有的人除了当官，再不会干别的事情，过于难为人家也不好。只是希望这些人，学会珍重自己，在退休前的最后时刻，当官当个好官，为国为民认真做点好事。

而我依然想说，我的自在生活，从退休以后才开始……

1998 年 7 月 6 日

心无旁骛不显老

近来读了几篇谈老的文章，让我很有些感触和感想，特别是邓友梅兄对镜"顾影自怜"，而后写的那篇《老而来乐呵呵》，读后更是让我不禁久久唏嘘。

人生七十古来稀，这是说的过去年月，如今生活条件好了，长寿的人随处可见，这话已无普遍意义。那么，除了年龄为标志，人的老与不老，又应该如何区别呢？依我看主要是心态——心里毫无芥蒂的人，心情永远畅快的人，心思思谋正事的人，心地比较开阔的人，心意常存感恩的人，行为正派无邪的人，总之一句话，没有花花肠子弯弯绕的人，我就觉得并不太显老。如果再说白点，就是心地坦诚的人，处事简单的人，老态会迟来些时日。

这样说绝对不是情感驱使，而是现实中的几位高龄师友，让我坚定了这样的认识。从年龄上看他们比有的人要年长十几二十岁，可以说是属于两代人，但是在平日言行举止上，不熟悉的人就觉得相反，把幼者说成长者完全可能。这种事我见过不止一两次。陌生人询问："谁谁比谁谁年长吧？"等得到否定回答时，问者会惊异地说，"不会吧？怎么见谁谁比谁谁，显得老态龙钟呢？"

在我接触较多的文友中，仅以北京圈儿的而论，除前边说的邓友梅，还有七八位老哥们儿，属于友梅这个年龄段——七老八十中的七老者，活得都蛮自在、悠闲，在家独自写点小文章，出外与友人喝茶聊聊天，还有的喝点酒玩玩牌，在神情上都不显得老。至于更老一点的师友，同样也有六七位吧，都是八十开外的人啦，在他们面前，我想连那位叹老的友梅兄，大概也不会再捋胡须了，只是个小弟弟而已。可是，这几位八旬开外的老人，你见到他们就会觉得，行动和思维毫无老态，至今笔耕不辍佳作常见，给人的印象与年龄并不相称。参加各种活动跟年轻文友一样快活。

可是有的人则不然。从年龄上来说，应该属于七老这一拨儿，看上去则比八十还八十，走路不稳，反应迟滞，坐定打盹，即使不像友梅那样"顾影"，我想他也免不了偶尔会"自怜"。跟友梅不同的是自己不敢正视，硬是愣充"年富力强"的好汉，唯恐一称老被请出圈儿外，失去自己习惯了的东西，例如某些虚名、开会座次、众人恭维等等。这些东西一旦失去就会像瘾君子，恐怕连撞墙的心思都会有，因为，无此支撑日子会很难过得下去。只是毕竟落花有意流水无情，往日的权力名誉日渐式微，再想如何挽留都已力不从心，只能在最后的情感折磨中变老。

人说权位会产生腐败，这话是有一定道理的。同样的事实说明，虚名也可以使人衰老——起码会比常人显得衰老。原因何在呢？我以为，主要是心思用得过度，为了区区小名小利，掏尽心力奔走钻营，请客送礼，磕头求助，哪有一门心思放在正事上活得舒心、松弛和专注。老作家林斤澜先生有句名言："在名和利上要退一步。"这话的意思照我理解，既未否认名利存在，也未说完全不要名利，关键是有时候要退让，更不要削尖脑袋去钻营。生活在现实中的人，若说一点名利思想没有，纯粹是睁眼说瞎话，完全泯灭了人的天性。尤其是在文艺界混饭吃的人，职业本身就与名利相连，完全舍弃根本不可能，有时候让一让和退一退，倒是个好的轻身方法。

我进入老年生活以后，感到高兴和欣慰的是，结交的更年轻的文友，他们的心态跟七老八十这拨儿，居然完全一样地安详。老与不老的这个话题，对于他们来说现在尽管为时尚早，但是他们养成的平和心态，却让我觉得要比年长者早慧，这究竟是生活的磨砺呢，抑或是借鉴前辈的"经验"，我未跟他们探讨或询问过，大概是两者兼而有之吧。我非常赞赏有的年轻人，看似没有大的志向，只是专心致志地做事，而且是讲情意懂事理，真正地做到了心无旁骛，一点一滴地积累生活经验，使自己人生底蕴渐渐厚重。

其实，人生就是这样，有些事情想得通了，自然就会看得透，心胸也就随之开阔。从这个意义上来说，老年人的人生阅历，如同一部丰厚大书，聪明的年轻人，用心地读一读，说不定会有裨益。总之，年龄无论是长是幼，职位无论是高是低，金钱无论是多是少，日子过得简单，思想保持单纯，专心做自己喜欢的事，拥有个平和的好心态，生活就会充满灿烂阳光，衰老说不定就会迟到几日。

2007 年 6 月 28 日

人生得过坎儿

人的命运好坏，是由属相决定的；人一年年地活着，得过许多坎儿。以前还真没有意识到。告诉我这个道理的，是位普通理发师傅。

那天理发，师傅是位中年人，很爱说话。她见我有把年纪，阅人历事肯定多，拿起推子剪发同时，问我："您说，人的属相，什么属相最好？"对于这类事情，我无一点知识，听她这么猛一问，就越发感到懵懂。她见我一时语涩，说不定脸面还泛起红云。从眼前的镜子里，大概看出了我的窘相，立刻解围地说："我说属龙的最好，其次是属猪的，属龙的事事通顺，属猪的不愁吃喝……"接着她就给我细说，谁谁属龙，做事如何有成就，谁谁属猪，生活上如何享清福。她说的大都是她的亲朋好友。

听后，我怕她再问我这类事，让我这老头子露怯，就来个以攻为守，赶紧问她："那你说，什么属相不好呢？""当然是属鸡属狗的，您想啊，鸡得自个儿找食，狗给人看家护院，您看我，一天不干活儿，一天就没得吃。我就是属鸡的，这辈子肯定得操劳，自己刨食吃。不过总比属羊的好，属羊的只能啃草。"我听后不禁哈哈大笑。没想到她如此年纪，还真相信这一套。属相是不是真这样灵，我没有这方面的知识，自然就不好跟她搭腔，但是又不想破坏她的兴致，就对她说："经你这么一说，这属相，还蛮有意思的。"作为对她的礼貌性回应。

这位师傅，对于人生之事，竟然从属相上解释，新奇之中颇有所悟：难怪临近旧历丁亥年时，在全世界华人区域，有那么多怀孕妇女，想方设法要在这一年生育，目的就是想在这金猪之年，让自己生个金猪宝宝，希冀孩子的未来幸福。唉，真是可怜天下父母心啊。这次理发让我得到了这方面的知识。我想此事说完，见我跟她搭不上腔，她也许不会再讲了。谁知她又说："人这一辈子啊，无论属相好坏，还得过许多坎儿，这坎儿啊，还得年年过，就像上山进庙拜佛，一个门槛儿，一个门槛儿，您且得过哪。"不过，说到过坎儿的事，她就再未举例子，说谁谁如何如何。大概是她又在想别的什么事情啦……

在回家的路上，琢磨刚才理发师傅说的话，我就想，她说属相决定人的命运，我倒不是十分赞同，有些倒霉走背运的人，属什么的好像都有，即使如她说的最好属相，属大龙的该倒霉仍倒霉，命运好像并未如何眷顾。她说的过坎儿的话，倒是觉得有些道理，起码从人的成长经历看，每个年龄段都有不同状态。比方古人说的"三十而立，四十不惑，五十知天命，六十耳顺……"，这不都是经过某种生存体验以后，人们总结出来的人生道理嘛，说白了，这就是一道道的坎儿。想升官的错过年龄坎儿，再优秀也就没戏了；倒霉的错过年龄坎儿，转运了再做不成事。看来真是：人生如过坎儿，谁也跑不了，好坏不由己，命运似押宝。

由理发师傅的过坎儿论，我联想起现在的一些人，有的就是数年计月过日子，如同远行赶火车似的，生怕误了某个钟点。比方有些当了官的年轻人，官阶一至处就开始算日子啦，该有几年晋升为局，万一未能按时晋升，这就开始周旋、折腾了，到了局未能提副部，就越发不得消停，找门路托人情，几乎成了官场时尚。他们毫不避讳，说："不着急不行啊，过了这个年龄坎儿，就彻底没戏啦。"同样，有些到了60岁的官员，眼看着就要退休了，想捞点钱养老的人，在现实生活中好像更不乏其人。就是命运多艰如我者，想来又何尝不如此呢？当年倒霉如果才20来岁，20年后命运正常四十几岁，还有20年时间做点事；如果倒霉时已经五六十岁，20年后命运好转也就退休了。真的是岁月不饶人哪。而这岁月就是坎儿。

我历来不主张数着年龄过日子，那样会使人心理产生压力，无论是对于女人还是男人，询问别人年龄是不礼貌的表现。女人不愿意暴露年龄，是情感上眷恋青春；男人不愿意讲述年龄，是怕事业无成受刺激。但是，对于男人女人本人来说，心里一定要做到有数，就是说，我在哪道人生坎儿上，如何平安而光亮度过，不见得辉煌却也不暗淡，这样就算迈过这道坎儿了。

祝愿我们每个人都过好坎儿，以求一生一世的平安幸福。

2007 年 6 月 26 日

春天多美好

在所有的节日里，再没有比古老的春节，更能撩拨人的心啦。只要说到"春节"这两个字，春天气息便扑面而来，胸膛里立刻便激情鼓荡，关于春节的许多美好记忆，都一股脑儿地涌出来。这时恨不得找个最高处，扯着嗓子高喊："春天，我——们——欢——迎——你"，借此来表达内心的喜悦。

说到美好的春天，就会想起写春天的诗词，比如"春风得意马蹄疾"、"春风十里柔情"、"春到人间草木知"、"春城无处不飞花"、"春风更比路人忙"等等等等，随便吟诵一两遍，那诗的意境就会呈现，让你有种陶醉之感。虽说这是古人对春天的感怀，至今已越千年百代的时光，但是依然能够引起我们共鸣，从这些诗词中得到启示。

譬如"春风更比路人忙"这句诗，别看它是如此直白浅显，甚至于缺少浓郁的诗意。只要你仔细地揣摩揣摩，就会有超出诗意的感觉——春风都如此繁忙，我们哪有理由懈怠？这时诗中的"春风"就是社会环境，这时诗中的"路人"就是我们自己，这样对比起来就有种紧迫感。于是也就有了追赶春风的愿望。这固然是诗词的感染力，但同时也是人在春天里的心境。正如老话说的"一年之计在于春"嘛，哪能不在春天谋划未来。

我知道我不是个善记数字的人，因此难以诉说经济发展形势，可是我却有着对形象的感应。每天观看电视新闻节目，这里新建一条高速公路，那里新架一座雄伟大桥，这里农村荒滩变成树林，那里城镇马路开始拓宽，都像一幅幅美丽油画，展现在我们的眼前。更不要说城乡人的生活，正在渐渐地步步提高，带给人们的欣喜与信心，就越发让人对未来充满希望。

有这样一件小事，这几天令我好不兴奋：在内蒙古的乌兰察布市，我工作居住过许多年，说句实话，除了名称上的城市，那个地方在我的记忆里，市容市貌和市政建设，几乎连内地的发达县城，恐怕都很难说赶得上。人们常常调侃地说：一个公园一只猴，一个岗哨（交通警）一栋楼，一辆汽车（公交车）满街走。当然，这未免有点过于夸张，但是也还算真实写照。相信像这样的地方，那时候并不是很少，谁让那个年代咱们贫呢。

可是就在这几天里，我接听那里友人们电话，都告诉我搬进新楼居住了，说话时的语调透着欢喜，这说明那里已经发生变化。放下电话我就静静地想，这可真是"春到人间草木知"啊，这才几年的工夫呀，一个那么偏僻的小城，就有了如此美丽的景象，让朋友不惜花钱打电话告诉我。相信比那里情况要好些的地方，肯定会有着更大更快的变化。确实是"春风得意马蹄疾"。

顺着这样的思路，依照我曾经见过的南方北国小城模样，想象现在的乌兰察布，我想那同样是一幅美丽的画。而绘制这幅画的人，既是当地各族人民，更是这个开放的时代。记得当年刚改革开放，召开全国科学大会时，有一首诗叫《迎接科学的春天》，抒发科学家们美好心愿。今天在这个 2005 年春节，不期然地我想到了它，觉得正是因为春天永驻，我们的国家才有如此美景。当然就有诗情画意在心中。只是我不会作诗，只能说句"春天多美好"。

是的，春天实在太美好了。现在人们欢度春节，绝不是往日的"过年"，而是迎接春天的节日。这年年春节也就有了真正的春天意味。因此在这美好的春天里，祝愿大家，都有春天般的好心情，像春风那样愉快地忙碌，像春雨那样辛勤地劳作，让我们的祖国永远青春常在。

2005 年 1 月 28 日

感觉中的时光

怎么，又是一年了?!

陆续收到朋友们寄的新年贺卡，我的第一个直接反应就是如此。

在还算年轻或者比较年轻的时候，时间就如同走在乡路上的牛车，在我的感觉上总是那么慢悠悠的，一天从黎明到日落，一年从迎春到除夕，365 天的日子是那么漫长而艰难。俗话说的度日如年，在那时候深有体会。这是为什么呢？原因也许有好多，然而最根本的，我想还是心境。心顺度年如度日，心烦度日如度年。不管别人的体会如何，反正我自己的感觉是，心境对于我们非常重要，它直接关乎人的生存质量。

过去生活中总有许多年，好心境的日子不多，自然也就有度日如年之感。后来的生活境遇比较好了，起码能够昂首挺胸走路，衣食住行也还过得去，心情自然也会好得多。但是对于时间的感觉却依旧，每一天每一年的时光，就像不贬值的老钞票，只要计划着开销花用，心理上绝对没有危机感。给朋友写信或聊天儿，诸如"来日方长"、"长年累月"这类字眼，有时也会情不自禁地出现。这就是说，对于时间的概念和感觉，并没有多少真正的异样，日子还是蛮经得住打发的。其原因也许不再是心境不好，而是别的什么原因，比如工作的繁忙劳累，比如社会的应酬交际，都可以让人忘记时间的短长。

转眼之间又在不经意中过了几年。直到有一天开始成了"自由"人，不再为上班赶钟点了，不再为工作操心费力了，这时反而觉得时间过得快，一天紧赶慢赶很快就过去了。这时才意识到时间是那么不够用。这究竟是为什么呢？有时我这样追问自己。好长时间想来想去，找不出别的原因，后来慢慢才发现，关键就在"自由"二字上。

说起这"自由"二字来，很容易跟"自在"联系一起，的确，只要生活得"自由"了"自在"了，像风一样"轻轻地来轻轻地去"，随便想想就会知道，那该是多么的快活啊。快活了心情毫无疑问就会美好。在轻松的氛围里，由着自己的性情和爱好，好歹地做点什么事情，时间就总是觉得不够用。比如说，侍弄自家养的几盆花儿吧，刚刚把盆土翻松，还未容整理枝叶哪，一两个小时就过去了。再比如说整理书籍报刊，这就更要费时间了，随便一翻腾就得大半天的工夫。更不要说写文章，时间显得越发过得快，真的觉得这人生太短促。

从个人的生活中，我有这样的体会：人生在世最艰难的事情，并非是面对自然界的沟壑，而是跟同类的人打交道。所谓的人中的强者与弱者，区别就是看你会不会善不善于跟各式各样的人，打各式各样的交道。会打交道善于打交道的人，就是人中的强者好汉，否则你就是弱者孬种。许多人为了成为强者，生命就是这样消耗了。每天睁开眼睛就要盘算，今天我应该讨好谁应付谁，您想能活得不累不苦吗，自然就会有度日如年的感觉。即使你不想做这样的强者，只是为了保护自己提防险恶之人，你不是也得费精力吗？这日子过得当然不会快活。

挣脱了人际关系羁绊的人则不然，他们像茫茫草原上的马儿，在辽阔的蓝天下悠然漫步，在嫩草清水间寻觅宁静，在灿烂的夕阳里狂奔，在清新的黎明里长啸，不知不觉就忘记了时光流逝。时光是客观的存在，也是主观的感觉。有的时候感觉比存在更为重要。关键还是看自己的心境。真正生活自由自在的人，总是觉得一天时间实在紧迫得不够用，紧赶慢赶地做自己喜欢的事情，很快就到了天黑的时候，有的时候做事情上来兴致，甚至于觉得吃饭睡觉都多余。这时难免后悔地感叹，唉，早知道如此，还不如……

这就对了。不管地位如何显要，名声如何远播，财富如何巨大，其实都只能是个包装，并不能说明快乐与否。没有一个好的心境，哪怕你坐金山泡银河，同样不会有幸福感觉。常听人说，活要活个样儿出来，这话如果未理解错，大概是指出人头地，或者是指有钱有势，这样的活法不能说错，只能算是活法的一种。不过依我的愚见，活出个样儿来，反不如活出个味儿来，活出样儿来是给别人看的，活出味儿来是给自己享受的。您说哪个更好？

2004 年 1 月 18 日

希望的茶馆

倘若有钱有房，我真想开家茶馆。一家普通的茶馆。名号不见得响亮，陈设不见得讲究，有座位能聊天，少掏钱能喝茶，我看就可以了。关于演出节目、供应点心，那倒大可不必，反正不想赚大钱。只是客人呆的时间不要限制，一定要让人家喝好聊透，尽兴而归，有机会还思谋着再来。

萌生这样的想法，还不是现在，总有两三年了，只是这些天，比过去更强烈。有时在甜美的梦中，听到"茶来啦"的喊声，脸上常常会绽出微笑。醒来才知道这是做梦。人说梦是白天的思念。这样解释我的梦，大体还算说得过去。

那么，放着许多赚大钱的营生不做，干吗偏想开家茶馆，而且开的是家本小利薄的茶馆呢？是不是耐不住生活的寂寞，抑或是经不住商海的引诱？其实，都不是。理由很简单：朋友相聚，有个地方。

我这一生，可夸耀的事情，几乎没有。唯一可以自慰的，那就是朋友比较多，而且很有几位，称得上是真正的朋友。这几位真正的朋友，既不是什么大款，更不是什么大官，都是同我一样，一辈子在纸格子上讨生活。我之所以说他们是真正的朋友，是因为在几十年的交往中很少走样儿，即使是在我头戴"右"字荆冠以后，他们也从无歧视和怠慢。在过去人心处处设防的年月里，人与人的交往能做到这个分儿上，难道还不是真正的朋友吗？

这几位朋友的心地，无疑是纯净的，很少存有功利。尽管不是经常滚在一起吃吃喝喝，最多不过偶尔借助电话问候一声，但是彼此的情感还是相通的。可是这会儿毕竟都有了一把年纪，总想找个地方，大家凑在一起见见面。按说这是很容易办的事情，只是一旦真的办起来，往往并不那么随心所欲，首先这个地方就难找到。

要说地方，这会儿的北京，还是蛮多的，豪华气派的有宾馆，花木葱笼的有公园，总可以自由选择吧。从事实上讲，这话大体没错。倘若真的选择时，像我这辈的人，就要犯难了。在大宾馆喝茶是论杯的，坐上半天儿，一个月的工资就交待了，我们中有谁敢做东，更何况也不习惯那种环境。找家小公园坐坐，门票倒也不贵，只是这会儿的公园，早没有了往日的幽静，人多得简直像个市场，自然也不便闲谈。适合朋友相聚的地方，说真的，这会儿还真难找。

要说茶馆，北京也有几家，其中包括赫赫有名的"老舍茶馆"。我沾别人的光，去过一两次，总觉得不够味儿，有点像洋人穿长袍，看着就不舒服，更何况那里的茶馆也不贱。说句不受听的话，这种现代化的茶馆，只适于看，不适于泡，更谈不上浓郁的茶馆情趣。我至今没有去过成都，听说那里的茶馆还是"原汁原味"的，我相信那才是普通人休闲聊天的好去处。

我若真能开家茶馆，绝不学北京这几家。地点可选在有水有树的地方，给茶客营造个幽静的环境；陈设不要怎样豪华讲究，有桌有椅能舒适地交谈就得。价钱一定要让一般人能掏得起，时间一定要长得把酽茶喝淡了不再续。总之，这家茶馆要充满舒适、温馨和人情味儿。

当然，这只是我的愿望，既无钱，又无房，我怎么能开成茶馆呢？我倒想在此建议某些商家，不妨这么试试，开一家平民化的茶馆，说不定真的火爆起来。要是有朝一日，北京城有了这样的茶馆，千万可别忘记告诉我。我倒不是想索取创意费，而是邀请几位朋友，到那里好好地喝喝茶聊聊天。要是老板想到我出过主意，优待我少掏几元钱，我想我也不会拒绝。那就先谢谢您了。

1990 年 6 月 28 日

第二辑

苦乐尽在笔纸间

真不知如何给自己的职务定位。因为出版了十多本散文随笔集，有时参加相关会议，主持人介绍我的时候，总要在名字前边冠"作家"称号，好像是对我的厚爱和抬举。其实打心眼里更愿意称呼我"编辑"，因为编辑这个职业，可以说消耗了我大半生精力，而且一生中的苦乐忧欢滋味儿，都是做报刊编辑时尝到的，自然会有种真诚的缱绻情感，然而觉得自己算不上个好编辑，在这个职务面前又多少有些胆怯。不过，说归齐我还是一个编辑，就一生从业时间的长短而论，在编辑工作这个岗位上，毕竟耗去了我几十年时光。

正由于我是个编辑，又是个业余作者，对编辑和作家的苦乐，都多多少少有些体会，所以在18年前，也就是1986年，曾经给《光明日报》写过一篇文章，题目是《现在编辑难当》。我之所以有这样的想法，主要是从个人的体会和观察中，感觉作者和编者之间，出现了一些小的不愉快，而"无理"的常常是编辑。在这篇小文章里，我举了两个例子，一个是正在走红的某位著名作家，明明是自己的字难以辨识，报刊把他的文章误排了几个字（当然，这是不应该的），结果这位作家大发脾气，跟一位比他大二十多岁的老编辑，说了些不三不四的话，他还以此写文章讨伐好几家报刊，这位老编辑看到后非常难过。另一个例子是说另外一位著名作家，跟向他约稿的编辑狂妄地说："没有我们作家写东西，编辑得饿死"，使同样一位很老的编辑听后特别伤心。他们说，现在是怎么了，作者和编者的关系搞得这么紧张，过去可不是这样。作家和编辑都是很好的朋友。由于对这些事情有些看法，我就写了"编辑难当"的文章。

诚然，大凡在20世纪四五十年代，有幸从事编辑工作的人都知道，那时编辑和作者的关系非常融洽，互相尊重，彼此支持，因为一篇文章或一本书的愉快合作，就有可能从此成为最好的朋友。跟我一直有来往的几位著名作家，有的就是 40 年前，我做助理编辑时约稿相识的，他们却并没有因为我职务低而怠慢，相反随着时间推移成了好朋友。所以那时在编者和作者关系方面，我丝毫没有编辑"难当"的感觉，有的倒是共同合作的喜悦和幸福。

我写《现在编辑难当》那时，正是改革开放初期，作家——尤其是具有实力的作家，正在文坛上红得发紫，又受读者和报刊的吹捧，个别人也就晕乎乎地找不到北，自然也就不把编辑放在眼里。这种情况可以说是特定时期的特定现象。我们就不过多地议论了。

时光一晃，18 个年头悠悠地过去了，我们国家也从计划经济，开始向市场经济转变，报刊和作者也都有些变化，那么，编辑这个职业又如何呢？因为我已经不在这个岗位上了，当然也就没有更多的体会，只是从作为一个作者的接触中，我想斗胆地说句不客气的话：现在编辑好当。跟过去比，可以说，非常好当。

首先，像写《高玉宝》时的高玉宝，文化程度那样低的作者，现在几乎没有了，起码在文字上不必让编辑操心（顺便也想问一句，假如这样文化低的作者还有，肯于这样下功夫帮助的编辑，现在还会有吗？）。其次是文字的辨识，现在的作者大都使用电脑写作，除了生僻的文字，正常情况下，编辑无须费力辨识，即使万一出现点差错，一般的作者也不会说什么，因为作者多如牛毛，没有著名作家的作品，编辑照样可以当得不错，反正能赚到钱就行。仅仅从这些小事情上，跟过去对比，我就觉得现在编辑好当。

除了我说的对比的道理，更主要的我以为，还是现在编辑权力比较大，所受的限制也比过去小得多。过去编辑部对编辑的要求是，组织好稿件，扶持好作者，判断编辑的优劣好坏，除了能组稿约稿，更要看案头功夫，编辑名声往往跟作者相联系。比如曹禺的《雷雨》发表得力于做编辑的巴金，比如《高玉宝》的问世经荒草（？）修改，比如《林海雪原》、《青春之歌》由某某编辑如何，等等，都可以明显地看出编辑付出的心血。现在却完全不是这样了，由于作者文字水平普遍比较高，有的报刊又主要是靠约稿，对编辑的案头功夫的水平，似乎也就没有像过去那样要求，只要能找到好看的稿件，再能带来好的经济效益，就是个最好的编辑了。

前不久，遇到一位退休的老编辑，说到现在的编辑工作，她颇有一番感慨和惋惜。她跟我说了这样一件事：还是她在位的时候，把一位熟人的稿件，介绍给本单位的青年编辑，请他看一看，如果能用更好，要是不能用就退给作者，可是过了许久不见动静，她也不好过多地问。有次这位青年编辑不在，她走到他的办公桌前发现，字纸筐里有许多丢弃的稿件，她随便一翻，就找到了她推荐的那篇稿件，于是就顺手拿了回来。后来她跟另一位青年编辑，不指名道姓地说起此事，这位青年编辑说："这都是什么年代了，约的稿件还处理不完哪，谁还老老实实看来稿。"噢，原来是这么回事。这件事再次印证我说的话，现在编辑好当。

有的出版社的经济指标，连同"神圣"的书号，现在都分解给了编辑个人，出什么书出谁的书，几乎是编辑个人说了算，出版社只看经济效益。于是我就听说了这样的事情：某名牌出版社会抓经济效益的编辑，竟然雇用一位退休老编辑，专门给她组的书稿做文字处理。我倒不是说这种做法完全不行，只要能抓到好稿件文字也处理得好，任何方法都是可以使用的，问题是像这样的二承包的方式，让青年编辑失去了更多提高的机会，对于整个编辑事业总不是个好事情。编辑工作跟其他事业一样，如一条绵绵流淌的河流，总不能让它的水面混浊，保持它美丽的风貌至关重要。

2001 年 8 月 17 日

哪儿来的那么多"国家级"

新近出版的总1061期《中国电视报》，用一个整版的篇幅刊登出，青年京剧演员电视大赛评委简介。28位评委的肖像和业务经历，一一赫然展示在读者眼前，从他们的业务能力和社会名望，应该说，担当评委的资格是不容置疑的。我要说的也不是这件事。让我不明白的是，这简介的文字里，不时出现的"国家一级"。

这28位评委的业务头衔，12位是教授、研究员、编审、导演、编辑，其余16位是演员、作曲、编剧——而且都冠以"国家一级"。

最近我一直在想：这所谓的"国家级"级别到底有多高呢？是不是还有"地方级"呢？这个"国家级"为什么单单在文艺界出现呢？同样是有业务头衔的——中外概莫如此——教授、研究员、高级编辑、医生、律师，等等，怎么就没有这么一说呢？而且这"国家级"经常公然地出现在正式报刊上。这就真的有点邪乎了。

我开始注意这件事，并非始于今天。自从文艺界有了职称，陌生人见面互换名片，就有几位作家、演员的名片，冠以"国家一级"作家、演员。当时我就很纳闷儿。因为我有过参与高级职称评定的经历，知道职称有级别之分，而无"国家""地方"之别。我们国家的文物古迹名胜，说重要程度分为几级管理，这是几乎人人皆知的事情。倘若有成就的人才也这样来定，最有资格定为"国家级"的，恐怕首先应该是那些大学者。然而，我们从媒体的介绍上看，如吴文俊、袁隆平、季羡林，"两弹一星"功臣，等等，都是冠以研究员、教授，并未加什么"国家级"。他们的学术成就，好像也无须自己说明，早已经是举世公认的。

那么，文艺界诸位的"国家级"职称是谁定的呢？我敢说十有八九是当事人自己定的，再加上不负责任的媒体在那里宣传，这样就对读者形成了事实误导。这种事情之所以会出现在文艺界，而不是科学界、教育界、新闻出版界，在我看来，这跟有的作家、艺术家本身，对自己的艺成就缺乏自信有关。其实从事写作和表演的人才，如果不是考虑现行体制和经济来源，完全没有必要评定什么级别，只要你的作品好表演好，读者观众自然就会承认。梅兰芳、马连良、程砚秋、周信芳，等等，这些人并没有什么"国家级"的称谓，却以他们的艺术受到尊重，成为不封自明的真正国家级的大师。再以这些评委中的刘长瑜、杨春霞为例，她们的表演艺术早已有了定评，就是不冠以"国家级"演员，相信也不会有人怀疑她们的艺术成就。

文艺界一些人自封"国家级"，另一个原因就是虚荣心过于大，看见别人自封"国家一级"作家、艺术家，如果自己不这样好像就低人一等，于是也就在职称级别前边，心安理得地加上"国家级"，仿佛这样一来身价就真的高了。至于作品如何表演怎样，那是另外一回事，反正有了个"正经"名号，即使别人不恭敬，自己也会有种安慰，更何况还可以在圈外人中唬一阵呢？何乐而不为。这样想这样做的人多了，这"国家级"的职称，自然而然就会满天飞。再加上媒体炒作，不泛滥才怪呢。

据说，中国科学院从现在起，业务人员不再评定职称，今后视每个人的业务情况，按实际能力竞争上岗拿薪。这就是说，全部业务人员，靠真才实学走上合适岗位，职称、薪金真正体现人的价值。靠年头、资历、职务评职称，在中科院从此完全成为历史，这里的职称是含"足金"的能力。另据报道，有的高等院校，也开始这样做。这无疑是一种出人才的好机制。这种办法如果移到文艺界来，所评定的职称属单位所有制，不知现在的"国家级"诸公，会不会坦然地注明"单位级"，我想八成是不会的吧。那时不知又会有什么新的拔高招术出现了。

2001 年 5 月 2 日

电视出玩主

电视是不是一门艺术，有时候真让人怀疑。

现在的电视节目，很有点全民皆"星"的味道，只要你打开电视机，就不难发现"新星"。市长可以当策划人，经理可以做制片人，靓女可以当主持人，丑男可以做串场人，总之，有权的、有钱的、有脸的，都可以在屏幕上亮相，或者当一两回电视名人。至于别的艺术行当的人，偶尔"×××到此一游"者，就更是大有人在了。还有些大小单位的首长，只要一开会就必想上电视，目的也是想借此扬名。

这电视就如同一列风光车，只要你有钱购票，或者有关系通融，就会潇潇洒洒地玩一回。这样说也许未免夸张了，但是你总不能说不是事实，从电视剧的友情出演，到某些晚会的特邀嘉宾，一个个的就真的那么够格儿？反正我不相信。

按道理讲，像电视这样的传播媒体，由于它的广泛、易传、通俗，就更应该悉心制作，以免在受众中产生不良影响。弄得过于浮躁、庸俗、浅薄，往往会使节目缺少艺术性，白白地糟蹋了这样好的形式。这样说并非是提倡少数人垄断，而是希望电视节目的高质量。

从大范围的节目分类来说，不外乎两种，一种是供群众观赏的，一种是供群众参与的，如果把这两种界限弄混淆了，电视节目的质量就很难保证。我这个并非电视迷的观众，每天所看的电视不算多，仅从我看过的节目上来说，像张艺谋、陈凯歌这样的导演，像李保田、焦晃这样的演员，还真很少介入电视热闹，这使我感到一定的欣慰。如果连有大成就的文艺家，都要时不时地凑凑热闹，这电视就跟快餐差不多了。

当然，真正有名望有学问的人，完全拒绝电视制作，我认为也不见得妥当。光让一些玩主占据电视，电视就会如同旱冰场，无论谁只要穿上旱冰鞋，在场上跑两圈儿，然后就高高兴兴下场，那不太委屈了电视。有人说电视的特点之一，就是时效性强，谁还有工夫细细品咂节目。这话有一定道理，但是并不完全对。有些电视风光片风情片，拍得就很精细、讲究，观后很有哑摸的余味儿。关键是电视制作人，是不是拿电视当艺术，如果觉得好坏都一晃而过，不会给观众留下深刻印象，只要热闹好看就算到位，那恐怕就不怎么好了。电视节目的高品位来自高品位的制作人。

这里说的制作人，并不单指电视专业人员，别的行业的人确有能力，不是为了玩儿，不是为了出名，而是真正愿意献身电视，我想应该同样得到支持。从电视节目里知道，目前有些很不错的主持人，就是由别的行业转岗来的。我认识的几位文学界朋友，利用业余时间帮助节目策划，有的并未在屏幕上出现，这就是真正热爱电视的人。还有些知识性的历史文化电视片，请学者、教授参与拍摄，看后觉得很受启发和教育，使电视的传播功能得到发挥。

电视节目的制作，是要花大钱的，由于财力匮乏，向企业界伸手，这并不值得奇怪。有经济实力的企业家，应该支持电视事业发展，电视领导部门以一定方式，表示对企业家的感谢，这都是情理中的事情。如果认为给了钱，就可以过把电视瘾，连七姑八姨都塞进来，那就太对不住观众了。难怪有的群众问，在电视台上节目，是不是得给导演钱，这种误解的形成，十有八九是因为，有些演员水平太低。即使是专业演员，却并不具备条件，出于某种原因玩了一把，结果败坏了电视名声。

在我国刚刚起步的电视，新鲜劲儿还没有过去，许多人想玩玩可以理解，只是不要玩得过头。真正有独创性的导演，真正有高招的策划人，不客气地说，实在找不出几位来。更甭说像电影导演那样，形成几代的不同风格，而且每一代都有代表作。这是个乱穿衣的电视二八月，也是个人才冒出的机会，因此视电视如生命的电视人，一定要珍惜这个大好时机，认真地在这个园地里干一番。

电视的玩主们有兴趣，可以在娱乐片里过把瘾，绝不能在观赏节目中混，不紧紧把住这道关口，电视节目质量就很难提高。电视这种传播形式，受众多，速度快，把这一形式运用好了，对于提高国民素质，促进各项事业发展，都会有积极的作用。我作为一个普通电视观众，真诚地希望电视工作者，不断地加强自身修养，更多地借鉴国外技术，给我们奉献更多好节目。就是玩儿也要玩出水平，玩出档次，玩出不愧于电视这种好形式。

1999 年 3 月 7 日

作家要有自己的作品

作家叶楠以小说、影视剧作名世，近年又写了不少短文章，而且多有自己的观点，读来很耐人寻味。谈潜艇沉落的文章，谈歌星演唱的文章，都刊登在《今晚报》副刊上。我读后都有些想法，曾及时地跟他沟通过，特别是谈歌手的那篇，我完全同意他的观点、看法。只是在联系到作家情况时，我觉得他有点言犹未尽，甚至于可以说是欲言又止。所以我想就着叶楠兄的话茬儿，说几句我也早就想说的话，算是对他文章的续貂吧。

在《歌手要有动听的歌声》文章中，叶楠兄谈到某些歌手时，说："他们所以能进入歌坛，所以能有较高的知名度，不是由于歌喉，而是由于其他原因，比如，有人缘，比如，有某种特殊背景，比如，容貌姣好，比如气度非凡，风姿绰约……要命的是没有自己主打的歌子，没有代表作……"接着他又说，"其实，这不仅是歌坛，文坛亦是如此。一般情况，作家有他的代表作，作品和作家的名号，几乎是人的名和号一样。"

叶楠兄的这些说法，无疑是非常正确的，只是他的要求未免过高了。作为一个从事编辑工作多年的人，我接触的作家和了解的文坛情况，说不定比专门从事写作的他，还要更多一些更具体些。别说是以代表作立名了，有的所谓"高级别作家"、"著名评论家"，恐怕连几本像样的书都没有，在文坛不是照样人五人六的吗？这样的所谓作家、评论家，叶楠兄给他们冠以"行为作家"，依我看好像都有点过誉了。而且也不是很准确。如果称为"捎客作家"，我倒觉得还比较合适，因为这些人的基本"行为"，无非是倒买倒卖，在作家圈自知地位不显，便谦称自己是某某家，在文学圈外的人群中，便又会以大作家自居，混迹在两头的中间，自己从中捞取好处。

那么，这些作家是如何混入文坛的呢？套用叶楠兄文章的说法："有人缘"？"有某种特殊背景"？"容貌姣好"？"气度非凡，风姿绰约"？咱们不妨用排除的方法，一个个地来验证一下看。

先说后边的两点："容貌姣好"和"气度非凡，风姿绰约"，说一句不中听的话，在文学界打着灯笼，恐怕也找不到两三个，再说在这块地方，好像也用不着靓妞俊哥。这两点就首先被排除掉了。至于前边的两点："有人缘"和"有某种特殊背景"，可以说有也可以说无。因为文坛毕竟还是得有点作品，完全用空手套白狼的办法，最初也还是没有人买账的，就是一时能够得逞得意，到头来总有露马脚的时候。如果非要套用叶楠兄的说法，不妨这样说："他们所以能进入文坛，所以能有较高的知名度，不是由于作品多或者写得好，而是由于其他原因，比如，会利用评论家，比如，有权术，比如，会走上层关系，比如，会吹牛说谎，比如，会拿权钱营私……""这些人要命的是，别说代表作了，就连像样的作品，恐怕都难有多少。一般地说，他们的名号，是跟职位和活动相连的，没有了职位，不再活动，他们就没有了一切，包括在文学界真正的朋友"。以我多年的观察和了解，这些人的出名登天，其基本的做法概括起来，就是两句民间话，一曰："脸皮厚，吃个够"；二曰："利滚利，好发迹"。

我说的"脸皮厚"，就是在开始写作时，尽量讨好巴结报刊编辑，想方设法发表自己的作品。只要他的名字出现在报刊上，谁再怎么说他"下三烂"，他都会当做好的歌来听。这种人大都会揣摸心理，知道当编辑的人十个有九个，受不住几句好话一包茶叶，只要厚着脸皮找上门去，并且一口一句老师地叫着，不信编辑就真的一点不通情理。这也正是包括我在内的一些编辑的弱点。其实我们完全不了解人家的计谋，等着你把人家捧得出了名了，从原来的称谓老师到现在的称谓老某，这时才恍然悟出自己上了当。

作品发表以后，名气自然也就有了，就算是占住了脚跟，编辑这时在他眼里，早就成了无用之物。下来就雄赳赳地向评奖进攻，对于那些评论家、评委，他又会像对编辑似的如法炮制，好心的书生们就会帮忙。最后得了奖又获利又出名，算是有了第一笔本钱，于是以这点本钱再投入，去争官职去谋虚衔，以此招摇不明真相的世人。这就是我说的"利滚利"。不信随便找个这类作家，拿他那个所谓知名度看看，大都逃不脱这个公式：投稿——认识编辑——发表作品——找评论家评论——活动评奖——获奖出名——当官坐主席台、登报刊，从此便会"著名"不离身。报刊稍不小心漏报一次大名，或者名次排得靠后，就认为是对自己不敬，都得利用权力让人家补上。可见这个名分对他是何等重要。

由于这些人的志向不完全在写作上，因此心思也不会往写作上边放，

"作家"这个称号这时对于他们，不折不扣地成了一个招幌，只有在向企业家讨钱时，或者是在出国访问时，或者是在人前夸耀时，他们才亮出来装装门面。像这样的人怎么能够指望，他会有自己的作品呢？当然更不会有代表作。所以我说叶楠兄的要求过高。其实，对于还想头冠作家称号的人，只要他的名字跟作品连在一起，而不是跟别的什么头衔相连，我看就算是最实际的要求了。我们的文学也才会有希望。所以我的这篇小文章，借用叶楠兄文章的题目，就叫《作家要有自己的作品》。

2001 年 12 月 26 日

信件的时代档案

《旧信重温》这本书，由邵燕祥先生选编。

邵燕祥是位诗人、作家，早在 20 世纪四五十年代，就开始写作诗歌、杂文，还曾经在《诗刊》任职，自然会结交些朋友。书中收集的两百多封信，都是邵燕祥的朋友、熟人，在不同时期写给他的信，时间跨越半个世纪。可以说是一本信件档案。

从这些信中可以看出，邵燕祥是位很重情谊的人。稍微了解历史的人都知道，这 50 年来可谓政治运动频仍，朋友关系和信件、日记，往往是使一些人遭殃的罪证。更多的人疏远和烧弃还来不及，哪里还肯惦记友情和保存信件，邵燕祥却精心地"珍藏"着这些信札，这份可贵的胆识实在让人敬佩。

从这些信件中还可以看出，邵燕祥是位细致的人，他保存的朋友们的信件，有的是真正的信函，有的只是个一般便条，凡是有些内容的都未随手扔掉。比如我在《新观察》当编辑时，跟他谈稿件的一个便条，当时只是顺手写来让人捎去，他却保存下收入书中。只有待人宽厚做事认真的人，才会有如此的耐心和诚意，邵燕祥的真诚很让我感动。

这部用朋友们的信件编成的书，读后让我想起《两地书》、《傅雷家书》，却又跟这一类书完全不同，《旧信重温》是一本更独特的书。我之所以说它独特，起码有这样几点：一是，这本书中的信件内容，大都记录着写信人当时所处环境和真实思想，从个人视点反映出世事人情；二是，这本书中的不少写信人都是邵燕祥的早年相识，后来因为政治运动的原因，只见过一两面便音讯阻断，一旦环境允许就相互寻找，足见真诚友谊是长存的；三是，这本书中的不少信件，或探讨学术问题，或谈论创作得失，而且是坦率相陈、忠告，很少时下评论的虚假，读后能给人以教益；四是，这本书中的多数信件，文字朴实无华情感真切，从中可看出这些写信者，都是些不尚客套的诚恳人。

总之，从这本《旧信重温》的书中，我们可以真正体会到，"友谊天长地久"、"交一位好友如读一本好书"等等，这类听惯说滥了的旧话，却又真的有一定的道理。

我读的书不多，读书也不精细，但是从读过的书来讲，我比较喜欢书信文体。书信和日记这两种文体，只要写主不是存心发表，或者想达到什么目的，一般地说都很真实，事藏不得假，情掖不住虚，文饰不了真，读起来也就格外亲切。像眼下流行的回忆文章，就缺少这种原汁原味，很多是兑入甜水之作。不是有意篡改事实，就是着意美化自己，就是说到别人的事情，也得故意避开伤疤，生怕惹当事人不悦。其实任何事情的发生，都有其历史原因，就像小时候尿过炕，今天成了什么人物，重提幼年这段往事，丝毫不会影响声誉，说不定更让人觉得可信。

《旧信重温》这本书，无论是内容还是用语，甚至于连书写格式，都保存着原来的样子，可谓真正的"原生态"。给邵燕祥写信的朋友们，谁也不可能想到收信人会把这些信件保存至今。今天的读者读到这些信，不仅会感受到真实，还会感到样式多样，从中可领略友人之间的随意。读者无论年长还是年幼，读了这本《旧信重温》，都会从中受到一些启发。从这个意义上讲，跟邵燕祥一起"重温"这些友人的"旧信"，我们仍然会感到新鲜。

2010 年 6 月 12 日

作家同名累

店有店名厂有厂名人有人名，无论名字起得多么漂亮动听，在社会交往中都只是个符号。由于种种原因造成同名的，在我们国家好像很平常，过去从户籍上查找现在从网上搜寻，成百上千的同名多有存在。在信息不发达的过去，同名相遇的事情也有发生，却很少被人知被人理会，全面实行市场经济以来，商业上的互相竞争越演越烈，同名相遇如何处置也就成了问题。

北京有家名为九头鸟的餐馆，前几年可是红火得不得了，大概正是因为红火收益不错，致使家族之间产生矛盾，最后打起争店名的官司，经法院审理最终判输一方，不得不改名为九头鹰餐馆。从发行量上号称第一刊的《读者》，创办之初的名字是《读者文摘》，火爆以后引起美国《读者文摘》注意，因为人家是享誉世界的名牌，咱们的《读者文摘》只好更名，把"文摘"去掉留下"读者"。这是比较明显的同名官司。至于在名字同音或笔画上做文章，想用这种办法搭车生财的事情，在商业界和出版界屡有传闻。这时名字的含义就不再光是符号。

上边说的是单位或商品。那么人的名字相同如何呢？别的各界情况不详。仅我供职的文学圈，同名者就有好几位，比如"李准"、"周明"、"徐刚"、"张健"，多年一直是"双雄"并列，为了不贬低任何一位的大名，人们就用"老"、"小"、"大"或职业区分。如"老李准"、"小李准"，"大周明"、"小周明"，"诗人徐刚"、"小说家徐刚"，"作家张健"、"官员张健"，这样就少去了混淆的麻烦。所幸这几位都有一定名望，而且没有伤雅传闻发生，彼此间尚能相安无事，否则一定会像商业同名论清浊。

不过即使这样也有动静，比如老作家李準生前，为与评论家李准区别，他发表文章时特别强调，把名字的"準"字用繁体。"老李準"名声大文学成就高，采取这种办法处理同名，他在世时我曾当面表示敬意。为什么呢？因为他让我想起另一位作家。我在《新观察》时他给我投稿，后来从群众来稿中发现一篇文章，很适合我们杂志刊登就发表了，作者名字跟那位作家同字同音，于是那位作家给我来信让我做工作，请那位作者不要用跟他同一名字。我当然不能帮这个忙，何况那位作家是笔名，那位业余作者是真名，再说人家的文章写得并不差。仅仅因为你的名气大，就让人家改名字，这未免太欺负人了吧？我连理都未理。

同字的名字如此麻烦，尚可理解。谁知同音字的名字，有时也不消停，作家王蒙在自传里说，他和原38军政委王猛，同是河北沧州人士，还同是中共中央委员，按姓氏笔画排序，开会就坐到一起，两人闲聊天儿时，说起因名字同音，曾被人误认的事情。作家王蒙告诉军人王猛，他去正定大佛寺时，曾被人称作"王政委"；军人王猛告诉作家王蒙，他说他去什么地方，常被人问起有什么新作。一位曾任国家文化部长，一位曾任国家体委主任，只是名字同音不同字，按理是不应该被误认的，却同样出了一些笑话，幸亏两人都是名人和高官，还算无什么大的妨碍。这若一位是个普通人，普通人被误认为名人，一般人被误认为高官，不言语默认了不好，当面解释也很麻烦，那双方该是多么尴尬啊。几年前北京胡同居民区里，就发生过这样一件事：一位年轻母亲走出家门，喊在胡同玩耍的孩子，那个孩子的学名，恰好跟一位大官一样，结果惹得许多路人观望，以为是那位大官驾到。

说到同名我也想到我自己。我用现在笔名发表文章后，有好几位天津朋友跟我说，你这个名字跟天津某某官员，发表文章所用笔名一模一样。还有些外地读者误以为，我就是那位官员作者。所幸那位同名官员不在了，我们两个也就不必再区分。即使是这样我也遇到过麻烦。我从搜索网上查寻，跟我笔名相同者，还是有相当多的人，只是他们的年龄小，跟我这七旬老汉，总不至于弄混淆。因此，有的人用跟我相同名字，写不负责任的文章发表，唯恐读者不相信，竟附上我的简历，弄得我不得不发表声明。不过我也有沾光的时候。比如前些时一位朋友来电话，张口就说："'老首长'，我在潘家园旧货市场买了本旧杂志，上边有你和老作家孙犁等人过去的合影，可是从年龄上看又好像不是你，什么时候我带给你看看。"我一听是他不了解情况，把我跟那位官员作家，因笔名相同给弄混了，我哪敢掠此"老首长"美称，于是赶紧说明同名之事。这位朋友才顿时大悟。

前边说的那些事情，毕竟说的是健在人，总还不至于如何。倘若死人身上的事，由活人同名者顶替，那就会陷入尴尬。比如，有部写"右派"

的书，说某某在饥荒年代，病饿死于北大荒。这某某是我认识的人，多年无音讯和来往，读时起初还未在意，后来这某某现身了，给我来信说明情况，方知他已经80有余，愉快地生活在上海。据此我写了篇文章，发表在《中华读书报》，结果引起轩然大波，有好几个人斥我弄错。经报社出面调查，最后总算弄清楚了，原来这两个人同单位，姓同名同音不同字，一个叫琪一个叫祈。琪活着祈已死。按说这只是个误会，没有什么了不起，我指出来的目的，就是想给活着的同名者以安慰。却不料因此得罪了朋友。这同名的事也真够害人。

更为有意思的是，胡乔木和乔冠华，两位都是党内笔杆子，同出清华园，同为盐城人，同用"乔木"笔名写作，世称"苏北二乔"。几年前我写过一部回忆录，出书时想用《方生未死之间》书名，一位年长朋友读后说，你不能用这个书名，我年轻时读过一篇文章，就是用的这个篇名，这篇文章当时相当有名，作者乔木就是乔冠华，你再用容易引起误会。这时我才知道此事，只好把书名改成《春天的雨秋天晴》，以免引起攀附之嫌。后来有人谈论胡乔木，说他用的笔名是"乔木"，我还为此跟朋友争论，说"乔木"是乔冠华，朋友非说是我记忆有误。有机会再见那位长者朋友，我就向他询问起此事，他说你们两个都对，乔冠华在香港写国际时评，用的笔名是"乔木"，胡乔木在延安发表文章，用的笔名也是"乔木"，由于这两位都偏爱此笔名，谁也不肯放弃使用，为了区分这两位大笔杆子，从此就按所处地域称谓，把乔冠华称为"南乔"，把胡乔木称为"北乔"，不仅解决了重名之累，而且演绎出一段趣事。

两"乔木"都是耍笔杆的，不过各自本名还算不同，而且都是政界大名人，更多的读者尚能分得清。最近，我又发现画家中，有两位赵士英，一位在北京，一位在天津，北京的这位我认识，天津的那位不熟悉，开始我并未分清。北京画家赵士英，我认识将近3年，只是近些年无联系。有天读《今晚报》副刊，发现一篇文章插图，作者的署名赵士英，以为就是我认识的那位，心想，这老兄多年不见，怎么跑天津去啦。这样想想也就过去啦。后来在《今晚报》上又见一幅插图，作者署名仍然是赵士英，完全出于好奇和关心，找出北京画家赵士英，前些年赠送我的几幅画，两相对照，这才发现，画风笔法完全不同。恰好这时有报载，北京画家赵士英，以全国政协委员身份，在他家乡烟台市，举办个人绘画展，我想这又是一起重名。如果遇到不熟悉作者的人，或者分不清画风的读者，肯定又会闹出许多笑话来。

这同名的事情，在正常情况下，有时相遇一起，只能产生佳话。倘若是在过去政治运动中，因同名带来的麻烦和倒霉，谁碰上恐怕都会吃不消。有人因政治历史问题背黑锅，受了不少惩罚和磨难，后来经多方了解查证，弄清楚了才知道是同名。比如"文革"中我所在单位，有个山西人叫某某某，因为说过一句"地主平日省吃俭用，吃香油都只闻香，一年吃一两次白面"，造反派据此去他家乡外调，回来把他定为"地主分子"，说什么他也不肯承认。拖到"文革"后期落实政策，派正常的组织再去外调，原来他名字跟一个地主同名，其实两个人的年龄相差十多岁，结果他却因此担了地主的恶名。当然，也有人因为与某名人同名，给自己带来过一些好处，比如前几年有位作者，给报刊连续投稿多年，都如石沉大海泥牛入河，情急之下来了个顶替法，用一位名作家的名字投寄，结果非常顺利地发表了。编辑部后来知道此某非彼某，那也只能悄悄地认了，谁让你只以名取文呢？

在情面多于实际的现在，名字再也不光是个符号，有的人一旦成为名人，据说名字就会成为财富，含金量有的多达亿计。所以有头脑的人，在萨达姆死后，立刻以其名注册，还有的人以某人名字，按同音注册商标，想借此发一笔大财。由此看来，这同名的事，无论好赖，遇到牵累，总不太快活。难怪现在孩子诞生，如何起个不同名字，就成了家长的大事。名字起得前无古人后无来者，唯此一人别无他者有没有呢？不知道。大概很难很难。

2007 年 8 月 28 日

主编应该既要主又要编

最近两期的《钟山》杂志，封面上赫然标有这样的字样：原创　拒绝　远行。

出于编辑职业的兴趣和敏感，对于这样的事情，我自然比一般读者更会注意。只是起初不十分理解其用意。读了主编赵本夫先生的文章，这才知道是该刊的办刊宗旨。自然也就引起我的一些想法。

赵本夫先生是一位小说家，他担任《钟山》杂志主编，我原以为跟有的作家一样，只是挂个名字而已，具体的编辑事宜不会多管。看到他亲自撰写的卷首文章，并且鲜明地提出自己的办刊思路，我这个退休老编辑颇为欣赏。大凡熟悉文学界情况的人都知道，知名作家在报刊社出版社当社长、主编，早已经不是什么新鲜的事情，从上个世纪30年代到本世纪的今天，我们可以拉出长长一串名字，如茅盾、巴金、靳以、冯雪峰、胡风、丁玲、张光年、冯牧、荒煤、韦君宜、刘白羽等等。这些作家担任主编所不同的，只是出名与出力之分（当然，既出名又出力最好）。至于原来就是编辑出身的作家，现在依然在主持日常工作的，在全国文学期刊中就更多。

可是，不知打什么时候起，出名不出力的当家人，在文学杂志逐渐多了起来。不过请千万不要误会，我这里说的不出力，并非是要让主编跟编辑一样，整天盯着改稿画版组稿，而是单指连个想法都没有，只是占个位子不干活的主编。倘若这种情况在20年前还可以理解反正办刊经费全部由国库支付，办好办差都会舒服地生存下去。在今天恐怕就有点行不通了，报刊市场竞争如此激烈，即使国家有办刊补贴也很有限，一个刊物的当家人不正经主事，很难说是个负责任和称职的主编。

赵本夫先生提出的《钟山》办刊思路，是否会成功那得由读者形成的市场说话，我们这里姑且不去更多地议论。但是他的这种争取不同于别刊的想法，正是一个想干事情的主编的本分，更是今天杂志主编应有的作为。据说美国有家杂志的主编，他有许多好的编辑思路，都是来自于朋友间的聚会。每个月请几位朋友和读者聊天，大家边喝茶吃饭边闲谈，他觉得谁的话里有好题目，便立刻敲定当场约稿，或者把这些好的想法转告给编辑部。主编就是应该既主又编，在这个"主"字上下力气，既不能沦为一般编辑，更不能成为"票友"。这才是作为主编的正经路数。正式担任一个刊物的主编，如果既不能有所主张又不过问稿件，说句不受听的话，您那赶快给想干事的人让地儿，免得耽误了刊物的前程。

作为一个刊物的当家人，又未到七老八十的时候，倘若只是挂个名儿，既没有办刊思想，又不做具体事情，还担心怕影响自己的写作，吃着这盆看那盆，那就有点说不过去了。即使你这个名字再值"钱"，却不能在市场上流通，就是百万元面值也白搭，何况现在的读者又有几个人，买报刊是冲着主编的名字呢？更多时候还是看刊物质量。完全靠名气吃饭，跟完全靠炒作一样，正在渐渐地被冷落。今天的文学读者越来越理智越成熟了。主编就更应该既懂文学又懂市场运作，否则你这个刊物就很难生存下去。

《钟山》主编赵本夫先生，在报刊市场竞争如此激烈的情况下，为给刊物寻找生存的途径，提出有别于他刊的办刊思路，这说明他把心思放在了刊物上。我平日阅读的文学期刊不多，仅就目力所及的一些，像这样鲜明的提出办刊宗旨，并且标示在封面上的好像不多。一般都是标明刊物的宣传用语，如"一刊在手"、"名家荟萃"、"奉献佳作"如何如何，无非是那套刊物商业广告而已。刊物提倡什么主张什么，即使有也不是公开标明，只是在内部选稿时掌握。这些年这样改革那样改革，大多数期刊并没有质的区别，最多不过是在版式上变小花样儿。正像赵本夫先生所说，倘若文学期刊都办得像《人民文学》，全国何必要办这么多刊物呢？

现在全国的文学刊物，孤立地从数量上来看，好像已经很多了。如果从全国喜欢文学的读者来看，其实其数量并不多。关键是缺少特色，没有鲜明的个性，内容形式大同小异，所以才显得数量多。假如每家文学刊物的主编，都像赵本夫先生那样，把刊物锁定在某个位置上，尽量不跟别的刊物雷同，再多恐怕也不会显得多。就像饮食业的全聚德和便宜坊，同样都是京城久负盛名的烤鸭店，一个是用吊炉烤一个用焖炉烤，由于各有各的特色制作方法，市场上就永远都有自己的位置。文学刊物要想生存或生存得好，没有别的正经出路，唯一的就是办出自己的特点。因此就要求主编们既要主（做刊物的主心骨）又要编（提出自己的办刊思路）。

2002 年 9 月 18 日

给"旧书"找个家

说起来，我也算是个吃图书饭的人，正式职业是编辑，业余爱好是写作，前半生都跟图书出版打交道。正是因为有这样的背景，只要是看病或做别的事上街，总要顺便到书店逛逛，除了出于多年的习惯，有时也想淘几本"旧书"，带回家来找时间看看。不过得说清楚，我说的"旧书"，其实并不旧，一年前甚至于半年前，由于不畅销，或者其他原因，就被书店下架了。若问为何下架，书店营业员回答，八成会说："那是旧书啦。"我文中说的"旧书"，就是此类图书。

现在，有的书评家文章，有的图书出版消息，有的图书排行榜，受金钱干扰比较多，我基本上不相信，连看一眼都嫌累。尤其是作品"大家×人谈"，报纸用整版显著地位刊出，好像这就是天下第一佳作，猜想十有八九"钱程"似锦，我更是立刻翻篇过去，让自己眼睛能够清净。舍此办法寻找好书，我也有自己的路数，一是听读过某本书的朋友介绍，他们没有金钱驱使往往更客观；一是读不处于评论中心的学者文章，比走场"学界闹市"的评介要纯净，这两种学问人推介的新书，我觉得要更接近于书的实际。另外一个寻书的路数，就是可能有点"遭遇"的书，由某某出面来说三道四，本不想读这时也要找来读，想看看究竟是怎么回事。

由于，当今图书印制周期比较快，发行部门注重经济效益，更多市场不畅销的图书，或者作者鲜为人知的书，在书店停放的时间很短，而且进货数量也是非常少，这样的书自然也就成了"冤屈鬼"，过早地老死成为"旧书"。这就是当今图书市场的现实，这就是一般图书的命运，这就是更多作者的无奈，同样这也是读书人的悲哀。我作为一个过去的出版人，面对如此情况心里很不是滋味，一首新的歌曲还反复唱哪，一本书难道就不能多"活"几日？要知道一本书的生产过程，从写作印制到资本投入，得消耗多少人力智力时间啊，如此轻率地说打发就打发，难道就真的没有什么办法，让其跟读者多相处几天吗？

面对如此严酷的现实，我常常会想起和怀念，过去那些古旧书店来。像北京的老东安市场，像天津的原天祥商场，在我的青少年时代，都有这样的旧书店，它们是淘书人的天堂，它们是穷学生的乐园，花钱不多就可以买几本书。即使你不想买什么书，随便找一两本书看看，都会有种温馨自在感觉。上个世纪七八十年代，"文革"查封的图书开禁了，在北京的东单和王府井，仍然有这样的古旧书店，喜欢古今中外名著的年轻人，就是在这些地方淘这类书。那时书价本来就不贵，再一打折减价或处理，买几本书用不了多少钱，对于钱少爱读书的人来说，这个地方永远有诱惑力。

图书出版政策相对宽松以后，出版社的出书范围也扩大了，加之印制技术先进周期缩短，图书发行又是多种渠道，尤其是书店注重经济效益，上架新书的周转越来越快，如果不畅销又非名家书，就得早点给人家腾地方让位，许多书都是"英年早退"，成了被弃一旁的过期书。等听人说读过的某本书如何如何好，再去书店买，早已经踪影全无去向不明了。每到这时候就会想起过去的旧书店。

北京现在还有没有旧书店，我没有看见过或询问过谁，反正我知道的那几家，好像早已经都拆房停业了。那年去浙江台州参加文学笔会，下榻宾馆附近有两三家旧书店，觉得非常亲切和新鲜，跟友人结伴光顾两次，立刻勾起对往日的回忆。这时我就会自己瞎想，现在提倡人们读书，图书的价钱这样贵，那些有话语权的人物，怎么就无人想起进上一言，多搞几家特价书店呢？把那些出版不久即"过期"的书，用低价卖给需要的人，比丢弃一旁成"旧书"，岂不是最好的归宿。

爱赶时髦读书的人，希望读最新出版的书；习惯品咂书味的人，愿意仔细寻找喜欢的书，这要看每个人的读书兴趣。倘若让新书不"旧"，让"旧"书多保"新"几日，这两方面的读书人都能满足，解决这个问题的最好方法，我想就是多开几家古旧书店。而且作为城市的文化体现，这古旧书店的文化含量，更显出城市的底蕴厚重。像北京、上海、天津这样的大城市，过去曾有众多古旧书店存在，今天就更不应该让它减少。给"过期"的书找个家，让读书人多些选择。城市因为有多种书店，就会越发温馨和美好，显出适合人居的魅力。

2007 年 7 月 28 日

读的书与摆的书

"坐看西岭月，卧读古贤书"。从这两句古诗中，我们可以知道，一是躺在那里读书，跟观赏风景一样快乐，不然诗中不会有看月的对应；二是尽管印刷术不如今天发达，古书中仍然有轻薄的图书，不然不会有诗中说的卧读书。我这篇小文章，就是想说想问，现在的图书中，从装帧的角度讲，还有多少可以卧读的书呢？

我的散文集《时间的诉说》，是一套五人丛书中的一种，2007 年由安徽文艺出版社出版，文字不过 15 万字，页码不足 200 页，6.5 个印张，开本是 800×1230、1/32，定价是 15 元。可以说是一本标准的小书。我邮赠给袁鹰和张祖道两位前辈，这两位师友接到后分别打来电话，跟我说了相同的意思："这本书厚薄大小正好，很适合躺在床上阅读，现在有的书开本太大，双手捧着都嫌沉，怎么可能让人读得轻快呢？"我想只有真正的读书人，才会说出上边一席话，如果把书当做陈列品，觉得书页少开本小不气派，绝对不会有如此的感慨。同样，最近得老作家姜德明兄寄赠新书《金台小集》，开本 787×1092、1/32 比我那本还小，接到当天晚上我即躺在床上拜读，没有任何负重压手的感觉，自然也就获得了读书的快乐。

由此我想到，现在的图书出版，考虑经济效益多，思谋读者方便少，这几乎成了普遍的现象。动辄几十万字的书稿，好像不如此不足以表现作者的"重量"；极尽豪华的装帧印制，好像不如此不足以显示设计的"才情"，结果，图书阅读的功能越来越小，图书装点的性质越来越大，当然，藏匿在背后的经济效益，明眼人也是一看便知的。这不能不说是图书出版的歧路。

在每年举办多次的各地书市，从一开始就有打折减价图书，而且幅度还是比较大的，真正的读书人就借此机会，采购"身未老价先掉"的书，那情形很像食品匮乏时期，穷苦人抢购大白菜吃心渣。如果按照标明定价来判断的话，这样的折扣和减价应该赔本，可是出版社好像并无此忧虑，这说明图书的原有定价就比较高，售出一定数量已经收回成本，余下的图书再怎么打折都是赚。这样就提出了个问题，既然有的图书可以减价，为何不从开始就把书价定得适当让普通读者买得起呢？我留意了一下我居住的小区，每天黄昏时分摆出的书摊，大都出售各种乱真的盗版图书，而价钱却远比正版便宜，如果不收藏只阅读的话，这样的书对于普通读者，自然有它一定的吸引力。

当然，盗版图书是违法的不道德的，可是，倘若换个角度来看问题，出版社把书价定成天价，即使不算违法难道就道德吗？话再说回来，如果图书出版者销售者，少考虑点经济效益，多思谋点读者利益，从阅读方便想些办法，例如，开本做小点装帧做简点，成本低了书价便宜了，这不仅会惠顾读者，而且销售也会畅快。据安徽文艺出版社领导讲，我们这套五人小丛书，不畅销却也未滞销，关键就在于是套读的丛书，而不是摆着装点门面的书。我们不妨设想一下，倘若，把小书做成大书，把普通做成豪华，把低价定成高价，是一套很气派的书，再加上大宣传猛造势，出版社肯定会发一笔财，只是也就会减弱了阅读效果。

我至今保存着早年出版的书，装帧设计、印刷技术和纸张，跟今天是无法同日而语的，但是它们最为可取的地方，就是有利于读者的阅读。一是开本薄厚大小适中，坐读卧阅都很方便；二是书价定得比较合理，相中的书想买就买，图书真正体现了阅读功能。我那时买的最豪华的图书，就是1956年版的《鲁迅全集》，也只是布封面加纸封套，但是开本既不加宽加长也不沉重，用怎样阅读方式都很适宜。像我这样的工薪阶层，在当时购买毫不犹豫。现在出版的《鲁迅全集》什么样子，我未买过也未看见过，别的所谓文学礼品图书，我倒是领略过它们的尊容，被打扮得简直就是个土老财，极力显示它的华美和贵重，本应该以阅读为目的的图书，如今成了被人玩赏的物什。这到底是出版业的倒退还是进步？我说不清楚。反正我觉得这样的图书，绝对不是为阅读而出版，跟古玩字画陶瓷艺术品一样，只能满足少数人的虚荣心。

谁都知道也已经意识到，如今网络阅读很活跃，纸制图书日渐式微，出版人究其原因，往往会把责任推给读者。如读者心过于浮躁，如读者爱看电视，如好多人不愿买书，如此等等，就是不肯也不愿意，把自己的原因也算进去。是时候了，把目光转到读者身上来，多出版些内容丰富，开本适合随意阅读，价钱读者买得起的书，这才是正路。当然，图书也就回归到阅读的性能，这对于读者和出版者都会是好事情。

2009年4月6日

研讨会应该既要研又要讨

近几年很少参加文学作品研讨会。原因概括有二：一是会议不邀请，二是自己不想去，久而久之也就无缘参加了。会议不请，是自己不够资格，因为作品研讨会是讲究规格的，规格无非是与会者的身份，如果你是个大的官员可以增光，如果你是个大的评论家可以添彩，这两者我都不沾，自然也就不在被邀请之列。自己不想去，是不想当凑数的"托儿"，因为研讨会是应该讲点学问的，当然要以研究作品的学者为主角，我自知读书不多没有学问，自然也就不想成"梅菜扣肉"中的梅菜，勉强陪衬着成一道"菜"端上宴席。那样自己和别人都不会自在。

不过偶尔也会去客串一回，那要看是在什么情况下。如果是多年好友的研讨会，一般情况下都会去，这叫友情为重站脚助威，而且绝对坚持到底不溜号。二是自己确实喜欢这部作品，又有话要说而且想说，自然不想放过表达的机会，以便检验自己的判断能力。

最近又有个例外，正经地客串了一回。去天津参加获奖青年作家赵玫、萧克凡等人的作品研讨会，因为会议在我的家乡天津市宁河县召开，文友们知道我早就想找机会回老家看看，而且事先言明光出耳朵听不发言，于是就跟评论家何镇邦先生一同前往。俗话说，天下没有白吃的大餐，你既然不出钱不发言，至少也得规规矩矩地听会吧。两个半天的研讨会发言听下来，竟然让我改变了对研讨会的看法，这大概是我这次想占便宜的回家之行，意外而且也是最大的收获。可见看问题做事情都不能一概而论，此一地非彼一地，此一人非彼一人，自己窗前雾气大不等于天空不晴朗。

说句不避嫌的话，这次的文学作品研讨会，我很欣赏。觉得研讨会这样开很有意思。那么，我究竟欣赏它的什么呢？

一是它的平等。一张不算大的圆桌子，摆着二十几把椅子，桌子上没有人名牌，座位没有主次之分，谁愿意坐在哪儿挨着谁，全由你自己随意选择，就像朋友们聚会似的轻松。再有就是没有高级别官员出席，发言更是不分先后贵贱高低，很有点来了都是朋友的味道。

一是它的活跃。每位发言的人都有准备，却又不拘泥于文字讲稿，说着说着或跟作者交流或别跟人交换看法，作者本人若有不同意见，亦可以当场说明情况或商讨，别的人还可以随时随地插话。有时还有些小的争论。总之，气氛显得非常轻松、活泼、自在。

一是它的学术气氛。发言的人没有套话奉承话，就像中医诊病把脉，仔细地告诉你作品的不足，并且开出自己的"治疗处方"。连"别多考虑挣钱，还是要写得从容"的话，都可以当场说出来，而作者一点都不恼怒。拿这位作家跟另位作家相比，两个人同时都在场，说好说歹说高说低都没关系，每个人都能坦然接受。

一是它的学术宽容。参加研讨会的评论家，年纪大的不过六十几岁，年纪轻的也就是四十左右，可是他们都非常真诚地提出，应该再吸收些二三十岁的博士生，以便让文学评论吸纳新的观点。这在有的评论家恐怕就很难接受。其实任何事情都有个换代的问题，学问就更应该不断地更新才是，可是在有的地方想做到也难。没有老资格学人的宽大襟怀，就不会有年轻学者的成长。

一是它的无报酬。评论家阅读书稿拿审读费，参加会议的人拿车马费，这在今天已经是约定俗成的事。在商品社会里这是无可厚非的，因为评论家们的时间就是财富，适当地给予感谢性的报酬并不为过，何况评论家学者们还要付出智慧。我之所以在这里提出此事，目的是想说明，在这个作品研讨会上，尽管没有拿到任何报酬，评论家们依然认真做学问。没有一点"待价而沽"的现象。

总之，天津这个作品研讨会，既不是广告发布式的，又不是评功摆好型的，更不是权钱展示类的，与会者大都能严肃地研究探讨。发言者观点鲜明话语爽快，作品读了多少就说多少，看法是好是坏不藏不掖，真正让作家在研讨会中得到裨益。就连我这个不太愿意参加此类会的人，听了这次的作品研讨都觉得有收益，不虚此行。就作家来说，倘若真正想在创作上有所突破，像这样给作品把脉开方的研讨会，还是应积极提倡多多召开。

2002 年 9 月 18 日

闲说文坛称谓的变易

北京老作家赵大年先生，在《称谓杂谈》文章中说："上个世纪五六十年代，先生这个称谓已属凤毛麟角。譬如，北京文联的职工互称同志，仅尊称老舍、梅兰芳、马连良等几位名家为先生……"那么现在，北京文联职工互相如何称呼，对于有官衔的人如主席等怎样叫，大年兄的文章中并未讲，说不定也已经有了随俗的称谓。反正有的文化群众团体已经改了，特别是对于有职务和行政级别的人，叫法跟党政机关几乎无异，"某局""某处""某书记""某主席""某主编"，传统称谓早在甜蜜的声音中异化。

譬如，我退休前供职的中国作家协会，不要说上世纪五六十年代了，就是在七八十年代，从未管茅盾、巴金两位先生叫过"主席"，当面私下都是直呼"茅公""巴老"，至于主持日常工作的张光年（光未然）、冯牧、唐达成、马烽等，还有作家出身的副主席，如艾青、丁玲、冯至等诸位前辈，同样没有谁称呼他们"书记""副主席"，大都是名字之后加"同志"二字。一般职工包括有职务的人，或直呼其名，或叫某同志，或尊称某老，好像成了中国作协的传统。这样的称谓，叫的人随意，听的人舒服，毫无距离感，反而觉得亲切。

如何称谓，看起来是小事，其实，反映着人与人的关系，体现着单位的作风，尤其是像作协、文联等群众团体，称谓还是与"行政机关"区别的"标志"。老一代作家主持中国作协时，我们这些工作人员，有事找他们请示、商量，只要打个电话过去，或者到办公室去谈，绝对不会碰钉子吃闭门羹。外地作家来北京到中国作协，无论有无职务、认不认识，领导人都会热接热待，更没有秘书挡驾这一说，何况他们也无专职秘书。有的人不了解作协传统，开口叫他们职务，马上就会被劝阻或制止。那时的中国作家协会，仅凭这样的互相称谓，就格外令我等过来人怀念。对于中国作协会员来说，那时的中国作家协会，更是名符其实的"作家之家"，感觉如家人般亲切和随便。

遗憾的是"老延安"们谢世了，老作家们也都陆续地走了，他们的后任大都已经退休了，这样平等、亲切、动听的称谓，好像也就随他们而离去，在中国作家协会再难听到。谁是改变优良传统的始作俑者呢？许多人的心里都非常明白，只是谁也不便公开地说，而且还得随大流跟着这样叫。为什么呢？据说是怕"人家"不高兴。这个所谓的"人家"，当然是指那些什么官。本来不应该属于官场的地方，从此就进入一个"官称"的"时代"，后来者想改变怕也无力回天啰，因为声声甜嘴蜜舌的呼叫，听起来总会比直呼其大名，更让听者心里舒坦得多得多。

从道理上讲，称谓跟名字一样，只是个符号而已，跟什么东西编号，我看也无什么两样，区别开来就可以了。然而，实际上又很不同，平等、随意的称谓，会缩短心灵距离，谈话说事无顾虑，在感觉上有种亲和力。尤其是像作家协会、文联这样的地方，又不是正经的党政机关，经常出入的大都是文化人，行动上本来就愿意无拘无束，用官职来称呼就等于砌了道墙，彼此之间就把心完全隔开了。至于说到如果不叫官职，有的"人家"就会不高兴，说明这个"人家"太拿官当回事啦。既然如此介意、在乎，何不找个党政部门，正经地去做官员，在文人堆里混干吗。

中国作家协会机关告别简易楼，迁入一座正式新建大楼办公，互相间称谓好像也"楼化"了，有职务的人几乎都变成了官称，过去的平等称谓再难听到。这倒也没有什么不可，反正还是起个符号作用，只是作为过来人的我等，只要想起那栋简易楼，就会想起那些可敬的老作家，更怀念那喜欢的过去的称谓。原因大概就是，尽管那些人是领导，但是我却没有感觉，在我的记忆和印象中，从来没有官职意识。他们和我等的称谓，彼此间就是个名字。而这名字如同一马平川，让我们一起并肩行走，说话做事都非常坦诚。

真的，那时的称谓，透着真诚，荡着温馨，在感觉上人与人是那么亲近。

2007 年 7 月 26 日

何必非得吃"满汉全席"

记得有位中年作家说过，不必太把评奖当回事，这话说得太有境界了。在某些人把获奖跟创作成就完全等同的今天，能够说出如此超脱的话来，即使这位作家的作品跟获奖无缘，我相信他也会写出好作品来。在浮躁喧闹的文坛，真正想写作的作家，创作才能，生活积累，这些当然都是必不可少的，但是比这些更重要的，还应该有一个平和的心态。

我不懂足球也很少看比赛，是个地地道道的足球盲。对于大名鼎鼎的米卢，更说不上崇拜与否，然而对他的"快乐足球""享受足球"的倡导，我倒颇为欣赏和赞同。这位洋教练把中国足球队带入世界赛场，是不是得益于他的这种"轻松"理念，我这个外行人没有办法说得清楚，反正从各种媒体的报道中看，这种理念起码让球员心灵解放了，不再负载那么多神圣的东西上场，结果球踢得越来越轻松也越好。

文学创作也是如此。作家再有才能再有生活，倘若写作时心沉静不下来，一拿笔就想得奖，琢磨用何种手段活动，这样写出来的作品即使获奖，又当真能够体现多少成就呢？国外文学巨将们的不朽著作且不说，就以鲁迅、茅盾、巴金、沈从文、冰心、艾青等文学前辈，他们在写作之前想过获奖吗？作品问世之后又获过多少奖呢？我相信他们绝没有想得那么功利。起码他们中有的人没有赶上评奖的时代。

当然，我这样说，绝不是否定今天的文学评奖，更不是抹杀获奖者的成就，而是对于有的作家对获奖痴迷的程度，让我实在感到惊奇和不解。前些时一位朋友告诉我，有位年纪老大不小的作家，在作家群里也算是个人物，手里的奖杯奖状本来够多得了，听说最近又有一项文学大奖快要启动，据说此公立刻四处奔走托人游说，想争取来个文学奖的"满汉全席"。好像这样一来他的文学创作"成就"，不是跟鲁迅同起坐就是跟巴金相比肩，至于别人是否这样看，他好像并不在意，只要自己感觉良好就行。由此让我不免怀疑起来，此公过去获奖的来路，是不是也有活动的成分？

设奖评奖的目的，无非是想鼓励创作，出新人出精品，繁荣我国文学事业。这样的举措，对于提携青年作家，给文学注入活力，都有不可小视的作用。老作家倘若有好的新作，其水平又超越了自己的过去，给予个肯定性的奖励，当然也是非常必要的。只是这样的情况并不多见。如果仅仅是想来个"满汉全席"，就动用自己的地位权力，跟青年人争夺奖项，那就无论如何也说不过去了。再说如今的奖项就像电脑更新换代，稍不留意就会蹦出一个来，你老是这么得陇望蜀地奔波，就真的不怕把老腰给闪了？

作品的好坏，是客观存在。尽管今天的评奖做法，还不能完全做到公平，但是你的作品真的光芒四射，相信多少双手也不会捂住，光芒照样会从缝隙里透出。靠作品功夫之外的不轨做法，争取自己的作品获奖，这说明作者的不自信，只好从作品之外补救。话再说回来就是任何奖都有你一份儿，在国内吃了"满汉全席"，再到国外去拿洋奖吃西式大餐，那又该怎么样呢？是可以增寿，还是不得病啊？作家的写作，在某些方面，跟运动员类似，达到一定水平，就很难再突破。翻开中外文学史，一个作家笔耕一生，真正被人记住的作品，能有几部几篇就很不错了。如果你获得的那个奖，真的代表了你的创作水平，其后的作品没有超越，再活动多少大奖金奖铝合金奖，还不是自己水平的重复。何必如此劳神伤身呢。

说不要把获奖当回事那位中年作家，他出于什么心理状态这样说的，我作为局外人不好过多地猜测，但是从不少人的议论中推想，这里边也有个评奖不公的问题。我这里所说的不公，暂且不说对作品水平的审定，单从作品评送这个阶段，就不可能包括全部够水平的作品，有位出版社编辑就说过，某某作家整天来电话催我，让快把他的书送去参评，你说我能驳他面子不送去吗，而送评的书又有数量限制，送了他的就不好送别人的了。每一次评奖活动到来，倘若这样的"积极分子"有几位，想吃"满汉全席"的食客再有几位，您想这样的评奖能保证公平吗，更不要说公正了。

评奖是好事，作为组织者要办好，作为参评人不要太计较，大家都以平和心态对待，创造个良好的评奖氛围，评奖才会出新人出佳作，评奖才会推动创作繁荣。当然，有条件吃"满汉全席"的人，也不要完全在乎我的议论，想吃该吃你照样去吃，只是希望不要去抢食。获奖事小，名声事大。从事写作的人，没有操守跟没有思想一样，很难说是个作家，起码不能算个好作家。

2002 年 5 月 18 日

文坛自有细心人

在我认识的文坛师友中，很有几位细心的人，在几十年文学编辑岗位上，或者在长期文学活动中，他们结识了不少作家，经历过许多文坛风雨，平日都仔细地留下一些资料，近年写成这方面的书陆续出版。这些书不仅对文坛人物事件多有记述，而且附有照片、信件和相关资料，读起来非常亲切、直观和受启发。这些可供欣赏参考收藏于一身的书，简直就是一座座书的"文学库"，探手便可轻取往事"珍宝"。

每次接到寄赠来的这一类图书，兴奋之余不免感慨唏嘘一番。尽管我也在文坛吃了几十年饭，经历过的事认识的人也不算少，但是平日却没有这方面的资料积累，现在想写点文坛往事的文章，只能在自己有限的记忆里回想。比如在20世纪的80年代初期，中国散文节在天津举办时，陈荒煤看望孙犁和方纪；作家访问团访问天津农垦系统，韦君宜看望孙犁和方纪，陈老和韦大姐这两位前辈，他们知道我是天津人熟悉情况，就都提出来让我引路和陪同。这些前辈会面的情景非常感人，那种氛围现在还萦绕于我的心中，却没有记下当时任何一点文字。这在我不能说不是个遗憾。因为在我的印象中，他们这次的会面，好像是最后的一次，其后相继生病或去世。倘若能像一些师友那样，回来赶快补记下来，或者带上个相机拍些照片，岂不是会给文坛留下点资料？我的头脑里就是没有这根弦。

除了收藏信件、照片的友人，还有些同样细心的文学友人，只要有机会参加什么会，或者在什么场合有人讲话，他们都会一丝不苟地记录。长年累月地记下来，就是一笔资料财富，什么时候做学问写文章，说不定就会用得上。我没有当面询问过这些朋友，但是我相信他们的记录本，肯定要比他们出版的书多。他们从文态度的严谨和学识的渊博，在同行中颇得称道和羡慕，大概同他们的细心不无关系。类似这样有记录习惯的人，我认识的作家中有好几位，虽说他们都比较年轻历浅，在搜集文学资料方面却很用心，有的趁在中国作协工作之便，不声不响地记录下不少资料，最后写成很有研究价值的书，许多同行惊讶他们的用心细致。由于他们掌握着大量资料，有谁若写关于文坛的什么事情，一时记不起时间地点询问他们，随时一查记录就会准确无误地说出。他们是文坛的"活字典"。

熟悉文学界情况的人都知道，几十年的风风雨雨是是非非，过去再有看法想法都不便说，使得许多真实情况都搁置在旁，特别是在大批前辈作家谢世后，当时的参与者已无机会亲自讲述，梳理陈年往事的任务和责任，就自然落到了当时的年轻人身上。这些当时的年轻人如今也到了老年，再无人事顾虑再无个人想望，讲述评说起来反而公正客观。除了前边提到的那类书，就我所知，还有几本回忆文坛往事的图书，或写某个文学界的大人物，或写某次文学界的运动，由于丝毫不避讳个人观点爱憎，基本真实地反映了当时情况，在读者中产生一定的影响。这些文坛后生晚辈的著述，听说在圈内已经引起注意，相信对于写作文学史，将会是难得的第一手资料。

谁都知道，在我国所有职业中，最敏感的当属作家。尤其是在二十九年前，政治运动几年一次，每次文艺界都首当其冲，作家如同温度计的水银柱，只要政治气候变化就会显现。所以说记录书写文坛往事，对于研究我国社会生态，以及探讨人性优劣好坏，都是非常难得的原始资料。这些文坛的细心人可谓功不可没。正是因为他们积累下这么多资料，并且经过多年的时间过滤沉淀，在比较理智的情况下重新认识评说，即使当事人健在也会心平气和地看待。正如人们常说的那样，时间是"公正的法官"，前辈往事由后人评说，很值得人们关注。

当然，由于有的当事人已经谢世，讲述的事情难以对证，或者因为涉及某些禁区，有的事情不便更深入评论，让后辈人完全放开来写，似乎会有一定的困难。这就使这些回忆性文章，多多少少留下一些遗憾。我们只能假以时日等待未来。不过不管怎样，现在有人开始记述，总是一件好事情。

2005 年 6 月 24 日

忘却有时也是一种幸福

忘却有时也是一种幸福。

当那些不愉快的事情，在某个不期的时辰，突然袭上寂寞的心头，像一条蛇似的缠绕着你的记忆，想摆脱就是摆脱不掉，这时你不觉得忘却也是一种幸福吗？

可能是过去肩负太重的艰辛，在今天可能轻松度日时，我真的想忘却那些痛苦的往事，让快活充斥每一天的每一秒钟。然而，那些不愉快的往事，却偏偏在我静息时，大摇大摆地走过来，心安理得地跟我对坐，用奇怪的眼睛望着我，仿佛在说：朋友，你真的记不得我了吗，咱们可是打过交道啊。这时我的躯体和魂魄，就像一座不坚实的小屋，因被抽去一块小小基石，开始晃晃荡荡起来。为求得一时的安定，就会羡慕那些记忆不健的人。

也许有人会说，有记忆多好啊，那不是健康的标志吗？是的。有记忆固然不错，只是要看记忆着的事情，是不是给你快乐，是不是值得记忆，倘若这记忆的往事，让你有过剔骨敲髓的疼痛，难道你还想重新领略吗？人都是愿意为快乐而生存，绝不会想在痛苦中讨日子。我这凡夫俗子，当然更是如此。前半生过得实在不平顺，总想在可以安享晚年时，让快乐织一张柔软的网，舒舒服服地罩住筋骨。谁知那些不愉快的往事，却像一只只长足大肚的蜘蛛，在这张网上不住地爬行，弄得你不疼痛却心发痒。

每当那些不愉快的往事，悄悄爬上心头的时候，唯一的希望就是能够忘却。虽然不能承受痛苦记忆的生命，显得过于脆弱和嫩弱，但是我宁愿被人嘲弄，却不想忍受记忆的折磨。记忆有时也许是一种快乐，然而，忘却有时也许是一种幸福。让有快乐往事的人永远记忆着快乐，让有痛苦往事的人永远忘却那痛苦，这样命运对谁都显得公平合理，生活也会因为五彩斑斓而极富诱惑。

2001 年 10 月 12 日

真诚的心祭

公刘先生逝世百日，他的几位好友聚在一起，追思这位当代诗人。

这几位朋友都是与公刘交往多年的人。年长者如蔡其矫、牛汉、许觉民、马萧萧几位先生，都已经是八旬或近八旬的老人，年轻点的如邵燕祥、从维熙、林希、刘锡诚和我，其实也都是快 70 岁的人了，由于大家敬重公刘的人品，以及他在文学上的成就，朋友们自发地凑到一起，共同为他献上心香一瓣，表示对公刘逝世的深切怀念。每个人都怀着一颗真诚友爱之心，回忆这位多难诗人的生前往事，祝愿他在天国里能够活得快活。

得知公刘逝世噩耗的当日，邵燕祥和我都赶写了文章，分别发表在几家报纸。公刘生前的其他友人，后来也陆续地写有文章，追悼这位优秀的诗人。同样写诗的我的朋友李林栋，读了邵燕祥发表在《北京青年报》上的文章，因邵燕祥在他的文章中提到我，李林栋这才知道我和公刘多有交往。因此他特意打来电话，向我表示对公刘的哀悼，以及至今犹存的崇敬之情。

李林栋是《环球企业家》杂志主编，还是一位诗人和杂文家，他写的诗歌和杂文我也读过，他还如此钟爱公刘的诗，自我们相识以来还是头次听说。因为我们都喜欢公刘的作品，两个人在电话里说着说着，就不约而同地背诵起公刘的诗，你一句我一句地互相接续。《五一节的夜晚》、《上海抒情诗》、《在北方》等等，有的诗虽说不能流利地背出，但是诗意对我们情绪的感染，我敢说丝毫不亚于几十年前。可见公刘的诗有着多么大的影响力。

李林栋告诉我说，他从《作家通讯》杂志上看到，高洪波和高伟代表中国作家协会，去安徽探望公刘他才知道诗人病了。他还说："早知道他们去，我跟去多好啊，我真的太喜欢公刘的诗了，就是没有机会见到他。"我相信李林栋的真诚。一位年逾半百的中年人，经过"文革"那样动荡的年代，造过反下过乡，又工作了多年，可以说是阅尽人间"百色"，今天依然保持着那份痴情，真的是非常难能可贵啊，足见李林栋心地的纯净。

跟李林栋一样不认识公刘，却非常喜欢公刘作品的蒙古族诗人蒙根高勒，日前来北京见到我说起公刘，同样表达了他对这位老诗人的景仰，而且他还为公刘逝世写了挽诗。这正是陌生读者对公刘最好的祭奠。我相信比获得什么奖，更应该令公刘欣慰。因为文学作品毕竟是给读者看的，倘若没有读者的喜欢，写得再怎么好也是白搭。

在20世纪50年代的中国，公刘和邵燕祥等一批有才华的青年诗人，以他们各自风格独特的作品，给我国诗坛增添了清新气息，鼓舞和激励过许多青年读者。可是，正当他们走向创作鼎盛时期，一场突然袭来的"反右"运动，如同一阵猛烈的暴风骤雨，扑灭了他们炽热的创作激情，窒息了他们刚刚绽放的才华。从此在以后的二十多年里，有笔不能写，有歌不让唱，他们最好的青春岁月被荒弃。恢复政治自由以后，可以写了可以唱了，公刘的身体却一直欠安，经济上也并不宽裕，他不得不继续面对新的困难。加之公刘性格比较倔犟，天生不肯低头攀附权势，自然也就很难得到关照。

然而，值得诗人公刘庆幸的是，他拥有一批喜欢他的读者。对于一个写作的人来说，读者喜欢远比别的更重要，作家的作品如果没有了读者，就如同寂寞开放的花朵，再怎么美丽都只能留给自己欣赏。我相信在众多的文学爱好者中，没有读过公刘诗的人不会多，没有读过公刘随笔的人也不会多，这些人是公刘永远的知音。远去的公刘，如果在天有知，相信他一定会感到欣慰。

2003 年 11 月 2 日

树的联想

生活里常常有这样的情况，几乎是不经意的一件事，就会引起你的种种联想。这些联想也许是奇妙的，也许是荒诞的，也许是不可理喻的，但是它却又是那么让你开心。这时你就不能不佩服联想在人的思维中的独特作用。

我之所以会有这样的认识，起缘于近日一次公园散步。这个在我居住处的公园，里边有不少的新植小树，经过自然气候的侵扰，春日呈现出不同的形态。有的长得枝繁叶茂郁郁葱葱，有的长得婀娜多姿油然自得，有的长得也还算茁壮，只是显得歪歪扭扭。园林工人在整理园林时，他们总是根据不同的情况，对于每一株树分别对待。那些正常生长的树，用不着他们着意侍弄，就会蓬勃地还绿人间。那些枝柔叶嫩的树，也不必过多地为它操心，就会经受住风雨剥蚀。唯有那些看似壮实，其实枝干扭曲的树，常常让园林工人操心。他们通常的做法是，用两根木棍支撑住，让这些树不致被风刮倒。如果没有了这两根棍的支撑，这些树也就完全趴下了，那种可怜的小模样，很难让人相信它还像棵树。

看到这些树，我想到文坛。作为一个编辑，对于某些作家，我还比较熟悉，他们很像这些树。有的执着地从事写作，写作成了他生命的一部分，在文学上的成就，当然也就会有不虞之誉。这些人是真正的著名作家，给他们如何加冠都不为过。还有一部分人写作还算勤奋，尽管文学成就并不显赫，但是他们对文学的热衷，给他们冠以作家的头衔，我想这同样是合情合理的。老作家林斤澜先生说得好，作家就好像是木匠，手艺高低不一可分为几级，只要他干木匠活儿，他总还是个木匠。同样道理的话，文学前辈巴金先生说得更透彻，作家的名字，要跟作品联系在一起。如果按这样的要求来看，上边说的这两种类型的人，都是跟作品联系在一起的，就如同没有打木桩的树，他们在自自在在地生活着。文学的繁荣，文坛的纯净，正是得力于他们。倘若没有这些属于真正作家的人，今天的文坛很难称其为文坛。

而另外一种人则完全相反，从他们在文学界的地位看，那简直是不得了，俨然一位大作家大文豪，今天给这个写信，明天给那个致电，自以为是个文坛的轴心人物。至于开会必有话讲，拍电视必有镜头，更是每天的家常便饭。其实只要稍微认真考察一下，就不难发现，就如同那些打桩的树，这些人也是靠木棍支撑着。他们的木棍也有两根：一根是靠耍阴谋捞来的官位，一根是靠新闻媒体吹出的虚名。只要把这两根棍猛然一撤，他就如同那些歪斜的树，再也没有了堂皇的模样儿。要是再遇到个王海式的打假英雄，毫不留情地揭穿他们的把戏，说不定不少丑事都会出来。这是近年文坛出现的新人物。倘若哪位小说家有兴趣，让这些人进入书中，很可能成为一个新典型。

这些人物之所以能够招摇，除了他们自己有这方面的本领，还因为有抬轿子吹喇叭的人。这年头什么都是待价而沽，吹捧有势力的人也不例外，年轻的给个小官头衔，年长的给台消暑空调，都有可能让人丧失人格。尤其是有的文学老人，清醒了一辈子，守节了一辈子，老了老了竟然犯了糊涂，一点小恩小惠的诱惑，几句顺耳的哄骗话，他立刻便会找不到北，给人写起了吹捧文章。如果他本心如此，说明确实老了，对作品判断不准，那就干脆不要发议论。如果明知是假话还要说，说明确实变了，这样的人再有名位，又有谁会再尊重。在文坛上混饭吃，却没有了文人的骨气，再大的作家又该如何？作品写得多少好坏，这并不是什么大问题，关键是要有点做人的分寸。

有位圈外的朋友说，这会儿的文坛，实在不够神圣，有的人挂着作家的头衔，却没有文化人的味道儿。没有文化人的味道儿，那么，又是什么味道儿呢？这位朋友没有说。也许是不好说。要不就是卖关子。不过这位朋友倒是建议，把神圣的"坛"字，最好换成"场"字，这么一讲，我也就明白几分了。沿着这样的思路去想，跟"场"字连在一起的，主要是"官场"和"商场"，再往更开处点去想，当然还有"赌场"、"娱乐场"，等等。朋友作为一个圈外人，对于我们置身的文坛，竟有这样不友好的认识，我实在感到有点意外，然而又着实无可奈何。谁让我们的文坛有那些靠木棍支撑的人呢？

1998 年 5 月 28 日

第三辑

咫尺近邻知多少

北京和天津这两座大城市，乘汽车走高速公路，乘直达火车走铁路，行程时间都不过个把小时，而且比之经常塞车的城市道路，公路铁路都更为顺畅更为便利。这两座城市真可谓"鸡犬相闻"的近邻。何况历来有京津并称的习惯，按理讲两地人应该有更多了解。可是实际情况如何呢？

天津人对北京的了解，无疑会比较多些，因为北京毕竟是首都，又是个有众多名胜古迹的城市。就连天津的小孩都会知道，北京有天安门、故宫、颐和园，还会知道北京有好吃的烤鸭。至于年长的天津人，知道的北京就更多，从历史传说到现代生活，从政治文化到民间轶事，张口就会绘声绘色地说出。近年随着经济条件好转，假日天数增多，旅游欲望增强，到北京旅游观光度假，更是天津人的家常便饭。至于随时可看的电视和当天可见的报纸，让天津人知道的北京近事新情更多，我就曾经跟天津朋友同步议论过一件事，而这件事则是在北京刚刚发生。总之，北京这座城市对于天津人没有丝毫陌生感。

那么，反过来，北京人对于天津又了解多少呢？恕我不客气地说，简直是微乎其微。有次跟几位朋友聚会，随便说到北京和天津，我就以天津人的身份，问在座的人知道多少天津情况。说来说去也不过就是诸如，天津大麻花、耳朵眼炸糕、狗不理包子、海鲜品，食品街很有特点，物价比北京便宜，再能说得多点的就是，天津有个南开大学，培养出了周恩来、曹禺，天津的曲艺也不错，出了不少曲艺名家，如此等等。这还是比较有知识的人士，知道的天津也不过如此，这若是让普通北京人说天津，恐怕除了吃还是吃，其他别的情况就会所知更少。其实这些年北京人去天津，大都也是直奔吃和购物，吃完饭买点东西就走人，当然也就不会深入了解天津。

难道天津就真的没有值得北京人观赏的景物吗？

前不久，几位北京作家应天津司法局之约，到天津经济开发区参观访问一日，回来的途中大家异常兴奋，几个人接连提出几个未想到：未想到经济开发区建设得这么好；未想到开发区办公大楼这么先进；未想到经济开发区人才素质这么高；未想到开发区建筑这么洋味十足；未想到滨海外滩建得这么美，等等。说到此大家有个共同认识，天津的许多东西拿到北京去，恐怕也是属于一流的先进的，只可惜北京人不太了解天津。

　　思维敏捷的作家李林栋，当即跟我提出这样一个问题："你是个老天津，又在北京生活几十年，你说说有多少天津人在北京工作？"说实在的，我还真未留意过这个问题，经他一问立刻愣怔住了，只好说："跟你这么说吧，天津一中在北京有个校友会，据我所知，光在校友会注册的天津一中北京校友，不包括读书的从军的，最少也有六百多人。这可是一所学校在北京的天津人哪。"林栋接着又问："那你再说说看，在天津工作的北京人会有多少呢？"这个问题更不好回答，我只好说："凭我对于天津各单位的印象，在天津工作的北京人好像不多。还是以我熟悉的天津一中为例，我上学那会儿，好像只有两三位老师是北京人。"

　　林栋跟我交谈之后，我们都未再言语，好像各自都陷入沉思之中。

　　是的，我在想：为什么北京人对于天津如此陌生呢？难道天津在北京人眼里，就是那几样小吃儿？天津真的没有可以欣赏和玩耍的地方？说实话，我还真的有点不服气。这几年我有机会跑过许多地方，有的地方自然景物和人文景观，那是早有定评和历史地位的，比如杭州、西安、三亚、九寨沟、张家界，等等，都属于老天爷偏心眼制造的天然宝地，像天津这样历史上的商埠重地当然不好比。但是，天津也不是绝对没有可以吸引游客的亮点，问题就在于天津人过于拘谨和务实，有的地方的观念不太适合于市场经济，例如同样缺乏天然资源的有的大城市，甚至于南方的中小城市和乡镇，在对外推介和宣传自己方面，我就觉得要比天津人做得要好。还是以吃食为例，北京的大小超市里，可以买到扬州蔬菜包、上海小笼包、广州叉烧包，却很难买到赫赫有名的狗不理包子。这是为什么呢？道理很简单，没有人认真推销。我这个天津人，应该说，还是比较捧场的，过去去超市必买狗不理包子，最近再去超市却买不到了，原因是别的包子都有人推销，唯独狗不理包子随便一扔了事，就自然而然被挤出市场。然而就在这时，哈尔滨的葱花饼、肉饼，却堂而皇之挤进了北京超市。至于成都小吃、兰州拉面几乎全市开花，唯独不见天津包子、炸糕、麻花连锁店，就连随处可见的煎饼果子都已改成"京"姓，只有像我这样的天津人才知道，把油条叫果子是天津人而非北京人。可惜天津人不来经营这种大众快餐。

我已经有许多年未去天津市区了，相信属于天津城建和风光的亮点，一定还会有不少因缺乏推介而被埋没。比如我在前边说的滨海新区外滩景观，五大道小洋楼景观，新开发的多栋名人故居，等等，都应该是可以吸引北京人一游的地方，而更多的北京人至今却仍然一无所知。我的家乡宁河县有个七里海，那一片湿地也蛮有特色，而且盛产紫壳螃蟹和芦苇，三年前应天津作家协会友人邀请，我陪林斤澜、姜德明、李国文、邵燕祥四位老作家前往，他们观赏了湿地景色吃了螃蟹，这四位走南闯北的老作家非常兴奋，他们说想不到天津还有这么个好地方。尤其是那顶盖黄的紫螃蟹、银鱼、刀鱼，还有那顺便捎来的汉沽玫瑰香葡萄，吃后让他们简直是赞不绝口，可是在北京连内蒙古莜面都有小馆儿，大闸蟹在北京市场随处有售，而七里海螃蟹和汉沽葡萄却未见踪影。想到这些我真的为家乡人着急。

汽车在开往北京的公路上急速行驶着，李林栋大概是从沉思中走出来，终于开口了，他说："天津有这么多独特的地方，之所以显现不出来，我想主要是被北京阴影笼罩着。"对于他的说法我未加可否。这也可以算做一个原因，但是绝对不是主要的。一个城市如同一个人，别人"高大"绝不意味自己"矮小"，存在是靠自己的实力和形象，关键是要找准自己长处和短处。具有首都地位的城市，毕竟只有北京一个，绝不能因为有北京的存在，天津美好的东西就被掩盖。城市要像天上的星星，有自己的位置就要发光。

我作为一个在北京居住的天津人，真的希望有更多的北京人，不，更多的外地人外国人了解天津，而想要让别人了解天津，首先是天津人得推介自己的城市，绝不能满足于过自己的安康小日子。在整个世界变得越来越小的今天，让别人了解自己和自己了解别人，这同样是一件非常重要的事情。你想开放吗，让更多的人知道你；你想发展吗，让更多的人走近你。非常可喜和令我兴奋的是，从2004年6月16日《今晚报》上得知，日前有多家国内外新闻媒体记者，先后到天津城乡各处采访。我真的希望我的家乡天津，被更多的人所注意所重视，就像那条千古不息的海河，永远闪着耀眼的粼粼波光。

2004 年 6 月 19 日

跟足球一起风光

每届世界杯足球赛，最活跃的观球群体，除了散落的各色人等，能够形成一定阵势的，大概要属作家中的球迷。整整一个月的时间，全国报刊谈球的文章，几乎都出自文人之手。有些写长篇小说的球迷作家，这时都会不情愿地放下笔，坐在电视机前喝茶吸烟观球；有些本想参加外地笔会的作家，这时都会找个理由推托掉，生怕错过一场可能精彩的比赛。没有任何时候任何题材，让这么多作家自觉地投入写作，而且每一篇文章都激情澎湃。这时作家写的短文几乎跟足球一样好看。

2002年世界杯足球赛，由于有中国队参加比赛，不管输赢总算冲出亚洲，跟着一起助威的球迷，就更少不了这些作家们。仅仅从我能够看到的报纸上，发表谈球文章的熟悉的作家，大概不下十几二十位，还有些作家知道名字并不认识，他们共同构成了这届杯赛的文人方阵。像刘心武、陈建功、雷达、杨匡满、刘醒龙、高洪波、赵丽宏、萧复兴、萧力军、朱铁志、孙武臣、张伟刚等作家，历来都是观看世界杯足球赛的积极分子，这次写谈球文章就不必说了，就连赵玫、徐小斌、徐坤这些女作家球迷，这次都或用笔或上电视大谈足球。这三位女作家的足球情结，我在几年前就有所耳闻，至于她们迷到什么程度，却没有谁具体地说过。那年在大连开创作会，她们"逃会"访问迟尚斌，当时成为一段文坛佳话，我这才知道她们是真正的球迷。这届杯赛电视谈球节目里，小斌更是堂而皇之地成了嘉宾，在千百万观众面前侃侃而谈，也算是创作获奖之外的风光吧。

赵玫、徐小斌大连专访迟尚斌那次，记得报告文学作家陈祖芬也去了，当时以为她不过是一位陪客而已，绝对不会是赵玫、徐小斌式的球迷，也未见她写过像徐坤《狗日的足球》的文章，这次见到她亲手制作的足球娃娃照片，以及她写的足球娃娃的文章，我才知道自己想错了，原来这位文静的女作家也是个真球迷。还有一位作家是球迷我未想到，这就是我的老朋友作家林希，有天晚上我们两个通电话，我问他最近干什么，他说正在看世界杯足球比赛，接着他就在电话里，说起他看足球比赛的种种感悟。由此可见这足球比赛迷住了作家，让他们像写作一样地快乐，说不定还激发了他们的创作灵感。读了张伟刚写蒋子龙看足球的文章，这才知道作家陈忠实也是个球迷，而且迷到坐飞机专门去外地看球的程度，这也算是作家中的一绝吧。女作家中的球迷，原来只知道赵玫、小斌、徐坤，读了伟刚的文章发现，敢情海男也是个球迷，看球时还有初恋的感觉，可见迷得也够"段位"啦。这也算是足球的可爱吧。

有这么多作家看足球谈足球关心足球，那么是不是还有作家想伸伸脚呢？有的。那年我供职的《小说选刊》杂志社，跟江西的《足球俱乐部》杂志社，打算联合组织一个作家足球俱乐部，像影视明星足球队那样，在写作之余让作家们乐和乐和，跟体育主管部门一说就答应了，作家们和作家协会有几位领导也蛮支持。后来因有人对此事提出质疑："作家搞什么足球俱乐部啊，是不是还要搞钓鱼俱乐部呀？"好端端的一件事被他搅黄了。真是岂有此理。难道作家就不是人了吗？是人就有七情六欲更有爱好，怎么就不能成立足球俱乐部呢，就是成立钓鱼俱乐部也未尝不可。再说作家玩足球钓鱼，也是一种生活体验，有了这种对于生活的体验，说不定会写出有关的作品哪，这有什么不好啊。

作家的主业是写作，这毫无疑问和异议，可是除了写作也得有活动，没有个好的身体何谈写作。老一代作家未赶上好时候，1949 年前的作家写作为了糊口，1949 年后的作家在政治上遭难，直到近二十多年来国家安定了，作家既不愁吃喝又不挨整，他们才有可能潜心从事写作，这个时期有不少好作品不断问世。活跃在当今中国文坛的中青年作家，许多人的文化素质比较高，对现代生活方式有一定的追求，给作家们创造一个好的生存环境，这是非常正当完全应该的。比方这"狗日的足球"，既然作家们这么钟情，就不妨把他们组织起来，愿意踢的就踢两脚，愿意侃的就侃几句，说不定中国人又爱又恨的足球，因为有作家的介入成了气候呢？米卢、施拉普纳这些洋教练，曾被一些中国人捧得近乎于神，其实仔细想想他们不都是靠一张嘴吗，就是那位被塑了青铜像的米卢，也只提出了个"快乐足球"的理念，早知这一招儿也多少管点事，作家们侃得绝对比他说得更动听。

总之，这足球很让许多作家着迷，就连我这个不常看球赛的人，有球赛时也偶尔瞧上一两眼，那惊心动魄的争夺场面，着实让我也激动了好一阵子。至于这足球比赛时的种种表现，给予人们的多方启示和无限联想，就更丰富了作家们的思想，在创作上有些帮助也是可能的。从这一点上来看，米卢的足球"快乐"说，在球场上的比赛用处不大，对于球迷们倒是很有用，起码在看比赛时不想那么多，输了赢了还不就都是那么回事，学习蒋子龙"只为好球喝彩"，这才是真正喜欢球的正路子。

只要看球快乐，咱就看球找快乐，这不是挺好吗。快乐了写作也就有了好心情。说不定有哪位作家，在好心情下写出一部巨著，获得个什么大奖名奖，岂不是大家更快乐。足球，作家们跟着你一起风光。

2002 年 7 月 18 日

不看足球比赛的男人

　　世界杯足球比赛，吵吵嚷嚷一个月，总算结束了。我不是球迷，连看整场球赛，可以说都没有过，却比看比赛的人都累。好像是世界杯赛开始不久，报纸上就有人写文章，什么"男人的节日来临了"，什么"男人天生爱两样，足球和女人，如果任选一样，首先是足球"，如此等等。读到这里，我立刻脸红起来，恨不得做变性手术，或者买副假发戴上，免得不看足球遭耻笑。

　　这类无关宏旨的事情，如果就这么说说，那也倒罢了，谁知天天"撞"上球。早晨散步刚出楼门，就走过来一位小姐，很有礼貌地说："您好，请看世界杯。"接着递过来一份小报，一看是某家小报号外。真邪性了，原来是遇政治事件，报纸出版号外满街撒，如今世界杯也印送号外，而且是天天早晨如此。如果我不接报纸，就等于公开承认，自己不是足球迷，不是球迷演绎下去，岂不是承认自己不是男人，在女人面前那多丢分儿！得，不管喜欢不喜欢足球，只好先接下这张号外。接下是接下了，当然不会认真看。

　　白天有朋友来电话，接的时间稍慢点，对方下边的话准是："怎么，昨儿夜里看球晚了，睡觉呢吧？"同样得顾这脸面，不说是，也不说不是，只是哼哼哈哈，想以此搪塞过去。如果这位朋友，只是个一般球迷，那还好说，他也就不再纠缠；倘若是个"金牌"球迷，你就听吧，他准得在电话里论球，像体育解说员似的，滔滔不绝地讲述，昨晚那场球，如何如何棒，或者如何如何臭，这时我只好竖着耳朵听，不敢搭腔。

　　那么，是不是所有男人，都是这么爱足球呢？我不知道，更不敢问，生怕自己露了怯。那天《长春日报》编辑来北京，请几位作家吃饭，连我在内有四位男人，比我年长的有邓友梅，比我年轻的有陈喜儒、程步涛，可是没有一人谈论足球，我有点奇怪。按照过去的印象，每当有足球赛事，真正的足球迷，十有八九，是不会放过这机会的，总要说说关于足球的事，以示自己是个大男人。由此我断定，这三位老兄老弟，可能跟我一样，不怎么喜欢看足球。我就试探着问他们，看不看足球赛，回答的结果，令我非常欣慰，同声说："不看！"嘿，够意思，总算找到不看足球比赛的男人。

旅美华人作家李硕儒，总有几天未来电话，我以为他也是看球累了。就在我问过前三位不看球男人的次日，硕儒来了电话，我就问他："这几天是不是看球赛哪？"他说："不看！"终于又有一位男人，跟我一样不看足球，心中的底气更足啦。当我跟硕儒说起，男人看足球赛的事，他说："其实都是从众心理作怪，我就不信真的都是球迷。"由此硕儒还引申说，"有的人主要是太爱面子，见别人喜欢足球比赛，好像自己如果不看，就觉得不够时尚似的。就像开私家车一样，有的人明明经济实力不够，偏要买高档车开，死要面子活受罪。在美国私家车都很一般。"至于足球迷们，是不是真的如此，没有经过调查，不敢妄加评论。

不过有一点我敢说，即使看球的男人再多，总不会个个真迷，场场都目不转睛。我楼前有两栋22层高楼，世界杯比赛这些天，晚上都是灯光闪烁，如同从天而降的瀑布，连春节除夕都无此美景。我连续观察多日，灯盏亮得多，准是球精彩，反之，就是一般赛事。有天夜晚11点钟，几乎每间房都亮灯，两栋楼都灯火灿烂，大概是这场球精彩。我猜想每盏明亮灯下，都会有个男人看球。可是，我照样睡我的觉，享受梦中的快乐；待我一觉醒来，灯盏已经少了许多；再睡再醒来，灯盏已是稀稀落落，最后只剩下不过三五盏，看来这是坚持到最后的人，就是说，是无可争议的真正球迷。

若是我的推测还有道理，那么，别的看球的男人如何呢？我想更多的恐怕只是，比我等不看球的男人，雄性表现也高不到哪里。由此说来，说足球只属于男人，男人不看足球就如何，大概并不是十分实际。总算找到不看足球的男人，我才敢于这样大言不惭地说，不然打死我也不敢言语，万一碰到的都是球迷男人，反而会给自己找没趣。阿弥陀佛，老天还算公平，留下一部分不看球的男人，跟我做伴儿。

2006 年 7 月 2 日

被城市地图怠慢的乡村

我不敢说是所有，起码是最大多数，现有的城市地图，没有所辖乡村位置。就连首都北京，尽管有的县已改区，从北京市地图上，你都找不到图样，最多作个简单标明，告诉人们它的归属。说句不顺耳的话，乡村在所属城市，如同领养的孩子，只是偶尔被提起。在新农村建设中，在乡村旅游热中，在建设国际大都会时，在有更多国际会议召开时，这种情况的存在，显然已经不适应。更甭说，这也是对乡村的一种怠慢。

当然，这里边有历史沿革的问题，像北京、天津周边的区县，原来都隶属于河北省，老北京老天津区域只有内几城，后来随着这两个城市地盘扩大，就把这些地方吸纳进来了，成为京、津两地现在的郊区。最后连居民的户口，都不再详分城和乡，完全打破原有属性，统一都称为城市市民。这无疑是社会的进步。正是由于地域的突破，这些年乡村发展特别快，有的乡镇环境和设施，丝毫也不逊色城里地区。从环境宁静空气清新考虑，小镇乡村好像更适合居住，所以那里新建的住宅，近几年也成了抢手货。为了提高乡村人收入，乡村旅游业方兴未艾，有的城里人像串亲戚，假日一到就全家齐出动，去熟悉的农家院休闲。到周边县区居住，到周边乡村度假，成了城里人的时髦。而这种相互融合，在心灵的地图上，早已经连接成片。

田原风光这样美丽，乡村旅游这样诱人，乡镇生活这样美好，城乡公路这样发达，势必会有更多的人，怀着向往和热情，经常要去乡村，或休假或玩耍，绘制一幅城市全貌地图，恐怕就成了当务之急。本人年龄已经无开车资格，可是对于去乡村观光的热情，丝毫不亚于年轻有车族，有时听说年轻朋友去郊区，就想搭乘他们的车一同去，这时总想先在地图上寻找，可是就是没有这样的地图，真真切切地标明要去的地方。这时我的第一反应就是，由于城市里人观念的陈旧，地图出版单位的行为滞后，尽管城乡已经几近完全融合，依然未把乡村放在正当位置。对于新农村建设极为不利，对于人们出行也极不方便。

北京举办第 29 届奥运会时，其中的水上竞赛项目，就放在近郊的顺义区，为此建了个水上公园，水上公园周边还建了不少楼房，自然形成了新的居民点，趁观看水上体育比赛的机会，或者访亲问友的时候，想顺便去看看农村的景象，这时如果有一张详绘地图，用中外文标明乡村地名，中外旅游者会是多么高兴。现在京、津高速火车开通了，以半个小时的速度连接两市，跟去郊区的时间差不多；听说北京航空的新机场，有意建在京、津、冀交会处，无疑也要拉近三省市距离，而人来人往的路经之地，同样会有众多乡村展现眼前，倘若只看到风光不知道地名，这对于旅游者是多么扫兴。列车如出售三地乡村地图，情形就会是另一种样子啦。

城市，终归还是人居住的地方。这其中也包括城市的乡村人，城市发展与建设的关注点，首先就得给人更多的方便。随着人们收入不断提高，城乡之间的互相流动，越来越将成为大的趋势。有套好的路标，有张好的地图，到了应该认真对待的时候了。

城市管理部门和设计者，不妨多听听普通人的意见，从他们经常外出的感受中，吸取合理的部分标定位置，相信就会让出行者少走弯路。有的外地司机经常说，到了北京就像进了迷宫，有的城市司机无不感叹，到郊区就成了无头苍蝇，这都说明引路地图的缺失，或者绘制得不甚详细。城市接纳外来客人，不仅是敞开大门，更要准确引导路线，引导路线光靠义务指路人，显然只能解决城市行路难，对于想去乡村的人无济于事。

当然，绘制一张乡村地图，比绘制一张城市地图，困难肯定要多得多；但是，从长远考虑必须得绘制，不然在地图上就无城市全貌。为解决眼前的急需，绘制一张乡村旅游点简图，标明郊区旅游热点村庄，以及去的路线或公车车次，我想总还是可以办到的吧。城乡的融合与存在，已经成为生活现实，在所属城市地图上，就应该让它们突现，地图"全家福"缺少成员，在感情上您能接受吗？反正我感到遗憾。

2007 年 10 月 20 日

还有多少念想留给百姓

如今的中国，似乎真的阔起来啦。随便你去什么地方，无处不大兴土木，就连很偏僻的乡村，都有修路盖房工程。作为首善之区的北京，又适逢举办奥运会，工程项目地上地下，整个城市成了"大工地"。只要几天不出门，就会旧景成陌样，老路变新途，想寻找熟悉标志吗？早已不知去向何方。尤其是搬迁居民，过一年半载回访，"黄鹤不知何处去"，此处空留感叹人，此时心海情感波澜，起伏跌宕喜忧交集，恐怕旁人难以理解。

本人居京几经搬迁，偶尔会有怀旧情绪，恰似春天温柔的风，轻轻吹开回忆之门，这时最想做的事情，就是去探访往日旧居。常常是乘兴而去，往往是败兴而归，原因是老屋已拆旧街已改，连点往日踪影都未留下。这时心头的懊丧，就像饭里落了苍蝇，舍弃不忍，吃掉勉强，站在那里不知所措。名人、官员故居可以保留下，普通百姓的房舍宅院，哪怕再有生动故事，哪怕再有时代悲欢，都会像秋天的落叶，被城市改造的扫帚，毫不留情地一扫了之，既不会存档更不会入史，不管有多少眷意恋情，都只能收藏在自己心里，成为个人"城居档案"。

其实有个最基本的事实，是不应该被淡忘或被忽视的，这就是：比城市更老的是人，比"特殊"人更多的是普通人，城市是由普通人所建，名人大院官员豪宅，同样出自普通人之手。如果说一座皇皇城郭，古老故事和演变历史，构成她独特的文化，最生动最丰富最久远的，恐怕还是城市平民文化。平民文化即使构不成主体，起码不要轻率地被否掉，给普通人留下点生活记忆，这样的要求总不能算奢望吧！可是，我们不妨随便地看一看想一想，那些普通人居住的老宅，只要被开发商一眼看中，就像个急着喝奶的孩子，连留点念想的时间都不给，就火烧屁股似的催你走。这种鲁莽举动，难道还少吗？

熟悉历史的人都知道，在过去漫长岁月里，发生了多少事情啊，哪件不与普通人息息相关。就以近百年的北京来说吧，新旧政权的更迭，战争角逐的胜败，政治运动的起落，城市建设的得失，有多少惊心动魄的内容，成了作家创作的丰富素材。而最生动最感人的作品，莫过于写普通人的那些，从早前的《茶馆》、《龙须沟》，到后来的《渴望》、《贫嘴张大民的幸福生活》，再到最近的《守候幸福》、《真实人生》，这些备受普通人喜欢的影视剧作品，无不是写的小百姓生活悲欢，看起来自然会津津有味儿。可见普通人是多么珍爱自己的生活。拆掉了祖居的老宅，改造了熟悉的老街，百姓的生活质量是会提高，而那种早已经形成的，往日美好温馨的情感，依然会悠悠荡漾在心中。对过去氛围的眷恋，在有些人看来，远比对今天生活享受，似乎更让精神得到满足。这是谁也无法改变的事实。

可是，时代总得前进，生活总得提高，同样也是无法改变的事实。面对如此艰难与尴尬，我们到底应该如何是好呢？以我个人的想法和建议，最好给普通人留点记忆空间，具体地说，在建立博物馆和编写城市史上，给城市居民的生活记忆，不妨留一席之地和一页空白。看看现在的博物馆，翻翻现在的城市史，官家有位置，古人有位置，帝王有位置，文物有位置，民俗有位置，建筑有位置，家具有位置……唯有普通人的生活，即使有也不过是点缀。而且很少有纯粹个人的东西，这就为未来研究城市生活，留下无法弥补的缺憾和空白。

拆的毕竟已经拆了，建的毕竟已经建了，现在再说什么，好像都无必要了。但是，总还是要搞点抢救为好，从时间上看也还来得及，如建立"平民生活历史博物馆"，编辑《平民城居个人史料》图书，将普通人的生活悲欢，以及平时生活变迁资料，都编辑和收藏进去，就会从侧面反映时代。前些时我在电视上看到，有好几个城市的居民，展示日常开支的账本，展示几年更换的电器，展示生活录像和来往书信，这些物件都是生活的记录，更有着普通人的悲欢。

我敢断言，不管城市怎样拆迁，经久建造的情感大厦，绝不会从心中搬动。如果某个院落某条街道，在拆建之前留些充裕时间，让老邻居坐一起回忆一下。把过去发生过的事情，用文字详细记载下来，将当时环境和居民，用摄影器材拍照下来，印成书册送给搬迁住户，这样的礼品何其珍贵。存入博物馆更是独特藏品。

2007 年 11 月 2 日

给普通人保留点情趣

不同城市里的普通人，都有不同的生活情趣，主要表现在吃和玩上，比如广州人爱喝早茶，上海人爱吃夜宵，苏州人爱听评弹，天津人爱赏戏曲，如此等等。既是地域文化，也是生活习惯。由于得到大多数居民喜爱，坚持下来，久而久之，就成了城市的情趣。为了满足这种情趣，城市里就有了相关场所。

那么，北京人的情趣是什么呢？说实在的，我还真难正面回答。反正在我的记忆里，50年前老北京人，经常说的就是："泡个澡天桥看玩艺儿"、"去西单茶社喝茶听相声"。即使不是典型的普通人情趣，起码也代表一部分人的爱好，权做北京的城市情趣一种吧！

遗憾的是在过去政治运动中，这种城市情趣被视为异端，有的已经渐渐从生活中消失，只存留在年长者的回忆里。当社会允许享受生活情趣时，又赶上大规模城市改造，有的场所或被搬迁或被拆除，喜欢这种生活方式的一些人，只能在感叹中寄希望于未来。比方王府井大街改造前，我曾经写过一篇小文章，希望除盛锡福、同昇和这些老商号，应该给吉祥戏院、华清池澡堂留块地，让老北京居民有个重温旧梦的场所。因为它们曾经是这座城市的情趣所在。一座城市的文明和温馨，并非全看有多少雕塑多少步行街，更应该看它给居民多少娱乐，而且还要看娱乐场所布局是否均匀。现在北京城娱乐场所的分布，就不是很均匀很理想，普通居民想看戏听音乐，总得跑到很远地方的场所，先购票后观看得折腾两次，时间和金钱都很浪费，更甭说还得消耗精力体力。

我看过一则新闻报道，北京的长安俱乐部，是企业富豪的享乐之处。我还知道北京有个高级干部俱乐部。社会发展到今天情况，这都是可以理解的，不值得什么大惊小怪。问题是如何对待普通人。像北京这样的大城市，绝对不乏大官老财，但是，占居民大多数的还是普通人。因此，在城市的改造规划中，给普通人留点地方，建造大众娱乐场所，应该不算是非分要求。在广场跳舞唱戏扭秧歌，不完全是更多人的选择，他们也想听歌看戏剧，更想喝茶聊天儿听相声，请问这样的大众化场所，距居民小区较近交通方便的有多少呢？如果有的话，普通消费者，能承受价钱吗？恐怕答案都不会尽如人意。这就难怪一家老小终日厮守着电视机啦。

不过也得承认，新派的时髦的娱乐场所，在北京的四面八方也有，比方咖啡厅酒吧新式茶馆，可是那价钱普通人一听，十有八九都会摇头走开。普通人——尤其是老年人，退休以后有闲工夫了，还有点富余小钱在手，这时最愿意干的事情，就是约上老哥们儿，找个茶馆喝茶聊天儿，或者看点小玩艺儿杂耍，这样的地方偏偏没有，最后只好去小区公园下棋打麻将。经常可以听到官员说媒体讲，我国很快就进入老年社会，应该提前如何如何，既然如此，在城市总体改造规划上，那为什么不考虑建些场所，让现在的和未来的老年人，有个享受生活情趣的地方呢？人无远虑必有近忧，城市规划亦是如此。不少前些年建设的居民区，有些事情由于当时考虑不周，诸如停车位、商店、娱乐设施，现在都成了小区的突出问题。

当然，在商品经济社会里，娱乐场所也要收钱，这是无可厚非的事，绝对没有人有异议。问题是收多少钱合适，既让普通人能够经常享受，又让商家保持一定利润，这一点对各方都非常重要。就拿我居住的亚运村地区来说吧，茶馆不能算是少，这个"室"那个"轩"的，听名字都很雅致，进去一问如何计算茶资客位，听了回答立刻傻了眼哑了口，不是按小时计费就是按人头算钱，光喝茶俩仨人就得扔下百十元钱，靠工资生活的人有几个不心疼？每逢这时我就格外怀念，早年北京的那些老茶馆，大壶泡茶大碗饮，说笑听艺度时光，那真是普通人过的神仙日子。即使天天去日日到，请客会友都掏得起钱。联想起现在的茶馆，不由得哀叹一声。新式茶馆的老板，社区的创收部门，怎么就没人想到，在居民区里办几家老茶馆呢？

总而言之，城市再变得新变得国际化，千万千万不要忘记一点，那就是：普通居民老住户永远是多数。在他们的身上，既体现着城市的基本性格，更承载着城市的原始文化，在以人为本的娱乐生活方面，给他们建造一些活动场所，这不仅仅是对普通人生活的满足，同时也是对这个城市情趣的保护。有关部门，请多关照。

2005 年 11 月 7 日

地图是城市的声音

　　把地图比喻为城市的声音，有人或许觉得不是很准确，说成城市脸面似乎更恰当，因为一说到城市地图的时候，更多人想到的就是从地图上，可以看到城市如何如何变化。这样的想法当然没有错，只是跟我说的意思拧了，在我看来一本好的城市地图，它首先应该传递某种声音。如同家庭的主人，当有客人来访时，总得说些温馨话，以便缩短情感距离。城市地图亦应如此才好。

　　直到现在我都非常可惜，丢失的一份上海市地图。那是我第一次去上海，走出车站面对茫茫人海，街道不熟，语言不通，又不像现在有出租车，如何找到欲去的地方呢？我想到了上海市地图。在火车站的报刊摊上，有两种上海市地图出售，一种是通常的城市交通图，另一种是标有厕所分布的地图，这后一种是我从未见过的，给我的第一印象并非是新奇，而是上海人为客人想得周到。我毫不犹豫地买下后一种上海地图。朋友居住地方的大方位比较好找，交通图或公交车站牌都会帮助我，找具体的里弄很让我耗费些时间，恰在这时我内急想找个厕所，正是这张地图给我指明了位置。您看这张地图难道不是声音吗——上海的声音。反正我一直在这样看待这张地图。

　　我不是个地图收藏家，由于北京的大拆大建，熟悉的街道变了，新增公交车多了，出于自己出行的方便，每年都要买张北京地图。可是把这些地图对照地看看，大体上几乎没有什么大变化，这地图真的好似城市的脸面，只是有着"整容"后的局部改变，却并没有传递我所希冀的声音。这话怎么讲呢？就是没有从人的生活需要上，或者从城市管理高度上，绘制细致的分类地图，因此地图仅仅是地图，它的更有意义的作用，还远远未能发挥出来。尤其像北京这样的大城市，如果想构建国际化大都会，必须要考虑给外来人以方便，利用详细的城市分类地图，在这方面可以做好多事情。

比如北京市的城市地图，除了全市性行政区域图，是否还可以再绘制些有特点的地图——游览景点图、文博馆分布图、茶食店分布图、厕所位置图、影剧院位置图、医院位置图、银行分布图、商场分布图、学校位置图、公交车站点图、停车处位置图等等等等，这样做会有许多好处。首先就是我多年前感受到的温馨，其次就是给陌生人一定的方便，再次还可以帮助疏通不畅的道路。这起码三点好处中的第三点，乍一听也许不那么好理解，地图怎么会疏导交通呢？其实仔细算算账就会一目了然，而且会惊奇发现小地图的大作用。

　　前不久看北京电视新闻，有一则是关于交通违章的，警察质问一位违章者："你的车怎么开得这么快？"违章的司机说："我都快尿裤子了，就是找不到厕所，您说能不急吗？"如果有张厕所分布图，司机很容易找到，解决了他的内急，还会有这次违章吗？违章的事情一次次减少，何愁没有畅通的道路。还有次在街上碰到一辆轿车，看见司机正被警察开单处罚，我就凑过去看了看，原来是一辆外地牌照的车，因为司机想找个停车场，这儿一撞那儿一撞地违了章，当然也影响了交通的畅通。如果有张停车场地图，还会发生这样的事情吗？我想即使发生，几率也会减少。诸如打听银行的邮局的行人，在城市街头巷尾时时可见，同样既不方便又增加人流。我举的例子也许是个别的，还说明不了普遍的情况，但是它却应该启发城市管理者，治理城市秩序和车辆堵塞，从多方面疏导比硬性制止，说不定会有意想不到的效果。一张小小的地图利用好了，不亚于十个城市管理员，何况它还传递着城市声音。

　　说到城市地图必然要说到印制，按照习惯做法得由出版社承担，假如我们换个思路行不行呢？比如让行业商会来印制分类图，用商会征集到的广告费制作，然后低价钱卖给城市需要者。既给普通人提供了生活方便，又给诸多商家做了产品广告，更让城市有了非常鲜明的形象，这地图闪出的时代文明光芒，岂不是现代城市的新的亮点?! 北京，让地图说话吧，不只是说你的变化，更要说对世人的关怀。

2005 年 12 月 21 日

家居名街也风光

这是个崇尚名气的时代。无论是人是物，只要有了名气，身价立刻就会飙升。明星做广告有人信，冒充名牌货有人买。就连以名人亲属名义行骗，据媒体上讲都连连得手。这名气在当今社会实在厉害。对于普通平民百姓来说，非名人也非名人亲友，自然尝不到名气的实惠。唯有居住的街道，倘若有点名气，说不定还会沾上光，一是陌生人比较好找，一是政府会重点管理，再就是生活设施齐全，比之一般街道的居民，生活中会少些烦恼。这大概就是名街的最大优点。

在单位福利分房结束之前，属于个人名下的住房，我一共居住过两处，最早住在团结湖，后来迁居亚运村，而且都是第一拨儿居民。这两个地方居民区，都是北京新建筑群。在它们还未暴得大名时，因为生活不方便等原因，有房或者家居市中心的职工，大都不愿意来这"生荒"地，像我这样的无房或愿意住新房的人，就成了新区最早的住户。若干年后这些地方忽然成名，这就成了老居民们的安慰，而且是唯一值得夸耀的资本："看，我搬对了吧?! 别看当初那么荒凉，这会儿多么繁华方便啊。"

事情的确如此。在北京这座古老城市，团结湖和亚运村，这两个新建的居民区，由于它"新"就跟"老"一样，幸逢某种契机就有了名气。有外地朋友来访，几乎不怎么费劲，就能找到我的家。渐渐地开始意识到，这街道的有无名气，对于普通居民来说，蛮有一定的影响呢! 居住在名街真的会方便许多。难怪有地产商请教香港富豪李嘉诚，做房地产生意什么最重要，李嘉诚连说：第一是位置，第二是位置，第三还是位置。李嘉诚说的这所谓位置，大概就含有名气的意思。北京王府井、纽约曼哈顿的住宅，据说都是天价出售，其原因大概也就在于位置的优越——其中也含有街道名气之大。

当然，我先后居住的这两条街道，没办法跟上述街道比较，但是它们的名气同样骄人。那么，它们究竟是靠什么得名的呢?

先说团结湖吧。改革开放初期的北京，政府兴建的居民区，一个是前三门，一个是团结湖，作为政府业绩得宣传，一来二去就成了名街。可是，老北京居民都知道，团结湖地盘原来是农村，有房的居民不愿意去，就分给无房子的人，恰好这时落实政策，过去政治运动挨整下放的人，从外地回到北京无房住，就安排这些人住在团结湖。而这些过去挨整的人中，有不少在各行各业颇有名气，无形中成了街道的符号。记得那时黄昏散步，随便走走就会看到，某某作家、某某演员、某某画家，当然，还有些某某挨过整的高官，只是我不完全认识，仅仅从电视上见过的颜面上判识。这大概是团结湖成名的另一个重要原因。

再说说亚运村。其实准确地名是安慧里，由于与亚运村毗邻，亚运村又赫赫有名，就干脆沾它的光啦，居民通称这一带为亚运村。这个小区居民来路如何，初来时几乎一无所知。我搬来属单位福利分房，一栋18层大楼住户，属于好几个中央部委机关，依此猜测住户都是职工，即使有部长级干部也不认识（其实哪有部长住平民楼的）。过了几年，一天上午出去散步，看到邻楼被警戒线拦住，还有警察在维持秩序，不知发生了什么事情，跟路人打听才知，这栋楼的几套房子，是某位著名女电影演员的，因欠债法院判她拍卖抵还，我才发现小区有此等住户。后来上街或逛超市，稍稍留意身边的人，果然不时会碰到某某电影明星、某某通俗歌手、某某魔术师，这自然给亚运村涂抹了光彩。

不过，李嘉诚再说位置好，街道再有什么名气，终归不如房舍好吸引富人，譬如，某某豪宅群，某某别墅区，甭问，那里住房都是一流，物业服务更是一流，于是，这些有名有钱的人，个个都像机敏的候鸟，陆续飞到水草丰美的地方栖身。曾经被炫耀一时的新区，如今只留下普通的居民，宁静而悠闲地过着日子。新区也就不再新，破破烂烂脏脏乱乱，像许多普通人居住地一样，传统大杂院少了，新的大杂区多了，新区原有的幽静、清洁，都成了老居民的记忆。如今团结湖和亚运村都已风采不再，留下的只是当年创下的名声，以及还算方便的生活设施，让我们这些老住户流连不弃。只是在感觉和感情上，有点像旧时遗老遗少，会不时怀念起往日的"辉煌"。

正如民间所说，风水轮流转，阴晴来回变。北京申办奥运会成功，亚运村紧挨奥运场馆，得天时地利之气，由新变旧的亚运村，居然再次抖擞起来了。有天从房屋中介处得知，我们的住房房价高了，就像股民们遇到牛市，邻居高兴地互相转告，借此得到些许宽慰吧。

我听后觉得，其原因还是得利于名街，即，新建的奥运村附近街道，还有那赫赫有名的"鸟巢"和"水立方"。不然已经陈旧的小区，身价哪能会如此之高？在这一带住的居民，这次沾奥运的光，确是显而易见的，老楼房临街墙壁被粉刷，外露的破铁窗换新塑窗，小区重新绿化，道路拓宽，路灯变美，真有点旧貌换新颜的味道。高兴之余不免自问：假如这街道的名气消失了呢？唉，谁知道情况会怎样……我不想，我也不敢想。反正街道跟一切事物一样，有兴盛就有衰败的时候，想到并明白了这个道理，还是让生活顺其自然更好。

2009 年 8 月 18 日

最怕有人敲门

　　走进胡同里的老四合院，或者攀登楼房多层梯，看到的更多的人家，如今大都是关门闭户，把自己与外界紧紧隔绝。"夜不闭户路不拾遗"的景象，已经成为很遥远的过去，当代人只能在年长者回忆中知道。现在谁家若是有人来访，即使是最亲近的人，如果不是事先通报，你也得咚咚地敲门。闻声问"谁"，思量开门，这已经成为人们的习惯。

　　可是，请问谁能记得住说得准，在自己的家中，听到过多少次敲门声呢？听到的每次敲门声又是什么感觉呢？我想，记住的人大概不会多。然而，在不同年代的生活里，听过敲门声的感觉，对于有的人来说，恐怕又永远不会忘记，就如同那时穿过的衣吃过的饭，甚至于唱过的歌看过的电影，只要想起来，总会隐隐约约唤起某种情绪。反正我自己就是这样。

　　我至今还记得，在把政治运动当饭吃的年月，只要听到敲门的声音，无论这敲门声是急是慢是大是小，我的头顿时就会嗡的一下大起来，本来就脆弱的神经也随之绷紧，立刻便会下意识地提醒自己"当心"。当习惯地问一声"谁？"听到的如果是熟悉的声音，而这声音又能跟某次批斗会联系起来，这时总不免会暗自叫苦："唉，不知又有什么事找上门来啦。"听到的如果是完全陌生的声音，而这声音也许不会让你产生联想，这时同样要悄悄告诉自己："祸从口出，见陌生人少说话，免得招惹是非。"假如敲门声不属于上边情况，听到总还可以坦然面对，但是有时也还是不知所措，因为那时很少相互串门儿，偶然有客人来访也不知如何是好。那会儿真的怕有人来敲门哪。

　　后来过了很长的时间，总算盼来安定的日子，那些当饭吃的政治运动不搞了，应该不再怕有人敲门了吧？不。依然很怕。这时候听到的敲门声，犹如吃饭吃出苍蝇，让你觉得恶心得想吐，却又怎么也吐不出来，好情绪完全被破坏了。那么，这时是谁来敲门呢？是另外一些人。比如，忙碌一天的家人，夜晚时分好不容易聚一起，正在欢快地聊天儿，或者正沉浸在电视剧故事中，忽然有人咚咚地来敲门，走过去习惯性地问声"谁?"，他说："是我，请您开开门，我有一种新产品，很便宜，请您看看。"你如果开了门，他会纠缠着不放;你如果不开门，他会留下骂语走人。这样的敲门声，也许不会让你恐惧，不过也不会让你好受。这会儿真的怕有人来敲门哪。

时光的流水在生活的河道，又往前流淌了一段时日，政治运动似乎再没有搞，广告纸也大都往门缝里塞，日子相对地开始平静安稳了。那么，这会儿还怕有人敲门吗? 应该说，更多的时候不怕了。有的时候也还是怕。因为新闻媒体一再提醒观众，有人以各种名目登门搞欺骗，听到敲门声一定要当心。于是就有了"当心"的警惕，就连亲朋好友来访，都得事先用电话打个招呼，不然听到敲门声心头就发紧。只是不再有早年的恐惧，以及后来的那些恶心，感觉上完全是另外一种，如同小时候听鬼故事，这个鬼老是在心中盘旋，比前边说的好像更折磨人。谁知道鬼会不会来敲门呢? 为怕一时忘记好心人的提醒，就像过去春节贴门神那样，在自家门上贴了张纸条，提醒自己有人敲门要注意。即使知道起不了大作用，起码在感觉上觉得踏实，只是心中多少有点酸涩的滋味儿。

房舍建筑安装门窗，是为出入方便和视野开阔，连三岁孩子也知道这个道理。可是在现实中却成了心病，住楼房的人家安防盗门，住平房的人家加防盗窗，门窗原有的正当用途正在淡化，真的是让人觉得哭笑不得。可能是因为有这样的心理存在吧，有时连做梦都是关于门窗的。比如前天的夜里，我就梦见搬进新家，这个家既无窗又无门，连围起来的四壁都没有，屋顶只用几根柱子支撑。我睡在这空荡的屋子里非常安稳，没有门自然也就无人来敲门，心里踏实心情也就好，这一觉足足睡了一个月，一天早晨醒来，满屋都是灿烂的阳光和清新空气，仿佛生活真的如此美好。其实我过去很少做梦，属于沾枕头就着的人，这几年不知怎么着，几乎是无梦不成眠，不知是人真的老了，还是现实生活里缺少梦想。

这个梦无疑给我带来了好心情。趁着这尚好的心情，想去户外走走，到了屋门跟前才想起，噢，忘记拿钥匙开铁门了。这铁门可是防盗的呀。这时那个没有门窗的梦，如同冬天早晨的薄雾，很快便从记忆里消失了，让我记住的依然是有过的敲门声，以及那可能随时来还未来的敲门声。唉，什么时候建筑房屋真的没有门呢，要不，即使有门，听到有人敲门不再恐慌呢? 我渴望着。

2009 年 6 月 8 日

让什刹海成为文化街

如今北京城的街道，哪里最幽静？我说的是普通百姓可以随时去的地方。

前几年要是让我说，一是什刹海，一是使馆区。为什么是这两个地方呢？

那时我在作家出版社供职，每天上班都愿意独自步行，先是出版社在王佐胡同，我乘无轨电车在北海下车，然后顺着什刹海岸边行走，享受早晨的幽静与清新；后来出版社迁到左家庄，我从团结湖步行穿过使馆区，感受北京人的悠闲自在。

离开作家出版社以后，这两个地方就很少去了，相信使馆区的幽静依旧，可是万万没有想到的是，什刹海却成了繁华消费区，过去的幽静再难以见到了。

什刹海包括什刹前海、什刹后海和什刹西海（积水潭），统称"后三海"，为人工引导玉泉山水经长河入城汇注而成。四周原来有 10 座佛寺。如今则有几处名人故居。在缺少河流湖泊的北京城，比之当今的昆明湖、北海、中南海等，只有这什刹海是普通人的水。什么时候想去亲近拿腿就走，既不需要花钱买票更无人看管，老年人在水边坐坐心里豁亮，年轻人绕水边走走精神抖擞，这是一块实实在在的风水宝地。正是因为跟什刹海有这段情缘，2005 年夏天的一个晚上，北京市西城区作家协会，邀请作家夜游什刹海，我这很少参加活动的人，竟然当即爽快答应下来，就是想去看看这盆久违的水。回来还写了篇短文《我的什刹海》，在文章中我没有反对也没有肯定，目前成为酒吧街的什刹海，只是说我喜欢过去的什刹海。

文章发表后，好友李硕儒先生来电话说："你还真够宽容的，什刹海都变样了，你居然还能接受啊？"我没有正面回答，只是心里在想，不能接受又该怎样呢？其实我跟许多人一样，更喜欢过去的什刹海。喜欢它早晨的清新，喜欢它黄昏的气氛，喜欢它水域的涟漪，喜欢它周边的房舍，喜欢它的一草一木，更喜欢它那幽静温馨的北京情调。可是谁又能保障它永久不变呢？

是啊，这几十年来的北京，变化实在太大太多了，连自称"老北京"的人，走到一些街道都得在回忆中辨识。当然，不可否认，有的地方变得好，有的地方变得不好，而这好与不好的区别，我以为，就是看有没有京味儿和文化味儿，因为北京的定位是政治文化中心，而且是个有着千年历史的古都。这变化了的什刹海，之所以不被更多人接受，似乎正是因为缺少了点什么？我不敢说，酒吧不属于文化，饮食不属于文化，我只是想说，让它们落户什刹海，起码失去了往日的幽静。缺少清新幽静的气氛，什刹海还是什刹海吗？

不要以为，北京是座文化都城，就不需要文化街了，看准个地方就打造别的街，如金融街、茶叶街、饮食街、酒吧街、服装街……其实同样需要一条文化街，展现厚重的北京综合文化。世界上许多国家的首都，同样也是著名的文化城，但是依然有自己的文化街，如我曾经去过的，莫斯科的阿尔巴特大街、维也纳的克恩顿大街，都是以特色文化展示给世人。北京这个东方文化古都，倘若也打造自己的文化街，最合适的地方就是什刹海。既不会破坏原有的情调，又不会有扰民的市声，还会增添文化的色彩，绝对比现在的酒吧街，更富有地区文化魅力。

按我的想法，内容可以包括书画店、古旧书店、国乐乐器店、戏曲服装店、陶瓷店、古玩店、民间艺术品店、老北京日用品店……再开几家老式茶馆、饭店、书场，国乐演奏家可以在此演奏，国画家可以在此当场绘画，街上或行走或以三轮车代步，使其成为一个有声有色的所在，那该是多么好的一个去处。既会带来一定经济效益，又不会破坏整体的格局，岂不是比现在的酒吧街，更有文化味儿和京味儿？

就在我写这篇短文时，看到《新京报》的报道，西城区政府正在考虑，重新给什刹海地区定位，这说明当政者跟普通市民，在如何打造什刹海上，似乎渐渐想到了一起。但愿未来的什刹海地区，少些目前的商业味儿，多些厚重的文化味儿；少些外来的洋味儿，多些浓郁的京味儿；少些人造的嘈杂，多些原有的幽静；少些严重的挪动，多些慎重的保护。如果我再去什刹海，让我由衷地说声："哦，这还是我的什刹海。"

2006 年 1 月 12 日

粗食待客

作家李硕儒先生是我多年好友，退休后一直跟随妻子定居美国，他偶尔回来总要一起聚聚，因为是老朋友也就无须客气，请他吃饭总是问他想吃什么，他也就非常直爽地道出。令我奇怪的是他说出的吃食，既不是什么海鲜又不是什么大菜，而是家常便饭中的简单便饭。给请客的朋友省了钱且不说，吃完他还连连叫好称绝，弄得做东的人反倒不好意思。

记得是 2002 年的秋天，他从美国回来，急匆匆地跑到我家，先是要烟吸，在美国家里吸烟不便，实在瘾得慌了（好像回来就是为烟似的），可是我又不吸烟，只好跟邻居借了一盒。到吃饭时问他想吃啥，反正我居住的亚运村，饭馆有六七十家之多，从中餐到西餐，从大菜到小吃，在吃上还是比较方便。他先让我说说饭馆情况，从最高档的名菜馆到一般的小饭馆，我一一跟他数了个遍，最后他说："咱们就去吃春饼。"我知道硕儒能喝点酒，让他自己喝也没什么意思，滴酒不沾的我不能陪他，就又邀请了诗人吉狄马加先生。

春饼本来是立春节日食品，说不上真正的如何好吃，立春吃只是应节图个吉利。现如今市场经济什么都挣钱，这春饼也堂而皇之地开起了店，其实充其量也就是种快餐。既然硕儒兄想吃这口儿，我也就只好破回请客规矩，把"客随主便"来个"主随客便"。

我们去的这家春饼店，店堂门脸不大，倒还亮堂清洁，看上去蛮利索宁静，很适合少量朋友聚会。落座以后店家送来食谱，我们轮流着都看了看，除了一般的家常炒菜，有点特色的自然是春饼。要了两瓶啤酒四样酒菜，主菜是店家自制的烤肉，以及炒豆芽菜、豆腐丝等，主食是现吃现烙的春饼，还有那随意喝的小米粥。佐粥的小菜就更简单，一碟自腌的萝卜条，一碟香油拌的煮黄豆，外加切开的溢油鸭蛋，跟在家中吃的便饭一样。这家店最绝的是烙饼，个如脸盆，薄如绵纸，提在眼前可透纸看天。平摊在盘子里，上面放酱葱丝，夹上肉片豆芽，仔细地卷成圆筒，放入嘴里刚咬一口，就不由你不说"好吃"。我和妻子连同两位客人，有喝有吃，有说有笑，别提多么惬意多么舒适，一算账您说多少，满打满算才九十几元钱。真如人家说的"好吃不贵"。

次年硕儒兄从美国回来探亲，正好是在春节前十几天，我的另一位好友王朝柱先生，请硕儒吃饭让我作陪，朝柱问硕儒想吃什么时，硕儒未假思索脱口而出："咱们喝粥去吧。"王朝柱兄是位剧作家，由他任编剧兼制片人的电视剧，如《长征》、《周恩来在上海》、《开国领袖毛泽东》、《延安颂》等，使他名声大震的同时，他的钱袋也开始鼓胀，本想好好招待一下远方来客，不承想硕儒非要喝粥不可。得，我想蹭顿好饭的想法，随着硕儒的"喝粥"也落了空，领着我的这二位好友，到亚运村里的小粥馆，来了一次随意的粥宴。

这家粥馆叫如意园，一听名字就叫人喜欢，是台湾老板经营的。如意园小粥馆的布置，比之大陆老板开的小店，民族味儿似乎更浓厚，首先是门前那两串红灯笼，即使不点燃也透着喜庆，让人一看就颇有些好感。一间不算很大的铺面房，一水的黑色仿古桌椅，墙上悬挂的饰品古色古香，给人的整体印象是小巧玲珑。这家店经营的食品自然是各种粥，如小米粥、大米粥、高粱米粥、薏米粥、紫米粥、玉米粥、皮蛋粥、八宝粥等等，除此而外就是各种小点心，如米糕、小笼包、小烧饼、蒸饺、小窝头等等，佐粥的东西有各种小菜，喜欢甜味儿的还备有白砂糖。

我们哥仨儿，粥和点心都是各索所需，谁想吃啥就要啥，而且是随吃随要，就如同它的店名，真的感觉很遂心如意。平日喜欢喝粥的人都知道，虽说喝粥没有什么讲究，但是粥的冷热得适度可口，太热了烫嘴，太凉了伤胃，最好是不冷不热时入嘴，喝出点小的声响来才有意思。倘若自己喝粥，等待热粥适口，时间比较难耐，现在是朋友相聚喝粥，有这个等待的空当，正好三个人聊天儿，既不误喝粥也不误谈话，真是一举两得的小宴。粥足话酣之后，让店家过来结账，每人也就是十来元，这下可给柱子省了钱，硕儒却跟我请他吃饼一样，连声地说："不错不错，太可口了，在国外可吃不到。"

原来粗茶淡饭待客，跟山珍海味一样，尽管食品档次不同，但只要客人满意顺心，这宴请也就达到了目的。当然，有钱的主儿想摆阔气，那是他的事情，就一般的朋友来说，聚会时还是随意为好。不知我说得对不对？

2004 年 4 月 30 日

吃在舒服

在一般人的印象中，广东人在吃上比较讲究，所以有"吃在广州"之说。那么，广州人吃得讲究，到底表现在哪里呢？据我的观察和猜想，主要是在煲汤喝汤上，比之不在意汤的别处，广州人似乎太看重汤了。汤的品种多，汤后再吃饭，这就是广州人的讲究。听说先喝汤不易发胖，所以在广州寡见"富态"人，起码我未听说过，广州人如何瘦身减肥。

当然，吃在广州除了饭菜的讲究，更表现在无所不吃上，上个世纪万民度荒时，广东人挨饿的就不多，我身边的一些"老广"，天上飞的地下跑的，只要能入口他们都吃。这我们就不去说了。只说这吃在舒服，如果也是讲究的话，那现在无处不舒服，当然也就都讲究。就以北京来说吧，老饭店依旧红火，新饭店遍地都是，吃得也蛮舒服呢。不过这舒服的含义，跟广州恐怕不甚一样，除了吃食本身，北京人还要求就餐环境，所以这会儿北京的餐食店，几乎家家装修得不错。这不错不是说如何豪华，而是追求个性和舒服。

诗人徐刚请客吃饭，多年来有个固定点，先是北京烤鸭店，后是兆龙饭店，别的饭店餐厅很少去，问他为什么，只一句话："在熟地方吃饭舒服。"他在这两个固定点请客，我多次有幸忝列陪客，的确如他所说的那样，在这两处吃饭非常舒服，一是店家人跟他熟，二是他对店家菜熟，就如同在家中用餐。有一阵徐刚在国外居住，我自己去过他的固定点，店家人就跟我问："徐先生什么时候回来？"真的像怀念久别的亲人，在别处用餐就不会如此，这就是在用餐环境上的讲究。

剧作家王朝柱，跟徐刚则不同，他讲究饭菜。他赶写电视剧本《冼星海》，躲清静住到西郊一家饭店，空闲约朋友们去他那里。吃饭时别人帮助他点菜，服务员特意提醒点菜的人，还得加一份"王老饺子"。"什么！王老饺子？"帮助点菜的朋友不明白，经服务员一解释才弄清楚，原来柱子特别爱吃饺子，一来二去吃的时间长了，跟做饺子的厨师长成了朋友，每次他吃饺子都是厨师长包。饺子包法当然不会出花样，馅的调配上却另有一番滋味，柱子吃过后每顿饭必叫，从此被饭店厨房叫做"王老饺子"。柱子吃饺子舒服，这又是柱子的讲究。

由此看来，吃得舒服顺口，永远是讲究的第一位。有钱的主儿为了摆阔气，吃什么金餐银餐万元餐，说白了也就是吃个样子，并不见得怎么真正舒服。如果这也叫讲究的话，只能算做有钱人的"混讲究"。这就像人们所说，阔佬吃排场，凡人吃实在，各有各的爱好，都是花钱买舒服。不过谁是真正的舒服，只有自己最有感觉。

北京的大小饭馆有多少家，我当然没有办法弄清楚，反正在我居住地方周边，粗估大小餐馆就有六七十家。几乎每天家家爆满，我就不相信人人吃大餐，更多的人还是吃家常菜。那么，在外边吃饭，怎么叫舒服呢？起码有这样两点可取：一是吃物美价廉的饭菜，只要可口就舒服；二是不要择菜洗碗，只要悠闲就舒服，总之都是从自己的舒服考虑。这就再次印证我说的，舒服就是讲究，讲究就是舒服，这就是今天人们的饮食观念。

饮食观念变了，再很少有谁议论，某某人太抠门儿，某某人是守财奴。有多少钱不说，人家就好吃这口儿，这有什么好说的。比如我认识几位内蒙作家，长期生活工作在北京，他们最爱去的饭店，既不是海鲜酒楼，也不是名菜饭店，而是西部莜面馆儿，说吃这种饭舒服。一个舒服也就足够了，还需要别的理由吗？你有你的千万百万，买不来我的舒服，这就叫衙役不羡慕老爷，各有各的活法。

2005 年 5 月 16 日

北戴河随想

酷暑难当的时日，北京闷热如蒸，北戴河的晨昏，却凉爽宜人。漫步幽静的东经路上，边观赏街景边享受悠闲，我的思绪不由得回溯到 20 年前。

20 世纪的 80 年代初期，经过 10 年不正常的岁月，国家正是百废待兴的时候，刚刚恢复的中国作家协会，就组织全国近百名作家，来北戴河避暑休息写作。当时还没有"北戴河创作之家"，作家们都下榻在中海滩宾馆，这个宾馆就在今天的东经路上。每天下午天气稍凉快点，会游泳的作家就结伴下海，不会游泳的作家就相约散步，在这里很容易看到熟悉的身影。今天走在这条东经路上，我不由得想起这段往事。

那次作家来北戴河，名义是避暑休息写作，其实说成会朋友，反而更为贴切和恰当。因为，经过政治上的风雨动荡，有的人已经几十年未见，这次有这样的机会谋面，大家都非常高兴和欣慰。记得我那次晚来了几天，就跟老作家陈登科等，居住在东海岸的东山宾馆，每天除了观赏大海景色，就是陪陈登科喝酒吃蟹，要不就是跟几位文友聊天，很快就度过了 10 天的时光。这是我第一次到北戴河，亲近这个避暑胜地，更是生平以来第一次，享受这种安适自在生活。因此，北戴河在我最初的记忆里，只是海的壮阔、蟹的肥美、树的浓密、酒的香醇，除此再没有什么别的印象。

那时的东经路并不整洁，因为紧临海边浴场码头，街道旁树丛里有许多小灶台，游客买来的螃蟹都在此加热，然后高兴地带着踏上归程。这条长长的东经路，到处散发着海蟹气味，以及缭绕的黑色煤烟，还有熙熙攘攘的嘈杂声。从北戴河开往北京的列车，车内的行李架和临窗的车外，都挂着用线网袋装的熟蟹，这些熟蟹十有八九的加工，都是在这条东经路的灶摊。农民运来的水果、渔民运来的海货、山民运来的干果、商民贩来的衣物，大都也是在这条东经路，随便到处摆摊高声叫卖。这条宾馆众多的东经路，当时给我的印象并不好，甚至于可以说很不好。

正是因为东经路的脏乱，北戴河避暑胜地的美称，在我脑海也就打了折扣。有很长一段时间去北戴河，只是图它的气候凉爽，还有亲近喜欢的大海，至于那栋栋精致的别墅，当然也曾引起我的赞赏，可是那些地方跟普通人，又能有多少直接关系呢？就北戴河整体地方来说，说实在的过去并无好感。它在我的心目中很像个海边野孩子。跟在电影电视上看到的海滨小城相比，觉得实在没有那份洋气帅气和潇洒气，充其量只是个夏天可去的地方。

　　今年夏天再次去北戴河，居住在望海楼宾馆，拐个弯就是东经路，早晨黄昏都去路上散步，我忽然发现东经路变了。变得清洁了幽静了现代了，跟我到过的欧洲海滨小城，同样显出令人舒心的美丽，跟北戴河明朗的大海天空，有种非常和谐相映的气氛。道路两旁都建了新楼舍，旧楼都重新改造修饰过，花草树木都整理得很好，就连垃圾桶样式都很好看。尤其那个有鲁迅先生雕像的公园，几年前还有小贩串来串去地贩卖，这次完全成了游人的休憩之处，坐在绿阴下的长椅上，面对鲁迅先生想想世事人生，有多少感悟多少感慨在心中。这时的北戴河就是一本书，随便翻几页都会大有裨益。

　　有天坐在街旁的长椅上，恰好有两个金发女孩，穿着艳丽的游泳装，骑辆双人自行车过来，大概是要到海滨去游泳，她们在车上晃着身子唱着歌，那高兴的劲儿也感染了我，起身就往海滨方向走去。这时正是下午三点左右，流火般的七月骄阳，逼人灼热并未完全消退，海滩上已是一片戏水者，他们的肤色不同语言各异，只有青春朝气和兴致，让你一时分不出谁是谁。据一位北戴河作家朋友讲，这几年由于改进了市容环境，夏天休息度假的外国人，跟前些年比越来越多了。有天晚上朋友请我吃饭，饭店就在这东经路上，车子走过的地方有好几处，我都看见成群的外国人，悠闲地走进酒吧咖啡厅。看来这北戴河避暑胜地，正在以它的新的活力，吸引着中外的旅游者。

　　但是，跟我第一次来北戴河时比，有些东西好像正在渐渐消失，比如鸽子窝海域的高远开阔，比如老虎石一带低翔的海鸥，那时都曾很让我兴奋不已，现在却都成了遥远的回忆。记得在一个细雨飘落的黄昏，我打着伞独自坐在鸽子窝岩石上，看雨中海面呈现的朦胧景色，心中涌起的空蒙滋味儿，立刻让我想到了人的生命，跟这浩渺无边的大海相比，我们是多么的微不足道。如果人群也是一个海洋，恐怕只有融进波涛之中，你才会多少起一丁点作用。这就是大海给我的最初启示。现在的鸽子窝已经砌起围墙，再没有了那种开阔空蒙的感觉，当然就很难再让人产生联想。

当我把这些想法说给朋友，他们劝我不妨秋天或冬天，再来北戴河海滨看一看，说不定还会寻找到那种感觉。那时大批的游客不再来了，许多自然景物都会重现，在感觉和情绪上也会不一样。朋友们的话我当然相信，因为我清楚地知道，只要是金钱作怪人心浮躁，天地和人的相处很难和谐。可是北戴河的名声和吸引力，不就是在这每年的夏天吗？我希冀夏天的北戴河，有更多的景点和海滩，像东经路一样美丽。

2005 年 8 月 16 日

闲说唐装

唐装，说白了，其实就是中式服装。不知是哪位高明的智者，给它起了这么个好名字，于是就显得有了厚重文化。在上海 APEC 会议上，又经几十位各国政治要人一穿，一夜之间身份忽然大增。随后上海、北京、天津等地，都有人或做或买唐装，追赶时代新潮流。敏感的媒体再一煽惑，穿唐装就成了时尚，让商家着实火了一把。

在此之前，我曾经写过一篇短文，就是谈遭冷落的中装，并对坚持穿中装的作家，那位写过《那五》的邓友梅，表示了我由衷的敬佩。当然，友梅兄穿的那种对襟袄，跟现在展示的新式唐装，从样式和色彩上都无法比，但是他能长期坚持穿，足见他对这种服装的喜欢。奇怪的是这次他没有赶潮流。倒是我认识的另一位作家，写过《男人的一半是女人》的张贤亮，穿着蓝地白花的新式唐装，出现在电视新闻的镜头里。贤亮兄的一表人材文坛公认，高高的个头儿，匀称的身条儿，穿上这种唐装更显得帅气。

我们曾经有过黑蓝衣着的年代，被人戏称过黑蚂蚁蓝蚂蚁，一直到允许讲究生活的美好了，这种服装单调的情况才改变。无论男女老少各色职业的人，这时都在追求服装的个性化，色彩斑斓，式样众多，表现出我们泱泱大国的包容气量。一些有眼光的年轻服装设计师，乘势开始挖掘中式服装的文化内涵，曾经设计出诸如《紫禁城》的套装，给丰富多彩的世界服饰，又增添了浓郁的中国韵味儿，让国外服装设计师对东方服装，不得不重估它的价值。就连举办多年的大连服装节，都引来世界关注的友好目光。

我是个穿衣随便的人，翻箱倒柜没几件像样衣服，却很愿意观赏服饰表演，因为里边折射出的民族风情，以及社会生活的变迁，常常让我产生无限的遐想。回想二十几年前，那时有谁穿得略微好点，过不了几天，准有顶资产阶级帽子给你，所以再怎么爱美的女人，穿花衣服外边总得罩件蓝布衫。到了"文革"时期兴穿军装，地不分南北，人不分男女，又都是一水儿的宽大绿衣裳。有一幅叫《全家福》的漫画，就是讽刺当时这种独特的穿着现象，看后就不能不为其唏嘘感叹。

　　结合着过去的生活经历，以一个普通百姓的视角，来看今天多姿多彩的服装，我觉得就像我们的现实生活，充满着宽松的勃勃生机。我非常赞成这服装多样化。在南方一座 20 层高楼上，我观赏过街上的流动人群，那简直是一条五彩河，从我的眼前畅快流过，这景色实在太美太美啦。我说这话是什么意思呢？只是想表达这样一个观点：一大片黑蚂蚁蓝蚂蚁服装太单调，难道一大群花蝴蝶唐装就好吗？穿衣戴帽，各有所好。还是任其自由选择的好，何必又来一窝蜂的鼓噪。

2002 年 1 月 18 日

说　欲　望

　　人都是有欲望的。只是由于年龄、地位、文化教养，乃至所处的环境不同，欲望有时也就不尽一样。就是同样的一个人，此一时，彼一时，每个时候的欲望都有变化。不过有一点大概没商量，不管是什么样的人，有一个欲望却是共有的，而且绝对是永恒的，这就是要有衣穿有饭吃。只有在吃饭穿衣得到满足之后，你才有可能有别的欲望，不然就是欲望小到走路，恐怕也不会变成现实。因为你饿着肚子迈不开步，你光着屁股见不得人，欲望还不是如水中月，光在你眼前晃晃悠悠。

　　翻开所有的成语词典，关于欲望的条目很多，其中"欲壑难填"的一条，几乎总是放在显著位置。好像人人时时的欲望，都似深不可测的山谷，贪欲大得怎么也填不平。难道普通人的欲望也是这样吗？我不相信。最初说出这条成语的人，我怀疑不是个大官就是个老财，以他个人的贪图之心度常人。其实作为平常的平民百姓，欲望绝对不是难填的深谷，在一般的情况下还是可以满足的，只有在地位完全变化之后，说不定才会有别的大欲望。

　　我经历过全民大饥饿的年代，那时所有美好的愿望都没了，唯一的也是真诚的愿望，就是巴望能有一顿饱饭吃。记得有一天饿得起不来床，跟同宿舍的朋友一起闲聊，我喘着微弱的气息问他，这会儿最想做什么事情。朋友说，别的什么都不想，就想有一碗玉米面稀糊糊喝，让我死了成个饱鬼，我就满足了。等到饥饿年代过去，有了吃饱饭的可能，我再问朋友的愿望时，这时他却说想吃北京烤鸭。由此可见人的愿望是随自身所处情况改变的，即使想象力再丰富也不可能超越自己的见识，去想象难以触及的近乎天边海底之事。老百姓的欲望就是这么实际。

　　人的欲望看起来纯属个人行为，其实往往具有时代特征。譬如想吃饱饭的欲望，甭问准是在饥饿年代，再譬如想平静过日子的欲望，甭问准是在"文革"时期。现在就大多数的普通人而言，为衣食犯愁的越来越少了，日子过得也还算平和宁静，跟过去比应该知足了吧。有的人却又要为别的事伤脑筋。不过绝对不是像 20 年前那样，为基本生存条件叹息，为政治运动提心吊胆，更多的还是关于生存质量的事情。如子女读书、住房不宽敞、收入不理想、出行道路不畅，如此等等，就又成了普通人最大的心病。谁能帮助他们把这些事解决了，他们就会念阿弥陀佛感激谁，欲望依然非常很平常很实际。

可是当官的弄钱的人的欲望，大概就绝对不会如此单纯了。当了科长想处长当了处长想局长，反正能步步升官越做越大最好，因为他当官儿悟出了好处有了瘾头儿。做生意的人挣了一千想一万有了一万想百万，反正钱像雨点似的哗哗下越多越好，因为他挣钱挣得红了眼觉得这就是幸福。殊不知许多坏事情的根源也正是出在这里。当官的不安分，挣钱的不本分，都是因为欲望像狮子张大的口，填多少肉进去他都觉得不怎么饱。随便拉出一个贪污受贿的官员看看，大都是从第一次的不满足滑落到低谷的；随便拿一个偷税的大奸商看看，大都是从第一笔小钱开始的。这又说明欲望跟人所处地位有一定关系。

欲望是人的普遍行为，欲望本身无可厚非；而且人没有了欲望，很可能会失去进取心。问题的关键是欲望如何实现，说白了，就是所用手段是不是正当。当大官、发大财、娶娇妻、住豪宅、坐香车、游世界，这些都是人间的好事情，只要你有本事从正路获取，完全可以理直气壮地享受。然而作为普通平民百姓的我们，对于这样的欲望却连想都不敢想，仍然愿意实实际际地过日子。到了我这样的年纪，要说还有欲望的话，以我的想法来说，一是想有个安定平稳的生活环境，二是想让自己的辛苦钱不要毛了，再有也是最根本的就是身体健康，不然就是拥有人间的美丽，岂不都成了"遗产"。

2005 年 5 月 29 日

电视中的往事

即使是个性急如火的人，一旦陷入遥远的回忆中，思绪的脚步都会放慢，悠悠然地仔细品咂。无论是欢乐是痛苦，无论是牵挂是忧伤，那些曾经有过的体验，此时都会随着时光推移，情感上变得冲淡和深沉，如同一首古老的乐曲，在心灵的圣殿里回旋。不肯顾盼的岁月水流，这会儿好像有了灵性，载着那片记忆的小舟，跟着你的心一起荡漾。这就是缠缠绵绵的往事。

现在，快节奏的生活，多浮躁的氛围，搅得人心无着无落，按理说不再会有沉静。可是每当在电视里，看到那些与自己相关的往事，时光仿佛倒流到了那个年月，我的情绪和感情依然新鲜如初。是欢乐的跟着笑，是悲伤的跟着哭；是荒唐的跟着思索，是盲从的跟着难过；是幽怨的跟着唏嘘，是不平的跟着愤怒……

当我从荧屏画面中走出来，常常地又会自问：这真是我经历的事吗？这真是我生活的年代吗？肯定后总是不免有些尴尬。这时，我真的不知道，是应该感谢电视，还是应该否定电视，它把我们早年的岁月，竟然复制得如此真切。就像成年后看到儿时的裸照，高兴自己坦诚的同时又有点难为情，既想保留有过的真诚又想学会成熟。

有人说，已经过去了的事情，就应该让它永远过去，不论是欢乐的是痛苦的，再去重新抚摸总要伤神，何必在回味中吞食苦果。这无疑是一种很美好的愿望。然而，我们总不能完全割断绵长的历史，就像降生时割断脐带那样利索，只留下一个好看的圆洞在腹部，在舞台演出时故意袒露供人观赏。这样做不能说不可以，只是显得过于轻佻了。

生活着就有磨难，就如同，生活着就有欢乐。从这个意义上讲，我非常赞赏电视荧屏上，那些有关往事的节目，只是，说欢乐不要太夸大，说苦难不要太过火，在企图原原本本再现时，最好也注入点思想。历史的正确与否，后人评定更客观。既然我们今天身为后人，为何不担当起神圣的责任，郑重地诠释前人的所为。

往事节目的主持人，是需要历史知识的，更需要一定人生阅历，没有这两样潜在素质，做出的节目再生动，都显得不够厚重沉实。让历史学家讲述"百年沧桑"，让老战士描述"抗日烽火"，让过来人畅谈"巨变20年"，尽管脸蛋不甚靓丽，声调不很柔美，但是我相信一定会像"往事"。不信，请哪位敢于突破成规的导演，大胆地试一试，说不定会在荧屏上出"彩"。

画家罗中立有一幅画，画的题目就叫《父亲》，显得过于直白朴素。然而当你对画看过一眼——只是一眼，就会记住那张布满皱纹的脸，以及粗手端着的大碗，因为画上写着太多太多的"往事"，让你震撼，让你感叹，迫使你在欣赏艺术的同时，不能不思索命运这一严肃的人生话题。这是艺术的魅力，更是往事的魅力。电视不是绘画，可是它也是视觉艺术，制作"往事"的节目，是不是应该借鉴呢？

每每打开电视机，央视台、地方台，都少不了往事节目。我不认为全是因为人们喜欢怀旧，恐怕主要还是因为往事中有悲有欢。年轻人想知道过去的苦难，年长人想寻觅今天的欢乐，两代人都愿意今昔对比，这往事节目也就拥有了观众。这不是很好吗？

2001 年 4 月 9 日

第四辑

怀旧是间老房子

　　怀旧是不是老年人的专利，我没有深入地了解和研究，反正我自己在进入老年之后，经常地会出现怀旧的情绪。那早已经消失了的岁月，如同一张磨损的老唱片，只要它旋转在我的脑际，就会慢悠悠地唱起往日的歌，尽管声音不再清晰纯正如初，但是在感觉上依然那么亲切。这时就会有种温馨气氛，像三月里和煦的春风，在我沉寂的心空轻轻萦绕，让我有种如醉如痴的感觉。

　　有人说，老年人怀旧不好，容易劳神伤身。从理论上讲也许不错，但是实际上却不尽然，怀旧的情绪处理得当，可以给人以感情慰藉和心理平衡。只有终日沉湎于往事之中，又不能自拔时才会有碍身心，处理得好绝对会有益健康。何况人上了年纪以后，在闲居时无事可做，往往会想起陈年往事，刻意压抑自己的思维，我以为总不是个好办法，反不如任其自然地流露。就如同人流眼泪，流多了会伤身，但是却能缓解情绪，所以在遇喜逢悲时，人们总是无法控制泪水流出。怀旧亦是如此。

　　人生在世几十年，谁能说得清会遇到多少事啊，当这些事情渐渐成为经历，深印在脑海里就成为"心灵档案"，到了晚年偶尔被什么人或事触动，不管是如意的还是不如意的，很容易自然而然地联系到过去。比如，已经连续多年北京春节禁放鞭炮，开始的一两年还觉得不错，能够过个安静清洁的春节，对于上点年纪的人也蛮适意。可是如此的春节又过了几个，心里就觉得空荡荡的了，总认为没有浓郁的年味儿，这时就开始怀念起过去春节。过去那些热闹的节日场面，顿时都呈现在我的眼前，那些噼噼啪啪的鞭炮声，此时也仿佛在耳畔响个不停，在往事的回忆中得到宽慰，失衡的心情也就渐渐平抑了。

　　说到怀旧，就不能不说唱过的老歌，听过的中国外国的老乐曲。从记录历史的角度看，歌曲和音乐是最好的"档案"，而且存在众人的心室中，随时随地都可以"翻阅"。每个时代有每个时代的歌曲和音乐，既记录着那个时代的生活，又反映着那一代人们的心声，不管时光跨越多么久远，只要一唱立刻就会勾起心思。比如传唱至今的老歌《送别》，只要那乐曲一响起，有的年长人就会哼唱，"长亭外，古道旁，芳草碧连天……"的歌词，如同一道长长的清澈溪流，从他们的心泉淌出，满是皱褶的脸上立刻绽出笑容。甭问，准是这歌曲勾起他一段美好往事，不然他何以会有如此灿烂的微笑。

当然，有些经历不平顺的人，一旦想起痛苦的往事，在心灵上必然会受折磨，这也是不可否认的事实。但是还必须看到，跟任何事情一样，怀旧也有好坏两方面，有过不平顺经历的人，有时想起那些往事，再跟眼前生活比，却更容易满足知足。我的前半生就很坎坷，真怕回想那些痛苦事情，可是当遇到当前的不平事，再想想过去的处境，觉得再怎么着也比过去好，心态立刻就又完全平静了。别人也许会说这是阿Q精神，我却不这么看，我觉得正是怀旧的积极作用。生活里谁有什么痛苦，或者处理什么事情，一般好说"思前想后"，大概就是这个道理。

怀旧就像一间年久失修的老房子，别看它破败甚至于散发霉味，只要你走了进去稍停片刻以后，你的最初感觉就会完全改变。这房子的老样子和霉潮味，都会变成揪心裂胆的大手，让你产生一种挥之不去的情绪，说不清道不明地在你的心中折腾。一旦被这种莫名的情绪缠住，有时接连好多天都会心神不安，置身现在思想却在过去生活里。可能是过去的愉快事情，给我的抚慰太多太多了，以至于现在想起来仍然甜蜜；可能是过去的痛苦事情，给我的伤害太大太大了，以至于今天想起来仍然惆怅。这就是怀旧的滋味儿。

不过，不管怀旧会有什么滋味儿，我依然愿意存留这种情绪，因为这是历史的体温和时代的脉动，在怀旧时我才会感到生命的鲜活。人不能光生活在今天，同样应该生活在昨天，时空交错的日子更有诗韵，更容易让你知道什么叫历史什么叫悲欢。总之，我从来不拒绝也不想拒绝怀旧，更多的时候倒愿意呆在怀旧的老房子里，消磨现有的愉快和不愉快的时光。

2004 年 3 月 18 日

今夕故乡何在

无论是客居异乡的游子，抑或是终日厮守在家的人，大概很少有谁会想，故乡对于我们意味着什么？

我曾经有过两地分居的经历，时间长达近20年之久，那时最大也是唯一的愿望，就是盼着什么时候与家人团聚。当这种愿望几近落空时，平时的日子还算比较好过，最难忍受的是在节日里，精神总是恍恍惚惚坐立不宁。可以毫不夸张地说，小时候读的一点唐诗，几乎全都跟饭食一起吃掉了，唯有"独在异乡为异客，每逢佳节倍思亲"这两句，真的是融入到血液里了，原因就是这诗句跟我的感情合拍。它恰似一股柔柔的春风，抚慰着我思念而不可得的心，让我在外乡多少得到些许慰藉。可是亲人和故乡，在漂泊的游子心中，到底是什么呢？我并未认真地想过。

有年中秋节刚过不几天，一位远在大洋彼岸的朋友，来电话讲述他们过节的情况，好像跟在国内也差不多，我也就未太在意他的讲述。稍后他突然动情地说："你知道吗，逢年过节，我都想些什么？"还未容我猜测和回答，他就急忙说，"告诉你吧，最常想的事情，就是小时候在家乡，母亲做的那些吃食。"接着他就历数了这个那个，许多在他看来好吃的东西。令我惊奇的是数着数着，他的声音竟然有些哽咽，一个年逾半百的大男人，伤心得犹如受委屈的孩子。我相信在一般人看来，就这么一点小的思念，真至于如此伤心动感情吗，绝对不会引起怎样的共鸣，甚至于会觉得好玩好笑。我听后却在心灵深处为之一震，立刻勾起我那消失的远年乡愁，心想，尽管我那时对于故乡的想念，好像并不是怎么具体明确，只是在心情上有种飘忽感，但是现在追思起当时的情景，同样也常常想起母亲做的饭食，以及童年家乡那些有趣的习俗。真是人同此心啊。于是不禁也想起那段往事。

20世纪60年代初期，我被下放内蒙古劳动。谁都知道内蒙古盛产牛羊，我自幼就怕膻不吃羊肉，却偏偏把我送到这个地方，饮食上自然也就不习惯。那时正是全民度荒时，平常很难闻到羊肉味儿，逢年过节单位总要想办法，从牧区弄些牛羊肉来，在食堂搞个集体会餐。餐桌上几乎摆满羊肉菜，别人都在大口大口地吃，看着都觉得很香很爽，我却只能望肉感叹："这要是在家乡，母亲准会为我做点别的吃。"于是就自然而然地想起母亲，想起生养自己的家乡。因为吃食思念家乡的事，在我好像还不止这一桩。那年随作家团出访奥地利，连续几天都是吃的西餐，有天实在觉得吃烦了，守着餐盘痴痴发愣，同伴问我怎么了，是不是身体不舒服？我说："想家了，主要是吃不惯西餐。"原来同伴也有这样的想法，几个人一商量建议东道主，能不能让我们吃顿中餐，主人很能体谅我们，真的让吃了两三顿中餐，结果人人有了精神不再想家。你看故乡在游子身上就是这么具体。

说到这里我不禁想问：对于远离故乡土地的人，那么故乡到底是什么呢？是青山绿水纵横阡陌？是红砖灰瓦鸽哨飞音？是祖母的抚摸母亲的呼唤？是春节的鞭炮童年的新衣？是唱过的歌？是玩过的铁环？还是长串冰糖葫芦小笼蒸包？是诗人闻一多的"红烛"，还是歌手费翔的"回来吧"，抑或是宇航员杨利伟的高空展旗，国家足球队让人揪心的比赛？如此等等。是的，任何牵动感情的东西，都有可能成为故乡的化身，深埋在我们的心底，不知在什么时候被触动，成为当时的心痛和泪水。

总之，对于我们这些普通人来说，故乡就是这么具体，只要想起来就会心动神移。在更多的时候更多的场合，故乡绝对不是思想概念，而是温暖你心的那段情感，还有那总是放不下的思念。这就是为什么到了春节，那些远离故乡的人们，总要千里迢迢地往家奔，而且历尽艰辛痴心不改，渐渐地成了一种民族的节日情缘。

远离故乡的人，那么此刻，你在想些什么呢？想起故乡的山水老屋？还是在唱那首歌："我思恋故乡的小河，还有河边吱吱唱歌的水磨，噢，妈妈，如果有一朵浪花向你微笑，那就是我……"这时所有的故乡景象，相信都会呈现在你的眼前，而你的心更会沉醉于喜悦中。谁又能说你不是身居故乡呢？

2005 年 8 月 19 日

放飞心灵的风筝

  朋友应一家出版社之约,主编一本关于如何减压的书,让我谈谈个人体会。其实,在当今社会生活,要说压力,恐怕每个人都有,从小学生到退休老人,谁能说完全轻松快活呢?至于事业如日东升的中青年,所承受的多种和多方压力,那就更是不言而喻的。只是程度和形式上,各有各的不同而已。过去经常有人说,把压力变成动力。我想也就是说说罢了。真正做到的能有几人?这压力就如同水,只能让它流淌,而不能千方百计地堵塞;这压力就如同风,只能让它吹刮,而不能想方设法地阻挡。因此,在议论如何减压话题时,我更倾向于心灵的疏导,使自己的心灵像只风筝似的,在生活的天空里自由飘荡。

  从表面看压力大都来自外界,其实更多时候还是来自内心,一个承受力比较强又会疏导的人,再大的压力在他面前都会缓解。这就如同自然界的气候,冬天寒冷夏天炎热,春天有雨秋天有风,不可能让气候适应我们,只能是我们来应对气候变化。所以才有了各种应变的设备和服饰。

  以我自己的经历为例,可以说一生都有压力。先是在"反胡风"运动中挨整受批判,失恋、失去报考大学机会;接着是在"反右派"运动中被戴上帽子,沦为贱民一压就是 22 年,而且是一生中最好的年华,我自己戏称为"焦熘大虾中段"。够倒霉的吧?后来是当教师的妻子"文革"中被迫害,患精神分裂症生活难以完全自理,我一照顾就是 30 年直至她病故,而且这个时期还要工作和写作。够劳累的吧?可是,这样倒霉的事情,这样劳累的日子,不偏不倚让我赶上了,我总不能不活下去吧。倒霉时没有出头的指望,劳累时没有别人来代替,唯一的解救方法,就是,自己疼爱自己、自己安慰自己,尽量让自己过得快活些。这时我常常想起乡间马车夫,赶着辆破车雨天走夜路,一边唱着一边吆喝着往前行,反正既不能沮丧又不能停下,再艰难最后总有到达终点的时候。

  在这三段倒霉经历中,给我精神压力最大的,就是当贱民的那 22 年。

打个不算很恰当的比喻，骡马累了还可以吼叫两声，我们这些不能"乱说乱动"的人，再累再苦再无奈也得忍着。强度劳动是硬性的无法摆脱，精神苦闷无时不在蚕食着生命，作为一个正是年轻志旺的人，面对如此巨大的压力怎么是好。我想唯一属于我的和我可以支配的，就是我的头脑和我对于往事的回忆。于是我就用回忆往事为自己减压。我有过欢乐的童年，我有过父母的疼爱，我有过幸福的初恋（尽管结局凄凉），我有过友人相聚的温馨，我有过安静的读书时光……总之，凡是认为可以安慰我的事情，都是我那时常常回忆的内容。有这些美好东西占据整个头脑，外在压力和精神也就放松了，身体劳累也会随之有所缓解。我那时经常这样提醒自己：再苦再累也有喘气的时候，沉溺于痛苦之中心就会更累，而心累却十有八九是自找来的。我绝不能让自己身累心也累。

政治身份恢复正常以后，对于家庭压力的缓解，我主要是找朋友聊天儿。跟朋友一起喝茶聊天儿，就如同泡在温泉里喊叫，身心都会觉得非常舒适，起码可以暂时忘记家累的烦恼，回到家中即使再陷入劳累，那也只是一个新的开始，总比日积月累地干下去，在承受上要少许多的压力。如果一时找不到朋友聊天儿，就独自一人喝着茶听音乐，同样会起到放松心灵的作用。说到独自喝茶，不妨搞点小繁琐，如喝功夫茶，如欣赏画作，来回倒弄茶具，依次掀翻画页，就会转移压力，在把玩之中放松心灵。除此之外我还有个习惯，感到过于劳累和厌烦的时候，就索性去逛大街遛公园，看到那些快乐游逛玩耍的人，就会想，谁能说他们生活没有压力呢？人家都可以欢欢喜喜，我干吗要愁眉苦脸呢？这么一对比心胸就会豁然开朗。

我们必须明白一个道理，只要生活着就会有压力，小有小的压力，老有老的压力，富有富的压力，穷有穷的压力，官有官的压力，民有民的压力，谁也摆脱不了谁也甩不掉。学会给自己减压是一生的事情。现在，社会形态宽容了，政治环境稳定了，科学技术发达了，减压的方式方法很多，例如器械健身、游泳、玩各种球类、旅游、参观展览、喝茶聊天儿等等，都会有很好的减压效果。但是我仍然觉得，最好的方式方法，还是寻求心灵的沉静。在心灵的调试上，自己多下些功夫，比之借助外界帮助，更有牢固的抗压力。

放飞心灵的风筝吧，以恬静的蓝天白云为伴，那压力不过是线绳一根，即使不可能彻底剪断，总会在悠悠荡荡中松弛。

2009 年 10 月 20 日

曲笔难画圆

事事圆满称心，这一美好愿望，许多人都在追求；尤其是老年人，在这方面想的更多，表现得尤为强烈。比如，儿女双全，子孙满堂，粮米盈仓，家积万贯，夫妻恩爱，父慈子孝，家风续代，平顺延年……如此等等，就如同一幅幅美丽图画，藏在世世代代人的心室。这些愿望能够实现，就会认为人生圆满，上对得起祖宗，下对得起后人，自己也就是个成功之人。否则总会有遗憾和愧疚之感。

这种凡事求全的思想，一直占据着我们的心灵，以至于看戏剧听故事，总得求个大团圆结局，这才觉得完整和惬意。由于有这样的想法存在，因此在考虑问题时，总是朝好的方面想，万一有点不遂心意，就难免有种失落感。假如再和别人比较，人家哪哪比自己强，就越发觉得人生不完满。好像只有什么都如意了，这人生才算得上精彩。

其实人生哪有如此驯服，它又不是一张轻柔的纸，任你随心所欲地折叠。经历过大磨大难的人，经受过生离死别的人，往往会在大彻大悟后懂得，人生更像一支弯曲的笔，你想画个圆圆的圈儿，无论如何上心也不好画成。反不如依照笔的走向，画个别的图案或花样，说不定会更美丽更持久。

我在年轻的时候，同样也是如此。希冀生活的美好，祈盼所有事情都顺心，不求人生如何灿烂，但愿结局一定圆满，曾经是我的美好愿望。在折腾的年月被折腾几次，性格的棱角磨平了，美好的理想破灭了，这时才变得比较实际。特别是到了晚年，绝不刻意追求什么，日子反而过得舒心。经历过几十年浮沉起落之后，终于开始明白，世界上的所有事情，都是依照自身轨道行驶，我们是无法阻挠和改变的，反不如听其自然顺势而为。这也正是许多彻悟之人，越活越快乐的原因所在。

古词云："人有悲欢离合，月有阴晴圆缺，此事古难全。"这就是自然规律，这就是人生真谛，我们理解了就会想通，想通了就会心胸豁达。

即使，人生并不那么如意，理想并不那么圆满，总还不至于耿耿于怀，在明知不可为的事情上，老是在纠纠缠缠绕弯子，用无尽苦恼狠狠伤害自己，在并不算长的晚年何苦呢？想想看，值得吗？

人生在世风风雨雨几十年，活得真是不容易啊！到了很少牵累的晚年，实在不应该给自己下绊儿。进入老年以后，我一直信奉和坚守，这样一个生活原则：不求事事圆满，但要天天快乐。因为人生道路本来就曲曲折折，你想事事求得圆满总会很难，然而让自己每一天都生活得快乐，这却是可以并且应该做到的，只要你不再心存高远的求全愿望，生活就会是另一幅美丽图画。顺其自然得自在，双眼一睁谋快乐，人生岂不是更为美好？

2009 年 6 月 9 日

享受读书的快乐

悠闲的时候，泡上一杯茶，懒散地坐在窗前，捧着一本书阅读。茶气袅袅，书香漫漫。不时地呷上一口茶，随意地翻上几页书，心神都会清爽如风。所有的声音都哑默沉寂，听到的只是自己的声息，还有那书页的翻动声，整个人仿佛都融入书中。这时难道不是一种享受吗？反正我一直固执地认为，如果人生有种种快乐，读书恐怕是最大的快乐。这正是图书这条长河，在进入高科技时代，依然翻波起澜的所在。

每次一本新书出版，看到读者排队购买，就会自然想起年轻时，自己购书找书的情景。那时北京的书店，没有现在这么多，书店最集中的地方，当属王府井大街了，只要听说有新书出版，下班后连饭都不吃，赶紧乘车往书店跑。倘若顺利地买到了，立马就会在店内翻阅，然后再去找地方吃饭，"先睹为快"此时深有体会。要是书籍已经售完，得先登记预购手续，心里踏实了才会离开，可是情绪上会有些沮丧。记得有次发行新版《鲁迅全集》，因为发行数量有一定限额，我在书店办了预购手续，心里总还是有些不放心，乘车走到半路又折回去，找一位购书认识的营业员，请她一定为我盯着这件事。直到有一天这套书拿到手，就像小时候过年拿到新衣，别提心里有多么高兴啦。

当然，比这更高兴的还是阅读，拿着一本新书或喜欢的书，慢慢地品咂书中的内容，细细地咀嚼精彩的语句，感觉真的像吃一顿美餐，许久想起都是余味无穷。把书籍称为"精神食粮"，我想就是来自这种感觉。记得小时候读《水浒传》，读到那些除害兴义的章节，不仅会为梁山好汉们喝彩，而且自己仿佛就在其中，一股侠气飘飘然然地加身，哪里还记得此时正是何时，直到母亲走过来叫吃饭，猛然从书中的情境走出，这才知道原来是种神往。大概就是从这时候起，渐渐培养了读书的兴趣，除去不能读书的岁月，这一生总是以书为伴。读书成了我的爱好，图书成了我的朋友，所以，友人让我为书房写句话，我总是毫不犹豫地写下："书是宝"

或"读书求趣"。

在今天，拥有一部电脑如同拥有整个世界，有的人对于纸质图书，开始有些厌倦了、嫌弃了，更愿意从网上快速阅读，这样做也不是不可以，只是从感官的享受上，绝对没有读书的快乐。这两种阅读方式我都有体会，如果让我打个比喻的话，网上阅读好像是乘飞机出差，直来直去毫无任何悬念；阅读图书好像坐牛车去姥姥家，慢悠悠地观景赏花心含喜悦。所以不管怎样担忧图书命运，我都始终抱有热情和希望，因为只要你想借阅读享受快乐，这种方式就永远不会消亡。而且，随着更多人浮躁情感的减退，传统阅读方式仍然会受钟爱，有关媒体报道一些古典著作图书，高印数问世后招来读者抢购，就是对此最好的印证和说明。

我曾经写过一篇文章《终生遗憾未读书》，追悔在那些不能读书的日子里，生命中的美好时光被白白地浪费。既有对于知识缺失的惋惜，又有对于丧失快乐的感叹。那时我常常会想起年轻时，只是在一次会上偶尔说起，自己向往"一本书一杯茶"的生活，就被政治"进步人士"批判，说这是典型的"小资生活"，如何与无产阶级格格不入。好像只有打麻将玩扑克，或者一天无所事事，这才是真正的革命者。现在看起来未免有点好笑，但确实是那个年代的事实。不过，正是因为我有这样的经历，对于现在能够享受读书的快乐，当然也就分外地珍惜和满足。

作为今天的读者，真的很幸福很幸运，每年都有新的图书出版，任你自由自在地选购，然后回家悠闲地阅读品咂。尤其是书的品种比较齐全，连国外新出版的图书，都能及时地翻译出来，这在过去简直不可想象。我至今还清楚地记得，早年按级别凭证购书的情景，那简直是对读书人的亵渎。现在，有这么好的读书环境，有这么多的图书供应，我们没有理由不读点书。图书如同活水浩荡的海洋，读书人畅快地游来游去，充分享受这赏心悦目的快乐，这人生岂不是更为美好吗？老作家吴祖光先生，健在时给年轻人题字，最爱写的一句话，就是"生正逢时"。我想套在读书上，可谓"读正逢时"。

2007 年 7 月 26 日

舒适自在过大年

再有几天就是春节，民间俗称的大年。此时我不禁想到：这过年到底过什么？怎么过才好？

早些年生活物质匮乏，毫无疑问就是过吃喝，想方设法弄点鱼肉，全家美餐一顿就算过年了。后来吃穿的东西开始多了，觉得光吃喝没有年味儿，就噼噼啪啪放鞭炮，倒是蛮有喜庆的景象。有的地方鞭炮禁放了，觉得过年越发没意思，就开始到处旅游玩耍，这年过得总还算快乐。没想到人的想法相同，你也旅游我也旅游，旅游景点看人比观景多，自然也就渐渐有些厌恶了……总之，这过年的方式全尝试了，再很少有大的感官刺激，对于过年的兴致也就淡了。那么，除了重复传统的过法，是不是可以考虑考虑，换种别的方法过年呢？

我一直有这样的看法，就一般人的大多数来说，过年过节都比较盲目，就是说为过节而过节，很少有人认真地想想，这大年到底怎样过更好？有的人说，过年就是图个热闹，放鞭炮演大戏多开心；还有人说，过年就是求个好吃喝，敞开肚子"造"多痛快；更有人说，吃喝玩乐睡觉过大年，如此等等，似乎都有浓郁的节日味道。不过要是让我现在来说，我认为这过年，主要还是过自己的心境。我们不妨想想看，缺吃少穿你有好心情吗？你争我斗你有好心劲儿吗？疾病缠身你有好心气儿吗？这时就是天天过年，恐怕也不会咋高兴。现在提倡和谐社会，除了人与人的和谐，人与自然的和谐，每个人的身心和谐，在我看来也蛮重要。而人的自身是不是和谐，就看有没有一个畅快的心境，以及一个真正健康的身体。

这会儿的人，生活节奏快，个人想望也多，哪有不忙的道理？年轻人想奔个好前程，中年人想挣点大钱，老年人想多活上几年，就连孩子都想考个好分数，一年 365 天日子紧紧绷绷，活得实在太累太苦太艰难。好容易盼来个春节，何不趁此长假机会，调试一下自己的身心，让紧张的神经得到些松弛？比如约一两位好友，找家茶馆坐坐，聊聊轻松话题；再比如到读过书的学校，重温一下往日快乐时光；还可以在家翻翻相册听听音乐，让自己沉浸在悠闲氛围里，这都是很好的过年方式。干吗非得过得那么"轰轰烈烈""地覆天翻"?!

过年习俗不能变，过年方式可以改，事实上也正在改，例如登门拜年、除夕守岁，这些年好像就不多见了，这说明在对待如何过年上，人们的考虑越来越比较实际了。这实际正是含有不拘礼数但求舒适的意思。舒适自在过大年，就是放松的结果。反正不要给自己身心加码，而要考虑给自己身心减压，这才是现代人过年的最佳方式。

2006 年 1 月 2 日

生活三题

空　白

生活里，怎么就不能留点空白呢？

偶尔感到不开心不惬意时，我常常这样询问自己。这时总会情不自禁地想起中国画。那些技艺高超的绘画大师，他们都是那么善于利用纸上的空白，营造似无却有的艺术效果。

我曾有多次机会观赏著名画家作画。当一片洁白的宣纸铺在案头，依照常人的心理，这张纸上该可以画出多少景物。然而画家只是轻轻地点染几笔，留下大片大片的空白，让读画的人用想象去"画"：假如画上是几尾活泼的金鱼，那片空白该是一汪活水；假如画上是几棵傲立的青松，那片空白该是纷飞的白雪；假如画上是挺拔的峰峦，那片空白该是缭绕的云雾；假如画上是奋飞的雄鹰，那片空白该是遥远的长空，如此等等，留下那么多空白，任读画人的遐思驰骋。

这就是艺术，中国的绘画艺术。那么生活呢？难道就不能讲点艺术，留点空白给自己，或者给相识不相识的人，大家都有个周旋的空间？

我们有时太热衷这个"满"字了，随便想想便会拈来一堆这样的成语，"满面春风"、"满面红光"、"满目琳琅"、"满腹经纶"、"满腔热情"、"满堂金玉"、"满载而归"，好像只有把生活团成个无缝的球，永远在那里不停地滚动，这才会感到"十全十美"的"满足"。

正是因为有着这样的传统文化心态，有的人总是把神经绷得紧紧的，在生活里不肯留下哪怕一点空白。有人为了达到存款折上的几位数字，竟然不计时间地去日夜拼命，这样也就没有留下休息的空白；有人想要同什么人赌一口恶气，竟然在私下里咬牙切齿地叫劲儿，这样也就没有留下心情的空白；有人为了急于给自己争得某种利益，竟然在背地里给别人伸腿使绊儿，这样也就没有留下道德的空白；有人为了寻找一时的精神刺激，竟然无日无夜地搓麻、酗酒，这样也就没有留下身体的空白。

生活同样是张洁白的宣纸，谁不想作幅美丽的画？要想作好生活这幅画，首先学会留点空白，不要把什么都填得满满的，像只鼓胀的气球，说不定什么时候便会爆开。给自己留点空白，就会松弛地度日，永远有享不尽的自在。给别人留点空白，就会友好地相处，永远会感到缘分的可贵。生活里留下的空白越多，越会有快乐的生活。

你想快快乐乐地生活吗？请学会"留点空白"的生活艺术。

从 容

人生匆匆，如白驹过隙。我们不妨仔细地推想一下，在世的这几十年里，可有更多的从容时刻？

在我还是个不谙世事的孩子时，生活里再大的苦再大的累，全都压在了父母的双肩，我看到的永远是两张慈祥的脸。我们可以这样说，在吞咽人生苦难方面，父母都是"自私"的，他们从来不肯分半点给子女。可是那时候的我，难道就生活得从容吗？好像没有。

那时为了当个父母心目中的好孩子，成为他们想望中的一条"龙"，我必须得拼命地读书。60 分的学习成绩，在我看来已经不错了，但是在父母的眼里，这简直是大逆不道。于是我就得想办法弄到高分，哪怕是考试时搞夹带抄别人的，也总得让父母脸上挂上一丝笑容，这样我才会有无奈的宽慰。少年时代的我们，生活在无忧无虑的环境里，日子过得却并不从容。

后来渐渐地长大了，身量也许比父母还高大，身板也许比父母还壮实，这就是说，我们真正成为大人了。这时总该从容地生活了吧？谁知这社会的构成就是一张网，只要你挣脱不开它的网围，就会如同被网住的鱼，拥拥挤挤地在一起，争抢自己生存的小小空间。这时谁又能从容地生活呢？

我曾怀着真诚、友善的心，试图不招谁不惹谁，自己安安静静地过活，哪怕清贫寂寞都无所谓。其实这只是一厢情愿。过去那些像阵雨似的政治活动，只要一来就难得安宁，即使不被淋成个"落汤鸡"，也要湿透你的衣裳，总之不会让你平静生活，又何尝有从容给你。这就是往昔留给我的记忆。

等到中国大地有了祥和安定的时光，人们真的可以从容自在地生活了，这时你再紧张再浮躁地过活，那只能说是你自己的选择了。那么究竟是什么东西使有的人宁愿放弃从容呢？我想最大的诱惑莫过于金钱和享乐。谁要是迷上了这两样东西，就等于穿上两只"红舞鞋"，再难以停止在人生舞台上的旋转，从容永远不再属于他。

比那很少有个人生存空间的过去，现在我们有了一定的生活主动权，我们究竟想怎样生活，这就要看每个人的意愿了。倘若说到我，我是希望从容地生活，绝不想把神经绷得那么紧。当然，这样说是容易的，做起来会有困难，因为，你要想从容地生活，就得抵挡住物欲的诱惑，就得忍耐住寂寞的熬煎，顺其自然地度过每一天。从容地生活，是方法；从容地生活，更是境界。谁愿意从容地生活，谁就得不懈地锤炼自己的意志。

想想我们每个人的来来去去，生生死死，你就会少去许多浮躁的心绪，真正地宁静下来，从从容容地干些自己喜欢的事情。从容地生活，生活才有乐趣。我以为是这样，不知别人怎么看。

善　待

几乎不曾理会岁月的流逝，转眼新的一年又到来了。时光老人的腿脚也实在利索，无论人们怎样匆匆追赶，都难以同他结伴前行。在这辞旧迎新的时刻，我的心中可说是百感交集，有许多话想跟朋友们说。这其中最想说的一句，还是：活着，就要善待生活。

我们在现实生活中，经常可以听到这样的话："活得太苦太累"，"真没劲"，"真想潇洒一回"，"痛快地玩一把"，如此等等。不知是尚无这样的体会，还是思想观念陈旧，总之，对于眼下这些时髦的说法，我总是有些迷惑和不解。倘若我的推论大体不错，我想我们上几辈乃至上几代的人，在基本生活方式上——衣、食、住、行，似乎同我们没有太大的区别。如果真有的话，那就是在他们那会儿，住的没有"双气"的房，吃的没有方便食品，穿的没有花样翻新的成衣，行的没有代步的"的士"，玩的没有音像设备，照理不是更苦更累吗？如果他们都以上面的论调去对待生活，不去进行顽强的劳动和创造，哪来今天这样灿烂的文明？

当然，不该否认，今天有的人的确很苦很累，甚至劳累得连喊累的精力都没有。但是有些喊苦叫累的人，之所以会怨声不绝，恕我说句直率话，八成是没有把生活当做平常日子过，而是把每一天都当节日对待。不信就仔细地观察揣摸一下,这些人中为数不少,都有一颗非常浮躁的心。男的像孩子盼过年要压岁钱似的到处找"财神",女的像过节打扮孩子似的四处奔时装,再加上像逢年过节走亲似的疏通各种人际关系,这一天下来能有不苦不累的吗?且不要说多么消耗体力了,就是坐在那里独自盘算,也是要费许多心血的,哪有不苦不累之理。

其实,生活本是平平常常的日子,只要一切顺其自然,就会有享受不尽的自在。当然,这同"知足常乐"的哲学并不是一回事。顺其自然,不等于不思进取,这里只不过是说不要有那些本不该属于你的非分之想。改革开放这些年里,给人们提供了致富的机会,但是就我们每个具体人来说,这个机会属不属于你,那还要看自身的条件。如果你本身不具备某些条件,再奔再跑,再苦再累,恐怕也难达到预想的收获。踏踏实实地生活,勤勤恳恳地劳动,怀着一颗平常的心,日复一日地善待生活,说不定反而会有好的回报。

我非常敬佩这样的人,无论外部世界如何热闹或者冷清,他总是不失本色地生活,一步一脚印地朝着自己的目标走。时光对于他们永远是知识和财富的积累,从来不肯当做赌注轻易地抛出。这样的人活得有时也真苦真累,但是,他们很少叹息和喊叫,因为他们深知,苦累跟创造、幸福总是紧密相连的,人活着就该如此,不然人生还有什么意义?

再过几年就要跨入新的世纪,科学、经济和生存环境,谁也预料不出会发生什么样的新变化,只有那些在知识和心态上都有准备的人,才会成为自己命运的主人,感叹苦累和沉迷潇洒,都难以应付新的情况。平平常常才是真实的生活,这样的生活永远属于平凡的人。盲目地奔波和追逐,最终得到的也许只有喊苦叫累,岂不是反而愧对了生活。

按照古老的习俗,新年伊始,人总要有些打算的,在祝福朋友们心想事成的同时,再重复一遍那句话:活着,就要善待生活。只有善待生活,生活才有滋有味儿,即使真苦真累又算什么。苦累的土壤上总会有鲜艳的花朵开放。

1986 年 12 月 8 日

人生有悟不白活

  军旅作家贺捷生大姐，将一条朋友发给她的短信，转发到我的手机上，我一看是首短诗，题目是《铁锅情》。诗中写道："世人都说是铁锅好／铁锅的老底谁知道／火里托生／心血铸造／天天烟熏火燎／年年蒸煮煎熬／张着闭不拢的口／弯着直不了的腰／盛着天下的苦和乐／装着人间的饥和饱／沉甸甸痴情一片／响当当铁汉一条。"

  前不久，贺捷生大姐和作曲家王立平先生，文学评论家陈先义、褚水敖、奚学瑶、祁茗田先生，诗人刘福君先生等，我们一群文友聚首气候宜人的雾灵山，晚上在一起喝着茶谈文论乐，从王立平作曲的《太阳岛上》、《少林寺》、《大海啊，故乡》、《驼铃》、《浪花里飞出欢乐的歌》等这些优美歌曲，到他创作的电视剧《红楼梦》牵肠挂肚的音乐，让我们足足过了一次音乐评论瘾。谈兴正浓时贺捷生大姐提起这首《铁锅情》，她觉得这首饱含人生哲理的诗，很可以谱写成一首歌曲。王立平听后笑笑说："大姐，这首歌词，你知道是谁写的吗？"贺捷生说："不知道，是一位军科院院士传给我的。""这是我写的呀，大姐！不知是谁给传到网上去了。"王立平告诉贺大姐。

  王立平先生跟贺捷生大姐，是多年的好朋友，用王立平自己的话说，他每次请贺捷生吃饭，总是找最便宜的小馆，目的不在吃饭而在随意地聊天儿。他们的友情如此之深，听说此诗是王立平所作，贺捷生大姐自然高兴。于是，王立平乘兴又背诵了多首他写的这类歌词，有的已经由他谱曲，有的他正准备谱曲，在场的文友听了都非常喜欢。在此之前曾经读过他给诗人刘福君的诗集《母亲》写的序言，我以为这位著名作曲家只是个诗歌欣赏者，听了他背诵的自己诗句才知道，原来他也是一位多产的诗人，在繁忙的公务和作曲之余，近年一直坚持写作感悟人生的诗词。他的许多歌曲的词也都是自己创作的，当时我们只顾欣赏曲调竟然忘记词作者了。大概正是因为他那些歌曲的歌词由自己创作，每一首曲调才谱写得那么美妙动听。特别是电视剧《红楼梦》的音乐，至今让许多人记忆犹新，那些凄美的旋律依然揪着听者的心。诚如王立平在一篇文章中所说："一朝入梦，终生不醒。"

后来王立平先生又给我传来他写的《十字路口》歌词："常站在喧闹的十字路口/顾盼着人生的前后左右/有的人以这里作为起点/也有人把这里当成尽头/有的人从这里分道扬镳/也有人到这里重新聚首/啊/十字路口/能容四季风雨/还有那八方来客/啊/十字路口/能走千乘车马/还有那万众人流/东南西北/红灯绿灯/毕竟有先也有后/人各有志/志在四方/总有到达的时候。"同样充满深刻的人生哲理，看来他真的是彻悟了人生。就在我们聊天儿的那个晚上，河南籍评论家陈先义先生，说起他家乡的少林寺，原本只是个破旧的小庙，因《少林寺》歌曲而扬名天下，他为此写过一篇文章《文化是一种软实力》，谈文化与地域发展的关系。王立平说他跟河南的关系，岂止一个少林寺，他还跟一所农村小学，有着非常亲密的关系。

有天王立平接到一封来信，写信人是河南新安县实验学校 2400 名师生，想请王立平为他们谱写一首校歌，王立平见信当即爽快答应了。校歌谱好后他亲自送去，夫妻二人驱车 17 小时，从北京赶到那所千里之外的学校，学校和县里早准备好饭菜，本想好好款待这二位贵宾，却被王立平断然谢绝，他说，我们是想给你们点帮助，如果再给你们增加负担，那我们就于心不忍了。这次他们夫妻二人到河南，除送去王立平谱写的校歌，还给孩子们带去许多物品和钱。用一个小时的时间，简单地举行了个仪式，立即赶路返回北京。类似这样的事情，王立平夫妇还做了一些，从未在媒体上报道过。倘若不是聊天儿说到这里，这位著名作曲家的善举，包括他多年好友贺捷生将军，我想也不见得完全知道多少。

做善事不大肆宣扬，这才是真正的善心。在场的朋友听后都颇为感动。

听了王立平先生的人生哲理歌词，知道了他默默不言所做的善事，我忽然想到，人这一生几十年怎么才算未白活呢？照一般人的想法无非是名和利二字。比方说，有的人认为拥有荣华富贵就算未白活，有的人认为如果名声盖世就算未白活，如此等等。人各有志嘛。这也算是吧。只是若以此来论成败的话，身为作曲家和社会活动家的王立平，毫无疑问这些他全都拥有了，可以说是一位当今最成功的人士。可是，想了想我却又不完全这样看。我更欣赏他的人生态度：事业有成而不躁，名声显赫而不傲，身处高位而不自居，自自在在平平常常地生活，毫无一点装腔作势的名人架子。难怪他能写出那么有滋有味的人生哲理诗词。这就如同吃饭，再好一桌饭菜，吃过不知其味，岂不是白吃。生活亦是如此。活了大半辈子，还不明事理，岂不是白活？所以我说，王立平在做人上更成功。

　　我把《铁锅情》传给多位我的好友，著名历史学家、作家王春瑜先生，读后立刻给我回复说："深刻，隽永"，可见对于人生有所感悟的人是息息相通的。我曾建议王立平先生，把这些歌词早日谱曲，只要传播开来，相信会让许多人获益。当今社会出现的许多问题，就是因为有的人没有活明白，在小名小利上毁掉了一生。太可惜了。

2009 年 7 月 30 日

运用减法求快乐

那天，《浙江日报》编辑来北京组稿，席间一位女作家给文友敬酒，她颇有创意地来个分年龄段举杯，而且每个年龄段都要减去 10 岁。

在座最年长者有两位先生，均已年逾八旬，按她说减去 10 岁计算年龄，这两位老人自然高兴一番。下来就是年龄 70 岁的几位，同样以减去 10 岁计算，忽然变成 60 岁的人，当然也嘻嘻哈哈兴奋一阵。再下来就是年龄六十几岁者，还有几位是 50 岁 40 岁的人，如法炮制，顿时都成了风华正茂的青壮年，结果大家都很美滋滋地接受。在座的还有几位女作家，她们的年龄不便说明，我想减去 10 岁也会高兴。

这虚拟的生活快乐，无疑来自减法游戏。回来的路上我就想，用虚幻减法计算年龄，可以获得一时欣慰，这只是朋友间的玩笑，除了博得心理的安慰，绝对带不来真实拥有。可是，在其他具体事物上，如果用减法处理，说不定会有实在快乐。比如饭少吃一口，就不至于得胃病；比如官阶少升一级，说不定就会少操点心；比如金钱少挣一些，就不会有花用烦恼；房屋少住一两间，就没有打扫的劳累；虚名闲位少一点，就会活得清静自在，如此等等。依此类推的减法处理，或者用减法思维来想，真的算一种明智活法。

遗憾的是，真正修炼到这个分儿上的人，并不很多。在许多实际利益上，一般人都是加法计算，如，自己的成绩比谁多，自己的资历比谁长，自己的能力比谁强，总之，拿己之长比他人之短，以此满足个人的欲望。如果达不到个人目的，总是耿耿于怀斤斤计较，自然就不会有快乐日子。直到把自己折磨得脱层皮，最后总算想通了、觉悟了，还是得归到用减法处理，只是这回减少的是寿命。这样算来更不值得。

倘若开始就用减法计算，想想自己的不足和欠缺，觉得什么地方不如人，或者干脆听其自然，对于自己的身心都有益。许多民间的寿星老人，之所以会活八九十岁，除了他们本身体质不错，更因为有个平和的心态，对名不攀比，对钱不算计，一门心思做喜欢的事情。这样的人老天自然会格外眷顾。所以老祖宗有话告诫："退一步海阔天空"、"多一事不如少一事"、"少吃一口安稳一宿"、"财富生不带来死不带走"，仔细地品咂一下这些话，其实都是教人减法处世。

的确，平常遇到什么不顺心事，倘若用减法计算和思索，同样会排除许多烦恼。我这个人可能过于没出息，每每碰到不顺心的事情，总是喜欢往回想和算总账，结果再大的烦心事也会削减。所谓往回想就是想自己倒霉时，所谓算总账就是想还能活多久，这么来来回回地一算计，减去这个少去那个，留下来的恰好是快乐。人生在世还有什么比快乐更重要。

妙哉，减法求快乐。

2006 年 8 月 9 日

快乐之树自己栽

人到了老年，最应该看重的东西，是什么呢？金钱、家庭、朋友，固然不可少，但是就每个人来说，有两样东西，我以为尤其更要重视，这就是好身体和好心情。这两样东西合起来，通常叫身心健康，如同车辆的两个轮子，缺少哪一个都很难走稳。谁同时拥有这两样，谁就会活得快乐。

有时跟同辈朋友通电话，顺便问起现在生活情况，说到身体都还算不错，稍差点的也就是老年病，如高血压、腰酸腿痛等，对于生活并无大的妨碍。说到心情有人就不想说了，大概是有些难言之苦吧。这时我就想，像我们这一辈人，过去谁没有坎坷，都毫不含糊地过来了，眼前有点磕磕绊绊，难道就真的不好逾越?！身体是否健康，不能完全自控。心情的好与坏，却能自己主宰。如果把人生比喻为四季，哪能天天都是晴空朗日，总还会有刮风下雨的时候。活着就应该有这样的思想准备。

在自然界的季节里，再迟钝的人也知道，随气候变化增减衣服，让身体适应外界冷暖。这就叫生理自我调节。那么心情一时喜忧好坏，是否也可以自我调节呢？当然可以。曾经试探着询问一些朋友，到底是什么样的事情，让他们心情如此郁闷。其实并无什么大不了的事，有的是跟老伴儿怄气，有的是跟子女闹别扭，起因都是些鸡毛蒜皮小事，只是钻进牛角尖出不来，心里总觉得不太舒服不太自在。当然，也有些老年人心情不太好，是看不惯社会上丑恶现象，如贪污腐败、弄虚作假等等，出于责任心和习惯思维，不免产生正义感和忧国心。还有的老年人退休后，见过去的部下或小字辈，对自己不那么尊重了，为这炎凉世态而伤感。仅此而已。

应该说，在传统环境里生活多年，看到社会转型时的问题，有的老年人产生些想法，这完全是可以理解的。可是你仔细地想一想，为这些事情折磨自己，有必要和犯得着吗？说句不中听的话，就是把自己折磨病了，到头来受罪的还是自己，何必呢。好不容易活到了今天，还有什么比健康和快乐，更为有益更为重要呢？

那么，遇到不愉快的事情如何解脱呢？自己的坏心情怎样变好呢？

对不起，我想不客气地说句风凉话：阴天下雨老天管，快乐之树自己栽。一个人的生老病死，完全属于自然规律，更多时候自己很难左右。好的心情却只能靠自己营造，任何人都不会永久给你，比方说，听相声看小品演出，当时你也许会笑得忘记烦恼，听完看完还不是一切照旧。唯有自己营造的快乐，像影子似的附着在身上，你才永远有开心的日子。

我这个人属于无大志向者，前半生坎坎坷坷几十年，后半生只求日子过得平静，可是天生个"悲剧"性格，对于许多事情总还爱发议论，自然心情也有非常不好的时候。这时我就自己来调节，方法就是向后回想：过去那么艰难辛苦，愁吃愁穿谨言慎行，还不是照样过来了吗？再说，一直不就是想过平静生活吗，现在过上了还管别的干吗，这样一想心情立刻豁然开朗。这大概就是俗话说的知足者常乐吧。真是妙方一剂。

有的朋友听了我这样说，指责这是"阿Q精神"——自我安慰的精神胜利。这样说也不能算太错，听后我总是哈哈一笑。作为普通平民百姓，又到了这把年纪了，难道还要像年轻人那样，事事争强处处较真？我看实在无此必要。常言说的"自知之明"，倘若用在老年人身上，就是凡事都要尽量看淡，不是什么了不起的大事，该让就让，该退就退，尽量使自己心情保持平静。对于曾经有过过节的人，甚至于给自己下过绊的人，当做一种经历记住就算了，千万不要因此破坏好心情。冷眼看闲事，热心管自己，往事随风去，每天找快乐，我以为，这就是健康老年人，应该追求的美好境界。

总之，越老越应该活得洒脱，越老越应该活得明白，这样才会有个好心情，再加上少病无病的身体，何愁晚年不其乐融融。

2005 年 4 月 19 日

"悠"着活

可能是到了这般年纪，苦乐经过，荣辱尝过，方觉得生活的真正滋味儿。回想年轻时的争强好胜，回想中年时的坎坷艰辛，真的感觉人生的不容易。除了那些对国家社会有大贡献的人，就一般的普通人来说，人生在世几十年多者不过百年，最终恐怕还是离不开"平静"二字。那些早已经悟出此道理的人，十有八九都生活得非常快乐，地位金钱对于他们只是景致，看一看就会从目光中淡然消失，从来构不成心中的向往。在他们的生活中事业上，更崇尚一个"悠"字，因此也就活得坦然自在。

在事业上，他们"悠"着干，因为他们知道，人生时限再长也有终点，死拼硬抢，只争朝夕，反不如科学支配合理安排，把时光用在有益的事情上，这样说不定反而会让生命延长。时光在他们那里，如同一条溪水，静静地流淌着，没有大的波澜，却滋润出一片悦目绿茵。在生活上，他们"悠"着活，因为他们知道，人世间美好的事物再多，个人只能享用很小一部分，疯狂掠夺，无度占有，反不如只要属于自己的那部分，使用起来更会心安理得，这样说不定反而会更长久留在身边。物质在他们眼里，如同阳光空气，缺少了活不成，多得了会无益，只有适度占有才觉得舒适。至于虚名官位，他们更是"悠"着看，因为他们知道，再多也不是价值的体现，来路不正，名不副实，反不如靠自己的本事吃饭，免得让世人耻笑暗骂，这样无论走哪里都是直挺身躯。名位在他们看来，如同唱戏的衣帽，穿戴脱放不由己，那得看剧情需要，还是当个观众永远。

仔细想想也是，人可以这样活也可以那样活，活得明白不容易，活得悠然自得随意就更难，这是一种更高的人生境界。但是也不是完全达不到，关键是看个人心中想着什么，想当官的必然要钻营，想发财的必然要冒险，想升天的必然要念佛，想贪杯的必然要进酒家，如此等等，这是别人无法阻拦的事情。有了这种种的想法，就必然要为此操劳，或四处奔波或日夜思虑，劳力劳心消耗生命和时光。倘若能够如愿以偿地得到，那还会有一时的消停，如果是一时半会儿得不到，就会自己跟自己过不去，像个刹不住轮子的车，恐怕得一直地折腾下去。这样的生活会悠闲吗？这样的日子会平静吗？这样的人生会安逸吗？恐怕做不到。做不到的日子会过得怎样，随便地想想便会略知一二了，起码不会有健康快乐的心态。

你看看那些崇尚"悠"字的人，他们的生活方式则是另一种样，日出而起，日落而息，量力而行，量入为出，越轨事不干，贪婪事不为，不求大福大贵只想一生平安，生活过得有板有眼有滋有味儿。当然，他们也有自己的追求和向往，只是要看能否在正常情况下达到，倘若达不到从来不会争着抢着去要，最多说句"生不带来死不带走"，然后就又快快乐乐地去干自己的事情。既然是生活在这社会上，总会碰到不愉快的事，总会遇到不正派的人，在他们看来这都属于正常，最多说句"林子大了什么鸟都有"，这就算是最大的愤怒表示，然后就是淡然地一笑了之。别看为人处世这样轻松，做起事情来却相当认真，绝对不会敷衍搪塞了事，理由是"得对得起老百姓给的钱"，说得朴素真诚而又不失堂皇。常听人说谁谁懂生活会生活，我以为这样"悠"着生活的人，就应该属于懂生活会生活的一些人。他们的快乐感受，比之那些贪官奸商的快乐感受，显得更为纯净得多，自然也就有益身心。

"悠"着干不等于不进取，"悠"着活不等于态度消极，恰恰相反，健康的生活方式就应该如此。只有活得悠闲自在从容，才会活得健康充实多彩。用消耗时间代替智慧创造，把好态度跟低效率等同，那是过去年代的事情，今天再不应该加以提倡。实行每周五天工作制，一年有两个长假休息，正是"悠"着干"悠"着活，在今天现实生活中的体现。这样的做法从表面上看，好像是工作时间短了，实际上调节了人的潜能，可以创造性地延长时间，生命的价值更能充分地发挥。

学会"悠"着活"悠"着干，让生命的价值舒畅地发挥，让时光的限度从容地运用，生活和工作的质量就会提高。试试看，如何？

2004 年 8 月 25 日

正是温暖似春时

人的生命，跟季节一样，也有个自然的四季。少年如春，青年似夏，中年像秋。到了老年，就不必多说了，好一个冰清玉洁的冬天。这就是不以人的意志为转移的生命程序。对你对我，对官对民，对富对贫，对男对女，如此等等，都是一样，在这方面最平等最公开最没有争议。当然，更没有办法拒绝。

自然界每个季节都有风景。春天柳绿燕飞充满浪漫，夏天水暖花放洋溢妩媚，秋天结实收谷飘洒喜悦。到了冬天，冰封雪锁看似空灵严峻，其实更有着独特的美丽。只要你怀着平等的心态，去领略去观赏去发现，就会有别人难以替代的属于自己的感受。这就像一位哲人所说：生活里不是没有美，而是我们缺少发现。

那么，人的四季呢？同样如此。少年的活泼，青年的蓬勃，中年的成熟，都是生命美丽的不同展示。人到了老年好像不再美丽了，其实不对，这正是生命美丽的极致时期，蕴含着多种美丽的潜质，就看你会不会敢不敢表现了。俗话说："老要张狂"，就是说的表现、释放，淋漓尽致地把生命的绚丽光彩喷射出来。

多年以前，一位诗人朋友，拿一张照片给我看，这是一张深刻皱纹的脸。在一般人的眼里，这张像老树皮似的脸，实在没有什么好看的，然而这位诗人却大加赞赏，说："你看，这张脸多美啊，这简直就是一张岁月的画，只要你仔细地读，你准会读到许多关于生命的启示。"这也许是诗人的浪漫，然而却并非没有道理。现在不管你走到哪里，凡是有老年人出没的地方，都会看到着艳色服饰的银发，都会听到略显苍老的优美歌声，这时我总会情不自禁地想起，这张照片和诗人朋友说的话，进而便会思索起许多事情。

在今天可以称得上老年人的人，50年前都还是个毛头孩子，有过属于自己的青年，有过属于自己的中年，唯独没有属于自己的色彩。唱的歌是一个调，穿的衣是一种样，玩的牌是一副牌，美丽和创造被压抑住了，连说话都总是一本正经的腔，孱弱生命过早地承受重载，现在回想起来，如果总那样生活实在过于劳累。幸运的是在生命的最后几年，赶上了可以张扬个性的环境，让我们有可能"随心所欲"地生活，我们为什么不能火一把呢？找回丢失了的欢乐。谁说生命已冬日，正是温暖似春时。

我们挣的钱也许没有年轻人多，不会去歌厅去保龄球馆去健身房，却也不必再像年轻人那么奔波；我们过的日子也许比别人清淡，不会经常吃大餐饮名酒，却也有别人无法得到的闲适，这正是老天给与我们的补偿。有人说这是"知足"的自我安慰，请问知足又有什么不好呢，它不是跟"常乐"连在一起吗。生活着只要永远快乐就好。在幽静的公园，在喧哗的街头，偶尔碰到一些老年人，他们或唱或跳或遛鸟或下棋，每个人都显得那么安身自乐，我总是打心眼里为他们高兴。这不正是一种同样美好的活法吗。

在自然季节中的冬天，尽管有时起风有时降雪，比之春夏秋三季显得冷峻，但是依然有着温暖和温馨，给人们带来一种独特的氛围。这是别的季节没有的。我们这些老年人的生命季节，我觉得同样跟这自然界一样，也许有时有风也许有时有雪，却并不因这些而使生命光彩暗淡。这正是老年人成熟的气质。难道不是更美丽吗。

2001 年 4 月 10 日

愉快吞食的苦果

传说那棵大树是多姓祖先，于是人们从四面八方聚来，亲自顶礼膜拜以示精诚。到了大树所在地朝拜者被告知，那棵大树在"文革"中已毁掉，这小庙里的石碑就是树的魂。碑上刻的百家姓都是祖先，找到碑上刻的自己姓氏，就自然是自家的远年老祖了。你磕头，你烧香，你放下尽可能最多的钱，就越发证明你的虔诚和孝意。对于自己的祖先，哪能随便地怠慢。

这就是不久前在某地，我亲眼见到的真实情景。

类似这样的事情，还有好多好多，譬如，某位老大爷买了假金佛，某位俏小姐买了劣质化妆品，某位官员按小汇报给部下穿小鞋，等等，等等，在今天的社会并不少见。从事情表面上来看，这叫上当；从人的本性来说，这叫轻信。上当受骗的事情不常有，轻信的本性却长存于身，一旦被什么原因诱发出来，就会暴露出这人性的弱点。只要是人都会有轻信的弱点，大人物有大人物的轻信，小百姓有小百姓的轻信，没有谁能够完全摆脱掉。所不同的是，大人物轻信可害国，小百姓轻信可误事，本质上并没有两样。轻信对人的危害，没有一点好商量，最多的区别只是个，范围的大小，程度的轻重，结果都是损人又害自己。

那么请问，人何以会如此轻信呢？我不是社会学家，说不出深奥道理。从生活的观察上领悟，恐怕跟人的其他本性有关，如过重的贪婪、私心和虚荣。这就如同轻信这口锅下的柴火，烧得越旺轻信就会越严重，最后造成的危害也就越大。倘若，用心灵去体验生活，用眼睛去考察事物，不光是用张开的两只耳朵听，说不定就会有个准确判断。具体点说，如，遇到飞来的钱财想想：这么好的事，给与者怎么肯让出呢？听到传言作点分析：他这样说的目的是什么，事情真的像他说的那样吗？再有就是把个人荣辱视为自然，不要太多地去追求或计较，就必然会坦坦荡荡过日子。

容易轻信的人都有个毛病，凡是对自己有利的事都想干，凡是对自己不利的事都想推，这样心里的天平就会永远倾斜，只要符合自己心意的话就相信。多年的朋友因轻信谗言失和，恩爱夫妻因轻信传言绝情，正常的上下级因轻信媚言疏远，可以举出许多古今中外的例子。这种事在"文革"当中比比皆是，在今天的生活里也不难找到。

有人说轻信的人善良，我看不完全是，真正善良的人，是在认清是非之后，支持正义，讨伐邪恶，而不是轻信花言巧语和恶意中伤。见树就烧香磕头的人，拿真钱买假金佛的人，购买假劣化妆品的人，听信汇报给部下穿小鞋的人，不必过多地问，十人有九人想沾点便宜，起码是想给自己带来平和心境，要不就是遇事没有主见的人。这样的人哪能不轻信，而这样的轻信跟善良毫无关系。

轻信是一剂裹着糖衣的毒药，吞下时也许没有味觉，到了腹中发作才知道危害。由于人们的社会地位不同，轻信造成的危害也就不一样。"文革"运动中领导者的轻信，致使许多位开国元勋建功将帅，一位位地蒙冤受屈乃至死去，给我们国家造成巨大损失。现在有些百姓轻信人间"天堂"，以为只要找到就会安享幸福，借债让"蛇头"带领去偷渡，结果连性命都未能保住。这本来都是明摆着的苦果，却仍然有人愿意而且愉快地，把它们顺顺当当地吞咽下去，这难道不是人性的弱点又是什么？

我们人类自身有不少的弱点，一个完美的人或有成就的人，其实就在于他们能够自觉地，克服自身存在的弱点和缺点，不断地在心理上生理上走向完善。在这众多的弱点中，轻信尤其最为有害——轻信会使人变得懒惰，轻信会使人丧失信心，轻信会使人的创造力退化，轻信会使人的前程暗淡，轻信会使人没有了自我保护的意识。所以我说，谁能够真正地克服轻信的弱点，谁就会变得有主见有创造性，生活的质量也就会比别人高。正如拉丁美洲的谚语所说："不信每种事理，必能保护自己。"也正如英国哲学家康拉德所说："要时刻对事情发生怀疑，直到你再也提不出问题为止。怀疑即是思考，思考即是人生。"

2000 年 8 月 30 日

感受真诚

这四年一度的"世界杯"足球赛，对于真正的球迷来说，无论是从欣赏的角度，抑或是从胜败的角度，他们都会获得无限的快乐。这只有几天的足球比赛，可以毫不夸张地说，这是全世界球迷的节日。足球使人疯狂，足球激人愤怒，足球促人冷静，足球叫人思考，足球让人心甘情愿地经受无休止的折磨。这小小又硬又软的足球，如同歌厅里的旋转灯，散放着五颜六色的光彩。生活因它而有意思，人们因它而有聚散。

那么，这世界杯足球赛，对于我，一个连越位、任意球都不懂的人，它又意味着什么呢？竟然也要早起晚睡，守候在电视机旁，翻阅当天的报纸，把流动的情绪和思想，禁框在那一方屏幕或纸张里。我可以坦诚地说，没有过节的惬意，没有胜败的喜忧，然而我仍然有种幸福感。因为，从激烈争夺的绿茵场上，从球迷们的表现里，我感受到了最宝贵的东西：真诚。而真诚这种东西，在我们生活的别处，正在逐渐地减少或消失。

法兰西的大足球场上，脸涂油彩的球迷，两眼瞪得比足球还圆，丰富的表情瞬息变化，赤裸裸地捧出一颗不安的心。看台上属于不同队别的球迷，只因一句欠妥的呼喊，立刻就会如争领土般地交手。巴西的城市为看足球比赛，商店早早地关门打烊。苏格兰人献血，平日是 1000 品脱，世界杯比赛以来降到 700 品脱。香港影星刘青云的婚日，恰逢世界杯比赛，而且当晚是巴西与摩洛哥对垒，刘青云只好弃娇妻不顾，而欣赏罗纳尔多的球艺。法国球迷开着车上街，手挥国旗无目的地随处乱窜，以此宣泄自己的兴奋。我国西安的一位球迷，迷上了世界杯比赛，气得妻子"吃醋"，吞服药片欲自杀。更有甚者，一位德国妙龄少女，为鼓励本国球员士气，竟然表示为胜利脱衣裸体，如此等等，不胜枚举。它们无一例外地透着真诚的情愫，没有半点的虚假和故作的矫情。这就是足球的魅力。

我们生活的这个世界，平日里也许或有激情，或有想望，或有舍弃，或有奉献，可是能有多少像面对世界杯时，这样没有丝毫含糊的真诚呢？

我实在想不出来。只有这小小的三色足球飞速旋转时，人间真实的胜败、爱憎、取舍、美丑，乃至人性中的善良和凶狠，才会表现得如此淋漓尽致。从真诚这个层面上认识世界杯，那一方水灵灵的绿茵场地，简直就是一面光亮亮的镜子，照出了世态的炎凉和灵魂的脏净。难怪从总统到百姓，从男人到女人，从老翁到娃娃，从阔佬到穷光蛋，从球迷到球盲，都在痴情于这足球。这足球运动太神圣了。神圣得使多哥总统选举受冷落，神圣得曾使战争中的战士喊停战。

当然，人们由于身份、地位、文化、性别等等的差异，从这足球滚动的场地上，获得的启示绝不会完全一样，甚至于会产生不同的行动效果。但是我们可以有把握地说，在每个人心中引起的震撼都是真诚的，如果连这样的东西都得不到，这四年一度的世界杯还有什么可爱呢？由此看来，不管世界上有多少污垢，不管生活中有多少虚伪，人们心中向往的东西，依然是真诚和神圣。

啊，足球；啊，世界杯。我这个完全不懂足球的人，都要费神耗力地陪伴你，就是要感受这份难得的真诚。私下里还要悄悄地祝福，让这真诚的足球滚向四处，久久地留在每个人的心间。人类岂不是永远美好。

1998 年 6 月 20 日

闲聊天儿

闲暇时我最想做的事情，就是找几位朋友聊天儿。

别说没有别的嗜好了，就是有，我想也会把聊天儿，作为休闲的最好方式。如果让我打个比喻的话，这聊天儿就像，在林间漫步，在草原走马，在河中戏水，在坡地打滚，要怎么快活就怎么快活，整个身心都放得松弛舒适。什么股票下跌，什么国脚太臭，什么贪官可恨，什么"黑客"袭击，通通都暂时扔到一边儿。任自己的嘴随意张合，不急不躁，无拘无束，话语就像溪水轻流漫淌。

就我的经验，这聊天儿，一壶酽茶是必不可少的，嗓子聊干了总得用茶润润，所以聊天儿跟饮茶分不开。除此还得有两个条件：一个是得有闲，就是说有从容的时间；一个是得能聊，就是说有愿聊的朋友，不然也就没有了兴味儿。试想正聊的欢实时，某位站起来说声"我有事"，走人，在坐的十有八九会觉扫兴，肯定没有了很高的情致。再试想四个人中有两个少语，只听另两位由着性子侃，那不像是在听相声表演，哪还有聊天儿的味道。所以说聊天儿如同下棋，"将遇良才"才有亲切气氛。

一般的聊天儿，没有固定内容，想到哪儿就说到哪儿，想怎么说就怎么说，没有开会般的程式，没有谈判似的规矩，如同小时候夏天在故乡，裸身戏水只求个舒畅。倘若像开会似的正襟危坐，每句话都怕说错了被揪辫子；或者像谈判似的思前想后，说话计较是吃亏占便宜，这聊天儿也就多了一份累，即使最有聊天儿瘾的人，恐怕也不愿意自找罪受。所以我说，聊天儿是心灵的大撒欢儿，最好的休闲方式的一种，尤其适合像我这样不会玩的人。

聊天儿还有个好处，可以获得各种知识。因为聊天儿没有主题，某个人扯出个话茬儿，也许是早年的故事，也许是现在的传说，也许是读报的心得，也许是电视节目，别人就着话茬儿一说，这里边都包含着知识。这些知识，有的是科学，有的是哲理，于不经意中浸润到，比课堂灌输的，更容易让人记住。我写作的有些感受，就是跟朋友聊天儿时，听来后有所感有所思，这样也就进入文章了。从这个意义上讲，聊天儿也并不闲，它还会陶冶人哪。

不过说了半天，还得说说聊天儿的地方，总不能站在大街上聊吧。对于一般的人来说这很重要，同样也很难找到称心的所在。在家里聊天儿当然可以，只是不是人口多就是房子窄，偶尔聊一两次尚可凑合，常此以往家人就很难奉陪了。我和朋友曾经尝试去茶馆聊，结果十有八九都难尽如人意，其主要原因是座位费太贵，像我们这些穷聊天儿的人，实在不敢尽自己的性子聊，一边儿聊一边儿心疼钱，总归是件扫兴的事情，哪里还有开心可言。

去年有位教师得到高级职称，他一高兴请了几位朋友，在亚运村一家茶馆聊天儿，进去一问每小时房间费上百元，还不算茶水钱更未敢要吃食。这位朋友自觉太寒酸了，后来就要了两小盘瓜子儿。朋友们"可怜"这位穷书生，聊兴还未上来就草草收场。在这样的场合聊天儿，别说是心灵无法放松了，就是神经也会皱巴巴的，聊天儿自然也就不会是种消闲。听说，现在开茶馆成了时尚，许多生意人都在操办，有的文化人也跃跃欲试，这无疑会营造出聊天儿环境，只是不知价钱定位如何。一位作家经营的茶馆，正式开业前去过一次，那里的环境倒是不错，很有些淡雅的文化味，于是我郑重向他建议，把基本顾客定在文人上。座位的价钱不要太贵，饮茶的时间不要限制，就像当年的文联大楼茶座，使其真正成为文人的场所。当然也不要赔钱。

茶馆业的兴衰，聊天儿的多少，可以看出社会的安宁与动荡。现在多数人不愁吃穿了，又拥有一份闲情意致和时间，谁不想寻找合适的方式放松呢？我不会玩球、打牌、跳舞、唱卡拉 OK，唯有这饮茶聊天儿，算不是嗜好的嗜好，一直给着我生活乐趣。因此，我就当做一种休闲方式，有条件时尽情地享受着，只是我聊得不精彩欠水平，这就得请聊友们多包涵啦。

2000 年 3 月 25 日

球迷嘴里没实话

有天跟几位朋友一起聊天儿，从足球到战争，从经商聊到当官，总之，全是男子汉热衷的话题。你一言我一语的，无拘无束，有说有笑，大家都非常开心。我虽然也忝列男子汉之中，但对这两个话题并无兴趣，只能出只耳朵听别人侃，自己却很少搭话接茬儿。

可能是我的心境过于外露了，被一位朋友看了出来，他便指名道姓地问我："你知道阿尔巴尼亚在打仗吗？"这我当然知道，我每天都听收音机，还看电视新闻，跟他们熟悉球赛一样，我了解天下大事。我"嗯"了一声之后，这位朋友又说，"告诉你吧，最近停战啦。你知道是什么原因吗？"停战我当然知道，还知道欧盟在调解，至于这是不是停战的原因，我就不敢妄谈了，就敬候这位朋友的高论。

这位朋友抻了一会儿，卖了个关子，带着得意的神情：说"告诉你吧，原来世界杯赛，打算放在阿国着。他们的战事一起，国际足联火了，你不是起'腻'了吗，我移赛希腊。阿国的球迷一听着急了，立刻呼吁停战，先看足球，打不打仗完了再说。你说足球这玩艺儿，邪乎不邪乎？"这位朋友的话眼儿，原来在这儿，我算真的服他了。如果不是个真正的球迷的话，绝对不会有如此精彩的妙论，可是我对球迷历来有个成见，十个球迷八个吹，剩下的两个，一个会侃，一个会哄，球迷嘴里永远没真言没实话。谁轻信球迷，谁就要上当，后悔都找不到地方哭，因为随便走一圈儿，都会碰上俩仨球迷。你想想谁会同情你。

我这样说球迷，不信任球迷，不理解球迷，并非全因为我不是球迷，主要还是球迷们自己有些表现，我这个局外人看得一清二楚。更多的事情，我就不说了，免得球迷们难堪，再说得罪了球迷，说不定哪天给我使绊儿，我犯不着给自己找别扭。何况我认识的人中，还有不少的球迷，而且大都是铁杆的，弄不好跟我断交，值得吗。所以我在这里只说两例。

例一：北京国安足球队，气势正旺的时候，从北京球迷的嘴里，经常可以听到这样的话："胜也爱国安，败也爱国安"，这种切肤的极言，简直是少男少女的海誓山盟，我听了之后颇为感动。我不认识国安足球队的人，不知他们听后怎么想，是不是当时有点晕乎得的真信，起码总会感到理解和安慰吧。我甚至于觉得有这样好的球迷，国安队没有理由不踢好球，中国的足球没有理由上不去，不然太对不起球迷父老乡亲了。可是这足球毕竟是圆的，即便是马拉多纳这样的超级球星，圆球在他脚下也不见得完全听其使唤，总难免有不如意的时候。当这失败有一天被国安队摊上了，我忽然听到球迷的话更多了，只是再没有了"爱"字挂在嘴边，代之而来的是一连串中国式的污言垢语，略微好听点的也还是"臭脚"。这时我对球迷的认识开始打折扣，他们再说出大天来我都不太相信，他们为了满足自己的愿望什么好话都会说，一旦事与愿违他们就会失去起码的风度。这样的球迷，仔细地想想，他们也怪可怜的。

例二：同样还说国安队的球迷，别家的球迷我不熟悉，表现如何他们自己清楚。足球比赛时为国安队呐喊助威的球迷，声浪声色都是独一无二的，很难分出南腔北调，思想情绪都非常的一致和谐。当时我就想，倘若抗日战争那会儿，有这么一拨人拿起枪来，何愁打不败日本小鬼子。因为，再强大的武力只能摧残肉体，绝对争服不了信念坚就的人心，国安球迷个个都似铁杆分子，我相信更不会轻易地被"颠覆"。结果我又想错了，事情没那么简单。有次国安队跟一支外地队比赛，有的国安队球迷给外地队喊加油，这下可把我弄糊涂了，我就问："你不是国安的球迷吗，怎么向着对方了？"他笑了笑说："你忘记了，我是××人哪。"噢，原来如此。这件事再次告诉我，球迷的心灵天平，准星永远是不准的，当然也就不会有是非标准。这说明他们的话，是受情绪支配的，谁认真地听了，谁就要上当，到时找上门去，他们都会背着牛头不认账。

有了这些认识，对于球迷们的话，我就有了警觉。只可惜我不是球队教练，更不是驰骋绿茵的球员，他们的谎言真语，都对我起不了作用。不过从旁观者的角度，我依然想提醒足球界人士，无论有怎样的赫赫战功，首先要提防的还是球迷。球迷嘴里确实没实话。

1997 年 7 月 10 日

满街飘香小吃摊儿

鞭炮解禁的除夕，爆竹声声流火映天，北京城充满春节气息；延续举办的庙会，节目繁多食摊遍布，北京人过足了有味儿的年。可惜我已经习惯安静，也是到了有点惓年的岁数，对于这些吃的玩的都少有兴致。呆在家中看电视新闻，发现几大庙会的传统吃食，好像比前几年庙会增多了，很有点饮食博览会味道。虽说只能从屏幕上看气氛，并闻不到那食品的香味儿，但是却让我不禁想起一些往事。

在我年轻的时候，就是 20 世纪 50 年代，北京城的饭馆没有现在多，但是普通人吃饭却比现在方便，而且价钱也不算贵。原因就是随处都有街头食摊儿。我那时住在羊管胡同，紧挨着王大人胡同，两个胡同的交界处，就有两三家小食摊儿，有的卖馄饨，有的卖炸糕，有的卖杏仁茶，有的卖焦圈儿豆腐脑，早晨起来在家吃饭来不及，就在这些食摊上随便吃点。有次发现一位坐轿车干部，跟我们坐一张桌子吃馄饨，他走后才知道是廖承志，当时他任国家侨委主任，国家侨委机关就在王大人胡同。可见那会儿北京街头食摊多么有人气儿。如果我不想在门口吃早点，走着去机关所在地交道口，这一路上光北新桥附近，就有十几个小食摊儿，食品花样儿可以换着吃。那会儿吃小吃简直是种享受。

1958 年离开北京到北大荒劳动，正好赶上全民挨饿的困难时期，又苦又累的强体力劳动还要忍受饥饿，工间休息就凑一起搞"精神会餐"，讲述个人在北京都吃过什么好东西，谁说出的样数多谁就算有口福。有位文化部研究戏曲的专家，一口气说出几十样北京小吃，大家很奇怪怎么知道那么多，他说京剧演员周信芳先生，每次来北京开会都找他陪着，专门到西单一带逛街头食摊儿，每次去都吃上几样未吃过的品种，几年下来自然也就尝得差不多了。这说明那会儿北京街头小吃的普遍。可是在当时却有人不服气，如广州人，如南京人，如西安人，如成都人，他们就说自己家乡的小吃，如何如何比北京的还要多，说北京无非是沾了首都的光，以及过去历代皇朝的余威。北京小吃也就显得有名气。

以上说的都是老话了，却也有一定文字根据。据徐霞村《北平的巷头小吃》记载："北平为三百年来满洲旗人聚居之地，当时一般养尊处优的小贵族整日游手好闲，除了犬马声色之外，唯有靠吃零食来消磨他们的时光，因此北平各胡同里售卖零食小贩之多，也为国内任何城市所难望其项背。"那么，现在北京街头小吃如何呢？即使品种还算齐全，恐怕也不那么方便了，更不用说在街头设摊儿。如果街头食摊儿是城市风景线，老北京的这道风景线却正在消失，因此看了庙会的食摊儿，就有种非常亲切和新鲜的感觉。

在我看来，特色吃食和特色建筑，都是城市的明显标志，比如，一说羊肉泡馍自然会想到西安；一讲小笼蒸包立刻想到杭州；一提麻辣火锅马上想到重庆，如此等等，无不透着这个城市的文化氛围。北京全聚德的烤鸭，比之其他地方吃食，名声似乎更要大些，连未来过北京的外国人，都知道北京的烤鸭，还有那古老的长城。但是作为饮食的一种形式，北京街头小食摊儿消失，三百年"吃巷"旧景不再，难免让人觉得多少有点遗憾。如果您真想吃老北京小吃，并不是真的完全没有了，只是得跑到隆福寺和西单专卖店，要不就等新的一年庙会再说，那就请您为嘴伤身劳心吧。

当然，今天的北京街头已非昨日，人多车多空气很少清新，人们的自我保护意识又强，再像过去那样搞街头食摊儿，的确有一定的不便和困难。但是可否考虑变通的办法来办呢？像现在王府井、东华门那样，在车辆行驶比较少的地方，搭建半封闭的街头小食摊儿，岂不是既保护了老北京旧景，又满足和方便了人们的爱好。有个不争的事实必须承认，正在北京小吃从街头消失时，洋快餐和外地人小食店红红火火，只是让北京人的肚子受了委屈，不是吃麦当劳、肯德基的洋食，要不就是终年吃烧饼油条。

北京啊，这些年什么都在变，唯有这小吃儿不变，早点依然是老几样，这就难怪我怀念早年北京街头小吃啦。

2006 年 2 月 9 日

城市人的耐性

谁是城市人？在农村人看来，凡是城市居民，都算是城市人。这话当然没错。

我这篇小文章，是写城市人的耐性，而真正具备这种品德者，我认为首先是城市普通人。如果把城市比喻一栋房子，普通人就是四梁八柱，富人就是这栋房的门窗，谁承受的压力更大，不就显而易见了吗？承受这么大的压力，哪能没有很大的耐性。所以我由衷地赞美城市普通人。

据说，城市人居住面积，已达人均15平方米，这自然是件令人欣慰的事情。可是我们不妨想想，10年20年前，普通人居住条件如何呢？就说京、津、沪三大城市吧，一家两代三代十几口人，蜗居在一两间小屋，睡觉不是上下铺就是临时床，夜里全家共唱"呼噜歌"。早晨如厕邻里大排队，歇后语比喻为英国首都——伦敦（轮蹲），大概是最形象的描述。没有洗澡间，只能用盆水擦身，还得用布帘遮挡。这一呆就是几十年，如果没有很强的耐性，行吗？

城市交通一宣传，就说如何方便快捷，这话也倒不假，只是车辆太少，出行乘坐公交车，男女老少挤成堆，显得过于"亲密无间"。更难办的是等车，风里雨里站在那里，望穿两眼车终于来了，还得铆足劲儿往上挤。现在城市交通改善了，情况好了许多，普通人乘车都很知足。可是富人家的私家车，赚钱的出租车也多了，城市的街道越发拥挤，车辆行驶像条蠕动的蛇。开私家车的人、乘出租车的人，舒舒服服坐在车里看报等待，乘坐公交车的老少普通人，得站在车中左顾右盼地着急，如果没有很强的耐性，行吗？

普通人在城市，挣点钱不容易，花点钱也很难。去银行办储蓄交水电费，拿号排队等候且不说，若正赶上内急还没厕所，只能憋着或放弃排队号。有钱的客户就不一样，人家拿着金卡或银卡，昂头走进贵宾部，里边既有厕所又有茶水，安安静静悠悠闲闲理财。至于看病挂号起三更、坐火车购票人挤人、购买食品日用品含"毒"、在自由市场图便宜结果挨宰、买国债等了仨小时到跟前卖完了，一打听说是大户从银行里买走了，如此等等，想一想就得生气，生气又怕伤害身体。如果没有很强的耐性，行吗？

类似的事情，多了，都充分表现出城市人的耐性。

不过，这种生活磨砺出来的耐性，对于普通人来说也有好处，比如，孩子知道生活的艰辛，成年人变得比较实际，既无非分想法，又无攀高打算，日子反而过得踏实、快乐。北京有个三口之家，每月收入1500元，夫妻都是返城知青，自然经受过磨难，男女主人又聪明又能干，日子过得同样滋润。说两件小事：男主人天天去早市买菜，菜市场蔬菜论斤卖，早市蔬菜论堆儿卖，算下来要省好几元钱。家里有套布沙发，是亲戚淘汰送的，买些减价的花布头儿，女主人自做个罩儿往沙发上一套，谁见了都夸好看。孩子读书知道用功，为了开启孩子智力，买了个二手电脑，照样使孩子得到知识。就这样的一点钱，每月还有些储蓄，准备供孩子未来深造。全家人每天都是高高兴兴。邻居说，他们家最多的东西，就是说笑声，还有女主人的歌声。

说到城市，那么，城市到底是什么？照字面解释，有城郭有市场即为城市；照内容解释，无非是经济、文化、人口集中地。如果让我来说的话，城市就是个"万花筒"，光怪陆离，变幻莫测，时时处处充斥着诱惑。在这种环境里，地道的城市人，可以安之若素；来自农村的人，难免心如悬旌，有人做过统计，贪官中的大多数，出身于农家子弟。如果这个统计准确的话，说明城市人更有耐性，他们经得起各种诱惑。当然，城市人的耐性也有缺欠，在对待某些劳动方面，表现得尤其突出和明显，比如，保姆、饭馆服务、收废品这类行业，几乎很少有城市人从事，宁可不挣钱也不丢面子，这种固执的认识也是耐性。只是毫无实际意义。

总之，在充满各种压力和诱惑的城市，没有足够的耐性很难快乐生存，我从电视节目中不止一次地看到，来自农村的民工兄弟说起未来，很多人都说挣点钱回农村，问原因都是说城市里不好生活。从表面上看城市人很娇气，其实真正的城市普通人，比农村人更有承受力和耐性。不信您就仔细观察观察。

2007年4月2日

给街道立块故事牌

千年古都北京，无街无故事，无巷无传说，可以毫不夸张地说，随便走到什么地方，一条胡同一个院落，都是一本美丽的书。可是，在城市的改造扩建中，随着推土机隆隆轰鸣声，有的街道转瞬夷成平地，故事和传说也跟着消失，最多留在老人的记忆里。倘若是个旅游者外来人，或者是未来的晚辈居民，站在平地建起的高楼大厦前，他们会知道那些故事吗？相信十有八九会摇头。即使街道建得再漂亮，给人的感觉也只是外形，灵魂和情感却不复存在。不能不说这是街道的悲哀。

我最早居住和熟悉的街巷，如羊管胡同、王大人胡同、金台路，光听名字就会猜想有故事，可是你要想真正知道，却只能问老年人或查书，这对于一个短暂停留的人，实在有点苛求和为难了。就是对于像我这样的居民，知道的也只是似是而非，想从书本里找个准确答案，查过几本书都没有相关记载，因为有的胡同太小太不起眼。我的朋友、学者王彬先生，他著有《北京地名典》一书，我曾多次翻阅寻找上边地名，结果只有关于金台路的条目。书中说："金台取自燕昭王筑台，置千金以延揽天下贤士的典故。"书中还说："燕京八景之金台夕照在朝阳门外"，"位于金台路南口东侧今邮电所位置"。不必多说，仅此三条，读后置身金台路南口，遥想当年"揽天下贤士""金台夕照"，此情此景就会让人感慨无限，眼前定会幻化出美丽画面。

且不要说那些负载着历史的街道，就是新建的一些新街道新地区，又何尝没有新的故事和传说呢？比如我现在居住的亚运村地区，是随着亚运会召开建起来的，往日的田野成了繁华地带，这本身就标志着社会的进步。对于未来的居民不也是故事吗？何况亚运会召开期间，场地的故事，运动员的故事，奖牌的故事，友谊的故事，在当时也是蛮吸引人的，远比建筑物本身更显灵动。一旦结合起来欣赏景致，在人们心中激起的情感，引发出的遐想和思索，就显得越发温馨和美丽。我有时在亚运村里散步，看到那座颈挂熊猫雕像，就不由想起那届亚运会上，中国人扬眉吐气的情景。这时眼前的建筑群，座座都有了活力，每个窗口和楼台，仿佛都有了欢声笑语。可是对于不知情的旅游者，这熊猫只是体育胜会标志，绝不会引起丝毫情感波澜。

是的，想象的情景，美丽的故事，就是这样富有魅力。由此我想到，倘若城市把重要街道，还有那些重要的建筑，竖立一块石制的碑牌（当然铜牌更好，只是容易丢失），用文字讲述故事传说，让那些旅游者和外来人，一接近就如临情景世界，那该是多么有人情味。他们最后带走的不光是静止的建筑，更有着鲜活的街道历史和轶事，无论什么时候回忆起来都很惬意。现在的北京名人故居，大都有墙牌的标志，不过只是关于个人居所指向，并没有多少故事的讲述，如果在竖立街道碑牌时，顺便讲讲名人故事传说，就会更增加街道的文化内涵。我们不妨试着想想看，走一条街一个故事，过一条道一个传说，那时的整个北京城，将会是多么美丽的所在，文化味儿会有多么浓郁。

尽管由于城市的改造扩建，街道的格局变易了破坏了，但是只要有文字碑牌在，借助介绍的故事和想象，相信仍然会感觉到往日辉煌。当然，这里必须得有个先决条件，这就是街道的定位和名称，一定要真正做到准确无谬，不能误导旅游者和未来人。比如我前边说到的王彬先生，介绍"金台"时就非常准确地说，在"位于金台路南口东侧今邮电所位置"。对有兴趣凭吊遗址的人来说，就会轻而易举地找到。这也表现出学者治学的严谨态度。但是对于一般的城市管理者，有的就缺少这样的态度，他们在街道起名和定位上，随意性和牵强性有时很大，随便举个例子来说，我居住的亚运村本来很出名，公交车站就在亚运村东门口，附近有邮局有北辰购物中心，临近的居民区就是安慧里，公交车站却偏偏叫"安慧北里"，结果让不熟悉的人产生误会。其实安慧北里距此相当远，放着明显标志不起站名，非要给人造成不便不可，这不能不说是对北京地理的扭曲。

作为北京的市民，我太爱这座城市了。尤其是她的街道历史、民俗文化，在我看来就是一本厚重的大书，不管未来城市如何改造，甚至于有的街道会黯然消失，但是绝不能让非物质遗产灭亡。最好的办法就是竖立块碑牌，记载街道的传说和故事。

2005 年 10 月 28 日

城市的情绪

　　这会儿的城市生活，实在过于浮躁，无论走到哪里，都很难摆脱——喧闹无常的市声，光怪陆离的霓虹灯，蠕动如蚁的车辆，勾肩搭背的青年男女，穿着五颜六色服装的旅行者，以及无所不在的流行歌曲……组成一个不停变幻的彩色球灯，在城市的天穹下急速旋转，弄得你眼花缭乱目不暇接。喜欢宁静安详生活的人，如今只能在记忆中寻觅，或者在同代人谈天时重温。

　　可能是受了这浮躁气氛的感染，就连过去性格比较内向的人，现在都不想呆在家中了。他们早晨在公园里蹦蹦跳跳，白天去证券交易所炒股，即使在晚上看电视，都要看那些带刺激性的节目。那些曲调舒缓动听的音乐，那些情感清纯的油画，似乎成了许多怀旧人的专利品，现代派的人根本不屑一顾。急性子的年轻人，别说是走路快了说话快了，连恋爱都想吃"无花果"。有一次跟一位小伙子聊天儿，说起我们那会儿谈恋爱的事，他不禁笑了起来，他说："那还叫谈恋爱，简直是外交谈判。你看我们现在，直来直去，利利索索，没几天就进入'情况'。"我听后同样感到有些不解，甚至于觉得是不是有点草率，后来再一想，这大概就是现代人的生活吧，我也就没有再跟他说什么。

　　这样急急促促的生活，这种粗粗拉拉的情感，就真的是现代生活吗？我没有把握完全弄懂。直到有一天跟几位年轻人喝茶，我们安安静静地坐在一起，谈天说地，侃球聊人，我才真实地感悟到并非全是这样，原来他们同样渴望平常而自在的日子。有位年轻的朋友说，风风火火地快活了几年，弄得人像机器似的，实在没什么意思，人还是要活得有点情趣有点味道，这样才会有深沉的思想，不然岂不是成了无情无意的人。噢，原来如此。我非常高兴这位朋友的情绪回归。

　　当然，我们不能强求人们情绪完全一样，就是同一个人由于生活环境的变化，还有可能有不同的情绪哪，何必非要人人都在一个模子里呢？但是，只有更多时候使自己的情绪保持平静，不让过多的物欲诱惑，我们才有可能生活得自在。过去了的事情不见得就是过时的，如同流行的不见得就是现代的，所以我依然觉得品味生活，对于我们每个人来说都是一种享受，匆匆忙忙，浮浮躁躁，也许会得到些丰厚的物质回报，但是在精神上却失去了难得的拥有，这对人生也是一种错过的遗憾。值得欣慰的是，这会儿有的人开始意识到这点，这总是好事。

有时去书店里逛，看见有的年轻人安静地端着书，或坐或站地在阅读，我就会想到我们那会儿，同样是这样在书店里，一点一滴地吸取知识。在这样的环境里泡久了，自然也就陶冶了性情，这时你就会觉得，人的情绪不总是风风火火，有时更需要自在和安静。近来听不少的朋友说，有人到郊外去寻找安静，这说明对城市浮躁的厌烦。可是光躲避总不是个事，城市的宁静要靠大家维护，有了这样的环境人人都生活得好。

1997 年 9 月 17 日

情感的驿站

常有朋友或不相识的人，谈论生活的幸福或不幸，而这幸福与不幸的事情，许多又是跟家庭相关的，因此也就格外令人动心动情。就拿这幸与不幸来说吧，倒底如何认识和理解，由于人们的经历、感受不同，在不少方面都会有差异。有的人以为经济拮据是不幸，有的人以为家无继嗣是不幸，有的人以为疾病缠身是不幸，有的人以为缺房少舍是不幸，如此等等。总之，人们从自己的需要出发，跟拥有的人相比较，认为自己缺少就是不幸。

的确，这种种恼人的事情，在一定时期一定境况下，确实会给人带来麻烦，一时觉得生活不甚完美，难免越想越别扭越憋气。其实，人生在世哪有那么十全十美，正如俗话所说"不如意事常八九"，一生真正顺风顺水度过的人，在芸芸众生中毕竟是少数，因此，生活着就要有足够的准备，迎接可能出现的种种艰难。有了这样的准备，一旦不测的情况出现，就不至于惊惶失措。

在这种种不幸之中，出于对个人得失的考虑，不管怎样强调自己的不幸，我以为最大的不幸，莫过于夫妻间的情感失衡。这是任何金钱、地位，乃至其他的幸运，都无法真正代替的。毫不夸张地说，这是家庭的顶梁柱。

一个和睦美满的家庭，人与人之间的感情，就如同交融的水乳，滋润着健旺的生命。在这样的家庭里，即使一时遇到困难，因有同舟共济的亲人，也就会有办法克服。譬如在灾难的"文革"当中，有的家庭抗不住政治压力，多年的夫妻在无奈中反目，风雨过后感情再也无法弥合，好端端的一个家就这样散了。相反有的家庭就能抗风挡雨，不管外界有多么大的重压，依然维系着家庭的完好，并且给遭难者以坚强的支撑，最终使其从困境中摆脱。这两种明显的差别，反映出家庭的基础，一个脆弱，一个牢固，仔细想想颇值得寻味。

我们平常好说，夫妻之间，应该相敬如宾。这样的情况，究竟好不好，我们姑且不讲。仅仅从人的天性来看，夫妻共同生活几十年，没有一星半点磨擦，我总觉得很难做到。在我看来不在于有无矛盾，关键是要学会彼此磨合，一时碰撞后经过磨合，双方有了进一步的了解，说不定感情的基础更牢固。这就像是千锤百炼的钢铁，淬砺过更能够冷热不变形。

这种磨合的过程，如同长途跋涉中的驿站，跑累了，走乏了，停下来休息会儿，思索一下过来的路，谋划一下前边的路，然后再继续往前走。在这样的家庭驿站里，哪怕你刚才火气冲天，哪怕你刚才满心抱怨，平静地想想就会荡然消释。家庭无是非，夫妻无利害。彼此之间有了矛盾，有一方退让一步，就会愉快地解决，如若都是针尖对麦芒，谁也不肯迁让谁一点，堵在小胡同里谁也过不去，常此下去势必会伤和气。

至于诸如经济困难，家有病人，下岗无业，等等，只要家庭成员互相体谅，并在可能的情况下彼此关照，我想总会有出头之日。在困难的境遇中，最要紧的最应做的，就是鼓励和安抚。人生在世，没有金钱，没有健康，的确麻烦。但是作为一个家庭，没有了亲人的情感，那才是真正的穷光蛋。因此，在热衷营造物质安乐窝时，更要注意营造感情的房舍，并用真诚随时调试偏颇，使其永远有如初的亮丽存在。

我们可以坦诚地这样说，保持不住正常的夫妻感情，别说经不住生活的风雨，恐怕连安定的日子都不会有。现在有些人闹离婚，有的感情确实完全破裂，不分手就要你死我活，有的并非到了不容的程度，只是一时地感情冲动，面子拘着又松弛不了。如果能够冷静地想想，回忆一下初恋时的幸福，掂量一下分手后的难处，说不定就会得到圆满解决。这缓冲的时间和空间，就是家庭的驿站，一旦有了阴天雨季，先在驿站中躲躲，很快又会是艳阳高悬。

1985 年 3 月 16 日

南北亚运两村邻

　　这次去广州番禺，除了自然风光和人文景观，最想结识和观看的地方，就是她的亚运新村。

　　我家在北京亚运村附近，每天，早晨去亚运村散步，下午去亚运村晒太阳，这成了我生活的一部分。倘若有朋友来聚会，必到亚运村茶馆、酒楼，享受后亚运的清静。北京亚运村的路上，留下我深深浅浅的脚印，熟悉她如同自家的房舍。因为跟北京亚运村，有着这份地缘感情，对于番禺亚运新村，比之别人就更为关注。

　　假如用亚运会来攀亲，我跟番禺亚运村的村民，岂不是一南一北的邻居？如今邻居的新房盖起来了，听说正在装修置办家具，我自然想亲自参观参观，看看邻居们的生活环境。这也算是人之常情吧！

　　我手头没有北京亚运村的资料，她占据的总面积多少不详，番禺亚运村的总面积也未记住，反正从直观的感觉看，番禺亚运村要比北京亚运村大，楼房盖得漂亮宽敞，生活设施蛮现代的，村中道路宽阔路旁绿化也好。考虑到赛后的房舍利用，事先就规划出医院、学校，这是北京亚运村无法相比的，谁让北京亚运村早出生 20 年呢？弟弟就应该比哥哥活得更舒适、更惬意。

　　番禺亚运村最让我羡慕的，是村中的那些河流，弯弯曲曲像飘动的蓝绸带，缠绕在绿地和楼宇之间，悠悠地飘向美丽的珠江。如果说番禺亚运村有十成美，七成的美应该是水给予的。水滋润了番禺亚运村，吸口气都觉得畅快，居住这里的人真幸运，少说也得多活 10 年 8 年。北京亚运村就没有这么多水，只有个小小的湖围在护栏里，除了在亚运村里常居的人，这块仅有的湖水绝不让外人亲近。番禺亚运村的村民，推开窗户就能见到，碧水蓝天，绿茵花木，真的让我羡慕死了。

　　在北京亚运村附近，居住快 20 年了，算是这里的老住户。回想刚搬进来那会儿，公交车刚开通 108 路，居民老是嚷嚷出行不便，渐渐地车路多了起来，交通开始四通八达，方便倒是真方便了，可是道路经常堵塞，出行还是个不方便。清静的环境，清新的空气，曾经让第一批居民，感到从未有过的幸福。可是后来几年，这清静这清新，随着人流车阵的增多，越来越显得少了，往日的情景成了记忆。真希望番禺亚运村，亚运会后不会这样。

番禺亚运村比赛场馆，我们未来得及多看，有几个场馆从外表看，非常有美感和现代感。有个外形像条抖动的带子，老远地看过去特别惹眼，不禁让人产生无限遐想。建筑是流动的音乐，建筑是凝固的诗歌，在这里完全体现出来了。当然，由于这是21世纪的建筑，场馆的各种体育设施，相信也会比北京亚运会好。参加这届亚运会的运动员，当他们创造新的比赛纪录，在国歌声中严肃地手扪前胸，看自己国家国旗冉冉升起，心中一定会感念番禺，这个给他们带来福气的宝地。

当然，广州也是幸运的，番禺更是幸福的。在众多国家的争办中，亚洲选择了广州，广州把机会给了番禺，从此广州的番禺，写进亚运会的历史。有着深厚文化蕴含的番禺，给自己城市又增添了一抹具有现代气息的国际体育亮色。作为番禺的邻居，我在北京深深地祝福，广州亚运会圆满成功。作为北京亚运村附近居民，祝愿番禺亚运村会后依然美丽，永葆青春亮丽。

2010 年 5 月 26 日

城市不再设防

如今的南北大小城市，都是个开放的地方，再不像过去那样了，用一把敌意的大锁，锁住你的眼睛，锁住你的长腿，锁住你的双手，更锁住你渴望宽容的心灵。大概正是有过在禁锢年代被锁的经历，对于现在即使并不完全的自由，我依然为这点进步感到高兴。要知道，就是为了期待这一天的到来，我们曾经跟上锁的人吵过，骂过，甚至于毫不留情地诅咒过，那时只要一想就觉得心酸："这是怎么了，人跟人这么生分，连起码的信任都没有，活得多没劲儿。"

其实那时的人要求并不高。我们并不想解除户口管理，取消布票油票的限制使用，甚至连年节供应三两瓜子都无抱怨，这还让我们怎么着，这样的人民够意思吧。只是希望购物不要被高台阻隔，到书店买书先让我们看看内容，再奢侈再大胆点的最高要求，也不过是到饭馆用餐少排点队，做衣服不要托人走后门儿。倘若能允许我们说点真话，那就更要念阿弥陀佛了。连这样合乎情理的事都不能满足，别的还有什么可以让我们开心呢？

真的，那时候的城市，到处都上着锁，这锁无形却很牢固。领工资要找会计，因为他锁着钱柜；取邮包要找秘书，因为他拿着公章；上北京玩玩要找领导，因为得由他开进京证明；进友谊商店要领取购物证，因为那里是"老外的天下"，当兵读书要讨好相关的人，因为他的嘴可吐金也可喷粪，如此等等，都是一把把的政治大锁。锁得你有苦难言，因为你的嘴也被锁着，钥匙由公安局拿着。就连购物买书这类事，都没有挑选的余地，别的什么留给你的就更少，真正属于你的只有一样儿：听从摆布。

那么，现在活得究竟怎么样呢？不敢说如自己想象的那么好，起码挨锁的事情比较少了。工资可以在银行领，买书可以先翻看内容，购物由自己任意挑选，只要有钱可以出国旅游，对于不顺心的事可以发发牢骚，就连那些做高官干坏事的家伙，骂他几句他想报复也得考虑。尤其是我们的头脑，真正属于自己的了，你说的话正确，我可以听，你说的话犯混，我可以不买账。人活得自在了，人也就像个人。人的尊严，人的智慧，人的才干，人的信心，再不是书本上的好听字眼，真正地得到应有的恢复，这就是最大的幸福和快乐。

除此而外，什么豪宅，什么轿车，什么高官，什么大款，通通都是花花绿绿的衣裳，有了更好，没有不强求，只是得有个直挺的身板，不然，即使有了穿在身上，也不会有堂堂正正人的模样。

这些无形的锁少了，人的活动空间就大，思想也就逐渐活跃。有了活跃的思想，人的潜能得到释放，自然也就有了创造性。生活在今天的城市人，贫富有差别，条件有差别，更不要说还有为衣食犯愁的失业者，这都是不争的事实。但是最根本的差别还是，人的思想观念不同，或者说，有的人还给自己上着锁，那恐怕就怨不得谁了。因为过去固若金汤的城市，今天毕竟不再处处上着锁，只要你肯劳动，就可以生活，你若有本事，就可以生活得更好。

1999 年 1 月 2 日

谈酒说杯

　　大凡去过内蒙古的人都知道，在跟蒙古族同胞交往中，有两样东西不好逃脱：一是白酒，二是羊肉。用老作家汪曾祺先生的话说，去内蒙不大碗喝酒大把吃肉，等于白去不说，更对不住好客的主人，何况你也逃不掉。可是我在内蒙发配18年，既不会饮酒，更不吃羊肉，还真的让我逃脱掉了。您说这怪不怪。

　　从内蒙古调回北京以后，每次跟朋友们聚会时，见我不饮酒不吃羊肉，总会有人感到惊奇，并向我讨教"拒酒"法。在这些朋友们看来，蒙族同胞真诚实在，人家又是劝又是唱，举着酒碗在你面前，你怎么好拒绝这番盛情。即使平日滴酒不沾，这会儿也得抿两口，以表示自己的真诚。殊不知问题就出在这里。比你更真诚的蒙族同胞，以为你并不是不能喝，只是出于客气罢了，自然便会让你喝好，否则有失东道的地主之谊。这样一来你也就甭想在宴席上如何消停了。

　　我应付这种场面的办法，说白了，就是以真诚答谢真诚。丢掉男子汉的尊严，用言语告饶，用行动坚持，人家一看我这副相——既狼狈又顽固，是真不行，不是装的，就会放过我一马。我管这叫"真心实意拒酒法"。

　　人说，酒后吐真言。也有人说，酒醉显真真。这都说明酒能鉴真，在酒跟前藏不了假，你若是个真诚的人，就别来虚与委蛇那一套。当你真的喝足了喝醉了，晕晕乎乎，飘飘然然，完全赤裸了自己，这时酒友会高看你，认为你是条汉子，有的人甚至会说"够朋友"。这种不藏不掖的做法，固然是真诚的表现，在酒场上也不失为潇洒。如果你真的不会喝，老老实实地求饶服输，坚定地婉谢任何劝饮，同样会觉得你是个诚实人，怎么好再让你丢丑呢？会饮就是会饮，不行就是不行，真诚犹如酒般地朴实。

　　最糟糕的是那些酒混混儿，没有酒量充酒鬼，没有酒品装酒仙，结果成了个四不像。这种人只要有一位，整个酒席就甭想安宁，他的话比谁都说得多，他的酒比谁都喝得少，原本透明清澈的酒，被他完全弄成了混汤汤。酒的品德，酒的风范，酒的真诚，酒的魅力，这时全都不复存在。每逢碰见这样的主儿，就连我这旁观的人，都会觉得没劲、扫兴。

因此在我看来，酒是个好东西。它比烟更真诚，它比茶更实在，它就像一面镜子，只要你往跟前一站，就会照出你的模样儿，是真，是假，完全彻底暴露无遗。有人在酒前失态，有人在酒前失言，有人在酒前失权，有人在酒前丧命，都是因为小看了酒的真诚。所以我要说，饮酒如做人，千万得真诚。

1999 年 9 月 11 日

急性人别炒股儿

跟别人一样，我也想发财。当有朋友告诉我，炒股票可以挣大钱时，我也想过当回股民，让自己干瘪的口袋鼓胀些。出于这样的想法，在朋友的帮助下，几年前还真买了点股票，据说还是原始股，可惜至今未见上市。什么时候上市，只有老天知道。我也就不想过多地去操心啦。

后来又有朋友劝我说："你还是立个户头，没有立户钱的话，我可以先给你垫付。"他还告诉我，某某退休的人，用很少一点钱，买股票发了财。看，这是多么好的事情，天上掉下来的馅饼，我想也不过如此吧。只是不管朋友怎么说，我都没有动心过，原因吗，除了没有那么多闲工夫，主要觉得自己不是这块料。如果每个人都能炒股，炒股都能发财，百万富翁千万大款，岂不是满大街都是了。我想目前大多数的中国人，靠这个恐怕还脱不了贫，更不会达到富国强民的目的。

说到我个人，我之所以说，自己不是这块料，主要是我的性子急，经不住股市沉沉浮浮的折磨，万一有点闪失，把老命搭上不值得。

我的一位朋友，是个准股民。他妻子炒股，他给出点主意。这位老兄的性情，虽说没有我这么急，但也有些沉不住气，有时听人说股市下跌了，他就开始骂大街，气得自己脸红脖子粗。要是听说股市上扬了，他便立刻劝他妻子，赶快把股票抛出去，他妻子不听他又得生气。总之，这几年里为股票事，他没少跟自己较劲儿。我曾调侃他说，我要是股民的话，从你脸上的表情，我就可以炒股。

的确，炒股并非人人可为，更不会人人是赢家。我进过一次证券交易所，回来写了篇小文章，题目叫做《证券所里的眼睛》。有那么多景象摆在跟前，我为什么偏写股民的眼睛呢，主要是那双双眼睛太深沉了，简直让我这样的非股民难测。试想想看，面对着屏幕上变幻的数字，股民的内心里能静谧如水吗？期待的焦灼，胜利的喜悦，失望的沮丧，这些牵动神经的情绪，无不表现在眼神里。他们的欢喜与痛苦，他们的得意与失望，如何让他们寝食不安的，只有他们自己知道。

由此我推断自己，是难以经受这种折磨的，当然也就成不了股民。就是真有一天不小心，混进股民的圈子里，那也一准是股票炒我，我是万万炒不了股票的。这就叫做什么人什么命。还是安分地靠工资为生的好。

跟我一样急性子的人，有的也许想试一把，领略一番股市的风情，或者想捞上一点钱，那你也不妨炒炒看，免得误了财运将来后悔。不过劝你还是要悠着点，这炒股毕竟不是观赏足球，你喜欢的球队真的输了，气得你砸坏了电视机，那也不过几千元钱。这炒股要是被套住，万一一时半会儿出不来，恐怕就不是区区小数了，弄不好气出个好歹的来，岂不是连老本儿都赔了。那就实在划不来啦。还是那句老话，攀高之心人人有，生活之路自己走，不见得都随大流儿。为人做事得讲个自知之明，连自己是半斤是八两都不清楚，在生活中难免要碰壁的。这炒股票做生意更是如此，万万不可因财迷心窍，一时心血来潮就轻举妄动。

1997 年 5 月 19 日

中秋过后说月饼

　　老话说，年好过节好过，寻常日子不好过。现在好像有点反过来了，有些古老的传统节日，比寻常日子还不好过。为什么呢？因为平常过日子，就是对付一日三餐，再怎么着不会离谱儿，最多就是粗细粮搭配，或者荤素菜调剂着吃，粮、油、菜即使涨价，总不会掏走多少钱。过年节则完全不同，再古老的传统节日，只要遇到精明商家，他就会翻新变花样，把你口袋的钱掏出来，自然就会让普通人伤脑筋。

　　就说今年中秋节吧，刚刚过去没几天，许多人家对着月饼，就开始发起愁来，不知剩下的月饼如何处理：丢了吧，可惜；吃了吧，难受。花了钱或领了人情，还要精神受折磨，这中秋节过得，您说窝囊不窝囊。

　　我对于月饼的记忆，大都是早些年间的，年纪大了过节也吃点，只是兴趣大不如先。每年中秋节时候，单位发的月饼，朋友送的月饼，大部分都转送他人，最多留一两块应应节，自然就未在意现在的月饼。前两年月饼搞豪华包装，曾经在百姓中和媒体上，引起过非常激烈的争议，我觉得跟我无任何干系，随便听了听也就算了。既然百姓对月饼的包装，有那么大的意见，我想商家总会吸取教训，今年大概会给顾客一些实惠，让普通人过个安静的中秋。恰在这时《新京报》和《光明日报》记者，分别打来电话采访我，让谈谈对月饼的看法，我一琢磨，八成是月饼又出了问题。不然怎么让说这个话题呢？

　　没有弄清事情真相，不好随便发表看法，我就跟两位记者，谈了谈过去中秋节的情景，以及记忆中的月饼。完全是出于好奇，放下电话，就看朋友赠送的月饼，打开盒子倒是不豪华，可是一看这些月饼的说明，着实让我吃了一惊，有盒老字号月饼的馅料，竟然标着"鲍鱼"、"燕窝"，难怪朋友说几百元钱呢！同样是出于好奇，取出一块尝了尝，都怪我嘴拙，除了比较松软香甜，根本吃不出鲍鱼味儿。当然，我相信这家老字号，不会不投放鲍鱼、燕窝料，问题是馅料如此高档，即便有很高营养价值，数量这样少又有何用呢，还不是图个花哨而已。说白了，这是把豪华包装，换成了豪华包馅，目的仍然是掏百姓的钱。

不过，在今年朋友送的月饼中，有一种还比较对我心思，这是一种再普通不过的月饼了，看样子简直其貌不扬，没有任何花饰，没有规整形状，连普通烧饼模样都没有，猛一看像是笨妇烙的油饼，可是吃起来却很爽口。我在内蒙古流放过许多年，一眼便看出它来自内蒙古，问朋友果然是那里人送他的。这种月饼用糖、油和面，混合一起烙制而成，当地人叫它"混糖月饼"。我一边吃着一边想，到底还是西北人朴实，仍然保持着老的传统。过去京、津、冀一带城市，尽管没有这样简单的月饼，总还有"提浆"、"翻毛"、"自来红"，这些物美价廉的普通月饼，现在却成了年长者的记忆。这不能不是个遗憾。

传统的大众的月饼消失，看似好像是个钱的问题，其实是思想观念的变化，只是这样的变化并不很好。传统节日之所以成为传统，就是因为它的形式和内容，历经千百年的不可改变性，倘若把我国的传统节日，当做世界文化遗产申报，我想一定会从"老"上考察，把老的都变成新的花样，人家不知演的是哪出戏，恐怕申请也就会告吹。稍有点常识的人都知道，国外有狂欢节、啤酒节、斗牛节，等等，在这些洋的节日中，有的用扔西红柿找乐儿，有的比赛谁能喝啤酒，有的在与牛的争斗中表现勇敢，可是我们从未听说过，往啤酒里加香料，在西红柿里放糖，给牛戴什么金银饰，保持的就是传统的原模本样。

当然，我相信在这样大的节日里，商家也不会错过赚钱商机，只是绝对不会把心计放在邪道，变着法伤害传统和愚弄百姓。

中秋节吃月饼，端午节吃粽子，元宵节吃元宵，对于普通百姓来说，都是图个吉利和快乐，真正有文化的商家，就应该在这方面下功夫。如果一味地从赚大钱上考虑，丢失的不仅是传统文化，恐怕渐渐也会丢掉顾客，商家想哭到时都来不及了。那时就是做个纯金月饼，都会像遮住云彩的月亮，再也发不出半点光亮。中秋节过了，商家点钱时，不妨也想想。

2007 年 9 月 29 日

顺其自然气通达

从我识字那天开始，看到街上卖的条幅，文人赠送的墨迹，写的最多的字句，就是"忍"或"忍为高"，好像为人处世只要"忍"，就会平平安安度日。碰到本该气愤动怒的事，由着自己的脾气发火，在许多人看来不可取，甚至于会认为伤害身体。于是，就有了"小不忍则乱大谋"之说，就有了无数位强制性情的人，遇到什么事情无论对与错都"忍"，"忍"成了一般人修身养性的方法。

到底应该怎样看待这个"忍"呢？我是这么想的：一旦遇到令人气愤的事，倘若考虑维持表面太平，"忍"倒不失为一个最佳方法，但是从养生方面来看，"忍"却并非十分可取。水不流不畅，气不放则堵。这是再普通不过的道理，人的心里有别扭不说出来，死死地埋在心里，强忍下来果真就好吗？我不相信。依我看，每个人的性格不同，还是顺其自然更好，慢性子人能忍就忍，急性子人难忍就说，这样反而更有益健康。在现实生活中，生闷气致病者，还是大有人在，而在这些人里，十有八九性格内向，由于过分压抑性情，结果伤害了身体。

不过有一点得讲明白，我这样说，并非是让人像炮仗似的，无论什么情况都点火就着。通常不是过于无理的事，又觉得火不发出来也好，那就不妨忍耐一下，然后心平气和地想想，别人有哪些不是，自己有什么不妥，在寻找到的心理平衡中，让自己的情绪得到梳理。这样的"忍"也会有利健康。最可怕的是，想忍住又忍不住，想发火又不敢发，让自己的性情受折磨，这样就不只是伤身了，同样会使心灵受损。

我总觉得人还是按本性处世为好。有位在国外生活多年的朋友，有次跟我说，美国人如何如何直率，想问题多么多么简单，跟中国人比起来反而好处，朋友的话我完全相信和理解。只是有一点不能不看到，就人的本性来说，并非所有的中国人，性格都不"直率"，处世都不"简单"，而是我们所处的环境，让一些人的性格扭曲了。过去不是有"夹着尾巴做人"的说法吗，这是明显地压制性格压抑人性，结果造成许多人学会伪装和掩饰，使社会的原始生态遭破坏。在处处设防的气氛中生活，个性不能彰显，心迹不敢表露，长此以往地成了"双面人"，身心很难有真正的健康。

前不久看到一则报道，现在，我国的长寿老人多了，七八十岁不稀奇，九十奔百有的是，这既说明社会环境正常，更说明人们活得自然，身体和心灵都较少束缚。年轻人的生活状态不必说，完全可以用"活得舒畅"形容。那么，老年人的情况如何呢？用"随心所欲"来表述，我看也不为过：白发红衫可见，七旬歌舞常有，择偶寻伴明说，只要快乐何求。这是多么顺其自然，这是多么人性舒展，当然，就不会有不健康的道理。

由着性情生活，按照脾气度日，像山泉水那样自由自在地流淌，只要不违规犯法，我以为，这也是健康人多的因素之一。

2006 年 11 月 30 日

秋月春风莫闲度

还未完全从暑热中走出，刹那间，秋天就赶紧贴近人世间，难怪身心一时难以适应。在一年的四个季节里，最容易让人动心动情的，大概莫过于这秋天了。万物开始萧瑟，凉风日渐劲吹。就连人的情绪，都会像那树叶，被轻轻地掀动。想到已经远去的春天，想到就要来临的冬天，哪个能无动于衷呢？所以前人的诗句中，有"秋月春风等闲度"的感叹，有"自古逢秋悲寂寥"的幽忧，借以表达对人生的感悟。

可是，我们毕竟是现代人，生活节奏如此之快，谋生道路多有艰辛，自然无闲暇顾及前路来程，显得比前人好像超脱。其实藏匿心中的焦虑，如同一粒埋在土中的种子，总会有一天生芽破土，到了中、老年静下心来，回首往日那些时光，像前人一样，就会有"秋月春风等闲度"的感叹，就会有"自古逢秋悲寂寥"的幽忧，这时所有的一切都已为时晚矣。闲度的时光不会再来，逝去的青春无法再复。如果说人生有什么悔恨，我觉得最大的悔恨，就是迟悟人生道理。而这些道理往往都是，无数前人的经验和教训。所以，我把"秋月春风等闲度"这句诗，其中的"等"字改成了"莫"字，于是成了"秋月春风莫闲度"，以便比我年轻许多的朋友们，将来到了我这样的垂暮之年，少些因荒度时光产生的失落感。

说到时光，无论拥有的是长是短，在利用上对谁都一样，几乎没有贫富贵贱之分，关键看每个人怎样对待。有的人惜时如命，把点点滴滴时间，都用在有益之处，充实的生活，成功的事业，都是跟时光讨要而来，他们比时光更悭吝。可是也有这样的人，总觉得自己年轻，未来的日子还长，于是，对于时光毫不珍惜，每一天都是随便打发，还以为是青春潇洒。殊不知比你更潇洒的时光，这时了无痕迹地已经溜走。日复日年复年，时光未老，我们老了，这时回首来路，感觉究竟如何，恐怕只有自知。时光的有情与无情，只能在年长后认知。

在更多的人谈论发财致富的今天，我不知趣地大谈老掉牙的时光，连自己都觉得多少有点不合时宜。那么为什么还要谈呢？一是感到自己早年荒废太多，一是越来越感到时光的公正。

我年轻那会儿，主客观的条件，可说都不算好。生命中最美好的时光，完全被毫无意义的事情，长年累月地纠缠瓜分了，无论心中有多么美好的想法，都只能默默随饭吃掉。因此，现在一听说或看到，某个年轻人成就大事，总会由衷地为他们高兴，说不定还会自言自语："赶上好时候啦。"当然，由于实在太羡慕了，那一丝丝的酸味儿，说不定还会在心中，像胃液一样泛起来。这时我就特别相信，时势造英雄的道理。没有好的生存环境，没有自觉地把握，再漫长的好时光，都会像流云轻轻飘走，留下的只能是一声叹息。

可能是性格使然，或者是阅历不足，年轻时的致命弱点，一个是过于轻信，一个是太爱较真，结果让自己吃了苦头。随着时光的流逝，以及观念的转变，轻信过的东西，被事实证明是谬误，较过真的道理，被社会判断出对错，这时才开始真正领悟，唯有时光最为公正。尽管这样的领悟太迟了，对于我已经毫无用处，但是从做人的体会考虑，这就如同读一本好小说，合上书本回想一下情节，说不定会有无穷韵味，这也算是"夕阳无限好"吧。常说的经历就是财富，其实更为准确的说法，应该说时光就是财富，因为时光会改变人生。

既然时光如此伟大、神奇和神圣，我想我们没有任何理由怠慢它，充分利用时光给予的智慧和知识，就很有可能改变自己的命运。这不能说是什么真理，起码已经被古今证明，虚度时光是对生命的浪费，所以唐代大诗人白居易，在他那首著名长诗《琵琶行》中，写出这样的诗句："今年欢笑复明年，秋月春风等闲度。"沐浴着秋天温暖的阳光，临窗阅读这样的诗句，思绪好像也有了秋意，不禁想起春天的时光，尽管没有"今年复明年"的"欢笑"，却有着"等闲度"的"秋月春风"，自然便会勾起我的这番感悟。

2009 年 8 月 26 日

简单穿戴享舒服

我认识一位作家朋友，穿衣吃饭都比较讲究，因此，对于别人吃穿上的事，他也就格外留心在意。有次跟他喝茶聊天儿，见我穿件布茄克，而且还皱皱巴巴，他就说："你又不缺钱花，怎么不穿得讲究点，我知道你有西装，好像未见你穿几次，留着干啥。"对于他的话，我只是报以微笑，未作回答。

这位朋友说的倒是实情。跟经济拮据的人相比，我现在手头还算宽裕，正常消费绝不成问题；公家发的自己做的西装，不管质地好坏总还有几套，都长期闲置在衣柜里。不过，这位朋友忽略了个事实，普通人吃穿上的事情，绝对不能由金钱论短长，还有个舒服适意的问题。而舒服适意对于人的健康，远比吃穿好坏更为重要，可以说是生活质量的反映。

老作家林语堂先生，既写过《京华烟云》小说，又翻译过大量欧美作品，可谓学贯中西出入豪门；可是他最愿意穿的衣服，并非西装革履的洋服，而是普通的中式布长袍，理由是穿西装打领带受拘束，穿中式长袍舒服、随便。您看，一个舒服，一个随便，都是人的感觉，有钱的人如何，难道可以买来吗？显然办不到。有钱人可以置办锦衣华服，却买不来舒适、自在感觉，倘若你有了这样感觉，又何必非得应和世人，牺牲个人的生存空间呢？实在无此必要。

常言讲的"穿衣戴帽，各有所好"，暂且不说。单从起居的随意考虑，简单穿戴就很合我心意。一来是穿着不必格外留心，想在哪儿坐就在哪儿坐，比穿衣讲究的人休息得好；二来是价钱不贵买得起，穿新衣服的机会要多些，心情上就会永远畅快。如此，对于身体岂不是大有裨益。所以我买衣购鞋从不看牌子，只看是否穿着轻松、舒适，价钱是否值两三年的质量。只要合乎这两点，就会毫不犹豫地买下，即使吃亏也不会后悔，自然就对身心少些损害。

当然，穿戴也得适当讲点礼数，不能完全由着自己性子，在以衣帽取人的社会，穿戴上过于随便、邋遢，在有的场合会遭白眼，同样因不愉快而伤身。我就遭遇过两次尴尬，一次是去大饭店开会，一次是去大宾馆访友，因穿得寒酸被门卫盘问，弄得我当时很不高兴。后来再去大饭店大宾馆，就特意找出西装穿上，像演员似的逢场做戏，只是穿上同样觉得不舒服，不过总比被门卫盘问要好。

人说，穿着小事莫等闲。应该从两方面理解：一方面是说，穿衣戴帽是给人看的，在一定场合要注意观瞻，让别人不至于大跌眼镜，使自己也得到某种享受；另方面是说，穿衣戴帽是起护身作用，首先要考虑身体的冷暖，不能为得到一时的美，而忽视衣帽的基本功能。如果我的理解说得通，向往快乐和健康的人，在穿着方面就要考虑舒服，舒服才有快乐，舒服才有健康，穿上的衣服犹如木板加身，即使再美丽恐怕也不快活。

总之，衣服，首先是给自己穿的，其次是给别人看的，只有摆正了次序，衣服才会有健康悦目的效果。

2006 年 10 月 28 日

聊天儿有益身心健康

人有七情六欲，就有喜怒哀乐。活一天就要奔一天，哪能总是顺心的时候，跟人打交道犹如过河，谁知道水是深是浅，难免会遇到窝心事。这时候最容易折磨人，如何处理就看个人啦。我遇有不痛快的事情，经常采取的办法，就是找朋友聊天儿，淤积心中的烦忧剔除了，心情好了，自然就会有益健康。

听一位老中医讲，气不通则淤，淤则痛。他说的是疾病。梳理心结，同样适用。有些人由于性格内向，遇到不快活的事，碰到不讲理的人，既不想躲避，又不想发泄，只是自己生闷气，久而久之就要成病。实在划不来。倘若找熟人或朋友，跟他们唠叨几句，把"苦水"都倒出来，心里不就痛快了吗。这就叫自己安慰自己。为什么要找熟人或朋友呢？因为比较方便。家里有老有小，关系如此亲近，说得重说得轻，容易引起担心，给家人增添烦恼，反过来又会影响自己。再说跟家人也不便什么都讲。找熟人或朋友就无此之虞。

我退休以后，会议很少参加，热闹根本不凑，完全活在自己的世界。唯有一件事情，几乎不曾拒绝，而且还很主动，这就是跟朋友聊天儿。聊天儿在家里不方便，就要到茶馆去，茶馆不管多么远都去。乘公交车如果换车，干脆就坐出租车去，这点钱花得很情愿，我把这叫"花钱买快乐"。几位朋友到了茶馆，桌前围坐，清茶一杯，天南海北，海阔天空，信马由缰，如鱼得水，快活得就像成了仙。新鲜事情该说的说了，贪官小人该骂的骂了，社会的进步该讲的讲了，法制如何健全该议的议了，咱未当人大代表、政协委员，居然过了一把参政议政的瘾，哪有不痛快不高兴的道理。

据媒体报道，现在有许多人患抑郁症，原因是心理承受压力大，平日又没有地方去缓解，长期积存下来就成了病。大概也算"应运而生"吧。城市里有了心理医生，能不能真正治病不说，至少算是一着"马后炮"，还是不如提早预防好。而预防的最好招术，我看就是找人聊天儿。经常聊天儿随时缓解，永远保持一个洁净心态，没有思想包袱背在身上，就会每天都像过年节，您想这日子会多么有高品质。

所以我说，你想有个好身体吗，除了散步、玩球、做健身操，练就一副结实的身板，不妨也经常找朋友饮茶聊天儿，既健身又养心，岂不是低成本高收入？当然，完全不必刻意，渐渐养成习惯，成了自然状态，就会益处彰显。借改两句古诗相赠：温馨心间罩，快乐身上留。祝愿天下好人一生安康。

2006 年 12 月 9 日

休闲重在"休"上

现代人活得比较滋润。退休的老人甭说，连上班族中青年，忙几天都要休闲。有了这样的需求，市场就会有提供，健身房、茶馆、咖啡屋，甚至于足疗室、按摩室，在城市都随处可见，更不要说体育场馆，这些都是休闲好地方。那么，哪种休闲方式更好呢？要是依我说，休闲方式不能论好坏，而是看是否适合自己，适合的就好。千万不要把休闲方式当做时髦生活。

休闲，一是要考虑健康，二是要考虑金钱，跟做其他事情一样，量力而行才好。假如休闲是为了放松，不花钱能做到就不花钱，何必非得打网球、高尔夫呢？自己的财力达不到，非要享受时髦生活，享受完了又要愁钱，还不是为玩伤心，那样无益身体健康。我认识一对中年夫妇，他们的休闲方式很简单，每周假期抽出一天时间，带上面包、矿泉水、报刊，两人骑自行车去郊区，累了就坐下来休息看报，不累就边骑车边聊天，既放松了心情，又增强了体质，还不用花多少金钱，这种休闲方式不也蛮好吗。

休闲，要注重这个"休"字，不能光看重"闲"字。有的人一说休闲，就想到无拘无束，就想到疯玩狂耍，打麻将一打一个通宵，喝酒一喝就是几斤，自然就不会休息好，更要影响身体健康。这就把休闲的本意，领会错了也糟蹋了，高雅竟变成了庸俗。老话说的"有福不会享"，放在这里就非常恰当。所以说休闲要会休，而会不会休的界线，就在于是否有利健康。不花钱或少花钱，玩得愉快而且健康，这才是好的休闲方式。拿休闲当赌注，在生命场上玩一把，绝对地不可取。

当然，休闲也不光是玩耍，读书、听音乐、种花，这些休闲方式也不错，就连逛大街串商店，都可视为休闲的方式。如果什么都不想做，仰卧沙发上闭目养神，又何尝不是休闲呢？总之，休闲状态如同到植物园，哪种花你喜欢你就多看看，自己觉得赏心悦目就行，根本不必随大溜赶时髦，更不要听别人说三道四。快乐从来都是自我感觉。在休闲中享受文化，在文化中享受休闲，这恐怕才是最高境界。

2006 年 12 月 10 日

第五辑

百姿千福话生肖

奥地利汉学家施华滋教授，非常热爱和精通中国古代文化，他曾经在中国工作几十年，直到罪恶的"文革"被迫回国。回国后他把《老子》等多部中国古代著作译成德文出版。我跟老作家康濯先生等出访奥国，他陪同我们访问并担任翻译，认识以后就成了朋友，他身体比较好的那些年，只要来北京我们都会见面。每次见面免不了互赠些小礼品。

有次我送给他一套生肖剪纸，他看后非常地喜欢，并且用地道的中国普通话说："只有中国才有这种东西，有的中国朋友给外国人送礼，以为钱越贵的东西越好，其实并不是那么回事，送礼就要送在客人喜欢上。比方，我们外国人不讲属相，如果问准出生年月，推算成中国的属相，再把属相刻成一枚图章，送给哪个外国人都会高兴，因为外国没有就觉得新奇。用中国话说，物以稀为贵嘛。"

当时我正主持一家出版社的工作，这家出版社主要担负中外文化交流。受施华滋教授一番话的启发，曾经想把我国十二生肖制成生日贺卡，然后请不同生肖的各界知名人士，各写一两句感悟人生的话，用中外文多种文字出版，我相信中外读者都会喜欢。可惜还未容我把这一愿望实现，这家出版社就在 1989 年被撤销，这样的想法也就胎死腹中。读了一些美术家的生肖篆刻，看了民俗艺人制作的生肖礼品，我不只是一般地兴奋和喜欢，而且很自然地让我想起这段往事，甚至于觉得是帮助我实现了部分愿望。

我对生肖文化毫无研究，甚至于连起码知识都没有，因此也就不敢妄谈什么。说是喜欢也不是生肖本身，而是这些表现生肖的动物，一个个着实让人看不厌爱不够，关于这些动物的故事更是令人神往。有次跟几位朋友一起聊天儿，互相间说起自己的属相时，一位朋友突发奇想地说："搞对象不是讲属相克不克吗，那谁要是属鼠就好了，属相中没有猫就克不了。"这时大家忽然悟到，对呀，许多人都喜欢猫，属相中怎么没有猫呢，是不是正是因为猫谁也不克，所以许多人才喜欢啊。

接着一位朋友讲了个猫鼠的故事：用动物表现十二生肖，是古代数学家制定的，可是世界上这么多动物，选这个不选那个不好说，数学家就来了个"选优录取"。就跟现在选美一样，得先要由自己报名，然后再视情况确定。本来猫和鼠是哥们儿，吃住玩耍都在一起，就约好一起同去报名。可是次日一觉醒来，天已经大亮，老鼠慌忙地出门，忘记或者是故意，没有叫正在沉睡的猫，结果这懒猫就失去了机会，未能选入十二生肖中。猫认为老鼠不够意思，从此就跟它绝了交，而且还把它当做死敌，只要见到老鼠就要抓，所以老鼠才往洞里藏。这就是十二生肖中为什么没有猫的原因。

故事就是故事，传说就是传说。信不信由你。反正有了这样美丽的故事，以及由故事衍化成的属相性格说，使生肖文化就更有意思了。特别是在现在生活中，喜欢动物的人多，保护动物的人多，在一些大型活动中，有的还把动物当做吉祥物，动物就成了祝福的载体。有些少男少女，祝贺朋友生日时，送个生肖动物，成了非常时髦的事情。倘若某个人在生日到来时，收到一份符合生肖的动物贺卡，我相信就跟切蛋糕吹腊烛一样，让他非常地开心快乐，因为这件小小的精美礼物，有着朋友深情的祝福。而且这份礼物还非常中国化。这多好啊。

我们得感谢老祖宗，留下了这份宝贵遗产，使国人的生命更有色彩。我们同样要感谢现代艺术家，用各种美好的艺术形式，表现十二生肖的属相，使这一古老文化得到弘扬。让千姿百态的生肖艺术品，带着亲朋好友的殷殷祝福，走进每一个温馨的家庭。生日会因有生肖艺术品而更快乐。

2004 年 10 月 7 日

喝茶时想起茶事

喝茶的人，如今越来越多。喝出了遍地茶馆，喝出了无数茶叶店，喝出了茶叶一条街，还喝出了个茶叶节。茶还成了名贵收藏品。在茶上发大财的人，就更是不计其数。这茶简直成了精变为宝。至于茶叶的种类，茶叶的炮制方法，茶叶的包装形式，制茶的高超技艺，可以说是层出不穷。在"茶"字上显出的智慧，今人早就超过"茶神"陆羽。这不能不说是茶文化的幸运。

那么，茶客喝茶的感觉如何呢？别人的感觉，我无从得知。依我多年喝茶的体会，喝茶的最高境界，应该是：养心求趣。就是说，通过喝茶，陶冶宁静的心性，提升生活的品位，使身心都能得到舒畅。在略显浮躁的今天，这一点对于普通人，我觉得会大有益处，起码会让自己静下心来，经过思索应对事物。这不是蛮好吗。

若想达到这个目的，喝茶的方式得讲究。喝茶方式不外乎，细喝和粗喝两种，亦可称之文喝和武喝，或曰雅喝和俗喝。比如，北京的老舍茶馆，起步时期街头摆摊儿，粗瓷大碗一字排开，见色不见形的茶水，来往客人掏五分钱，站在摊旁仰脖喝下，解了渴润了肠胃，继续赶路或游玩。这就属于粗喝。后来老舍茶馆进了楼，八仙桌雕花椅，提梁壶小盖碗，干鲜果品小点心，看着玩艺儿品茶，从容之中有种享受感。这就属于细喝。非常荣幸，老舍茶馆这两种方式，本人都曾经领略过，感觉自然不同：前者爽，后者温。两者相比无所谓优劣，只是随着生活安定，更多的人还是欣赏文喝。这也正是茶馆多的缘故，茶事比往年兴盛的原因。

喝茶的最佳环境，我以为，用四个字即可概括：幽（静）、清（爽）、畅（快）、随（意）。在茶馆听说书唱戏，在茶馆大摆龙门阵，到了晚年都不太喜欢了，更钟情于布置幽雅，音乐悠远，茶食自取，慢腾腾地跟友人聊天儿，这样的茶馆似乎更合性情。所以我经常去，并且跟朋友推荐，北京的杭州茶食店。原因就是这样的茶馆，一无时间限制，可以任性聊天儿；二是茶食自选，随意又很可口。当然，那里的环境布置，还有一派江南特色，让人有种赏心悦目的感觉。比这更重要的就是，价钱适合普通消费者，不用另加价就可入单间，这一点也是它的优势。可惜现在停业了，留下的只是记忆。

倘若是个人平日喝茶，自然无须那么讲究，不过，有两点不可以马虎，除了适度的冲茶水温，这就是茶叶和茶具。茶叶质量的好坏，对喝茶的影响，是显而易见的，就不过多地说了。至于茶具，还是要依茶选器，以求最佳喝茶效果。我有四套茶具：一是功夫茶茶具，一是玻璃茶具，一是陶瓷茶具，一是麦饭石茶具。经常用的是后三种。喝绿茶用玻璃茶具，喝别的茶用陶瓷茶具，泡出来的茶味儿，自然就完全不同。尤其是在观感上，给人的印象各异，像茶叶展形的过程，就有个直观与否的问题。比如龙井茶是慢性子，放在玻璃杯中赏玩，如同观赏金鱼游动，就会获得闲适的情趣。如果放在陶瓷器皿中，就不会有观赏的机会，岂不是怠慢了名茶龙井。再比如乌龙茶是急性子，见高温水立马膨胀，倘若用玻璃杯冲泡，看见这情景心里会发堵，岂不是破坏喝茶的心情。更不要说那味道的不同。

喝茶，更多时候是自己喝，有时候跟友人一起喝。自己喝好办，坐在桌子前喝，躺在沙发上喝，都无所谓，只要自己愉悦就好。跟朋友喝茶则不同，一是要学会克制，一是要学会宽容，比如吸烟的人就要少吸或不吸，比如讨厌烟味儿的人就要忍耐着点，不然这茶是绝对喝不好的，闹得别别扭扭皱皱巴巴，最后恐怕连茶都会变了味儿。为了喝茶就得改改性子。从这个意义上来讲，喝茶可以磨性情，改变人的某些习惯，还是有一定道理的。

我终究不是个会喝茶的人，更不懂得茶道茶礼，最多算是脱离粗喝阶段，不过有一点自认为可取，那就是我对茶的虔诚和执着，恐怕是一般喝茶人所没有。拉杂地说点茶话，心里也就痛快，感觉更清爽。再喝茶时，就会有更多茶香，悠悠留于口齿间，生活多美好。

2007 年 9 月 26 日

选友伴闲茶当先

松、竹、梅被古人喻为"岁寒三友"。倘若公开征求"闲趣三友"的话，我想十有八九的人会投烟、酒、茶的票，原因很简单：很少有人一生拒绝。特别是其中的茶，从老辈儿的人起，就被列入开门五件事：油、盐、酱、醋、茶。在这么古老的排行榜里，茶都占有一席之地，因此，在这"闲趣三友"中，它自然比烟酒二位，似乎更有广泛人缘儿。更何况烟常有"禁"、酒常被"限"，唯有这茶可以自由自在生存，用它的美好品格温存着人间，成为我们一生一世好伙伴儿。

我结识的人比较多，其中不乏"酒鬼"、"烟民"，他们在各自的"领域"里，都有尚佳的即兴表现。比如，有位"酒鬼"诗人，参加完朋友婚礼，人问他对新娘子的印象，此君大赞"比二锅头还美"，此话从此成为朋友间赞扬美丽的口头禅。再比如，有位"烟民"朋友，困难时期凭票购烟，此公捺不住烟瘾，菜叶子晒干加辣椒面，用糊窗户纸一卷自做烟。都属于他们那个群体中，可以入史的尖端人物。当然，他们也用这些行为，证明烟酒都不好惹，只要沾了疯成了瘾，就会被弄得"神魂颠倒"。茶，则完全不同，由于自身的温和，永远让人保持优雅风度。如果说交朋友的话，就要交这样的朋友。

因为茶有如此温顺的性格，各样的人都愿意与其为伴，各种场合都会有它的身影。读书、绘画喝茶，开会、聊天喝茶，这都是堂皇之事，如果吸烟、喝酒，那就难免遭人厌烦，而且会被视为不懂礼貌。国家首脑接待外宾，桌上可以放杯茶，绝不会错谈国家大事；工人在现场劳动时，可以放一大桶浓茶水，止渴而绝不会误工；歌唱家喝茶润润喉咙，把嗓音调理得舒适些，唱起歌来会更优美；跑长途的司机喝茶，提神解乏浑身增加力量，再长的路都不觉得远……总之，跟茶交友结伴一起走，这人生就会越发美好，绝不会让你上当受委屈。

相比之下，烟酒则不同。著名诗人郭小川先生，那年因吸烟起火丧命，从此再读不到他的诗歌，每每想起都令人感慨万端。至于酒惹的祸，光因司机醉酒，死于车轮下的冤魂，每年都难以数计，让人痛惜之中感到无奈。这是生命的脆弱吗？是；好像也不是。反正不管是多是少，酒总得担当点骂名。茶在这方面就无此忧虑。同样能给生活带来情趣的烟酒茶，茶似乎更应该成为更多的人，首选为真诚、正直的朋友。我想，这总不能被人说成，是我这个爱茶人的偏见。

跟我有过交往的人，知道我喜欢喝茶，有人就或送或寄茶叶给我，我又拿这些茶叶招待别人，以茶交友，以茶会友，就成了我生活的一部分，茶也就成了我最好的朋友。特别是到了晚年，真正形成诱惑的东西，好像越来越没有几样，唯有喝茶聊天儿，我从来都是随叫随到。我有一篇同样是谈茶的文章，我说："悠闲的时候，泡上一杯茶，懒散地坐在窗前，捧着一本书阅读。茶气袅袅，书香漫漫。不时地呷上一口茶，随意地翻上几页书，心神都会清爽如风。所有的声音都哑默沉寂，听到的只是自己的声息，还有那书页的翻动声，整个人仿佛都融入书中。这时难道不是一种享受吗？"这是我晚年生活的真实写照。

我这样高抬茶的地位，对于有些爱酒嗜烟的人，好像有点不怎么厚道，那就只好请其原谅啦。谁让我交上茶这位朋友呢。各有所好，各认其友。这也算是人之常情吧。反正茶这个朋友，我算是真心交定了，没有一点商量。

2007 年 9 月 8 日

最怕写字

　　写一笔漂亮的汉字，特别是能写一手好毛笔字，简直让人羡慕死。我自己的字写得不好，可是很喜欢书法，因此，对于字写得好的人，就格外地敬重。有时遇到写好字的人，总要想办法往前凑，希望人家赏脸，高兴了给抡几笔，满足自己的心愿。这会儿收藏的一些墨宝，有的就是看见人家写字，我在旁"罚站"得来的，却丝毫不觉得掉价丢分儿。相反还觉得这更增加了这些墨宝的情趣。

　　按道理讲，作为中国的汉族读书人，尤其是以笔墨为生的人，写不好方块字，总不能说是什么光彩的事。可是，就是这样也好歹地混迹多年，在格子里填充了不少的字，只是这些字只能说是清楚，却很难给人一点美感，至于悬肘挥毫就更不敢想。有时在某一场合，看字写得好的作家，在那里尽兴书写，我总是怀着羡慕的心情想，要是我也能写得这么好，那该多好啊。有了这样的想法，回到家里以后，由着性子练上几笔，这样的事情也是有的。不过这终归属于玩闹性质，不可能练出像样的字，好在压根儿就未想当书法家，即便写得像蜘蛛爬的，总还可以给自己找乐。但是有一点从来不敢怠慢，这就是在往报刊投稿时，尽量把字写工整，绝不给编辑找麻烦。

　　那么，是不是就未正儿八经地写过字呢，我想还不能完全这么说，起码在上小学时描过红模，读初中时写过大仿，这总还算是比较正规吧。后来在报刊编辑部当编辑，修改稿件大都用毛笔，这就逼着你不得不练字。开始学习写作向外投稿，首先就有个写字的问题，如果字写得不怎么样，或者字迹连得难以认识，文章写得再漂亮，到了编辑手里如猜"天书"，那也难保有被搁置的可能。我在《新观察》杂志工作时，有次接到一位著名作家的来稿，字写得不怎么样且不说，关键是有些字写得不清楚，几位编辑来回辨认反复推敲，结果文章发出来还是有错。作者见刊后不是先说自己的不是，而是写文章责备编辑如何，一位老编辑不无感慨地说："当年那些老作家可不是这样。"

　　说起我国老一辈的作家来，如鲁迅、郭沫若、茅盾、叶圣陶等，他们的字都写得很好，既留下了不朽的文章，又留下了精美的书法，这是许多后来者赶不上的。前不久去岳阳参加一个会，听当地的朋友讲，郭老为岳阳楼题了名以后，还有些人写岳阳二字，但很少有人超过郭字，所以至今像火车站等处，依然用郭题岳阳二字。当代作家中有的人的字也写得好，比如我认识的已故的汪曾祺先生，以及唐达成、吴祖光、海笑、张长弓、许淇等先生，应该说都写得一笔好字。有时候跟这几位外出开会，遇有需要写字题词之事，也就理所当然地落在了他们身上，我等只能从旁站脚助兴。出于礼貌有的时候好客的主人，请我们这些同行的人也写几个字，我只能再三地求饶，实在躲不过去时也就是签个名。这时候是再尴尬再狼狈不过了。

　　生活里的事情常常是这样，你怕什么就偏偏会来什么。不知从何时起，开个像样的会，时兴起了签名，而且往往是笔墨"侍候"，这样一来，如我者怕写字的人，就不得不在人前现丑。不过签名毕竟只有两三个字，连大字不识几个的有的歌星，都可以把名字写得像模像样，我们总还不至于写得太刺眼。谁知这几个写熟了的字，有时也会使人产生误会，人们以为你的字一定写得不错，这又会劝你激你哄你，为他们留下"墨宝"。你若不从会以为你在端架子、"拿糖"，他们的理由就是你的签名不错，别的字也就自然写得好，这时真让你哭笑不得，只好自己暗地里叫苦喊冤，恨不得再脱胎一次来生当书法家。可是来生总是未卜之事，眼前的麻烦却是现实，只好反反复复地左解释右说明，主人才相信你的字的确不怎么样。阿弥陀佛，一场信誉危机，总算解决了。

　　可能是字写得不好的人比较多，不知道是哪位聪明人发明了电脑（说不定此人的字就不怎么样），使像我这样写不好又怕写字的人，总算有了一棵救命的稻草。虽说电脑字不是什么书法艺术，无法在情感上满足人们的享受，但总还是不至于太怠慢别人的眼睛。而对于字写得好的人，这电脑就不啻是个怪物，有次我跟几位作家一起，参加一个电脑推销会，问老作家汪曾祺对电脑的感想，汪老非常不客气地说："那还叫玩艺儿？"我知道这位老作家的字写得好，写字对他来说是一种享受，是一种艺术创作，他当然不会放弃自幼习惯了的笔墨，如果我有他那一笔人人夸好的字，我想我也不会用这不叫玩艺儿的鬼电脑。由此可见，怕写字的人，写不好字的人，实在没有"出息"。

话是这么说，写字比之打电脑，总还是要功夫的，心气再高，劲头再足，没有个十年八载，无论如何写不出像样的字。不过有时也有例外，那些艺术悟性高的人，别看没有"童子功"，抄起笔来抡几下，也还有模有样的呢。前不久跟张贤亮兄一起开会，他见休息厅里备有笔墨，这位著名作家忽发雅性，要赠件墨宝给我，我自然很高兴。贤亮老兄的小说写得好，这是谁都知道的，他的毛笔字如何，我还真未见过，便戏言说："我先给你站脚助威，要是写好了，再给你维持秩序。"还别说，这位老兄的字，真还有点意思。于是立刻就有人过来，向贤亮先生求字，一时成了热门话题。

　　我既没有"童子功"，又没有高悟性，只有份懒样儿。这辈子怕是当不了书法家了，充其量成为半拉子书法爱好者，那就算是前生修来的造化了。我这样说绝不是矫情，真的，谁让我怕写字呢。

1997 年 10 月 6 日

常常地这样想

一

思绪如同轻柔的雨点儿，洒落在我干涩的心田，当记忆的土地松软时，我常常地这样想：幼年时代的欢乐、幻想、单纯，还有那无忌无猜的天性，为何不长久地留在生命里。让所有的人都保持孩童的状态，这样人间岂不是永远地可爱。

二

可能是经历过太多的磨难，总是巴望哪怕有片刻的安宁，以便自己的神经不再紧张。然而，那些恶魔般的中伤和戕害，就如同一只甩不掉的疯狗，总是跟随在身后汪汪狂吠。任凭你怎样地驱赶、恫吓，甚至于用棍棒追打，它还是死乞白赖地纠缠。许多善良人经受折磨，有时还无察觉，一旦意识到又总是哀叹命运。我常常地这样想：难道命运真的是这样吗？

三

我也曾经企图相信，生活中的荣辱悲欢，都是上苍安排的，人自己没有办法改变。就是在这样的思想支配下，我们忍耐，我们期待，在无可奈何中苦熬岁月。结果怎么样呢？四季时序无改变，艰难日子照样有。有时，我常常地这样想：如果人人有颗豁达的心，生活就会总是美好，日子再艰难又算什么。

四

在春夏秋冬的季节中，我最不喜欢夏天，并不完全因为它炎热，更因为它过于喧闹，以及有着无拘无束的张扬。当在夏季感到极端厌烦时，我常常地这样想：难道只因为你不喜欢，夏天就不再来了吗？

五

从贫穷的家乡走出来，感到天是那么蓝，觉得水是那么清，就连磨难都有诱惑，于是连头也不回一直向前方走去。有时高兴了还会哼起歌儿。走过春天，走过冬天；走过童年，走到中年。走了多少年，走了多少路，自己都无暇顾盼。当有朝一日猛然回过头来，这时才会发现，家乡还在冲我微笑着。面对微笑的家乡，我常常地这样想：家乡到底是家乡，谁又能代替呢？

六

听画家们讲，中国画讲究留白，有空白才美。后来观赏国画，特别注意空白。的确，空白留好了、处理好了，画面显得非常疏朗有致。这时，我常常地这样想：人与人的关系——父子之间，夫妻之间，朋友之间，同事之间，上下级之间，相处时都留些空白，会是怎样呢？

七

通往公墓的路，每天都有人远行，每天都有人送行，来来回回走过几次，再浮躁的心也会沉静下来。当你发现，原来生和死，距离这么近；辉煌和平淡，起落这么快，一下子就会懂得，人生到底是什么。为送远行的朋友，从这里每走过一次，心灵就有一次的净化。这时，我常常地这样想：人活着的时候，不要忌讳议论死，其实，只有多想想死，活得才会美好、踏实。

八

艰难的事情，经历得太多了，即使过去许多年，有时还会出现在梦里，心情依然感到压抑。早晨醒来面对初升的太阳，我常常地这样想：难道就没有云遮日的时候？难道就没有日破云的时候？这么一想，顿时心朗意爽，太阳和乌云都在微笑。

九

乐手们在拉琴之前，总要轻轻拨动琴弦，把音高调准在预定位置，以免演奏时跑调儿。正是有了这预定的音高，无论是独奏，还是大合奏，音色才会和谐美妙动听。可见这定位是多么重要。那么人生是不是也应该有个定调呢？我常常地这样想：假如我们能把自己的身价，定在准确的位置上，不跟高音攀升，不跟低音压抑，就永远会奏出生命的清音。

十

我们奔走于山水之间，其实是跟大自然对话，话题就是关于人生。在山中你会觉得局促，在水前你会感到开阔——两种处境，两种心态，就连话语都会不同。我不知道别人怎样，反正我在跟山对话时，心胸总是紧皱皱的，没有一点洒脱劲儿。而跟水对话时则不同，不由自主地有种兴奋，恨不得掏出心来倾谈。我常常地这样想：山和水同是大自然，为什么会有不同的感受呢？山和水都在回答和解释……

十一

经历过的往事，宛如星光点点，越是久远越美丽。当有朝一日回首过去，无论是欢乐还是痛苦，心绪都会如鼓似潮，在血脉里不停地激荡。有过的欢乐，这时其景难再；有过的痛苦，这时其情难现，唯有那有过的感觉，还朦朦胧胧地存在着。我常常地这样想：这种渐淡渐隐的感觉，多么像一朵雾罩的小花儿，在心田里寂寞地开放。

十二

听草原上的人说，最好的摔跤手，是大地摔出来的；最好的骑士，是马背颠出来的。于是，我常常地这样想：把有的人放在"摇篮"里，晃几晃，就指认他是什么。难道真正的优秀人才，果真就可以晃出来吗？

1999 年 6 月 28 日

假如没有……

一

假如没有了人格……在人格上假设，心情实在沉重，想一想都需要勇气。可是作为人，总得这样假设，不然，一生都不会安稳。

那么，假如真的没有了人格，我们会是怎样呢？

我立刻想到，没有棱角的房舍，没有曲线的球体，没有植被的群山，没有流水的江河，等等，它们都在像与不像之间。如同我们居住的城市，叫桥的地方实际没有桥，叫井的地方实际没有井，只有个虚名在那里。这是多么的悲哀。

噢不，假如人没有了人格——通常泛指的道德情操，远比上边例举的种种，似乎更要可怕更要可怜。难道不是这样吗？请认真地想想。

假如，只有人的容颜，只有人的身躯，最多再加上人的思想，也许仍然被称为人，那又会怎么样呢？人格是品德的脊梁，塌陷了就站立不起，成为精神上的矮子，永远也不会直起腰身。

二

人是不能没有热情的。谈情说爱，吟诗作画，爱国恋乡，生活劳动，甚至于尊老爱幼，抚妻育子……都得有热情。这热情就如同自然界的风，没有虚假，没有功利，坦坦荡荡自自在在地吹着、吹着。

对于美丽风景，善事好人，引不起丝毫的冲动；对于丑陋事物，恶人坏事，没有半点激愤；也就是说，假如没有了应该有的热情，真不知这样的人会怎样？我们的世界又会怎样？

八旬老者爱回忆童年往事，六岁儿童总是憧憬未来，这说明他们有想象热情。中年主妇劳累一天，拖着疲乏的身躯，还要欣赏音乐，这说明她们有生活热情。热情就是这样的充满诱惑，让你的生命鼓起风帆，让你的血液奔流沸腾。

假如，人没有了热情，会怎样呢？想想，没有油的灯，没有树的沙漠，没有文字的书页，没有繁星的夜晚……

三

在匆匆的人生旅程上，人什么都有可能丢。譬如，因家贫丢掉读书的机会，因疾病丢掉健康的身体，因政治丢掉美好的爱情，因误会丢掉多年的朋友，这自然是非常非常可惜的。丢掉了也就再难以找回。

但是，无论在怎样的境遇里，有一样东西千万不可丢，这就是作为善良人的真诚。真诚对于我们，比金子还宝贵，只因有了真诚，人与人之间不再陌生。世界更因真诚才显得美好。

假如没有了真诚，哪怕每个人都是百万富翁，终日陶醉在音乐般的生活里，相信他也会被虚伪苦苦地折磨死。有了真诚，即使一贫如洗，走遍天下，到处都会有相许的目光。要相信真诚会换来真诚。

真诚是善良人的灵魂，没有起码的真诚，无论怎样标榜真诚，都不要相信他的真诚。何况真诚从来不会标榜。

四

一个人如果过于麻木，麻木得没有了正义感，他的身躯再高大，那也无异于迎风不展的旗，还有什么尊严可言。真正的男儿，面对邪恶，要敢于拍案而起，像火山怒喷岩浆。用凛凛的气势，宣告自己的存在。

有人曾把正义比喻为一柄利剑。这柄利剑却并非人人可以拿起。谁想握起这柄利剑，谁就是胸有正气，面有正色，身有正风，否则他就会被利剑压倒。利剑永远属于那些真正的勇士。

我们的世界，因有正义感的人存在，山河才越发美丽，生活才越发宁静，人们的理想之火，才会历尽艰难也不熄灭。正义就是这样的威严，正义就是这样的神圣。谁能富有正义感，谁就活得踏实，大摇大摆走路，连魔鬼见了都得退让。

假如没有了正义感，人会变得猥猥琐琐。倘若只有一两个这样的人，那也无关大局：如果有更多这样的人，事情就会糟糕，就如同房屋没有了门户，蚊虫蝇蚋都会飞入，那世界该多么可怕。

五

被人们传颂的善良之心，是一个民族文明的标志，一个人假如没有了善心，就等于没有了宝贵的性灵。这样的人即使在火的面前，他也不会感觉到炙热；这样的人即使在冰的面前，他也不会感觉到寒冷，那，这样的人应该算是什么人呢？只有他自己知道。

一个人的善良之心，反映在对大灾大难者的怜悯上，应该说还是比较容易的；一个人的善良之心，表现在日常对弱者的同情上，应该说似乎就要困难得多。透明的善良之心，跟朦胧的善良之心，两者的区别就在这里。这就如同两颗星星，同样都在熠熠发光，一颗是那么清亮，一颗是那么晦暗，给人的印象自然不尽相同。

真正善良的人从来不表白善良，只是用善良的行为奉养善良。因为，真正的善良既不需要张扬，又不需要让人知晓回报，更不希望别人亵渎它的神圣。善良就是这样堂正清明。

六

金钱和官位，都是好东西。不然，不会有人朝思暮想；不然，不会有人苦心钻营。如果打个并不恰当的比喻，官位如同一道防波堤，金钱如同用堤挡住的水，只有在堤坚水盛时，才好行船，才好养殖，这水这堤才都正经可爱。

假如，没有金钱，城乡的建设何来，百姓的富裕何来；同样，没有人当官，山河谁来管理，秩序谁来维护，所以说诅咒金钱官位，都没有必要。在诅咒金钱官位的人中，有两种人是真诚的：一种人是上过金钱官位的当，一种人是想得到而未得到，除此而外，都是瞎哄哄乱嚷嚷，属于不热衷又非冷淡者。

那么，现在为何一提到金钱官位，更多的人要火冒三丈，恨不得一口咬死呢？关键是它们都变了味儿。金钱成了欺骗的诱饵，官位成了谋私的笊篱。百姓从切身的体会中，感到生存的艰难，怎能再相信它们的圣洁。

这里，我只想提醒有钱有官的人，请你们随时问自己："假如，我没有了这些……"

1999 年 2 月 16 日

等待回答

一

冬天在哪里？

总有许多年了，日历翻到最后一页，又翻开新的一页，我却没有冬天的感觉。即使是刮风的时候，气候也是暖暖的，闻不到一点儿冬天的气息。

毕竟是在北方长大的人，我的许多记忆中的冬天，是在漫天飞雪中度过的，那个银白的世界，曾经蕴藏过我美丽的梦。尽管太阳出来时，雪融化了，梦融化了，然而留下了的梦迹，依然在诱惑着我。说天真也好，说浪漫也好，反正后来有很长的时间，在纯净的梦境中，我在快乐地生活着。

如今可好，在冬天的季节里，没有了雪，自然也就没有了梦。思想，感情，记忆，全都是实实在在的，连一点浪漫的缕丝都没有，怎么能缠住我的往事呢？

哦，我的那些跟雪一样的美丽往事，难道就这样永远消失了吗？

二

笑是什么滋味儿？

我问过许多朋友，我读过一些书，都没有能准确地回答，大概是没有人真体会过。说笑是美丽花朵的，那是生活无忧的人；说笑是苦涩果实的，那是心中装满烦恼的人；说笑是悠远歌唱的，那是天性浪漫的人；说笑是读不懂的天书的，那是历尽人间沧桑的人。总之，笑是千变万化的谎言，它可以这样哄骗你，它也可以那样迷惑你，这就看你怎样看待它了。

我也是个爱笑的人。朋友们相聚时开怀大笑，独自枯坐时会心微笑，愁闷难当时锁眉苦笑。笑伴我度过平静的生活，笑陪我走过艰难岁月。

若问我笑是什么滋味儿，说真的，我自己也很难说清楚。我这样说绝不是想回避。笑跟哭一样，只能意会，很难诉说。

三

寂寞好厉害。

寂寞让我联想起幼年时养的蚕，悄悄地无声无息地啃食着桑叶，吃饱了，吃好了，然后，在绿色的眠床上做它甜蜜的梦。

有许多人过高地估计自己的毅力，其实他们没有跟寂寞认真地较量过。有朝一日当寂寞的绳子拴住你，哪怕只一年半载，倘若你的心灵依然没有失落的感觉，这才会证明你的毅力的坚强。我曾经跟一些朋友谈论过这件事，他们说，可以抗拒冷落的侵扰，可以抵制名利的诱惑，很难说，可以耐得住寂寞的蚕食。

寂寞是一种力量，而且无比强大。事业有成者的秘密有许多，生活悠闲者的诀窍有许多，他们共同的特点却只有一个，那就是耐得住寂寞。谁耐得住寂寞，谁就有宁静的心灵，何愁做不成想做的事情。

难道不是这样吗？没有一颗宁静的心，总是向往世俗的热闹，那怎么可能沉下心来做事情呢？

1989 年 6 月 8 日

生活短章

秋　叶

　　经过一阵风雨的轻摇，树叶厚厚地铺在地上。当清洁工把它们堆积在一起，叶子们在感叹中絮叨：唉，自由倒是自由了，自在倒是自在了，只是没有想到，离开了粗壮的枝干，往日美丽的梦想却消失了。

雨　声

　　早晨冷雨敲窗时，我听到雨在说："我走后，太阳就会来。"

鸽　子

　　好像是要冲天而去，岂知在楼间低飞一圈儿，又回到主人搭建的笼子里。其实本来连低飞都不肯，只是想博得主人欢喜，勉强地绕上一圈罢了。

小　说

　　演绎世间的故事，记述着悲欢离合，或长篇或中篇或短篇，阅读时也许让人撕心裂胆，一页一页地翻过去掩卷回想，最后留下的只是记忆。人生也是如此。

茶　叶

在树上吸收着阳光雨露，自由自在地舒展着身躯，有一天被放在锅里又烤又搓，完全失去了原有的形色。终于等来在水中逍遥的时候，为报答解脱的恩情，甘愿献出自己的生命。哪怕高温熬煎都在所不惜。

黑　板

有多少显赫的职位，有多少含金的数字，写上又擦去，只有你知道得一清二楚。可是你从来不告诉人们这荣辱的秘密，因为你想把得到的启示留给自己，所以悄悄地吞咽在肚子里。只有那些明智的人才会从你的痕迹里领悟。

喇　叭

除了被人吹时疯狂地哇啦哇啦叫，请问你还会什么？

座　位

尽管公交车的座位是大家的，谁坐上了就是谁的，至于是抢占的还是等到的，或者是央求人恩赐的，这都无所谓。别人再议论又如何。反正坐着总比站着舒服。

日　历

翻过一页少一页。老实人受日历启示学会珍惜宝贵的时光。奸猾人受日历启示贪婪得越来越疯狂。日历说，何必呢？如果没有印上文字，我还不就是白纸一张。

车　站

人来车往好不热闹。看过多少美丽风景，见过多少各色人群。平静时想一想才知道，再美的景致再好的人，都不过是匆匆过客，留下来的依然是站台，敞开空荡荡的襟怀，孤寂地在风中继续等待。等待什么呢？不知道。

装　修

把烦恼留给自己，把美丽展示别人。为什么？为的是让自己的面孔也好看些。

钢　琴

表面上看，钢硬木坚性情铮铮，黑白浊清心中有数，其实无论是谁轻轻地抚摸，都会献出满腹华美的音韵。谁让生就一副媚骨柔筋呢？

手　杖

名山胜地都有卖手杖的，为的是扶助游人登山。手杖的质地差不多，价钱却不尽一样，有的人以为价钱越贵越好。手杖告诉游人说："侍候人是我的天性，谁让我服侍都行，主人的身价，就是我的身价。"

火　锅

有这么多的人围着，又喝又吃又说又笑，火锅觉得都是为了它，高兴得献出满腔热情。等人家酒足饭饱剔牙离开，火锅这才完全明白，原来看重的是它拥有的食物。明白了也晚了，只好快快地熄火，感叹："唉，这才是真正的我。"

温度计

从来与人无争，静观世态炎凉，心里明净如水，绝不假语虚言。

吊兰花

别看老是高高在上，却无半点得意忘形，永远俯下身躯，把青春的美丽和清爽的绿色，奉献给人间。哪怕主人忘记给一杯清水解渴，只要活着，就总是无怨无悔。人说这是天性使然。不，是不曾忘记自己平凡的身份。

白　纸

纯净如云，安宁似水，本想洁身自好与世无争。谁知总是有人多事，或印成数字显贫富，或印成诉状争是非，或印成讣告摆功过，结果弄得有口难辩清白。想想，反不如本来就或黑或红，免得弄得人不人鬼不鬼，自讨没趣儿还不说，最后总是被丢弃。

抹　布

把污垢揽在怀中，给主人一个洁净，满以为会换来喜欢，哪知污垢揽得越多越遭殃，最终免不了被遗弃的下场。这又能怨谁呢？只怪自己天生一副奴才命。

风　筝

梦想上天真的上了天，正忘乎所以地飘飘然，好不自在逍遥。于是忽发奇想：我干吗不飞得再高些。一动弹才醒悟，唉，还有根绳子牵着哩。

高速路

坦荡直爽利利索索，当然也就喜欢直来直去者。跟弯弯绕绕无缘，对吞吞吐吐不睬，别来小恩小惠这一套，惹急了当心被一脚踢开。本来嘛，认准目标就应该快行，嘀嘀咕咕算什么男子汉气概。

2002 年 11 月 2 日

第六辑

假如我现在还年轻

岁月是不饶人的。尽管不断吹刮的艰难的风，还未扑灭我心中的旺火，我仍然张着年轻人一样的眼睛，追寻生活里最美好的事物。但一天早晨从镜子里忽然发现，我额头和眼角悄悄积下那么多皱纹，情不自禁地轻轻地感叹了片刻。这时，只是在这时，我才清醒地知道，嬉戏的青年时代，黄金的青年时代，竟然连个招呼都不打，便从我的生命中猝然离去了，而且永远也不会再复回。

悲哀吗？惋惜吗？说实在的，有一点。此刻有种说不清的情绪，就像秋天早晨的薄雾，隐隐约约地笼罩在心头，想挥却又怎么也挥之不去。难道这就是老之将至的感觉？我这样叩问自己。

是的，我想没有谁不眷恋自己的青春，如同孩子们总是盼望度过节日，无论何时想起来都会是令人神往的。尽管我的青春时光没有多少欢愉，留在记忆里的大都是些苦涩，但是想起来也还是会激动不已。青春就是这样一个富有魅力的怪物。

那么，青春啊，你给我留下的是什么呢？

我和我的同辈人一样，在暗夜里告别童年，在黎明中迎来青年，生活对于我简直就是一幅画。当五星红旗升起在明净的蓝天，我曾视为映照大地的明媚朝霞，我深信沐浴着朝霞的年轻人是幸福的，只要我踏实地劳动真诚地做人，我的前程就一定会无比美好。正是因为有这样的思想做基础，所以在那些政治运动当中，我才会坦诚表达自己的意见，自认为这样正是对新生活的热爱。岂料再好的心意如果不被理解，或者自己表达的方式欠妥，都可能在客观上产生另一种结果。我的青春时光，就是在一次政治运动中，被无情地毁灭了。这一打击让我整整失去宝贵的 22 年时光。

对于今天的年轻人来说，这都是非常遥远的事情了，现在重提还有什么意思呢？我是想告诉年轻的朋友们，你们现在遇到的麻烦，总不至于比我年轻时多，你们现在拥有的机会，总不至于比我年轻时少，还有什么理由不思谋进取呢？我现在可以毫不客气地说，即使在极其艰难的逆境中，我也未放弃对美好生活的向往。因为我清醒地知道，生活就像季节一样，总会有个冷暖交替，只是个时间的早晚，耐心等待春天就会来。我苦苦地等待了 22 年，这时间够漫长了吧，您看最后还是等待来改革开放，国家的情况开始好转了，我们个人的命运也有了生机。只是这时我已经是人到中年。

人到中年，用一位作家的话说，就像喝下午茶，总是有些不太提神了。不过我并不这么认为，我常常这样问自己：假如我还年轻，我会怎样做？

我想，假如我还年轻，我首先给自己定个目标，项目不太大也不太小，时间不太长也不太短，但是一定要符合自己的心意和情况。不符合自己的心意没意思，不符合自己的情况白费力，既符合心意又符合情况，这样做起来也就得心应手了，那该多好。其次就是为了这个目标的实现，我要从头一点一滴地做事情，而且绝不中途刹车跳槽，随便地模仿成功者的样子，因为我知道每个人的条件不同，别人的成功之路不见得适合我，反不如在自己的路上走到头，失败了也是一种人生体验。再次就是踏实地学点技能，对于今天的年轻人特别重要，书本知识不等于技能，光熟悉书本里的东西，在重视实际操作的今天，势必会在竞争中被淘汰。严酷的现实越来越无情。

当然，假如我还年轻，我就要学会交际，这同样不是可有可无的事。想想看嘛，如今还有"我的单位"的概念吗？还有永远不丢的"铁饭碗"吗？还有我如何这样我如何那样吗？好像这带我字的东西越来越少了。如今的社会就像一个汪洋大海，每个人都只是大海的一滴水。你想释放力量而不被太阳晒干，你就得跟千万水滴一起汇合，形成浪涛勇敢地去向前推进。现在的年轻人好说，我要实现自己的价值，这种想法不能算错，可是你必须得真正明白，个人价值倘若没有别人支持，在这个涌动的人海之中，很可能被滚滚浪涛吞没。所以一定学会善于同人打交道，目的还是为了增长自己的才干。

唉，别看我想得这么好，假设得这么美，我毕竟还是不年轻了。这样想想只能算做自我宽慰。不过，年轻的朋友，我的这个想法，却包含着我的阅历，说给你听听，说不定可以借鉴呢。因为你真的正在年轻啊。

心中自有一座青山

　　曾经属于我的那个青年时代，犹如生命之树的一片叶子，早被岁月的风吹落得散了。然而，它又好像自然博物馆的植物标本，尽管没有了娇嫩鲜活的水分，但是看到它依然会勾起我对生命春天的怀念。这时在我身上那点尚未完全泯灭的朝气，又会似晶莹的水滴润开我生命之树的枝条，让我的身心重新充满激情和力量。

　　那么，是哪座青山流泉给我注入活水呢？这座青山就是我深情眷恋着的祖国。

　　我比今天的年轻人早生几十年，童年经历过国家的忧患，青年自己遭受过政治磨难，中年过着动荡无定的生活，直到老年日子才算真正安定。但是，始终没有改变的就是，我对我们祖国的热爱，当身处艰难的逆境时，我经常默念艾青的诗："为什么我的眼里常含泪水，因为我对这土地爱得深沉。"这句诗道出了我当时的情感，它像从山涧潺潺流出的清溪，立刻就会洗净许多烦恼和忧伤。这时再没有什么比祖国更让我动心动情。

　　正是在这种感情的驱使下，20世纪50年代初期，当战火在中朝边境熊熊燃烧，我毅然决然离家投笔从戎，毫不犹豫地穿起绿色军装，走进保卫祖国的神圣行列。清幽的校园，安逸的生活，温暖的家庭，繁华的城市，美好的理想——这些五颜六色的丝线，尽管编织过我甜美的梦境，让我是那么陶醉、着迷和浮想联翩，但是为了保卫我们祖国的安宁，我还是努力把它们一一挣脱掉了。学习前辈人大敌当前无畏的精神，做一个祖国儿女应该做的事情，若干年后回忆起来感到无比欣慰。

　　可是，我的一片赤诚心意和行动，在生活中却未被理解和肯定，在人生最宝贵的青年时期，竟然让我一次次经受磨难，年轻人本该有的一切美好事情，都在我身边像水流云散悄然而过。我有过因为幸而不生的痛苦，我有过因挫折产生的绝望。只有在想起祖国的时候，我的情绪才会平静下来，生命之火欲灭时重新复燃。我常常悄悄对自己说："不管生活多么严酷，毕竟委身于祖国怀抱，再难的日子总有过去的时候。"想到这里也就宽慰了许多。

我如此不厌其烦地倾诉我的经历和感受，目的就是想说明，当一个人把至高无上的祖国放在心上，他的生命即使嫩弱得如同一棵小草，有时也会有着不可争服的力量，因为他依附着养育生命的厚土热壤。我知道有许多远走他乡的老华侨，在外边发了大财有了一份豪产，离家时带来的有些东西慢慢地扔掉了，唯一舍不得扔掉的就是那袋家乡土，当然，还有那永远无法割断的悠悠思乡情。可见祖国的位置在他们心中是多么重要、多么高大。

青年朋友，你们是否也有这份情怀呢？我能想象得出，你们中有的人，眼下生活并不平顺，说不定正为什么事情烦恼，像我年轻时候那样，面临着艰难的困境。但是我要说的是，无论遇到怎样的情况，都要让祖国这座青山，稳稳地屹立在自己心中。心中有了这座青山，在她泉水的滋润下，生命之树就会绿意长存，一时的烦恼和忧伤，就如同一阵季风，过去后仍然是绿叶鲜花。我听许多海外游子说过，他们在异国他乡失意后，首先想到的并不是自己，而是生养过自己的祖国，为了不给祖国丢人就会重新振作起来。

有位久居海外的作家朋友，有次回来看望我，我问他："出去这么多年，最大的感触是什么？"他说："想这片土地。我可以这样告诉你，有好多人在国内时，这也看不惯那也看不惯，一出去看法全变了。只要有人说中国不好，他恨不得跟人家拼命。"这是为什么呢？我想只有一种解释：乡根未移。加之出去以后，看到的跟听到的想象的，并不完全那么一样，祖国的心结就会打得更紧，自然也就会在困难时想念祖国。

是的，祖国这座巍峨青山，永远是我们的依靠。没有祖国的人，就如同没有根的青藤，不管你爬得多么高多么远，总有一天会活活枯死。只有依附在水土丰厚的大地上，才会枝繁叶茂郁郁葱葱地生长。

风浪雕成的彩贝

　　我知道，有许多年轻朋友，都比较喜欢读诗，有的还悄悄地写诗哩。不知道你们读过写贝壳的诗没有？那简直迷人极了。我在年轻的时候也喜欢诗。那些写大海和贝壳的诗，曾经轻轻地撩拨过我的心弦。有的把贝壳比做闪光的星星，有的把贝壳比做璀璨的珍珠，还有的把贝壳比做会说话的眼睛，总之，贝壳在这些诗人的笔下，是那么美丽那么神奇，充满迷人的幻想和天真的浪漫。不过，在我读过的写贝壳的诗中，尤其喜欢把贝壳比做大海耳朵的诗，说大海留下无数只耳朵般的贝壳，只是为了谛听人间壮美的声音。你看这诗多么浪漫啊。

　　我生长在临近大海的一个小城，对于浩渺无边的大海，自幼就疯狂地执着地热爱着。只要有机会去海边，几乎每天黄昏都到海滩，跟朋友们一起捡拾贝壳，常常是把衣袋装得满满的才回家。有的人的天性本来是好动的，可是一来到这撒满贝壳的海滩，你看吧，迈着缓慢的步子低首寻觅，一瞬间忽然变得沉稳了许多。要是有谁偶尔拾得一两枚别致的贝壳，一声惊喜的吆喝，寂静的海滩立刻就沸腾起来，那种高兴劲儿如同奔腾的浪潮。在归来的途中，捡拾到别致贝壳的那个人，就别想再消停地走路了，一会儿这个说拿出来让我看看，一会儿那个说拿出来让我摸摸，这捡拾贝壳的情景有时还会带人到梦中。五光十色的美丽贝壳啊，占据过多少热爱大海的心。

　　的确，贝壳着实可爱。走在铺满彩色贝壳的沙滩上，就像置身涂满神奇色彩的童话世界，吸引着无数颗单纯求索的心；看着美丽贝壳就像观赏云霞，再烦忧的心也会得到些许消释。我平生没有别的爱好，可以让我动心的事情，就是面对茫茫大海。当然，还有捡拾那美丽的贝壳。别看如今已经进入老年，只要有谁跟我说起大海，说起美丽的贝壳，依然抑制不住激动，心情立刻就会变得清纯，仿佛又回到了孩提时代。

　　可是，贝壳为什么这样美丽，我始终没有真正弄懂。小时候问过大人，有的说是太阳晒的，有的说是下雨淋的，还有的说是沙粒磨的，总之，每个人都按自己的想象解释，却没有一个人真正说得准确。因此这个大自然美丽的谜，一直留在我好奇的心中，成了对我一生的诱惑。

有一年在海边碰到一位打渔的老伯，他那布满皱纹的紫铜色脸庞，以及那被海水洗刷得晶亮的眼睛，非常清楚地告诉我，这是个把生命跟大海融会在一起的人，说不定他会解开关于贝壳的谜。我问他贝壳为什么会这样美丽？他几乎未假任何思索，脱口就说："那还用问啊，风浪雕的呗。"风浪是怎么雕的，他没有具体地说，我当然也未好意思问。但是从此以后，我相信了这个道理，并且暗暗赞叹风浪的神奇，竟然会雕出如此美丽的贝壳。

当然，今天从科学的观点来看，这渔家老伯的解释不见得对，美丽贝壳的形成自有它的规律。但渔家老伯极富哲理的话，却一直深印在我的记忆里，随着年龄的不断增长，越来越觉得非常耐人寻味。我知道，有许多人愿意把生活比喻为大海，意思无非是说，生活是不平静的，随时都会掀起风浪，考验着我们的意志，锻炼着我们的性格，只有勇敢的人才会搏浪前行。这是经历过磨难以后形成的认识，里边蕴含着人们的辛酸与烦恼。试想在幼年时不识生活滋味儿，凭着一颗单纯的孩子心，把未来想象得非常美好，从不考虑人生还有艰辛，如同只是看到贝壳的美丽，却不知道美丽是风浪雕成，这个道理不是完完全全的一样吗？

渔家老伯的话，听似随意说出，没有科学道理。然而我相信却是他的人生体验。几十年来在莫测的海上，跟大风大浪搏斗，跟海里鱼虾较量，最后总算有了满意收获。在他的心目中、意识里必然认为，美好事物都是风浪雕成的，因此他才脱口说："那还用问"。渔家老伯的这番话，作为生活的道理，我们万万不可轻视。

我在年轻的时候，曾经把生活想象得非常简单，就像郭小川在诗中说的那样："仿佛只要报晓的钟声一响，神话般的奇迹就像彩霞似的出现在天边，一切都会是不可思议的美满。"其实生活哪能如此轻巧畅快，真正的生活如同大海一样，有潮有汐，有风有浪，若想在生活大海里不被淹没，就要学习那勇敢的贝类，在风浪中经得住猛烈的雕琢，这才有可能最后变得美丽光润。这就是经历过生活艰难，再次看见大海和贝壳以后，我对渔家老伯的话的理解。

青年朋友们，相信渔家老伯的话吧：美丽的东西，美好的生活，绝不是从天而降的，都得经过艰辛的奋斗，经过岁月风浪的冲刷雕琢，它才会发出熠熠的光辉。你想生活美好吗？你想成为有作为的人吗？没有，真的没有更好的办法，唯一的办法就是，像贝壳那样去经受雕琢。

采撷鲜嫩的生活花朵

去过内蒙古草原的人，大概总不会忘记，那藏匿在绿草间的花朵，朴实中含着清新，娇柔中透着庄重，微风轻轻地吹来时，散发着阵阵浓郁的芳香。姑娘们常常掐下一朵插在发间，抒发她们美好的生活情致；小伙们常常集成一束插在马鞍上，表达他们热爱家乡的情怀；就连被岁月刀斧雕刻得满脸皱褶的老人，有时也要俯身掐下一朵放在鼻间闻闻。草原的花朵太醉人了，醉得让人合不拢嘴。

我说上边的那些情景是什么意思呢？就是想说明：热爱美好的事物，追求高尚的生活，这是人与生俱来的本性。除非是在万不得已的情况下，只要客观条件允许，谁都不会轻易地放弃权利。但是，在生活花圃里摇曳的鲜嫩花朵，我敢说，却并不是每个人都能采撷得到的，它永远属于那些赤诚地热爱生活的人。

我有过一段特殊的经历：四十多年前，我和我一样的一批年轻人，由于在一次政治运动里说了实话，被无情地从北京发配到北大荒，从事笨重的长时间的劳动，干一天活儿下来又饿又累，有时连走路都是摇摇晃晃。可是就是在这样艰难的境遇，我们中有的人依然强打精神，顺手采下一束路边的野花，小心翼翼地带回到驻地来，然后找个空瓶放上清水供养。你可以说他非常喜欢花儿，你也可以说他太天真浪漫。但是说到归齐也是最本质的，我认为还是他太热爱生活了，以至于即使在逆境之中，都愿意日子过得有滋有味儿。

其实生活本来就不可能一帆风顺，没有任何磨难和波澜的生活，那只是善良人的希冀和美好向往。我非常尊敬的诗人艾青先生健在时，几乎每年都要赠送我一幅字条，内容大都包含着艾老的人生感悟。在他赠送我的字幅中，我最为喜欢的一幅，就是这句话："时光顺流而下，生活逆水行舟。"有好长时间我一直挂在房间，闲时静坐一旁边观赏边揣摸含义，这句看似浅显直白的话，却道出了这位饱经沧桑的老人，对于人生对于生活的隽智总结。在我有机会出版第一本书时，还郑重地把它印在扉页上，目的就是想让更多人得到启迪。许多认识艾青的人都说他乐观、豁达、宽厚，在生活里总是充满幽默和情趣，我想这正是因为艾青对于生活的热爱。

前不久，我出版了一本新书《春天的雨秋天晴》，讲述我前半生的艰难经历，提笔之前回忆那往昔的生活，忽然想起一位去世多年的友人，他临终时说的最后一句话，就是"活着该多好啊"，而且说这话时两眼含着泪光。可是熟悉他的人都知道，他这一生一点也不平顺，出生不久父亲就病逝，跟着年轻的寡母做家佣，可以说是吃百家饭长大的。母亲含辛茹苦好容易把他养大，国家又供养他读完大学，他正想全力回报祖国和母亲时，先是政治上的灾难后来是疾病，夺走了他宝贵的年轻生命。可是他并不痛骂有过的苦难，而是仍然深深地眷恋着生活。可见生活是多么富有魅力。

"活着该多好啊"只是一句极普通的话。

跟家人漫步走在公园时，跟朋友畅饮在餐桌时，独自欣赏《维也纳森林》时，观赏九寨沟美丽风光时……触景生情，我们都有可能意识到这点，都有可能情不自禁地说出这句话。然而，从即将告别人世的人嘴中说出来，这句话的意义和分量，我想就不再那么随意了，只有真正热爱生活的人，只有懂得人生可贵的人，只有经历过苦难的人，他才会发出如此的感叹。

写到这里忽然想起，不久前看到一篇报道，有相当数量的年轻人，只是因为一点不如意，就非常轻率地结束了生命。当时我就认真地想了想，他们生活再艰难再不顺心，相信绝不会像前辈人那样，受到那么多不公平和磨难，那么，是什么让他们对生活失去信心了呢？我想答案只有一个，那就是，他们把生活看得过于理想化了，有的把生活当做油画欣赏，有的把生活当做沙发仰坐，有的把生活当做美食享受，唯独没有想到生活还有另一面，这就是随时可能出现的艰辛。由于没有应付困难的思想准备，一旦不顺心的事情不期而至，就觉得天塌地陷不得了啦，在绝望中走向不归路。

我们生活着就应该真正地懂得，生活花圃里永远有鲜花盛开，对你对我对任何人都在微笑，然而，只有那些热爱生活的人，他才会采撷得到鲜嫩的花朵。你想让自己的生活像花朵一样美好吗？那好，像草原的姑娘小伙一样，热爱生养自己的土地，用这土地上鲜嫩的花朵，装扮自己平常而迷人的生活。

不要熄灭心中的灯火

生活里离不开灯火。

生活在城市里的人，回家有彩灯相伴，外出有路灯照明，因为没有过无灯火的经历，绝对不会知道黑暗意味着什么。只有那些在茫茫旷野走过夜路的人，他才会懂得灯火是多么重要。我不敢说自己是多么珍惜灯火，但是生平有过的一次不寻常经历，让我至今都铭记无灯火的夜晚，那是怎样的担惊受怕和寸步难行。

说起来这已经是几十年前的事情了。那时我正在北大荒农场劳动，严冬的一个夜晚，我跟几位政治命运相同的人，从很远的劳动工地收工回驻地。天气无常的北大荒，突然刮起"大烟儿炮（暴风雪）"，把刚才还算清朗的天空，刹那间遮盖得漆黑一片，百尺之内难见前路和树木。倘若没有这场"大烟儿炮"，天气再怎么黑路再怎么难走，循着驻地隐隐约约的灯火，我们总还可以慢慢地找回去。可是现在可好，"大烟儿炮"犹如千头野兽，伸着凶猛利爪，吼叫着撕扯着，搅得雪花漫天漫地旋飞，一个原来辽阔、宁静的原野，完全变成了恐怖的世界。环顾四周难觅东西，哪里有路的标志呢？我们怀着惶惑和侥幸心理，凭着推测判断方向乱窜好久，依然无法突出黑暗的包围，更不要说顺利地找到驻地了。累了，乏了，饿了，怕了……在万般无奈的情况下，最后几个人委身豆秸堆里，警惕地互相安慰着度过漫长的一夜。

次日拂晓暴风雪停歇，睁开疲惫的眼睛一看，大家不禁哈哈大笑起来，原来我们就在距农场不过五十米的地方，只是天气太黑太冷太恐怖又无灯光，这才有惊无险地让老天捉弄了我们一番。

不过，有了这次暴风骤雪迷路的经历，从此对灯火有了一种特殊的亲近的感情，每当我在流光溢彩的城市大街徜徉，或者在远处眺望星星点点乡村灯火，常常会让我想起北大荒的这次迷路。这时我就会想：在生活中这灯火是多么重要啊！假如没有灯火，在黑暗中生活，即使眼睛再明亮，那也无异于盲人。同样，在人生道路上，心中没有灯火——理想和追求，生命的价值恐怕也难体现。所以，无论在什么时候、何种境遇，千万不要熄灭心中的灯火。

有过一番艰难经历的人都知道，生活是件非常不容易的事情。生活既不像钟表平稳而均匀地运行，不紧不慢地唱着一首单调的歌；生活更不会像瑰丽的朝霞反复出现，每一次都有迷人色彩照耀人间。生活更像草原夏天无常的气候，它常常会出现一些令人预想不到的情况，严酷地考验着人们的毅力、意志和生活态度。在我认识的年龄相仿的朋友中，青年时期，有的人读书时不顺利，有的人政治上受迫害，有的人爱情上受刺激，有的人工作上受挫折，还有的人在其他方面受磨难，按说这些都足以让人失去生活信心。但是令人十分欣慰和佩服的是，这些朋友们没有一个人，像一叶扁舟沉沦在岁月的波涛里，像一只掉队的孤雁在失望地哀鸣，而是个个都像清澈的山泉水依然从容流淌。生活对于他们还是充满诱人的魅力，岁月对于他们还是散放着醉人芳香。这是为什么？我想关键的因素就是，这些人心中那盏明亮灯火——对生活的热爱，对事业的追求——没有熄灭。

心灵却显得异常衰老，不仅没有什么理想、追求，而且连生活都是无精打采，抱着得过且过的思想混过每一天，还不时地抱怨和怪罪客观环境，青春的光彩过早地从他身上消失。当然，客观环境的确有不尽如人意之处，这是任何人都无法否认的事实，更是作为普通百姓的我们，难以改变和改进的生活无奈。但是也还必须得承认，从个人品性的角度看，我们自己也有着不足，比如意志脆弱，比如缺少勇气，比如没有闯劲，比如知识匮乏，比如适应力弱，如此等等，都会使得我们在当今社会有种疏离感。

不过有一点必须得想通，激变的生活，竞争的环境，绝不会因为你自己的怠懈而减弱。反不如正视这艰难和勇敢面对，把心中的理想灯火烧得旺旺的，让它照亮自己前进的道路，日复日年复年地往前走去，说不定就会有片新的天地，成为你人生中的最美好归宿。总之，人生就是这样，只要心中理想灯火不熄灭，生活总会有希望，只要自己不断地努力进取，最后总会有回报。千万不要熄灭心中的灯火噢。

天空比大地更迷人

从孩提时代起，我就迷恋天空。

蓝天、白云、星星、月亮、闪电、雷鸣、飞雪、轻风……还有那诸如嫦娥奔月、牛郎织女等神话传说，当时，在我幼稚的眼睛里，在我纯真的想象中，犹如一本美妙的画册，总是让我翻看个没完没了。秋晨夏夜独坐家院，任思想的翅膀张开，在神秘的太空漫游，几乎成了我童年时代的享受。即使现在想起来都会很开心。

长辈们好像也摸准了我的癖好，每逢我执拗地要干什么时，他们怎么劝说训斥都无效时，总是会说："再闹，再不听话，就不给你讲天上的故事了。"说来也奇怪，这时我就会立刻乖乖地服帖下来，安静地等待长辈们讲那天上故事。那会儿的县城小镇，生活非常单调寂寞，听讲故事是最好娱乐，没有故事听生活会更没味道，我哪能轻易舍弃呢？

人生易老。于不经意间渐渐地就到了老年。经历了世间的不少磨难以后，重新回首走过来的成长道路，觉得最可留恋的大概就是童年。而童年最可回味的事情，就是晨昏在院里仰望星空；对于未曾见过世面的孩子，天空在当时就是人生读本。星空真的太迷人啦。

回想我年轻的时候，尽管那时已经挣钱了，工资不算高也不算低，但是生活用品并不很多，屈指可数的几件粗布衣，难以换季的几双鞋袜，以及一两套旧的被褥，这就是我的全部家当了。现在想起来自己都觉得寒酸。可是在当时压根儿就未注意这些，相反却觉得这样简单的生活很好，可以有更多的时间读书和写作，以便补偿未受过正规教育知识的缺失。

后来政治上遭受致命打击，自己命运无法自己掌握，物质生活就更难以改善，连对物质的向往都没有了，从此也就只能安于清贫日子。在毫无自由生活的情况下，精神痛苦是可想而知的，但是我没有灰心地沉沦下去，而是依然顽强地生活着。唯一的原因就是我有几箱子书，以及萦绕在脑际的童年欢乐，在逆境中它们给我精神抚慰，使我感觉生活还是那么美好。

真的，漫游辽阔大地，我很惬意；仰望美丽天空，我更快乐。

如果拿大地和天空作个比喻的话，物质生活就是大地，精神生活就是天空。尽管大地和天空都很迷人，然而在我看来，精神的天空比物质的大地，似乎更能够滋养人的生命，因为，在我遭受苦难时真正渴望的，其实并不是物质的满足，而是精神上的折磨何时解脱。没有精神生活的百万富翁，可能因头脑空虚被活活闷死；有着丰富精神生活的穷汉，可能因有活跃思维而终日快乐。

诚然，我这样说，并非是轻视物质生活，拒绝好的生活环境，更不是想让有好条件的人，放弃优越刻意去当苦行僧。有知识的人越多科学技术越发达，我们的物质生活就会越发地好，从这个意义上来讲，我们应该更企盼精神的创造力。物质享受有顶峰，精神追求无界限。物质享受只能满足感官，精神追求却能滋养心灵。我常常怀着崇敬的心情，欣赏我国老一辈科学家，跟他们一接触你会发现，尽管他们是生活物质的创造者，可是他们自己的物质生活，却是那么朴实、简单和节省；尽管他们的科研那么繁忙，可是对于古典文学和高雅音乐，却是那么痴迷和陶醉。这说明他们更看重精神生活的需求。

那年随中国作家代表团出访奥地利，亲眼目睹维也纳人观赏歌剧，男女老少都身着盛装步入剧院，如果事先不知道他们是看演出的话，准以为是去参加一个什么聚会。由此可见这音乐之都的人们是多么重视精神生活。相反，在维也纳饭店或茶食厅的人，穿衣打扮却很随便随意，仅仅表露出生活的需求。这样两种截然不同的情况，既体现着生活态度，更反映出文化修养，老实说，我看了以后颇有感触和想法。这使我认识到，如果没有精神做支撑，再丰富的物质生活，那也不会有多少滋味儿，充其量算做酒足饭饱的日子。

青年朋友，如果你有足够的经济条件，购置新房并装修得豪华舒适，我认为这并没有什么不好，这证明你有创造财富的实力。如果你想买一部高档轿车，我认为这并没有什么好指责，这证明你的身价就这么高。我为你赶上比我年轻时好的年月高兴。但是我想说的话是，物质财富的拥有，只是个数字的转换，它绝不能再说明更多的什么；而精神财富的拥有，它却承载着许许多多的东西，而且一旦拥有了就永远属于你。所以我说，精神的天空比物质的大地更迷人。

做一朵浪花去追逐大海

与其化为石林而不朽不如化为一朵浪花随着大海翻腾

——邵燕祥《生命》

　　我是个被浪涛追逐大的孩子，时常思念那壮阔的大海。有一年跟随一支野外工程队在草原劳动，黄昏见到低垂的蓝天连接着莽莽碧野，不知怎么竟然让我想起了大海，忆起比珍珠更耐人寻味的海滨生活。听一位与我同住一个帐篷的工人师傅说，就在那天夜里，我说了许多梦话，说的都是大海、贝壳、浪花、船这类莫名其妙的话。可见我对于大海有着多么深厚的感情。

　　然而再仔细地想一想，大海究竟给了我什么，以至于这样深情地眷恋，却又一时难以说得清楚。如同我们深情爱着祖国、母亲、故乡，却又一时难以说得清楚一样。倘若非要让我说出点什么的话，那就是孩提时代记忆中的印象。倒是后来重见大海的感受，给了我一些新的启发，使我从中领悟出人生真谛。

　　有年夏天，我在北戴河海滨休假，又与久违的大海重逢，有机会从容观赏海的风姿情态。可能是年龄稍长阅历增深的缘故，虽说大海给予我的激动与幼时相似，但我对大海的认识却与早年不尽一样。置身浩渺博大的自然境界里，我感到人是这样微不足道，充其量不过是一朵小小浪花，如果不借助汹涌的波涛奔腾，滞留沙滩很快就形销影淡。再怎么不可一世的人，面对浪翻波涌的大海，相信总会掂量一下自己。

　　一个小雨飘落的黄昏，我坐在北戴河鸽子窝鹰角亭上，眺望这壮阔幽静的大海，远方是蒙蒙的大气，近处是沥沥的细雨，四周静得如同回到蛮荒年代，只有浪涛拍岸哗哗的单调声响，提醒我此刻就在这大海的岸边。你看那汹涌的波涛，前扑后涌向海岸奔来，迅速而坚定地攀上岩石，击撞起千万点水的星花，壮观极了。看到这种情景，让我想到力量，更想到了群体，还想到勇敢的献身精神，以及豪迈果断的行为。

次日是个特好的晴天，披着朝霞我又来到海边。昨晚的大潮退落到几百米远，霞光映衬下的大海灿烂夺目，犹如展开的绸缎在闪闪发光，显示出大海温柔宁静的另一面。海滩上裸露着数不尽的贝壳、彩石、海草，作为大海的礼物慷慨地馈赠给游人。在捡拾这些海宝的人群中，笑声喊声不断，时不时也会听到这样的议论：

"浪涛的劲儿真大，一下子推来这么多宝贝。"

"那还用说，若是一滴水，连根草也送不来。"

这样的认识，无疑是对的，那么，人呢？首先想到了我自己。我在年轻的时候，像大多数年轻人一样，由于不明事理、不谙生活，总是格外地看重自己，对于别人对于集体，却缺乏足够认识和起码尊重，盲目地夸大自己的能力和作用。现在想起来连自己都觉得好笑。殊不知个人的能力、作用再大，最多只能如同大海中的一滴水，单摆浮搁也许会闪出晶莹光点，若想形成一片汪洋载舟行船，只有与众水汇集一起才有力量。就是这样一个普通的道理，包括我在内的有的人，顺利时往往认识不到。只有在生活中遇到挫折，个人地位作用非常卑微时，说不定才会猛然醒悟。

在文章一开始就说了，我对于大海的认识，并非始于儿时嬉戏时代，而是在经历了人生磨难之后，这时候展现在我眼前的大海，犹如一位饱经沧桑的老人，无论它咆哮时，抑或它歇息时，都对我有无穷无尽的启示。因此，读了诗人邵燕祥的诗，我动情了，我思索了，真诚地愿意化做一朵浪花，随着众人智慧汇成的大海，起一点小小的推波助澜作用。这样也就算无愧于生为人的价值了。

青年朋友们，你是不是也愿意成为一朵浪花呢？我想一定会愿意。这样你生命的真正价值，就会超越苦思冥想许多倍，在生活里发挥重要的作用。

做一朵浪花吧，不要老是想着成为大海。

老了方知年轻真好

　　跟今天的年轻人比，我显得真的老了。只有在回忆年轻生活时，那有过的青春潮水，重新在我的心海涌动起来，一时忘记了四肢的酸痛，这时恍恍惚惚觉得还在年轻。得意时，备不住会悄声地说一句："年轻真好"，以此抒发自己隐约的青春感觉。只是未过一会儿就意识到，这只是幻觉和希望，"年轻真好"早已经不属于我。惋惜之中总会有一丝半缕的惆怅。可想而知，对于消逝了的青春岁月，我是多么眷恋。

　　生活在今天的年轻人，正是二十几岁三十嘟当岁，处于人生最好年龄段，他们才是"年轻真好"的拥有者。身体健康，思想敏锐，记忆力好，理解性强，仅仅这四个方面，就如同坚挺的四柱，只要树立得牢牢靠靠，就足以撑起人生的大厦。如果把客观存在的条件比喻为地基，现在的情况应该说也还算不错，起码没有残酷战争和政治运动，以及大的危及生命的饥饿灾荒，这就可以保障正常生活和平顺发展。今天的年轻人远比前几代长辈们幸运得多。老作家吴祖光先生健在时，有好几次我亲见他给人题词，都是写同样的一句话，我想借来送给今天的年轻人："生正逢时"。

　　如果我没有理解错，吴先生说的"生正逢时"，主要的是指客观情况。然而对于年轻人来说，不管是自身的好条件，抑或是环境的好情况，这都是自然形成的，并不能决定一个人的未来。如果想让自己有个美好前程，最关键的和最根本的我以为，还是要主动地积极地精心打造自己，就是说，在年轻人所共有的东西之外，根据自身条件的可能与需要，按照意愿设计和实施自己的发展。可惜有人在年轻时往往不明白这个道理，把最好的时机轻易地丧失了荒废了，"年轻真好"也就成为转瞬即逝的霞光，到了老年想起年轻时的不慎和过失，就只能摇着头不断地叹息和悔恨。

　　当然，我们也不能完全否认，今天的年轻人"生正逢时"的同时，生存条件比之前辈人也有很艰辛的时候，比如要想获得某些东西得通过激烈的竞争，总没有一切由国家包起来的省心轻松。可是话又说回来，你有选择的自由啊，这不也蛮好嘛。只要你有能力有知识有智慧，就有可能在竞争中充分展示自己，获得一个更大的自由空间。奋斗和进取是青年人的本能，在竞争中更能调动斗志和进取心，从而成就未来一番大事业，这也是完全有可能的。所以我说不要惧怕竞争，即使在竞争中真的失败了，那也不要紧，只要不心灰意懒丧失斗志，战一次就会有一次的收获。年轻就是再战的资本，竞争就是发展的时机。

我们说"年轻真好"，却又不能陶醉于美好之中，要紧的是要学会珍惜。恕我不客气地坦诚地说，现在有的年轻朋友，好像不是太懂得珍惜。这样美好的年轻时光，在他们那里就如同肥皂水，很随便地吹出一串串的皂花，欣赏后哈哈地大笑一阵了事。这时我就想，他们到底还是年轻啊，又没有经历过大的人生磨难，所以对于什么都显得满不在乎。其实他们还不知道，这种不在乎的举动，只能兴奋和愉悦一时，将来势必要面对艰辛。唯有趁大好年华做好准备，生活才会很好地回报于人，所以说一定要学会珍惜。

我们说的"年轻真好"，却并不完全是生活资本，恰如其分地对待，似乎更能得到好的利用。我听说过好几件这样的事：有的自恃天资不错的年轻人，寻求职业时，不管自己能不能胜任，只想找最可心的职位，不管自己有没有能力，只想开最高的薪金价码，还美其名曰"体现自身价值"。其实他们并不真正知道自己的斤两，结果在美好的自我欣赏自我陶醉中，白白地浪费了时光耽误了发展。别人的事业已经有模有样了，他还在那里观望徘徊，等待老天爷哪天高兴了降福于他。唉，真的是太天真了。

总之，我们说"年轻真好"，因为年轻是人生的起跑线，只要抓住这个时机起跑，就有可能获得一个满意结果。"年轻真好"这句话，由我这个年长人说出，也许不再那么轻松和动听，然而它有着我对人生的切肤体会。年轻的朋友，你意识过"年轻真好"吗？年轻，真的很好很好啊。

生命之星应该灿烂

不知别人有过这样的体会没有。反正我有：平日里与人的一次交谈，当时并不是刻意记在心里，可是若干年以后偶然想起，这时才领悟——噢，原来那次交谈还有点道理呢！

这是二十多年前的事情了。

有一次，在一个繁星闪烁的秋夜，我同一位年轻的诗人朋友，席地坐在辽阔草原上聊天儿。从各自的生活经历，谈到我被划"右派"的事。我的心情异常沉重。诗人朋友好像有意要给我些许安慰，凝望着遥远高朗的天空，他若有所思地说："你看，那满天的星星，一闪一闪的，好像是在微笑，又好像是在说话，多么美啊。小时候祖母告诉我，天上一颗星就是地上一个人，要是人真的和星星一样，永远地闪光那该多好。"言语间流露出对生活的热爱，以及对美好人生的憧憬。当时以为是诗人触景生情，我就没有更多地想他说的话。

"右派"流放生活结束，我开始过正常人的生活，诗人朋友特别为我高兴。他写信给我说："生命，是多么顽强啊；活着，是多么好啊。"读着他长长的来信，忽然想起那次星夜交谈，这时才真正领悟到他的话，原来并非是触景生情，而是他对人生的感悟。

的确，人的生命不应该过于脆弱，像娇美的瓷器随便一碰就碎，人的生命应该像高悬的星星，即使被乌云遮住也要闪亮发光。有的年轻朋友也许会问，这样的人有吗？有的，而且不少。在我认识的一些跟我经历相似的人中，如今都已经是七老八十的人啦，当有机会见到他们的时候发现，别看年轻时候遭受那么多的罪，现在他们依然生活得非常快乐。有的人60岁学会了电脑，有的人70岁拾起了外语，为的是让晚年生活更丰富更充实。他们说，过去的日子再艰难再痛苦总算过来了，现在有这个条件就要好好地生活，我们不是为过去活着而是为未来活着。从年龄上讲只赶上个好年月的尾巴，那就更要紧紧抓住尾巴不放。看，这是一帮多么可爱的好老头儿，经历过那么大的政治磨难，对于生活依然充满激情。

然而，有些二十左右岁的年轻朋友，在精神上却显得很萎靡，甚至于失去生活的勇气。前些时我看到一份资料，说到自杀人群的情况，其中有的人年纪相当轻，只是因为一时工作不顺利，或者是在婚姻爱情上变异，想不通就走上了绝路。读了这份资料，心情异常压抑，我真想大哭一场。在为这些年轻生命惋惜的同时，我的心中也充满无限感慨，我不明白，这些人的生存条件和环境，难道比他们父兄辈还艰难吗？我不相信。绝对不相信。不管怎么说，现在，没有人为制造的政治压力，个人事业有选择的自由，只要你有能力有知识有机会，你就可以生活得更符合心意。在年长的几代人中，这是绝对办不到的。今天的年轻人却拥有这么好的环境。

当然，我不想也没有权利责备这些年轻朋友，但是作为一个过来人有些话却不能不说，说出来说不定会对有的人起点借鉴作用。

生活条件的优越，生长环境的顺利，在我看来是好事情，起码可以少些烦恼。然而对于意志薄弱的人来说，过于优裕的条件和环境，无异于一间温馨安乐窝，在这间窝里呆的时间太久了，走出来稍微遇到点风雨，就会不知道如何是好。我未看到走绝路人的具体情况介绍，但是我相信，十有八九的人家庭条件比较好，说不定是父母的掌上明珠，以为生活就是这样的温柔，哪会想到也有不如意的时候，一旦碰到困难自然就无法招架。其实人生的天空，哪能永远晴朗，没有一点阴霾？生活中的不顺心，倒是经常有的事，快乐反而不会总陪伴。

说到这里也许有人会说，难道让我放弃优裕条件，自找长辈们那样的苦难吗？当然不是。我历来不同意"苦难就是财富"的说法，只有你无奈地经历过苦难之后，要把经历的苦难视为财富你的罪才未白受，既然拥有平顺环境干吗非要去经历苦难？我只是想说，不要光是想象生活美好的一面，还要想象生活艰难的一面，在思想上有个应付艰难的准备，并且学会锤炼自己的意志毅力，这样在生活里就会更主动更快乐。正像我的诗人朋友说的那样，假如生命是一颗星星，就要永远地熠熠闪光，即使一时被乌云遮住也不怕，相信总会有云开雾散的好时候。

让生命之星永远灿烂。

重奏的乐曲也动听

　　记不得是哪一年了，反正那是第一次听小提琴演奏，一支委婉凄迷的《小夜曲》旋律，立刻就把我征服得神魂颠倒。那如泣如诉的缠绵悱恻的琴音，如同凝聚着如云似水的情绪，在我的心空悠悠缭绕飘荡。像每个富于幻想的年轻人一样，我的思绪乘着琴音的翅膀，在无际的遐想中开始自由飞翔。尽管对于这支《小夜曲》觉得动听，但是对于旋律传递出的背后内涵，我却全然不知更没有深刻理解，听过了也就听过了。

　　经过若干年以后，我又听了一些《小夜曲》，有次跟一位音乐教师说起此事。并且问他："凡是《小夜曲》，无论是古诺的，还是舒曼的，或者是舒伯特、德力格的，怎么每一支都这么优美，听了简直让人落泪？"这位朋友告诉我说："《小夜曲》大都是黄昏或晚上，在户外独唱或独奏的曲调，原为徘徊于恋人窗前的情歌。爱情来不得半点虚伪和做作，这曲调也就必然流露真挚感情。这正是《小夜曲》所以感人的地方。"

　　就这样，年轻时听过的优美《小夜曲》，连同那位音乐教师讲的故事，从此深深地留在了我的记忆里……

　　时光把我送出中年门槛，后来渐渐又向人生晚秋靠近，思想和感情也就日显成熟。当回首几十年坎坷艰辛生活时，我不得不重新咀嚼有过的苦涩，谁能想象被揉搓过的心还会激动呢？那是在一次小提琴独奏音乐会上，重新聆听优美的《小夜曲》旋律，我还是被感动得热泪盈眶不能自已。在缠绵凄迷的韵律中，回忆起往昔经历，我真的有些伤感，仿佛这琴音就是我心房的震颤。

　　我在年轻的时候，政治上是个时代的弃子，爱情上理所当然地不会完满，优美圣洁的《小夜曲》刚刚奏出，还未来得及让我欣赏陶醉，那琴弦就被无情之手揪断。这时我才清醒地意识到，悔恨纯真感情的失落，比之痛惜热烈恋情的中止，对于一个诚实的年轻人来说，所要承受的精神折磨会更大。诅咒吗？抱怨吗？丧失生活的信心吗？寻死觅活地折腾自己吗？

这一切好像都无济于事。唯一能够做的也是必须要做的，就是打起精神更加快乐地活着。倘若连爱情的挫折都受不住，这样的人还会获得幸福吗？我总是不太相信。

真的，我很为年轻时的自己骄傲，政治上的打击，爱情上的创伤，我都硬朗朗地挺了过来。当有朝一日《小夜曲》重新奏起，它那美妙动听的旋律涟漪，在我的心海里一层层地泛起，我的感觉依然还是那么惬意。我跟妻子相伴已经走过四十多载，其间又经历过许许多多风雨艰难，最后总算迎来安定的日子；有时闲暇孤坐家中，在回忆中常常追问：假如当年我不善待自己，会有今天的舒心生活吗？想到这里，我很庆幸，我更坦然，因为我毕竟走对了那要紧的一步。

人生在世几十年，哪能都那么顺利。事业上的失败。爱情上的挫折，生活上的艰辛，这都是在所难免的。要紧的是要咬紧牙关。这是我最大的人生体会。有的年轻朋友似乎不太懂得这个道理，事业、生活上的挫折，咱们暂且不说，就说爱情上的失意吧，有的年轻人就处理得不够好，没有能做到平静分手，更不会礼貌地说声"再见"。最近在报纸上看到好几则消息，报道年轻人因失恋自杀或杀人，好端端的生命就这样结束。我真的为他们感到惋惜。他们太年轻啊，这样做值得吗？

爱情上的事有时说不太清楚，不过有一点非常明了，那就是互相需要真挚的感情。如果把美好爱情依然比喻为乐曲，相爱双方都得用真挚纯洁的音符，共同精心谱写才会出现和谐的乐音。如果在谱写过程中出现不谐和音调，说明这首乐曲即使勉强谱写出来，最后也不会美妙动听流传永远，与其如此，何必强求。一旦意识到不能和谐相处，互相平静地礼貌地道一声珍重，然后各自去另寻新的爱情，对双方来说都不是什么坏事情。这样做多么大方、潇洒，真正不失现代人的气度。

年轻的朋友，请相信我这个过来人说的话，重奏的《小夜曲》真的依旧动听。一旦你陷入失恋的泥沼而难以自拔时，千万不要灰心丧气，更不要做出失当之事。那样就太对不住亲人了。人生的过程就是个寻觅的过程，这其中就包括寻觅真正属于你的爱情。

爱情的心扉为谁开

无忧无虑的青年男女啊，哪个不期待纯真美满的爱情？告诉我，此刻，你是正在寻找，还是正在热恋？哎！何必一提爱情便脸泛红云，心也怦怦跳个不停？青年朋友们，让我们像议论理想、前途、事业一样，这次来议论一番你正在暗自思忖的爱情。

提起"爱情"这两个字，你也许会习惯地发问："爱情到底是什么呢？"嗬，这你可就把我给难住了，在这方面我也很无知。当然也就无法准确地回答。我只能坦诚地告诉你，我在你这样的年纪时，爱情对于我是很神秘的东西，只是朦朦胧胧地出现在想象中，那时我也在询问：到底什么是爱情？

后来，不同的人从不同的角度告诉我，我才似懂非懂地多少知道点儿。

有的说：爱情是应时怒放的花朵，如果你不赶快采撷，一旦枯萎了，留下的只是一缕淡淡的幽香，你会后悔一辈子。

有的说：爱情是准时启动的列车，如果你不按时搭乘，一旦开走，留下的只是一眼惋惜的泪水，你只好等待下班车。

可能是基于上述认识吧，于是，在寻求爱情的同龄人中，我看到了这样的情形：那些过早沉迷花香的人，虚度了青春年华；那些仓促搭乘早班车的人，丢掉了学习机会。那颗刚刚萌生的爱情种子，还未来得及伸枝展叶，便渐渐地在他们的心田腐烂了，以至于连美好青春都有了异味儿。这时他们也在问：到底什么是爱情呢？

时光转眼过去了几十年。跟我当时同龄的人们，如今都已经是老人了。有时看见年轻人谈论爱情，不免也插嘴问上一句："听你们说得那么热闹，我随便问一句：你们说爱情是什么？"于是就有了现代年轻人的说法。

有的说：爱情就是夏天的啤酒，喝了又解渴又凉爽。还可以给人快乐。谁需要谁就去喝，压制自己的欲望，那是十足的现代"傻帽"。

有的说：爱情就是一桩生意，有钱的做钱情买卖，有权的做权情买卖，无钱无权的所谓纯洁爱情，只是双方一时解决感情饥渴。

这就是某些人的现代式爱情观。于是在恋爱中的许多美好过程，如今都已经完全消失了，比如吐露爱慕情感的情书，比如享受美好时光的公园幽会，比如加深彼此了解的共赏音乐会……好像都成了不必要的累赘和羁绊。代之而来的是什么呢？所谓的"一夜情"。所谓的"直奔主题"，所谓的"上床是缘，下床是友，无缘无友，说声'拜拜'分开走"。你看说得多么轻松、简单。传统意义上的爱情，在今天有的人眼里，就跟吃"麦当劳"快餐一样随便。

那么，你认为爱情到底是什么呢？不耐烦的年轻人也许会这样问我。我现在已经是个老人了，可以毫不客气地说，几十年的漫长人生路，看了太多太多的人，经历了太多太多的事，现在让我来谈论爱情问题，我说：爱情是一只能伸能缩、知冷知热的手。不知道你们可否同意？

听了我的这个比喻，有的人会觉得非常失望。因为它一点也不浪漫，而且过于实际、生硬，没有想象的空间。好吧，那就先听我讲一个故事。

我认识一位相当勇敢有见地的女士。她和她爱人认识以后，两个人情投意合，很快便决定一起生活下去。她爱人在西北边疆的一个剧团当导演，她在首都北京从事文艺工作，如果他们结婚组成家庭，这就意味着她离开北京，去到她完全不熟悉的边疆。可是，为了爱情，她走了——没有半点犹豫，没有丝毫留恋。到了边疆没有几年，在一次政治运动中，她爱人沦为"贱民"。她不仅没有任何抱怨，而且还给她爱人以鼓励。两人搀扶着走在人生路上。国家的政治生活正常了，他们却也双双进入老年。但是，说起当年的选择，她并不觉得后悔，她说：爱情本来就是这样嘛，经不住诱惑和挫折，那不叫爱情叫搭伙，吃喝不好了就会散伙。

青年朋友，所以我说爱情是一只手，黑暗中可以互相搀扶，光明里可以互相拥抱，摔倒了可以彼此拉起，疼痛时可以彼此揉抚。要知道，生活就是生活，既不是悠扬动听的《小夜曲》，又不是典雅美丽的油画，因此在爱情的结合上，一定要有共走人生路的准备。

倘若我的比喻还有道理的话，那就请你注意，当爱情之手来叩门时，请你先慎重地打开一点门缝瞧瞧，然后再决定是不是启开。千万不要像毛手毛脚的孩子，还未看清楚来人是谁，就急急忙忙把心扉启开。

活着就要快乐每一天

年轻时被一个空泛的理想驱使，每天都忙忙碌碌好像充实，其实连自己都不知道真正忙啥。就如同一个不善种地的农夫，每天也是日出而作日落而息，跟别的同辈人并无什么大区别，到头来收获却没有人家丰厚。人到中年始谙人生忧乐冷暖，这时好像懂得了再大的理想，若想实现也得每天都要奋斗，无奈客观条件已不允许，就这样在混沌中过了许多年。到真正开始悟出人生真谛，转眼间又临近生命的黄昏，这时的时光就要用天计算了。那么，每一天应该怎样度过呢？我常常地这样问自己。

应该说，生活对于每一个人，都是非常公平合理的，不同的只是穷富有别，地位高低不一，然而，这却不能左右人的生死，从本质上说还是平等的。世界上有许多权贵富翁，都想凭借权钱延长寿命，甚至于让人高呼万岁祝福，却没有哪一个达到目的的，到该死时候照样命归九泉。所以我说，人把生死的事情想通了，就算是个真正的明白人了，对于那些身外之名之钱之位，十有八九也就会看得轻淡了。

人在生活里的不愉快，别别扭扭，皱皱巴巴，除了是客观造成的，其实更多时候得怨自己。现在人们张口闭口好讲心态，仔细想想是有一定道理的。可是好的心态是哪里来的呢？官位可以由人封，金钱可以由人给，名气可以由人炒，只是从未听说过，谁给谁制造个好心态，看来归根到底得靠自己。按照大多数人的方式生活，心态平衡以后就会愉快，生命的每一天都好似初升太阳，散放出新鲜蓬勃的光芒。

有次在一个会议上，遇到几位老朋友。当问及他们退休后的生活时，都无一例外地回答说"凑合"，语调上显得非常无奈和凄切。我听后确实不以为然，就随口说出："干吗凑合，我觉得好日子刚开始，每一天都很可爱，我们要过好每一天。"说后我立刻意识到不妥，多少有些失言，怕伤害这几位老哥们儿，赶快又找补说，"当然，每个人的情况不一样，不过只要健康就快乐。"这找补的一句话，乍听好像有点言不由衷，然而它却是我的真实想法。这个想法是我从切身体会和从旁观察出来的。

跟这几位朋友的想法所以不同，我事后想了想，主要还是我们的情况不一样。从过去说，这几位朋友没有我的坎坷经历，他们在平静的环境里生活做官，前几年突然地让出位子退了休，多多少少会有些失落的感觉；从现在说，这几位朋友比我退休早好几年，退休金自然要比正常工资少许多，经济情况也就比我早窘迫几年，他们用"凑合"概括自己的情况，我想也还是比较符合实际的。更何况这会儿在许多事情上，没有按照政策一视同仁地对待，存在着看人下菜碟的现象，以及人情冷暖的急剧变化，难免会让正派人有想法。他们的这种心态我非常理解。

可是，话又说回来了，生老病死毕竟是人生规律，谁又能够违反得了呢？就在我写这篇小文章时，媒体报道了美国传媒大王默多克，突然发现患有老年前列腺癌，就像当初报道他娶了华裔小媳妇一样，在全球引起读者的兴趣和关注。我读了这则社会新闻后，想到的则是应该如何生活——这个人人都会思索的问题。我想，在生活如此丰富多彩的今天，除非真正为吃喝终日犯愁者外，更多的人还是有条件考虑，如何过好每一天时光的。这也就是一些人说的生活质量。

当我们说过好每一天的时候，当然要包括物质上的享受，把物质享受视为资产阶级方式的说法，随着生活水平的提高已经消失了，我们既然创造了物质财富，为什么就不能理直气壮地享受呢？不过对于衣食有着的人来说，我想这过好每一天的含义，主要还是在精神调适方面。倘若在精神上有障碍，再无衣食温饱之忧，甚至于有万贯家财，都不会有真正的快乐。快乐而健康的生活，不仅是人的本能，更是人的美好追求。每一个人都不会拒绝。

人的寿命总是有限的，即使再长寿也难越百年，在这有限的生命舒展期里，很少有人可以预想未来。但是每天睁开眼睛之后，想想怎样度过这一天，尽量让自己活得愉快，起码不要自找烦恼，我想这就是最大的享受了。高兴地过好每一天，让每天都有个好心情，这比拥有高官厚禄，我看更有生活质量。

学会找乐一生都幸福

如果对某位朋友突然发问：您会寻找快乐吗？相信很多人会一时茫然，不知如何回答是好。仔细地想一想，自己寻找快乐，好像是容易，其实也不尽然。寻找快乐，是生命的本能，更是生活的技巧，人人有意识，却不见得真正做得到。尤其是对于那些习惯被动生活的人。

可以这样说，大凡上点年纪的人，甫问，年轻时候的生活质量，十有八九不如今天年轻人好。有的因战乱四处奔波，有的因政治精神压抑，有的因家累操劳伤神，总之，很少有更多开心的日子过。即使是生活比较平顺富裕的人，在愉悦自己的快乐方式上，恐怕也没有像现在这样多。所以身体健康的年长人，特别知道珍惜今天的条件，总是想着法子补偿缺失的快乐。跳舞、扭秧歌、打门球、爬山，穿大红大绿的花衣裳、美容美发，吃西餐品尝各式各样的小吃，手头钱稍微宽余的还要出国旅游，饱览四海风情观赏五洋景色，只要年轻人享受的美好事物，他们也总是想着亲自去经历。这就是衣食无忧的年长人，在今天的整体生存状态。

本来嘛，年轻时受苦受累受委屈，如今好容易赶上轻松年月，为什么不快快乐乐地生活呢？为什么不高高兴兴地度日呢？创造是人生的义务，享受是人生的权利。拥有这两者才是完整美好的人生。光知道创造和光知道享受，这样的人生都不算很精彩。当然，我说的这些年长人的快乐，在有权有钱的人或者年轻人看来，也许算不得什么真正的大快乐，充其量只能算是低级的小乐和。可是就是这样的小乐和，对于大多数年长人来说，他们也就很知足很满意了。

其实，再把话说回来，无论是痛苦还是快乐，都纯粹是个人的体会，完全跟着真实的感觉走。假如把痛苦和快乐比喻为硬币，快乐是正面，痛苦是反面，谁想花这个钱谁就得双面触摸，单摸一面是不大有可能性的。倘若把触摸当做人生的体验，这痛苦和快乐的滋味儿，对任何人又都是一样的，区别只是程度上的不同。就拿快乐来说吧，有钱人一掷千金的游戏，做官人被拥戴的得意，跟卖白薯小贩数钱时的开心，街头下象棋老人的高兴，从本质上说并没有多少差异，如果让他们用笔书写，写出来的"快乐"二字，都是一模一样的形象。因为在造字者的眼中，人的生理机能相同，对事物的感受接近，所以文字不分贵贱高低。只要个人感觉快乐就是快乐。快乐永远是个人的感觉，别人无法代替也无法夺走。

然而，快乐又并非是与生俱来的，更不是永远附着在躯体上，快乐像一切宝贵东西一样，得由你自己想办法去寻觅。富人花千元打高尔夫球，是去球场找快乐；穷人花十元钱听相声看戏，是去剧场找快乐；读书人终日读书，是在书本里找快乐；无所事事的人闲逛，是在街头找快乐。如此等等。还有的人哪儿也不愿意去，就自己在家里侍花逗鸟，或者找几个人打打麻将玩玩小牌，从中寻得一时半会儿的乐趣。反正不管怎么说，快乐不会从天而降，总得你自己去主动寻找。谁会寻找快乐，谁就生活得愉快；谁不会寻找快乐，谁就生活得郁闷。

可是有的人不懂得这个道理，他们对待快乐的态度，有点像每月等候发工资，总是处于被动地位，希冀某个时辰由某个组织，把快乐的活动带到自己身边。这样做倒是蛮省心的，只是没有了寻找的过程，自然也就少去了许多乐趣。不能说别人给予的快乐不是快乐，只能说这样的快乐不会持久，一旦别人不给了自己就会陷入尴尬。前人积累的人生常识告诉我们，再辉煌的生与再伟大的死，都只是人生的终极两端，而且是刹那间的闪烁与暗淡，永远代替不了对过程的体验。唯有人生过程的快乐才是快乐。因此在人生过程中寻找快乐显得非常重要。人们经常说的某某人，活得有滋有味儿，而不是说某某人，生或死得有滋有味儿，我想正是这个意思。

说到这里兴许有人会问，那么自己如何寻找快乐呢？对不起，我也说不准。我在前边已经说了，快乐是一种人生体验，自己觉得快乐就是快乐，因此寻找快乐没有统一方法。只要你愿意做某件事情参与某种活动，并且自己从中感觉快乐，那就要坚持去做去参与，这快乐就会无可争辩地属于你。寻找快乐是需要勇气和智慧的，主动地积极地去寻找快乐吧，以便让自己的生活更有声有色。

大海会告诉你什么

　　我的家乡临河近海，自幼就喜欢亲昵水，长大之后足踏南北，最喜欢的仍是水乡。尤其是那些濒临大海的地方，总是让我去不厌看不够，它如同一本厚厚的彩色岷书，里边充满浪漫的内容，对于我永远有着迷人的魅力。可惜我跟水的缘分不大，在我有条件与水为伴时，把我发配到远离水的地方。从此，水也就成我的记忆所在，只是时不时出现在我的思念中。

　　那年我正跟随一支工程队，在内蒙古东部草原上劳动，一天黄昏，看见草原在微风轻轻吹拂下，一层一层地翻起柔和的草浪，使我立刻想起了记忆中的大海。说来也真够巧的，那天刚刚下过一场带日雨，雨后的草原，天空是那么澄蓝，草野是那么碧绿，这绿这蓝连接在一起，立刻给我犹如观海的感觉。何况还有在朗朗阳光照耀下，随意翻卷的无边无际的草浪，怎不叫人神怡遐思驰想呢？那天高兴得我一夜难眠。

　　后来好容易睡着了，又于迷迷糊糊中说起梦话，据一位同帐篷的师傅讲，我说的竟是什么"蛤蜊"、"贝壳"、"浪花"什么的，他这西北长大的人，连听都一点也听不懂。可见我对于大海是多么一往情深。

　　然而，若问我，大海的什么，这样让我痴迷，这样让我眷恋，我又难以说得出来。这就如同对于祖国、家乡、母亲，我们每个人都会深爱不疑，但是又说不出道理一样。倘若非要让我说出点什么来的话，那恐怕就是少年时代的美好印象。其实，我对于大海真正有所认识，而且有了理智的敬仰，还是近些年再次接触以后。这时才算认真拜读了大海这本书。

　　有年夏天，我在北戴河小住数日，下榻的这家疗养院，其建筑探入海中，躺在床上休憩，即有哗哗涛声洗耳，仿佛人就沉浸在海水里，那种惬意宛如游海。这时你会神不由己地被这情境带入亦梦亦幻中，飘飘然悠悠然地自由自在。纵然过去有过些许不幸的遭遇，见过甚多的人世间纷争，都会被这带盐含碱的海水，洗涮得一干二净。只觉得偏颇狭窄的心胸，在一点点地开阔拓宽，渐渐地跟大岷海融合。海的神奇，海的力量，海的胸怀，海的魔力，此刻都表现得淋漓尽致，让你没有商量地领略到。这就是我认识的大海。

我住的这家疗养院的位置，紧临东山鸽子窝公园，我去的那年公园还没有圈墙，出入无须购票且不说，更主要的是视野开阔。那些天只要有时间，我就步行到鸽子窝，坐在鹰角亭上观海。这时的海距我是这么近。

一天黄昏，正在跟大海倾谈时，突然下起了毛毛细雨，这情景立刻让我想起那年在草原雨后想海的事，只是我个人的情况已大有改变，真的是星移斗转今非昔比了。这时的海在我眼中是朦胧的，海的远方是蒙蒙的雾气，海的近处是沥沥的微雨，四周宁静得只能听到海涛拍岸声。我看着那海涛，一层一层地前扑后拥，迅速而坚定地攀上岩岸，击撞起朵朵水的星花，壮观极了。这时立刻让我想起，许多关于力量的传说，例如"愚公移山"，例如"精卫填海"，等等，但是那毕竟都是传说，或者说是人们的向往，而这眼前的情景却是真实的。不容你有丝毫怀疑。

次日是个特好的响晴天。披着清新绚丽的朝霞，我又来到鸽子窝海边。昨天浩浩荡荡的海潮，已经退落得几百米远，大海显得异常的宁静，似缎如绸的海水，轻轻地漫卷波纹，在早霞中闪闪地发光，鲜亮得很。这时的海滩是裸露的，如同大海解开了她的衣襟，把藏匿多时的宝物，通通地摆放在你的面前，让你任意尽情地挑选。彩石，贝壳，海带，蛤蜊，螃蟹，应有尽有，无遮无拦，足见大海的慷慨与无私。赶海的人们，一边捡拾大海的馈赠，一边议论着说："浪涛的劲儿真大，推来这么多宝物，让咱们拾。""那还用说。跟大海比起来，河和江都显得小气。"无意间听了这些对话，我觉得很有意思，我想，这大概正是人们喜欢大海的缘故。

北戴河海滨的几天小住，让我尽揽了一怀清爽，更让我获得了一腔豪迈，从感觉上觉得变了个人，连走路时的步履都轻快了，更不要说头脑的清朗空阔。只是回到这烟尘浊土的城市后，又开始在局促的环境里生活，难免有些短暂的不适应，需要重新慢慢地调整。此时，我对于大海，不仅有着深深的记忆，更有着别无代替的怀念，真希望再一次走近海滨，去读永远读不完的我所钟爱的大海——这本启迪人生的书。

拂去心头寂寞的云

我真的有点奇怪，你年纪轻轻的，面对如此纷繁世界，怎么会觉得寂寞呢？在给我信的末尾处，你属名"寂寞的人"，这使我立刻想起古代隐居者，那些诸如"山中道人"、"孤云野鹤"之类的称谓。你问我在年轻的时候，有没有过寂寞的时刻，有的话都是怎么排遣的？如此看来，你又是个不甘寂寞的人。那么好吧，让我们一起探讨这个问题。

实话告诉你，在年轻的时候，我也有过寂寞，只是没有到你这样程度。在终日无所事事的时候，在离群索居的时候，在计较个人得失的时候，在政治上遭遇不幸的时候，一种无名的寂寞感，宛如一层薄薄的云，这时就会悄悄地罩上我的心头。于是我感到生命的脆弱和生活的渺茫。这大概也就是你信中说的："为什么要活着？怎样活着才算幸福？人这一生到底应该怎样度过？"等等，这些朦朦胧胧想法的呈现。尽管在我当时的意念里，这些问题没有像你这样明确，但是情绪也应该属于这一类，不然我的心胸何以那样局促？现在想来，明确地探讨人生问题，比朦胧的情绪似乎更好，因此我非常赞赏你的勇气，敢于说出自己心中的寂寞，以及对于生活产生的想法。这个问题解决了就会生活得更愉快。岂不更好。

此刻，我忽然想起一个人，一个跟你我一样的普通人。在我做新闻记者时采访过他。这人是个长途电话线路维修工，他长年生活、工作在荒山野岭间，为保障自己管辖范围内的线路畅通，他每天都在骑车或徒步沿线路巡视，一年365天无论夏热冬寒从不间断地重复着。白天听鸟鸣，夜晚看星星，连个说话的人都没有，你说他能不寂寞吗？一年到头难得有个人来，哪怕跟他说一会儿话，他就会高兴得哼唱小曲。采访他时我曾问过他："这样单调重复的生活，你不孤单寂寞吗？"他听后立刻哈哈大笑起来，说："你们这些读书人哪，别看这里前不着村后不着店，人却一点也不觉得孤单寂寞，只要一拿起电话听筒，天南地北的热闹事儿新鲜事儿，仿佛都向我扑过来了。我最大的快乐，就是线路畅通，线路出了毛病，枕头垫得再高，我也睡不着觉……"

这位老师傅的朴素话语，不，应该说是他的亲身经历，让我一下子顿悟出这样一个道理：客观环境的冷暖动静，固然可以影响人的情绪，但是只要我们自己心地宽广，不去斤斤计较鸡毛蒜皮琐事，即使置身在荒漠大野之中，同样会有"烟霞似弟兄"的感觉。

我知道，像这位老电信工人这样的人，在我们辽阔的国土上还有许多，比如边防哨兵，比如放羊牧民，比如地质队员，比如灯塔看护员，如此等等，他们也是独自一人面对四野，长年累月地坚守在岗位，谁能说没有寂寞的时候呢？但是我相信他们的想法，准跟这位老电信工人一样，因为职责在身实在无暇他顾，自然也就不会有寂寞的时候，当然更谈不上寂寞的感觉。

我不了解你现在生活的环境，更不知道你怎样度过每一天，但是从你信里说的话猜测，你的日子过得不是太充实，不然就不会有寂寞的感觉，你说是吧？倘若你能像其他人那样，全身心地投入到喜欢的事情上去，请问你还有工夫寂寞吗？倘若你能像其他人那样，尽量让自己生活得快活些，请问你还会懂得寂寞吗？寂寞是客观的存在，寂寞更是自己的感觉。寂寞的云如果正浮在心头，只有靠你自己的手才能拂去，别人是很难帮助你的。

我非常羡慕今天的年轻人，事业上有选择自由，生活上有多种方式，连读的书唱的歌都是这样丰富多彩，每个人的个性都能得到充分的张扬，还有什么理由不快乐呢？我们可以毫不夸张地说，只要你有条件你可以做成任何事，要是你无条件就很难做想做的事，这就是今天的基本生存状态。年轻朋友如果不能趁大好时机，去寻觅去追求自己的理想，终日沉湎于无谓的想象里，或者无所事事地打发日子，你不觉得寂寞无聊才怪呢。振作起精神来，亲身去体验世界，就会得到一份快乐，当然也会让生活变得充实。

拂去罩在你心头寂寞的云。朋友，精彩生活在呼唤着你，新颖知识在等待着你，这个世界越来越绚丽了，还有什么比这更迷人呢？千万不要活在虚无飘渺的寂寞中，那样时光会把你生命的灵性蚕食，到头来留下的只会是无休止的叹息。何必呢？

在秋天里怀念春天

现在正是春天。

我的青年时代，如同这季节的春天，也曾有过撩人的景色，只是在不知不觉中消失了。那时，皱纹不曾爬上脸庞，心境未被忧郁骚扰，我似乎并未意识到青春的可爱。在我当时幼稚的意念里，青春就如同这自然季节，今年过去明年还会再来，同样又是花红柳绿的风景。何必为此担忧？就这样，任凭季节的替换，任凭岁月的流失，转眼之间我已经到了中年，进入生命的秋天时节。这时才蓦然知道，原来生命的季节，并不是自然季节，一旦流失了再无法替换。

自然界的秋天深沉、充实、富有，连一片随风飘零的叶子，都有生机勃勃的过去，不是奉献过颜色，就是捧出过果实，看见它会感到生命的价值。然而我生命的秋天，却是如此浅薄、空泛、嫩弱，那么多时光之树的枝条上，未能挂上饱满的果实，现在想起来总是不免痛惜。生命的春天骤然消失了，转眼到了人生的秋天，这时才知道生命春天的可贵，当然也就格外地怀念它。真的，只有失去了才觉得可贵。

其实，我在年轻的时候跟别人一样，听过许多关于爱惜青春的话，只是听过了也就听过了，并没有真正地往心里去。经过生活的坎坎坷坷之后，懂得了人生的艰难与莫测，更感受到青春的易失与娇嫩，最后终于明白，即使活百岁千年青春也很短促。倘若在青年时期不知道珍惜，总是漫不经心地任其闲掷，到了中年就会像我似的，回想起来就会感慨万端，怀着惋惜的心情在怀念。

青年人大都比较喜欢春天。因为这个充满诗情画意的季节，与青年人心境、性情、追求有着天然的契合，理所当然地受到年轻人的钟爱。记得我在年轻的时候，每逢春光明媚的季节，总要约上三两知己去郊外，或爬山或戏水或踏青或漫游，尽情享受大自然恩赐的美好境界。痛快地玩耍了一天，黄昏时走在返家路上，疲惫得连话都不想说，可是充盈在心中的喜悦，却如同和煦温柔的春风，吹得人依然如醉可痴。春天真的很好。

然而，春天毕竟是春天，生活毕竟是生活，生活绝不是风和日丽的春天，让你由着自己的性子快乐玩耍。如果用季节来比喻生活，它更像夏日的黄昏，哪怕此刻正是晴天，顷刻间忽然雷雨来临，弄得你无处躲无处藏，这是经常都可能发生的事。例如我自己就不曾想到，正当青春年少雄心勃勃，很想认真干一番事情时，一场政治运动突然袭来，使我的命运完全彻底改变。刚刚开始的青春岁月，还未来得及仔细谋划，就被这场政治风暴完全毁灭，从此我的生命进入了冰封时节。

好容易政治生活完全恢复正常，很快又迎来改革开放的日子，对于一个有志向发展的人来说，这是多么好的千载难逢机会啊，可惜这时我的生命进入了秋天。按说人到中年各方面都已经成熟，正是干事情的最佳年龄段，只是时间实在太少太少了，有些想法还未容实现就感到力不从心。这时就格外地怀念那逝去的青春岁月。常常地这样跟自己感慨：要是依然青春年少该多好。然而时间总是那么不饶人，不管你怎样感叹和惋惜，它总是无动于衷地泰然处之。

有了这番特殊经历以后，面对青春消失以后的时光，我总是跟我的忘年友人说："趁年轻的时候，好好干点事情，不然到了我这般年纪，你会后悔的。"说这话的时候，我的表情也许是平静的，但是我的内心却很苦涩，而且还隐隐地作痛。这时候的心情和处境，很有点像冰雹过后，蹲守在被毁的庄稼前的农民的心情一样，没着没落的不知所措。当然，对于客观环境也会有些埋怨，但是，更多的还是对自己的责备。认为哪怕在逆境中稍微努力些，说不定就会生活得主动，起码不会白白浪费掉时间。

那么你们呢？年轻的朋友。此刻自然界正是春天，就跟你们的生命一样。你是不是意识到春天的美好呢？假如已经意识到了，我相信你的心境，肯定也似这春天，同样是充满朝气和美好。如果是这样。那就太好了。当然，我这样说，并不是要否定，生活里的烦心事情，社会上的污垢杂尘，只要置身在人群中，就不可能满目皆净。

问题是我们自己要清醒，无论什么时候什么情况，都要为美好而生活而工作，只有这样心境才春光不老。珍重眼前的春光吧，免得像现在的我，到了人生的秋天，因失悔而深深怀念。

1980 年—1982 年

无弦弓音（杂文）

第一辑

丢三别落四

"夕阳无限好，只是近黄昏。"

这是人生规律。把晚年的时光，即使赞美得无以复加，又如何呢？都无法避免时光流逝。因此，老年人考虑问题、处理事情，应该从实际出发，似乎更好。这样反而会使生活多些情趣。比方说记忆力的减退，就是难以逆转的事实，经常"丢三落四"犯糊涂，有的老年朋友很苦恼。其实完全无此必要。依我看，人到了老年就应该，有所"丢"有所"不丢"，有所"落"有所"不落"，这比什么事情都"清醒"要好。

就说这"丢三落四"吧，倘若能做到"丢三""不落四"，或者叫"三忘""四记"，说不定晚年的时光，就会真的"无限好"。

何谓"丢三"呢？

一、丢掉或曰忘掉：年龄——不要数着年龄过日子，按天计划如何快乐，就会常有青春的享受。生日还是可以过，最好不要年年过，过个整数寿就得，何必让人提醒正在变老呢？老年过生日，快乐别人，扫兴自己，并不太可取。

二、丢掉或曰忘掉：工资——金钱是浇花的水，多了容易烂，少了容易旱，不多不少最惬意。不计较工资多少，不比工资高低，再说计较攀比也无用，何必为钱伤害身心呢？苦的日子过了那么多，现在只要不愁吃穿，知足就快乐。

三、丢掉或曰忘掉：怨恨——人生在世几十年，哪能不遇一点伤害，更何况经历那么多政治运动。过去了就让它过去，老想着下绊的人，老记着窝心的事，无异于吸毒酗酒，便宜了别人害了自己。反不如快快活活，每天都像过大年。

何谓"别落四"呢？

一、别落或曰记住：双情——老来什么都可以少，唯独亲情和友情，万万不可以缺少。年纪大了最怕寂寞，在家常有亲人来往，在外时有朋友聊天，心灵被情感的露水滋润，生命之树就永远鲜活。

二、别落或曰记住：求知——活到老学到老，未免有些沉重，不要刻意加压。稍微懂点新知识，比如手机、电脑、信用卡，起码会使生活方便，这有什么不好呢？至于还学点什么，那就要看自己喜欢啦。

三、别落或曰记住：找乐——快乐处处有，全凭自己找。玩牌、下棋、打麻将、跳舞是找乐和，什么也不会玩，站在旁边看看，只要自己觉得高兴，同样也是快乐。再有钱没有快乐，生活依然乏味。

四、别落或曰记住：健身——疼爱自己的最好办法，就是呵护好身体。儿女再孝顺不能替生病，经济再宽裕买不来健康。一定要坚持经常活动，玩球、游泳、骑车体力不支，走走路伸伸腰，同样也是锻炼。

总之，"丢三落四"不可怕，关键是"丢"什么、"不落"什么，这点非常重要。丢了晨曦，不落晚霞；丢了烦恼，不落快乐；丢了过去，不落现在；丢了起始，不落过程，人生岂不是同样美好。

2006 年 11 月 2 日

更要提倡听真话

陆续读了多篇文章，都是提倡讲真话的，篇篇都说得很在理。其实，这只是说了问题的一面，说话是为了给别人听，倘若没有人听或者不真听，那么，真话讲得再多又如何呢？还不是镜中月水中花，只是给人觉得好看而已，实际起不到任何作用。我以为现在问题的关键，并非是讲不讲真话，而是要不要听真话。谁都知道历史上的魏征，是唐代最敢讲真话的大臣，假如没有肯听真话的唐太宗，恐怕也不会成就魏征的美名，所以说，讲真话得有听真话的氛围，单纯地提倡讲真话无济于事。更要提倡听真话。

我留意了一下，如今提倡讲真话的人，最多的莫过于两种人：一是某些在位官员，一是某些社会名流。其实，这些人都拥有很大话语权，那么，他们又讲了多少真话呢？我没有认真地查对过，不过，单凭他们让别人讲真话，而闭口不谈听真话这一点，我就觉得他们并未全讲真话。因为他们非常清楚，在现实生活中，让别人讲真话，远比让别人听真话，更要难更需要勇气，怕踩着这条红线，于是就只说讲真话。这样做的结果，在客观上就形成，好像如今的问题是，人们都在讲假话，没有讲真话的人。这样的看法，显然不是很准确。

所谓讲不讲真话，首先得弄清楚，是指在公开场合，还是指在私下里，是指平民百姓，还是指在岗的职工，特别是在位有权的官员。没有这样严格的区分，笼统地谈讲不讲真话，这种说法毫无意义，跟没有说一个样。更多的普通人或退休干部，在我看来还是肯讲真话的，因为他们无所求无官职，说出的话大都是肺腑之言。只是私下里说得更坦率，开会时说得会稍委婉。在职的人则完全不同，说话难免会有所顾忌，万一说得不对头头心思，穿小鞋给脸色看还在其次，闹不好丢饭碗都有可能。尤其是关乎上司升迁的事，或者关乎上司业绩的事，只能给他言好话自己保平安。例如，现在对于干部提升的考查，大都听取在岗某级干部意见，十有八九都会给说些好的假话，真的实话只能在私下里跟人讲，若问为何"耍两面派"，此人准会说："唉，我还得在人家手下干啊。"言外之意就是怕打击报复。至于在位的官员，考虑自己的官运，就更难讲真话。

提倡讲真话，实际讲真话，应该说，并不算很难。对于普通百姓尤其不难。如果说我们的社会，这顶天立地的空间，基本上还是真诚的，这天这地的一大半，恐怕都由普通人支撑。听真话的天地空间，普通人就支撑不起了，这就要依靠各级官员，因为他们手中有权，再好的主意和想法，倘若官员们不听，或者不认真地听，讲真话的人再讲真话，最后还不是成了屁话。久而久之谁还肯讲真话。更不要说像过去那样，讲真话就要遭批判受惩治，把讲真话当做天大罪过，吃过亏的人自然不会再上当。这样的惨痛教训，稍微上点年纪的人都有，哪能再受"二遍苦"？可是真诚的天性，还未完全泯灭，因此，在摆脱利害羁绊以后，比如退了休下了岗，比如到了垂暮之年，往往说话会更真实。有的年轻人不理解，为什么退了休才讲真话，其原因就在这里。

讲真话难，听真话更难。想破这两种难，关键不在讲真话，首先是听真话。真话讲得也许错，也许语言不动听，听者都能吸纳，这更是难上之难。倘若为了听真话，再刺耳的话也能听，那才叫真心倾听。当然，讲真话时也要注意，讲话的动机和效果，真话掺杂个人情绪，就会使其变味失真。只有讲的与听的真心呼应，这讲真话的氛围何愁没有？

既然现在缺乏的是听真话的环境，那么应该如何营造这种环境呢？恐怕还是得从在职官员和社会名流做起，只要他们完全抛弃个人利害得失，名流实意讲真话，官员真心听真话，说真话听真话的氛围就会形成。讲真话的风气形成了，真话成了照假的镜子，真话成了堵假的铁壁，社会就会有更多真诚。全社会都在讲真话，对于普通百姓并无害，百姓就会拍手称快，跟着更起劲儿地讲真话。如果官员听了这些真话，同样如获至宝地兴奋，在真诚和真话的氛围中，官民共同努力建设国家，想一想那时的社会该是多么美好。就是为了这个美好目标，在提倡讲真话的同时，难道还不需要提倡听真话吗？

2007 年 10 月 8 日

领导者要善待下属

我年轻的时候，曾经在国家机关供职，无论年龄、资历、职务，当时都是小字辈儿。正、副部长高攀不上。具体领导的司长、处长，有的来自延安，有的是地下党，还有的留过学，就凭这资历、职务，我想就够"威风"啦，对下属摆摆谱儿，做事有点武断专行，别人大概都不好说什么。可是我的这些上司，却格外谦和、平易，只要你请示事情，他们总是耐心听完，然后跟你商量，这样办好不好，那样做行不行，跟部下完全是平等地位。既让你感觉舒服，又使你增长才干。如果说当官得讲艺术，我想八成这就算是了，因为，这样做的效果非常好。

如今，这些陈年往事，已经离我远去，再说已经退休，何必重提起呢？原因是不止一次，听朋友们讲起，现在有的头头，在对待下属态度上，实在让人难以接受。比如有些事情应该下属知道，他不打招呼也倒罢了，谁让他大权在握呢？更令人难堪的是，动辄不是说"你不懂"，要不张口就是"到底谁说了算"，或者干脆说"你不想干就走"，那副狂傲自大的嘴脸，表现得十分充分和鲜明，很有点地盘"老大"的味道。上下级的和睦关系，同事间的平等地位，在他这里全都荡然无存，有的只是分明的级别，以及"我怎么说你怎么听"的要求。至于他说的是对是错，作为下属更不敢质疑，只要你表现一点犹豫，他马上就会说："这你不用管，错了我负责。"因为他很清楚，即使真的错了，他也毫毛无损，官照样当，钱照样拿，到了年头照样高升。

听人说起这些事，我有时就在瞎想：同样是当官儿，今昔咋就不同呢？症结究竟在哪里呢？我觉得真正原因，恐怕跟官员自身底蕴的深浅厚薄有关。俗话说得好：深水无澜。根深难撼。现在有的少数官员，或靠这个，或靠那个，好容易弄得一官半职，其实并无真正能力，又生怕别人瞧不起，就用摆架子唬人，就用气势压人，想借此抬高自己身价。殊不知恰恰相反，不仅没有表现高水平，而且一览无余地暴露出，这些官员缺乏自信心。就跟穿增高鞋一样，无论垫得多么高，终归不是真实身量，最怕的就是让人看穿。其实与其如此，反不如放下架子，把下属当成朋友，更会赢得下属尊重，还会从下属身上学点东西。

应该老老实实地承认，不管多么高明的官员，并非自己什么都很懂。官员的聪明与愚昧，就在于肯不肯会不会，采纳下属的好建议，变成为自己的决策。具有工作能力的领导者，具有真才实学的领导者，具有成竹在胸的领导者，具有聪明智慧的领导者，在处理事务解决问题时，往往愿意听取下属意见，因为下属更了解实际情况，给自己的决策加以补充，甚至于对不足之处修正，在实施过程中更加符合实际，岂不是于事业有益于自己有利?! 这才是做官的真聪明。

官高自尊。应该如何理解呢？我以为起码有两层意思：一是说当了官就自然尊贵，一是说当了官更要自尊。这两者所不同的是，前者是给别人看的，后者是要求自己的，就看你更看重哪一个了。那些个人本质不错的人，当了官就会更自尊自重，绝不会让群众觉得，人一阔脸马上就变了，变得连老朋友都不认识，哪还能尊重下属呢？可是对于上级，他则百依百顺，香臭对错都听，连个大气也不敢出。说话的语调，处事的态度，完全是两样，显得很谦卑，像个乖孩子。群众对这种人，有个形象说法：天生没长上眼皮，看上容易看下难。

不过，这种人也自有说道，有时会坦诚地表露："我对下属如何，有什么关系，他在我手下干，我能决定他的命运，我的升降他却管不了。"你看，应该正常的上下级关系，在他这里成了功利阀门，而且由他掌握着开关，怎么好希冀对于下属，他会有起码的尊重呢？如果给这种人画个脸谱，我想应该是这样：资格不老架子大，职务刚任谱就来；说话开始有拖腔，脸上从此笑难在；对下呵斥如训子，见上弯腰脸悲哀；仰坐沙发两臂分，弥勒一尊好"富态"。

2007 年 8 月 8 日

为官岂能无情分

偶然读到一则消息，一位领导人在组织会议上说，要靠三个方面留住人：一曰"事业留人"，二曰"感情留人"，三曰"待遇留人"。这三方面的留人对策，可以说是新的为官思路。尤其是"感情留人"说，我看后颇有感触，接触过的那些官员，有情者与无情者，立刻都依稀呈现眼前。

无论干什么事情，都离不开人的努力，为官之道说白了，就是个用人之道。当官再有本事，再有想法，倘若没有人跟着干，或者不努力去干，无论官阶多么大，都是个"光杆司令"。会不会当官，官当得好坏，在一定程度上，就看你会不会团结人，发挥所属部下的才干。一个在群众中没有威信的人，一个跟群众有感情隔膜的人，怎么能够指望他做好工作。那么，当官靠什么团结人呢？靠什么把工作做好呢？过去一说就是事业如何，后来一提又是待遇怎样，却很少考虑感情这个因素。因此，读到这"感情留人"的说法，我的心灵不禁为之一震，对此颇有些想法和感慨。

其实在这三种留人方法中，最不需要物质基础的，就要算"感情留人"了，然而只要做好了"感情留人"，却又能发展事业、创造物质，事业和待遇自然也就有了。相反光凭事业和待遇，不考虑感情的投入，只要有另一个地方，事业更好待遇更高，照样不会留住人，到时该跳槽的还是跳槽。如果对单位对领导有感情，即使别的地方再好，工薪价码再高，从对环境的熟悉上考虑，以及从心情舒畅上着想，往往是想走而舍不得走。这"感情留人"就有如此神奇魅力。

跟"事业留人"、"待遇留人"相比，这"感情留人"方法看似难做，其实还是比较容易的，关键是看你待人是否真诚。有些"聪明"的领导者，今天给这个行赏，明天给那个封官，自以为这样就笼络住人了，殊不知这只能留身留不住心。闹不好反而让人觉得不真诚。真诚就要以心相许，真诚就要以情相通。靠说大话哄人，靠说假话骗人，靠说空话诱人，靠说混话唬人，最后只能失掉人心，哪里还有真正的感情可言。要知道，今天最难找的人，不是聪明人，而是大"傻瓜"，靠施展雕虫小技当官，迟早总会败露。

"感情留人"除了真诚相待，还得在小处体察民情，真诚地为群众做实事。一个官员究竟是好是坏，组织部门有自己的衡量标准，群众则有自己的判断尺度，这就是看你玩不玩真格的。说句老百姓的大实话：讲得再好，地里长不出粮食，唱得再美，空气不能变清新，只有踏踏实实地干，首先认为你是个好人，其次想到你是个好官，群众才会打心眼儿里信任和依赖。由衷地拥护你爱戴你，自然也就有了感情，哪能轻易说走就走。

可惜有的官员不懂这个道理，平日里牛气烘烘仰脖走路，谈公事找他先得报告，说私事见他先找秘书，以为群众个个都是贱骨头，其实有的人宁可忍着，绝对不向他靠近一步。像这样的领导谁能跟他有感情？最后等他离开岗位，群众再见形同陌路，恐怕自己都觉无味儿。因此，当官先要把自己当成民，用民的身份体会民情，其次再把自己当成官，用官的身份解决民事，跟群众感情就会贴得实。贴得实有了相互信任，能够听到群众真话了，何愁工作做不好做不成？

"感情留人"作为一种方法，或曰做人之理为官之道，乍一听好像只是个概念，其实是官员情感的自然流露。富有人情味儿的官员，无须别人提醒就会做到，那些冷面冰心待人的官员，你就是手把手教他也不行，因为他没有对群众的真情实感。总之，没有"感情留人"的思想，光靠干事业和高待遇哄人，很难巩固队伍做好工作。你这个官也就难以做出成绩。为官者应该三思。

2007 年 3 月 16 日

谁来惩治"吹牛"官

如今稍微上点年纪的人，大概都会清楚地记得，在所谓的"大跃进"年代，各地很出了些吹"牛"官员，他们像疯了一样胡吹乱侃。什么"人有多大胆，亩有多大产"，什么"十年超英（国），二十年赶美（国）"，于是亩产千斤稻日产万吨钢的"喜讯"，就像秋天的风处处劲吹，把人心搅得晕晕乎乎。如果给这种浮夸风来个新解，就是官员嘴上的"形象工程"，跟地上的"形象工程"一样，本质都是弄虚作假欺世盗名。

当年搞嘴上"浮夸风"的官员，不仅未受到任何惩治，而且有的还步步高升。与之相反，有些说真话做实事的人，却被视为思想"右倾"受到批判和处分。最轻者也要做检查。是非不分黑白不明，到了如此可怕地步，哪有不吃苦头的道理。结果使国家经济吃了大亏，老百姓生活跟着受了大罪，其产生的恶劣后果和教训，正直的人只要一想起来，就会痛心疾首和无比愤怒。后来施行改革开放政策，一开始就提出"实事求是"，很可能是吸取了那次教训。

不过话再说回来，搞"浮夸风"嘴上"形象工程"，毕竟是在那个特殊年代。提倡"实事求是"作风以后，本以为这种官员不会再有，起码在数字上不会再搞浮夸。即使个别的人身上依然存在，总应该有人出来干预或惩治。岂知事实完全相反。前不久从多家报刊上看到，有关"数字腐败"的报道，这才知道这种吹牛风，依然存在于某些官员中，有的把"政绩"数说大报多，有的把"过错"数说小报少，使上级难以得到准确数据，当然也就无法如实指导工作。可是对于那些搞嘴上"形象工程"的人，事情败露后造成的坏影响，不仅没有任何批评处置，而且有的还连连升官重用，以至于这些人脸不红口不吃心不跳，依然洋洋自得地耍嘴上功夫。因为他们知道，再怎么"吹大牛"，反正上不上税不犯法。

官员在政绩上用嘴造假，客气点说叫吹"牛"，文雅点讲叫"形象工程"，实际上就是在欺骗。用嘴搞"形象工程"的人，目的无非是想继续升官，这是非常显而易见的。现在提倡科学发展观，提倡"求真务实"作风，在百姓中非常得人心顺民意，如果每一个官员都能这样做，我们国家前进的步伐和发展的速度，肯定比现在还要快还要好。遗憾的是有的单位或地区官员，压根儿就不想实实在在地去施行，"求真务实"在他们那里只是口号。

由此看来，若想真正惩治吹"牛"者，并不是那么容易的事情。因为吹"牛"者深知，吹"牛"不仅丢不了官，若碰到个不肯"求真务实"的上司，吹得巧妙反而还会升官，干吗不吹呢？幸亏这样的吹"牛"官，在今天毕竟少得多了，假如像过去那样吹"牛"成风，你也吹我也吹他也吹，一个比一个吹得大吹得欢，党的威信单位的信誉事业的前途，非让他们给吹得七零八落不可。

在我们现行的体制下，官员贪污有人管，官员违纪有人管。唯独官员吹"牛"无人问。既然有的顶头上司不闻不问，那么，吹"牛"者胡吹的政绩，是不是真的没法惩治了呢？当然不是。只要想治理，还是有办法，最为简单有效的办法，我以为，就是加强群众监督。一旦发现数字不实或事情不真，让吹"牛"官接受群众质询，如果他还有羞耻心的话，说不定就会戒掉吹"牛"的邀功恶习，学会"求真务实"地从政理事。从这个意义上来讲，"求真务实"作风，在今天提出来非常及时，关键是必须用"求真务实"方法，检查"求真务实"作风落实情况。真的求真了，真的务实了，吹"牛"官就会少。

官员吹"牛"看来是小事，而且不是在所有的问题上，但是所造成的恶劣影响，却绝对不能低估和姑息。就说这"数字腐败"吧，在讲究信息的今天，如果信息数字失真，势必会造成决策的失误。最后带来的危害就会波及全局。因此在官员中提倡讲真话报实数，严格杜绝好大喜功的吹"牛"风，跟倡导遵纪守法一样重要。官员不再吹"牛"了，踏实认真做事了，何愁社会的平安和稳定？

2007 年 12 月 18 日

人民的任命

从现在的行政管理制度来说，大凡够得上级别的干部，都要经过上级提名考查，然后由组织部门正式任命。由于这样的人事任命程序，可以决定个人的官运，因此，许多人都比较看重组织部门。在这些关心仕途的人看来，只要组织部门在运作过程中"作劲"，个人的升迁就不会有问题。至于别的什么，诸如群众意见、工作政绩、思想作风等等，那都是有一搭无一搭的事。

最近在电视新闻里看到，山东有一位基层干部，说过一句很精辟的话，对我的思想触动很大。这位干部说："组织的任命在纸上，人民的任命在心上。"话说得很浅显易懂，其思想内涵却很深刻，如果没有对国家的忠诚，如果没有对人民的热爱，如果没有心口相符的业绩，我相信不会有这样的认识。其实这道理也非常简单，从我们事业的宗旨来说，就是要为人民的利益奋斗，我们任命的每一个官员，理所当然要为人民服务，因此才有"公仆"、"勤务员"之称，这大概就是印在"心上"的任命书。

遗憾的是，我们现在有的领导干部，并不看重"心上"的任命，他们做的每件事情，总是力求博得上级欢心，却很少考虑群众是否满意，就连写工作总结写会议简报，都要挖空心思地删除群众意见，顺着有利自己的官路行事。向上瞒，向下骗。还自以为得意、感觉良好，认为只要上不知下不明，自己就是个高智商的官。遇到类似干部考评的事情，个别人还在跟上下玩弯弯绕，待群众的匿名投票评议出来，连弃权票算上都不过三分之二，这才意识到自己的感觉错了，群众在"心上"并不任命。对于个别领导干部来说，这既是一次群众威信的测试，更是如何树立群众观点的教育，倘若能够从中吸取一定的教训，为时还不算是太晚，就怕撞到南墙自己还意识不到。

关于干部任命过程中，最为精彩的一招儿，也是最易见效的方法，我以为，就是在一定范围内，群众的不具名评议。这不具名的评议，别看只是个画不画×的区别，它的意义远远超过事情本身，起码说明这样两个问题：一是说明，群众背对背评议干部，要比当面提意见真实，对于干部群众基础的考核，可以给有关部门提供直接情况；二是说明，干部在群众中的实际威信，绝不能靠自己感觉判断，只有经过完全可靠的考查，才更具有广泛性和真实性。难怪有些品德作风欠佳的干部，对上级的批评和群众的告状，过去全然不放在心上不当回事，遇到群众匿名投票评议丢了分、裁了面子，觉得没有威信不好工作了，这才不得不反省自己的过失。

群众匿名投票评议，说白了，就是对于每个领导干部，在组织"纸上"任命以后，一次群众的"心上"重新任命。倘若我们把评议经常化、群众化、制度化、规范化，既可以提高群众对干部的监督意识，又可以培养个别干部的群众观念，对于不折不扣执行国家的方针政策，对于改善干群关系都会有裨益。一个真正以人民利益为重的干部，就应该像山东那位干部一样，接受组织的"纸上"任命，更要接受人民的"心上"任命，而人民"心上"的任命，在我看来，比"纸上"的任命更珍贵。

1999 年 7 月 22 日

重举轻落官员笔

　　几年前云南省某县，要建一条仿古旅游街，竟然要拆掉众多老宅。理由是破烂不堪难以吸引游客。而这个县前几年的旅游业，之所以会兴旺发达，很大程度得益于这些老宅。建假古董拆真古物，自然在群众中引起议论，于是有人写信给省里，最后才抢救出未拆的老宅。

　　在今天的中国，无处不建设，到处要发展，必然要这儿拆那儿建，这是好事情。关键是批示拆什么时，要多调查情况更要慎重，千万不可不问青红皂白，脑门子一热大笔一挥，以为自己干了件好事情。"拆"字易写不易收。"拆"字里边有是非。云南某县发生的事，起初以为是个别情况，后来读了一篇报道才知道，原来无独有偶，同样的遭遇让民间艺人阿炳摊上了。阿炳创作的二胡曲《二泉映月》，被列为世界十大名曲之一，据说，著名指挥家小泽征尔曾经说过："此曲只能跪着听。"毫无疑问，阿炳是位世界文化名人，可是阿炳在无锡的故居，一夜之间被人掀掉了屋顶拆除了门窗，如果不是群众及时向无锡市文化局举报，很可能又一处文物保护单位被夷为平地。负责拆除的地区改造指挥部的人员，解释这件事情时说，既然要打出文化品牌就不应该破破烂烂。看，理由跟云南省某县同出一辙。

　　值得注意的是，干这种笨事的人，大都是大大小小的掌权者，举报的人都是一般群众，这就使人不禁要问：官员的文物保护意识，难道还不如群众吗？即使不理解欲拆房舍的文化含义，总还得翻翻国家文物保护法吧？如果连这样的意识都没有，国家管理权掌握在这样官员手中，能让老百姓真正地放心吗？官员尤其是主管官员，懂得自己分管事务更好，实在不懂问问专家也行，最怕的是不懂装懂。

　　稍微上点年纪的人都记得，那场"文化大革命"的劫难，不仅使众多的好人受了苦，而且也让许多名胜古迹遭了殃，因此，在今天如北京、天津等地，不得不对仅存的古迹，进行抢救性地修复或重建。这说明各地的领导人开始认识，承载着千百年文化的古迹，对于一个地方的发展多么重要。重修重建的这些文物，尽管提出"修旧如旧"、"建旧如旧"，但是毕竟少去了原来的魂魄，充其量只能是个外形的相像，在文化含量上总要逊色些。我们只能惋惜地表示赞赏。

像云南省某县领导人、无锡市某区改造指挥部负责人，时至今天还要干这种笨事，听后让人不只是感到不解，更有着难以抑制的气愤。经济发展是衡量地方官员政绩的尺度，但绝不能以破坏生态和古迹为代价，这早已是各界人士的共识，而且国家还有明文保护规定。无论从哪个方面讲，身为国家官员做这种事，都是于情于理于法所不容。何况靠古宅吸引游客的街道，被拆除以后再建造假古董，并不见得能够再让人感兴趣。

那么，这些官员为什么会这样干呢？目的当然是为了所谓的"发展经济"。这样的理由好像很堂皇，对上说是执行正确路线，对下讲是改善人民生活，干好了还可以借此荣升，其实这恰好暴露了干此事的官员，没有创造性和开拓性，只会按现成套路做事，或者吃老祖宗的剩饭。把一个单位或地区交给这样的人，闹好了只会守摊儿，闹不好还会添乱子，我们有些事情政策蛮不错，下边官员做起来就走了样子，问题正是出在拿着好号吹跑调。

那么，这些官员为什么又这样敢做主呢？原因恐怕出在自己手中的权上。他把权只看成了权力的象征，而轻视了权力的社会责任。昆曲《十五贯》说的是苏州知府况钟办案的故事，给人印象最深刻的就是况钟手中的笔，为怕错判人命他的朱笔三起三落。因为他知道这手中笔一落下，活生生的人命不会再生。云南某县拆除的几栋古宅，尽管不是人命关天的大事，但是却也是不可再生的古物，难道这些官员连这点常识都没有吗？

官员手中的笔是人民给的，在关乎国家规定和人民利益的事情上，一定要三思而后再下笔批示，即使不能像况钟那样三起三落，起码也得先掂量一下利弊。权笔重千钧，起落皆有情。你大笔随便一挥不难，出了问题检讨也容易，可是有些事情如拆除建筑，造成的损失却无法弥补。就算是所谓的"交学费"，这"学费"也得以人民利益为代价。提醒官员不要轻看手中的笔，举起来难，落下更难，关键是你的心中得有个是非标准。切记切记。

2007 年 8 月 18 日

领导者的话语权

几乎是在同一时段，有两位青年朋友，说了相似的事情，我听后颇感震惊。

事情很简单：因为对某项工作，当面提出不同意见，冒犯了单位领导的尊严，领导觉得没了面子，于是"龙颜大怒"，脱口说出"你不愿意干就滚蛋！"结果，这两位青年朋友，一位天性比较倔犟，真的拂袖而去；另一位却吞声屈忍下来，只是再没有了锐气。

这里需要说明的是，这两位朋友所在单位，都是国营事业单位，而不是私人的买卖，更不是外企港台公司。一个国有单位的领导人，对于意见不同的属下，竟然说出"滚蛋"二字，在我几十年的工作经历中，这还是第一次听到。惊奇的同时不免有些疑问：这些领导人说话这样冲，张口闭口就让人"滚蛋"，他的话语权到底是谁给的？如果对他的作风不满意，有没有人可以对他说"滚蛋"？

关于领导如何对待部下，如何接受群众意见、批评，这都是老掉牙的话题了，每个头头都会说出一大套，我就不想再过多地饶舌。不过说到领导者的话语权，就不能不说他的权力哪里来？尽管这样发问有点"小儿科"，因为再笨的官员也会说，权力当然是人民赋予的，而且还会讲出一些大道理；但是他们心里到底是怎么想，我们却并不能真正地知道，这就需要局外人作些揣摩了。我亲耳听一位官员私下说过："考查干部听群众意见，其实也无太大作用，群众公开不敢说实话，背后提意见又不公布，说好说赖还不只是个参考？干部的升迁最后还是得上边决定。"言外之意不难猜出，说白了就是，把相关部门和领导"伺候"好了，群众再怎么着也还是没辙。有这样想法的官员，自然也就会认为，他们的权力来自上边，对于不驯服不听喝的部下，说声"滚蛋"也就无所谓。因为对于下属来说，他也是"上边"，自然决定下属命运。

当然，就干部整体的素质来说，说话如此蛮横霸道的人，在今天属于非常个别，不至于造成太大的影响。但是，对于大多数人却有警示作用，起码它在告诉领导者们，说话做事不要忘记自己身份，当时说出来是痛快了威风了，作为领导者的威信却会有所丧失。谁都知道老祖宗造汉字时，形象声韵都是很有讲究的，如何成为一个好的领导者，这"领导"二字的组成就颇有提示。你看，左边是一个"令"字，右边是一个页字，仿佛是在提醒领导者，你说的话发的文件，就是不折不扣的"命令"，因此说话做事要多加思考，要对自己说的话负责任。那么如何做才算负责任呢？那就请看这"导"字的组成，按繁体字领导的導上边是个"道"字，下边是个"寸"字，仿佛是在提醒领导者，道（说）出的话要有分寸，千万不可随便乱讲啊。领导和群众的区别也就在于此。

我这样因形生义的解释，或许有点牵强附会，犹如相声的《乱批三国》。可是跟我这篇小文的看法，似乎还多少有点贴近呢。作为一个单位的领导者，对于群众的意见批评，是否听不听且不说，让我不明白的是，竟然说出"滚蛋"二字，其张狂恶狠的态度，不是亲历者也可想见。这说明这样领导的潜意识，早把国家单位当成了私人买卖，钱随便支配人任意呵斥，已经成了他们的家常便饭。这里，不妨再冒犯一下这样的官员，你也太把自己当成个人物了吧，要知道，单位是国家的，你只是个负责人，张口就让人"滚蛋"，请问你不觉得羞吗？自己的位置摆得也太不是个地方啦。

这几乎成了事物的规律，能跟属下说"滚蛋"的人，十有八九对于他的上级，或者可以决定他官运的人，一定是个百依百顺的家伙，就是通常说的，对上奴气十足对下霸气冲天。让这种人掌握一个单位或部门，是否能够领导得好另说，起码在作风上不会民主，当然也就谈不上团结群众，齐心协力愉快地做好工作。那么，如何让这种蛮横的官风收敛呢？我想只有等到某一天，群众有权跟他说"滚蛋"，那时他才会懂得为官之礼。

2006 年 5 月 19 日

别都拿"官话"说事儿

先作个注解，何谓"官话"？就是时下官方官员，经常不离口而又有号召性，或者具有指导作用的那些话。这些话又有可能颇得百姓欢心。

读者诸君，明白了吧！那我就先来说说，我碰到的两件小事。

有天去看望一位朋友，他家住北京北三环的马甸，我乘坐公交车怕坐过站，特意跟售票员关照了一下，请她到马甸站告诉我一声。售票员倒还算负责，在马甸前一站就提醒我，到站车停我顺利地下了车。下了车我一看站牌，竟然写的是"北太平庄"，立刻心里犯了嘀咕，以为是售票员告诉错了，就又看了另一个站牌，写的确实是"马甸"，这时才忽然醒悟，原来，北太平庄就是马甸，马甸就是北太平庄。既然如此为何不统一地名呢？统一了百姓乘车不是更方便吗？我这样想。

此事过去没几天，一位官员在电视新闻里，讲北京市交通发展情况，一口一个"以人为本"，一口一个"求真务实"，说的都是当前文件里的话，颇为顺畅颇为动听颇为庄严，由于听了十分感动，不禁联想起那个同站不同名的事。当然也就心里自问了句："说的跟做的，怎么总是对不上号呢？"

还有一件事，就发生在身边。上街时路上遇到一位师傅，主动跟我搭话，问我清不清洗抽油烟机，说他们是某某公司的，用新生产的一种产品清洗，可以派人上门清洗试用。我家厨房的抽油烟机，用了一冬弄得油乎乎的，的确得好好清洗了，既然是新产品又上门服务，我自然也就心动了。当晚来了两位年轻人，穿着整洁时尚，一看不像清洗工人，我就问穿这么好的衣服，怎么能清洗抽油烟机呢？他们说，我们只是给您试试新产品，买后您自己按这方法清洗。噢，原来如此。心想，如果我自己清洗何必找你们呢？我这才发现要上当。

他们马上解释说，我们这个产品，一是环保，二是便宜，现在政府不是提倡保护环境吗？北京又要建绿色城市，这个产品正好适合市民用。我问怎么证明你的产品环保呢？既然产品这么好，为什么政府不出面推广呢？他们语塞了。他们走后我就想：看来老百姓真是好糊弄呵，谁都想拿听话的百姓挣钱。

这两件亲历的小事，让我忽然想起上世纪 60 年代挨饿时，总是盼望哪天吃顿正经饭。有天单位食堂大师傅说，今天中午让你们吃顿"二米饭"，大家一听自然非常高兴。好容易盼到中午开饭，大师傅把蒸饭锅揭开，大家立刻傻了眼，原来名义上的"二米饭"，只是大量杂菜上铺的那层饭。大家空欢喜一场。利用官话说事儿的人，好像颇得往日真传，今天也来搞这一套了。有的官也许会升，有的钱也许会挣，可是政府的威信商家的信誉，恐怕也就在百姓中打了折扣。因此我也想说句官话："群众利益无小事"呵。小事在百姓中失去信任，官话再说得顺畅动听庄严，反而会遭百姓厌恶。因此请不要都来拿官话说事儿。

作为普通百姓的我们，每天睁开眼睛，考虑最多的事情，大概很少是国家大事，而是如何过好日子。如买什么菜去哪儿买省钱，去哪儿逛逛坐什么车，这月的钱怎么用、储蓄多少，如此等等。那现在就来问您，您是不是跟我一样，属于普通的老百姓，如果是，请问您过得踏实吗？自在吗？在这些"官话"的关照下呵护下，您有何感触？反正我是时时提醒自己警惕，不要看谁如何说官话，更要看谁真正按官话认真做事。是呗？

还有一件事，跟官话有关。现在提倡构建和谐社会，这当然是个非常好的想法，令我奇怪的是，口号才提出来没几天，电视报道中立刻就有官员说，他们那里的社会如何和谐，好像他比提倡者还高明有远见。这种离谱做法最后造成的后果，只能让百姓认为官话只是个时髦用语，可以随便听听不可以真正相信。这样一来官话也就很难成为行动指南。

为了统一思想步调，在某一个时期内，提出个行动口号，这在我国早成惯例，无论是官员还是百姓，都已经完全适应，有的也确实起到作用。问题是千万不要成为官员口头禅，更不要动不动就拿官话说事儿，把正经的行动指南庸俗化了，就会失去它的真正的意义。会说官话是好事，但是更要按官话做事，而不是单纯地说事儿。

2005 年 11 月 15 日

领导者更应该讲道德

现在一说讲道德，就是冲着群众来，好像只要群众讲道德，我们的社会风气就好了。其实这只说对了一半儿，还有更重要的一半儿，被人们多多少少忽略了，这就是领导者的道德。从人数的多寡来说，群众的比例是要大些，广大群众都讲道德，是会造就一个良好的环境。然而从对道德的影响力，以及对道德的带动来说，领导者道德观念的强弱，领导者道德行为的好坏，更有着不可低估的示范作用。

从对道德理念的解释上讲，道德就是人类行为的共同准则，它没有领导和群众之分，跟法律一样应该人人平等。如果说跟法律还有区别的话，那就是道德对领导者的规范，似乎更容易受到群众的监督。法律有时还受到别的因素制约，或者在一定范围内进行审理，它的公正与否群众不得而知。道德的标准在群众心中，道德的行为在群众眼里，对于缺道少德的官员，群众可以直接地审视。这在规教官员的品德上，有着更为积极的作用。

几乎完全可以这样肯定，大凡贪官、坏官犯法之前，首先是在道德上败坏，群众发现后敢怒不敢言，直到他受到法律的惩处。例如，为官者经常的口头禅，动辄就说"为人民服务"，可是，是真的这样做，还是假这样做，这并不涉及法律问题，却有个为官的道德准则。试想现在揭露出来的那些大坏官，倘若仍然没有被送上审判台，他们在主席台上讲话时，喊起"为人民服务"的口号，绝对比正常为官者更响亮，即使群众发现他的言行不一，你也只能骂他是个两面三刀，丝毫影响不了他当官升官。因此，对于正常的领导者来说，遵守不遵守为官的道德，比之遵纪守法更有现实意义。

我们可以毫不客气地说，能够基本遵纪守法的官员不少，完全恪守为官道德的却不多。原因是道德只是个良心标准，而没有实际的死硬条款约束，许多为官者往往是在不经意中，或者是没有清醒意识到的情况下，就有可能踩在道德的红线上。为官者自己未意识到，群众却看得真真切切，在未涉及法律时也只能议论，这实际上就是从道德上谴责。真心实意为民办事的官员，听到这种议论会表示高兴，并在行动上彻底予以改正，缺少官德的人仍是一意孤行，最后必然走上犯罪的道路。这就叫德不正迟早必触法。

说起来总是让人觉得有点遗憾，现在光是在官员中讲遵纪守法（这当然是非常必要的），却很少或根本不讲规范道德。好像官员的道德都很完善，只要不做违法乱纪的事情，就可以算是个好官员了，就有资格跟群众讲道德了。事情恐怕绝没有如此简单。

殊不知，有的平日里没有为官道德的人，他在遵纪守法上并不糊涂，在道德准则上却缺乏自觉，难道这就是一个好的官员吗？依我看，绝不是。不信就看看自己身边的官员，有的简直就是个"败家子"，由于为官道德的不检点，政府多年在群众中的威信，就在他的手中给败坏掉了。从某种情况上来讲，这种人比坏官贪官更可怕，因为，坏官贪官犯法会受惩处，在群众中造成的恶劣影响，让群众出了气自然也就减少。

而这种无道德的官员他不犯法，再怎么着你都对他毫无办法，结果是恶劣的影响就像顽症似的，渐渐地败坏着我们正常的肌体。正如群众在私下议论时所说，这样的官员就像是癞蛤蟆，落在人的脚面上——不咬人却恶心人，比被咬上一口两口更讨厌。可见这种缺少道德的官，已经被群众痛恨到了何种地步，难道还不应该引起注意吗？如果等到这些人发展到不可救药，再来用法律惩处势必为时已晚，对国家对他们本人都无益处。

依我看，无论在什么时候，触犯刑律的人总是少数，而不讲道德的人总是比较多，这其中也包括那些官员，因此，当我们进行人的素质教育时，千万不可忘记道德的规范。尤其不可忽略对各级官员道德的规范。官员们位踞一方、手握重权，话可以这么说也可那么说，事可这样做也可那样做，这样那样也许并不违法乱纪，却有个道德的标准在里边。违反了道德标准，带来的负面影响，不是同样很可怕吗？

2006 年 9 月 5 日

另一种座位也该让

很有一些时日了，报刊都在议论，城市公交车上，年轻人该不该给老年人让座位。从道德角度上看，更多的言论表示，尊老爱幼是美德，当然应该给老人让座；从实际情况考虑，也有人另有看法，认为年轻人工作很辛苦，不给老人让座可以谅解。总之，公说公有理婆说婆有理，谁也没有办法说服谁，让不让座全凭每个人感觉，就像那首歌中唱的"跟着感觉走"。你实在累了就不让，你良心不安了就让。公交车上让与不让座位，现在已经习以为常，绝对不会受到任何责难。这说明社会的宽容。

我是从年轻时候过来的人，我知道，在我年轻那会儿乘公交车，见老年人如果不让座位，四周就会有谴责的目光，这之后许多天都要内疚。同样一个不可忽略的事实是，那时候的老年人都非常客气，先是一而再地表示感谢，他下车时见你还在车上站着，总得叫你过来把座位再让给你。一次正常的乘车让座，折射出来的社会风气，我这辈人今天想起来，心里都是温暖如春。令我完全不曾想到的是，那时看似很平常很正常的事，如今竟然拿来重新讨论是与非，而且要跟荣辱观联系起来，真不知这是社会进步还是倒退。

后来我认真地想了想，类似让座这种事情，不能木匠斧子一面砍，光拿年轻人的行为说事，老年人做得又如何呢？不客气地说，如今我也是个老年人了，我就知道一些跟我年纪相似，甚至于比我年龄还大的人，从正式职位上退休之后，又在什么学会、基金会领导位子主政，还美其名曰"发挥余热"。而且有的人的"余热"也真够足的，一发挥就是十几二十年，等待晋升机会的年轻人，都退休了他还在"发挥余热"。这种做法果真是发挥"余热"吗？其实只是叫得好听点而已。正确的说法应该是：顺耳点叫"发挥余威"还差不多，因为有此本事的都是过去有官职的人，在位时就已经安排好了自己的退路；说得刺耳点就是"偎被窝"、"赖座位"，倘若跟公交车上让座相比，是老年人不给年轻人让座，这种风气更坏、更可怕、更无益于社会进步。

当然，凡事也不能完全一刀切，有的是某方面专家，给个位子指导工作；有的退休后身体尚好，在某个组织管点具体事，这也可以视为正常，但是，应该得有个年龄底线，总不能无限期"发挥余热"吧。何况有的都到了老太爷辈儿了，出来开会走路摇摇晃晃，坐在主席台上犯困打盹儿，足见"热量"已经渐尽，还不把位子让给年轻人干，就未免太过分太说不过去了。老年人本该受到的尊重，这些人根本不会得到。像这样占位不愿动的老年人，纵然有一百个官位头衔，也只能像个守财老地主数钱，私下里自己偷着乐。人活到这个分儿上还有什么意思。反之，有些老年人格外受人尊重。为什么呢？一是他们人品高尚，二是他们不讨人嫌，三是他们未"占座位"，四是他们提携后人，这种老年人谁都愿意亲近。

如今什么职位什么行业，都有个时间和年龄限制；诸如基金会、学会职务，难道就是"江河万古流"吗？总得蓄点新水吧。过去谈到不干事的官员，有句话叫"占着茅坑不拉屎"，现在这些"发挥余热"的官，我不敢说"占着茅坑不拉屎"，起码不会拉得比年轻人"顺畅"，还有什么理由不把位子让给年轻人？如果说当官也要本钱的话，那么什么是最大本钱呢？恐怕最根本最大本钱还是年龄，所以才有"干部年轻化"的提法。

是时候了，应该限定"余热"发挥者的年龄，就像公共汽车上的购票标志，不然会有更多年轻人等座等到老。对于那些退休后在群众团体机构任职的官员，不妨说一声："老领导、老同志、老爷爷，对不起，您老人家也应该让让座了。拜托，拜托。"

2007 年 1 月 6 日

胡长清的皮包之谜

男人夹着名牌皮包，出出进进各种场合，在今天非常普遍。皮包里都装着些什么，外人当然无从真正了解，倘若你知道这男人的身份，猜一猜也会八九不离十。譬如，这男人是个律师、法官，皮包里装的应该是状纸；倘若，这男人是个大学教授，皮包里装的应该是讲义；要是，这男人是个地产商人，皮包里装的应该是合同，如此等等。按照人的正常思维推论，大致是不会怎么有错的。

那么，像胡长清这样的省级干部，一个地方百姓的父母官，在没有认定他是个坏人之前，让你猜测他随身带的皮包，里边装的会是什么东西。相信你一定认为是文件，而且准会毫不犹豫地猜测，是关乎国计民生大事的密件。这也完全符合人的正常思维。常言说得好"为官一任，造福一方"，一个被说成"人民公仆"的人，一个拿着百姓血汗钱的官员，当然应该日夜思谋造福人民才对。他的皮包里还能装别的什么呢？

善良的百姓，天真的百姓，我们的想法看法，这回可就完全错了。

据媒体最近报道说，胡长清那个名牌皮包里，经常装的东西是这么几样：几沓钞票，一本假护照，两个假身份证和两瓶"伟哥"，这四样东西是如何来的，我们暂且不必多说，他作为高官想弄这些，比之咱们老百姓易如反掌。至于这些东西，他会怎么用，倒是应该大有说道。钞票挥霍享受，八成不成问题。"伟哥"嫖娼玩女人，大概也不会猜错。假身份证为隐瞒官身，好像也可以理解。至于假护照干什么用，这就不得而知了，干脆就先不必管它啦。

我想说的是，一个地方政府重要官员，随身带着这些东西，他终日想的是什么，有点时间都在干些什么，这不也就一清二楚了吗？幸亏这种人在高官中，只是个别的而且暴露出来了，否则就会造成更大的危害。把权力给这样的所谓高干，期望他做好工作，期望他造福一方，那简直是痴心妄想，更是对老百姓的天大嘲弄。由此也就提出了个问题，我们在使用或提升干部时，如果光是注重政治条件，而忽略道德品质的好坏，在今天这种情况下，恐怕就多少会是种欠缺。

现在中央提出："以法治国""以德治国"，这是相当正确的措施。然而，治国以法也好，治国以德也好，都得靠人来做，如果人——尤其是重要官员，既不懂法规又缺道德，那怎么能够担当如此大任呢？国家政权交给这样的人，能够让老百姓放心吗？纳税人的钱让这些人支配，能够让我们心甘情愿吗？这倒是值得认真对待的事情。

2001 年 3 月 26 日

体验比视察更接近实际

关注民生，了解民情，现在成了官员的"座右铭"，大会小会讲，文章报告说。究竟如何关注、怎样了解，我却看不出有什么新招儿。从古代官员的微服私访，到现代干部的公开视察，其实做的都是表面文章。我不敢说起不到作用，但是，情况的真实程度有多大，我还是抱怀疑态度的。

随便举两个例子：本人居住的小区，突然一天，收购废品摊贩不见了，跟知情的人一打听，原来上级要来检查卫生，怕环境太乱，居委会让小摊贩停业了。另一个例子更邪气，据媒体报道南方某城市，为应付上级检查，将一乞丐送郊区致死，结果城管吃了官司。您看，像这样的视察就是来百次千次，恐怕也难看到真实情况，对于解决问题又能有多大帮助呢？难怪有篇报道说，温家宝总理视察工作时，常常趁当地官员不备，突然提出来下车，到未安排（实为未事先准备）的某个地方查看。这样突然袭击式的视察，尽管也不见得看到真切情况，但总还不至于是完美的假象。

官员若想得到真实情况，其实并不难，难的是看肯不肯下功夫，亲自去体验某件事。百姓当中无小事，这句话官员都会说，真正有体验的官员，即使有也不是很多。20世纪60年代初期，胡昭衡先生任天津市市长，为解决市民吃早点难，他跟市民一起排队购买，结果发现了许多问题，而且都关系百姓利益，例如，他发现卖早点的摊贩，拿钱拿物都用手不卫生，于是，他提出使用夹子的建议。这样就保障了市民的健康。倘若他不是亲自排队体验，只是到早点摊视察一下，恐怕只能看到排队购买难，绝对不会想到食品卫生问题。

如果拿老祖宗的微服私访，跟今天的公开视察比较，我倒是觉得私访近似体察，比今天官员公开视察的的做法，似乎更容易了解到真实情况。现在电视传媒如此发达，官员们个个如同大明星，几乎天天在电视新闻露脸，再像胡市长那样去逛街体验，肯定会被普通百姓认出来。倘若你是个开明官员还好，趁此机会听听百姓意见，岂不是比搞什么听证会来得更直接更深入更细致吗？这有什么不好？比如，北方地区冬天取暖，政府为了节约能源，标准室温定在 16℃，请问定此室温的官员，你有过在此室温下的生活体验吗？尤其值得提出的是，长时间在室内居留的人，大都是上了年纪的老人。如果你来体验一天，或者问问普通市民，说不定就会知道，原来 16℃ 的室温，还得穿上薄棉衣才行。光知道多节能，不考虑人生存，就是因为没有体验。

如今上了点级别的官员，不是居住在独门独院，就是居住官员大院，想体验百姓生活的困难，从道理上讲有一定的不便。但是也不是完全就做不到，关键是看官员想不想了解实情，如果想做还是有办法的，以我这个普通小民之见，一是不妨经常"忆忆旧"，因为，每位官员都曾经为过民，想想当初自己为民的难，就会想到百姓现在的苦。从安徽调北京来任市长的郭金龙，据报道，在安徽任省委书记时他就抓教育平等，原因是他未当这么大官时，因未满足学校提出的条件，他孩子被拒之重点学校门外，他有过痛苦的亲身体验，所以他有了大权就想到，让普通百姓孩子平等读书。这就是我说的"忆忆旧"的体验。二是不妨交点"穷朋友"，当官忘掉百姓朋友，官越大百姓朋友越少，这几乎成了一种规律。有人说，当了官没有共同语言了，还有人说，当了官说话不方便了，其实这都是借口，先不要说你当官为了谁，你的官俸是谁给你的，就是单说想当个好官，从体验民情的角度考虑，交几个普通百姓朋友，对于你决策什么事情，肯定会比光听汇报接近实际。比如，如今物价涨得这么快，官员说是"结构性涨价"，这是经济学上的名词，百姓听不懂也不想听，百姓过日子的感受是，豆腐涨了几毛钱，猪肉涨了几元钱，这涨了的几毛几元钱，对于百姓生活有多大影响，真正有体验的官员能有几人。你如果知道百姓的感受，说话就会对百姓心思。

据说，有位官员自掏腰包，定期请退休朋友吃饭，但是他的饭不能白吃，条件就是要跟他讲实话。这样做也只能算做调查，还不能算亲身体验，却比之通常的公开视察，所了解情况会更多，而且老朋友也不会糊弄他。这也算是办法之一种吧。总之，还是那句老话，想知道梨的滋味，你就亲自尝一尝。隔山买牛总是不大可靠。

2008 年 3 月 12 日

谈"退"说"原"

开会介绍与会者，本来无可非议，尤其是互不相识时，介绍一下增加了解，还是非常需要的。问题是现在不论需要与否，只要是稍有点脸面的人，主持人都要——介绍，生怕漏报某一位被怪罪。这还不说，介绍时还必须得戴"帽子"，如，某某什么长官、某某什么书记，有时说上一顶还恐不够分量，干脆凡是有的都悉数不误，很是风光。介绍现职人员这样也倒罢了，就是离退休的人也不想怠慢，于是乎就翻箱倒柜找顶旧"帽子"："某某单位原什么长×××"，既给会议增加了"光彩"，又让当事人不至于尴尬。真是绝顶聪明的好主意。首创者真应该申请专利。

这种算不得正派的会风，在行政人员会议上出现，我想倒也不算什么怪事，因为行政长官退下来，有的既无职称，又难觅新职务，在公开场合让人家过得去，总还情有可原，不失为一种应对的好办法。不知道从何时开始，这种好办法推广开来，竟然传到了所有的会，就连自恃清高的知识界，现在开会也来这一套。知识界的人士大都有职称，如教授、研究员、翻译家、评论家、工程师、作家、医生等等，这些蛮可以证明他们的身份了，就是退休在家也依然伴其终身，主持者却非要拉其过时职务，在前边加个"原"字来介绍。笔者在一次文学研讨会上，听到八九位的"原"某某，听得人如置身历史园林，仿佛时光又倒流了许多年。

当然，无论会议主持人，还是被介绍的人，并不见得愿意这样，可以说是无奈的选择。那么其原因何在呢？我想原因就在于社会风气，以及执行不完全的制度，成了生长这株歪苗的土壤。倘若这两方面有一方面稍好些，这种风气都不会演变成这样。

干部退休本来是天经地义之事，如果我们完全按照规定执行，哪个级别到了退休年龄，就无一例外地按期办退，形成个该退就退的好风气，退休就跟调级一样正常，轮到谁头上都会坦然对待。问题是现在根本不是这样，有的到了年龄不仅不退，而且还要易（单）位提升当官，这就让人不好理解了。难道他比国家领导人还重要吗？难道没有他事业就垮吗？正是有了这样的"特殊人"，别的退休者在别人眼里，自然也就掉了"价儿"，自己更是觉得有些不自在。因此才有会议主持人的折中办法。其实大可不必如此，退休又不是贪污、要官，有什么好藏着掖着的。

随着职务的退出，称谓自然也会消失，这本来不是个问题，有的人却不很舒服。在位时习惯人家叫官衔，退休后别人直呼其名，或者简单地叫老张老李，就有满心的不高兴。这完全是一种虚荣心理作祟。针对有的退休老人的心理状态，人们唯恐担个不尊敬的恶名，于是就情愿不情愿地，依然加"原"加"前"地叫着。据说，美国总统布什先生退休后，有的报刊记者来采访他，问布什最喜欢什么称呼，这位前白宫主人很坦然地说："退休者，女儿的父亲，妻子的丈夫。"这样的准确定位，我想反而让人尊敬。反之如果也来"原"、"前"这一套，在性格坦率的美国人中，说不定倒有种滑稽的感觉。

我这样说，并非是一味地反对加"原"加"前"，主要是看出席什么会，以及以什么身份参加会议。比如，出席原单位的纪念活动，以老领导身份出席，为了区别于现任领导人，介绍时就必须加"原"加"前"。倘若是出席专业会，以专业人员身份出席，再搬出过时的职务，就似乎无多大意思了，闹不好反而让人讨厌。如果自己不是个专业人员，或者根本不通此专业，就更无必要去混会。以"原"、"前"这类名誉，换取一点眼前的安慰，实在是没什么意思。退休就是退休，无职就是无职，旧威风是抖不起来的。这又不是旧邮票，过了时的更值钱。

生存与死亡，工作与退休，风光与沉寂，热闹与冷清，这都是正常的事，谁想不通这些，谁就是不懂得人生。已经退了休，成了老百姓，何必再计较称呼，加"原"加"前"的游戏，实在不好再玩。还每个人的真实身份，给每个人准确地定位，我想说不定会更自在些。起码我自己是这样认为。

2010 年 2 月 16 日

杂文理当年轻

诗人、小说家，在当今文坛上，不乏年轻人。作为文学家族中的杂文，其作者大都是中老年，年轻人却少得可怜。笔者编《新观察》杂文版时，曾经有意识地寻找青年作者，经常坚持写作的不过七八位，年龄大都已是三十左右。

造成这一情况的原因，究竟在哪里呢？当时曾向一些杂文作家请教过，一些人普遍认为，小说、诗歌这些文学形式更为形象、活泼，理所当然地更能吸引年轻人；杂文这种文学形式比较富于理念，似乎更适于年长人的经历、性情。这些说法我并不十分赞同，却又没有足够的道理和事实否认，只好作为疑难问题存于脑际。

前些天参加《今晚报》杂文座谈会，听著名文学家唐弢先生发言，在回忆他的写作生涯时，说他和徐懋庸、聂绀弩等老一辈作家，都是二十几岁开始写杂文。唐先生的这番话，释去了我多年疑虑，使我久已有之的朦胧意识，赫然明朗起来：杂文同样应该属于年轻人。

我们说杂文同样属于年轻人，是出于这样的考虑：一是，杂文与现实生活，有着紧密联系。那么，无论是歌颂，还是批评，年轻人都极为敏感，这样不是更便于写作吗？二是，许多读者厌烦杂文写作的老套套，希望在新的年代里有更好的杂文出现。年轻人思想活跃，勇于创新，倘能有更多的年轻人写杂文，就会如同近年的诗歌、小说一样，在杂文的形式上一定会有所突破。

让更多的年轻人从事杂文写作，说起来比较容易，做起来并非简单。首先是在杂文作者队伍上，像《今晚报》、《杂文报》等这样注意年轻人，给他们创造一定的活动机会的还不很多。有些报刊往往紧盯着几位著名的杂文作家，开会、发言都很少有年轻作者的分儿。其次是在杂文发表园地上，给青年作者提供的还不甚多，全国各报刊发表的杂文并不算少，从南到北经常见的作者不过那么十几位，而小说、诗歌作者却时有陌生姓名出现。既无活动机会，又少发表园地，在客观上就会使人感到，写杂文越老越好，年轻人还排不上。

现在有些著名杂文作家，如秦牧、严秀、蓝翎等，在感到杂文作者后继乏人的同时，极力提携年轻杂文作者，这无疑会促进杂文创作的发展。只要我们每家报刊、每位杂文作家，都能坚持这样做，杂文这种文学形式一定会吸引更多的年轻人。总有一天，经年轻作者的创作实践，杂文会开出朵朵新花，丰富我们的文学百花园。愿这一天早日到来。

1985 年 5 月 27 日

要找"后账"

在我们中国人的观念里，为人做事是不能找"后账"的，找"后账"似乎不道德。这样非但显得小气，而且会被认为不仗义。就是被找的人也不会认账，通常的搪塞话是："我又不是神仙"，结果有些事做错了也就错了，说是"下不为例"，其实十有八九下次还要"为例"。我们有些错事所以会重复出现，原因也许是多方面的，但不能说同不找"后账"无关。

找"后账"并不完全是追究责任，因为有些事情的成败确实难以预料，何况很少有谁存心要做错事，单从个人责任上找"后账"的确欠妥。如果从总结经验教训方面来考虑，做错了事找找"后账"还是对的，总比稀里糊涂地不分是非要好。比如，像引进游乐园大型游乐设施这类事，倘若不是北京石景山游乐园副总经理找"后账"（见 1987 年 10 月 16 日《光明日报》），大概许多人会以为他们大赚其钱呢。经他这么细细地事后一算，我们才知道，一套从国外引进四千多万元设施的游乐园，由于不符合我国普通群众的经济情况"游客寥若晨星"，要想收回成本得用十年左右的时间。这么一找"后账"，比之打肿脸充胖子要好，起码会提醒别人，再干这类事时要慎重。

近年见许多报刊有文章议论豆腐生产线，这说明豆腐生产线也不景气，可是议论归议论、引进归引进，终不能触到事情的要害。倘若有谁像石景山游乐园那样肯于找"后账"，坦率地用数字说明盲目引进的危害，恐怕比发议论更能警策某些引进"盲人"。我们有些人就是"不见棺材不落泪"的主，你光是给他讲道理是听不进去的，只有把硬邦邦的事实摆在那里，让他在墙上碰破鼻子，这时说不定会回头。对于这样的人事先"算账"也许不行，在经过一番失败的教训以后，帮他找找"后账"，未尝不是一剂治"盲"的良药。

现在我们国家还不富裕，这是事实。我们引进先进技术设备，正是为了早日摆脱穷困。如果说当初由于饥不择食，有些盲目引进的项目，给国家造成了损失，也不必更多地去追究事先的责任，倒是这以后的教训"账"应该细算算。过去我们一直习惯于做错了事检查事先如何，扣几顶诸如"官僚主义"、"不了解情况"等通用的帽子，很少认真地找找"后账"，具体地总结一下造成的危害。像石景山游乐园这样肯于找"后账"、敢于找"后账"的精神应该提倡，这也是在改革开放年代每个改革者应具备的实事求是的品德。

对于新事物，能早日熟悉更好；倘若只能在掌握过程中去熟悉，出点纰漏，找找"后账"，不也很好吗？

1987 年 11 月 7 日

是非“倒爷”

经济领域里的“倒爷”（指投机倒把的不法商贩），如同过街的老鼠，听到处处喊打的声音，似乎不敢像过去那样流窜了。由此我想起另一种“倒爷”，是否也应该予以打击，以便使精神领域平静些。这种“倒爷”就是好搬弄是非的人。

是非“倒爷”在人群中为数不多，具体到一个单位只是个别的，但其能量却不可低估，他像个癌细胞似的一旦扩散开来，会使好端端的躯体变坏。在政治生活较前些年安定的今天，照理说，人们的心境应该平和，人与人的关系应该亲密，只是因为有这种“倒爷”存在，太平的天下却在局部很少太平。有人说现在有的单位人际关系复杂、是非难辨，不信你作些细致的调查、分析，十有八九是这种是非“倒爷”在作祟。

大凡留心我国目前情况的人都知道，现在无论大小单位都是这样：绝大多数人在干，个别人在串。干的人往往是琢磨事不琢磨人，说话不设防，做事少私虑，凭着坦荡的心怀生存，因此，难免不慎说句错话、办点错事，有时伤了人还不自觉（当然这样也不好）。串的人恰好相反，这种人做事本领不大，或者根本无什么真本领，却诡计多端、心术不正，一天到晚在人际关系上做文章。他凭着三寸不烂之舌，逢甲说乙，逢乙说甲，来回传话传事，若是如实道来也好。否，往往是经过一番别有用心的加工，或削蔓砍枝，或添枝加叶，取舍标准完全看是否利己。这种人的存在不能说不是正直人的悲哀，对于正常生活有百害而无一利，提醒人们注意和防范很有必要。不然想干事的人怎么会有心思考虑工作呢？

是非“倒爷”是否纯属中国土特产，笔者不曾研究，似乎也无必要进行追本溯源的考察。但是，中国的土壤适于他生存，这点是确定无疑的。我们几千年来的封建基础，形成了绝大多数人的思想封闭，无论说话、做事都比较谨慎，不像西方人那样性格开朗，说起话来淋漓尽致地敞开心扉，这样就给是非“倒爷”提供了可乘之机。我们许多人遇到是非喜欢绕着走，即使是关系自己的，都不愿站出来直言面质，恐怕别人说自己无修养，大都采取息事宁人的态度。是非"倒爷"深谙中国民情，巧妙地利用绝大多数人这一特点，毫无顾忌地来回大售其奸，弄得你心情不愉而又难于言语，久而久之在同志间造成隔阂。

许多人不是希望有个心情舒畅的工作环境吗？那就必须毫不留情地打击是非"倒爷"。当然，对付精神领域里的"倒爷"，不能像对付经济领域里的"倒爷"那样，用简单方式方法而不讲究策略。是非"倒爷"有个致命的弱点，那就是怕阳不怕阴，一旦抓住他搬弄是非的把柄，来个三头对质的当面揭露，他的原形便会暴露无余。大家充分认识了他的嘴脸以后，再想搬弄是非就不那么容易了。

1988 年 6 月 28 日

寻医治疗"长舌"病

随着政治生活逐渐开明，有些属于品德的顽症，似乎已经不治自轻。例如，过去政治运动连年不断，有些人染上的"投机"病，现在则因无适当时机，这些投机成症的人，即使偶尔犯病，在吃过苦头的众人面前，他们也很难有大作为了。唯有一种病，很难治，这就是"长舌"病。因为你总不能割掉舌头，不让他说。这种病发作起来，患者是否痛苦不详，它对正常人的危害，却是很大的。

"长舌"病患者的临床表现，大致有这样几种：

一曰"走东串西，上蹿下跳"：此病患者很难坐下来真正干点事，他的脚上好像装有滑轮，一会儿到这里嘀咕几句，一会儿到那里念叨几句，一会儿给领导吹阵耳边风，一会儿给群众传点小道消息，弄得四邻不安，人心慌乱，他从中享受到些许欢悦，说不定还会捞点好处，他这才多少会安静点。

二曰"心怀鬼胎，拨弄是非"：舌头长是"长舌"病患者的一大特点，他自然要发挥其长处，充分发挥长舌头的功能。跟甲说乙怎样，跟乙说甲如何，凭着一条不烂的长舌，搅得同事间很不团结，他自己则从中讨好，以求有个一官半职的升迁机会。有的挑拨技术高明的长舌者，竟然可以让领导之间对立起来，在重大问题上无法统一意见。其离间技术可谓高超。

三曰"以己之腹，度人之心"：此病患者十有八九心术不正，自己一贯伸腿使绊，佯装别人不知，有时还要给别人制造口舌，以示自己心洁身正。殊不知别人无意与其论长短罢了，这倒不完全因为"舌头短"不敢对垒，主要还是无时间和精力琢磨人，只好听任"长舌"者鼓噪。

四曰"本事不大，妒心不小"：一个人的精力、时间都是有限的，若想确确实实地做点事情，绝不可能再把心思分给别处；同样，若总思谋着如何害人，也不可能有精力和时间去做工作。如今是个注重实际的时代，光靠舌头长求生存实在太累，这也正是"长舌"病患者的苦恼。于是他不得不强压妒火，施点小计谋，诋毁有做事本领的人。

以上四种仅仅是"长舌"病患者的主要临床表现，如再仔细地作些观察，其他方面表现也还不少。据有人考察，"长舌"病患者女性居多，而且大都是缺乏文化教养的人，这样的说法未必可信，起码是有点片面和偏激。据察，男性中同样也有，而且也不是无文化的人，有的还是正牌大学生呢，只是所学知识用错了地方，实在可惜。

在更多人希冀安定美好生活的今天，以便让人有个心情舒畅的社会环境，实在有必要治治"长舌"病。特此寻医，不知可有良方否？

1986 年 9 月 16 日

第二辑

富人们做了多少善事

中国有多少富人？这是个很难回答的问题。一是没有界定标准，二是难以统计数目。从各种新闻媒体报道上看，或者从财富排行榜得知，咱们中国的富人不能算少。一般的小富中富的人且不说，就说总资产超过410万美元（约合人民币3400万）的富人，据美林集团《2004年财富报告》统计，按金融资产100万美元计算，这样的富人到2003年中国就有23.6万人。美林集团的报告还说，富人增长最快的国家，中国算是几个国家中之一。这些人大概属于通常说的，先富起来的那部分中国人。至于这些富人是怎么先富起来的，纯属个人隐私和生意机密，咱们就不去多管多问了，反正是"小鸡不尿尿，各有各的道"。即使越轨老百姓也不知道也管不了。不过有件事，我倒颇感兴趣：这些先富起来的人，谁在做善事，都做了哪些善事？

从历史上看行善做好事，早已经成为普通人的道德，例如北京电视台正在为白血病患儿募捐，许多市民都在纷纷解囊，但是终归财力有限难成大善。过去行大善者大都是富人，自己发了财有了钱，就想为乡里做点善事，例如修桥铺路，例如赈济贫人，例如兴学育才，是早年富人最普遍的做法。正是因为这些富人行善，就常被乡亲们称为善人，现在乡村有的地方名称，至今还首冠某某善人姓，如某善人井某善人路，即使"文革"中被迫改名，人们仍然保留自己的叫法，足见善事多么崇高，善人多么为人敬仰。

目前正在热播的电视剧《乔家大院》，据说主人公乔致庸就是位大善人，黄河几次闹大水，冲到山西省来，都是乔致庸放钱赈济灾民，乔家开粮发粥，粥还必须得浓。浓到什么程度呢？浓到用毛巾裹起来，再打开时米不散，浓到放在碗里，插上筷子筷子不倒。行善行得如此真诚，行善行得这样实在，哪能不被乡里感念。那年去山西访问，我问当地的朋友，有这么多晋商大院，为什么只有乔家大院出名？是不是跟张艺媒拍电影《大红灯笼高高挂》有关啊？朋友说，有一定关系，但是不是主要的，主要的还是乔家大院保护得好，算是大院中保护最完整的一处，"文革"中破"四旧"搞得那么凶，都不忍砸碎乔家大院一块砖，因为乔家是个善人之家，乡亲们不想背负"忘恩负义"的恶名。

那么，现在的富人如何呢？很遗憾也很可惜，被称为富人的不少，被叫"大款"的很多，就是不常听说被称善人者。这些年内地有的地方，倒是也有用富人冠名场所，比如"英东游泳馆"、"逸夫图书馆"等等，李嘉诚还设了"长江奖学金"、办了汕头大学，这些无疑都是富人善事，只是这些善人都是香港的富人。内地富人却很少见此善举。跟富人相比倒是普通人，济困扶贫行善的不少，比较著名的普通大善人，如天津工人白芳礼老人，靠蹬三轮车挣来 35 万元钱，全部用来资助 300 名孩子上学，而自己一天三餐两个馒头一碗白水；如深圳歌手丛飞义演 400 多场次，资助178 名儿童圆了读书梦，还帮助了许多残疾人，累计捐款达 300 多万元，身患绝症还念念不忘承诺。这些人经济并不富有，却肯于用自己微薄的收入，尽量资助更困难的人，都是可敬的行善者，都是当代的大善人。

说到这里人们不禁要问：内地的富人为何很少行善呢？真正原因只有富人自己知道，咱们无法推测和猜想。不过从有关媒体报道上看，内地富人中的大多数，除了自己置办豪宅送子留学，好像更热衷于赞助歌星演出，或者赠钱给自己喜欢的体育活动，要不就是摆这个宴那个席吃喝，跟有头有脸的人搞交际拉关系，最典型的就是那个逃跑的赖昌星。同样从媒体报道中知道，有的富人到国外生孩子，或者到国外结婚过生日办喜事，从描述的场面和享受舒服程度看，其花销的数目听后令人咋舌。可是真正施惠于普通百姓的事，起码我没有听说过多少，当然就很少有富人即善人者。

其实这些富人忽略一个事实，如果想让自己富得踏实，必须有均富的思想观念。最近电视新闻中报道，山东的一位亿万富翁，放弃优裕的生活，毅然回到家乡当村官，拿自己钱办慈善事业，回报家乡对他的抚养。这是我听说的首位内地大善人。施德行善是我国的传统，先富起来的那部分人，只有帮助更多人脱贫致富，社会才会稳定和谐。这样明白的道理，富人本应该懂得。现在这样那样的排行榜很多，有关部门如慈善总会，搞个"善人排行榜"如何？

2006 年 2 月 27 日

富人经常在想什么

这篇小文章的题目，难免有点窥密之嫌，说不定会招人反感。

我之所以会有如此想法，是从各种媒介中知道，比一般人更艰难的同胞，每天睁开眼睛想的就是，如何用正当方法挣点钱，让全家人的衣食无忧。于是我忽然想到，穷苦人是这样想的，那么，先富起来的那部分人，他们经常在想什么呢？出于某种好奇，或者叫将心比心，想知道我不了解的富人，想法跟普通人是否一样。

先讲个穷人的故事。河南有个叫王合的农民，他儿子在北京一家饭店当保安，干了几年挣了一点钱，用钱上就开始大手大脚了，父母亲怕儿子学坏，为了看管儿子，母亲就也来到北京，在儿子干活的饭店当择菜工。妻和儿都到北京来了，王合就带着女儿也到北京，靠做泥瓦匠手艺挣点钱。王合女儿天生爱美，花 30 元钱拍张照片，这下可疼坏了王合夫妇。从此家中在挣钱和花钱上有了矛盾。有矛盾也就有了故事，我就不在这里细说。

王合一家人做客凤凰电视台，主持人鲁豫询问王合全家人，将来有了钱都有什么想法？王合说："有了钱我想让女儿上大学。"王合的妻子说："有了钱我想给儿子娶个媳妇。"王合儿子说："有了钱我想留在北京。"王合女儿说："有了钱我想回老家。"鲁豫听完又问："那你们现在日子好过了吧？"王合妻子说："比过去好多了，最困难的时候，房子里找不出一分钱。"这就是贫人无钱的情景，以及将来有钱的想法。

听了王合一家的事情，先富起来的那部分人，请你们扪心自问一下，改革开放之前，如果你也在农村，靠在地里刨食，家境跟王合有多大差别呢？如果你家在城市，靠每月死工资为生，生活跟别人有多大区分呢？我敢说，即使有也是很小很小，那时追求的就是"穷革命"啊，谁比谁的日子也好不到哪儿去。无差别收入显然不利社会发展。因为人的能力、知识、环境不同，抹杀了个性化才干的发挥，必然会扼制潜能的创造力，所以我以为，改革开放政策最重要的标志，就是人人敢于为理想而奋斗。用正当方式取得财富的人，是这一政策的最好体现。

说到这里，忽然想起过去流行的一句话："要经常想想世界上，还有三分之一的人，生活在水深火热之中。"今天听起来可以说是蒙人的笑话，可是在当时却让两代单纯的人，在蒙昧中满足于自己贫穷现状。现在再无人相信了，只是随便说说而已。如果还有点参考价值的话，那就是不管是对是错，还是应该想想别人处境。原来跟我们无太大差别的人，你们是怎样忽然富起来的呢？是靠权势是靠本领，是靠人脉关系是靠地缘优势，是遵守法规是犯法逾规，只有你们自己心知肚明，我们无权利更无办法知道，反正你们成了名符其实的富人。所谓解放世界上的穷苦人，对于中国富人来说太遥远了，如果连自己同胞老乡的困难，都采取视而不见的态度，我倒是觉得情感上过于冷漠了。现在有些先富起来的人，就是如此。所以我说，不知道富人经常在想什么？

假如有哪位先富起来的人，不经意间看到这篇小文，说不定也许会问："喂，穷小子，你想让我想什么呢？"那我就爽快地告诉你，想让你经常想想这样的问题：如果没有改革开放政策，你能够先富起来吗？你挣的每分钱都干净吗？你是靠自己本事挣的钱吗？你挣这么多钱想过做点慈善事情吗？等等。说到这里又想起一个富人故事，这个富人就是已故的陈晓旭，当然她还是个名人，因为她饰演过《红楼梦》中的林黛玉。就是这个陈晓旭，演戏出了大名，做生意挣了大钱，可谓"名利双赢"，却不料最后出家当尼姑。她当时究竟是怎么想的，咱不是陈晓旭无从知道。其他富人如果有兴趣，不妨破解一下这道谜，说不定会从中悟出点道理。

最后我想说，金钱无论对于谁，都是好东西。没有钱的人总是想发财，有钱人老琢磨如何更多。却很少有人经常想想，金钱以外的许多事情——而这些金钱之外的事，恰恰于人生有所裨益。富人们，你不必告诉我，经常都在想什么。只是建议你问问自己：对呀，我经常在想什么呢？

2007 年 5 月 28 日

善事也要讲"成本"

如果我没有记错的话，"希望工程"刚启动时，只是简单地搞了个仪式，从此就是扎扎实实地做事情，比如在各地建"希望小学"，比如组织大学生支教，比如给山区学校送文具图书，等等，让许多贫困孩子实实在在受惠。类似这样的活动全国还有，如环保部门的保护"母亲河"，如全国妇联扶持西部建"母亲水窖"等等，都是启动时搞个仪式或报道，然后就是一件事一件事地去做，一个地方一个地方地去落实。这样搞的公益活动才是，真真正正做善事，认认真真帮"穷"人，所以深得广大群众赞赏。

我国有句老话"善事不欲言"。就是说做善事好事，都是悄悄地默默地，而且都是心甘情愿地，绝对不自己到处张扬。如果善事做了或还未做，就闹得天下沸沸扬扬，这善事也就变了味儿，做事人的动机也就成了问题。最近从《今晚报》上看到，天津有个耄耋老人白芳礼，自己生活并不富裕，靠蹬三轮车的辛苦钱，资助了成百上千贫困学生，白大爷却一直不声不响，默默地坚持了十多年。只是因为白大爷最近生病住院，得知他无钱给自己治病，受他资助过的学生们，现在反过来要帮助老人，这才使他的事迹传出，深深地感动了神州大地。白大爷做的事才叫真正的善事，白大爷这个人才是真正的大善人。

可是，有的这个组织那个所谓名人，同样也是在做公益事业，在做法上却全然不同。未做之前就连篇累牍地见报，还未做就在北京大搞启动仪式（当然这第一次无可厚非），然后就是带大帮名人和记者，不惜重金乘飞机去外省造势，随后大张旗鼓地一次又一次宣传，事还是那件事人还是那几个人，只是地方又换了一个新的而已。倘若照此周而复始地做下去，偌大个中国全走遍得花多少路费，更不要说搞所谓捐赠仪式的费用。如果真正想扶贫济困做善事，这笔搞"形式"的费用和时间，完全可以省下放在默默的行动上，这样不是更可以多帮助一些人吗？有人对这种做法非常形象地说，这是借做公益事业在给自己扬名，很像草地上的狼拉完屎叫两声，生怕在万里无垠的空旷处人不知。这些靠公益事业造势扬名的人，实在应该好好学学白芳礼老人。

那么，公益事业或者说做善事，究竟应该如何搞呢？当然也不是完全排斥必要的形式，只是每到一个地方搞一次仪式，重复相同做法宣传几个名人，就显得过于滥过于矫情了，反复地刺激感官令人生厌。我觉得搞公益事业，首先要计算成本，其次要加强监督，再者要进行检查，不能任一些走歪路的人，借做公益事业办自己的事，把刚刚起步的公益事业名声败坏。

在这里我想主要说说，公益事业的"成本"问题，这一点非常关键非常重要。我们不妨先算一笔虚拟账：从北京到甘肃省会兰州，再从兰州然后到某个村，假如只去 10 个人搞所谓仪式，每人路费假设是 500 元（还不算吃住钱），10 个人就是 5000 元，若是把这 5000 元省下来，起码可以打两口井买千种书接济几十个人吧？何况去的也不止是 10 个人，路费也不止是每人 500 元，因为有的人要睡软卧乘头等舱，更不要说还得在当地兴师动众。当然这钱不会是个人掏腰包，十有八九是羊毛出在羊身上，人们不禁要问：这是扶贫济困吗？如果善事都是这样做法，这个"成本"也过于高昂了。跟那位白芳礼大爷比，跟"希望工程"比，跟建"母亲水窖"比，这些所谓名人的"善心善事"，恐怕多少要打点折扣坏点名声。做芝麻大的善事花西瓜大的钱，这种不计算成本的公益事业，是应该引起注意和规范的时候了。

写到这里我忽然想起，前苏联诗人马雅可夫斯基，曾经写过一首讽刺诗，说买一瓶墨水要由国家议会讨论，批判官僚主义和形式主义。现在有的公益事业，不说其动机究竟如何，只从一而再的重复宣传看，即使不说是作秀或炒作，起码也有点老马讽刺的味道。因此借助老马的灵感和诗胆，我也来胡诌几句"打油"：送笔一支千里行/乘机坐车费百银/美名扶穷济西部/何似旅游赏风景//劝君行善心先善/莫负百姓一片情/善事善办有和谐/求真务实是根本。

2005 年 6 月 20 日

冷静下来说奥运

再有六年的时光，奥林匹克的圣火，就要在我们北京点燃。可以想见那时的北京，天会更蓝，地会更绿，楼会更多，车会更快，城市的各种设施会更好。这一点我绝对不怀疑。可能是我太热爱北京这座城市了，可能是我太不放心城市管理水平了，不知怎么在欢庆申奥成功之后，我常常地会想到奥运会举办完，北京又会是怎样的一种情况。真的，我实在不敢认真地去想，尤其不敢结合现实生活去想，这样一想我的信心多少就要打点折扣。

每一位久居北京的人大概都有这样的体验，每逢一个重要会议到来，比方人代会、亚运会、世妇会、大运会，如此等等，城市的街上车畅路通干净，老百姓会有沾光几天的幸福。可是，会议结束后会怎样呢？借用一句歌词："从前怎样现在还是怎样"。

我居住在城北安慧里，这可是个新市区啊，因沾亚运会的仙气，这个地区名声大噪。它有过的幽静和清洁，它有过的便利和气派，的确曾让人们多少感受到，亚运会带来的某些惠民的福祉。可是现在的情况如何呢？我想借用两位外地朋友的话说。一位来自内蒙古的朋友说："这亚运村地区才开发几年啊，这会儿就这么脏这么乱啦！"另一位是深圳某报社的编辑，来我家临走时说："居民楼管理得这么差，这要是在深圳，早就有人追究物业的责任了，你们北京人怎么就能容忍呢？"

我听后只是轻轻地以笑回答，却没有勇气将真情相告，并非想顾全什么大局，更不是像台湾作家龙应台说的"不会愤怒"，而是可怜我自己这样的居民，说了又有什么用呢，更何况跟谁去说都不知道。也许有人会天真地问，不是有居民代表吗，去反映反映吧，大伙选了他总得干事吧。嗬，亏你还是个中国人哪，除了选举让你画圈儿，平时谁晓得代表是谁，他代表的又是谁。

城市管理是一门学问，不是随便什么人都能干的。现代化的城市管理工作，尤其是居委会这一级管理，就像一栋大厦的地基，有着举足轻重的作用。然而我们现在任用的人，仍然是老大爷老大妈，若问这些人的来路，不是街道办的亲戚，就是物业公司的家属，根子都很硬干活却不行。至于那些占着某一个职位的人，说起大话现成话来一套套的，实际上连个基本章法都没有。让这样的人管理现代城市，天知道会有什么结果。

我每天看新闻报道都是说，从南到北，从城到乡，建设了什么项目盖了什么楼，真的让人非常振奋。但是很少有报道说，谁家管理得非常好，拿出实例来悦目世人。自从申奥以来，把什么项目——哪怕是厕所改造，都跟申奥联系起来，就是不说怎么管理。好像城市的建设就是为申奥给人看。不过这也难怪，又有几位官员，真的会管理呢？所以我说，城市现在真正缺少的人才，并非是会修路建房的，或者是会说几句官话的人，而是懂得如何管理城市的人。我真的很担心，奥运会举办完，由于管理跟不上，城市又会变乱变脏，就像现在的亚运村一带。

其实，中国之大北京之大，不是没有管理人才，而是没有发现。当然，我这里说的并非全是专家型的，只是比现在大爷大妈们，更有知识更有能力更有精力的，这样的年轻人总不会少吧。北京申办奥运提出的口号是：绿色奥运、科技奥运、人文奥运，这是非常激动人心的，可是当我冷静下来再想想，前两个理念只要有钱有时间，迟早会办得到，唯有这人文奥运，却是很难办到的，所以也就没有像前两个理念那样，让我们感受到人文奥运，它究竟会从哪里体现出来。

距离举办奥运会还有六年的时间，六年的时光不过是即逝的瞬间，但愿北京城市的规划者们，在考虑城市建设的同时，更要考虑城市的未来管理，以免未来美丽的奥运村地区，乃至整个的新北京，不至于成为奥运会以后的遗憾。

（注：非常遗憾，此文担心的事情，奥运会之后果真发生了，现在奥运场馆周边的情况，无论是清洁、治安、秩序，都远远不如奥运会举办前后。）

2002 年 6 月 18 日

老干部局是干什么的？

读者看了这个题目，以为我是明知故问。其实我真的不太明白。

现在几乎所有单位，无论是大是小，是事业是企业，只要有离退休干部，都设有专门机构和人员，负责管理老干部工作，有的叫局，有的叫处，有的叫办公室，许多人因这个机构当了官。这本来是一件好事情。老干部们操劳一生，退休后有人照顾，真正地安度晚年；新机构设立安置年轻人，借此有个提升的机会，岂不是两全其美的好事？可是实际情况，好像并不真的那么美妙。这个机构到底是干什么的？又干了些什么？相信没有人会真正说得清楚。

顾名思义，既然叫老干部管理什么机构，理所当然要为老干部服务。问谁都会这么说。那么，怎么服务呢？当然，也都会说，老干部生病照看死后送葬，都归这个机构管。可是再一追问，老干部健康地活着时，你们怎么服务呢？恐怕就答不出来啦。这就是我前边说的，不明白这个老干部管理机构，究竟是干什么的问题所在。

随便举两个例子。比如，现在有好多单位，逢年过节发些东西，这是好事情吧，可是你得自己去领，于是七老八十的人，或挤公交车或打的，去单位取一桶油。这还不说，有的单位连一张什么表格，都要通知老干部自己去取，说是单位邮寄没有经费，寄一封信不过八毛钱，老干部乘车得花几十元钱，哪怕你让自己出钱，总也比让人家去取好。再说时间、车钱还在其次，万一途中出点意外，这恐怕就不好交代啦。管老干部的机构，难道就不能想想办法吗？再比如，人老了免不了生病，看完病报销医药费，就成了老干部的负担，不去报销没有钱用，报销就得去单位排队，有时排上队现钱又没有了，总之，看病难报销就更难。这些事情应该如何解决呢？诸如此类的事情不胜枚举，可是并没有人认真地对待，更不可能有人研究解决。

我的话，就想从这里说起。

首先必须明确，老干部管理机构，不是年轻干部"养老"机构，在这个机构里工作的人，服务对象就是老干部，就应该思谋着如何方便老干部。如果像仓库保管员似的，把老干部当做物品管理，没有主动的能动作用，这个机构完全可以不设，通知老干部干这个领那个，随便一个什么机构都可兼做，何必专门设立个机构？从目前情况来看，只管过节不管平时，只管病死不管健康，是一种非常普遍现象。有的单位的老干部管理机构，平时甚至于连个电话问候都没有，人未走茶在老干部管理机构就凉了，足以说明有的老干部管理机构的冷漠。

　　其次必须明确，老干部管理机构，服务对象是人，不光是钱物分发，正常工作就是考虑如何服务。当然，说到服务的确有个经费问题，但是这并不是主要的问题，关键还是要看愿意不愿意服务的问题。为什么这样说呢？还是以上边说的取东西和报销为例，如果真正愿意给老干部以方便，就可以用收取成本费的方式，顾人找车解决这点不是经常要办的事情，相信老干部们绝不会都反对，因为算下来总比自己去取，更省钱更省时更省力也更安全。道理说通了，方法得当了，相信多数人会拥护。我这个不做老干部工作的局外人，既然可以随便说出个办法，难道专门从事老干部工作的人，还不能在这方面多动点脑筋吗？

　　离退休老干部管理工作是项新的事物。正是因为它是一项新的事物，可以这样做也可以那样做，这就要看具体做事情的人了，如果把它当做科学来研究，说不定就会成为老年学专家，如果只是一般性地应付应付，做得再熟练也只是行政管理，直到做此项工作的人最后退休为止，绝对不会有大的长进和学问。随着我国进入老龄化时代，同时又是长寿者越来越多的时代，老干部管理工作绝对大有可为。照此看来老干部管理机构，应该干什么如何干得更好，就成了一个值得探讨的问题。

　　当然，要想做好老干部管理工作，最重要的是真正被领导部门重视。从目前各单位的情况看，配备做老干部管理工作的人员，无论从政治素质上还是工作能力上，有的并不是十分理想和合适，只是考虑提级或别处不好安排，最后只好安排这样一个"闲差"。如果真正重视老干部管理工作，在人员配备上绝对不能马虎，即使不找能力最强的人员，起码也得找有爱心的人来干，这样才会使老干部管理工作，适合老龄化时代的到来。但愿老干部管理工作，突破墨守成规的平庸，早日成为有朝气的新型事业。

2004 年 6 月 16 日

政绩要算得失账

咱们中国人爱算账。商人做生意算盈亏账，农民种地算收成账，工人干活算奖金账，百姓过日子算收支账，就连不挣钱的孩子，到了一定的时候，都要算算储罐里的钱。更不要说口头禅里："小心，我找你算账。"其实，无论从哪里说，做事情学算账，都是值得提倡的，做到心中有数，总比稀里糊涂好。运用科学发展观，建设节约型社会，算账尤其显得重要。

说到算账，就不能不说，这几年开始时兴的官员算的年终账，也就是通常说的"报告政绩"。官员算政绩账，这是非常好的事情，说明有责任心，愿意做些实事，自然应该受到百姓欢迎。有的地方政府官员，年终算过政绩账，被评为"人民公仆"；有的企事业单位领导，年终算过政绩账，跟职工一起获奖，这都在一定程度上反映出，群众对这笔政绩账的认可，当然也是群众对官员的评价。为百姓服务受百姓欢迎，这是多么顺理成章的事，可以说里边不含任何杂质。受此殊荣的官员，应该打心眼里高兴，更要格外地珍惜。

不过，我们也不能不承认，有的官员的政绩账，在算法上还有欠缺，群众并不是十分认账。他们在算政绩账的时候，大都是列举所做事情件数，实际效果如何却很少提及。很有点像小餐馆里，服务小姐给客人报菜单，一个个菜都叫什么名字，至于这菜是怎么做的，味道是咸是甜，价钱是贵是贱，就完全不管不顾了。官员政绩也这样算流水账，并不是完全不可以，只是显得对普通百姓，不够尊重和缺乏一定诚意，就是对自己的政绩，好像也不是负责任的做法。例如现在任用干部由群众推荐，这种形式正在普遍采用，有的单位头头说政绩，只谈选拔方法和数量，至于选出的干部到底怎样，试用期结束考核合不合格，最终被群众否定的有多少，这样的事情就免开尊口了。做事情不谈效果，这样来算政绩账，给群众的印象，总觉得不怎么厚道。

单纯"评功摆好"的做法，毕竟已经成为过去；光靠吹牛造假升官，好像也不再那么灵光，因此，算政绩账应该有总结性质才对，做了多少实事解决了哪些问题，固然要如实报告给群众知道，但是从推动工作角度考虑，还必须要算得失成败这笔账，而且比摆做事的数量还应该细致，以便从经验教训中找出改进方法。当糊涂官马虎官糊弄官，过去也许还可以办得到，因为那时的群众只出耳朵，不敢出自己的头脑和嘴巴，这会儿好像就不那么容易，会思索敢说话的大有人在，更何况有些事情关系切身利益，完全不让群众说三道四，恐怕很难捂住谁的嘴巴。再说有些事情非要通过群众，目的正是想求得群众监督，谁愿意放弃自己的权力呢？

官员算政绩账时，只报项目不说得失，有的人自己并未意识到，这种人大都是水平不高所致，群众提醒一下也就改正了；有的人则不是这样，自己明知道事情做错，却不敢公开向群众承认，而且在对外宣传报道时，还拿不是当理讲，群众自然看得一清二楚，哪会有无意见的道理。像这样文过饰非的官员，即使不是政治品德有问题，起码也是思想落后于时代，低估了群众的觉悟和责任心，要知道，头脑清醒的群众有的是，不说不等于看不出来。因此，在算政绩账时一定要实事求是，更要从有利事业发展的高度算，这样才会年年有进步事事有开拓，官员本身在执政上也会有作为。总之，既然要算政绩账，就不能光算做了什么，也要算是怎么具体做的，更要算成败得失如何，群众反映是好是坏，要算账就得清清楚楚明明白白，这政绩账才不是假账糊弄账。这样的官员在群众眼里才不是赖账的官员。

现在又到年头岁尾了，正是算账的适当时机。别人的账如何算，那是个人的事情，咱们无权给人家支招儿；而这官员的账怎么算，却关系普通的老百姓，我在这里说了说自己看法。即使不能改变算账规矩，起码让有的官员知道，百姓希望你们的政绩账，应该算得仔细再仔细，尤其要说清楚所做事情，结果是不是正确和对事业是否有利。政绩账不如实算，当心有一天，群众找你算后账，到时日子更不好过。

2005 年 11 月 26 日

谁来审计行政违规

如今在咱们中国，鼎鼎大名的李金华，大概很少有人不知。这位国家审计署署长的事迹，曾经"感动中国"（被评为"感动中国人物"）许多人。纳税人的钱，老百姓的钱，如何花用，是否违规，全靠他率领的人，替咱们看管着。尽管审计出的结果，在改正处理方面，还有一定欠欠，但是对于那些违规者，多多少少总还有些震撼。这就好。

现在的问题是，行政管理的违规，应该由谁来管？具体点说，就是行政政策违规，而尚未构成犯罪时，需不需要经常审计？这属不属于审计署审计范围？例如最近公开报道的，诸如四川省有的单位"吃空饷"，国家药品监督部门旧药当新药批；国家公务员投股煤矿经营；还有司空见惯的录用人的"人情风"、"裙带风"，任意改变经过国家批准的编制，财务上以白条代正式收据，以及不按规定条件提拔干部，等等，在未发展到经济犯罪之前，都有行政违规的具体表现，只是因为缺乏及时检查审核，渐渐才发展成一些人的犯罪。像单位人员编制经过国家批准，按说有一定的权威性，不允许擅自挪用胡乱进人，但是有的单位却未认真遵守，他们视编制如象棋中的小"卒"，过了河（批准后）就横拱起来了，在目前即使不是很普遍，起码违规者也不在少数。而机构人员编制的改变，往往跟进人的违规有关系，最近人事部出台的用人回避制，之所以被广泛关注和称赞，其原因正是由于群众对此早有议论。

其实，在人员编制方面违规，远比财政开支违规造成的影响还要坏，只是比财政违规少监督罢了。财政违规假如没有审计，单位职工和普通百姓，哪里有机会去查账算钱呢？有了李金华署长向人大的报告，把违规单位情况公诸于众，我们这才知道这些违规事情。人员录用和提升则完全不同，几个活蹦乱跳的大活人，总不能放在保险箱里藏着，每天在单位大门进进出出，躲不开虎视眈眈的眼睛，群众看着心里发堵脸发沉，却没有地方去讲理求审计，你想会是什么滋味儿，哪有不骂街不发牢骚的道理。这时群众说的最多的话，同时也是所希望的事情，就是："怎么没有行政管理方面的审计呢？"

说句不客气的话，不按规定条件程序提拔干部，随便录用不需要的人员，任意挪占批准编制职数，往往跟金钱交易相联系，常常跟人情关系有瓜葛，原因非常简单，倘若没有利益在起作用，哪个办事的人会那么傻，冒着丢失职位的危险，为毫无干系的人做违规事情。这样明显的违规事，之所以有人敢办，之所以连连得手，主要还是缺少检查，就是像财政开支那样的审计。干部任命和人员录用这些事，光靠一纸规定恐怕不行，光靠群众监督也不行，还必须有铁的行政审计。审计结果出来，只要有问题，就坚决曝光，给予必要处理，这样才会使违规者，即使杜绝不了也会有所收敛。

老百姓挣点钱很困难，征税人收税很辛苦，国家金库好容易充实，更应该设法堵住更多漏洞。堵住财政漏洞，捅开人事漏洞，从钱上算计起来，还是亏了财政，里外一算，受损失的依然是国家，倒霉的还是纳税的人。不要以为财政违规是大头，人事安排上的违规无所谓，其实从本质上说都一样，既会造成财政流失，也会造成腐败滋生，只有卡守住人财两个进出口，应该花的钱就按规定花，应该进的人就按需要进，不乱花一分钱，不乱进一个人，这样才是真正的精兵简政。

从总体上说，掌管人事工作的人员，大都是比较正派可靠的，但是也不能不看到，少数人的违规谋私情况，完全靠自我约束，在目前还有一定难度，因此有必要设立专门机构，或者赋予审计署更多职能，对行政上的违规同样严格审计，行政政策违规才会杜绝或者减少。只有严格坚持国家制度，行政秩序才会正常；只有合理安排人员职位，财政损失才会避免。绝不能让个别人钻空子，堵了财政漏洞，捅了行政漏洞，从人事安排上捞好处。

2006 年 3 月 8 日

法盲与"法通"

罪犯中有两种人，在法律面前，很难说有平等。一种是不懂法的，一种是精通法的，或称为法盲和"法通"。这两种人的身份，一般地说，前者大都是少文化的普通人，后者往往是从事法律工作的人，一个糊涂，一个明白，在运用法律方面自然就无平等可言。

有些犯罪的普通人，在谈到犯罪的原因时，最常说的一句话，就是"我不懂得法律"，在罪犯自己看来，好像不懂就应该原谅。从法律的角度上考虑，不懂法并不是个理由，犯哪条罪仍然得按哪条法判，但是从感情的角度考虑，这不是理由的理由，常常会得到某些同情。这就是法律无情人有情。而这种无原则的同情心，同样也是法盲的表现。法律历来是对明白人的制约，如果这样的法盲太多，法律也就失去了防范作用。因此，普及法律教育，彻底消灭法盲，比之按法律办事，显得更为重要。

近年有些罪犯是执法人员，在谈到对他们的判决时，最常用的一句话，就是"他懂得法律"，从说话人的口气上分析，好像人家懂得法律，办案人就得格外慎重。殊不知这些罪犯，正是利用他们的法律知识，做些冒犯法律的事情，最后仍然没有逃脱法律的制裁，也就难说他们真的懂得法律。真正懂得法律的人，并不完全表现在精通条文上，而是首先要懂得法律的尊严，以及法律的不可亵渎性。有了对法律的正确认识，而后又熟悉法律条文，并严格按法律行事，这才是真正懂得法律。

按照现在约定俗成的说法，我们姑且承认这种"法通"，那么这种"法通"与法盲，两者之间有无联系呢？我以为不仅有，而且关系很紧密。可以说是两者互相依存着，不然在我们的法律生活中，就不会有不正常的现象存在。

法律的制定和执行，是不是公正、坚定，还必须有一定的监督，而这种监督除了专门机构，更多的应该依靠广大群众。如果群众不懂得法律，对于执法人员就难以监督，知法者犯法也就难免。相反由于群众不懂得法律，有关法律上的事情，不得不求教熟悉法律的人，这些人也就格外显得金贵，利用法盲不懂得法律的弱点，执法人索贿受贿的事就会发生。若想使法律真正具有公正性，在执行过程中真正做到清廉，就得缩小法盲与"法通"的差距。

缩小法盲与"法通"的差距，最有效也是最简便的方法，就是普及法律知识的教育。我们现在的普法教育，大都从宣传的角度进行，缺乏经常性和生动性，这样也就难以做到家喻户晓。随着社会的发展和变化，人们的活动交往不断增多，法律越来越显得重要，因此也就更需要普法教育。谈到全民的普法教育，一是应该坚持经常，二是应该力求生动，不然很难达到预期效果。倘若能像"希望工程"那样，建立个长设机构进行，让普法教育深入到家庭，让法律真正地深入人心，法律自然也就会有无穷的力量。关于法律教育的生动性，最近电视台的庭审直播，北京市的公开审理案件，就是个很好的办法，接受起来既直观又不枯燥，自然而然地就学了法律知识。

从我国目前的情况看，文盲不少，法盲更多，有文化不等于懂得法律，知道法规不等于懂得法律的意义。因此，在提倡依法治国时，首要的应该是依法育人，只有人人懂得了法，事事真的依照法律办事，依法治国才会落到实处。当然，在消灭法盲的同时，还必须注意对"法通"的监督，尽管这部分人为数不多，但是他们的危害性不可轻视。

2008 年 6 月 18 日

你有几个头衔

军人有军衔，警察有警衔，是大官是小兵，一看就明了，无须谁来介绍。可是着便装的人，头衔再多再大，若是没有人介绍，那也不过是未咬的饺子，很难分出里边的馅来。所以这会儿一开会，首先要介绍有头衔的人，即使这头衔早过了期，加个诸如"原"、"前"一类的字，总还比无头衔的人风光许多。

大概正是因为有这样的时尚，有的没有头衔的人，想办法生拉硬扯地找头衔，有头衔的人比赛谁的多，好像多有几个头衔，学问就高了，价值就大了，在众人面前也就有了面子。这些嗜衔如命的人，有人介绍定会高兴，无人介绍就心中打鼓，以为被人怠慢了，更有的以为被人遗忘了，急不可耐地站出来，自己来个表白："我有 X 个头衔。"这种天真的表现，很像个小孩子，在小伙伴跟前夸耀："我爸给了我 10 块钱。"

略微有点常识的人都清楚，这会儿的头衔再闪光，又会光亮到哪里去呢？终究不是共和国元帅，或者是响当当的老革命，光说出姓名就让人十分尊敬，因为他们的头衔是革命业绩造就的。这会儿有的人的头衔，到底是怎么来的，他自己比谁都明白，生怕知底细的人瞧不起，就在人前显摆："我有 X 个头衔"，借以垫高自己的身价。其可笑可怜的程度，简直让人感到恶心。这也说明这些人，只是徒有虚名，别的本事根本没有。

其实，头衔和姓名一样，只是个区分的符号，若是当做斤两的标签，就是贴满全身，又能增加多少人格的重量呢？真正有知识有本事的人，从来不看重虚名头衔，即使有成百上千个，他也不会在人前吹嘘。我想在这里提醒喜欢头衔的人，你若真的离开头衔活不成，不妨争取个"老实人"的头衔，岂不是更好更活得自在。

2007 年 10 月 9 日

"虹桥"垮塌的背后

曾经让重庆綦江人引为自豪的"虹桥",在 1999 年 1 月 4 日下午,突然整体垮塌,40 个无辜生命瞬间逝去,造成的直接损失是 600 余万元。尽管我们无缘观赏那座桥的"壮丽"景色,但是从"虹桥"的名字上可以推想,在当时它一定让綦江人兴奋过,很可能有不少人在桥上摄影留念,以便若干年后回忆自己的生活,多少带点亲历的骄傲和幸福感。可是谁能料到这样一座大桥,建成没有几年的时间,就在綦江人面前永远地消失了。这是怎样让人痛心的世纪悲剧啊!

"虹桥"垮塌了,随之,生命逝去了,金钱损失了。给人留下的是恐惧、惊愕、遗憾,还有常理无法解释的疑问:不是每个工程都在写着,"百年大计,质量第一"的标语吗,像这样一个世人瞩目的工程,怎么就这样轻易地垮塌了呢?还有那个建成不久的北京西客站,当时吹嘘得沸沸扬扬神神乎乎,几乎成了本世纪的建设标志,岂料老天有眼不容欺瞒,很快就暴露出了工程的低劣。毫无疑问这都是工程质量问题,从质量入手寻找原因也是对的,但是除此而外,难道就不能从工程质量之外,从更深层次再找找原因吗?

从表面上看,"桥虹"工程也好,西客站工程也好,以及别的"豆腐渣"、"王八蛋"工程也好,这的确都是质量问题,最多加上受贿、渎职的问题,再深究的问题好像就没有了。按照这样的逻辑推理,解决了这两个问题,今后的工程就会真正做到,每项都要成为百年的宠儿。倘若真能够是这样的话,那无疑是中国的大幸运。但是,从接二连三出现的工程质量问题看,事情好像并不允许善良人如此乐观,我们还是要多加些小心为好,免得受更美丽的骗子们的当。

那么,除此而外还有什么原因呢?我以为除了上述表面原因,真正的症结还是在,任用干部上存在的缺欠。可以毫不夸张地说,我们现在的不正之风,最严重的是在干部任用上。由于在干部的任用上没有立法,长期以来用"条例"、"制度"管理，这样对于干部的使用就没有透明度，一些"说你行你就行"的干部，哪怕人品道德甚至于能力，都没有具备到一定条件，就在一个地方或单位，被委以重任掌握重权。这样的人一旦大权在握，他们想的绝不会是国家利益，想得更多的还是自己先富起来。比如这些建设项目的指挥者，在他们的贪污受贿问题揭出以后，纪检部门或司法部门进行处理时，从来都不说明这些并非专业人员，是怎么被任命担此建设大任的。光顾占肥缺，不思干事业。

从干部管理的理论上讲，我们也有"条例"、"制度"，以及干部考核的办法，但是并没有具体的硬性标准，更没有具有法律效力的约束。某位重要人物交代的一句话，某次政治运动的积极表现，都有可能造就出一批官儿。至于这些官儿凭什么被任用，就再没有谁说得让人信服了。所以有些被任用的人，常常在群众中威信不高，更难指望他发挥领导作用。直到有一天一些劣迹败露，群众气不过要求给个说法，任命他的人也只是说句，我也没想到他会变坏，就算是有了个交代啦。倒也轻松省事简单明了，大家谁也不负法律责任。

这种办法在战争时期，由于打仗要急着用人，还可以理解和有情可原，而且是经受炮火的考验，提拔的干部大都不会错。今天的情况则完全不同，国家已经走向法制化管理，仍然沿用这样的办法，恐怕就很难适应发展的需要。正像老百姓经常说的那样，中央制定的有些政策并不错，下边一执行就完全走了样儿，主要是歪嘴和尚太多，认钱的花和尚也不少，结果把好经给念歪了念邪了。这说明再好的主张，再好的政策，没有好的干部认真执行，就很难取得好的效果。在各种法律加速制定的现在，更应该考虑出台一部《公务员（干部）任命管理法》，以保证干部工作在法律范围内管理。

1999 年 4 月 16 日

坦然面对财富

何谓财富？按大多数人的共识，如果把财富的概念，分为精神和物质，精神财富就是知识，物质财富就是金钱。在有"真人不露相"之说的过去，这两种财富的拥有者，一般都是不肯显露的，有知识的人尽量装得谦虚，有金钱的人想法扮得寒酸，总之，就是"夹着尾巴"过日子。谁要张扬自己的财富，那可就像犯天大的忌，嫉妒、憎恨都会找上门来，从此就不要想如何消停。

现在时代毕竟不同了。靠自己本事致富的人，正在受到人们尊重，自己也能坦然面对财富。精神财富拥有者上了"百家讲坛"，物质财富拥有者上了"富豪榜"，明目张胆地彰显自己的财富，不能不说这是社会的进步。大凡一个没有任何私心的人，对于通过正当劳动致富者，都会表示由衷的敬佩，因为，这些人创造的精神或物质财富，对于国家和社会发展，肯定会起到促进作用。我们这些相对贫穷的人，即使不理解不羡慕，起码也不要仇视和忌恨。学习这些财富拥有者，通过正当途径发财，用智慧和能力致富，这才是唯一正确的选择。

凤凰电视台做过一期节目，众人讨论"如何看待富豪榜"，请来的嘉宾近20位都是富豪，其中包括那位女首富张茵。当谈到他们拥有的财富数目，每个人都能微笑着坦然面对，过去那种"不敢露富"的心理，在他们身上好像正在消失。这种平常的心态和做法，反而启发人们对财富思考。这些富豪谈及"富豪榜"时，他们都无一例外地说，从最初不愿意上"富豪榜"，到现在能够接受"富豪榜"，主要是考虑两点：一是"富豪榜"可以体现国家经济发展，在国际形象上对于国家有利；一是可以看出成功者奋斗轨迹，从而启发更多年轻人努力做事。

他们讲述的这两点，既是富豪坦然心态的基础，也是更多人认同的所在，所以正当获得财富的人，在今天越来越受到社会尊重。倘若把这些靠劳动致富的人，换成那些靠贪污发财的人，贪官们绝对不敢坦然地面对。

多家媒体报道过某市一个局长，平时装得一副清苦廉洁相，退休后翻盖家里住房整理东西，发现其中一个储蓄存折找不到了，夫妻俩正在苦思冥想时，听说有工人拾到一个存折，是从他家房梁缝隙发现的，这个局长便在私下悄悄送钱，从工人手中要回这个存折。纪检部门知道此事以后，经过一番调查核实，原来此人是个小贪官。金钱的来路不干净，自然不敢坦然面对。许多贪官的赃款赃物，大都是藏匿在家里，就是存银行也要分散开，就是怕暴露肮脏劣迹。

这些富豪们则不然。参加这个节目的富豪，还有京城地产商潘石屹，当有人问他有了钱遇到过恐吓没有？老潘说他和他的朋友都遇到过，一次有人让他送 100 万元钱，否则绑架他的两个孩子，另一次要他送 400 万元钱，不然就伤害他的夫人，他都毫不犹豫地报了警。这就是正当劳动所得，跟非法弄钱的区别。当然，商人也不会都那么干净，有的在税收上找便宜，跟大贪官一样恶劣，所以老百姓说："富豪怕税务，贪官怕小偷。"富豪如果不老实纳税，一经税务部门查出来，就甭想有好果子吃；贪官的赃钱存放在家里，一旦被小偷偷到手，哪天小偷犯案，贪官也就休想跑掉。这样的新闻，媒体时有报道。

对自己的财富，能否坦然面对，是来路正当与否的试金石。经商不奸，为官不贪，何时不光停留在口头上，就成了普通百姓的希望。但愿有朝一日，官员和富商们，说起自己家产，都能坦然面对。那时的社会才会真正和谐、温馨和美好。

2007 年 1 月 6 日

到底是谁的钱

　　金库有铁锁/楼内有哨岗/蚊蝇难飞进/活人岂能藏/他想赌钱就拿走/难道他是鬼神变//他拿 100 万/我花 40 元/他是去赌博/我是报药钱/用的同是公家账/我俩咋就不一样//谁能告诉我/钱是谁的钱。上边的长短句，如果也能称为诗，告诉读者诸君，这是在下的大作。

　　诗人说，写诗得有灵感。我这首诗的灵感，来自何方呢？一是来自媒体报道，一是来自本人亲历。新闻报道说，延边交通处处长蔡豪文，为去境外赌博，先后 27 次（请注意是 27 次）挪借公款 351 万元。我患有高血压病，每月拿拜新同药四盒，有一次（请注意仅一次）医生多开了一盒，这盒卫生局未给报销。按照财务规定这样做无可厚非，财务规定就应该这样严格，这点我完全可以理解和接受。只是以我报药费超额情况，跟那位处长赌博挪用比较，我却有点百思不得其解。我们不都是"公家"人吗？单位执行的同是财政部规定，他花钱怎么就那么容易呢？我只一次就被财务发现了，他 27 次竟未被财务察觉，这实在令人有些困惑不解。因此胡诌了上边的长短句。

　　我手头有个材料，省部级的贪官，姓甚名谁，职务钱数，都写得清清楚楚。诸位可要听仔细，我说的是省部级，不是科处级，更不是一般公务员。在我们国家省部级可是真正的大官啊！既然我知道有那么多大贪官，那为什么要拿这个小处长来比呢？听我说说道理。

　　别看我把处长前边加了个"小"字，其实官至处长也不小，倘若到什么地方当个县太爷，那也算是威风凛凛的大人物。不过我们国家有个规定，在财务管理开支报销方面，处级跟一般公务员待遇一样，我这个退休老人跟他平等，这是理由之一。理由之二，省部级官员权倾一方，在目前很少受更多约束，个别人胡作非为，还比较容易理解。延边那位处长，拿公款去赌博，倘若没有"特殊功能"，连我超出（时间量）40 元的药费都被卡住，他怎么可以随便拿走数百万元呢？这就使我对现行财务制度监督产生了怀疑。

任何一项再好的制度，在执行过程中失去必要监督，都有可能达不到预期效果，闹不好还会被人利用或糟蹋。我的这篇小文章，就是说监督问题。文章题目所以叫"到底是谁的钱"，是有感于习惯性称谓"公款"。我们把国库的钱叫"公款"，是从计划经济时期沿袭下来的，如果我没有理解错，在当时这样叫也有道理，因为什么单位都是国营的，就连职工都是国家包下来，国库的进项统称"公款"也不算错。现在则完全不同了。经济有多种所有制，除了国家公务员，其他人员收入由单位定，而且连公务员在内，收入较高者都得纳税，国库收入也就有了个人份额，再来把"公家钱"统称"公款"，就不是很合适很准确了。如若是"公款"，谁贪污谁乱拿，跟我何干？何必去管那闲事。这就是普通人的普遍心理。

严格地说，国家的所有财政，都是百姓的钱，百姓是创造者，百姓是纳税人，不管是官员访贫问苦的救济款，抑或是贪官窃取的赃款赃物，都是百姓的血汗百姓的钱。受恩者不是要感激吗？贪官揪出不是说对不起吗？怎么就不说说"感谢百姓"、"对不起百姓"呢？真是岂有此理。每每听到这里，作为百姓纳税人，心里非常不平衡。难道那些钱是你感谢和对不起的人掏的腰包啊？

听清楚了，官员是百姓养活着，要为百姓做事，理应受到百姓监督。有的官员并不清楚这点，他们说，百姓又决定不了我官职升降。看，吃着百姓喝着百姓，却不把百姓放在眼里，当然也就不会受百姓监督。是时候了，要理直气壮大张旗鼓，为百姓的钱正名，为纳税人的钱扬名，百姓明白了社会的钱来自百姓，他们就会主动监督官员行为，他们就会干预公物的破坏者，因为花的是自己的钱谁不心疼？

只有百姓的钱得到有力管理，受到严格的有效监督，我的40元超额药费不能报销，那位处长的挥霍钱也就能挡住。成克杰、田凤山、胡长清之流大贪官，他们手中的权力和金钱，同样会受到一定的制约。百姓啊，什么时候我们可以说呢：住手！那是我的钱，你们不能随便乱动用。

2005 年 4 月 27 日

笑声和好玩的忧思

发生在 56 年前的抗日战争，对于今天的孩子来说，跟那些古老的童话一样，他们只是轻松地听听，绝不会在思想上引起震动。据电视新闻报道，抗日题材的电影《紫日》，在天津公开放映时，竟引起孩子们阵阵笑声。同样，发生在 23 年前的"文革"，对于今天的孩子来说，那不过是父辈的快乐童年，他们听了之后非常兴奋，嫉羡自己没有这样"幸运"。一位作家在一篇文章中说，他跟他的孩子讲"文革"的事，孩子说，那多好呵，不上学，还能斗老师，多好玩呵。

听了这两件事情，我心里特别难过，更深深陷入沉思。难过的并非孩子的天真无知，而是为作为成年人的我们难过，像抗日战争、"文革"这两件事，都是关乎民族存亡的大事，因为我们未能真实地告诉给后代人，以至于让他们觉得好笑好玩。难道这不是我们的过错和责任吗？

在关于第二次世界大战的责任上，日本政府所以一而再再而三推卸，最后发展到今天公然修改教科书，向年轻一代美化军国主义的罪行，这固然是同日本民族的劣根性有关。可是反过来讲，对于全民族付出代价的抗日战争，我们自己又跟我国年轻一代，讲述了些什么呢？恐怕一般地讲"友好"讲"前事不忘后事之师"，比具体地讲述日本军国主义的残暴要多，这怎么能够唤起年轻人的爱国意识呢？至于说到罪恶的"文革"灾难，跟青年人讲具体事情就更少更少，这怎么能够让青年人知道它的危害呢？

抗日战争打了八年，"文革"折腾了十年，尽管其性质完全不同，一个是对外，一个是在内，但是在破坏程度上，后者远比前者还厉害。抗日战争时期，一些民族精英、大批知识分子，还可以往革命圣地延安跑，"文革"时期这些人遭迫害，他们却连个避难地方都没有，有多少学者专家含冤惨死呵。抗日战争时期，我们的美丽山川名胜古迹，只要没有沦落到敌人手中，大都能够完整地保存下来，"文革"时期在破"四旧"的幌子下，有多少国家之宝世界之珍，遭到无情地破坏毁灭呵。像这样以高昂代价换来的惨痛教训，我们不及早真实地告诉下一代，以防类似事情今后再次发生，下一代能有识别是非对错的能力吗？

所幸近年各地开辟了一些抗日旧址，作为青少年的爱国主义教育基地，北京、沈阳等地还建立了抗日纪念馆，向青少年一代宣传爱国主义思想。这无疑是十分必要的适时的，只要把这些地方真正利用起来，对于加强我国青少年的爱国意识，一定会起到积极的深远的作用。相比起来在对"文革"罪恶的揭露上，我们就缺少许多这样具体的手段，更不要说建立"文革"运动的展示场馆。老作家巴金先生多年前，就曾经有过这样的提议，可惜一直未能变成现实。现在不谈"文革"的罪恶，看起来会有暂时的安定，但是从长远看绝不会有益处，反不如趁当事人健在时，把那段荒唐历史讲清楚，对于青年人不失为另一种教育。与其这样零落地展示，还不如梳理后集中起来，用正确思想加以指导，让青年一代从中吸取教训。

"文革"祸国殃民的罪恶，这是明摆着的事实，谁想掩盖都无法掩盖得了。十多年前去游览泰山，看见许多珍贵碑石断裂，有的游客就问讲解员，讲解员只好如实说，是在"文革"期间被砸的。后来去四川、山西、陕西、河北等地，每看一处名胜古迹的所在，讲解员都会主动地讲，"文革"期间如何遭破坏，这时我就想，我们这古老的文物大国，又有几处幸免"文革"灾难呢？"文革"的罪恶痕迹处处有，就是不建"文革"博物馆又何妨，只要劫难事实无法抹掉，这段荒唐历史就掩盖不了。我们说日本人应该正确对待历史，其实我们自己又何尝不应该如此，同样不是也有个正确对待历史事件的问题吗。

抗日战争和"文革"运动，都是给中华民族带来耻辱的事情，今天的孩子看了听了这些事，不仅不能正确地认识这段历史，而且还会发笑和觉得好玩，难道作为成年人的我们，就真的感觉不到责任和失误吗？一个政党和领导者在执政过程中，没有一点挫折错误是不大可能的，关键是要有勇气证实和改正，只有这样才会得到世人的尊重，并且会使自己得到更大的发展。德国前总统勃兰特下跪，向波兰人民道歉的照片，在报刊上公开发表后，看的人都非常感动，无不称赞德国人的伟大。从而也就原谅了他们上辈人的罪过。相比之下的日本人，就显得没有这种气度了，自然不会受世人尊敬。针对日本人的这种顽劣态度，我们说"前事不忘后事之师"，提醒国人特别是年轻人，不要忘记日本军国主义的罪行，我倒是觉得比一般的谈要好。

2001 年 6 月 6 日

尊严与耻辱

同一天的《北京青年报》上，有两条简短的消息，引起我的注意：一条是某某青年演员，身穿日本太阳军旗装，给《时装》杂志拍广告；另一条是西安两名学生，在自己开办的商店门前，高悬日本军旗招揽生意。看后觉得非常灼眼痛心。在新一代的中国人中，竟然会出现这种不知耻辱的事，实在让我辈之人难以接受。

这位演员和这两名学生，都是有文化的青年，日本侵略我国的历史，总不至于不知道吧。只是为了挣几个臭钱，竟然连自尊都不顾，还指望他们爱国吗？反正我不相信。一个人的成就可以有高有低，名声可以有大有小，钱财可以有多有少，但是在尊严的拥有上，却不能有丝毫的短缺。倘若连生养自己的土地都不爱，对侵略国家的仇敌都无痛恨之心，这样的人的尊严就要打折扣了。用日本军旗招摇过市的事情，其是非是再明显不过的了，找什么样理由解释都很难说通。因为爱国是无须理由的。

文章写到这里，恰好一位朋友来电话，问我写什么文章，我就说了说。他在电话里讲了一件事：美国要拍一部反恐怖电影，电影中的恐怖分子设计为朝鲜人，想请几位韩国演员均遭拒绝，理由是不能出卖民族尊严。看人家的态度多么鲜明。尽管朝鲜和韩国属于两个国家，影片又是由美国电影厂制作，按理不会有什么大麻烦，何况还可以扬大名挣大钱。但是人家却从民族的尊严考虑，毫不犹豫地予以坚决拒绝。这是多么有自尊有气节的演员。如果我们的演员遇到这种事，真不知道会有什么态度，从已经出现的某演员事件看，实在不好让人相信会正确处理。

这两件事情的发生，看起来好像很偶然，其实仔细想一想，是有其必然原因的。回想我们几十年的教育，过去提倡理想教育，现在提倡素质教育（素质教育就应该有国家利益高于一切的内容），这当然也是必要的。但是，关于国家民族利益的教育，比起别的教育来就少得多了，而且也显得软弱无力。在我年轻时的 20 世纪 50 年代，为了一味地跟苏联友好，竟然连苏联当年伤害我国的事，随便说说都要当反动思想处置，有不少正直自尊的人因此事罹难。跟日本建立外交关系以后，同样是讲友好远比讲侵略多，以致日本政界参拜靖国神社的闹剧，每隔几年就会"堂堂正正"重演一次，令无数有自尊的人难以忍受其辱。

当然，处理好国家之间历史事物，这也可以说是维护国家尊严，但是像日本这样的国家，不顾我国人民的民族感情，一而再再而三地知错不改，我们对他们的历史的过错不多讲，势必会出现上边说的这类事情。关于日本首相参拜靖国神社的事，每次发生都有个奇特现象，这就是反对的日本人中青年很少，大都是经历过战争的老年人，这一事实从反面说明，在国家民族尊严的维护上，日本人比我们做得要"好"得多。中国和世界的未来，最终是属于青年一代的，如果在民族自尊的教育上，我们不注意认真进行，国家的物质再丰富，人民的生活再优裕，民族尊严的筋骨不坚强，同样难以置身世界民族之林。

某某演员等人以辱为乐事情的出现，对于我们应该是个深刻教训。我没有注意这素质教育的具体要求，相信关于民族国家尊严的内容，应该说有并占主导地位，倘若不是这样就应该赶快着手加强。由这件事还让我联想起，目前对留学生归来的政策，强调物质优惠远比强调为国家服务多，这种做法对国家经济建设是有益，可是国家至上的意识却淡薄了。

回想钱学森、李四光等老一辈科学家，他们回国时不仅没有想到报酬，而且还要历经种种不测的坎坷艰难，这是多么宝贵的热爱国家民族的精神。现在跟过去的时代是有所不同，每个人的具体情况也不尽一样，但是始终不应该丢弃的正是国家尊严。

2002 年 1 月 22 日

不可取小利乱大局

这人世间不公平的事，可以说出千件万件，唯有一件事最为公平，就是，不管穷富贵贱都要得病，而且病的特征完全一样，绝不会因身份有所差异。不同的是在治疗和用药上，有钱人跟无钱人，当官的和为民的，自然会有一定差别。令人可喜和欣慰的是，中央政府总算意识到，百姓的看病难看病贵，并且一再加大改进力度，争取尽快解决这一问题，以促进社会的安定和谐。可是，这种良好愿望，能否在全国真正实现，恐怕就很难说了。再好的经书，让歪嘴和尚一念，十有八九会变调。

您看，广西有两家公家医院，前些年就曾添乱。据新华网当时称，广西壮族自治区人民医院、广西医科大学第一附属医院，两大广西公立医院推出"特需门诊"，患者只需交纳50—200元人民币，不管前面有多少病人，要挂哪科室，均可"高人一等"，后到先诊，免受排队之苦。这种所谓的"特需门诊"，说白了，就是"有钱能使鬼推磨"，只要有钱就"高人一等"，钱给得越多档次越高，所以才有50—200元之分。由此推论，倘若哪位富豪，再给挂号人点"小费"，那200元的患者，恐怕也得往后排了。唉，幸亏这只是在医院看病，如果公交车来个"特需上车"，银行储蓄来个"特需储蓄"，公园来个"特需入园"，如此等等，完全没有了正常规矩，这个社会岂不是天下大乱？和谐、安定统统都会不复存在。

看病难看病贵，这是不争的事实。能否尽早解决，如何妥善解决，政府和群众都在关注。但是，不管如何解决，绝不能在患者身上打主意，尤其不能让患者用钱获得本来应该享受的利益。像广西这两家医院那样的做法，毫无疑问，就是把自己的困难转嫁给患者，这种偷懒取巧的不当行为，说明医疗机构的不负责任。看病难看病贵的问题，首先得从医疗机构内部，寻找原因和采取积极措施，企图用金钱扼制患者，其结果只能是越来越乱。因为，任何时候都是穷人多，方便少数富人看病，挡住更多穷人看病，就更拉大了贫富差距，会在社会上造成负面影响。跟国家的医改初衷完全相悖。

医院是牵系千万人利益的机构。治疗疾病用什么药，住医院住什么病房，可以视个人经济情况而定，看病挂号按先来后到顺序，却是天经地义的事情，更是一种社会文明的体现，早已经被广大患者所接受。医院为了捞几个不义之财，不惜破坏良好的社会秩序，不仅没有保护多数穷人利益，就连少数富人利益也未得到保护，真正获得利益的只有医院。这种见钱忘义的做法，跟号贩子倒号一样，必须加以坚决制止。

医疗改革是一件大事情，只有在公平合理的基础上，从大多数人的利益出发，用科学方法和求真务实态度，解决存在的老大难问题，这样才会行得通走得顺。靠歪点子馊主意瞎鼓捣，其结果很可能是切树到根，毁了医改的美好愿望，伤了患者的企盼之心，这是谁也不愿意发生的事情。奉劝每个医疗机构，必须遵守国家规定，千万不要取小利乱大局。

2009 年 6 月 26 日

掏掏城市"耳朵眼儿"

我认识一位老先生，说起现代生活来，他觉得样样都好，唯有两样事情，他非常怀念过去有的，而这会儿完全消失啦。这两样东西，都跟理发有关：一是掏耳朵，一是刮胡须。他说，现在一讲就是美发大师，其实不就是靠药水靠电器，把头发搞几道弯弯吗？你看看过去的理发师傅，那才叫真功夫哪，一把剃头刀，轻轻地一滑，一片胡须就下来了，再轻轻地一转，耳朵眼儿的脏物就出来了，多邋遢的人这么一修理，立刻就会变得清爽利索。现在的美发师，行吗？

老先生的怀旧情绪，我能够理解。每个人的经历不同，生活习惯不同，对于身边的事情，总难免有自己的好恶。这我们就不去谈它啦。何况老先生说的掏耳朵眼儿，从现代科学角度考虑，对于人不见得有益处，今天不再这样做也有道理。不过老先生的一席话，却勾起我的许多联想，其中之一就是关于城市治理。我觉得用"掏耳朵眼儿"，来比喻今天的城市治理，倒是蛮贴切蛮形象，会给我们一些启发。

我们现在的城市治理，应该说比前些年有进步。出去随便地走走看看，无论是大都会还是小城镇，大面上都还说得过去。有的地方即使没有绿树繁花、亭台喷泉，总也还算清爽干净，令人赏心悦目。如果这个城市经济情况好，大街小巷的人文景观，就更会显示出富裕的新面貌。像北京、上海、天津等大城市，因为明确提出跟国际接轨，其治理环境的力度就更大。这些城市的面貌天天都有变化。

诚然，正如俗话所说，再高明的人也有闪失，城市治理也是这样。不信你就站在高楼上往下看看，那矮楼屋顶上的垃圾杂物，就像个空中的"乱葬场"，随便扫一眼就让你心里发堵。如果你乘电梯上下高层楼，目力所及的地方也还不错，有的楼在显眼地方还会美化；倘若你顺着楼梯走下去，那些藏污纳垢的犄角旮旯儿，就像肮脏的鸡窝耗子洞，夏天偶尔经过都得捂紧鼻子。

如果我们把这样的城市管理者，也尊称为"美容大师"，恕我不客气地说，很有点像老先生说的那样，恐怕也是光会用电器、药品，弄一些好看的弯弯花样，就是不会掏耳朵眼儿里的脏物——治理容易被忽视的角落。治大处的多，理小处的少；治表面的多，理角落的少；治新区的多，理旧房的少；治容易的多，理困难的少；号召时治得多，平常时理得少；被动治得多，主动理得少，这几乎成了当今城市治理的通病。

城市治理的根本出发点，应该是创造美好舒适的环境，让人们能够愉快健康地生活，而不是当做政绩广告宣扬，更不是管理者邀功的资本。如果以这样的目的来要求，我们的城市管理者们，的确应该学学旧时理发师的手艺，在把头发容颜美化好的同时，不妨也在掏城市"耳朵眼儿"上下番功夫。

2008 年 6 月 18 日

还业主一个明白

　　花钱花个明白。这样的最低要求，大概总不能算错，到哪儿都说得通。可是不知为什么，如今怎么就这么难？比如就医吃药钱，希望花个明白，费了多大劲啊，经有关部委干预，有的医院才开恩，给病人打个清单。得到本该有的知情权，作为无助的普通百姓，高兴得处处谢天谢地。这样善良的消费者到哪里去找。

　　除了就医吃药，别的方面消费，是不是也应该说个明白呢？比方居民小区物业管理费，只是笼统地这么叫，其中包括哪些项目，每项都是多少钱，相信一般业主很少知道。物业公司压根儿不提供，业主问也不会告诉，知情权无形中被剥夺了。居民楼电梯广告收入，公用场地收费停车，这些钱到底应该归谁，如此等等，都应该给业主一个说法。每年都要收卫生费、安全费，业主都得悉数如期缴纳，水电坏了请物业修理，更得给师傅交上门服务费，而且既无统一标准又无发票，拿了钱却不给国家交税。倘若连这样的费用都得交，那么物业费都干什么用呢，对业主来说不能不是个谜。

　　业主向物业公司询问，物业根本不予理睬，再问又怕生出别的是非，只好自己生闷气。花钱的人倒成了没理的，普通百姓想花明白钱，好像比商家讨债还难。少数物业公司作风恶劣，只知道收钱不考虑业主方便，媒体上时有这样那样报道。这也正是发生纠纷的原因。百姓过日子非常实际，人居环境若做得不好，没有规范化的好服务，很难让百姓心情舒畅，再谈别的什么都白搭。

　　那么，普通小区（非高档小区）物业管理，如何才能真正走向规范呢？作为普通百姓要求并不高，首先要求小区物业公司，在收费标准服务标准上，还业主一个清楚细致的知情权。就像规矩的医院那样。明白告诉业主服务项目，每项服务达到什么标准，达标的项目如何收费，收费的钱怎么使用，让花钱的人心中有数。一项项清楚地印个文字材料，发到每个业主的手中，便于业主监督检查。倘若连这个都做不成，何谈小区物业管理？就更难指望规范化的管理。

居民小区是城市的细胞，而且是最活跃的细胞，如果不把小区治理好，尽管普通百姓敢怒不敢言，既不会影响物业挣钱，更不会影响官员做官，但是城市总体规划实施，却不能真正地得到体现。"和谐社会"的构想，"以人为本"的理念，"精神文明"的目标，最后依然停留在口头。其结果必然是伤了百姓心，丢掉了政府应有的信誉，本该健康发展的社会难以进步。

经常看媒体报道，某某小区是先进社区，可是一走近并非如此，跟居民体验完全不一样。仔细问问方知原委，所谓的先进社区，是物业公司上级评定，并非依居民感受评出，当然就会有虚假成分。如果让业主来评，单凭收费不透明这一项，十有八九的物业公司，恐怕就会被打出零分。其他方面按规范化要求，同样可以有许多不及格，这就是目前物业管理水平。这难道还不值得重视吗？总不能让更多小区出现纠纷才来解决吧?! 养痈遗患。小广告的教训不可不记取。

既然领导物业公司的部门，对于如此现状不闻不问，有意为百姓说话的媒体，不妨搞个物业管理问卷调查，提供一些具体事例和数字，给政府高层领导参考，以便像医药费那样，做必要的行政干预，岂不是会让百姓日子好过些！当然，调查首先从收费情况开始，报纸公布国家收费标准，调查说明实际收费情况，让老百姓花个明白钱，免得再糊里糊涂交物业费。

顺便说上一句，这物业管理好像是学国外的，体制大都由房管所演变而来，只是"土"机构换了个"洋"牌子。不同的就是在金钱问题上，他们比过去更为看重，别的应该有的物业管理内容，其实根本不知道也不想知道。这样的体制很有必要打乱重组。甚至于撤销后成立单项专业公司，然后由每栋楼的业主视需要，招标聘用满意的专业管理公司，这样业主才会真正成为业主。

2007 年 1 月 2 日

第三辑

尽量活个明白

　　小时候常听长辈们说，某某人的字写得太草，像天书似的让人难懂。从此就记住了，人间最难读懂的书，大概就是这天书了。其实这只是一种说法，活在地上的人又有谁真正地读过所谓的天书呢？我活了大半辈子，书读得并不算多，难读懂的书更不读，真不知道哪本书难读。如果依个人的体会来说，最难读懂的书，恐怕还是人生这本书。有的人活了几十上百年，这本人生书才读懂几页；还有的人活到双目紧闭时，还没有翻开这本书的书页。你说这本书多么难读难懂。

　　在芸芸众生中，我不是个先知先觉者，尤其是在为人处世上，历来没有别人的感悟，属于那种慢许多拍的人。就拿读人生这本书来说吧。我是在经历过无数劫难，被生活碰撞得头破血流，很快要走到人生尽头时，这才开始翻看人生这本书。从个人的荣辱得失来说，现在再来读这本书，无论读得懂与不懂，都没有什么实际价值了。但是就对人生的总结来说，经过几十年的风风雨雨之后，认真地想想见识过的人，仔细地想想做过的事，从中悟出点道理来，总还不失为人一场，起码明白些做人的事理。

　　当然，说到事理，并非真的就是理，为了叙事的方便，只是这么说说而已。人活得明白与不明白，往往就是从这个理上分，快乐与烦恼，腾达与沉落，同样也是与这个理有关。比方说，谁都知道溜须拍马不可取，这是真正的理，摆在桌面上都会说，实际上则完全两样，认这个死理的人，在现实中就行不通，那些反其道行之的人，却在现实中大捞实惠。再比方说，谁都知道，滴水之恩当涌泉相报，这更是中国人的美德之理，可是现实中的人能有几个如此，过河拆桥的人倒是比比皆是。当更多的人议论起这些的时候，溜须拍马的人会被说成明白通达，过河拆桥的人会被认为处事精明，认这死理的人反会被说成不识时务，这时通常说的理又算是什么理呢？然而事实上就这样存在，存在自然也就是理了，承认不承认那是你个人的事。

常言说，有理走遍天下，无理寸步难行。实际情况则往往是，有权（钱）走遍天下，无权（钱）寸步难行，趋炎附势八面玲珑走遍天下，安分守己诚实行事寸步难行，倒成了几乎普遍的规律。谁如果非要依道理来，自己吃了大亏且不说，还得被人骂为"傻帽"，最后让人给卖了还帮数钱。讲到这里也许会有人说，照你这样的说法，岂不是老实人吃亏吗？我觉得话还不能这么说，关键是要界定什么是吃亏，更要分清楚什么才是老实人，弄懂这两点至关重要。

先说老实人。在过去一般习惯的看法，认为外表憨厚少语的人，就是真正的老实人；而对于那些生性活泼、平日快人快语有是非感的人，就会被认为不是老实人。这种看法其实只是印象，并不是人的本质表现，很难说这就是真正的老实。那么，到底什么情况才算老实呢？依我看，在现在的人群中，老实人起码要做到两点：一是活得踏实，有权不越轨，有钱来路明，凭自己的真本事吃饭，什么时候监督审查都敢于面对；二是活得硬实，看到龌龊事敢挡，碰到无赖人敢怒，什么时候都是光明磊落。活得踏踏实实硬硬实实，不管性格如何张扬外在，都属于真正意义上的老实人。

再说吃亏。说吃亏就断不了说命运，笼统说命运对谁都很公平，想挣钱就别怕劳累，想舒服就别嫌钱少，又舒服又来钱的便宜事，这世界上只有神和佛拥有，它们还得不换姿势地坐定哪。平凡人想日子过得好，就得靠脚踏实地的劳动，有人靠贪污受贿发了财，好像是占了天大便宜，但是忧心忡忡度过每一天，即使不被发现受惩办蹲监狱，长期精神受折磨总要多少折点寿，钱上占了便宜寿命吃了亏。再短促的人生有头也有尾，如何活得精彩要从总体看，为一时的享乐占了便宜，最后很可能在别处受报应。这就是古人说的"吃亏是福"，这就是今人讲的"记住狗吃屎也记住狗挨打"。

如此说来，所谓的活得明白与不明白，区别就在于人生账如何算，算大账还是算小账，算眼前账还是算长远账，谁能算得清楚谁就明白，谁就活得踏实和硬实，最后必然也活得充实诚实。到了人生大限的时候，后人谈起来："那人不错，活得明白，活得干净，活得洒脱。"这时你也就成了人生大书中的一页。难道这算吃亏吗？！请老天公证。

2006 年 1 月 8 日

有钱更要有样儿

只要不是心存偏见，我想谁都无法否认，大多数普通中国人，现在不再愁吃愁穿，更有一部分人有了富裕钱，开始去到国外旅游了。据北京一家报纸报道，2006年出境旅游公民，大约是3200万人次，这就是说，相当于京、津、沪三地多数居民，在去年走出国门游历世界。这样美好的事情，这样巨大的数字，这样壮观的景象，在二三十年以前，大概连想都不敢想。因此我们有理由说，多数中国人有点钱了。

有钱，当然是好事。过去标榜的"越穷越革命"，只能关起门来说说，只要你走出国门，就会体会到穷光蛋，是多么被人瞧不起。1985年随中国作家代表团，出访奥地利有两件事，让我非常受刺激和恼怒，一件事是所有的景点，印发的文字说明书，除了英语、德语、法语等，还特意为日本旅客设日语，根本没有中文的说明，尤其令人难以接受的是，我们常常被误认为日本人，请翻译向导游询问原因，回答非常干脆："未见过中国旅客，来的都是日本旅游者。"另一件事是在一家中餐馆吃饭，等了好久没有人理睬，我们连声唤了多次，那位台湾老板才走过来，弯指敲桌怒气冲冲地斥问："你们大陆客只能吃快餐，这儿的饭你们吃得起吗？"把身份说得好听点，我们还算是作家，竟然被人如此瞧不起，想起来真觉得窝囊。可是为什么会是这样呢？我想原因只有一个字：穷。

因为穷，没有更多中国人出境旅游；因为穷，景点自然就没有中文说明；因为穷，人家才把我们误认日本旅客；因为穷，我们才被台湾老板训斥……总之一句话，因为我们那时穷啊，这个世界才没有我们的地位。虽然古话说"人穷志不短"，我们在气度上做法上，绝对不会给国人丢脸，但是内心深处的滋味儿，却依然是酸酸的涩涩的，许多天都浑身不得劲儿。完全应了那句话了：无钱寸步难行。即使在标榜人权至上的西方国家，金钱也是绝对的统治者，只有"国强民富"才是根本，否则再说什么都无用。这也正是"发展是硬道理"之所在。

现在终于不同了，我们经济上开始富了，有一部分先富起来的人，渐渐到国外旅游了。这说明什么呢？一是说明这部分人会享受生活了，一是说明这部分人成了国人的"脸面"。正是因为如此，有个非常敏感的问题，毫不含糊地没商量地，摆在了这部分人面前：富了，有钱了，可以周游世界了，那么，你的举止表现如何呢？"富而好礼"是中国的传统。有了钱在各方面都有条件讲究了，就更应该懂得礼貌、礼节、礼仪，就更应该有文化教养和高尚操守，只有这样才算高雅之士文明之人，走到哪里别人才会由衷地尊敬。

那么，这部分先富裕起来的人，有更多机会出国旅游了，礼貌上究竟做得如何呢？相信大多数人是好样的，是响当当的中国旅游者。不过细说起来也怪不好意思的，各种媒体同样有所报道，有少数出国旅游的同胞，由于大声喧哗、随地吐痰、不守规矩等等等等，很让外国人讨厌和看不起，在景点用中文挂牌提示。尽管让外国人赚了大钱，却也招致人家的不满，头脚走了后脚就开骂，这不能不说是丢人现眼。这样出去充当国人"脸面"，我看后觉得非常地难过。有钱可以享受荣华富贵生活，有钱却不见得能买来尊敬热爱，这个道理那些所谓富裕的人应该懂得，否则你只能永远是个被鄙视的"钱奴"，或者叫做金钱的高人精神的矮子。

常言说，人一阔脸就变。其实这倒也没什么，关键是看你如何变？倘若，男人变得更为懂礼貌，女人变得更为知情趣，我觉得那就再好不过，说明财富也会教养人，就如同人们经常讲的，现在有钱开始讲究了。问题是有的人钱倒是有，只是行为上并不讲究。有次去外地参加文学笔会，乘坐一位民营企业家的车，这位老板坐在副驾驶位置上，竟然脱去鞋子架起双脚，高放在明晃晃的车窗前，我们坐在后边的客人，觉得十分扫兴和杀风景。同样是在这次文学笔会上，有位年轻人身着高档西装，领带不是紧系在挨脖子的衣领，而是像根马铃绳似的松晃着，简直是在糟蹋这套洋装，这种不懂规矩的随意着装，这若是出国旅游依旧如此，恐怕得让外国人笑掉大牙。至于其他方面无礼无貌的事也不少。

北京的出租汽车司机，有个非常好的行动口号："对内宾我们代表北京，对外宾我们代表中国"，不妨借来赠送给那些不拘小节的旅游者，你们出国旅游哪怕有一点不检点，人家绝对不知道你是张三李四王五，而是统称"中国人"如何如何，这就需要认真地想想看啦，你的仪表、你的举止、你的语言，绝对不光是属于你个人行为，而是统统负载着13亿国人的名声啊。朋友，请给同胞留点情面好吗。

2007 年 4 月 16 日

讲点"家风"

作为社会细胞的家庭，对孩子的教育和影响，其实有着重要的作用，特别是在品德的形成上，家庭有不可推卸的责任。"家庭教育"一词的内涵，原来是指对孩子的品德教育，现在由于经济条件好了，则成了请人传授知识的代名词，可见对家庭品德教育的淡漠。本文只好把"家教"，称之为"家风"，以免两者互相混淆。

说起家风，现在还讲吗？即使有，恐怕也很少。孩子出点什么事，一说起原因来，不是推给社会，就是责备学校，说社会如何影响，讲学校怎样不行，家长却躲到岸上去了，好像跟家庭毫无关系。事情果真如此吗？

说到这里，我想起一件事情。上个世纪 60 年代搞"造反"时，全国破"四旧"抓"牛鬼蛇神"，成了当时青年人的"革命"行为。那时我正在一个边疆城市，亲见一伙学生追打老师，有个孩子却悄悄地走开，有人问他怎么不参加，这孩子说："家里从来不让欺负人，老师是教学生知识的，更不能欺负。"我听了非常感动，事后想想，这孩子不随大流，说明家教不错。或者说他家的家风好。像这样规矩的孩子，肯定还有千千万万，不然，在那样一个动荡年代，青年中就不会有"逍遥派"，更不会有借此机会偷偷读书，后来考上大学的众多青年人。

由此可见，把孩子出事的责任，完全推给社会或学校，这是极其不公道的。俗话说得好，有什么土地就长什么苗，平素注意孩子教育的家庭，孩子长大成人做事，不管在什么复杂情况下，大概都不会离谱儿出格儿。在中国的传统教育中，历来都比较注重家庭教育，所谓"子不教父之过"的古训，绝对不能当做封建糟粕，完全轻易摈弃或无情批判。我们现在树立的道德模范，很多都是父慈子孝的榜样。假如青年人在言行上有不足，不妨反过来问一问，做长辈的在教育子女上，平时说的和做的又如何呢？是不是给子女有好影响，这也是值得认真研究的。有的父母就不拘小节，想让孩子如何讲规矩，我看几乎完全不可能。

家庭教育或家风形成，并非什么深奥的事情，更与家庭经济状况，以及家长学历高低有太多关系。只要家长懂得是非正邪，对孩子不娇惯不护短，随时随地提醒或关心，这就是最好的家庭教育，长年累月形成好的习惯，就是这个家庭的家风。比如有的家长见孩子出门，总是说："好好玩，别打架"，就会使孩子养成平和习性，反之，家长说："谁欺负你告诉我，我找他算账"，对孩子的影响就是另样了。再比如，有孩子回家来，哪怕手里拿根树枝，家长都要追问来路，甚至于让立刻送回原处，这就会养成不占便宜的品德，长大也不会掠取不义之财。反之，看见孩子拿回什么东西来大加赞扬，说："哎哟，宝贝，知道过日子啦，将来一定有出息。"说不定成人后就会变得更加贪婪。

我从报纸上多次看到，说某某孩子如何如何，当时我就想，不信你就去问问孩子家长，十有八九他准有同样的毛病，影响了孩子或者未提醒孩子。家庭教育比之学校和社会教育，对孩子的影响更直接更深刻，这一点往往会被家长忽略，因为，在长辈眼里总觉得孩子幼小，将来长大了就会自然懂事，这样就放弃了早期教育。其结果必然是，有些习惯一旦养成，将来再想改就很难。因此，作为家长一定要记住，你的孩子在父母眼里，不管心肝宝贝多么金贵，成人以后进入社会生活，就成了锅中的大烩菜一起炒，娇嫩的孩子恐怕更无承受力。吃亏的是孩子，心疼的是家长。到那时谁也救不了谁。

所以我说，真正爱孩子的家长，就要像园丁似的，自小就维护和修正，让他懂得事理人情。比方早年间对子女教育，有的就是用讲故事，让孩子于潜移默化中，受到高尚品德的熏陶，像"岳母刺字"、"孔融让梨"故事，都是在无形之中，让孩子们懂得爱国尊老，而讲这些故事的家长，并不见得都是读书人。可见好家风的形成，关键还是在重视与否。倘若像抓孩子读书那样，重视孩子的品德教育，肯定会比单纯传授知识，对于孩子的成长更会有益。这样的家风，难道还不应该树立吗？

2008 年 1 月 6 日

盘点健康

　　许多正常生活有规律的人，大都有个很不错的习惯，每到年终岁尾的时候，总要盘点一下做过的事，以便从中总结些成败得失。这样做无疑会使自己的日子过得更踏实。尤其是现在为事业忙碌的人，倘若不经常进行盘点，像盲人摸象似的瞎出手，自己的心中就没个底数儿，时间和精力往往会无意义地浪费。

　　然而，盘点时究竟都盘点什么，却往往会被人们忽略了。譬如，有次我问一位年轻朋友，经常都想些什么事情，他毫不掩饰地对我说，当然是想如何挣大钱。接着他又坦诚地说，活在这个世界上，没有钱怎么行呢？拥有更多财富才会拥有一切。这位年轻朋友的话，我不敢说完全错，却也不能说十分对。人只有到了一定的年纪，经历过一些沉浮悲欢，这时才会真正懂得人生。我在像他这样的年纪时，正在无望的劳役中挣扎，那时想的唯一的事情，就是如何获得正常的生活，跟这位年轻朋友现在想挣大钱，从本质上讲并无二致，想的都是如何生存的事。急功近利的思想是人的本能。

　　经历过一些事情以后才会知道，比金钱更重要的应该是健康。只是当着人们还算身康体健时，看见有钱人的花天酒地生活，就会忘记拥有健康身体的快乐。有人说过这样一件真实的事情：一个原来经济拮据的中年人，偶然的机会发了一笔大财，从此就过起了炮凤烹龙的日子，终于有一天饮酒过量造成胃穿孔，最后不得不住进医院做手术挨刀。这时他才开始意识到，健康的身体和正常的生活，对于每个渴望幸福的人，原来远比金钱要重要得多。类似这样的人生体会，一个受过磨难的明星也有，她说，真正属于自己的东西，唯有亲情、健康和知识。按照一般世俗的眼光看，这两个人一个是款一个是腕儿，都应该属于有钱的人了吧，死去活来折腾了好一阵子，结果怎么样呢？最后悟出的道理，还不是对于健康的珍重？

　　这就对了。没有个健康的身体，何谈事业发展，何谈生活快乐，何谈美好的未来，何谈壮丽的人生。毫不夸张地说，拥有美好事物的基础，绝对不是金钱，而是健康的身体——第一是健康，第二是健康，第三还是健康。当然，这里说的健康身体，却又并非单指躯体，还有个心理心态的状况。简直不能设想，一个四肢发达的人，心理阴暗，心态萎靡，他会做成什么大事情。健康必须是身心双健者。

现在再把话题拉回来。既然健康对于我们如此重要，又有那么多人从生活体验中悟出道理，无论如何就再不应该忽视健康。人生在世几十年，金钱、事业、知识、爱情，都是必不可少的，应该去争取获得，这是毫无疑问的；但是更应该知道，健康是人生的基础，不夯实了甭想构筑美丽大厦。如果说每到年终岁尾需要盘点，最重要也是首要的盘点，就是检查一下自己的身心。看看身体的健康状况如何，查查心理的承受能力怎样，然后根据具体情况进行调治，以便于有个身健心轻的好状态，倾其精力在奋斗中获得美好事物。

有的人好说"来日方长"，还有人愿意说"只争朝夕"，这都只是自我感觉而已。无论寿命长短和时间多少，都要看每个人的身体状况，有个好身体来日就会长，没个好身体支撑来日就会短，有个好身体就能够只争朝夕，没个好身体支撑朝夕就难争。总之，对于自己身体健康的情况，再忙再累都要经常地呵护，什么事情都可以忽视轻视，只有身体健康不可忽视轻视。你想有个好身体吗？那你就要学会经常盘点健康。

2008 年 2 月 12 日

给子孙后代留点什么

　　很多年以前，听一位老华侨讲，美国孩子年满18岁，家长就很少关照啦，"逼"着他自己去谋生。当时听了颇为惊异，觉得缺少人情味儿。按照咱们中国人习惯，父辈人拼命干活挣钱，重要原因就是要为后代留下一些房产和钱财，不这样做总觉得于心不安。所以病老临终写遗嘱，很重要的内容就是，关于财产房舍分割，以免身后子孙为此不睦。为争夺遗产打官司，闹得兄弟反目成仇，在民间流传相当多。

　　这样的事情说明什么呢？我想从两方面说，作为长辈观念过于陈旧，作为晚辈缺少创业志气，一老一小都应该改变思维，否则遗产便会成为祸根。为了争夺遗产闹得鸡犬不宁，去世的前辈灵魂会不安，活着的后辈良心会受责，好事岂不是变成了坏事。更何况再大的财产，总有用完花净的时候，富了儿子辈穷了孙子辈，这种事情实在太多太多。史书上说的，富不过三代，就是这个道理。

　　那么，到底应该给儿孙留下什么遗产呢？最主要的也是最重要的，我以为应该有两方面：一是为人处世道理，一是自食其力本领。再娇生惯养的孩子，总有走向社会的一天，倘若连为人处世都不会，整个一个青涩生瓜蛋，别说是做事情创大业，恐怕连要饭都找不到门，脖子上套个大饼也会饿死。俗话说，练达人情皆学问，从小时候就教育孩子，如何跟人诚实相处，尽可能地多帮助别人，一旦自己有什么困难，必然会有人伸手相助。望子成龙是长辈美好愿望，有的孩子却不是成龙的那块料，你非逼着他考高分争名次，弄得孩子整天晕头转向，成不了龙不说连身心都受折磨，这跟把孩子往绝路上挤有何异。俗话说，家有万贯不如一技在身，从小就教育孩子如何生存，不管将来是卖烤白薯干理发，只要有一技之长就有饭吃，说不定反而使孩子前程不错。给儿孙留下这样的遗产，这就是儿孙未来的鸿福。

　　正是基于这样的看法，我想我们这些年长人，健在时最应该做的事，就是经常跟后辈讲讲自己的成长过程。在现代的中国人中，大凡已成了祖辈者，年龄最小也得六十左右。回头看看走过的六七十年，哪个没有生命的荒疏，哪个没有人事的磕碰，这特殊年月的特殊经历，从个人的愿望来说，没有谁主观想尝受，可是毕竟让我们赶上了，这样就构成了特殊的财富。随着社会越来越安定、祥和，相信子孙后辈再不会经历这些事，即使未来道路有些不顺，总不至于像我们这样艰难。如果跟他们说说这些事情，就会对他们思想产生影响，一旦遇到什么困难的时候，跟前辈人对比一下就会坚定，用勇气和智慧去战胜困难，岂不是比留下万贯家财好。

前不久看到一则报道，有位老人把自己的经历，写成几十万字回忆录，请人用电脑制作成书，分赠给自己的儿孙辈，让他们知道前辈的艰辛，我就觉得这是个好主意。过去单纯讲忆苦思甜，现在再来讲这老一套，年轻人肯定会反感，因为生活一年比一年好，这才是人们追求的目标，拿过去的苦比今天的甜，其可比性很难说服年轻人。可是从为人处世道理上讲，年轻人就比较容易接受。因为他们遇到的种种困惑，尽管与长辈们的性质不同，但是承受的压力和折磨，在精神上并无多少根本差异。年长者经常跟他们说说，就会起到答疑解惑的作用。从遗产上来说这是非常深厚的一笔，拿多少金钱恐怕都无法买得来。

我们非常高兴地看到，有的年轻人很有志气，看到长辈们省吃俭用，总会说："省钱干什么，受了一辈子苦，该花就花呗，我又不用你们的钱。"年轻人能有这样的想法，从社会观念的角度看，这无疑是个很大转变。过去那种吃老子的现象，正在被年轻一代所摈弃，依靠自己本事挣钱吃饭，已经成为社会的主流。这就给年长者留无形资产提供了一个前所未有的条件，我们应该尊重后辈意愿，不留钱财而留下人生事理，子孙后代更可以享受不尽。老辈人安了心，小辈人遂了愿，想起来永远温馨。

2007 年 10 月 20 日

不要光吃祖宗

"前人植树，后人乘凉"，作为一种民族美德，在我国延续至今。倘若没有祖先的开发、建设，大概不会有众多的美景佳境、名胜古迹，来供我们今天尽情观赏。每每置身于壮丽山川，我常常会以十分感激的心情，缅怀着前辈的智慧和劳动。同时也会常常想到，我们这些后来者，若光靠祖宗吃饭，总不能说是光荣。

目前的一些旅游参观的场所，属于现代人亲手创造的，有是有只是并不很多。仅以北京为例，开放不久的颐和园中的德和园、北海中的养心斋，正在以不算低的票价招揽着旅游者，还是靠祖宗吃饭。难怪有些游人走出以后，失悔自己花钱只是看了看，并未得到什么知识乐趣。其实，哪怕有导游讲讲园中的故事，或者说说园林建筑特点，都会比现在这样，光端着祖先"金碗"要钱要好。

可喜的是，有些从事旅游事业的人，正在用自己的劳动创造新的旅游点。如黄河旅游区的负责人王仁民，他带领那里的职工大干15年，开辟了近百个旅游设施，每年可接待旅游者二百多万人次。

当然，破土动工少不了花钱，在国家还不算富裕的今天，不可能拨出更多的钱。但是，只要有人认真地组织去干，钱也不见得成为困难。据说天津文化街和北京团结湖公园的兴建，主要是靠单位和个人集资。我国人民当中历来有"修桥补路"办积德事的传统，对于这样的义举更善施乐为，何况作为祖先后人的今人，我们怎能不为后代想想呢？别光吃祖宗。

1986 年 10 月 22 日

重建"宽容"圣殿

宽容作为一种文化，或者叫做社会道德，曾经影响过几代人，在我们这片土地上，大家和睦友好相处。那时人与人之间的关系，人与自然和人文景观的关系，都是非常融洽地互生互荣，共同缔造着理想天堂。由于有这样宽容的美好环境，尽管时时被贫穷饥饿困扰，但是人类生活得大都自在，生物繁衍得大都舒畅，谁也没有妨碍谁的发展。

到了 20 世纪 60 年代的某一天，有的人错误地把争斗当做信条，用激烈的方式与人与地斗争，从此在整整 10 年的时光里，宽容的道德观念随即消失。人与人在斗争，人与地在斗争，闹得万物不得安宁。这就是罪恶的"文革"运动。在这个疯狂而愚昧的年代里，作为民族文化和道德的"宽容"圣殿，就这样被完全无情地摧毁、坍塌。人与人之间没有了起码的信任，人与地之间没有了起码的尊重，结果是，道德大幅度地沦丧，土地大面积地毁弃，文物大批量地破坏，风景大多数在暗淡，给历史留下一段耻辱记录。

等到动荡的岁月安定下来，这时才发现，我们失去的不仅是宝贵时光，而且还有古老的文化道德，以及人与自然界共处的环境。于是我们不得不像对待文盲那样，重新教育更多不同年龄的人，学会尊重他人，学会爱护环境，而且是从乘车让座、散步不踩小草开始，这不能说不是对于我们自身的嘲讽。现在外出浏览古迹或者游历风景，当听到导游小姐说到，某某是在"文革"期间被破坏的，某某是在"文革"期间被毁掉了，我的思绪立刻便会飞到那个年月。想起那段胡闹的罪恶历史，想起它对道德观念的破坏，我就会感到心头发紧脸发烧，为我们当年的愚昧愚蠢愚忠而羞愧。如今，改革开放已经有 20 年的时间，我们有了正常的社会生活，那么，我们的道德观念是否树立起来了呢？特别是宽容的道德恢复了没有？我想只要我们稍加留意就会发现，善待他人和爱惜生灵的宽容，并没有完全真正地恢复如初。随便到一个地方走一走，我们就可以看到，为屁大一点小事争吵的人，为自己方便毁坏公物的人，仍然像顽症似的存在着，却没有一点自我约束的本能。更不要说商场上的欺骗，官场上的你争我斗和违法乱纪，尽管是少数人的恶性发作，却也表明这些人缺少起码的道德。在今天仍然值得我们重视。

现在，国家在并不富裕的情况下，几乎每年都拿出不少的钱，在各地的城市和乡镇，大兴土木搞基本建设，目的无非是创造好的生存环境。这说明各级政府开始重视，对于美好家园的建设，对于人类生存条件的关注，这无疑是对过去的破坏行为，一个自觉地醒悟和积极纠正。但是我以为，光这样做还不够，比这更重要的是，应该重建"宽容"的圣殿。在有人群的地方普遍提倡，人与人之间要宽容，人与地之间要宽容，真正地建成天人合一的环境。不然环境再美好再舒适，用不了几天就又会被破坏。

谁都知道，建设远比破坏要艰难，尤其是道德的规范建设，更非一朝一夕所能为，必须假以相当的时间。但是，我们必须清醒地认识到，再困难再费劲也得抓，12 亿人生活在一起，没有个统一的道德规范，就如同漫地流淌的水，它绝不会给我们带来益处。而要抓道德规范的建设，首先就要重建"宽容"的圣殿，让人与人和人与自然之间，在不违反共同利益的前提下，大家和睦相处在一个星球上。未来的人间就更美好。

1998 年 12 月 26 日

别问我那么多

　　前不久遇到这样一件事：在我住地附近的公园，一位老人正在晨练，他身板直挺、步伐稳健，绕着园中弯弯的道路，足足地走了三四圈儿。然后就在空场上伸展腰肢，好像仍然不觉得疲劳。待他坐在长椅上休息时，走过来一位年轻人，跟老者搭话："大爷，您今年高寿啦?"老人听后，迟疑好久才回答，而且显得很不耐烦。年轻人走后，老人跟我说："这会儿有些年轻人，简直不懂事，见人老是问这问那，不搭理不好，搭理真的不愿意。"按道理讲，这么问问也没啥，再说这个年轻人还蛮有礼貌，老人何必这么不高兴呢? 当时我有点不解。

　　事后我又想了想，老人生气也不为怪。在讲究尊重个人隐私的今天，年龄、收入、职业、健康、住址、电话、婚姻等等，这都纯属每个人的秘密，朋友亲属之间有的都不怎么过问，陌生人问这些事情纯粹是多嘴。有的老人当然不高兴。因为老年人中十有八九，过去都有过坎坷经历，你不知道哪件事情，他不大愿意再提及，或者有什么忌讳，这一问恰好触动他的痛处，他怎么会爽快回答呢? 例如有的老人就怕听样板戏，连聊天儿说到样板戏时，他们都觉得浑身不自在。因为在万恶的"文革"运动中，造反派一边听样板戏一边打人，这种记忆实在太刻骨铭心，现在一提自然会触动痛处。

　　即使生活比较平顺的老人，有的也不愿意别人多嘴多舌。比方说老年人的收入，或因退休时间早，或因单位不景气，有的老年人收入不高，本来他还想不通哪，你这一问更逗他的火儿，当然他就不想跟人说。再比方说老人的年龄，有的尽管生理年龄不小了，但是心态好身体也棒，整天乐和和地到处玩儿，早把自己年龄忘到一边儿，这么一问当然会让他扫兴。至于老年的婚姻情况，同样也是比较犯忌的，因为有的独身老年人，或者正为找老伴跟子女怄气，或者只有个同居女友，同样不好跟外人说这些事。总之，现在老年人的生活、观念，都跟过去不大一样，年轻人仍然用过去眼光对待，显然是不大合时宜了。

可是反过来说，在现实社会生活中，或者电视里报刊上，对于年轻人的隐私，却保护得重视得很好。尤其是对年轻女士的隐私，介绍只说生日、星座之类，年龄、婚姻等一概隐去。其实无论年长年幼，凡是健康的人，都有个人的隐私。为什么对老年人就如此怠慢呢？究其原因，一是多年形成的看法，认为都活到这个分儿上了，还有什么事不好对人言？二是认为这是关心，随便问一问也没啥，根本没有考虑其他。不管出于怎样的想法，怀有怎样美好的善意，只要老人不接受不理解，就都是对老人不够尊重。社会毕竟比30年前进步了。把个人隐私写在传单上，把档案的事到处乱说，那是在践踏人格的荒唐年代。社会越进步个人的私生活，就越应该受到尊重得到保护，这样人们才会活得踏实自在。

说到老年人的隐私，老年人自己也应该尊重，这就是要学会忘记。撇开前边历史环境不说，从个人的养生之道考虑，人活到一定的时间段落，起码要学会淡忘三件事：一是淡忘金钱，二是淡忘年龄，三是淡忘过去。欧美地区有些老年人，七老八十了还满世界跑，而且玩得是那么开心，据我的观察和推测，就是不计较这些事情。如果老是想自己辛辛苦苦一辈子，这会儿还没有子女挣得多，或者老是想还得留多少钱养老，这样一来玩什么就都没心劲儿了。同样如果老是数着年龄过日子，觉得这不如年轻人那不如年轻人，即便有些身体可以承受的活动，自己也就给自己打了退堂鼓。我国的老年人比欧美的老年人，过去的经历肯定要复杂，如果老是想那些伤心事过日子，非把你很快折磨病不可。因此我说忘记就是尊重自己的隐私。

当然，我这样说，并非是完全不去想这些事，特别是年龄和金钱，对于年长人非常重要，可以说是安身立命之本，一点也不去想不可能。但是一定要做到适可而止，考虑而不过多思虑，计划而不过多谋划，这样便会使自己活得轻松愉快。倘若把年龄和金钱当包袱背，把过去的不愉快当枕头睡，就是自己跟自己过不去，说句不客气的话，都到了这个时候了，何必呢？

2005 年 5 月 26 日

宽容是社交通行证

　　刚刚接待完几位外宾，回到家里觉得又累又乏，我就躺在沙发上休息，都有点似睡非睡了，突然一阵电话铃声，把我从迷糊中惊醒。

　　打电话的这位朋友，方才还跟我在一起，同几位外宾神侃畅聊，几年的话仿佛都说了，这会儿还有什么话呢？我正在纳闷时，只听他在电话里说："喂，柳兄，送给你的礼品，你看了没有？"我说："累得都快散架子了，哪里还有心思看它呀。""不行，你这会儿就看看，是什么东西，马上告诉我。"听了他这近似命令的口吻，真不知出了什么"国际"大事，这么严重，我只好打开这个礼品包。

　　这是个用彩喷花纸包着的礼品包，我小心翼翼地揭开两层花纸，很快就露出了真正的礼品——一块三色方格相间的土布，一件彩色玻璃拼贴的图画。着实算不得美观，更谈不上怎样值钱，仅仅是友谊的表达罢了。我就如实地告诉了这位朋友。只听这位朋友没好气地说："哼，这几个洋鬼子，真会看人下菜碟。"说完他就放下了电话。这时我再也睡不着觉了，就回忆刚才接待的情景。

　　这是几位来自×国的作家，陪同接待的中国作家，除了我和这位打电话的朋友，还有三位是去过×国的作家，他们之间不只是比较熟悉，而且还有过书信来往，应该说，除了我和打电话的这位朋友，跟×国作家完全是初交，别人都算是老友再次相逢。因此在礼品赠送上，当然也就不一样，按说没有什么好奇怪。人情世事的冷暖轻重，从来都是有其原因的，计较这些实在划不来。

　　事情过去两天以后，估计这位朋友的火气消了，我就打电话给他，这时我才知道，给那三位作家的礼物，都是说得过去的工艺品。给这位朋友的只是一块方格粗布，连我那样的玻璃图画都没有，他逐个问过以后，越发觉得心理不平衡。我听后只是表示理解，却不便更多地说什么话，免得再惹起他的不愉快。

其实，在人与人的社会交往中，完全没有必要那么精细，不要说是跟陌生的外国人了，就是在国人之间打交道，都难以一律平等相待。人与人的关系，本来就有亲疏，怎么好强求一样。这位朋友之所以有这样的想法，我觉得起码有两个原因：一个是他本身就比较实诚，对人际关系存有美好的理想，这是个优点；一个是他在小事上缺少宽容，不允许别人有任何怠慢，这是个缺点。这一个优点一个缺点，便构成了他在社交中的不愉快。

社会千姿百态，人际纷繁无序，这才是个真实的世界。我们生活在这个世界上，要跟各式各样的人交往，要跟各式各样的事接触，倘若凡事都想随自己的心意，对人没有一点宽容忍让，恐怕就很难自在地生存，更不要说交更多的朋友。从这样的意义上考虑，人们在社会交往当中，能有一份宽容的心态，就等于有了一张通行证，无论走到哪里见什么人，都会顺畅地达到美好境界。缺少宽容就等于设置障碍。更何况由于教养、文化、习俗的不同，人们在交往的方式方法上，还有着自己独特的方面，我们就更不能用自己的标准强求。那位朋友受"怠慢"的情况，在与人的交往中，其实我也遇到过许多次，只是没有像那位朋友那样，把它当做一件大事考虑罢了。

以我并不多的观察来看，外国人在处理这种事情时，一般都比较坦诚直率，当着众人的面就分亲疏，中国人在做这种事时，一般都显得含蓄隐晦，生怕自己和别人都尴尬。这样一明一暗的做法，既反映了文化上的差异，也说明了心理承受的能力，很难说哪种方式更好。我倒是主张，别人对自己"怠慢"时，应该以宽容之心谅解，自己对别人"怠慢"时，尽量不要让人难堪，这样的做法似乎更妥当。这就叫做，宽容走遍天下，计较寸步难行，社交中存在的"看人下菜碟"，究竟如何对待是好，还得诸君自己拿主意。

我的做法是，一是顺其自然，二是争取平等，不为别的，就是想愉快地生活，并以宽容交更多的朋友。

1999 年 1 月 26 日

退休之后说"冷落"

老诗人梁南先生，听说我退休了，特意来信宽慰，说："你退下来后，门庭冷落了，最要紧的，是自我营造心里平衡。"我非常感谢老朋友的关怀。其实他哪里知道，我的所谓门庭，过去就不曾有过热闹，今天又何来冷落之说，原来怎样过日子，现在日子照样怎样过，心理很少有失衡的时候。

我这个人最大的优点，就是知道自己吃几碗干饭，更不忘记前半生的坎坷。在当了干活的"官"以后，随时准备着变动，所以不止一次地跟同事们说："大家能在一起工作，这是缘分，咱们一起把事情办好，就是对我最大的支持。有事情可在单位找我，我不希望到家里谈事情，一来是想在家里做自己的事，二来是怕热闹惯了将来受不住冷落。"因此在位的这些年里，几乎没有谁来我家，即使有急事顶多打个电话，我的小日子还真的过得清清静静。

能有这样的思想准备，并非我有什么先见之明，而是几十年的平凡生活，看见过不少人间的浮沉荣枯，以及各种小人的精彩表演，这种明摆着的当是不能上的。更何况人一走茶就凉，是再正常不过的事情了，何必非要强求别人如何。作为大小有顶"官"帽子的人，要紧的是在位的时候，尽量为别人做点实事好事，即使退休后门庭冷落了茶凉了，自己想想没有愧对过谁，我想也就能够踏实地生活。至于别人会对自己怎样，更没有必要斤斤计较，连美丽的风景辉煌的古迹，在世人面前还褒贬不一哪，何况一个有七情六欲的大活人，议论别人或被人评说都很平常。

再说人跟人的关系，并非全都那么势力，见你没有了使用价值，就完全成了陌路人。在位时溜你拍你，退休后踩你害你，这种人毕竟是少数。更多的作风正派人，常常是在你退位后，倒是比过去更亲近。所以在位那会儿，我就冷眼旁观，一些人退位后，别人怎样对待他。渐渐地体会出一点道理：只要你真诚地对待别人，别人也不会虚伪地待你。我在位的这些年，抛开同事关系不说，还真的交了些朋友，而这种朋友的情分，正是在退位后体会出来的，这使我感到极大的欣慰。

我跟梁南兄相交四十余载，一起经过北大荒的艰难，在思想感情上还算相通。按说他应该知道，22 年的贱民生活，如同一碗陈年老酒，早把名利肠胃的污垢，洗刷得一干二净，头脑比过去清醒了许多。即使有点冷落怠慢，在我不过是酸梅一颗，咬咬牙也就吞下去了，绝不会有什么不适之感。何况就是在位的时候，我也只是个干活的人，从来没有大红大紫过，更没有过什么虚衔假职，像有的人那样自找热闹，这些一旦完全失去，心里就会觉得没着没落了。

当然，我也并非什么圣人，世俗之气也不少，前几年见别人被委以衔位，心里也的确曾经有过想法，甚至于抱怨过不公的对待。事后再仔细地想想，这些通通不过是兴奋剂，只是给人一时的表面虚荣，停止了反而会瘾劲儿难忍，冷落的罪还得自己受，何苦呢。

据我的观察和了解，真正受不住寂寞怕冷落者，只是两种人：一种是除了当官别的不会，当官的时候靠着手中权力，一些马屁精或有所求者，会像陀螺似的围着转，一旦没有了官位很少有人搭理，立刻就会觉得如进冷库冰窖；另一种人是平日喜欢热闹的，在职的时候总是东窜西走，见人就亲近见会就报到，生怕天下何人不视君，有朝一日失去这些热闹，就会像突然遇到寒流得感冒。原本就平平常常生活的人，退下来暂时也许会有不习惯，但是绝不会有任何的落寞感。

总之，热闹和冷落是树上的枝和叶，植根在生命的土壤上，谁都有赏花和观叶的时候。懂得了这个道理，就会多点生活的理智，否则，就会在赏花时开心，到了观叶时痛苦万分，什么时候都跟自己较劲儿。世界上最赔本的买卖，莫过于自己跟自己过不去。想通了这个道理，就等于想通了人生，在对待生死荣辱上，就会心安理得地顺其自然。

1999 年 6 月 26 日

套话及其他

在过去相当长的一段时间里，由于政治生活不正常，有的领导干部习惯说套话。这些同志思想上无独立见解，工作上无独创方法，无论在什么场合讲话，开口必是形势大好、如何加强领导，等等老生常谈，说的无一点自己的语言，全部照搬文件、报纸社论。至于节日讲话更是像撕日历，"五四"讲青年是先锋、"六一"讲少年儿童是人类希望，"七一"、"八一"、"十一"、元旦等节日，都各有年年雷的老词套话。善于讲套话的人，连讲工作上的失误，都有大同小异的成套语言。

党的十一届三中全会以后，实事求是作风有所恢复，中央一再让讲真话、做实事，按说，套话的恶劣习惯即使不能马上消除，起码不应在中青年干部身上延续。其实不然。笔者参加过一次全国首届某项颁奖活动，其不成样子的程度恐怕是建国以来少有。例如发奖者不知谁应领奖，领奖者不知为何得奖，却堂而皇之地在人大会堂举行。与会的人几乎人人大失所望。主办单位的负责人在总结发言时，依然振振有词地大讲形势，对于与会者的意见却避而不谈，只是说自己如何忙，借以解脱工作中的失误。轻松的态度和虚伪的言词使人越发感到不快。

在某些单位负责人身上，所以会有这种恶劣作风，究其原因不外乎，一是工作不深入，一是有私心杂念。何谓不深入？即在发言前不了解群众思想、情绪、意见，讲具体问题怕说不到点子上，只好用现成的套话来应付。何谓有私心杂念？即讲自己的心里话怕说错，反不如讲放之四海皆保险的话，听众再不满意也不会丢官。至于说某些工作上的差错、失误，倘若不用"忙"字牌帽子遮住自己，真正地来番认真检查，势必会暴露自己责任心不强或低能来，岂不是丢了大面子呵，干脆来顶"忙"字帽子戴上。

那么，这样做给工作带来的效果呢？就完全可以不考虑或少考虑了。最多不过让有意见的人发发议论，出出气，既不会把做错了的事重新做，又不会为做错的事想法挽救。时过境迁，铁铸的官帽子绝不会被风吹掉。

　　讲套话、无主见的干部，在过去那种情况下混一混，还是可以原谅的，因为，许多有个性的干部被整的惨状，不能不使一些人为了生存，变得多少聪明点世故点。在政治上比较开放的今天，似乎大可不必了，更何况中央一再希望干部有所作为呢。今天担负着领导工作的中青年干部，若想不辜负党和人民的重望，首先必须踏踏实实地工作，飘浮、虚夸、文过饰非的作风，定会给我们的事业带来损失。

　　任何作风的形成和发展，都是依附一定政治气候的，同样，改变和消失也取决于一定的政治气候。过去那种"一言堂"的封建的政治气候，形成了某些领导干部讲套话的坏作风，完全符合当时的事物发展情理。在我国开始政治体制、经济体制改革的今天，随着民主与法制建设的完善，人们的思想一旦真正活跃起来，讲套话的恶劣作风，总该减少或消失了吧。

1986 年 11 月 26 日

著名何须注明

社会和群众承认了，知名度自然就高。李白、杜甫、鲁迅、郭沫若等文学家，并没有人给他们更多地加封"著名作家"的桂冠，人们不是同样敬仰他们吗？吴昌硕、梅兰芳、齐白石、徐悲鸿等艺术家，连现在的年轻人也熟悉他们，同样不是靠谁加封"著名"才著名的。更不要说像李时珍、蔡伦、张衡等古代人物，必须由今人注明是"著名科学家"才显得伟大。靠标签提高身价的做法实在不可取。

当然，无论哪个行当、学科的从业者，总会有成就大小、水平高低之分，这是自然的现象，是无法互相更换的。如果说在同一情况下，确有"著名"和非著名之分的话，那唯一的区分标准，就是看各自的劳动在社会上产生的效果，或者说，看各自创造的精神或物质财富被社会承认的程度。但是，无论你的劳动在社会上产生的效果怎样大，只能属于一定的历史范畴；随着时代的进步和成绩的刷新，"著名"者也许会相应地不再著名。这正是历史无情的所在。

那么，有些并不著名的人物，为什么热衷于往著名的行列里挤呢？细细揣摸不无道理。现在社会上有种奇怪的现象：只要你一支歌唱出了名，或者一篇小说写出了名，甚至于会讲话的讲出了名，这就意味着你会获得更多的东西。工资升级住房改善，这就不必说了，就连"委员"、"代表"之类的绣花小帽，都会一夜之间飞到你头上，弄好了还可以有个官位子。至于以后嗓子坏了，小说写不出来了，那也不必担心，"著名"这个老本足可以吃到不再著名时。

万幸的是，"著名"的头衔未加给政府官员，倘若连部长、省长、局长、处长、科长也有"著名"与非著名之分，而且更换一批加封一批，不知国家和人民要增加多少开支来养活，让他们从不著名到著名直至名字不再被社会提及。

1988 年 1 月 23 日

闲话"征婚"广告

报刊的有些栏目，我是必看的。其中之一是"征婚"广告。这倒不是笔者有寻觅知音之意，而是从中可以多少探索些人间心态，以及想象些撰写此种广告时的情景。如同小说创作的某些"方法"一样，"征婚"广告也自有"规律"，颇像中秋时节的月饼，纵然大小不一，其内无非是豆沙、枣泥、五仁等等几种，再高明的也翻不出新花样。

随手拈来一张《今晚报》，就以此为例，看看这普遍的写法吧：假如是女性公民征友，大都少不了"品貌优"、"有修养"、"作风正派"一类的字样；假如是男性，大都少不了"气质好"、"好学上进"、"为人厚道"等。当然，学历、身高、年龄更是不可少的内容。

关于条件中的学历、身高、年龄，是否真实姑且不去管它，反正有文凭、户口簿为证，是高是矮也不会一时伸缩。这是硬邦邦的条件。倒是这以外的某些"软"条件，很有学问。例如"貌美"、"品正"、"厚道"、"上进"等等条件，确实令人喜爱，无论是作为追求的目标，还是作为自身的存在，这都是值得称赞的。因为它标志一个人的外在和内在的和谐、统一，能找到这样一位伴侣，可以说是完美得很了。今天所以会有这么多大男大女征婚，说句不敬之话，大概正是因难寻而误了最佳年龄段吧！问题是这些好条件由自我表白，常使人想起"走马观花"的故事，难免有扬瑜掩瑕之嫌。要是果然像"征婚"广告这样千篇一律的好条件，我们不能不感到庆幸和自豪，在提倡"优生"不久就出现这么多"美"人，我们泱泱大国岂不壮哉。更何况"情人眼里出西施"，审美观点各不相同，看不对眼，无论怎样自我标明美，在对方眼里也未必就那么美。

那么，"征婚"广告如何写呢？原谅笔者也无高招。倘若非逼我说点什么意见的话，我只是想说：征友者要实实在在摆情况，瑜瑕皆说，不要打"小抄"，能给人些可以验证的条件最好，这才是"我就是我"。寻友者也要认认真真思索，去伪存真。要问问自己究竟想找怎样的伴侣，这样也许会有家庭的美满。

　　不妨看看去年 10 月 1 日《今晚报》，关于女排姑娘梁艳做嫁娘的报道，梁艳对自己的郎君牛艺是这样介绍的："相貌平平，个子也比我矮，但对我很理解相信今后我们会幸福的。"梁艳真不愧是位排坛健将，连介绍自己的爱人都"到位"，大概是在严酷的竞赛中锻炼出的品德吧。"征婚"广告，应提倡实事求是。

1988 年 8 月 30 日

蝴蝶来去说

    大凡成为旅游点的地方，或美丽的自然风光，或精彩的名胜古迹，总会有它自己的诱人之处。

    云南大理的蝴蝶泉靠什么吸引游人呢？亚热带的奇花异草自不必说了，更令人神往的恐怕还是那"蝴蝶会"——"每年农历四月，古树开花，状如彩蝶。其时蝴蝶群集，翩跹飞舞，一只只'连须钩足'，从树头倒垂至泉面，像一条绚烂的彩带。泉边树丛中亦有各色彩蝶飞舞，五彩缤纷，络绎不绝。"倘若没有彩蝶飞舞，传说再动人，泉水再清澈，终会使游人觉不出它的妙处。我正是怀着这样的遗憾游了一次蝴蝶泉，每每想起来总感到记忆里少了许多情趣，比之苍山洱海实在悟不出蝴蝶泉美在哪里。

    "蜂蝶纷纷过墙去，却疑春色在邻家。"唐人王驾在《雨晴》中写下的这两句诗，很能代表我游蝴蝶泉时的心情，当时我想，既然蝴蝶泉边见不到蝴蝶飞舞，把蝴蝶泉移至蝴蝶纷飞的别处，连同蝴蝶泉的传说一起移走，说不定同样会吸引众多游人。就像内蒙古境内的两处昭君墓，各有说法，不论真伪，一样地让人感兴趣。

    前不久看中央电视台的新闻节目，蝴蝶泉边又出现了彩蝶纷飞的景象，多少补偿了我那次遗憾的旅游，虽不及亲睹惬意，但也能激起联想。电视台的新闻节目里说，多时不见的"蝴蝶会"，之所以重新出现，这与蝴蝶泉边的生态恢复有关。既然知道毛病出在这里，过去为何不注意保护呢？我们有不少旅游点，都是靠山吃山、靠水吃水，就是不愿意养山积水，把祖宗留下的这点家业刮得极苦。用这样的办法管理旅游事业，用不了多少年山会秃、水会干，像经过沧海桑田变迁的城镇里的某些街道——如北京的北新桥、水碓、王府井等等，都早已经名不副实了。

    蝴蝶重飞蝴蝶泉，的确是件新闻，更是旅游者心目中的喜事，不然千里迢迢地跑到那里，只见泉水不见蝶飞，破费了金钱带回满腹的遗憾，岂不扫兴。

其实，再仔细地想一想，即使有蝴蝶纷飞，大饱一次眼福，果真就不扫兴了吗？恐怕也不尽然。我们有些做旅游工作的同志，很少开拓和创造精神，他们只知道死守现成的游览项目，不肯思谋多方面的补充、扩大，致使有些旅游过于单调、沉闷。就拿蝴蝶泉旅游点来说吧，若是增加些富有情趣、知识的活动，总比现在这样单一的观赏好。特别是像云南这样的旅游地，交通不方便，走一次很难，要尽量让旅游者玩得痛快些才好。

蝴蝶去又来，惹我议论一番，目的只有一个，希望我们的旅游事业，如彩蝶纷飞，而且越飞越美。

1987 年 7 月 8 日

玩具的联想

我这个人好像生来就与商店无缘，除非事先定下要买什么，偶尔进去直奔猎物目标，平日里就不曾有过闲逛的念头。因此，对于当今人们经常议论的时髦话题，诸如商品换代、市场行情等等，我一窍不通，可谓是个真正的"商品盲"。正是这样，有时碰到什么商品，就感到分外地新鲜。

有次要买电源插头，走进一家商店，见电器柜台挨着儿童玩具柜台，就顺便在那里看了看。嗬，什么电动火车、小熊敲鼓、电视、电话等等，真是琳琅满目，招人喜爱，看一看都会大饱眼福。像我这样生于平民百姓家的人，在孩提时代只能拿棍棒当玩具，面对这么多五花八门的玩物，大概只能感叹自己出生得早，同时也不能不羡慕今天的孩子。在我出生的那个年代，即使经济条件好的人家，都不曾有过这样新颖玩具的，你有钱也没卖的。

仔细地看过一些玩具后，大多数还是比较满意，但对于有些玩具总觉得并不很好，因为玩具不光是让儿童玩耍，它还应该给儿童以智力启迪。就以延续几代不衰的积木来说吧，儿童在按图堆砌多形彩木时，不光是在乖乖地度过时光，而且也使他的思维得到锻炼，这实在是种非常文明的玩具。可是有些玩具就没有这样好的效果，比如"地滚球"玩具，发明者的意图也许不错，想以此锻炼儿童的身体，或者是让儿童结识体育器械，但却忽略了更重要的一面，这便是公共道德的培养锻炼。在城镇里住楼房的人家越来越多。让孩子在家里玩这种"地滚球"，人在地上跑，球在地上滚，势必会影响住在楼下的人家。孩子这样毫无顾忌地玩耍，健康的体魄和灵巧的动作是会得到锻炼，公共道德和为他人着想的观念则会渐渐淡薄。

现在有些年轻的父母，本来就视独生子女如掌上明珠，恨不得摘下月亮让孩子玩，购买了"地滚球"这样的玩具，只顾孩子玩得痛快，很难想到儿童的心理锻炼。"地滚球"一类玩具的出现，实在不是什么好的现象。

我们通常总是讲要有职业道德，这职业道德绝不是光指足尺足两，更重要的恐怕还是要让产品有利于社会的发展。说到儿童是祖国的未来，许多人都会讲得头头是道；如果光从赚钱的角度来革新玩具，不考虑如何塑造儿童思想品德，这种玩具再新再受孩子喜欢，都不会有利于孩子的成长，还有什么祖国未来可言。

玩具虽小却关系着亿万儿童的成长。有关部门应该建立玩具的检查制度，对于那些有害无益的坚决剔除，对于那些有益也有害的要权衡轻重，这样才会使玩具成为儿童的良伴。倘若能像文学作品那样，每一二年评比一下玩具，那一定会牵动千家万户，促进玩具生产的不断革新。

1987 年 4 月 15 日

第四辑

还有多少李素丽

北京公交系统优秀售票员、全国劳动模范李素丽，办了个"李素丽服务热线"，目的是借此更好地为乘客服务，同时促进整体服务水平的提升，这样的想法显然很不错，倘若能够奏效那就再好不过。记得当年轰轰烈烈学雷锋时，确实出现不少雷锋式人物，对于社会风气的形成和改变，起到了非常显著的积极作用。李素丽模范事迹报道后，在社会上同样产生积极反响，特别是在北京公交系统，当时确实出现过一番新气象，许多经常乘公交车的老年人，很有点新风气回来的感觉。

按人们常说和希望的，一个模范就是一星火，点燃了就会燎原。那么，李素丽这星火如何呢？是成了燎原之势，还是有所暗淡？我没有认真地调查，不敢随便妄加什么评论。反正就我目力所及，李素丽式的售票员，起码不是很多了，有的售票员只是售票，连应该说的话都不愿意说，比如"请给老人让个座"、"刚上车的乘客往里边走"，如此等等，在公交车已经很少听到。现在唯一听到的话就是："未买票的请买票。"至于售票员应有的眼力见，更是不知道跑到哪里去了，老人和孕妇站着，年轻人坦然坐着，在公交车上时有所见。我们没有理由要求年轻乘客学习雷锋，却有理由要求售票员学习李素丽，因为公交公司是挣的这份服务钱，车上还专门设有老人专座，何况整天喊着"乘客至上"，怎么就不想着如何"至上"呢？喊一声"让座"难道还不应该吗？

2005年《今晚报》上有一则报道，题目是《老人没座，公交车能开吗？》，报道说，许多读者给公交部门提出，希望将给老年人让座变成制度，我觉得这种建议非常好很适时。为什么要把是否给老年人让座，跟车能不能开联系一起呢？一位司机说出了心里话："车上有老年人站着心里犯嘀咕，生怕摔倒了给自己找麻烦。"这是从公交车司机角度讲的，如果从社会影响角度来看，公交车上万一摔倒老年人，对于社会的公众形象同样不好。这则报道还讲："目前公交车让座率只有30％，如果乘务人员反复宣传，让座的人会越来越多。"当年李素丽正是这样做的。现在司售人员有的不肯启齿，这也是造成老年人无座的原因，当然也有管理不力的因素，比如把老幼病残孕专座多设几个，一旦专座被人占用让其让出来，我想无论是谁也无话可说。当然，单纯要求司售人员也不公平，有的司售人员积极倡导让座，被年轻乘客打骂的事情，在一些地方也不是没有。总之，公共道德普及，需要公民自觉，更需要多提醒。

回想"文革"之前有一阵儿，社会风气还是比较好的，北京百货大楼张秉贵"一团火"精神，把服务行业烧得热气腾腾。例如，公交车上老年乘客刚一进门，就有年轻人争着起身让座，乘客看不到售票员说一声，立刻就有人赶紧过来搀扶。可惜这么好的社会风气被破坏了。李素丽这星火的出现，本以为会烧热公交系统，岂料不仅没有烧热起来，相反还出现个别售票员打乘客的情况，这就不能不让人怀疑，现在的公交车上还有多少李素丽？

据报道各个城市的公交车辆，都在想方设法更新换旧，这无疑是件好事情。既可方便乘客提高运力，又能美化城市和创造优美形象，百姓自然非常欢迎和拥护。可是除了强化硬件管理，在为乘客服务的软件管理上，我们又有多少改进呢？城市的美丽和文明，从面貌体现固然重要，倘若人的素质跟不上，不管增加多少新型车，只能说会花钱不会做事，管理上是不成功的，公交公司负责人并不称职。因此，希望有更多李素丽出现的同时，还要对公交公司提出要求，担负起宣传普及文明道德任务，达不到硬性指标的，如给老年人让座、车辆整洁、行驶平稳度等等，管理部门要给予必要处理。在公共道德方面也得改变观念，不能光是要求自觉而无制约，社会整体道德素质毕竟还不很高，借助外力促进良好风气形成，在今天不失为一个可行的方法。

2006 年 6 月 26 日

打人扁担别横抡

社会生活不正常年月，一人出事往往株连九族，连阴界死人都难消停。未承想时隔几十年后，这种"横抡扁担"打人的阴魂，又开始在某些人身上附体，这不能不说是群众言论的悲哀。表面看好像是言论开放，实则是是非标准缺失。致使一两个人出事露丑，就给某个群体定"罪"，这不是"株连"的变种吗？

最早是由说某个地区开始，如个别或少数某地的什么人，做些不是十分光彩的事情，于是就有某某地的人如何，还编成顺口溜讥讽奚落："防火防盗防某地人。"后来个别演员和导演发生争执，又出现了电影界"潜规则"之说，好像女演员都不是凭自己实力上戏。接着有个别作家行为不检点，就有文章谩骂作家群体如何，一时间作家都成了可憎之人。最近又见一条更绝的新闻，一位农村的女子为改变命运，远走他乡嫁给一个英国男人，过了几年被这个英国男人甩了。朋友劝她干脆嫁给中国男人，却被她一口回绝，理由是"中国男人吃饭喝汤声音太大，我受不了"，中国男人有几亿人众，请问，你都跟他们一起吃过饭?! 不然，怎么能以个别男人的行为，论中国男人整体的优劣呢？简直岂有此理。她的这种印象，显然来自过去少数农村男人，要知道，现在农村男人也有了变化。

这些以个别伤整体的事情，倘若只是说说也倒罢了。尤其令人难以理解的是，报载有单位近来招聘员工，竟然公开明确表示，拒招 80 年代出生的人，理由是独生子女不好管理。我不知道 80 年代出生的人，在我国精确数字究竟多少，但是既然是整整的一代人，总得以千万来计算吧，难道让他们都失业吗？何况这一代独生子女，所谓的"小皇帝"脾气，有的是被人为扩大化了，更多人无非是有点个性，相信进入社会经过历练以后，肯定会有所收敛或改变，怎么好拿一代人来说事呢。而且，每代人有每代人的优点，80 年代出生的独生子女，他们的闯劲儿和独立思想，恰恰是上几代人所不具备的，作为一个开放社会中的人，这种品质说不定正可以成就事业。

总之，照眼下一些人的评论方法，简直就是洪洞县里没"好人"。一只老鼠坏了一锅汤，一个苹果烂了扔一筐。打人的扁担横着抡，唾沫星子满天飞，好像成了言论的时髦方式。明明是个别人或少数人做的事，为什么非往更多人身上泼脏水？除了个别人的思想方法偏颇，喜欢大笼统地简单说事议人，跟社会处理事情的思维也有关系。比如关于80年代独生子女，前些年的媒体报道和宣传，过于夸大他们的生活优裕，说成是家庭的"小皇帝"，等等，其实就一代人整体来说，真正家庭经济非常好的人家，在80年代的我国并非多数，更多人家还未达到小康水准，真正娇生惯养的孩子更非全部。过于夸大的渲染结果造成负面影响。

一个讲法制的社会，同时，应该是个讲道理的社会，就是说，人们的思想和行为，即使不会触犯法律，总还得在道理上说得过去，这样人的活动才会有所规范。横抡扁担打人的批评者，用个别代替整体的处事者，虽说并不触犯任何法律，但是在道理上就显得说不通。这样以偏概全的思维方式，在提倡和谐社会的今天，无论如何不能任其发展。和谐就应该讲法制，和谐就应该讲道理。不讲法制，不讲道理，就没有平等的基础，何谈人与人的和谐？

喜欢横抡扁担者，请把扁担顺过来，这样即使打人，说不定会更准。当然，如果用讲法制讲道理，代替抡扁担打人更有风度，对自己对他人岂不都好？！不妨收收手看看。

2007 年 3 月 8 日

假如没有这个职务

一位朋友的女儿，有次跟我聊天儿，不知怎么说到茶叶了，她不无感慨地说："我老爸在位那会儿，别人送的茶叶，每年都喝不完；这会儿他退休了，就很少有人送了，有时还得自己买。"这位朋友原来是位编辑，在一家大报编文艺副刊，对于某些作者来说，他掌握的这块地盘，可就非同小可了。

听了朋友女儿的话，我不禁也笑了起来。其实类似这样的情况，我做编辑时也遇到过，只是没有人给我送东西，但是那股热乎劲儿，却让人难辨真伪。那时我在《新观察》杂志社，主持杂文版的编辑工作，全国的杂文作者认识不少，可是版面就那么多，要想上一篇文章并非易事，于是有的作者就找上门来，跟我套近乎交朋友，我想，编辑跟作者成为朋友，这是天经地义的事，互相之间聊聊天儿，切磋点写作上的事，说不定更会出些好文章。就这样认识了一位作者。后来我调离开这家杂志社，这位作者再见我竟形同陌路，这时我才意识到，他跟我交朋友是考虑，当时我还有点职业权力，并非真的要交我这个朋友。现在我没有发稿权了，在他看来没用了，自然也就没必要搭理。

可是天下的事情，有时就那么凑巧，或者说老天真会捉弄人，没过多长时间，我又在一家杂志任职，这位作者知道后，特意找上门来跟我叙旧。我很热情地接待了他。临走的时候，他放下一篇文章，希望我亲自看看，我收下没有表态。他走后我便交给了责任编辑，请他按规矩酌情处理，原因是，人家看重的是我的编辑权力，并不是真的把我当做朋友，我何必要自作多情呢？那就按正常稿件处理程序走嘛。

我上边说的一番话，是什么意思呢？主要是说，在人与人的交往中，谁都会结交一些朋友，但是每位朋友的想法，却并不完全一样，大致可分为两类：一类是人家看重你的人品，通过职业交往认识了，自然而然地成了朋友，我管这叫真正的朋友；一类是人家看重你的权力，为了求你给自己办事，所以才跟你交朋友，我管这叫职业朋友。我前边说到的，给朋友送茶叶的人，跟我套近乎的人，都属于职业朋友。我们没有这个职业了，人家用不着你了，当然也就不再跟你交往。这非常正常。

遗憾的是，许多人没有这个自知之明，在位的时候认识不到，因此，也就少不了被利用的可能。别的行业的情况咱们不说，就拿我比较熟悉的文学界来说吧，譬如，原本你是一个很不错的作家，那时看重你的除了评论家，就是读过你的书的读者，同行们有的并不买你的账；正是因为你不错有机会当了官儿（群众团体的官儿，严格说算不得官儿），于是有的人像苍蝇似的往你身上扑，就连原来瞧不起你的作家，这时都会嘴甜得流蜜，一口一个的什么叫着你，听得人都觉得肉麻。其实仔细地想想，人家为的什么呢，还不是看重你的职务，可以给他的作品抬高身价，可以让他出国开开洋荤，这些目的人家达到了，照样不会买你的账，说不定还会骂你不是个东西。同样，现在有人吹捧你的作品，也是看重你的职务，你就别当真自己是个大作家，说句不客气的话，要是你没有这个显赫的职务，恐怕连能不能发表都成问题呢。所以在位时一定要冷静，千万不要让官职迷了心窍，把职业朋友当做真正的朋友。

人在得志的时候，最可贵的和最可悲的，就是看你有没有自省能力。如果我们能在得志之时，经常地想想自己没有职务如何，说不定会使自己头脑清醒，起码不至于自以为是，觉得自己俨然是个大人物，甚至于把职业朋友当做真朋友，或者干脆把真正的朋友忘记。我以为人最本质的生活，还是得归真，无论你怎么装腔作势，或者怎样穿"泡沫官袍"，总有一天会回归原样儿，成为过普通生活的百姓。等你没有了这个官封的职务，或者职务不再体现权力，那时你才会拥有真正的斤两，来找你的人才是你真正的朋友。从这个意义上讲，职务是个试"真"石，它既可试出别人友谊的真伪，它又可掂出自己价值的真假。

正在官位上的朋友们，当有人找到你，甜言蜜语地说些什么，请你不妨这样问问自己："假如我没有这个职务……"

2006 年 9 月 28 日

莫用超市办集市

超市这种销售形式，如果我没有记错，应该是来自国外，逐渐被国内商家采用，更被消费者所接受。就我个人在超市购物的体会，它比之传统的购物方法，起码有这样几点优越性：一是可以随意选择商品，二是购物环境比较清静，三是结算付钱方便快捷，如此等等。正是因为有这样多的好处，许多人把去超市购物，当做一种休闲的方式，甚至于把购物当做享受。所以在北京才有"逛超市"的说法，大概是区别过去的"赶集（市）"吧。简单的一个"逛"字一个"赶"字，却道出了两种不同的心态，"逛"让人觉得有悠闲舒适之感，"赶"则让人觉得紧迫慌张，这就难怪超市会在全世界风行。

可是，像许多好事情好东西一样，一经随意的"改造"、"通融"，就必然会变味儿走样儿，成了既像又不像原来的模样，让你受不了又说不出来。如今有的超市也是如此。你说它不是超市吧，它的布局名称都是超市；你说它是超市吧，里边还有不停的叫卖声。超市本该有的宁静，购物人本该有的好心情，挑选物品时本该有的从容，都被此起彼伏的喊叫，像阵阵噪音似的吓走了（往日的叫卖是有讲究的），这时的购物跟逃难差不多。这还不说，每个货架子前，都站着一个大活人，像旧式媒婆似的絮叨，不住地给你拉纤撮合，非让你娶她介绍的"闺女"，连哄带骗，让人打心眼里觉得别扭，这时再没有了"逛超市"的雅兴。

商家想多卖些钱，适当地搞些推销，这是完全正当的事情，只要实事求是地去做，对消费者也有益处。但是在方式方法上应该有个讲究。例如，采用书面告示，或者是递送广告，都可以达到宣传效果，非要让人站在货架前说合，既占据商场空间，又破坏商场宁静，反而增加顾客的反感。北京有一家购物中心的超市，火得不得了，把周围两家中型商场都挤垮了，说明这家超市经营得好，按说应该把购物环境搞得更温馨更舒适才是，以便报答光顾的客人。岂料这家响当当的名牌超市，正是利用这种

"蓬勃"的火势，又狠狠地浇了一桶"烈焰油"，整个超市各类商品都有人叫卖，让推销人员排成队推销，顾客走路都得侧身而行，使原本就不大的面积更显局促。"超市"正在变成"集市"。估计这家超市的大钱是挣了，超市的正经样子却没有了。乐坏了超市苦了顾客。

现在什么事情都提倡"以人为本"，作为以购物人为中心的超市，更应该处处时时想着顾客的方便舒适才对。当然，不让商家挣钱不可能，没有干赚哟喝的买卖，如果光认钱不认人，这样的买卖也难说长远。做买卖最要紧的是尊重顾客，讲信誉，不欺诈，把最大的方便和舒适留给顾客。俗话说，买的没有卖的精，这倒也是事实，可是也应该注意，如今找什么都容易，找个真正的傻子却也难。一旦商业网点多起来，此一家卖得比彼一家卖得更精，有了更多的挑选余地，谁能担保你还会有更多的回头客。"放长线钓大鱼"倒是不失为未来做大生意的上策。

就在我写这篇短文的前几天，电视新闻里报道说，全球最大的一家美国零售公司，即将在北京建第一个网点，其后还有更多网点跟进。这预示着国外商家很快就要进入我国市场。说句实在话，看了这条消息，我非常高兴，真的是在偷着乐。作为普通的顾客，就像蜜蜂采花蜜，谁家好就去谁家，你总不能以劣质服务，还逼着我"热爱国货"吧。何况现在的中国已经完全开放，北京、上海等大城市在跟国际接轨，在竞争和顾客面前家家平等，商家有没有真本领好对策，那就看你是叫驴还是奔马啦。到激烈竞争的国际市场遛一遛才好说。

这家美国零售公司的进入我国市场，不知类似前边说的这家超市老总，心里会是什么滋味儿会怎么想，如果不及早从思想上管理上求进取，我相信到了被外商挤得哇哇叫时，最后的结果绝不是超市的关张，十有八九恐怕是无能的老总被炒。以中国之大人才之多，找几个精明能干的老总，我以为并不怎么难，难的是用人制度的改革。现在公务员都公开招聘了，谁能说商店老总不会招聘呢？到那时中国的商业零售业，就一定比现在更体恤更方便顾客，给人们一个奔小康的好环境。起码不至于让顾客在超市里"赶大集"。

我国有句成语说得好，"宜未雨而绸缪，毋临渴而掘井"，这句话对于入世后的各行各业都适用，尤其对于商业零售业更为重要。因为老百姓经常花的是小钱。建议商家的老总们，把此话写成条幅，挂在办公室显眼处，得空时好好地琢磨一番，说不定会从中受到启发。于国于民于己都有好处。

2002 年 12 月 23 日

无障碍设施的 "障碍"

面对着快速行驶的车辆，以及快步走过的行人，这繁杂的城市景象，不仅使残疾人感到无所适从，就连一些年长者和儿童，上街都有种无形的心理压力。大概正是考虑这种新情况的出现，在国家有关部门召开的全国无障碍设施建设会议上，针对残疾人、老年人、儿童这部分弱势群体，会议要求 "以人为本" 在城市建设无障碍设施，而且提高到 "民心工程"、"德政工程" 的高度来认识。这无疑表明我们的社会正在走向文明。

所谓的无障碍设施，说白了，就是通达的方便小路。这在今天的大城市里，其实也并不少见，比方说，在我居住的北京亚运村，早在几年前就建成了。可是建成了又怎么样呢？仅仅是个符号而已。它不仅未能给残疾人带来方便，就连正常人行走都不通畅。无障碍设施上的 "障碍" 比别处更厉害。这简直就是对文明的自我嘲弄。

在通常的情况下，无障碍小路的建设，大都在明显的位置，这样既便于残疾人行走，又便于健全人给予关照。可是一个不可忽视的问题是，这样的地方往往是 "黄金地段"，不是生意兴隆的餐馆，就是钱财流通的银行，在他们的眼里钱比人更重要。为了他们自己顾客的方便，常常是自己做一个牌子，上边写上 "内部停车场"、"专用停车场"，在门前一戳就成了己有，哪里还管它是不是无障碍通道。更有甚者，还是以我居住的亚运村为例，为了顾客汽车上便道停放的方便，慧忠路的餐馆居然削平马路牙子，破坏原有道路的格局却无人过问。至于收费停车场占据行人便道更是司空见惯。这样一来就使 "障碍" 有了 "合法性"。

由以上情况可以看出，建设无障碍设施很重要，管理无障碍设施更为重要。说一句不受听的大实话，倘若不会管理这些设施，还不如不建设这些设施，因为无障碍设施毕竟不是形象工程，用纳税人的钱建成了算功绩，管理不好却无人追究任何责任，这无障碍设施又怎么能供残疾人使用呢？现在有的官员办事情，总是爱打 "以人为本" 的幌子，可是到底为什么样的人，他们就难以具体地说出了。像这无障碍设施的建设，毫无疑问为的是残疾人，实际上却被健全的富人车辆霸占，这就不能说不是问题了吧。

我这样说也并非不体谅管理者的难处，城市面积这么大，流动人口这么多，管理起来是有一定难度。但是绝对不是没有办法，关键是没有从思想上重视，或者说头脑里还有"障碍"，倘若像对待市容市貌那样，把"门前三包"扩大成"五包"，即再包"不准占无障碍设施"、"不准在便道骑自行车"，只要有人认真地干预管理，我就不信这些事做不好。连城市顽症乱贴小广告都能制止了，何况商家门前自己霸占的便道。只要提出具体要求和措施，强行灌输爱护残疾人的意识，无障碍设施就会真的无"障碍"。要是再立个相关的"法"那就更好。

长期以来人们有个错觉，以为无障碍设施用处不大，因为看不到几个残疾人在用，其实这完全是一种判断的失误。正确的看法应该是因为道路有障碍，残疾人因为不方便才很少出行，这恐怕才比较符合真实情况。前不久电视台有则关于广州交通的报道，由于有了便于轮椅上下的公交车，不少多年未上街的残疾人开始走动了，使他们的生活融入现代社会中，自然也就感受到社会文明的气氛。残疾人除了生理上的缺陷，在心理和欲望上跟常人一样，正常人都在思谋着去国外旅游，难道残疾人连上街的想法都没有？我不相信。他们同样渴望看看日新月异的变化，同样想过现代人的城市生活，假如连一条通畅道路都不肯让，我们就太缺乏正常人的文明和气度了。

应该说，改革开放这些年来，我们的残疾人事业，的的确确有了长足进步，无论是从政府方面，还是从普通人方面，一个尊重呵护残疾人的良好氛围，在我们的社会已经基本上形成。但是也不能不看到，由于很多方面存在的缺欠，还远远不能使残疾人跟我们正常的普通人一样，享受他们应该享受的权利。这其中最大的障碍就是出行的不便。倘若这次的建设无障碍设施，真正能够在全国范围内认真实施，并且保障能够经常性地正常使用，就等于给普通残疾人打开了世界的门窗。

我不是从事残疾人事业的工作者，对国外残疾人生活情况了解不多，只是从朋友和媒体的介绍中知道，一些文明程度比较高的发达国家，残疾人事业同样做得比较好。除了在经济上给残疾人经常的援助，城市乡村的无障碍设施比较完善外，主要的还是正常人尊重残疾人，并且把为残疾人做事情当做光荣。有的城市现在整天喊与世界接轨，有的还提出营造国际大都市的目标，其实说的大都是硬件设施方面（这当然也很必要），这次提出的建设无障碍设施也是如此，可是在人的整体文明程度上如何接轨，我们认真研究的却不是很多。这次的建设无障碍设施会议是个很好的契机，希望有关方面借助国家的支持，在建设无障碍设施的同时，制定出一套切实可行的管理设施办法，保障建成后的无障碍设施不再成为"障碍"，在残疾人心目中不至于成为"充饥"的"画饼"。

2002 年 11 月 18 日

网络的精彩与无奈

网络真是个好东西。可以跨越历史时空，听远古先祖讲述，可以拉近地域距离，跟朋友对坐交谈，总之，如此充满神奇的网络，使得生活方便而有趣。在我还未学会上网时，有位朋友问我："你最近写了好几篇文章，是吧？"接着他说了说篇名，发表的报刊名字，我立刻表示惊愕："你怎么知道啊？"朋友说："从网上看到的呀。"这时的网络在我心目中，无异于探矿的地测仪，开始对网络有种神秘感。

学会上网之后，生活丰富多了。听音乐，读文章，看图片，查资料……甚至于了解气象情况、火车时刻，只在轻轻弹刹那间，整个多姿多彩世界，仿佛就会近在眼前。有次查询北京一条街道位置，打开网上北京街道地图，那条街道立刻出现屏幕上，而且可以随意调整图形大小，出于好奇，我竟然玩起地图变换游戏。还有一次想听听老歌曲，把歌曲名往搜索网一放，那些老歌曲就一一出现，再任意一点，优美动听旋律便悠悠飘出，顿时把我拉到那个远去的年代。

对于喜欢写作的人来说，网络最大的方便和快捷，莫过于向报刊社投稿，只要把稿件往网上一贴，然后再轻轻一点网址，稿件就给对方传过去了，倘若网址有误或传递不到，网络还会及时告诉给你，省去跑邮局寄信的麻烦。自从有了网络投稿的方式，有的报刊约稿再让邮寄，十有八九就觉得繁琐。尤其方便的是传送图片，作家出版社出版我的书《悠着活》，封面设计完成效果图，责编潘婧女士通过网络传给我看，既有正面效果样子，又有侧面书型样子，连书籍封面颜色尺寸，都非常清晰地呈现眼前。这就省去了双方交流的劳顿。

当然，网络的精彩和内涵，绝不止我说的这些，好多东西我还未能开发，不过仅仅是知道的这些，就足以让我对网络产生好感了。

说了这么多网络的好处，以及提供的精彩内容，那么，网络是不是就无弊病呢？当然不是。且不要说国家和商家，双方利用网络攻击，或者盗窃情报的事，在新闻报道中时有所闻，就是我们这些普通的网民，有时也会被网络拖进苦恼，让你陷入尴尬和无奈中。年轻人在虚幻的网络世界，被网恋网约网聊陷害，上当受骗的事发生不少。例如，有位痴情少女化名，跟同样化名的男人，利用网络谈情说爱，弄得魂不守舍，沉迷于温柔之乡，到了不见面难活的地步，见了面才知是个老"色狼"，结果又被骗色又被骗钱，少女从此开始渐渐堕落。这正是网络带来的不幸。

年纪大的人上网，难道就消停了吗？同样也有苦恼和困扰。被是非小人利用网络陷害的也不少。最近就发现好几起，盗名网上发表文章，造成恶劣影响的事，令人感到网络的无奈。干这种嫁祸于人卑鄙事的，尽管是个别人或少数人，不能全盘否定网络的精彩，但是却败坏了网络名声。既是受害人的麻烦，更是网络的大悲哀，这就不能不引起网民警惕。

正像常说的那样，世上万物都有正反两面，这网络也不例外。既然想在网上享受精彩，就得有遭遇尴尬的准备，不然一旦出现什么事情，就会使自己陷入不愉快。这就如同人们吃鱼，尽管鱼肉的刺很多，稍不小心就会卡住，但是吃的人依然多，因为鱼肉实在丰美，谁能经受得住诱惑呢？便利丰富的网络亦是如此。

2006 年 8 月 28 日

价比岂止三家

在计划经济时期，那会儿的市场，其实难叫市场。因为，这由买卖双方构成的市场，在那会儿，只有卖方定货的自由，却没有买方选择的余地；只有卖方标价的资格，却没有买方还价的份儿。这种交易是不是公平，只有老天晓得，只有商家知道，顾客一个个都成了"傻子"。那会儿唯一的好处，就是，买完东西就走人，根本不需要你动脑子。

其实有买卖双方存在，就有利益的占有和争夺，而这种利害关系的表现，主要反映在商品质量和价格上。讲价格若没有要价还价，走遍全国一个价儿，说句不中听的话，把这叫做统一摊派更准确。所以那会儿没有人真正懂得，什么才是市场经济和价值规律，尽管也有政治经济学学习，更多的人也只是听嘀，谁敢问个究竟如何。

由于长期养成了不还价的习惯，在今天的市场经济中，购物时会有许多地方不适应，尤其是在讲价钱方面，常常地半天反应不过来。在小贩那里购物的时候，头脑里还有这根弦儿，去大商场买东西只认标价，怎么也想不起要还价儿。最近想买一台空调机，好应付将至的酷暑，先去附近一家商场问价，后来又用电话问了几家商场，结果是几家的价钱不一。回头再跟附近的商场说，他们知道我问过了价钱，便主动对我讲："您要是有意买，我们可以让价给您。"啊?! 原来在国营大商场里，有的东西也可还价儿，这着实让我大开心窍。

像过去那样不问价钱，不管好坏，拿起东西就走，连头都不回的顾客，在今天已经不多了。但是想不起来还价的人，恐怕还是大有人在，更不要说多问几家价钱。这样的人既不是因为有钱，更不是因为相信商家，实在是一下子想不起来。几十年形成的购物习惯，马上完全清醒地改变过来，对于像我这样年纪稍长点的人，总是比较困难一些。这就叫习惯成自然。

从我自己来说，有时也想学点购物知识，以免购物时上当受骗，弄得心里别别扭扭。可是这样的学校又没有，最便当的就是"电视商场"。电视台办这个节目的初衷，我们不得而知，我想总少不了为观众服务，不然岂不是成了广告台了。可是看了一个时期以后，渐渐地非常失望，他们经常讲的商品、价钱，无一不是为商家作宣传，根本不从顾客利益考虑，更甭想让他们给顾客支招儿。

　　在价钱上吃过亏，长了些见识之后，我也就学得聪明了，只要思想不犯糊涂时，又有时间和精力，就尽量多走几家多问几家，这样心里也就踏实些。生活在商品社会里，完全一点不懂"生意经"，这并非是什么好事，再有消协组织，再有"3·15"节日，那也顶不了自己，还是要学会自卫的本领。俗话说"货比三家"，在价格上同样也要比三家，不，岂止三家，多比几家也断不了上当哩。

2006 年 3 月 18 日

医责蜕变与医疗改革

容易想入非非的少年时，最大的理想和愿望，就是长大后做个医生，身穿白大褂，颈挂听诊器，为患者想办法解除病痛。既没有什么崇高目的，又没有什么远大志向，只是觉得这种职业受人尊敬，而受人们尊敬的从业者，必然是社会上需要的人。谁知进入社会以后，就完全不由自己了，做个医生的愿望，最终没有能够实现。然而对于医生这种职业，仍然非常地羡慕和崇敬，看到那些尽职尽责的医生，就越发由衷地感动和钦佩。

可是年初的一场感冒病，先后在两家医院看病，使我对医生有了新想法，尽管这只是个别的情况，但是却反映出职业的蜕变。

从我有记忆以来，无论是在什么医院看病，尤其是像感冒这样的病，医生总是要做些检查的，比如西医要听胸部、测血压，有的还要量量体温，比如中医要切脉、观舌苔，有的还要让你说说情况。可是这两家的医生可好，这些常规做法一概全免。你说是患感冒，他上来就开药。倒也干净利落。只是比自己去药房购药，多了一些划价交费取药的麻烦，所以我在想：既然医生是这样看病，我们的医疗公费，何不发给个人，我们直接去药店购药，又方便个人又节省费用，岂不公私两利皆大欢喜，多好。

这两家医院，头一家是个区管医院，我挂的是西医急诊号，值班医生正聊天儿，只问问哪里不好受，然后就给你开处方，根本没有检查这一说。这天又是个休息日，我也不便要求医生检查，更何况要求也白搭。第二家是个（卫生）部管医院，在国内外都赫赫有名，按理讲不会走样吧，结果情况更糟糕。这天我挂的是中医号，感冒稍好后想吃服汤药，调理一下不适的身体，就跟一位大夫说情况。这位大夫似听非听后金口未开，更没有"望、闻、问、切"之举，上来就开了一服中成药，前后不过三分钟，就把我草草打发走了。据说这位大夫是八年医大毕业，在这家医院中医科算高学历者，可是医术再高明不给病人用，还不是像医书一样束之高阁，只能装点门面当摆设吗？

这两次病看过以后，我经常地想：感冒是常见病，没有患过感冒的人不多，即使久病成不了良医，总还知道感冒吃的药吧。要是不需要检查就开药，还需要医生做什么呢？正规医院的医生竟然也如此，这跟那些无照行医的"医生"，又有什么本质区别呢？我实在想不出来。只是隐约地怀疑，医院有假药，是不是也有假医呢？

那么是什么原因，使医生这样的崇高职业，竟然发生蜕变了呢？简单地用金钱来解释，倒也不是不可以，只是不见得完全对，更主要的恐怕还是，医疗制度本身存在的问题。由于我们一直采取医疗全包，又实行职工定点看病的办法，拿工资的"公家人"，只能在一棵树上拴着，再怎么劣等服务都只能忍，医生的行情也就相对稳定。假如合同医院限制放开，或者小病报销采取灵活办法，病人想在哪里看就在哪里看，这种走样的混饭医生，恐怕就要少许多或不存在。

现在医疗制度改革，已经提到议事日程，这只能算做是开始。这种改革如果不是以相信人为中心，以病人的方便为出发点，依然只是考虑不让费用流失，采用"画院为牢"的简单办法管理，最多不过做些小改小革，从长远上看，不方便的是病人吃亏的是国家。此话怎讲？例如，像头疼脑热小感冒这类常见病，像高血压、气管炎这类慢性病，只要是个久病者都会粗通治疗，就近取点药就可以解决，非要让他走远路去合同医院，你想又有几人不捎带取点别的药呢？结果是欲节省却浪费。

所以我认为，医疗改革必须以人为本，即，既要考虑病人的方便，又要考虑医生的积极性，说得再明白点就是：病人，药有所用不浪费（要相信大多数病人，谁会没病找病乱吃药呢？）；医生，术有所值不糊弄（要看到还有少数医生，尚缺乏起码职业道德），在此病人、医生两利的基础上改革，国家的好心才会办成好事。不然光立规矩不切合实际，只能把人管懒把钱管死，恐怕就有背制度制订的初衷了。

1999 年 10 月 22 日

"工薪阶层"又吃香

　　走在大街小巷只要留意一下，就会发现，曾经以豪华、高档标榜的商家，这会儿纷纷打出了新的招幌：为工薪阶层服务。特别是一些饭店餐馆，连菜谱菜价都标明，特意为工薪阶层提供。商家的这一"慷慨"举动，着实令一些人大受感动，忙不迭地去给商家送钱。

　　原本围着富人屁股转的商家，怎么突然来了个 180 度的大转弯，撇下有钱人不顾而屈尊低收入者呢？这不能不说是个商业新闻。对于真正以工薪为生的人来说，在受宠的同时也不能不认真地想想，商家这样做的目的究竟是什么。

　　按照眼下一般人的理解，所谓的工薪阶层，就是纯粹靠工薪生活的人。这部分人可说是绝大多数，商家把目光投向这些人，应该说还是有些道理的。但是这些人又有几个是真趁钱的主儿呢？

　　北京大学著名教授季羡林先生，在他写的《漫谈消费》的文章里说，他这位国家一级教授，在 20 世纪 50 年代每月工资是 345 元，外加学部委员津贴 100 元，那时却生活得很好，可以经常下下小馆，因为吃一只烤鸭不过六七块钱。现在他的工资拿到手的是七八千元，从数字上看超出了上世纪 50 年代许多倍，如果没有"第×职业（爬格子）"的稿费收入，他老人家的生活也还是紧巴巴的。诗人艾青先生生前有次跟我聊天儿，他说，他在 20 世纪 50 年代，每月的工资是 300 多元，那时他经常请朋友们吃饭，并不觉得手头紧，这会儿的工资数字比过去多得多，却不敢上馆子吃饭了。

　　毫无疑问，季、艾这二位中国的大知识分子，都是真正的工薪阶层，而且在这个阶层中属高收入者。可是连他们都觉得入不敷出了，每月工资不过二三百元的一般工薪阶层的人，又哪里会经常去享受"为工薪阶层服务"呢？如果没有像季、艾两位先生那样有"第×职业"的话，真正依靠这点死工资的工薪阶层，恐怕没有几人，能经常出入饭店餐馆享受。至于洗桑拿浴、唱卡拉 OK 等，这些洋玩艺儿就更不敢问津。

那么，商家把目光转向工薪阶层，是不是有什么不妥当的地方呢？当然不是。首先，能认识到这个大的潜在市场，这就很不容易；其次是有这份真诚的心意，我们应该感激。我认为现在的问题是，有的商家只是在招幌上做文章，在经营的内容和价位上，并没有真正地向工薪阶层靠近。我们无须讳言，工薪阶层由于人数多，自然有着很大的购买力，但是由于正当的收入不高，很难有高消费的可能，这就要求商家要多动些脑子，在物美价廉上下些功夫。别以为工薪阶层挣钱少，购物吃饭就可以凑合，其实恰恰相反，这个阶层的人不会一掷千金地浪费，却有着挑剔的消费眼光，而且有着精于计算的好习惯，商家拿不出货真价实的东西，你不要想让他们轻易地掏钱。

工薪阶层被商家重视，无论如何是件好事，但是绝不能只停留在口头上，更不能以此为幌子进行诱导。这样做的结果不仅会失去主顾，而且还会有损于职业形象，长此以往，想赚钱反而赚不了钱。虽说会买的不如会卖的，那也得看在什么时候，受过骗上过当之后，人们总还是要长见识的，记住了上过的当再不买你的，你还能有什么高招好使呢？在这里不妨奉劝商家一句：工薪阶层的人，大都很诚实，同时也很实际，你掌握了这个特点，真正地为他们服务，不愁发不了财。

2008 年 6 日 16 日

"吃"刊名及其他

　　我国近年较有影响的杂志《读者文摘》，因刊名与国外同名杂志撞车，人家这本《读者文摘》又是注册备案的，因此，我们的《读者文摘》不得不易名，这就是现在的《读者》杂志。

　　在比较看重名气的人的眼里，这本杂志易名的消息一传出，他们就开始为之担心，易名《读者》后发行量会不会下降。理由是像《读者文摘》、《家庭》、《知音》这类杂志，发行量之所以这样高，首先是刊名起得好，也就是说，只要有个好刊名，读者就会认你这本杂志了。同样出于这样的想法，有些带"人"字带"中"字头的报刊，自以为有了这道美丽光环，读者就一定会大买其账的。难道读者真的是这样的傻瓜吗？

　　在计划经济时期，出版的报刊就那么多，人们的思想又不很活跃，国家掏钱办的报刊自然是天生"骄子"，不愁没有买家没有读者。所以你随便翻翻那时的报刊，就会很容易地发现，几乎所有的报刊的"特点"，就是没有自己的特点。只要你有照葫芦画瓢的本领，就不愁吃编辑这碗饭，何谈对读者的尊重，何谈对报刊的改进，在耐心的无为的等待中，吃穿的一切都会自己到来。从那样的编阅环境里过来的人，无论是编辑，抑或是读者，都会有种别无选择的轻松感。可是仔细地想想，那样平顺的日子，就真的好过吗？我们是得到了一份安逸和固定工资，却失去了不少求进取长才干的机会，这也正是我们现在感到力不从心的原因。有时想起来连我自己都很可怜自己。

　　从越来越渐明显的情况看，由国家继续掏钱养报刊，这样的日子恐怕是不多了。我们每个报刊从业人员，倘若再不认真对待这件事，更为艰难的日子还在后头。尤其是目前处境困难的文学期刊。

　　当然，说到报刊的名字，并非没有一点作用，由于"中"字头"人"字头报刊，在读者中多年形成的影响，它的无形资产的含金量，比之有些报刊还是很高的，这点我们应该慎重对待格外珍惜。但是也必须清醒地看到，今天的报刊读者，还是比较成熟的，让他们光凭刊名掏钱，十有八九不那么容易。在我居住的地方，有家开架报刊处，我每次去都有不少的人，在那里翻阅各种报刊，真正掏出钱来买某一种，我发现是在多时后。这种读者的严格选择，可以理解为读者的挑剔，也可以解释成读者的督促，总之，我们只有拿出最好的"产品"，市场才有你生存的空间，否则你被挤对得叫爹喊娘，到时候哭都找不到合适的地方。这就是今天的报刊市场，这就是今天的报刊读者。

单纯靠刊名吃饭的年代，马上就要过去了，今后要想生存下去，要想生活得好，唯一的办法就是依靠市场，而这个市场不是别的什么，说白了，就是掏钱买报刊的读者。从我国读者的总体水平来看，喜欢阅读高品位书报刊的人，还是会越来越多的，我们没有理由怀疑读者的兴趣。首先要问的倒应该是，我们有没有拿出有自己特点的报刊给读者，我们是不是尽心尽意地服务于读者，如果没有做到应该做的这些，有朝一日被读者冷落、淘汰，那恐怕就怨不得谁了。

2006 年 7 月 6 日

羊毛出在"牛"身上

俗语"羊毛出在羊身上"，比喻一切花销开支，归根到底都出在别人身上，用不着自己掏腰包。可是现在有些情况是，羊的毛也不是好拔的，羊说它没有牛的个头大，于是，拔羊毛的人便和羊一起，都把眼睛盯在了牛身上。牛的生性又比较老实，不敢言语，不肯理论，就只好任人狠狠地拔毛。这也算是市场经济的一大怪事情。

例如，笔者居住的北京亚运村小区，因亚运会曾在这里召开，其名声自然是不小的，但是其物业管理的规范，却未能像体育竞赛那么严格。最典型的事例是，用属于国家所有的土地（行人便道），搭建商亭出租给个体理发户，由于出租屋房租不断涨价，理发钱也就随之不断调价。当顾客跟理发店提出质询时，老板总是很"理直气壮"地说："这不能怪我们，板房的租金又涨了，我们怎么办？"言外之意，只好转嫁给顾客。这还不说，就连收破烂的、清抽油烟机的，这些没有固定场所的人，也因小区管理费（地皮钱）涨价，而不时地压价或提价，同样是"堤内损失堤外补"，羊毛出在牛身上。

倘若牛真的肥壮，毛也是滋生不止，那也倒罢了，问题是，居住在这里的人，大都是些工薪阶层，还有些下岗职工，哪里经得住这么"拔毛"。再说，占用国家所有的土地谋单位利益，这本来就是犯法的事，知错不改还要变相地加重居民负担，这就有点说不过去了。这成了用钝刀子杀牛，好像少知觉、不疼，其实更容易要命。

这种打着公家（非国家）招牌，干肥小集体的勾当，说得轻点是占小便宜，说得重点是破坏国家声誉，因为老百姓不知底细，骂街自然要骂政府。所以国家有关管理部门，千万别因此事小而不问，老百姓居家过日子，关心的就是物价。比如国家建设部在验收模范小区时，除了规定的一些硬性指标，可否考虑把居民的意见作为条件，因为居民区毕竟是给人住的，并不完全是城市的"盆景"。类似像"羊毛出在牛身上"这种情况，只要它超过国家的规定，损害了居民的利益，不管它整治得怎样好看，都不能算是真正的模范。

当然，并不是说合理的费用也不收，那样也不利于小区的建设，居民也不希望看到这种情况。现在的问题是有些收费，并未真正用在居民身上，而是提高了小区管理人员的收入。这种无形的乱涨价乱收费，使物业管理的声誉正在下降，有关部门应该像治理公路收费那样，治理一下实行物业管理的居民区的乱收费，从根本上杜绝"羊毛出在牛身上"的情况。让居住在小区的平民百姓，不仅真正享受到合理的服务，而且在缴纳费用上还应合法。

2006 年 12 月 8 日

商家易变脸

经常购物的人都知道，商家的脸是善变的，有点像扑克牌的反正面，推销物品的时候给你反面——没有数字，只有笑脸；一旦你决定购买这才露出正面——只有数字，没有笑脸。倘若你购后觉得不如意，找商家退换，那就更不会有笑脸给你，完全用数字跟你斤斤计较。所谓会买的不如会卖的，在这个时候表现得非常充分。

我这样说，并不是对商家有成见，而是某些商家的所作所为，给了我这样难以改变的印象。尽管这不能代表整个商界，也不是这样的商家总是这样，但是它反映出的现象却在说明，商界的整体水平还有待于提高，不然很难适应市场和顾客需要。口口声声说的顾客是上帝，那也只是瞎话假话，没有人会真的相信。

有次走进一家商店，进门就有笑脸相迎，开始是位男士，后来是位小姐，他们在推销一种营养品。两个人反反复复地说，这种营养品如何好，价钱如何便宜，还说，如果我不信，可以先拿回去尝尝。我这个人有个天生的毛病，经不住别人几句好话，经他们这么一说，心就有点动了，最后还是掏了腰包。回到家恰好有位朋友来访。这位朋友是个医生，我就把此事跟他说了，朋友说，你怎么也当这个"冤大头"啊，平日里多煮点骨头汤，不比这个有营养。朋友让我马上退回去。

听了这位医生朋友的话，他走了以后，我真的去了那家商店退货。从购买到退货，先后不到四小时，我以为不会有麻烦，再说商家有言在先，应该比买时还容易。到了那里才知道，我想得倒美，根本不是那么回事。商家开始仍是劝说，让我这次先尝尝，后来见我执意要退，立刻脸面表现出不悦，以食用品不退为由，不客气地往外推我走。这样相持了一段时间，怕再继续下去影响营业，他们才无可奈何地退了货。

有了这次退货的经历，后来再购物时格外小心，生怕万一有什么考虑不周，弄不好又会给自己找麻烦。多花几个钱事小，气坏了自己事大。要知道，不管多么仁义的商人，想问题做事情，十有八九离不开一个字：钱。懂得了这个道理，作为顾客的我们，在跟商家打交道时，就多少比想象的更实际了。

有的商家为了这个钱字，什么事情有时都会干出来。但是无论他们干什么，总离不开先哄后宰的伎俩，顾客想不挨宰根本不可能。吃过亏上过当，长点见识，得点教训，少挨些宰倒是可行的。在构成买卖双方的市场，顾客永远是被动的一方，商家永远是主动的一方，商家喊的"顾客是上帝"等口号，同样是哄的手法之一。在商家面前谁真的充大爷，谁就是个潇洒的糊涂蛋，有朝一日吃了亏上了当，想投诉都找不到消协的大门口。

我是不怎么逛商店的，需要购物时也是买了就走，实在不想在这些地方久留。这些地方提倡的微笑，跟不道明的商业机密，总是让我有点说不出的发怵。我这样的近乎于偏激的认识，也许有的人会不以为然，说不定还会替商家鸣怪。但是我仍然坚持自己的认识，因为我不想自己也成扑克牌，被黑心的商家来来回回地翻动。

2006 年 2 月 22 日

赚钱要赚个踏实

如同小时候听长街叫卖声，这会儿无论走到哪里，都会听到经商发财的谈论，弄得我越来越感到无所适从。这倒不是我不喜欢"赵公元帅"，也不是我不懂得"没钱万万不能"的道理，而是实在找不出正儿八经的生财之道。倘若像现在有的人那样，为了自己发大财成大款，干些伤天害理的事，我又觉得有背为人的准则，那是绝对不可效仿的。这样也就只好忍下发财的想望，过自己比较适合的靠工资的日子，倒也颇为悠闲、自在和心安理得。

看到商海泛起的种种沉渣，有时我也在暗自里思索，究竟怎样才算一个好的商家呢？这时我就会很自然地想起，小时候在天津看到的那些生意人，在我的印象中，他们并不像现在有的人那么没规矩，做生意的时候不只是离谱儿，有的甚至于连法律都不放在眼里。他们有的出售伪劣产品，有的偷税漏税，有的甚至于贩卖毒品，干些坑人性命的勾当。过去把做生意叫学买卖，别看就这么一个简单的"学"字，却包含着许多为人处事的道理。那时候要想做个真正的生意人，一般的都有个师傅，跟其他行当学手艺一样。学做生意不光是学算账识货，更主要的是学经商之道，而这个道就是如何对待顾客。那时候对顾客的称呼，没有像现在这么洋气、花哨，弄得你晕头转向的，连掏钱购物都觉得不自在。过去商店的门前招幌上，大都写有这样的字："货真价实，童叟无欺"，标明以信誉争取顾客。学生意的人首先就要学会讲信誉，拉客户，不然人家上一次当就不会再回头，再好的店再美的货没有人买，那也不过是带刺的玫瑰，人家光是看着不肯伸手。所以那会儿在商店当学徒，就要念人和货这两本"经"，既能卖货又会待客，那才叫做生意的真本事。靠坑蒙拐骗固然可以挣大钱，但那毕竟是歪门邪道儿，为真正的生意人所不耻。假如像现在有的人那样，刚开始做买卖，连账还算不清呢，先琢磨在秤盘上闹鬼儿，绝对成不了大气候。

我有时采购吃食逛市场，常听人抱怨缺斤少两，或者见有人带着计算器买东西，很自然地便会想起，我见过的那些真正的生意人。他们做生意赚钱，可不是在欺骗上施计谋，而是在勤和精上想点子。勤，就是在经营上勤勤快快；精，就是在管理上精打细算。念好了这两字真经，何愁赚不了大钱。我们有些百年老店，历经岁月的风风雨雨，现在依然门庭若市，他们的最根本的法宝，就是用信誉维系顾客。旧时的生意人，常讲的一句话，就是"和气生财"，这"和气"两个字，既包含着对顾客的尊重，又包含着对对手的善待。有人说"无商不奸"，还有人说"商场如战场"，这些话也不是没道理，但那只是在一定范围里。人们从体会中得到的认识，就做生意的总的规律来看，我以为还是要以信誉为本。小商小贩是这样，巨贾富商更应该如此。

　　文人要讲气节，商人要讲信誉，这是中国人的传统，即使在今天，依然被绝大多数国人恪守着。那么，做生意是不是就不赚钱了呢，当然不是，做生意赚钱是天经地义的事，不赚钱还算什么生意人。问题的关键是怎样赚钱，这赚来的钱是不是靠本事，赚来的钱自己花着是不是踏实。现在市场上卖的东西很多，应有尽有，这首先得感谢做生意的人。有的生意人很有头脑，他们把眼光瞄准顾客的喜好，顾客买什么东西的多，他们就想办法卖什么。生意人的这种精明劲儿实在令人钦佩。但是，作为一个普通顾客我要说，不管他卖什么都可以，有一样东西无论如何是不能出卖的，那就是父母造就的良心。从商业的角度看，良心可能分文不值；从道德的角度来看，良心则是无价之宝。光有金钱没有文化，光有物质没有精神，即使是个百万富翁，依然是个金钱的奴隶。

　　人不会永远活下去，钱再多也是个数字的概念，有朝一日离开人间，你一分钱也带不走。想开了就会少些贪心，多想想就会少些黑心，再想想就会多些善心。有些正经的生意人，他们挣了大钱，很少乱花胡糟，而是用来造福社会。因此，这些人在公众中的形象，慈善家的身份往往多于商人，理所当然地被人尊重。在这里我想奉劝生意人，特别是生意火爆的老板们，在顾客面前你们可真得悠着点，不然闪了为人的根本，将来后悔会成为心病，花多少钱都没办法医治。

2006 年 12 月 16 日

无特点就无市场

　　过去全国报刊都姓"国"，钱由国库拨，人由国家养，一说起报刊市场，大都指邮局发行。只要邮局订数上去，就会念阿弥陀佛了，反之就要给邮局磕头，好像报刊的兴衰存亡，完全掌握在邮局手里。现在邮局实行自负盈亏，真正地企业化管理了，好发行的报刊多得利，卖不出去的报刊少赚钱，报刊出版和发行部门，不是一家人要走一个门，编发双方利益完全一致。这才使报刊社开始认识，原来今天的报刊市场，就是掏钱购买报刊的读者，读者不掏钱购买你的报刊，再找邮局也是晴天求雨，给你打几声响雷空安慰。

　　既然市场就是掏钱的读者，那么，报刊出版者应该怎样面对呢？从目前媒体报道的情况看，似乎有两种不同的做法：一种是积极改进报刊，尽量适应读者的需求；一种是在那里唉声叹息，怀念过去不愁吃穿的日子。如果说还有第三种的话，这就是左捅鼓一下，右折腾一阵，想改革又舍不得旧模式，结果情况并不比别人好。其实，无论是认真改革的，还是唉声叹息的，或者是小打小闹的，大家都有个共同感觉和认识：今天报刊的日子不那么好过了。

　　可是日子再不好过也得过。有识字的人，总得读报刊。至于读什么报刊，这就由不得你了，读者想读什么就买什么，想买谁家的就买谁家的，这就给办报刊的人，出了一道难解的题：你怎么求得读者的欢心？或者说句正经话，你怎么赢得市场？要想回答这个问题，首先得回答另一个问题，这就是现在办报刊的套路，是祖宗的"传家宝"，还是"宫廷秘方"？是不是就非得一成不变？如果这个回答是肯定的，我觉得事情就相对好办些，这就是给报刊找对位置——想卖唱的别跳舞，想敲锣的别击鼓，尽量突出自己的特点。没有特点就不可能有市场。这就如同全聚德和便宜坊，同是卖烤鸭的老字号，一个是吊炉一个是焖炉，两家做法不一样，就各有各的顾客。

说到报刊的特点，还不能脱离报刊的自然属性，如，文化类的别瞎搅经济类的，体育类的别掺和音乐类的，这样都相对有自己的读者群。然后在这个大前提之下，各施各的高招展示特点，要是你的大小模样都标致，何愁找不到媳妇嫁不出人。现在报刊最大的悲哀，莫过于随大流踩脚跟，这家出个《周末》版，那家出个《休闲》版，你来个半月刊，我上个一周刊，油饼油条都是白面用油炸，只是圆和长的样式有区别。办报刊人的新鲜思路，或者让人兴奋的点子，在版面上几乎没有表现，凭什么就让人家掏钱。现在发行到百万以上的期刊，除了有部分习惯性读者，主要还是各有各的新招儿，在不断地吸引着读者。这就是对市场的占领。

要想办出有特点的报刊，光有事业心不行，光靠经验也不够，还需要激情和灵性，不信翻开那些优秀报刊看看，从内容到版面，从标题到图片，无不给人一种醒目之感。读者一看就会"哇"一声，然后大叫"太棒啦"，这你就不能不服气人家。什么是本领啊，这就是。所以我说，一个真正会办报刊的人，不只是光看处理稿件如何，也不是自己封自己名编，而是要：政治上不出圈儿（按照国家规定办），版面上没有边儿（充分发挥聪明才智），同类中要拔尖儿（在众报刊中突出自己的特点）。这才是今天的编辑家在市场竞争中必备的素质。

祈盼别家报刊让路，自己大摇大摆地走，或者自我标榜老大，这种年代不再有了。没有新的办报刊本领，对不起，您赶紧给能人让路，事情就是这么简单干脆，这就叫让你"下岗"没商量。不信您就等着瞧。

1999 年 3 月 11 日

续说 "小报告"

今年第一期《群言》杂志，刊登过一篇题为《治治 "小报告"》的杂文，作者陈小川把打 "小报告" 的行为，姑且称之为 "准诬陷"，细想起来并非全无道理。因为，"小报告" 往往藏着报告者的奸心，认真追究报告内容的原委，确有某些扭曲或夸大的成分。在谈到如何医治这种 "文革" 后遗症时，作者开了一剂宫廷御方——像康熙皇帝公开噶礼密奏那样，把 "小报告" 的内容公布于众。这无疑是种好办法。

谎言历来怕对证。倘若我们每个领导者都能这样办，打 "小报告" 的人的奸心，即使不能完全败露，久而久之也会自觉无趣，从而不再密告或较少密告。遗憾的是，我们有些领导同志，既没有足够的判断是非的能力，又没有起码的当众对质的胆量，完全轻信能 "登堂入室" 的 "探子" 的一派胡言，这样难免不出问题。领导者如若光思谋做官不想干实事，平日里也就无意与更多的群众接触，这样便给个别居心叵测之人留了空隙，他们在更多的人无心攀附领导的情况下，独足常登，有的没有的、真的假的一齐往领导耳朵里灌，以示自己忠心不二。

俗话说，林子大了，什么鸟都有。人群中同样什么人都有。作为一个领导者，面对 "小报告" 时，不在于你听不听，而在于分辨是非，以及采取妥善的处理方法。

首先，要把正确反映情况和 "准诬陷" 及 "不怀好意" 分开。要想分开这两者，其实并不困难，只要多询问几句，多作些研究，事实的天平自会显出虚实、是非。要知道，打 "小报告" 的人的致命伤是怕较真，只要把云遮雾罩的事实摆出来，他们会像夜猫子见阳光似的赶快逃走。

其次，要有胆量与群众公开见面。当然，不能蛮干，在具体做法上要格外慎重，既不能伤害正确反映情况者的积极性，又不能让搞 "准诬陷" 的人利用一时不慎再做文章。许多事情的正确解决，有时是靠胆量的，胆量成为策略和方法时，谁能果断从事谁便有主动权。

打"小报告"的行为，可说是道德品质上的劣性。在十年浩劫时，以及比这早些时，"小报告"给我们政治生活带来的危害，许多人是深有体会的，什么时候提起来都是深恶痛绝。在政治开明的今天，党内党外思想都较为活跃，万万不能再让"告密"者存身。别看这些人是少数极少数，有时却像细菌一样，繁衍起来相当迅速相当厉害。

消灭打"小报告"的恶劣作风，群众监督、抵制是必不可少的，但更主要的还是看听"小报告"的人的态度。"兼听则明，偏听则暗"的古人经验之谈，在今天依然有着现实意义，只要我们时时记住，并在自己的行动中付诸实践，何愁"小报告"不会消灭。在今天重提"小报告"这件事，并不是这种情况依旧严重，也不是正直人惧怕打"小报告"，而是个别现象的存在犹如美食中的苍蝇，实在让人恶心，发现了会使人想起那压抑的年月。彻底消灭打"小报告"的坏行为，使更多的人思想上得到解脱，愉快地工作和生活，这也算是对政治生活的改善。

1986 年 4 月 28 日

愿武大郎死第二次

　　卖炊饼的武大郎，早已死去。只是人们说到武松时，偶尔还会提到他，说明人们还未忘记。可是，遇到能起死回生的画家方成，武大郎又活了，而且从此发迹，开了店，掌了权，开始左右别人的命运了。对于凡是比他高的人，一律拒之门外。这样，《武大郎开店》的名声，从此开始大震起来。

　　有人说，想不到死了的武大郎，活了后还真有两下子。这话不错。因为琢磨人并非人人能为，武大郎能有这样的"魄力"，足见他的进步。倘若卖炊饼时，他能有点"汉子"气概，能有点计谋，恐怕不至于死得那样惨。唉，人哪，真是怪物，被人琢磨过的人，有了权势还要琢磨人，实在难以理解。

　　武大郎的"进步"，不仅是有了嫉贤妒能的"魄力"，而且还练就了嫉贤妒能的本领。在方成笔下，武大郎站在店里，俨然是个标杆，见比他高的直来直去地拒绝，这武大郎还有点山东人的豪爽。现实生活中的武大郎则不是这样，见到某人要提干、要入党，或者是别的什么地方要超过自己，他不再那样赤裸裸地反对，而是说："群众还有意见，是不是再等等"、"考验的时间还短"、"同他一年毕业的还都未提"，如此等等。这心计，远胜昔日。有人说是变得聪明了，注意工作方式方法了，我却觉得是变得狡猾了，越发显出心灵的龌龊来。武大郎的这一"进步"、"聪明"，于事业无利，于人间有害。诅咒他的"长寿"，正是出于这样的考虑。方成的漫画《武大郎开店》，作为艺术品活在人们的记忆里，说明画家创造的艺术形象是有生命力的。但就其针砭的时弊而言，还时时被人们提及，却不能不说是莫大的悲哀。

　　在一次会上，遇到方成先生，说起他的漫画，我说："您的《武大郎开店》，至今还不时被人引用，这说明生活中的武大郎还不少。作为画家，也许是该高兴的，说明作品有寿命。但作为读者，实在不想让武大郎久留，只有他死了，生活才更纯净。"方成听后表示同意笔者的意见，并且同时声明：作为画家，他也希望武大郎早死。这种人长寿，会让别人短寿。呜呼，该死的武大郎！

1986 年 10 月 22 日

品德顽症

社会到底是进步了。随着世态民风的变化，人们头脑中许多观念，正在不断地更新。其实这也是历史的必然。有些沿袭多年的观念，倘若依然故我地存在，别说社会不会进步，就是人们的生活也要停滞，什么"生机"、"希望"一类的字眼，最终还是作为向往留在人间。

那么，这众多更新的观念中，什么更令人欣慰呢？我以为，还是对人的看法、评价。

过去在极"左"路线的影响下，凡人凡事都得用阶级观点去看，只要是家庭出身好、政治上无问题，那这个人一定是好人。至于属于无法改变的个人品德如何，似乎大可不必去问，再干出些伤天害理的事来，都是小节。因此，在政治运动频仍的年代里，有些整人、害人的"英雄"，也就大有了用武之地。这些人凭借善于投机、钻营的本领，很能博得当权者的欢心，于是便对自己的"假想敌"大加讨伐。特别是在人妖颠倒的"文革"期间，这些投机成性的人，更是淋漓尽致地大展其才，甚至于无中生有地制造"政治事件"，用来陷害正直的干部、群众，以便为自己换取点便宜。

也许有人会说，在那么大的政治运动里，这种事是难免的。这道理并不完全错，但事情并不那么轻松。在政治神经绷得紧紧的那些年，有些人为了保护自己，不得不随大流干些错事，这是可以谅解的。既无能力抵抗，又无胆量逃脱，只能如此而已。还有些人把一时的糊涂当进步，真心实意地维护"精神支柱"，这同样是可以原谅的。这都不能算做品德问题。而有些人则不是这样，他们故意惹是生非、打小报告、造谣中伤，目的就是要害人利己，这就属于品德问题了，决不能容忍和原谅。

检验这种人，其实也容易。尤其是在政治比较安定的今天，只要我们不太粗心，这种人稍做点手脚便可发现。患有这种属于品德顽症的人，如同吸毒成瘾者，他是绝不会老实的，越是安定团结，他越有种失落感，总得想办法发作。尽管有的时候不许他胡作非为，更很少可能危及别人的政治、人身安全，但他的这些小动作也好似吃饭吃出苍蝇，让人不免感到恶心得想吐。现在有些单位有的人之所以不愉快，正是因为还有着品德顽症的病者在发病。

俗话说，世界之大，无奇不有。这种患有品德顽症的人的存在，是完全合乎事物发展的客观规律的，根本用不着大惊小怪。问题是有些善良人看不透这种人的本质，总以为他们的所作所为是过去特定环境里的事，在今天即使偶尔发作也成不了大气候。殊不知这些人在为人处世上很有一套，或者利用家人好友为自己制造舆论，或者亲自出马干点什么讨人喜欢，这样也就掩盖住了品德上的不治之症。但我们必须相信，不让这种人表演、害人、扰人是不可能的，只要有一天他彻底暴露了，就等于给他自己挖了个坑，被埋葬的只能是品德顽症患者自己。

1988 年 4 月 19 日

宾客何必分贵贱

　　我虽然出生在旧中国，在洋人横行的城市度过少年时代，但那时毕竟还年幼，对于"华人与狗不准入内"的奇耻大辱，几乎一无所知。长大成人以后，听到长辈们咬牙切齿地说起此事，我这才意识到那该是多么令人诅咒的年月，以至于时隔多年仍然刺痛我们民族的自尊心。我不由暗暗庆幸自己总算赶上了昂首挺胸生活的年代。

　　现在，每个中国人都能在神州大地自由来往，四海宾客也友好地踏上这块热情的土地。那么，那曾经存留在某些人脑海里的痛苦意识，是不是会随着屈辱岁月的消失一起消失了呢？

　　不久前偶然翻阅《中国旅游报》，有篇报道说：具有80年历史、反映中国荣辱兴衰的北京某饭店，到今年年底或明年年初，要增加两幢楼，一幢是贵宾楼，另一幢是精美服务中心。看到这贵宾楼的说法，我很有些想法：难道以营利为主要目的的饭店，接待的宾客还有贵贱吗？这同过去那种"华人与狗不准入内"的把人分为高低的做法，除了言语上不直露，在本质上是不是有其相似的地方呢？

　　我是个未曾涉足异国的普通中国人，对于域外风情自然不甚了了，只是在报刊上见到，国外饭店大都以设备的优劣定为几星，并以此来作为饭店收费的标准，丝毫没有把宾客分为贵贱高低的意思。就是说，无论是谁只要掏出相等的费用，便可住进与费用相当的饭店，并未以此标明贵宾与非贵宾。这样的做法是不是科学，是不是以金钱为中心，我说不准，但起码在人的尊严上，我想不会有人感到侵犯。给予相等价值的条件和服务，无论是社会主义还是资本主义，总还算是比较合情合理的。

　　当然，宾客的身份也并非完全一样，接待规格也应该有别，例如，国家请来的客人称为国宾，于是北京便有了国宾馆。在某种特定的场合里，为了表示对某些人的尊重，设立"贵宾席"等也并非不可。但像北京某饭店这样以营利为主的饭店，把新建成的楼称为贵宾楼，那么，原有的楼该称为什么呢？"贱宾楼"，还是"普通楼"？这岂不是让旅客花钱不愉快吗？

我不知道这样的称呼是谁想出来的，倘若不是有意把宾客分为三六九等，起码是不懂宾客心理和生意经，以至于很有可能惹恼有自尊心的客人。

洋人把我们视为下贱人的时代早已结束，中国人真正地恢复了人的尊严，在生养自己的土地上扬眉吐气地生活。这是许多人坚持斗争几十年，换来的舒畅和快乐，不容易啊！既然我们自己受过那种遭辱的痛苦，干吗又要把这种痛苦加给别人呢？我赞成把饭店分成星级，视其设备优劣和服务好坏，收取相应的费用；我不赞成把宾客分为贵贱，这样的做法实在有伤人的感情。

1986 年 7 月 11 日

从标语想到店名

在全民文明礼貌月，北京大街小巷张贴宣传标语，其中有条宣传新交通法规的，颇引人注意。这条标语写的是"为了您和他人的幸福，请自觉遵守新交通法规"。这条标语一贴出，立刻引起众人议论。议论之一，认为这条标语把交通法规与群众切身利益讲明白了，使得人们愿意心悦诚服地去自觉遵守。议论之二，认为这条标语没有官腔八股调，读来感到亲切也就容易记住。

这些议论都有一定的道理。听了这些议论以后，我一直在想，难道公安司法部门的"秀才"们，今天才开始文思敏捷起来？过去就真的拟不出这样的标语？我看也不尽然。关键还是头脑里有个"怕"字。试想在若干年前，要是有谁拟这样一条标语，轻说也得赠一顶小号的"不突出政治"的帽子。

假如专政机关的工作人员，尚且有"怕"的心理，别的部门的人员，恐怕就要加个"更"字了。就以商店、旅店的命名来说吧，走遍我国的大江南北、长城内外，常常看到"东风"、"红旗"、"第一"、"第二"，很难见到过去"王麻子"、"耳朵眼"一类的名字（现在有些老字号已恢复），我绝无主张都取这种店名之意，我只是想说，类似这样富有特点个性的店名，顾客比较易找易记，这些还是可取的，为什么非得叫千篇一律的名字呢。

去年冬天，几位在内蒙古工作的朋友来京，住在前门一家小旅店里。打电话让我去看他们，告诉我说，住在前门的"第一旅社"。于是，我顶着寒风奔到前门。一找才发现，所谓"第一旅社"，听来具体实际并不具体，光大栅栏一带，便有好几家不同街名的第一旅社，害得我跑了几条街，最后才在杨梅竹斜街第一旅社找到朋友。我同该店一位老服务员说起此事，他笑了笑说，这些小旅店过去都自有名，全被所谓的"破四旧"给破了，新名词又没有那么多，于是来了个省事办法，依次排成某某街第几旅社。

这一革命一省事可不要紧，却害苦了群众寻找。在全民礼貌月的活动中，看了上边那条标语，听到些方便群众的事，我不禁又想起寒冬寻旅店的经历。我觉得我们说话做事，如果真能做到"替人民着想，向人民负责"，而不是空空洞洞地说一说，就必须一点一滴地去做，甚至于贴出的标语也应该是具体可见的，否则怎么能检查出你"着想"了没有？"负责"了没有？

1981 年 4 月 1 日

名牌的真假

我久居异地，偶尔回天津，最多住十天半月，那也是有数的几次，毕竟是在天津长大，四处奔波并未磨掉一缕乡情。每每听人说起天津，总是留心倾听，说好的，自然高兴，说歹的，不免脸红，这大概也是人之常情吧！

有次听人说起天津大麻花。一个人说："天津大麻花真棒，炸的红红的，还沾着几块冰糖，吃起来又酥又香，放上个把月毫不走样。"言语间流露出赞美。另一个人说："你净瞎吹牛，我也吃过，炸的都不透，更无冰糖，别说放上个把月，当时吃都咬不动，只好拿菜刀剁开。"言语间充满着不悦。那人又问："是不是'桂发祥'的？"另一人回答："纸盒上写着'桂发祥'。"这样对话一番之后，两个人再无争论，各自带着自己的印象沉默了，似乎都不愿意为此伤和气。我在一旁听着觉得都有道理，因为这两种麻花我都买到过。

世界上的事情就是这样，什么东西一旦出了名，就会有冒名顶替的假货，不然世上何以会有骗子。在我吃到这有名无实的大麻花时，是不想相信这真的是"桂发祥"的，固执地认为这一定是假货，但是又没有足够的根据证明自己的正确。这恐怕是我的"爱屋及乌"的感情所致吧！谁知道呢？

可是话还得说回来，这不合格的大麻花，在天津市场上出售，毕竟装在写着"桂发祥"的纸盒里，而且由许多人带到四面八方，从而断定天津大麻花并不怎么样，是骗人的。如此看来名牌货保持质量是重要的，砸了牌子会难以恢复名誉；那么对于冒牌货该如何处理呢？恐怕也应该有一套检查、防范、制裁的办法。骗子骗几个钱事小，损坏地区厂家声誉事大。我在吃冒牌麻花时，曾想把它退回天津，这倒不是心疼几元钱，而是深感有伤家乡大雅。

在普及法律知识的今天，除了进行民法、刑法教育，也该大力宣传商品法、商标法。这样对于保护名牌商品，提高我国商品信誉和竞争能力，会是大有益处的。这正是天津大麻花的真假，带给我的联想和启示。

1988 年 3 月 16 日

"三包"与自砸牌子

工厂提供优质产品，这本来是天经地义的事，恐怕连资本家也会如此，更何况我们是社会主义企业。但是不知从何时起，这样的基本出发点，不是以产品本身来体现，而是"体现"在包修、包换、包退上了，并不厌其烦地大肆宣传。乍一听好像是对消费者负责，其实仔细一想，正是对自家产品无把握、无信心，想以此来取悦取信消费者。这样做法的发明者也许还算"聪明"，只是一旦露了馅，就不会那么灵验了，最终还是自举斧头砸自家牌子。身边例子有二：

其一，福州某工厂生产的旅游鞋，外型美观，价钱适宜，于是有人买来，仅穿三天便开了胶。购买者找到出售商店，先是说用胶粘粘（包修），购买者不相信会粘住；继说可重选一双（包换），购买者不相信不再开胶，于是商店便给退了。未曾想确实因质量不佳，退鞋还要交一元钱磨损费，至于消费者的奔波劳累、来往车费却无人管了，像这样的"三包"，会在消费者中产生怎样影响，就可想而知了。

其二，某地产的名牌自行车，在国内外原来享有盛誉，可是近年大有质量下降的趋势。但有的"痴情"消费者，依然不改初衷地迷信此牌车，买来骑了不到一个月，连修两次中轴，后来认真一检查，原来是三角架螺丝扣打歪了。至此这位"痴情"消费者心中的"宝塔"也就倒塌了，即使再实行"三包"又有什么用呢？认真保证质量比许诺岂不是更会赢得信誉吗？

心细的人也许会注意，"顾客至上，信誉第一"的字样，工整地写在许多企业的大门口。作为追求的目标是可喜的，但在具体行动上很少遵循；作为提倡的口号是响亮的，但在认真落实上很少见效。恕我说句不敬的话，用这样的文字来戏弄消费者，还算得冠冕堂皇，只是久而久之，连社会主义企业的信誉也丢掉了，再动听的字样又有什么用呢？

据新华社报道，国家经委已经制订优质产品复查确认办法，过去那种一旦加封"优质产品"便定"终身"的做法不再保留，这无疑是十分必要和正确的。倘若再设法向群众及时公布，被取消"优质产品"资格的原因，让那些打着优质旗号供应劣品的厂家无法招摇过市，这对于产品质量的提高说不定也是良方一剂。既然实行产品"三包"可以登报纸上电视地宣传，那么，砸牌子的事干吗非要悄悄了结呢? 唤起消费者的警惕性，比鼓吹"三包"更有利于消费者。

1987 年 6 月 24 日

第五辑

这年头谁比谁傻

首先我要申明，写这篇小文章，绝无伤害残疾朋友的意思，而是想说现在的人，比之过去似乎越来越聪明。不信的话您就试试看，选美比赛，唱歌比赛，作文比赛，书画比赛，钢琴比赛，等等，每一次都是人才济济。就连外国人比赛中国相声，闭上眼睛听都听不出洋味儿，可见如今的聪明人太多。那么，如果来个"傻帽"比赛呢，您说会怎样？恐怕就成不了阵势啦，有的所谓的弱智者，不是会指挥交响乐，就是会画画写大字，您说如今去哪里找"傻子"？

可是有的人偏偏不这么认为，总是觉得自己比别人聪明，变着法儿以各种名义骗钱。比如以卫生部某某所名义免费检查身体，以科学院某某中心名义搞营养讲座，我原以为只有北京地区有这类事，看了《今晚报》的《大爷大娘别轻信"免费体检"》的消息，这才恍然大悟，敢情别的城市也有这样的骗局。事情往往都是相互依存，既然有骗子活动，当然就有上当的人，非常惭愧，本人也有过一次上当经历。那是所在社区贴出广告，某某研究所来小区办讲座，讲授科学配餐营养吃饭，出于提高生活质量的考虑，就兴冲冲地带着老伴儿去听，倒是也学到了些一般知识，可是临散场时却被拦住了，一是要购买些营养品，二是要登记家庭电话，否则就不让你痛快地出来。没有带那么多钱，购买营养品就算了；电话号码却如买路钱老实留下，这才未被认为是不知趣。

事后本以为就此打住，谁知从此更不得安宁，隔三差五电话来个不停，不是检查身体，就是让听讲座，留下的电话号码成了祸根。有的是软磨硬泡，有的是绕着弯劝说，还有一次干脆质问"你为什么不来"，那口气那声调，让人大有受法院传唤的感觉。如此往返多次之后，总算开窍明白了，原来不管是以什么名义，目的都是想掏你腰包，不然人家何必这么谦恭，又何必那么着急上火，于是开始警惕起来。这之后只要接到这种电话，不等对方动员就连说"不去不去"，然后把电话一放了事。

尽管如此，事后我也常想，这些"聪明人"行事，为什么总打老年人主意，除了老年人手里有点小钱，更主要的恐怕还是老年人实诚，又想提高自己的生活质量，骗局就敲定了这个群体。因为同样的哄骗情况，还出现在老年人物品上，有朋友送我一盒燕麦片，外边是漂亮纸盒，中间是玻璃瓶，瓶里是绵纸袋，然后才是两小袋麦片，这样的量平日自己买，简装不过二三十元钱，这一豪华包装，少说也得百八十元。这不是明显骗人吗？不过老年人也不是好骗，上当受骗一两次可以，三次以上恐怕就难了。如果真的那么容易，设骗局的一些人，就不会好言相劝，或者死乞白赖地质问。好在中国最不缺的就是人，这拨儿骗不成了，再骗另外一拨儿，没有永远的"傻子"，总会有一时的迷糊，何愁撞不上烧香的人。

我写这篇小文章的意思，并非完全想议论聪明人和傻子，而是有些事情实在闹不明白，比方说，给这些骗局提供场所的单位，不是社区管理机构，就是某些机关单位，明明知道是骗人把戏，为了仨瓜俩枣的小钱，他们竟然甘当骗子帮凶。明明知道食品包装有问题，有关部门为何不闻不问，难道总得像月饼包装，等事情闹大了再说话吗？如果把打个好幌骗人蒙事也叫"为百姓服务"，就实在糟蹋这么好的名称了。要知道，现在毕竟不是前几年，只要随便打个什么旗号，请几个所谓内行人，就可以让人心甘情愿掏钱，休想，再傻的人都被骗子磨精了，就别再故伎重演了，如果你真的聪明，不妨来点新招说不定行。

读者也许会问，倘若真像你说的，用欺骗办法挣钱，的确那么困难，为什么这些人仍然在干呢？对，问得好。我们还必须承认，这些人脑袋好使，或者说手段高明，您说怎么着，人家游击战学得好，打一枪换个地儿，专吃第一次上当人，然后就换个地方。我发现这种情况，是电话通知活动时，每次都是个"新单位"，顾客电话资源大概是共享，不然怎么都知道我家电话号码呢？

既然行骗者成了阵势，那么，我们这些"傻子"怎么办呢？我想只有一招儿还灵，哪怕他说出大天来，我们一概说"不"：不去，不买，不相信，不跟你过多啰嗦，不吃你这一套，依我的经验还算灵，只是同样无法排除电话干扰，这就得忍着啦。

2006 年 1 月 6 日

想活明白更糊涂

郑板桥老先生说的"难得糊涂"，我不知道应该如何理解，倘若仅仅从字面的意思体会，"糊涂"应该是人生最高境界，所以他才认为"难得"，毫不含糊地写出这四个字。后来更有一些追随者，把此话奉为神言圣语，制作成拓片等纪念品，在世间广泛地流传开来，这"难得糊涂"四个字，就成了许多人的座右铭。假如"难得糊涂"说法可以成立，不是吹牛，包括本人在内的许多人，好像都已经修行到了这个地步，因为对现实生活中的好多事情，真的是越来越有点糊涂了。可是这"糊涂"又哪里那么"难得"呢？倒是觉得活得明白不那么容易。

随便举几个例子。

谁都知道，柴米油盐酱醋茶生活用品，千百万老百姓须臾难离，质量管理上稍有一点疏漏，就有可能酿成伤亡的恶果。为了保障百姓生命安全，国家特设立各级的监督机构，可是，这监督到底是在生产之前，还是应该在生产过程之中？公布某某产品有质量问题，怎么总是在百姓吃了用了之后？反正我是犯糊涂了。而这"糊涂"真的并不"难得"。

谁都知道，咱们国家的教育制度，从小学到大学还是比较完善的，即便是工农兵上大学那会儿，读不读书也得在学校呆够四年，这才会给你发一张毕业证。现在有认识的人本来是中学文化，到了要提拔干部时一报学历，简直吓我一跳，怎么竟然成了"研究生"学历？既未见他脱产读书，又未见他写出论文，跑的跳的比奥运冠军刘翔还快。您说这学历管理制度到底是严还是不严？反正我是犯糊涂了。而这"糊涂"真的并不"难得"。

谁都知道，国家财政收入有相当部分，是由公民个人纳税而来，纳税人在国家社会生活中，应该有至高无上的地位，而且可以监督财政的开支。政府修路搭桥的经费，官员访贫问苦时的赠送，贪官污吏的赃款赃物，都有纳税人的血汗钱在内。可是谁听说过，受惠者说"感谢纳税人"，贪官忏悔说"对不起纳税人"，纳税人怎么竟成了"贱骨头"呢？反正我是犯糊涂了。而这"糊涂"真的并不"难得"。

如此等等，举不胜举。

那么，郑板桥老先生的话，是不是说错了呢？我看那也不尽然。问题是看我们如何来理解和看待。说到明白和糊涂，就不能不说，其实都各有两种，一种是真明白和真糊涂，一种是装明白和装糊涂，在现实生活中都大有人在。郑老先生说的"难得"的那种"糊涂"，在我看来就是真明白装"糊涂"，因此也就比较"难得"。为什么呢？因为在现实生活中，对某件事情真正明白，照实说出往往会招祸，装糊涂反而会平安无事。可是若想达到真明白装糊涂的境界，在一般人中如我者却很难做得到，首先对事物得有真知灼见，其次得会掩饰自己的神情，这两者缺少哪个都做不成。非高人者岂能"难得糊涂"。

真明白和真糊涂这两种人，仔细想想并没有什么可怕，起码都不会造成大危害。可怕的是揣着明白装糊涂，或者是糊涂蛋愣装明白人，这两种人往往会贻误大事。例如我前边说的那几个例子，作为真不明白的我们老百姓，说出来就教于相关部门也就行了，绝对不会造成什么大的影响；可是作为真正明白的相关部门，事后监督公布结果给百姓作交待，很有点揣着明白装糊涂的味道，所产生的社会效果就完全不同。百姓不相信的就不光是当事部门了，连监督部门恐怕也难取信于民，因为你是干这个的哪能真不明白呢？

本来想尽量活个明白的我们，未想到竟然活得如此糊涂，有时想起来真的感到别扭窝囊。当我把我这样的想法说给朋友，朋友说："何必呢？这就怪你自己了，其实真正的高境界，即不是难得明白，也不是难得糊涂，而是活在明白与糊涂之间，那才叫真的难得哩！"听后想了想，朋友这番话，还真有点道理。人生的许多苦恼，常常是因为明白和较真，而客观环境又不吃这套，结果必然是苦果自吞。现在好像更是如此。唉，那我们就活在明白与糊涂之间呗?!

2005 年 10 月 26 日

谁得罪了老天

沙尘几度肆虐北方，刚有点春色的京城，顿时变得灰暗阴沉。早晨从楼窗往下望去，居民区停放的车辆，都成了一座座小沙丘，看来这场浮尘够厉害。恰逢《满城尽带黄金甲》电影，在北京的沙尘天强劲造势，于是有的外地来京旅游者，将这两件事结合起来，编成一语双关顺口溜："你是风儿我是沙，缠缠绵绵到天涯；欢欢喜喜进京城，满城尽带黄金甲。"调侃和表达自己的无奈。

熟悉北京气候的人都知道，春秋两季刮风是常态，只是沙尘过去没有现在多。这就令人有些不解了，20年前树木高楼并不多，北京周边也无防护林，沙尘反而不像现在张狂，这到底是什么道理呢？从气象科学上解释，那是气象学家的事，咱们普通人讲不清楚，但是就个人体验来说，我想还是可以说明白，起码算做原因之一吧。在多风的北京和内蒙古，我都生活了几十几年，就我亲身体会和观察，这风沙的形成非一日之事，跟中老年人患病一样，病痛在今天病根恐怕在过去。

20世纪60年代初期，我从北京流放内蒙古，刚从呼和浩特下火车，就被漫天风沙紧紧包裹。问蹬三轮车的师傅："这么大的风，是不是让我赶上啦？"师傅风趣地说："我们这儿啊，一年只刮一次风，从年初一刮到年三十，你说你赶得上赶不上？"因此，起初听内地人说，寒流来自西伯利亚，风沙来自内蒙古，我还真未往心里去，甚至于觉得蛮有道理。一次一次听得多了，心中难免有些疑惑。从地理位置上来讲，从生态状况上来讲，风沙来自内蒙古，算个说得上的理由。然而有个事实不能忽略，就是对生态的人为破坏，造成沙尘和风暴的严重。

我刚到内蒙古那会儿，尽管东西部草原情况不同，但是"风吹草低见牛羊"的景象，还是比较普遍地存在，风沙有是有并不十分恶劣。后来在"以粮为纲"的旗号下，搞农牧业"学大寨"运动，放牧的草原也要挖草种地，结果粮食未见种出多少，草原原始植被遭破坏，土地便开始一年年沙化。碧草连天景色再难见到。虽说这几年经过反思，明确提出"退耕还林"、"退耕还草"，可是毕竟不会短时间见效，内蒙古仍然得背负"罪"名。从个人想象中说"人定胜天"，那倒也算一种浪漫气概，从人类生存上来看，能不能胜天胜天干什么，这倒是值得认真对待的事情。

现在提倡科学发展观，在某种程度上正是对过去发展不讲科学的纠正。有句话说得非常好，"种瓜得瓜，种豆得豆，谁种下罪孽，谁自己遭殃"，正是因为过去违背自然规律，疯狂破坏掠夺生态环境，惹恼了老天，结果今天吃了大苦头。现在再怎么着烧香磕头，修补犯下的过失和错误，老天仍旧还是不依不饶，估计是想教训教训我们，长点记性，懂点道理，以免再干伤天害理的蠢事。

此刻，沙尘天气基本好转，灰暗天空显出敞亮。面对灿烂阳光，闻着窗外花香，人的心情自然要好，我也想打油一首，表示对老天的臣服："你磕我拜为了啥，只求老天不扬沙；倘若记吃不记打，沙尘来年仍到家。"但愿不要老是琢磨"胜天"，更应该考虑如何"护天"，不然惩罚我们的不只是老天，还有子孙后代的痛恨和咒骂。

2006 年 4 月 22 日

平民百姓的路

请不要误会，我也知道，路是不应该有官民贫富之分的，但是总还有人走车行之别吧。我说的路就是人行的路。因为如今出门有车代步的人，可以说非官员即"大款"，要不就是或"大腕"或高薪者，平民百姓更多时候只是步行，有急事或去远处乘坐公交车，坐出租汽车那是万不得已时，恐怕要掂量再三还得找价低的"夏利"。交通消费在普通百姓开支中，所占的比例并不是很大，再说现在购物又比较方便，能在近处买到的东西就不去远处，这样不又可以省几个车钱吗？

借用"行路难难于上青天"这句诗，形容今天各大城市交通现状，可以说是非常形象和比较普遍。只是在更多时候是单指车行的路，而被经常忽视却往往又是更难走的路，我以为还是更多人走的便道，以及行人过马路走的斑马线。这里说的平民百姓的路，就是指这些。

顾名思义，人行便道是方便步行人走的路。那么在便道上走的最多的是什么人呢？毫无疑问，是普通的老百姓——匆匆赶车的上班人，闲逛的老年人，外地来旅游的人，去商场购物的人，或者到远处办事的人，如此等等，总之，那些靠两腿出行的人，他们占用城市便道最多。这人行便道倘若真的完全被行人使用，这应该说是非常方便而且很惬意的，因为人性化的设施正在城市里修建。至于斑马线要画在马路上，更是独一无二的行人过道，这大概是没有任何争议的事情，有了这条线过街既方便又安全。在现代的城市交通管理上，真正体现以人为本的东西，大概当属这一道（人行便道）一线（过街斑马线）。

可是当我们稍微留点意就会发现，许多应该属于老百姓的东西，往往会在使用过程中"改名换姓"，这人行便道和斑马线好像也不例外。不信你就随便去繁华街道走走看看，除了专门明确设立的步行街，几乎很少有人行便道不被占用。谁占用了呢？当然是赚钱的商家和有车的主儿。商家在门前竖一块"内部停车场"牌子，这就归它所有了，至于合法不合法从来没有考虑过；有私家汽车的人来购物吃饭，把车往便道一放，这更是司空见惯的事情。还有那些街头小贩来来往往，骑自行车的人任意穿行，乞丐或跪或坐乞讨，撒小广告卖假证件的人挡路，同样是人行便道上的风景。有了这种种妨碍行走的情况，又有多少人能方便地行走呢？只能小心翼翼地穿行。汽车行到斑马线前抢行，让步行人停步给汽车让道，在我们的城市里成了习惯。

凡此种种，无不说明，平民百姓行路的艰难，更不要说残疾人出行的不便。可是这种情况又有谁来管来关心呢？反正从几乎随时可见的电视节目中，我没有听到过一次认真讨论，倒是关于购车洗车如何方便行车的事，在我们的媒体上时不时会有人议论，给人的印象好像道路只属于有车者。就连市容管理人员眼睛盯的也是车，人行便道的混乱秩序很少有人管，在他们的意识里，行人便道再怎么乱总不会撞死人，何况便道上走的更多的是普通人，管理不好又有谁敢大胆拿他们如何呢？当然也就无所谓了。

城市的道路要想治理得好，谁都知道不是单一的事情，有个综合治理的问题。但是，在没有条件和没有能力彻底治理时，还平民百姓一个真正方便的便道行走，大概总还不至于太困难太麻烦吧，再说无论城市人如何富裕如何车多，到什么时候总还是步行的人要多得多，为什么老是盯着汽车如何行驶方便说事呢？难道只有有车人才是城市的主人？

大概正是因有这样片面的想法，所以在议论交通治理说到路时，一拿"以人为本"、"人性化管理"说事，让我首先想要问的就是，这个"本"那个"化"，到底是属于有车人有钱人，还是也属于一般老百姓的？恕我不客气地说，真正以"普通人"为本谈问题，似乎并不怎么多。因此也就很少有人关心这些事情。问题很简单，由于忽视了对大多数人的关注，就必然让多数人失去对交通治理的关心，他们想，我连个方便的路都没有，谁管你那车如何如何呢？

关于什么是路，鲁迅先生有过非常精辟的论述，他说，地上本没有路，走的人多了，就有了路。在城市里人走的最多的路，自然是人行便道，还更多的人一个方便的道路，在今天的城市里，应该成为管理者的当务之急。只有老百姓的路方便了，违规的情况少了或消除了，这个城市的交通才会人畅车通。光考虑有车的少数人的方便，不管出发点多么堂皇，都不可能得到无车的多数人的支持，现在治理城市交通必须走出这个误区。

2004 年 10 月 16 日

平民百姓的钱

按道理讲，钱就是钱，干吗非要说老百姓的钱呢？除了当官儿的人，还不都是老百姓。话是这么说，可是人与人毕竟不同，恕我不恭，这会儿的人，从金钱的来路上看，正道的邪路的都有，这钱自然也就不一样，起码来源有个难易问题。我这里说的老百姓，就是那些靠正路来钱的人，如靠本事挣钱的人，如靠工资度日的人，如靠退休金养老的人，如靠救济金过日子的人，等等，总之，就是那些手里的钱没有异味儿，花起钱来非常坦然踏实的人。这些人就是我说的老百姓，文中说的钱就是他们的钱。

谁都知道，这年头，想挣钱的人不少，挣到钱的人不多；有本事的人挣钱都难，一般的人挣钱就更难。他们没有灰色收入没有外快，一年到头就是那点死钱，有时好不容易有点富余钱，放在家里暂时用不上就存银行，只是那利息低得实在可怜。于是就买彩票炒股票买国债，想借此实现自己发财的梦想，就是发不成财，总还可以使自己得到些许安慰。但是好事总是与他们擦肩而过，买彩票老是与中奖差一个号，炒股票老是碰到低迷的熊市，起早排队买国债到跟前卖完了，好事总是与他们过不去。这时十有八九认倒霉信命运，觉得自己生来爹妈就给了个穷命，从此甘愿规规矩矩地安于现状。

老百姓挣钱不容易，花钱同样伤脑筋。仅有的一点固定金钱收入，就成了维持生计的命根子，轻易不敢随便地动用，放在手里都快攥出了汗水，还又怕湿着又怕折了。想花的时候左算计右算计，恨不得一分钱掰开两半儿用，钱在他们的手里沉甸甸。每月拿到这点固定的钱，先得摊在床上分开份儿，吃饭留多少，水电用多少，乘车用多少，孩子上学给多少，老人那里敬多少，看病买药用多少，如此等等，算计得几乎天衣无缝。就是这样精打细算完，最后还要想办法再挤出点钱，以供急需或将来养老用。"吃不穷穿不穷，算计不到更受穷"这句话，成了口头禅经常挂在他们嘴边，更成了他们大多数人的生活指南。

作为一般的普通老百姓，赚钱不容易，花钱勤算计，深知钱对于他们的重要性。但是，为人处世却有自己的原则，不偷不抢，不骗不坑，再嫌不来钱也绝不做犯法缺德的事。对于金钱的基本态度，他们历来就是，赚一就花一赚俩就花俩，这样的钱花时脸不红心不跳，什么时候都会是踏踏实实。偶尔有个周转不开，找人借点钱用，到时说还就还，从无赖账这一说，他们说"借钱还钱再借不难"，像有钱人家那样找讨债公司，或者因钱对簿公堂的事，在老百姓之间即使有也很少。他们珍惜钱更看重信誉。这正是普通老百姓的可爱可贵的品质。

那么，真正体谅普通百姓的人有多少呢？好像不是太多。但是，算计他们的人却不少，随便看看社会新闻，常有某某上当受骗的事发生，而这某某人又必定是普通百姓。因为骗子知道，当官的不敢骗，有钱的不好骗，最好骗的就是百姓。就连这个涨价那个降低，眼睛盯着的都是普通的人。富人在社会上总是少数，他们不会计较几个小钱，再说在他们身上打主意，涨的和降的这点钱都显眼，而且基数都不算是最大的；摊在普通人头上则不同，总的基数在人群中比较大，涨点降点都不是很起眼，何况又是普普通通的百姓，再有想法再有意见也得认头。为说明问题随便举个例子，如水电涨价，富人在乎吗？如废品降价，富人在乎吗？我想绝对不在乎，而一般老百姓却要斤斤计较。至于别的什么事情，在金钱上算计老百姓，更是时不时会有发生。我每天听广播，在消费者热线里，投诉的都是老百姓，从未听说有官员有大款。老百姓生活可真难哪。

可是话又说回来，再宽的河流也得蹚，再难的日子也得过。作为普通百姓的我们，唯一的希望就是，有人帮助说点话，政府考虑问题，社区办啥事情，多从普通人的难处想想。电视里广播中报纸上，在用广告赚钱的同时，在作政治宣传的同时，请拿出一定的时间篇幅，作些法规和道德的提示，这样或许更有利于国民素质的提高。在社会人群的整体上，行为有规范，道德有张扬，对于金钱的获得正常了，百姓手中的钱也就有所保障。

2003 年 10 月 10 日

平民百姓的时间

　　如果有人问，这年头什么最不值钱？相信谁都会根据自己体会，说出一些这样那样的东西来，比如旧书报、旧电器、旧家具，比如简单体力劳动，等等，等等。没错，这些东西的确不值几文钱。可是这毕竟不能具有普遍意义。从普通百姓的概括情况来看，对大多数人又都适用，最不值钱的东西是什么呢？我以为就是老百姓的时间。在今天再没有比这个更便宜更不被重视的东西啦。

　　有的人一听也许会惊奇：什么？你怎么能这么胡说八道呢！改革开放初期的深圳，不是有一句口号吗，叫"时间就是金钱"，还有的说"时间就是生命"，到你这儿怎么能说时间不值钱呢？简直一点道理都不懂。

　　且慢。请您少安毋躁，听我仔细说来，听后您也许会心服，认为我的话有些道理。其实这不只是道理问题，而是确确实实的现实生活，老百姓的时间就是不值钱，说句不中听的话，比旧电器旧报刊还不值钱。

　　说时间就是"金钱"，说时间就是"生命"，这些道理完全正确。要说我不懂这个道理，实在有点冤枉我，从小时候就知道，一寸光阴一寸金，寸金难买寸光阴，我哪能这么健忘呢？可是您同样不要忘记，要看这些道理是对谁，对于大官员大企业家，时间自然就是金钱、生命，所以社会特别珍惜他们的时间，谈事情要事先约定无事情免打扰。至于咱们这些普通百姓，既不需要料理国家大事，又不需要考虑发财致富，到一些部门办些什么事情，让你排会儿队多跑几趟路，浪费你点时间又何妨？这就是现在社会给我的印象。您看同样是宝贵的时间，到了咱们老百姓这里，立刻就变了味儿贬了值，您能有什么脾气吗？

　　作为普通老百姓，最希望的事情，莫过于过上好日子，就是国家提倡的小康生活。小康生活的含义，究竟是什么呢？照我个人的理解和需求，衣食无虑并受到良好教育，这是最起码最基础的内容，此外，就是得到一流的社会服务。衣食无虑和接受教育，就大多数普通人来说，似乎短时间内还很难达到，那么较好（不是一流）的社会服务，可不可以早点给我们呢？让我们能够尝到小康的滋味儿。起码少浪费点我们的宝贵时间，好去劳动赚钱或去证券所炒股，尽量让自己的生活过得富裕舒服一些，这样的要求总还算合理吧？

可是现实的情况如何呢？毫不夸张地说，这会儿的社会服务，别说是要求一流了，就是较好也难说。就拿排队办事情来说吧，简直就是一道社会风景线：存款取钱排队，买电交煤气费排队，寄包裹图书检查办手续排队，看病取药排队，购买车票排队，至于民航延误时间，更是家常便饭……总之，凡是百姓打交道最多又是垄断的行业，大都要以百姓付出更多的时间和劳力，才能求得事情的起码解决，而这些机构却心安理得我行我素。因为，在他们眼里百姓的时间根本不值钱，他们自己的时间才是金钱和生命。他们制定的那些制度，哪怕是几十年前定立的，在今天仍然一直坚守不易。

这些垄断行业的服务情况，普通百姓早已经习以为常，当然也就只能见怪不怪了。令人难以置信和无法接受的是，他们在进行所谓改革时，无一不是打着"方便百姓"的幌子，做到做不到先占个"理儿"，让你有意见说不出来，在感觉上却又不那么舒服。从最初提倡的"为人民服务"，到今天提出的"执政为民"，在一些部门只当做口号来喊，体现在百姓生活中的并不多，所以百姓也就只能当口号来听。因为任何主张再好再对百姓心思，倘若没有具体的要求和检查，最终也只能落个好听的声音。而老百姓过日子需要的是实实在在的体验。

那么，是否可以让老百姓的时间少浪费些呢？当然可以。在垄断行业体制无法打破之前，首先是从业者经营观念要变，其次是从业者设身处地来想，真正做到以百姓身份体恤百姓，方便百姓的方法措施也就会有。比如，电力和煤气部门在银行设专门窗口，比如，邮政局设专人检查完邮件加封后办手续，比如，慢性病患者取固定药不排队不限医院，等等，我想都还是可以做得到的，关键是这些部门考虑自己方便多，考虑如何方便百姓少。老百姓浪费了太多排队等候的时间，银行、医院、邮局这些部门也不轻松，电力煤气公司背地里被抱怨和挨骂，政府管理部门也得跟着陪绑。又何谈"以人为本"、"群众利益无小事"？

时间是宝贵的。但是，只有让时间发挥最大的效率，起码做到少些不必要的浪费，时间才会是"金钱"和"生命"，无论是对官员还是百姓，无论是对穷人还是富者，拥有时间都应该非常平等。而且在我看来，只有老百姓有更多时间，以正当方式赚到钱富裕了，国家的时间才有更大含金量。珍惜平民百姓的时间，国家发展的速度，只有包含百姓的致富时间，这个速度才会真实。

2004 年 12 月 26 日

阶层尚待细分

　　人们一说到生活不富裕者，大都少不了工薪阶层，从泛泛的道理上讲，这种说法大体不错，这部分人都是靠死工资，倘若没有别的进项，生活委实算不上宽裕。但是这个阶层里的人，是不是都是如此呢？我看也不尽然。把这个阶层里的人，再仔细地划分一下，立刻就会发现，同是这个圈里的人，也还是有些"富人"的。这些"富人"，当然不能同大款相比，也无法跟歌星对阵，只是与同阶层的人比较，他们还是生活富裕者。

　　当然，这些生活较富裕的人，一般都是靠本事赚钱，如讲课、写作、发明、技术咨询等等。干这类事虽说发不了大财，但是补贴些家用或吃点烟酒，总还不至于精打细算，起码不必伸手向"家长（妻子）"讨钱。要是有条件的话，再把这些外快匿起点来，有朋友来访请吃顿便饭，也就不必回家报账了。这样靠本事富裕一番，在工薪阶层的人中，也算是悠（闲）哉（自）由哉者。这样的人在工薪阶层里，虽然人数并不算怎么多，但是也不占少数。可以算作走正道先富裕起来者。

　　这部分靠真本事吃饭的人，之所以会先富裕起来，除了他们自身的条件，主要的还是外部条件的改变。记得前几年还流传着，搞导弹的不如卖茶鸡蛋的，许多人羡慕个体经营者；现在由于各个行业的正常运作，越来越倚重科学技术和知识，在国家发展的这种大背景下，确有专长的知识分子，当然也就成了香饽饽。他们（业）余热释放的能量，所得到的最高报酬，有的比死工资还要多，据一个材料披露，年收入在 10 万元以上的知识分子，现在已经不是什么新鲜事。这说明科技兴国的方略，正在逐渐地认真落实。

　　除了这部分靠本事吃饭者，在工薪阶层中也还有另一些人，他们的生活也许更好，这就是靠职务"生财"的人。这些人是工薪阶层中的极少数，他们利用给下属办事，或者给某人提职评职称，从中收取点物质好处，或者把一些自费开支，拿到下属单位报销，借以提高自己的生活水平。你说他是贪污吧，似乎够不上这个线，你说他是受贿吧，好像也无法定这个罪。再说你没有发现，就更不好对他如何，就是有朝一日发现了，他自动退回来，或者换一种说法解释，你又能把他怎么样呢？

这种靠隐性收入致富的人，你别以为都是小打小闹，成不了什么大气候，若这样想就完全错了。这样的人实在小看不得。尤其是个别的靠当官发财者，别看他当官不见得是好官，在发财上却很有一套办法，在财产来源"保密"上更有一套。现在中央要求县处级以上干部，定期进行经济收入报告，这自然可以起到一定制约作用，但是对于有些人很难奏效。比如原重庆綦江县委副书记林治元，如果前些年没有虹桥垮塌案件，他的受贿谁又能知道呢？他能在报告表上填写吗？这部分打着工薪阶层的幌子，干些工薪阶层不耻之事的人，是这个阶层不折不扣的败类。

那么，除了真正靠自己的智力致富者，以及靠隐性收入发财的官员，其他完全靠死工资为生的人，究竟又是怎样的情况呢？从媒体报道的情况看，好像也并不完全相同。有的行业有的单位就好些，有的由于管理不善就差些，笼统地说好说坏都不是很科学。譬如同是教师，中学小学大学收入上就有差别，所处地区不同，也会造成穷富。由此看来，工薪阶层再细分些，说得基本准确点，在今天很有必要。譬如说，教师（大、中、小学分开）、科技人员、医生、公务员、翻译、记者等等，虽说定位也不完全准，但是起码缩小了范围。相对地说可以反映出收入上的大致情况。

现在已经不是越穷越光荣的年代，只要是靠正当劳动富裕的人，都应该受到人们的尊敬和称赞。在发展市场经济的情况下，穷富的存在是很正常的事。让真正靠死工资生活的人，不至于沾富人的光；让真正富裕的人，不至于被人视为穷光蛋，这两种人都会觉得心里踏实。

2009 年 12 月 22 日

菜名有学问

有个相声段子，好像叫《报菜名》，如果演员说得好，听起来非常过瘾。这个段子说得火爆与否，这要看演员有无功夫，不仅要求嘴皮利落，更得要求吐字清楚，不然只听噼噼啪啪声，却听不清报的菜名。光有了艺术欣赏，没有了文化享受，这段相声也就糟蹋了。每次听这段相声，我都比较用心留意，想多记住几个菜名。有的菜名起得真好。

中国菜讲究色味香，这都是说的菜本身，倘若再有个好名字，无形之中就抬高了身价。比方说"贵妃鸡"、"东坡肉"、"太白鸭子"、"龙翼凤翅"、"四喜丸子"，这类菜名就很文气，先不管好吃不好吃，听着就容易产生好感，起码比"叫花子鸡"、"油炸猴头（蘑菇）"、"肝脏夹子"、"狗不理包子"、"驴打滚儿"，更让人觉得心情舒畅。所以有修养的烹饪大师，给自己创造的新菜起名，格外注意它的文化内涵。至于菜是不是好吃，那就是另一回事了。

有次跟几位作家朋友聚会，有人提议去吃东北菜，就到一家"小土豆"菜馆。这家菜馆还挺有名气，据说各地都有连锁店。我在黑龙江生活过三年，对于东北饭菜不算陌生，东北菜给我的最深印象，就是菜的量大名字直白，如同我喜欢的东北人，性格中透着实诚热情。这次聚会的朋友中，正好有一位东北人，这点菜的差使，就交给了这位朋友。他先点的几样菜，如"小鸡炖蘑菇"、"酸菜白肉"、"红白豆腐"等等，都是大家熟悉的家常菜。最后突然报了个菜名"大丰收"，一下子就把大家镇住了，许多人不知是何许菜，问这位朋友他只是笑而不答，有意要给大家卖个关子。这样好听的名字，在东北菜中少见。

菜上齐全，就要动筷子了，大家急着问："喂，快说吧，哪个是'大丰收'啊？"朋友指了指一个柳条篮筐，说："这个就是啊。你们看，这还不算丰收嘛。"我们大家仔细看了看，柳条小篮筐里放着许多生菜，有萝卜条、黄瓜条、大葱条、西红柿块，放在柳条篮筐里非常好看，真的像是秋天收获的果实。篮筐旁放着两碗面酱，是用来蘸这些蔬菜吃的。一位反应比较快的朋友，看到这叫"大丰收"的菜，立刻说道："真没想到，你们东北人也会做买卖了，这不就是大葱蘸酱演变的吗，只是起了个好名字。这个老板还真有两下子。"

您还别说，就是这么个普通蔬菜拼盘，有了个"大丰收"名字，据说还挺受顾客欢迎。一是营养丰富，二是价钱不贵，多吃新鲜蔬菜还能减肥，如果是个浪漫的顾客，更可以望名生义来点联想，岂不是花钱买了个好心情啊。要是像东北其他菜名那样，直来直去地叫大葱蘸酱，就多多少少缺乏应有情趣了。听起来总不如现在舒服。看来这菜名中的学问，真的不好随便小视。

各种菜系中，要说菜名最讲究的，莫过于皇家菜。北京北海公园，有家仿膳餐馆，专营清宫菜。每道菜都有好名字，名字后边都有故事，边吃饭边听讲述，真的是一种享受。比如最普通的小窝头，民间是用粟米面做，仿膳是用粟子面做，其中就有个慈禧逃难的故事。再普通的菜，有个好名字，又有个故事，这菜也就显得好吃了。商家好讲货卖一层皮，说的是包装好坏，饭菜同样卖一层皮，这就是好的名字。难怪商家有了好菜名，总要花钱注册公证，目的就是保住自己的专利。

说菜名就不能不说美食家。有许多菜的名字，从吃家名字得来。古的如"东坡肉"，洋的如"肯德基"，我们就不去说了，就说近代吧，我就听人说过，北京的马凯餐厅，有一道菜叫"马先生菜"，据说就是以学者马叙伦先生命名的。我曾经多次去过马凯餐厅，菜谱上从未见有这道菜，不知传说的是真是假。按说不应该会错，反正文人爱吃会吃，为给饭菜加点文化，用某位先生名字命名，我看这也完全有可能。比如在我认识的作家中，苏州的陆文夫先生，故去的汪曾祺先生，都是文坛公认的美食家。假如某个菜用他们名字命名，谁能说不会像别的名人菜，照样载入菜谱里流传下去呢。

总之，什么都往文化上靠的今天，餐饮业若想有大发展大突破，还真得给新菜起个好名字。即使这道菜不见得真的好吃，起码在感觉上听觉上清爽，掏钱的食客就会大方些。后来进几家东北餐馆，我就曾经要过"大丰收"，除了喜欢吃这一口儿，另外还想图个吉利呢！

2004 年 6 月 1 日

闲谈大烩菜

　　我被划为"右派"，先是发配北大荒，后来又流放内蒙古。在内蒙古一呆，就是漫长的 18 年，饮食上却很顽固。大家公认的好食品，有的我就无法消受。比如羊肉吧，应该说是好东西，我试着吃过多次，就是进不到嘴里，闻到味儿就想吐。有次跟老作家汪曾祺先生聊天儿，说起我在内蒙古流放却不吃羊肉，汪老听后很惊异地说："怎么?! 在内蒙古呆了那么久，竟不吃羊肉，简直是白呆了。"接着汪老又调侃地说，"没改造好，早知道，应该让你去放羊。"其实我未告诉汪老，除了羊肉不吃，不太愿意进嘴的内蒙古美食，还有那香喷喷的莜面。

　　不过内蒙古的吃食，有一样我最爱吃，这就是大烩菜。这大烩菜究竟是怎样的菜呢? 我告诉您吧。就是将肥瘦相间的猪肉，跟粉条、山药（土豆）放一起，在大锅里慢炖，油被粉条、山药吸收进去，粉条、山药有了油更好吃，猪肉的油被粉条、山药吸走，猪肉也就显得肥而不腻，这么一掺和就成了一道名菜。其实这种做法的菜别处也有，比如东北的猪肉炖粉条，河北的猪肉炖白菜，都属于这种菜的路数，只是在菜的名字上，不如内蒙古人叫得含蓄罢了。

　　在内蒙古西部地区，这种烩菜最受欢迎。我在内蒙古工作时，听人说过这样一个故事：有几位农民闲聊天儿，忽然一个人问："你们说，皇上都吃甚（什么）饭?""这还用问，大烩菜、油糕呗。"好几个人抢着回答。因为那时在内蒙古西部城乡，只有在年节和办红白事时，有钱人家才会吃这种饭菜，平日里是绝对吃不上的，所以才认为这种饭菜最好吃。万人之上的皇上，当然要天天吃的。

　　我第一次吃这种大烩菜，是在内蒙古武川县农村。当时我在一家报社当记者，有次下乡采访乌兰牧骑（文艺宣传队），正好赶上村上办婚事，陪同我采访的干部说："我领你看看娶亲的吧。"于是我们两个到了一户人家，从头到尾看了娶亲的过程，算不上如何讲究排场却很红火。到中午主人非让留下吃饭，说是正赶上办喜事哪能走，我们不便拒绝主人的美意，只好留下来吃这顿喜宴。

喜宴摆在主人家院子里。我粗略算了算，总有四十多桌。不过说是桌子，有的是用木板拼的，真正意义上的桌子，实际上一半儿不到。板凳更是五花八门，长的方的圆的都有，还有土坯块架木板，反正能坐人吃饭就行。好在人们也不介意，无非是图个热闹，趁办喜事找个乐儿。既然是喜宴，白酒不可缺，佐酒菜也有，唯做工不细。宴席的主菜，就是大烩菜，用脸盆装着，每张桌一盆。酒喝过之后上桌，人们你一碗我一碗，端着烩菜就着油糕，吃得眉开眼笑，着实当了回"皇上"。

我头次吃大烩菜，怕自己不太习惯，开始是小口尝尝，觉得很香很好吃，后来就是大口嚼。可能是大家一起吃，彼此之间互相影响，一大碗烩菜俩油糕，狼吞虎咽很快吃光。这第一次的吃印象不错，从此就记住了大烩菜，以后只要有大烩菜，总是不会轻易放过的，怎么着也得满足口福。后来我成了家，自己学着做饭，做的第一道菜，就是这大烩菜。只是味道没有人家的香。后来我问当地人，主要是火候不到，肉菜味儿两分着，自然不如烩烂了香。原来这大烩菜也不是很好做。

这大烩菜不光好吃，它还会帮人遮丑，我还真未想到呢。有次跟朋友说到大烩菜，他告诉我这样一件真实事情：一位官员到某县检查工作，当地县政府设宴招待，特意弄了几碟几碗美味佳肴，刚摆上桌子就被阻挡，这位官员直截了当地说："不要搞得这么复杂，我看就弄两个大烩菜，又好吃又简便多好。"县里人一看马屁拍错了，立刻答应换成两盆大烩菜，热腾腾地摆在桌子上，这位官员边吃边称赞，说："你们这儿的大烩菜，比别处做的都好吃，别处做的烩菜没有这么香。"

这位官员简直是在装蒜，这里的大烩菜当然好吃啦，县里人把做好的几样菜，按海鲜和肉菜分别混装，样子像是烩菜的样子，实际上还是美味佳肴，哪能不好吃呢？不过这么一合并捣弄，既保住了廉洁名声，又满足了官员口福，岂不是一举两得的事，您看这主意多么好。只可惜这样的好主意，用错了地方给错了人，如果用在为民造福上，那会是多么好啊。实在遗憾。

2005 年 3 月 30 日

谁卡拉谁 OK

有位作家朋友请吃饭，在一家中档饭店，设施饭菜都还可以，唯一不中意的，就是吵闹得很。经过几年的"充电"，人们的肠胃不再干涩，这会儿都有些油水，朋友间的聚会，自然就不在吃上了，主要还是想聊聊天儿。聊天儿就得有个安静环境，像这样吵吵闹闹的地方，显然是不怎么合适的。可是已经进来了，总不好再走出去，只有提高嗓门，用大声喊叫权做交谈。谁知这样忍耐了一会儿，又有人唱起了卡拉 OK，原本就很嘈杂的环境，顿时越发乱哄哄的了。结果天儿未聊成，饭也未吃好，等于花钱找罪受。

听说这日本人发明的卡拉 OK，原本是一种完全自娱自乐的玩艺儿。既然是自娱自乐，就玩者个人来说，找个不妨碍别人的地方，打着滚儿吼撒着泼叫，那都是个人的事，别人不好说什么。再说玩得不投入也不开心，投入了就不见得非要"正经"，走点人样儿也无所谓。有几次看朋友玩卡拉 OK，那种投入的样子，跟平时的他相比，简直判若两人，我看了一点不觉得好笑，反觉得有点返璞归真，戏称朋友是个"老顽童"。当然，朋友也是在饭店玩，只是没有敢大声地吼叫，比之我前边说的那位，总还算听得比较入耳。

我认识一位学音乐的人，曾向他问过卡拉 OK 的来历，据他说是从日本国引进的。我没有去过日本，在这卡拉 OK 的出生地，人们是怎么个玩法，我不知道，无从对人家说长论短。问题是到了我们这里，这卡拉 OK 就不再"卖单"了，大都被人请进饭店，成了老板们挣钱的手段。喜欢卡拉 OK 的人，到了饭店耐不住寂寞，总要卡拉一会儿开开心的。由于是在公众场合，玩的人倒是开了心了，着着实实地 OK 了一番，别的人却跟着遭了殃。倘若唱的人真有一副好嗓子，唱的歌又是比较动听的，那也还算是对别人耳朵的尊重。说句不中听的话，有的人连五音都不全，却要大模大样地"放声"卡拉，真有点难为这日籍卡拉侨民了，更难为了耳朵堵不严的众听友。

这会儿人们都讲究生活质量，一些经济条件宽裕的人家，除了吃好穿靓还想玩玩，这完全是情理中的事。这种能自娱自乐的卡拉OK机，走进家庭很能满足一些人的欲望。特别是对那些正做着歌星梦的人，经常玩玩卡拉OK即使星梦难以实现，总还可以过把实实在在的歌星瘾，说不定将来真能成为大歌星呢。即使没有这样的想法，借这卡拉OK机解解心头的郁闷，或者抒发一下内心的欢乐，都不失为一种好的娱乐方式。从这个意义上讲，这卡拉OK机，自有它流行的道理。尽管我不善此道，更无勇气一亮"歌象"，但我还是可以容忍。只是希望歌者玩的时候，也考虑一下别人的感受，因为毕竟还有人喜欢安静，在你享受卡拉陶醉OK之时，也给别人一点生活空间。这对彼此都有益于身心健康。

从广义上讲，卡拉OK是种文明的娱乐，如果歌者的行为不文明，那就多少有点讽刺意味了。所以喜欢玩卡拉OK的朋友，一定要自重自爱，把握好玩时的"度"。在公共场合在有左邻右舍的地方，别光是只管自己卡拉得高兴，忘记还有人听了并不开心，更不会有OK可言。

2006年12月18日

公众人物的无奈

　　假如不是亲眼看见，我简直想象不出，公众人物被公众认出，真诚而疯狂地被人崇拜着，会是怎样一种场面。这些公众人物会有怎样的感觉。

　　今年国际环境日前两天，应全国政协和国家林业局邀请，首都文化界三十多人，去内蒙古赤峰翁牛特旗，参加"保卫绿色，关注森林"活动。这一行人中有作家、画家、电影演员、电视节目主持人，大家一路相处都很平和、清静，好像没有任何距离感。到了沙漠地植树点，一接触群众情况就不一样了，这些公众脸熟的人物，立刻就突现出来。这时的他们——主持人、演员，既不再属于我们这个群体，也不再属于他们所在单位，完完全全地属于公众了。

　　这些大牌主持人、名演员，主持过什么节目，演过什么电影，同样也不再重要，重要的是这些人的姓名。这些电视节目主持人，即使在这个边远地区，都有着很高的知名度。人们凑到他们跟前，请他们签名，跟他们合影，或者跟他们随便搭话，以满足自己真诚的崇拜欲。还有的人指指点点地说，某某怎么比在电视里个头高，某某怎么比在电视里更亲切，就像关心一位熟人那样，注意着这些人的言行举止。这大概正是公众人物，有别于常人的地方，也正是他们不方便的地方。

　　崇拜人或被人崇拜，可能都是快乐事情，不然，这不期而遇的氛围，我想绝对不会如此融洽。这些公众人物，开始都还算耐心，不拒签名，不拒合影，尽量让他们的崇拜者高兴。后来人越来越多，实在难以招架了，他们才设法谢绝。就是这样也还是被人包围着，就像一件什么艺术品，在公众的品评圈点中，度着一分一秒的时光。这一天沙漠里骄阳似火，本来就难找个阴凉处，他们却置身在人墙里，其苦乐掺半的味道，只能让他们自己独享了。

　　这些著名电视节目主持人，跟我们这些人比都是大忙人，未等活动结束就走了。最后留下来的，就是作家和画家，原以为从此会清静，谁知又有人"沸"起来，这就是书法家和画家们。不过包围他们的人，再不是那些公众了，而是一些有头有脸者，或求字或索画，满足自己更高层次的欲望。于是就不时听说，某位画家还未吃饭，某位书法家还未睡觉，正在忙于这些应酬。真也难为这些人了。尽管没有主持人、演员的熟脸，但是有着手中的一支生花之笔，人们还是不会放过的。其中的欢忧也就自知了。

至于我们这些耍笔杆的人，个别的也有被媒体采访过，那不过是象征性质的，你拒绝与不拒绝都一样，红火的依然是公众人物。所以在整个活动中，我们几个人都很自在，该吃就吃，该睡就睡，有了时间就在一起聊天儿，没有丝毫受冷落的感觉。既不会说葡萄酸，也不会学习阿 Q，完全是一个独立的人。做个独立的人，是什么滋味，是什么感受，我们更有发言权。

这时，我忽然悟出个道理来，为什么老年人的生活，常常被说成"享清福"，大概就是因为清静也是享受。但是这种清福的享受，不光是属于年长者，而且也属于年轻人，这就要看你的职业了。对于从事公众职业的人来说，恐怕很难有这种清福享，再说真的给他们这种清福，说不定又会感觉不适应哩。我真替这些公众人物感到无奈。

2000 年 6 月 26 日

从"内助"到"外助"

经常听人说，一个成功男人的背后，总有一个能干的妻子，因此，就有了"贤内助"的美称。每当听人说起这个称谓，我总是怀着崇敬的心情，赞美那些默默奉献的女人，同样，我总是怀着羡慕的心情，感叹那些男人的好福气。我之所以会有这种想法，可能跟我没有能干的妻子有关，当然更反映了我对福气的渴望。然而这一切又全是命运使然，无论自己怎样努力都难以获得，只好把这份赞美这份感叹珍藏于心，过自己应该过的劳累的日子。谈不上惬意，总还算宁静，这样一想，也就心安理得了。

不承想，这几年情况又有所变化，有些"贤内助"不甘寂寞了，她们从后台走到了前台，为丈夫的发展干起了"公关"，摇身一变成了"贤外助"，这不能不说是女人的"进步"。比如有的妻子见别的男人升了官，自己的老公还是个一般干部，或者见别的男人出了国，自己的老公还没开过洋荤，于是便毫无遮拦地亲自出马，找丈夫单位的领导说情献媚，直到目的达到才算罢休。还有的妻子比这本事还大，不仅在背后帮丈夫谋划工作，而且在丈夫遇到麻烦时，还能使丈夫摆脱困境，这就更是堪称女中豪杰了。难怪有时说起某个女人时，人们无不惊叹地说"她呀，那可是一把好手，谁要是娶了那样的女人，何愁青云直上，一辈子荣华"。

事情果真如此吗？依我看也不尽然。倘若只从物质的得失来衡量，这样的"贤外助"的种种表现，毫无疑问是能够带来许多好处，让你有享受不尽的富贵荣华。但是从个人的名声人格来看，更多的时候会带来负面的作用，在众多的正派人中产生不良的影响。我的一位朋友所在的单位，他的领导的妻子就是好"参政"的人物，给他丈夫出了不少的坏主意，单位里的人都是敢怒不敢言。朋友说，这也还算罢了，这样的女人，就是不当面"参政"，她也会吹"耳边风"的，反不如让她搞点阳谋好，最让人受不了的是，有的时候她还当面骂人，这就有点过分了。你男人骂人，再怎么着，还是单位的头头，你要威风算怎么着。

这些在今天不算稀奇的事，听后还是觉得有点稀奇，一个女人照这样支持自己的丈夫，恐怕就有点过分了，可以说是连自己丈夫的面子都丢了。更为不可思议的是，有的女人还把不是当理讲，把粪土当胭脂搽，说什么："我丈夫是个老实人，不会讲话，不会争，我不替他说谁替他说。"看这理由多么充分、多么正当。这样的一位"贤外助"又是多么令人"敬佩"。不过我还是想劝说这样的女人和这样的男人，谁家有这样的"贤外助"，谁家也就永远甭想过安稳日子，当有一天她的男人退休下来，这样的女人绝不会安于寂寞冷落，那时谁知她又会干出些什么来呢。想到这些我的心里也就踏实了，家有"笨"妻并不是坏事，起码她可以让我不致被人指脊梁骨。说句带点阿Q味道的话，这又何尝不是一种安慰呢。

2008 年 5 月 18 日

原来足球并未变方

　　早说过，我不是真正的足球迷，前几年许多人痴迷足球，议论中国男子足球时，我写过几篇谈球迷的文章，有人就误以为我爱足球。其实只是跟着瞎起哄。若是说有想法的话，就是想知道，足球到底是方的是圆的，因为，如果足球是圆形的，怎么就那么难踢出国门；如果足球是方形的，它自然不好滚得很远，球迷们何必那么着急？直到这次女子足球大闹美利坚，扬眉吐气地捧回个大奖杯，我才大解疑惑：原来足球是圆的。

　　足球，在女子的脚下是圆的，在男子脚下也不会变方，那么，一个个虎背熊腰的大老爷们儿，怎么就不能让足球远行呢？只会在家门口逞能。我想原因是多方面的。但是对照着女子足球，有一点还是值得注意和思索的，这就是，在男子足球被人们捧着拥着时，女子足球正在为生计奔波，许多人早忘记了她们的存在。姑娘们知道没有人待见，更指望不上任何什么人，于是就像一棵死不了小草，在寂寞中挣扎，在忍耐中苦练，用自己的毅力和智慧，硬是撑起一片清亮的天空。

　　面对着姑娘们的业绩，人们服了，人们信了，情不自禁地抛去鲜花。就连我这个假足球迷，都想为她们喊几嗓子，不为别的什么，只想沾她们点光，吐吐中国人的闷气。这些年来中国的足球，就像一块古老的城砖，方方正正摆在神州大地，不管怎样呐喊助威，它就是不肯离家去闯荡，你说气人不气人。

　　不过喊完了有时也想，这男女足球的处境，就好像两个人的境遇，情况好点的不愁吃喝，干不干活儿照样数日子，情况差点的得想办法挣钱，每个时辰都得拼死拼活，结果后者往往会更有作为。咱们中国男子足球的情况，我是一无所知，只是听说颇像饱汉子，只要出场就有可观的钱，踢好踢歹照拿不误，这就难怪进取心要差些啦。女足姑娘们则没有这么幸运，她们踢不好不光是收入少，恐怕还得面临解散的危险，所以只好用自己的脚开路。同样的例子还有，咱们有的输出的球员，成了外援在国外踢球，时有表现不俗的消息，很让国人欣慰和自豪。在国内无大出息，异地踢球反而成"仙"，这究竟是为什么呢？我想就是因为踢不好，要被东家炒鱿鱼，不得不拿出全部看家本领。

由此可见，生存条件的好与坏，对人的影响是很大的，不能完全小看和忽视。从一般的顺理情况看，优越条件应该更有利发展，困难条件会阻碍才情的发挥，可是我们的男女足球却相反。顺境中的男足老是抖不出威风，逆境中的女足在世上出尽风头。这一不争的足坛事实，尽管让重男轻女的球迷，多少有些不解和无奈，但是又不能不接受，以至于开始为女足加油。我倒是觉得这样才真正顺乎自然了。

就一般的球迷来说，看足球无非两个目的，一个是欣赏球艺，一个是观看输赢，除此再难有别的打算。既然有这样明确的目的，男足没有满足我们，女足称了我们的心，还不是一样的吗，何必非要纠缠着男足不放。我不懂得足球的技艺，更不知道足球规则，每次就是看个热闹劲儿。这次世界女足比赛，刘爱玲的凌空远射，孙雯姑娘的好战绩，让我们着实地兴奋，我就觉得不枉熬夜一次。尤其女足姑娘们的印证，原来足球并未变成方的，这就使人增强了对男足的信心，相信总有一天，我们的小伙子们也会踢出去。让圆圆的足球，在世界绿茵场上，滴溜溜地翻滚，扬我中华的国威，岂不快哉。

1999 年 9 月 18 日

拿起背包就出发

在《历书》盛行的过去，我国农村人出远门，总是先看《历书》择吉日，祈盼路上平安。这种迷信行为，今人看来不免可笑。但是，在旅游业日渐发展的现在，从前唱过的某些"出门经"，诸如"穷家富路"、"饱带干粮热带衣"等，依然在人们的头脑里盘桓。这同看《历书》远行虽然不同，其实也还有某些相似之处，因此值得小议一番。

"穷家富路"、"饱带干粮热带衣"这类"出门经"，作为经验之谈并非完全不可取，起码它提醒人们要"防患于未然"；但作为一种观念似乎应该改变，如果让其继续支配人们的行为，它会使人知难而退或临难无措，这不能不说是部"懦夫经"。现在人们的温饱问题基本解决，更多的人想出外走走，领略山川情趣，结识名胜古迹，在增长知识的同时，锻炼锻炼个人意志，学点为人处世的本领。倘若我们仍像过去那样，在出发前先找熟人安排吃住（这有时也是必要的），然后大袋小包地带上一大堆，吃的穿的用的样样齐备，这就显得过于"隆重"了。

我很赞赏现在有些青年人的做法。他们思谋好了去什么地方：或自己或结伴，背包里装上牙具，衣袋里带上够用的钱和粮票，有时连衣服都不换拔腿就走；随便得很，简单得很，不惧怕途中遇上任何艰难。而克服艰难的情景，还会成为日后珍贵的回忆，这对于自己的人生，岂不是丰富了许多，又有什么不好呢。

现在是"独生子女至上"的时代，有的青年出远门的时候，父母难免于担心中做些无微不至的准备。我想这样的家长应该明白，鸟总是要出窝的，飞翔就不会舒适，与其在物质上下功夫，反不如告诉青年人途中可能遇到什么情况，如何处理，如何增长生活的才干。破破那些陈旧的观念吧！

1986 年 8 月 10 日

让会议开"花"

从电视屏幕上看到，胡耀邦等中央领导同志，有次与群众代表座谈，一反过去按主次落座的"规矩"，二十多个人一起围坐圆桌，分不出职位高低、年岁长幼，气氛显得非常亲密、生动、活泼。由此我联想到有些不成文的会议规矩，是不是也可以多少改变些，以便在这改革的时代让会议有些生气。

这几年政治生活比较活跃，各行各业经常召开各种座谈会。由于人们的精神负担有所消除，大都在会上无拘无束地争着发言。但因会议时间有限，不可能每位都有机会，势必有些想说话的人排不上队，特别是中青年与会者，往往成为会议的摆设，有些想法只能与同坐的人私下议论。造成这种情况的原因之一，是在会议发言的安排上，同样有着论资排辈的现象。我们有些会议的主持人，总是愿意恪守多年来沿袭的规矩，在请人发言时，不假任何思索地照例说："请某某老讲话"、"请某某长发言"。这些"某某老"、"某某长"，倘若是了解"时"情的还好，说不定会有一番新的见地，不然，自己觉得津津有味的话，听的人会感到百无聊赖。这样的发言者有一两位也罢，会议主持人唯恐对某位不恭，常常是一一邀请，而被邀请者又很少拒绝，结果大部分时间被这些"礼节"性发言占去了。

尊老爱幼是我国人民的美德，对于年长资深的人应该敬重，这是任何人都懂得的道理，但并不一定事事都表现在形式上。现在是个知识不断更新、思想逐渐活跃的时代，我们既要承认某些固有的知识、思想的可贵，更要看到某些新的知识、新的观念的重要。在新知识、新观念面前，无论老幼均是小学生，大家共同学习共同探讨会有益处，因此在就某些问题座谈时，变换一下发言的次序和方法，说不定使会议开得更为灵活、热烈。笔者有次参加一个座谈会，会议时间总共不过三个多小时，四五位老先生的讲话，就占去了两个多小时，而这两个多小时里，会场氛围异常沉闷。有位作家对我说："不信先让中青年发言，或者穿插着发言，会场马上会开'花'，时间还不会拖得这么长。"

这主意多妙啊，这比喻多好啊——让会议"开花"。这当然也是大家共同的愿望。因为开"花"的会议，既会激发人们的无限情思，又是今天活跃的政治生活的体现。遗憾的是会议之"花"的培育，并不比君子兰、米兰等自然花卉容易，它同样需要松土、洒水、除虫，这土便是"论资排辈"之土，这水便是"思想解放"之水，这虫便是"唯恐不恭"之虫。只要我们像侍弄名贵花卉那样认真、精心，会议之"花"同样会怒放起来。但愿沉闷的套会少些，活泼清新的会多些，那样，人们就不会感到会议与己无关，而是如同赏花似的被吸引。

1985 年 5 月 19 日

开会的成规也该破破

据 5 月 22 日《文汇报》报道，南京军区召开的表彰培养两用人才先进代表大会，原定代表近 1000 人，后减少到 167 人；由于取消了开幕、闭幕式和参观游览等项议程，会期由 4 天压缩为半天，原定会上介绍的 20 份经验材料，通过报纸和内部刊物与干部战士见面，领导同志不轮番讲话，军区副政委的发言稿由原来的 12000 字压缩为 4000 字，下部队的军区三位副司令员一个都不回来陪会；原定邀请军区部队所在省、市的负责同志到会，后来也决定免请。

从这则新闻报道中看，这次会议在会期、程序、出席人等方面，都比过去有所改革。尽管报道中未提经济上的节约，但也是可想而知的，因为仅会期的缩短便意味着节省开支。那么，南京军区这次会能开成这样，其关键究竟在哪里呢？这则报道中没有说。从这则报道来分析，我以为，关键在于会议组织者对多年形成的开会的成规有所"突破"，或者说，在开会的做法上思想比较解放。

我们不妨这样设想：倘若会议的组织者，不从实际情况出发，依然按开会的老规矩办事，或者怕得罪这个得罪那个，能把代表从近千人削减至167 人吗？能取消参观游览这类几乎每会必有的活动吗？能把领导的讲话稿从 12000 千字压缩为 4000 字吗？能不请省市领导人光临会议吗？我料定十有八九会有所顾虑。我们有些同志在处理这些棘手问题时，所以会表现出犹豫不决、瞻前顾后，显得没有魄力和办法，往往就因为怕破"规矩"，怕得罪人，从而总是求稳当、搞平衡。谁会照顾四面八方，谁就是能干的干部。至于是非曲直如何则无人过问。

南京军区这个会是否完全收到预期的效果，这则报道中不曾涉及，看来也不是这篇报道的主要着眼点。但上述做法我看总是应该肯定的。开长会、空会，人皆恶之。要想把非开不可的会议开得实在一些，看来并非不可能，重要的一条是从实际出发，敢于破除开会的常规。

1985 年 7 月 25 日

第六辑

文人宜民不宜官

我跟诗人邵燕祥先生，相识半个世纪，从年龄上说是同辈人，但是他出名早，我在中学读书时，就读他写的诗作，他又应该是我的老师。因为有这样一层关系，每逢他给我送来新作，我的"追星"之心总是不泯，再忙也要立即拜读，哪怕读得并不仔细。有次他赠我新书《旧信重温》，那天恰好在评论家何镇邦兄家，畅饮了镇邦兄家乡好茶"大红袍"，弄得我精神极度兴奋难入睡，索性拜读燕祥兄这本新书。让我万万未想到的是，邵兄的书，何兄的茶，这两样东西都很提神，结果弄得我一夜未眠。把这本邵编新书，拣有兴趣的内容，几乎一一读了个遍。

这本名为《旧信重温》的书，是燕祥兄的一百多位朋友，不同时期写给他的二百多封信，由他整理编辑成册出版。这部二十五万多字的书信集，文字长短不一，内容各有千秋，是一部吐露真情实事，给人启迪让人思索的好书。由于书中的写信人有的我认识，信中所谈之事有的我了解，有的事有的人我想知道，因此读起来颇有兴趣。

书中，有已故老作家秦兆阳先生，1983 年 5 月 24 日的信，这是读了燕祥兄的一篇文章后，秦老写的感想性质的书信，其中的一个感想是："'文人宜散不宜聚'，乃至理之言。但须补充一句：'文人宜民不宜官'。"对于秦老补充中的"文人宜民不宜官"，我不仅感兴趣而且有想法。不妨在这里说说。

秦兆阳老师跟我是忘年朋友，他在世的时候，对于我的工作做人多有指点，我对这位为人正派正直的人，自然也就有较多的了解。以他的资历成就，做个官占个位，应该说不成问题，可他好像并无兴趣，更乐意写作绘画，过宁静的文人日子。他说这句"文人宜民不宜官"，我认为也就更可信，绝对不是矫情作秀，像有的文人那样，巴望多年有了个官（？）位，反过来却卖乖地说，自己如何不想干的假话。更不要说有的文人，极尽钻营溜拍之能事，成了个管作家的"官"，就觉得人五人六的啦。甚至于当做夸耀资本，到处吹嘘自己如何高于作家，以此为空虚的内心壮胆。

这里，我想首先揣摸一下，秦兆阳先生所说的"官"，到底是怎样的含义。对照着秦老的情况，他在这里所说的"官"，显然，一不是业务负责人，二不是作协领导者，因为这两个差使他都干过——人民文学出版社副总编辑、中国作家协会书记处书记。倘若这样的职位也算个官，他既然说"宜民"干吗还接受呢？可见不是指有虚名无实权的官。他所说的官应该是，严格意义上的行政官员，譬如部长、司长、市长。我想这样理解大致不误。不过我还得加上一句，就是作协书记处书记这个职务，他在私下里也跟朋友们说，实在不想干。

"官"的含义弄准确了，知道是指有权有势的官，那么，既然别人都适宜，文人为什么"不宜"呢？

我是从这些方面理解的：其一，文人写作得有充分的时间，当了官就会官身不由己，历史上的例子且不说，就是现在，有的作家当了政府官员，再说两不误也白搭，忽然有了写作冲动，你总不能丢下正经事情，立刻跑回家去写小说。文坛的散淡生活和官场的严格制度，绝对是两种不同性质的环境，再聪明的作家也甭想利益兼得。其二，官员思想和平民意识，在许多事情许多时候，往往不尽完全一致，在对待这类事情上，作家总是说自己的话，当了官就得说官话，不说就要违犯官场纪律，说违心话又觉良心不容，所以还是不做官的好。因为作家这种职业，是靠自己思想生活着的，说些人云亦云的通用话，还要作家干啥。其三，文人的生活习性比较散淡，待人接物都有随意性，看不惯的事不中意的人，立刻就会表现出来，这在官场绝不允许。而作家大都不愿意屈尊，反不如当个活得本分的人，不是比当个什么官儿，更自由更自在更快活吗？

从以上三个方面理解秦老的话，即使不完全对，起码也包括这三方面的内容。如果把今天文学圈里的人，按适合当官和"不宜"当官的分开，我们就不难发现各自的不同。适合当官的作家，在走关系用心计上更精通，写作上却是个懒汉和二五眼；相反"不宜"当官的作家，在写作上要勤奋和有进步，而对于走上层关系却根本不入门，两种人的结果和处境也就大相径庭。所以我很赞同秦兆阳先生的话，谁想做个真正的作家谁就别为官，就是写不出好作品，总不至于写不出作品，写作只有在心灵放松时，才会写得更有自己的风格。

2000 年 1 月 6 日

文人的堕落

　　可能是年轻时候，读过一篇文章，题目叫《文人的堕落》。文章的内容，完全记不得了，题目倒是没忘记，这会儿借来用，权做此文题目。我想这总不能算做侵权吧。

　　说到文人的堕落，远非早年文人可比。那会儿的文人，大都讲个骨气、情操，没有了这两样，就要算最大堕落了。所以文人中的说法，如"士为知己者死"、"士可杀不可辱"、"不取不义之财"等等，也就成了大小文人为人处世的信条。这种旧道德旧观念，是不是带有封建色彩，我们姑且不必多论，起码它会让人活得清静。本应该在书房里讨生活的人，倘若也像一些商人那样，利欲熏心地到处钻营，这个文坛还成什么体统。

　　近来读到几篇文章，都在议论文坛的"闹"，觉得都颇有些道理。只是把这个圈子划得这样大，我总认为似有不妥，因为无论任何时候，在文坛上能够造势的人，终归是很少几个有大能量者。这些人进入文坛的目的，原本就不想以文为生，他们自然也就不可能安分。如果把这样几个人的所作所为，统统加在整个文坛，这就过于夸大造势者的力量了。倘若真如此哪里会有那么多文章，像雪花似的落在每天的报刊上，这说明大多数的文人并未"闹"，他们还是在那里清静地为文。

　　那么，这几个"闹"了文坛的人，其堕落又是表现在哪里呢？我以为并不是表现在他们当了官，得了几个响亮的头衔，而是他们获取这些东西的手段，有背于作为文人的起码操守。远的如个别所谓的作家，前几年靠吹牛说大话，外加周旋于权势者，终于混上官位并步步高升。近的如在选举时弄虚搞鬼，窃据文坛要职后还说便宜话，自己本不想干又不能不服从安排，云云。至于在全国人民乃至全世界的人都关注的去年两会期间，某某作家要这个常委，某某作家要那个委员，为了达到各自目的，竟然在大庭广众之下相互揭丑，干出这类为文人所不耻的事情。还传来某某人用公家钱，购买大件贵重物品，向某名人行贿被退回来的事。至于当了官的作家贪污的也大有人在。听后让人感到恶心，越发觉得文坛过"闹"，以至到了自扫斯文的程度。

也许有人会说，你别瞎给株连了，这些人当中，有的本来就不是正经文人，只是混混儿。但是不管怎样说，假如不打作家招牌，不扛作家组织大旗，人家知他是老几，谁买他的账，所以，不管你认不认，他都在文人堆里。在不知其底细的人面前，他照样可以人五人六的，说不定还会拿出老本事，自吹自擂一番自己的"业绩"、"成就"（当然不能否认，有的还是写过一些好作品的，不然也不会这样受重视，只是现在堕落了）。要不，就跟某位重量级大作家，或者政府要员攀攀亲、沾沾故，借以抬高自己的身价，以此换取新的资本，为进一步捞官儿垫底儿。

某几个文人，有点不雅观的举动，按说不会怎么样，在偌大的文坛，不过是微波轻浪，本不应该引起议论。但是，由于某几个人颇有大名，又占据文坛要职，他们的出格举动，就会被圈外人视为文坛如此，这实在是天大的误会。大概正是因为现今的文坛，有某几个人的劣迹在，以至于有的正派作家著文，表示"面向文学，背靠文坛"。作家能真正做到独善其身，这当然也是一件好事情，只是其最大的效果，也只能是规范自己，并不能影响那些文坛混混儿。

要知道文坛毕竟不是少数人的，更多的人如果还想在文坛，我以为，就不能采取视而不见的态度，或者有看法在下边小捅鼓。应该说的话还是得说，哪怕说了也白说，并不会起到任何作用，更不会伤及混混儿们的毫毛。但是总比不说闷在心里好，何况文人又有几个能真正缄口，不然上边那些事情何以会传出。"灵魂工程师"这类称号，这会儿已经不大提了，这也倒罢了，总提反而让人觉得累。不过兼有净化人们心灵作用的作家，同时也考虑一下自己灵魂的净化，这种要求大概不能说是高吧。

1999 年 4 月 19 日

当"家"何必非争"大"

真应了俗话说的，人心不足蛇吞象。这不，一位自恃极高的中年作家，公开地宣称，用不了几年，我就得让文学界承认，我是个文学大"家"。成了"家"还不行，还必须得争"大"。这样的雄心壮志，这样的自信执着，实在让我佩服。听朋友说了这件事，立刻让我想起"人有多大胆，地有多大产"、"10 年超英，20 年赶美"这些口号，只是那时是个发昏年代啊，人们说些昏话情有可原，现在的人都比较冷静，竟然也还有人口出狂言，这就让人有点纳闷啦。

我这样说的意思，既不是不相信他不会成为大"家"，更不是不希望文学界多几位大"家"，而是觉得这大"家"的造就，倘若不是靠自己的作品证实，只是想通过宣言自己推销叫卖，恐怕就有点过于看重自己啦，用句不太恭敬的话讲，太过于把自己当个人物看啦。这使我联想起，前几年中国作家协会制定工作规划，有人搞了个培养若干文学大师的目标，拿到作协主席团会议上讨论时，立刻引起人们的质疑：难道文学大师也能规划吗？

还好，规划制定者还算聪明，接受大家意见作了修改，否则把这规划拿出来，一定会出个国际性笑话。因为，雨果、巴尔扎克、莫泊桑不是法国规划出来的，列夫·托尔斯泰、果戈理、普希金、高尔基不是俄国规划出来的，鲁迅、郭沫若、茅盾、沈从文、巴金不是中国规划出来的，作家的地位和声誉只能靠自己的作品。假如靠规划靠宣传可以出现文学大师，这种好事十有八九会被美国独霸，因为他们有钱有强大的宣传机构。瑞典的诺贝尔文学奖也就不必公开向世界征集，只要根据每年的规划打造几位不就得了吗？

同样，难道文学大家也可以自封吗？人是应该有志气有奋斗目标。倘若这个奋斗目标切实可行，依靠自己的力量能够达到，就是你自己不带吹嘘地宣传，我想到时人们也会承认服气。陈景润在研究哥德巴赫猜想时，好像自己并未向世人宣布，若干年后他一定会成为大数学家，可是他的研究成果一公布出来，人们又不能不承认他是一位大数学家。曹雪芹在写《红楼梦》之前，好像也没有宣称自己成为大作家，他是以这部天才的皇皇大著，奠定了他在文学史上的地位的。这就叫水到渠成、名至实归。非常有意思的也是值得研究的，这两位真正的大师大家人物，都是在自己生活处境极其困难情况下，实现自己的奋斗目标的，当然也就不可能为自己造势。

听了朋友说的情况，我真的很同情那位勇敢的中年作家，计划成为"大家"竟然到了发疯的程度，如果过了他预定的成"大"年数，文学界对他仍然是无动于衷，他会不会自寻短见呢？这很难说。据说这位梦想成"大家"的人，很会利用自己的某些方便条件，一会儿拉钱给自己开什么会，怕显得表现过于赤裸就拉别人垫背；一会儿拉多少钱讨要某个职位，想借此再给自己增加光环，所幸他现在还算年轻力壮，再过几年事情仍无结果的话，那时他自己跑也跑不动了，很有可能要顾人专门奔波活动呢。

文学写作本来就是个寂寞的活儿，想从事写作的人不管写得好坏，不就是想图个清静自在的日子吗。有人说目前的文坛很热闹，有炒作的，有混官的，有吹嘘的，有争奖的，简直是八仙过海各显其能。这样评论文坛，不说过于偏激，起码不很准确。其实文坛上真正活跃的"积极分子"，满打满算不过那么几位十几位，大都还是或有官职或有条件者，一般的作家特别是跟文坛权力无关联的作家，他们哪有那么大的气派和能量啊。而真正被界内外承认为大作家的，却又往往是来自那些远离京城的，这再次说明大作家不是炒出来的，更不是自己登高一呼就被人轻易认可的，有人想成大作家这并不是不可能，首要的恐怕还是要拿作品说话。

2002 年 6 月 9 日

武大郎评职称

听一位朋友讲，武大郎开的店，竞争不过别人，最近申请倒闭了。原因是这会儿从商的人，素质越来越高，武大郎手下的伙计，仍然是他招来的那拨儿，连身高都超不过他，在讲究知识和体面的今天，他当然难以为继，只好来个关门大吉。对于武老板的这个结局，其实我并不感到意外，早在他开店的当初，我就跟几位朋友说："长不了，这会儿洋快餐这么多，武老板手工制作炊饼，管理方式又跟不上，迟早让人挤垮"，只是未想到会垮的这么快。

我虽然跟武老板非亲非故，更没有在他的店里有股份，但是毕竟同是黄皮肤的中国人，看在同胞的分上也得关心。我就问我的朋友，武老板的情绪如何，下一步有什么具体打算，要不要咱们帮助他。朋友说，武老板的情绪还不错，经过这次的失败和挫折，头脑也清醒了许多，起码不像过去那么不容人了。说到具体打算，据朋友讲，武老板想先评个职称，然后再考虑干些事情。要说帮忙的话，他倒是希望在职称上，朋友们拉他一把。武老板定会感激不尽。

"评职称?! 谈何容易。"我无不惊奇地说。朋友立刻冷笑起来，说："哈，看你说的，你以为这会儿评职称，还像过去那么神圣哪，同样也走样啦。这些事武老板比你我都清楚。"于是朋友跟我说了武老板的策略。据说武老板有位哥们儿，在一家杂志社当主编，可以帮他评个正高职称。这一说我更不明白了。其一是，武老板是卖炊饼的，他怎么好跳行；其二是，出版署规定持证上岗，他怎么调到杂志社。朋友一听又笑起我的无知。于是耐心地跟我说了新式"职称评定办法"：因为武老板业余时间写过诗，以工作需要为由先任命为副主编，然后再以评聘结合为依据，再给他"顺理成章"地评个职称。这么一迂回，不就得了。岂不是干得漂漂亮亮，天衣无缝，让人有口难言。

噢，原来如此，真是妙不可言，这不能不说是武大郎的进步，别看炊饼没卖好，对于钻营术却很精通。但是我仍然半信半疑，不相信老九们也学狡猾了，连中国文化人固有的体面都不要了，干起了权钱交易的勾当。可是你不相信不等于不是事实，事实是武老板真的有了职称，而且是个堂堂正正的正编审。你说奇不奇。

后来我一打听，主要还是他的哥们儿，比较会干，在上报申请职称人员时，别的有水平有资历的老编辑，他一概不上报，只报武老板一人，来个别无分号的等额评定，让评委们不评也得评，要不我就宁可把名额作废，也不给不是自己亲信的人。而且这位哥们儿还表示，一次评不上再报二次，二次评不上再报三次，总之非得对得起武老板不可。结果还真是连报几次。第一次由于评委们"捣乱"，武老板没有被评上，哥们儿就让武老板出国访问，并且给他申请"有贡献专家"政府津贴，既安抚武老板又气你小百姓。看，这有权的哥们儿多铁，多讲意义。

就这样武大郎又得意起来，没评上职称时先有政府津贴，出了国，然后又反过来再一次要职称，难怪人说"天好地好不如哥们儿好"，只要有个有权的哥们儿，何愁吃不上天鹅肉。

听了武大郎评职称的情况，我不禁有些心生悲凉，替那些本分的编辑们着想，倘若照这样的做法下去，那些本分的编辑都已年过半百，既不会溜拍又不肯活动，恐怕在退休之前这编审都没戏了，最多拿个副高告老还乡。我认识的漫画家方成先生，是一位研究武大郎的专家，在武老板开店那会儿，方先生曾画过一幅漫画《武大郎开店》，相信他们之间彼此都很了解。我本想请方先生给估摸一下，这武老板又当了官又有了职称，他今后会怎样对待部下，好让朋友们有个思想准备。

谁知方先生来了一句："这会儿人心难测，说不准。"朋友们听后不禁叫苦连天。

1997 年 12 月 7 日

作品研讨会的悲哀

作家开作品研讨会，在当今的文学界，是件非常时髦的事情。

倘若一位作家的创作，真的达到了一定的高度，由某一个文学组织出面，召开个学术性的会议，对其作品的得失成败，进行些总结和评论，这是非常必要的。这不仅对作家本人，会有一定的激励作用，就是对别的作家，也会得到一定的启发。例如像笔者知道或参加过的，诸如巴金、艾青、臧克家、邵燕祥、晓雪、刘以鬯等人的作品研讨会，开得都非常好非常成功。我之所以说好说成功，起码有两方面让人满意：一是与会者都是圈里的人，真正做到了以文会友；二是发言者都有认真准备，真正做到了学术研讨。这样的研讨会看似平淡、清静，然而却能给人以启发，给人以能够回味的记忆。

当然，这也并非就是研讨会的模式，都永远这样千篇一律的开法，长期下来也会让人生厌；但是不管怎样开都得弄清楚，这作品研讨会为什么要开，会上到底是谁研讨研讨谁。如果连这样的事情都闹不清，我总觉得有些变调儿走味儿。要是再往别处想想那就更不好说了。

这会儿有的作品研讨会，在这样的根本问题上，让人觉得有点含糊不清。他们在策划规模大小、计较规格高低方面，远比关心研讨会的学术质量，似乎更有积极性更有热情。而规模大小规格高低的标志，在这些人看来又不是别的，唯一的也是具体的衡量标准，这就是参加会的最高级别的人。倘若说的是作家中的官员，或者是著名作家和评论家，那也倒罢了，总还算是文学圈里的人。遗憾的是，在有些开研讨会的人的眼里，圈里的人是没有这个分量的，你再有学术地位创作成就，那也代表不了最高级别，只有带长字号的官员才有这个资格。这样一来，就有了"最高规格"的标高，即：在首都北京召开，会场设在人民大会堂，有国家级领导人出席。

因此也就出现了这样不正常的情况，为了等待某位"最高规格"的领导人，会议可以不按时开始，不然怎么能体现"最高规格"呢？有两三次笔者参加的研讨会，大家等待某位"最高规格"，白白地浪费了近40分钟时间，结果这位"最高规格"并未赏光。研讨会主持人只好扫兴地宣布，某某首长因有事不来了，最终还得是自己的会自己开。这时再想体现"最高规格"也无奈。

有位朋友告诉我说，请"最高规格"并非易事，他主持的一个会，为请"最高规格"跑了几天，好容易找到了这位"最高规格"的秘书，可是会议日期也到了。给秘书大人说了不少的央求话，这位秘书大人仍不开恩，非常气愤地说："你们怎么连规矩都不懂，知道吗，三天为请，两天为叫，当天为提溜。你们这会儿来，这就叫提溜，首长不去了。"秘书当家一口回绝，朋友自然很尴尬。文人的自尊和斯文，这时换来的只是嘲笑，以及无法摆脱的悔恨。

这时也许有人会问，既然请"最高规格"这样难，干吗还非得低三下四地去请呢？这就要牵扯到电视台了。听人说电视的新闻有个规定，不是由某个级别首长出席的会，不能上新闻联播，这个研讨会不就"白开了"吗？花钱研讨的人，心里自然不会平衡。所以得千方百计地请"最高规格"，不然自己作品的水平，岂不是没有了"最高规格"，今后如何能在文学史上大书一笔。

由以上种种做法，我们便可以看出点端倪来了，更可以回答文章开始的问题了，原来有的人开作品研讨会的目的，并非真的要让你来评论作品的得失成败，而是要借开会扬名捞资本达到某种目的。这样的研讨会的主角，自然也就是"最高规格"了，什么评论家、作家、记者等等，通通都是他找来的"托儿"。

一个本该严肃庄重的切磋学术的形式，这几年里，就这样被一些勉强上去的作品，或者会搞关系的个别作家，利用研讨会的形式炒作造势，搞得研讨会渐渐地声名狼藉。有的正派的真正做学问的评论家，对于这种偏离正路的研讨会很气愤，开始有意识地远离这类研讨会，这不能不说是研讨会的悲哀，同时也是文学界的最大"不幸"。

1998 年 2 月 12 日

文化不可炒作

当股票在中国兴起之后，由于有更多的人参与其事，而且围绕着数字的升降，人们的情绪、利益以及命运，也随着几个数字起落沉浮。这种情势还真有点像炒菜，因此有人用炒字来比喻，这就是通常人们说的炒股。不管这个比喻是否贴切，反正它已经被人接受，并且正在逐渐地被广泛运用。这是我们必须面对的事实。

这个灼人脸面的"炒"字，如果被运用在物质的演进中，那也倒罢了，无论炒到怎样的火候儿，最终也不过是数字利益的变化。让人多少有些不解的是，这会儿有的聪明人，竟然把这一套移植到文化界，用他们自己意志的炒勺，正在任意地翻炒宁静的文化。这种做法，是福是祸，实在难说。

首先是电影和电视片子，还没有拍出来，甚至还没有上马，就有"厨师"在那里颠勺了。他们自己边炒作边啧啧称赞，连说"味道好极了"，好像又一道"文化大菜"，热腾腾地端上偌大的桌面，如果不马上来品尝，错过良机就再难以享受。后来又是不甘落后的图书，炒作得比影视还要火爆，几乎动用了所有的传媒手段，在那里喋喋不休地推销某种书，好像不看这本书就会终生遗憾。接着又有画又有歌，同样地被放入炒勺，在嗞啦啦地进着油星子。

这些被炒作的文化"食品"，当真就那么美妙吗？这些自以为高明的"厨师"，当真是为了文化建设吗？揭开了蒙在桌子上的盖布，就不难看出，实际上根本不是那么回事。他们两眼紧盯着的，只有一个字："钱"，当然就不会拿出真品来。

听说这会儿有人又要炒作杂志了，其炒法也颇为有意思，想评选什么"最差的作家"，这倒也极富创造性。如果这种做法完全出于好意，还是值得鼓励和支持的，只是怕倡导者的心地还没有那么善良。其目的还是在为"钱"搞促销。

世界上的任何事物都有好差之分，好的要表扬要支持，差的要帮助要提携，这从来都是做人的美德，倘若是拿别人的不足来炒作，并从中给自己捞好处，无论如何不是正派人的心理。刊物印数上不去就要从办好刊物入手，靠旁门左道，靠哗众取宠，终究不是办好刊物的长久正路。文化事业的积累、建设，不是一朝一夕所能见效的，从事文化工作的人，就得捺得住性子，认真踏实地干事，像盖楼房似的一层层地盖，绝不能像炒股票似的，在短时间内谋求暴利。谁没有这样的思想准备，谁就别想吃这碗饭。

其实，有意炒作文化的人，完全不必这样匆忙，从电影电视到图书杂志，并不是像有的人想的那么悲观，经过一个时期的碰撞，中国观众、读者的兴趣，正在发生新的变化。从电影电视的收视情况，以及图书的排行榜来看，那些真正有文化品位的作品，往往更受多数人喜欢和青睐。这说明中国的文化受众，正在从浮躁走向冷静，正在从浅薄走向成熟，开始懂得什么是好东西。我们不妨作个简单回顾，试想，20 世纪 80 年代刚刚结束文化禁锢，听厌了《文化大革命就是好》吼叫的人，乍一欣赏邓丽君的柔美歌声，初读琼瑶卿卿我我的小说，不少的年轻人为之倾倒。这时很有些老先生生气着急，好像这样一来这一代人，就真的要在歌声中垮掉了。可是现在我们再来看看，且不要说听邓丽君、读琼瑶了，就是艺术性稍差的作品，又有几个人肯轻易掏腰包呢？倒是那些古典音乐、优秀舞剧，以及世界文学名著，正在走俏受欢迎有卖点。

有文化品位的杂志，这会儿处境也许还比较困难，有的甚至于生存都成问题，但是并不能由此断定没有出路，而采用不很好的办法来"挑逗"读者。作为一个有责任心的办刊人，唯一应该做的就是认真地反思自己，刊物是否办出了读者喜欢的特色，如果没有自己的特色，仍然是"自拉自唱"自我陶醉，那就怪不得读者不买账了。混到了这个分儿上，越是炒作越会败坏名声，就越有被读者丢弃的可能。那时最终被炒的恐怕不是别人，说不定是杂志和办刊人。总之，文化不是股票，更不是大菜，绝不能用炒作来发财。

1998 年 3 月 20 日

少安毋躁说"春晚"

距 2003 年春节还有一段时间，有的报纸就开始谈论"春晚"了。可见中央电视台的春节晚会，在人们心目中的位置多么重要。有人说春节电视晚会是"年夜饭"，更有人说是中国人的"美味大餐"，总之，把这台晚会说得好像难舍难离。离开了说不定过不好这个传统节日。

区区一台春节电视晚会，就真的如此玄乎吗？就真的这般神圣吗？原谅我眼拙，实在看不出来。开始我也有过这样的心理。后来经历过从喜欢到失望，从失望到期望，再从期望到完全不抱希望，这才明白是自己跟自己较劲儿。去年我有意地躲开不看，结果反而很轻松快活，原因是眼不见心不烦。快乐的春节过得依然快乐。

应该公道地说，开始几届春节电视晚会办得不错，由于不错百姓才每年都想看。在十分挑剔的千百万电视受众中，一台晚会能有很高的收视率，这是十分难能可贵的，晚会的组织者应该珍惜自重才是。不承想组织者来了个"人来疯"。有人一说它胖立刻就喘起来了。在其后的几年里，距春节还有许多时，组织者就沉不住气了，扯开还未润水的嗓子，忙不迭地自己吹，晚会如何如何好，观众怎样怎样祈盼，大有"车未见先闻声"之势。春节刚刚过去一两天，立刻又是收视率如何高，电视观众怎样称赞，有的没有的真的假的，反正先嚷嚷出去再说。唯恐别人抢走头功，误了自己晋升"将军"的机会。

其实，何必呢？再没有比我国好伺候的观众了。那首《文化大革命就是好》的歌曲，简直像泼妇吵架似的都忍了，听得耳朵疼了的八个"样板戏"都认了，现在日子这么好节目这么丰富，还有什么挺不住好挑剔的呢？问题是不要自己瞎吵吵，这又不是唱传统戏，角未出来先敲锣打鼓叫台。节目到底是好是坏，让观众看完了再说，要相信群众的鉴赏力。电视剧《激情燃烧的岁月》，好像并未怎么宣传炒作，在全国各地一播放，把观众的激情都燃烧起来了。为什么？因为它好，百姓喜欢。因为编创人员有自信，更相信观众鉴赏力，所以不必大肆宣传炒作。借用一句俗语，这就叫"好车不响"。

眼看着又一个春节快到了，这一年一度的春节晚会，能否让大多数人比较满意，在我看来，这并不是头等重要的事情。重要的是组织者把心态放平和，抱着给人间播撒欢乐的目的，认真地搞好每个节目的创作。像运动员参加比赛那样，不要老是想着拿冠军，只要按照自己的水平，竭尽全力地发挥出来就行（当然，如果有超水平的发挥更好）。由于没有任何的功利和私心，更多的时候反而会做得好，收到意想不到的效果和荣誉。用吊胃口的办法笼络观众，我觉得并不妥当更不高明，弄不好只能提升观众期望值，看完了不满意赚来的是更大的失望。

几许期望，几许感叹——这就是几年下来以后，春节晚会留给人们的记忆。究其原因就在于晚会组织者，炒得比做得好，抬得重放得轻，想在观众中找一些"托儿"。遗憾的是更多的人缺少"傻子"细胞，像过去年代那样盲目的跟随者喝彩者，现在越来越少越来越冷静了，轻易让人说句违心的好话也难。既然春节电视晚会年年搞，就如同年夜饭年年吃，我不相信会有什么惊人的花样儿，只要能制造个祥和、欢乐的气氛，我看观众也就比较满足了。

先别吹，别炒，更别自己给自己叫好，蔫不溜儿地悄悄地尽全力去做。最后的结果让观众评说。组织策划晚会的女士们先生们，今年先装回"聋哑人"，如何？不妨试试看。

2002 年 12 月 16 日

观电视歌赛有感

今年夏天来得早，刚一进入 6 月，就已经暑热难当。到了夜晚，没有风，楼内闷热。开空调又经常断电，倒造成心里负担，反不如忍受酷暑，出一身汗更痛快。这时什么事情也不想干，闲坐着又觉得太无聊，只好守在电视机前。可是，可人意的节目又不多，就胡乱地调频道，最后定格在中央三套上——青年歌手大奖赛。观看这样的节目，不必走脑子，且愉悦耳目，自有一番轻松在。

然而，习惯了思索，总是难自抑。碰巧这次大奖赛，真正好听的歌不多，真正优秀的歌手也很少，就又不知不觉地想起事来。想什么呢？当然是与大奖赛有关的事。

之一："公开，公正，公平"这六个响亮大字，早已经不是什么新鲜口号，更不是哪一次评奖活动的专利，说句不中听的话，很像"3·15"的打假电话号码，谁都可以用来说明自己正派。但是谁能真正做到三"公"，谁来监督评奖的三"公"，这就很难有谁说得清楚了。遇到操纵老手，连选举都能左右，何况这类评奖。这次的歌手大奖赛倒做得不错，专门成立个大赛监审组，这就多少能起到些监督作用，而且能够转达观众质询。事实证明还是有效果的。我们从画面上可以看到，评委们在回答观众提问时，有的面对冷门的尴尬问题，脸上不时露出的难色表明，他们的内心是不怎么平静的，起码会提醒自己要认真对待。假如我们别的评奖活动，乃至别的活动和别的工作，都有这样的及时监督组织，违纪违法的事情说不定就会少。

之二：歌手大奖赛设场外评委点评，这种做法不错，在业务补充和气氛烘托方面，都起到了非常好的作用。只是目的性不够明确，有点随便闲聊的味道。以我的想法和看法，如果把评委点评重点，放在对演唱技术与歌曲艺术这两方面得失的分析上，不仅对歌手演唱有帮助，而且还会提高观众欣赏水平，通过大奖赛普及美育教育，就会增加大奖赛的新效益。譬如，同样一种唱法的几位歌手，有的得分高，有的得分低，而在观众听来都差不多，其中的差别究竟在哪里呢？如若评委给予及时点评，观众在对比中领悟了真谛，就会自然而然地长见识。再譬如，有的歌手的综合素质不高，连常识性的问题都回答不出，如果评委在点评时，适当地指点读些哪类书，对一般的观众也会有帮助。总之，现场点评很需要，点评侧重长知识，会增加大奖赛的吸引力。

之三：主持人在介绍评委时，介绍身份和业务基本情况，譬如，声乐教授、歌唱家、作曲家、词作家、音乐人等等，这当然是必要的，因为，可以让观众知道评委资格。但是在介绍到个别人时，又加上了诸如人大代表、政协委员这类颇具官员色彩的头衔，我总觉得这倒大可不必。加上这些头衔的结果，既不能使他们增加业务含金量，又不能使他们得到更多尊敬，闹不好反而会引起负面效果。生活在中国这片土地上的人，大概没有人不知道，凡是位名人、准名人或有官位的人，弄上几个十几个社会闲职，要上几个自以为增荣的头衔，只要有办法可想并不是什么难事。在这纯专业的歌手大奖赛上，何必非要显摆这些呢？当然，这类事不仅出现在这次歌赛上，在别的行业的业务活动中，同样有人刻意制造这种情况，用来表示其官员至上的效果。

之四：自从文艺界开始评定职称以来，我就发现了一个不解的情况，这就是所谓的"国家级"称谓。先是一些作家的名片上，印着"国家一级作家"，后来是在开会时介绍，某某是"国家一级演员"，这次的大奖赛介绍评委时，更是凭借大众媒体传播，某某人是"国家一级演员"。这就怪了，难道还有"地方级"吗？说来凑巧，本人曾有幸几次忝列中国作家协会职称评委，参评的对象大都是一、二级作家，其中既有中央单位的也有省市单位的，怎么就未听到有所谓"国家级"一说呢？如果此种说法成立，并被有关部门确认，总应该会有统一规定吧。可是我们却未见过"国家级"——教授、研究员、高级工程师、编审、译审、教练等等。如果这属于自我标榜，歌手大奖赛公开来宣扬，恐怕就要助长此风了。

在这样炎热的夏天，不能做自己想做的事情，在观看歌手大奖赛时，从中知道一些人情事理，总还算没有白白浪费时光。至于歌曲好听与否，歌手技艺优劣与否，就不是我能关注的了。只希望这个被人瞩目的赛事，今后办得一届更比一届好，给老百姓多点悠闲和欢乐。

2000 年 6 月 23 日

谁让评论家寒了心

　　如果把作家比做球员，那么，评论家就是场外指导，正是因为有了这二家的合作，我们的文学事业才得以发展。只要不是没良心的作家，即使他的成就达到了相当高度，他也会承认写作初期，评论家对他的扶持和帮助。同样，只有评论家认真地做学问，他们的业绩才会得到承认。我们可以毫不夸张地说，没有这二家的互相促进，很难想象文学事业会怎么样。

　　令人感到吃惊和遗憾的是，有两位颇有影响的评论家，最近正式宣布告别评论。我听后很有些惋惜和不解。这二位评论家都是我的朋友，他们的评论文章都写得非常好，而且都能写一手漂亮的散文随笔，在当今属于那种受人尊重的评论家。有着如此成绩的评论家，怎么会断然退出评论界呢？起初我百思不得其解。后来仔细地想了想，他们的退出并非一时冲动，还是有一定道理的。

　　他们中的一位曾经写过一篇文章，谈及同是评论家的某人，多年来根本不阅读作品，却又不肯放过任何一个研讨会，发言时，既没有对作品的分析，又没有对作品的评论，胡扯一通拿些所谓的车马费走人。富有事业心和责任感的评论家，当然不肯与这样的人为伍，可是又没有办法扭转这种不良情况，只好无奈地告别本该庄严的评论界，我想，这应该是这位评论家告别的原因。

　　他们中的另一位评论家，恰好前不久跟我同去开会，当我跟他说起评论的事情，他坦诚地对我说："我把所有的评论书籍，全都送给了别人，下决心不再搞评论了。"是什么原因让他如此坚决呢？接着他给我说了这样一件事：有位评论家要写一位老作家作品的评论文章，这位评论家找到这位老作家，这位老作家说，你要写可以，就照某某文章那样写。这位老作家说的某某文章，全篇充满了溢美之词，根本不是对作品进行认真分析。

　　我认识的这两位评论家，是不是出于上边的各自原因，金盆洗手不再搞评论了，我不得而知，但是从他们的文章和话语中推断，大概跟这些事不无关系。

文学评论工作是件非常严肃的事业，评论的准确与否，评论的健康与否，都对文学创作有着直接影响。如果我们的评论家，都像前边说到的那位那样，根本不花大力气读作品，参加研讨会说千篇一律的话，这样的评论家的确可有可无，真正的评论家当然不肯同流合污。反之，如果我们的作家，不是通过别人的评论认识自己作品的不足，而是把评论家当吹鼓手，这不仅是对评论家的不敬，同样也是对自己的亵渎。这种不尊重评论家独立人格的做法，真正有水平有见地的评论家，又有几个能欣然接受呢。正是因为有这样两种情况存在，使不少的评论家感到寒心，以至于有些可以自己写作的人，无奈地操笔写作散文随笔，我就有不少评论家的这类赠书。

评论家告别评论界，这绝不是好现象，可是又没办法留住他们，只好放他们一马，让他们在新的天地里施展才能。不过这件事情却应该引起人们思索。难道断然宣布不再搞评论的评论家，仅仅只是我的这两位朋友吗？是不是还有些不曾宣布，却已经不再搞评论的呢，我想一定还会有这样的评论家。

1997 年 8 月 22 日

吹点清新的风

藏族青年作家阿来的小说《尘埃落定》，在人民文学出版社出书之前，先由《小说选刊（长篇小说）增刊》刊载，在北京文学出版界引起一定反响。许多评论家认为是一部难得的大器之作。关于这篇小说的学术价值定位，会有一些评论文章发表，我就不在这里说更多的话了。我想要说的是阿来作品的研讨会，那股清新活跃的学术气氛，很让我开眼界启心窍，从而也就不能不想到，作品研讨会的开法。

作家开作品研讨会，画家办画展，音乐家开演出会，都是创作水平的展示，因此也就成为"家"们的盛事。这三者所不同的是，作家的作品由评论家阐释，画家、音乐家的作品，更多的要由观赏者领悟，但是都有个如何评价的问题。作为一名编辑和业余作者，我一向是很尊重评论家的，当然也就愿意出席研讨会，从他们的发言中获得启发。现在在圈内对评论家的某些微词，我以为，不是不了解情况，就是存有一定偏见，应该说，更多的真正的评论家，对待作品还是严肃认真的，发言也就自有一定的见地。所以每次参加作品研讨会，我总是认真地聆听发言。

那么，我们举办的研讨会，一些评论家的发言，是不是就尽善尽美了呢？我想还不能完全这样说。以我不算全面的了解，以及很可能是不准确的判断，起码有这样两方面的不足：一是，形式上说的多评的少；二是，内容上旧的多新的少。说得再具体点，有些评论家的发言，对作品内容的社会意义阐述比较多，而对作品艺术的得失成败评论比较少；即使有的评论家的发言，有对艺术创作成败的探讨，其语言和内容也略显陈旧，觉得放在任何一部作品上说都可以。因此，有的评论家总是抢着发言，生怕说在别人后边自己没得说，给人以重复的陈旧感。这当然是对听者尊重的表现，但是也跟没有独到见解有关。

造成这种情况的主要原因，我想不外乎两方面，即，要么发言的准备不够，要么没有新的必要学问，不然堂堂赫赫的评论家，哪能说不出属于自己的话呢？现在有的研讨会上的发言，只是谈些读后感之类的话，很少研究气氛，很少讨论阵势，这样一来也就少了点学术味儿。何况有的研讨会研讨的作品，其实学术水准并不是那么高，评论家们碍于情面不得不来，来了只能说些不痛不痒的话，甚至于言不由衷的话，结果反而败坏了研讨会的声誉。

阿来小说《尘埃落定》的研讨会，它之所以给人以清新活跃的感觉，一是几位老评论家的发言有不同的声音，二是几位年轻评论家的发言有新的内容，一扫近年研讨会上那种沉闷陈旧的学风，自然也就让人觉得耳目清新。由此看来，要想突破研讨会沿用的模式，让研讨会有真正研讨的属性，必须打破评论家的论资排辈，必须打破众人共唱一个调的状况，像医生会诊似的分析作品，各说各的看法和认识，这样才有利于文学创作水平的提高，研讨会也才不至于成为单纯扬名的场合。开学术性的研讨会，发言者不见得多，但一定要有充分的准备，而且真正有自己的见解。别的发言者也可以即席谈些读后感，最好是在学术性的发言之后，或者穿插在会议进行之中。这样会使研讨会更显活泼。

请圈内的领导人出席研讨会，这是目前比较通行的做法，以便提高研讨会的所谓规格，这也没有什么可以不可以，问题是看会议主持人如何处理，以及领导人怎样对待自己。依我的想法是，圈内的领导人大都是内行，他们也可以跟大家一样随便发言，不见得非在最后作总结式的发言，想显示身份也不在这个地方。何况在一个学术研讨会上，大家都是平等的讨论，没有绝对的权威和领导，把自己的身份摆对了，说话也许会更自在些，与群众的关系就会更贴近。这样的研讨会也就突出了学术气氛。当然，有些带有倡导性的研讨会，由领导亲自出面主持或总结，这也算是一种形式，但是不能都是这样的做法。有的时候领导人出席研讨会，不想发言或者没有新意，跟别人一样随便找个地方坐坐，听一些专家发言，这也不失为一种支持。

阿来小说《尘埃落定》研讨会，以及早些时候的林希小说茶会，都有着明显的活跃的学术气氛，因此也就受到了圈内人士的关注。这说明研讨会还是要把重点放在研讨上，单纯扬名或造势的会，尽量不开或少开，要不就另找一种形式，以免玷污了研讨会的名声。研讨会是个很神圣的形式，没有了学术价值，开得再隆重再热闹，那也只能是一阵过眼烟云，最后连点会议的余味都留不下。

1998 年 1 月 9 日

黄金有价书"无价"

我有早起散步的习惯。这几天下雪路滑，不便走出户外，愣呆在家里，却又无事好干，就随手整理书架。忽然发现一本小书，是鲁迅先生的《野草》。这本定价两角钱的 62 页的书，使我感到无比亲切，而且也异常地兴奋，如同见到了一位久违的老朋友。我之所以有这样的感觉，除因书中收入了先生的散文名篇，同时还因为这本书页码、定价的合理，在今天似乎再难以寻觅到。

翻看这本书的版权页，系 1973 年由人民文学出版社出版，距今已经 25 个年头。别看时光流淌了 25 年，在绵长的历史长河中，只是一朵翻腾的浪花，但是在一个国家，有时会发生不小的变化。这 25 年在我们国家，许多方面的变化都是突破性的，图书出版事业尤其明显。倘若用前后两个 25 年，类比同样的一件事情，显然缺乏某些合理性；但是它的有些具体做法，却又反映出时代的特征，还是有一定的参照价值。比如，图书的价格就是如此。

年纪稍大的人都知道，那会儿国家实行计划经济，图书的定价也有严格规定，出版社大都不敢胡来乱定。所以，像我这样喜欢读点书的人，尽管当时工资收入不高，每月积攒点钱买些书，手头也并不觉得怎样紧巴，有不少的书就是那时买的。这本《野草》也购自那个年代，如今成了昔日读书生活的纪念，跟今天图书定价普遍偏高，形成了非常显明的对比。看到这本书也就会有所感有所思。

当然，现在国家实行市场经济，具有一定商品属性的图书，定价再像过去那么低，的确也不怎么合理，开放定价正是适应市场。因为出版社都是企业化管理，图书印费、稿酬、税费、人员工资等开销，都要算入图书成本，这就必然要打在书价里。如今的读者想不接受已无可能，只要你购书你就得咬牙承担，这就叫做"想买没商量"。谁让你喜欢书呢？

这样一直居高不下的书价，对于大多数读书人来说，在精神上无疑会构成威胁。有不少的朋友无可奈何地说："这会儿的书价，简直贵得没边儿了，黄金再贵，总还有个准价钱。图书每本都这么贵，到底凭什么呢。"所以每次的特价书市，就如同读书人的节日，人们总是争先恐后地抢购，连平日的滞销书，这会儿都会吃香起来。这说明人们是多么渴望知识，同时也从侧面反映出，昂贵的书价已使人们饥不择食。

那么，这种图书高定价的情况，是不是就没办法改变了呢？我以为还不能这样说。细心的读者只要留意一下，就不难从新闻媒体上发现，当某些出版社宣传他们的业绩时，总是忘不了炫耀自己的利润，殊不知这高利润中的不合理部分，不正是对读者负担的加重吗。倘若出版社能从读者的利益着想，不完全把眼睛盯在钱上，也考虑图书的知识功能，就会合情合理地计算书价，以及出版些类似《野草》这样的书。像现在这样一味地出版厚书，无标准地随意标定书价，对出版社的经营思想，读者不能不产生一定的怀疑。

出版社的老总们应该明白，在当前的中国，真正想坐下来读书的人，大都没有多少钱；而真正有钱的人，却又没有时间和兴趣读书。从读书人身上刮金沙铸元宝，再有本事这么做也不是正路。图书毕竟不是黄金，既然黄金都有标准定价，图书的成本和定价，又有什么理由"无（标准）价"呢？

1998 年 1 月 16 日

想起鲁迅的书名

近读鲁迅先生作品，他作品用的名字，诸如《呐喊》、《野草》、《三闲集》、《华盖集》、《阿Q正传》等等，使我"忽然想到"（鲁迅文章题目）：倘若鲁迅先生还健在，他的作品用这样的题名，出版社或书店肯接受吗？

我之所以会有这样的想法，主要是缘于一些出版现象，多少有点令我困惑不解。自从出版物作为准商品，推向图书市场以来，判断一本书的价值，很多时候都是"好坏看（书）名儿，优劣看皮儿（封面）"，结果使一些出版社出书，用在书名和包装上的功夫，远比对书稿加工、校对的功夫大。像老一代编辑过去那些，为一部有基础的书稿，倾其全部精力帮助作者修改，在当今出版界很少听到了。当然，不能排除今天作者水平普遍比较高，并不需要编辑花费大力气，但是总不能不承认文字差错的存在，这说明，在编校上用的功夫还不够吧。

回过头来再说书名。随便到书店书摊走走，就会发现一些书上，标着这样火爆的书名，什么：《溜须拍马术》、《老板的情妇》、《男女变坏术》、《三个男人和一个女人》等等，在你的眼前极尽挑逗之能事。如果你问问售书摊主，他摊上的哪些书好卖，他们会无一例外地告诉你，这些书最抢眼最有卖点。至于原因吗，他会说："货卖一张皮嘛，这些书的名字响，包装又漂亮，人家不看内容就想买。有谁买书会站在这里看完再买的。"此话确有一定的道理。这也正是懂生意经的出版人，要在书名上下功夫的原因。

从事写作的人都知道，确定书名如同给孩子起名，总是寄托作者想法的，更是作者审美观点的表现。如果完全考虑迎合市场，作品的风格就会不复存在，试想鲁迅作品的这些名字，要是都改成带有商品味儿，那还能称其为鲁迅作品吗？可是若是作品不迎合市场，假如鲁迅的名字又不叫座（像现在有些当红作家那样，凭其大名暗箱操作征订作品，就可以征订几十万册），我敢斗胆地断定，鲁迅恐怕也得买书号自费出书。那么，中国的文学之林里，鲁迅这棵耸天大树，岂能会有如此繁茂?! 这是可想而知的。

我这样说，并非是反对给图书起响亮名字，更不是完全排斥书名的商业性，主要是希望出版社和销售商，不要过于渲染书名的商业化。图书在文化范畴中的属性，首先应该是对民族文化的积累，其次它才是出版发行的利润，把主次搞颠倒了就会出现偏颇。这就如同一个孩子的生长，没有健康体魄和文化素质，光有个响亮名字和美丽衣服，他能算是个优秀的人材吗? 从鲁迅作品看鲁迅性格，以他的硬骨头脾气，我敢推测，让他把作品改得带钱味儿，先生肯定宁可不出书。说不定还要写文章抨击这种做法。

1999 年 10 月 28 日

评点电视歌赛评委

厚道人腾矢初先生

跟朋友们一起聊天儿，说起青年歌手大奖赛，大家有个共同的看法：担任素质考官的腾矢初先生，是一位既厚道又敬业的艺术家。如果对这些评委也要打分的话，我们想给腾先生打 99.8 分，需要说明的是，我们用的不是两个"去掉法"而是两个"相加法"，把第 11 届和第 12 届两次赛事对腾先生的印象，经过多方分析综合成最后的印象。不知确切否？

腾矢初先生可谓是个音乐全才。他的本业应该是音乐指挥，然而对于诸如乐理、演奏、音乐史等也颇在行，属于那种要求歌手知道自己首先知道的评委。这样也就给他的评委身份有了基础分数。我们说腾先生是一位厚道敬业的艺术家，就是从他在电视镜头里自然流露出的行止，作为观众"评委"给他打的艺术和人格综合分。腾先生作为一位著名指挥家评委，他完全可以不担当钢琴伴奏，把这个忽上忽下奔波的差使让别人去干，自己高坐台上去问去听去思索。然而，这位把音乐看得比身份重要的人，非常坦然自在地做这件事情。尤其是有的歌手觉得音准定高了，给他示意降低时，他总是微笑着点点头，表现出善意的理解和宽容，使得歌手的精神立刻放松下来，自然也就会有良好的比赛状态。

素质考试中有的常识性问题，或者是真的不知或者是一时蒙住了，这在紧张的比赛中也是常有的事，腾先生在处理歌手这种尴尬时，总是先微笑而后轻声说："没关系，可能你是光考虑唱歌了，对这些知识没注意。以后要好好学习，这些知识对唱歌也会有帮助。"话说得多么得体多么实在，歌手既不尴尬又觉得惭愧，难怪他们表示"谢谢腾老师"。

按道理讲，有资格坐在评委席上的人，居高临下，纵横驰骋，显示自己的威严和高贵，我想也绝对不会有人说什么。然而这位腾先生则非常平易，评点时语气是那么平和，发问时声调是那么亲切，伴奏时微笑是那么真诚，他把长者和专家的友好善意，明白无误地传递给歌手。这就是评委腾矢初先生，在两次电视歌手大奖赛中，给人们厚道、敬业的印象。

真诚的迪里拜尔女士

被誉为"东方夜莺"的迪里拜尔，现在是世界级的歌唱家了，她两次担任电视歌手大奖赛评委，说明她对我国歌唱事业的关心。在两次电视歌手大赛中，她面对公众说话不多，很有点金口难开的味道，这次电视记者采访她时，她也只说了大意如此的一句话："我坐在那里听歌，他们的演唱水平，让我忘记他们的身份（业余歌手）。"就是这么简短的一句话，却让我这个场外听众，感受到了迪里拜尔的真诚。

迪里拜尔是一位歌唱艺术家，我欣赏她的演唱，更钦佩她的为人，她的歌唱和她的人品同等令人信服。我看过一部电视纪录片，记述迪里拜尔回乡的情景，这时她已经定居国外多年，回到生养自己的那片土地，她依然是那么虔诚质朴，没有丝毫的"衣锦"夸耀。她见到兄嫂、老师、乡亲，言谈举止十分随和亲近，无半点著名歌唱家派头儿。跟那些一阔脸就变的人完全不同。正因为迪里拜尔有普通人的情怀，所以在评论业余歌手演唱时，她才会说出"忘记他们身份"的话。别看这是一句普通的话，在有的歌唱家嘴里却很难说出，他们觉得自己毕竟是"家"不是"手"，哪能把自己的地位放低呢？

其实"家"与"手"的身份，说得夸张点不过百步之遥，有好几位坐在台上的评委，正是昨天的业余歌手，经过同样的大奖赛脱颖而出，成为今天家喻户晓的歌唱家。从事歌唱艺术的专业人员，尤其是著名歌唱家、歌唱艺术教育家，他们真诚的对待和耐心的指点，在业余歌手的心目中，不亚于夏日的风冬日的火，永远都是一种温馨抚慰。相信歌手们会感受到迪里拜尔的真诚。

不忘师恩的关牧村

滴水之恩当涌泉相报，这是中国人的传统美德。可惜现在有个别人，好像不大讲这个了，在他的眼里人都是梯子，我借你的力爬上去了，用完了还理你干什么，反正今后我也不打算再用你了。然而歌唱家关牧村，却是个知恩不忘的人，无论在什么场合，只要提起她的恩师施光南，她都是由衷地感念。

中央电视台的《艺术人生》节目，给关牧村作过一次个人专题，让她讲述自己的成长经历。讲到她之所以能从一个普通工人，最后成为著名歌唱家的艰难时，几乎没怎么说自己的天赋、勤奋这类话，却反反复复讲施光南对她的栽培。讲到动情的时候，她的眼里泪水涟涟，对恩师的怀念和感激，自然而然地流露出来。她的真诚感染着观众，她的人品激励着观众，人们也就更加喜欢这位歌唱家。

施光南是一位著名作曲家，他写的好多歌曲家喻户晓，关牧村对他的感激和怀念，绝不会有失自己歌唱家的身份。我知道有的比较虚荣的人，一旦成了"家"当了"官"，不大愿意谈过去的"低"出身，好像一提就有伤今天的尊严。曾经当过几年工人的关牧村，如今成了大腕级人物了，对她当年工厂的工人师傅如何呢？同样是在电视的节目里看到，她跟过去的工友们相聚时，还是那样平常、随和，亲密无间得犹如当年。这跟那些吹高不说低的人，说现在辉煌不讲过去暗淡的人，简直是两种截然不同的处世态度。

关牧村的父亲被划"右派"流放外地，她带着弟弟在天津独自生活，正是那些好心的工友们给了她帮助，让她平安度过一生最为艰难的岁月。说起这些二三十年前的往事来，同说跟施老师学唱歌一样动情，她的两眼也是充满感激的泪水。

现在再把话题拉到歌曲比赛上来。作为一个全国有影响的赛事，担当评委的人业务是入流的且不说，就是他们的人品也必须是好的，这样才会起到表率的作用。像关牧村这样从基层闯出来的歌唱家，有天赋又勤奋，成了名而念旧，坐在评委席上所起的作用，在我看来绝不仅仅是评分，她会告诉业余歌手许多道理。比如如何奋斗、如何待人、如何看待自己等等，犹如一本无字的书，只要认真地读一读，今天的业余歌手，有的就会成为明天德艺双馨的歌唱家。这就是榜样的力量。

2000 年 6 月 26 日

爆炒哪如油焖香

　　好像就是近两年，电视制作人们自喻，春节电视晚会是百姓的"年夜饭"，是迎春的"文化大餐"。从除夕必有的角度说，这种说法大致不谬。按照这种说法，作为一般电视观众，我想来说说这顿全民的"饭"。

　　这每年必有的美食大餐，除了中央电视台的这套，各地方台都各有一套，初一晚上文化部还有一套，另外还有民政部的一套，真可谓丰盛无比啊。这些晚会我每年看得比较多的，一台是中央台除夕晚会，一台是文化部迎春晚会，沿用"大餐"、"年饭"之说，把这两台晚会作些比较，从做法上来看，中央台的如同爆炒，文化部的好似油焖，各有各的路数和绝招儿。因为电视台利用自己的优势——电视新闻、节目报，不是吵吵制作人如何辛苦，就是嚷嚷节目怎样优秀，颇似生猛海鲜逢急火，那嗞嗞啦啦响声，恨不得让全世界都听见。而文化部则没有这种张扬优势，他们只能在节目上下功夫，把要做的菜放在油锅里，用微火慢慢地炖细细地煨，让人听不到响声闻不到味儿。等着这两种做法的菜揭开锅，尝过的人这才知道，敢情油焖的要比爆炒的香。

　　就以今年这两台晚会来说吧。中央台的这套晚会，除了个别节目个别演员，给人以新鲜感和有文化内涵，总体上并没有像宣传的那么优秀，不过是应节的老式点心一盒儿。给我留下的印象是，以浮躁充欢乐，以拼凑当多样，看不出策划者的心路。文化部这台节目紧扣春天主题，有章法有内涵，显清新透文化，使人有种赏心悦目之感。民政部和总政的军民迎春晚会，今年办得也相当不错，好像都是部队自编自演节目，形式活泼，内容清新，没有俗套子，没有熟面孔，是今年春节的高质量"自助餐"。这些节目有的拿到"年夜饭"餐桌，说不定会成为一道爽口菜。

　　中央台的春节晚会，花大钱，出大力，费大时，最后不见得得大好。我认为主要原因是，陷入了自己设置的误区，又不想自拔或舍不得自拔。

　　一是陷入了"名人"误区。用名演员这种想法不能算错，如果好节目又有好演员来演，这当然是谁都知道的道理，但是名演员是从无名演出名来的，而他们之所以出名是演过好节目。这就叫节目推出的名。我看晚会就是首先看节目，如果看名人随便什么时候，任何一个频道都有他们。过年还不是图个吉利新鲜。

二是陷入了"求全"误区。我认为没有"偏执"就没有个性，在艺术上怕得罪人照顾全面，想来个满汉全席，外加烤羊肉串儿，中国这么大演员这么多，你能照顾得周全吗？反不如来个晚会主题先行，确定突出什么特点以后，来个按图索骥，谁的节目合适又演得好谁就上。名不名看节目，好不好看戏角。

三是陷入了"程式"误区。我国地盘大、民族多、艺种多，这本来是个好事情，真正有灵气的策划人，只要把眼界放开阔，不只是局限于既定程式，而是从多方面开拓节目，说不定会有新彩出现。电视晚会的导演这么多，所以未能出几个让观众记住的导演，就是因为缺乏开创新意的人。

四是陷入了"自谅"误区。节目既是给观众看的，又有个提高观众欣赏水平的义务，如果导演水平跟观众同步，这样的晚会再办两世纪，恐怕也还是这个样子。我们的国民素质又从何说起？现在每年春节过后，电视台就有个调查，叫好的人多了就猛吹，喊嘘的人多了就自我解嘲，说什么"众口难调"、"要求过高"等等，这就太过于爱惜自己的羽毛了吧。

五是陷入"领导"误区。节目既是给领导看的，更是给百姓看的，不能在领导审查后说好，就在百姓跟前自吹自擂。领导审查应该着重在导向上，其他方面应该交给专家，如果有普通百姓参与观审，又真的比较准确真实，这才有一定的参照价值。做法应该学学精明的商人。

总之，年年有春节，岁岁有晚会。要么当做"应节"事情对待，别吹得震天响，看后让人失望；要么拿出真货色，让人观后久久难忘，如晚会中的个别节目。要想做到出新有彩，说难也难，难就难在不敢起用新能人；说不难也不难，不难就是在全国应征选拔。我说的这些话，也许有点站着说的味道，不过绝不是否定成绩，或者不谙电视人辛苦的意思。目的还是希望"晚会年年有，岁岁开新花"。

1999 年 3 月 6 日

报刊摊儿的是与非

　　总有好长时间，人们一提报刊摊儿，说话的口气中，带着明显的轻蔑。例如"地摊儿文学"，例如"地摊儿报刊"等等，好像书报刊只要上摊儿，不管多么有品位、有价值，从此就沦落为"贱货"，再难以有出头之日。如果一位作家的书，摆在了书摊儿上，在人们的想象中，不是带铜臭味儿，就是带黄色的，反正不会是正经作品。这时的报刊摊儿，无形中成了贬义词，纯正的书报刊，无论如何不敢沾边儿。

　　难道报刊摊儿就真的一无是处吗？就真的不能加以利用吗？经过适当的整顿和引导，这会儿的报刊摊儿，用事实作了有力的回答。闲来无事我常去报刊摊儿，发现陈列的报刊比之过去丰富多了，而且正经报刊也上了摊儿，这从另一方面说明，报刊摊儿本身并没有错，问题出在于我们没有加以利用。

　　遍布大街小巷的报刊摊儿，如今不仅成了一道风景线，而且给读者提供着精神食粮；城市文化氛围的营造，这报刊摊儿有一定的功劳。这一处处小小报刊摊儿，别看没有讲究的店堂，没有气派的多层书架儿，却能吸引来往行人驻足。这是为什么呢？说白了，人们就是图个买着方便。人们的吃穿问题解决以后，读书看报的事情，必然提到生活日程，可是这会儿的书店，大都在繁华地区，更多的人去趟不容易，这送上门来的报刊摊儿，理所当然地要受欢迎。这也正是报刊摊儿生意红火的原因。

　　既然读者这么喜欢，报刊摊儿又有这样的优势，我们为什么不利用呢？有的出版单位终于醒过闷儿来了，现在到报刊摊儿前随便看看，就不难发现一些正经的报刊，跟一些原有的报刊放在一起，我看并没有"跌份儿"、降格儿，相反倒提高了报刊摊儿的亮色。我曾问过报刊摊儿的老板，这类正经报刊的销路，他们说一般还都可以卖出去，这无形中增加了个销售点，又有什么不好呢。倘若吃官饭的发行人员，真有办法把自己的报刊发行上去，那也倒罢了，明明搞不上去干赔钱却要硬挺着，这就多少有点说不过去了。

这会儿官办报刊的饭碗，眼看着越来越空了，不得不考虑进行改革。这改革如果只在版面上打主意，不思谋着转变观念，那无异于在死胡同里转磨磨，走多少来回依然出不了胡同。就是从我们经常讲的社会效益考虑，没有一定的发行数，又何谈广泛的社会效益，因此，绝不能小看报刊的发行工作。在这方面倒是应该学学报刊摊儿，他们的敬业精神，他们的营销精明，还是有可取之处的。假如我们能够吸取他们的长处，结合自己的实际情况加以运用，说不定会另有一番天地出现。

现在的城市报刊摊儿，用人们通常用的语言说，大多数比过去"干净"多了。正经出版物能上摊儿，正说明你的报刊拥有一定读者，不然精明的摊主绝不会进货。我这样称赞报刊摊儿，并非是在贬低发行主渠道，主要还是想说，在坚持主渠道发行报刊的同时，可不可以考虑利用报刊摊儿，作为一种补充方式扩大发行。如同人的走路，双腿走总比单腿走更稳更好。

1998 年 7 月 6 日

掀起你的盖头来

听说有几位读者喜欢的作家的书，出版社为防止上市盗版，但又想在上市前炒作，于是就故意隐去书名，采用《××××》的办法征订，居然还征订了几十万册。这说明这几位作家的大名，在读者中很有些号召力，我真为这几位作家高兴，更希望他们珍重自己的影响力。这种情形颇像医院门诊部，只要某位专家一挂名，就准会有人慕名就诊。在文学图书日渐低迷时，这几位作家图书的成功，无疑给更多的作家以启示，只要你的作品读者喜欢，总还是有一定的卖点的。

诚然，按一般的正常情况讲，一位确有创作实力的作家，只要是他认真地写作，出来的作品总会不错，所以他才会有社会声望。这是人家自己靠创作成就，在读者中渐渐赢得的名声，读者这样信任也有道理。但是同一位作家的作品，是不是就篇篇好部部佳呢？这恐怕就很难说得清了。这里不想过多地评论。

由此便引申出一个问题来，那么，出版社又是凭的什么，没有内容介绍和说明，违反图书征订常规，就以作者名字来征订图书呢？这种"盖起头来出嫁"的做法，难道就是正经的营销手段吗？幸亏当今走红的作家不多，要是像歌星似的满天飞，家家出版社都来这一手，我们这个图书市场，岂不成了魔术家的演艺场。把每一本名家的书，都像魔术师变戏法似的，用厚布盖起来让读者猜，图书征订单订货会也就没必要了。图书证订都来演《三岔口》哑剧——黑对黑，整个图书市场很快就会变成"黑市"，恐怕也就没有读者的利益好谈。

这种隐去书名摸黑征订的做法，说得严重点，对作者来说是在挟名欺世，对读者来说是在作假愚弄。这种做法从本质上讲，跟盗版在性质上无太大大区别，最终受害的都是无辜的读者。盗版损害了出版社利益，这的确是件可恶的事情，那么隐名剥夺读者的知情权，难道就真的那么可爱了吗？不客气地讲，盗版和隐名两者的目的，都是在钱上。不管用怎样的理由解释，出版社这种不正常的做法，都不应该提倡和效仿，如果不加以制止的话，此风一长，在图书征订中成了习惯，读书人的利益就再没有了保证。

看货购物，明码标价，这是商业上的规矩，有职业道德的商家，历来都是这么做的。作为精神文明产品的图书，理所当然更应该这样做。为了防止可恶的盗版行为，出版社在不得已的情况下，采取隐名措施维护自己的利益，倘若被认为是合法的做法，那就必须在出版前不得张扬，图书的优劣待出版后让读者评判。否则以防盗版为由悄悄操作公开张扬，很难让读者相信出版者心地真的善良，因为防盗版最好的办法就应该是，悄没声地组稿编稿不让人知道，等待图书出版正式上市后，给读者一个惊喜，给盗版者一个惊奇，出版社的利益岂不更能保证？如果出版社认为此书真的那么好，又在市场上有一定的把握，你就来个满打满算印足数量，盗版者哪里还有还手之力招架之功?!

又想防盗版又想赚大钱，主意打在无辜读者身上，这绝不是正经的做法。我国图书正在逐渐走向市场，出版业的竞争肯定会越来越激烈，一些出版社不得不变换经营策略。但是不管激烈到何种程度，起码有三件根本的事情，我想是不能忘记的：一是图书的精神产品属性，二是对读者服务的真诚，三是对文化积累的贡献。出版社丢失了这些事情，不管搞得多么轰轰烈烈，书出得怎样快，钱挣得怎样多，都很难给人以信服的正派形象。仅就图书征订来说，希望以《××××》的方式，今后最好不要再用，还是要"掀起你的盖头来，让我看看你的脸……"（王洛宾先生歌词）。

1999 年 4 月 22 日

该说"不"时就说"不"

记得有好几个国际电影节晚会，都是以"星光灿烂"为题，表明明星之多、形象之美、节目之好，很能引发观众的欣赏欲望。出席此类活动的明星们，我原以为都是自觉自愿的，甚至是争先恐后的，因为这毕竟是"星"们自己的节日。能挤进这样盛大节日的明星，毕竟是极少数的幸运者，不仅可以享受节日的快乐，而且也会使他们出大名。有几个明星肯放弃这个机会呢？

读了报纸一则消息才知道，影视圈里根本不是那么回事，穿金戴银的影视明星们，有的人早已经被金钱迷住了心窍，即使参加像上海国际电影节这样的活动，他们也是要高昂出场费的。第三届上海国际电影节，就是因为不肯支付这笔费用，场面就多多少少显得冷清，当然也就没有了灿烂的"星光"。据本次电影节组委会透露：早在筹备阶段，就选择了几位当今走红的外国影星，作为本次电影节的邀请对象，除负责他们的来往机票食宿及旅游费用外，每个人还要给予一万元的补贴。按说这样的报酬就足以让人瞠目结舌了，然而，得到的回答却是索要更高的价码。本次电影节组委会不得不说"不"。

上海国际电影节，不管怎么说，毕竟是中国的节日，人家老外嫌价儿低，不肯来也倒罢了，谁让咱们求着人家了呢？那么就多找几位中国明星呗，关起门来热闹热闹不也挺好吗，何况咱们的明星有好几位，在外国电影节也露过脸，不是也自称为国际影星吗。谁知这国内的"星"们也不是好惹的，没有一定的金钱送到手中，同样也不会轻意地赏脸"放光"，而且据组委会称，这些中国银幕上的"星"们，开价同样是令人吃惊的。这就逼着本次电影节组委会，不得不再次无可奈何地说声"不"。这也就是本次上海电影节"星"少，光辉不怎么灿烂的真正原因。

那么，作为观众该怎样看待这件事呢？首先是觉得非常遗憾，一个电影的节日没有演员参加，无论如何都有点不好说，这就如同给谁过生日谁不来，这场面总要显得清冷；其次是既然人家不来，或者不给大钱不来，那也没有必要低三下四，非得请他们来赏光，上赶着的买卖不好做。从这个意义上讲，这次上海电影节说的这个"不"字，还算是有骨气有志气，正直的观众在遗憾的同时，无不表示由衷的赞赏。只是这样的"不"字说得迟了些，相比之下也说得少了些，否则不会付出这么大的代价。

这些年里，影视歌星备受欢迎，本来是件好事情，这说明群众需要艺术，更给演艺界提供了施展才能的机会。他们在演出时获取一定的报酬，也是无可厚非的，个别艺术精湛者报酬高些也应该。但是有的人却不珍惜这个机遇，在关键的当口总要拿糖、端架子，这就让人觉得不大舒服了。如果把群众比喻为天空，你们这个星那个星的光亮，还不是被天空托着才灿烂，倘若没有天空，再亮，你只能是个地上的香火头，那点光亮连个萤火虫都不如。连这点普通道理都不懂，实在有些可怜。

这次上海电影节敢说"不"，非常好。没有鸡蛋还不做蛋糕?！这次上海就把蛋糕做成了。世界上所有的娱乐形式，首先是要让群众高兴，电影节也应该是这样。少了"星"们的光亮，在不灿烂的夜晚，群众照样乐和一番，我看也不错。以后对于那些拿糖、摆架子的"星"，不管他或她是多大的个头儿，只要出场费漫天要价，就给他们响亮地说个"不"字。我就不信这种坏脾气扳不过来。

2007 年 1 月 29 日

这种热闹凑不得

话剧《于无声处》的作者宗福先同志，最近被发展为中国作协会员，前不久他还被提名为全国青联委员，报刊纷纷向他约稿；不仅如此，各方面邀请他参加各种活动，也已经成为小宗生活的一部分。这些事颇引起我的一些想法。

宗福先是上海市一个普通工人。在粉碎"四人帮"以后不久，他以饱满的政治热情、独特的艺术才能，迅速地创作了话剧《于无声处》，说出了埋在亿万人心中许久想说的话，恰似一声惊雷响彻戏剧舞台。观众和有关部门，对小宗的称赞、奖励、冠以作家头衔，完全应该，无可厚非。这说明党和国家对人才的爱惜，文艺界对新苗的栽培，是一件群众拥护的好事。只要宗福先同志正确对待这些荣誉，必将会把它作为动力，激励自己为人民创作出更多好作品。

令我担心的是，宗福先刚刚踏上文坛一年多，只写出一部比较好的剧本，竟然获得如此大的"厚爱"。有的报刊约他写作品是好事，问题是所写题材他根本不熟悉，这就多少有点让他勉为其难了。有的单位让他去当挂名研究生、委员；还有的单位找他陪外宾……一个普通的青年工人，顿时成了身价百倍的"全才"，几乎到了要找"分身术"的地步，好应付这各种"差使"，其原因就是他写了《于无声处》这部话剧，一夜之间成了文化名人。难怪一位著名戏剧家感慨地对宗福先说："现在这种风气实在不好。你要再写两个剧本，说不定可以当部长了！"

这件事确实值得我们深思。我们不能责怪宗福先。有些单位和个人，错误地把捧场当做扶植，热衷于在某人崭露头角时"锦上添花"，使一些本来有作为的青年，在舒舒服服中垮了下来。试问，当《于无声处》未问世时，宗福先拿给你一部作品（一部略显稚嫩却也闪着才能火花的作品），你会怎样对待呢？我想有的人绝不会如此尽心尽力。我就认识一些业余作者，至今还处在某种困难之中，无人对他们关怀和过问。要是有那么一天，他们的作品惊动世人，我相信也会如宗福先一样走起"红运"来。对于业余作者起步时的关心，远比他成长起来以后的"晋封"更难，也更重要。

当然，我这样说，并不是反对给有成就的人以适当的荣誉，以及让他们参加某些社会活动。作为一个业余作者，吸收他为作协会员，让他写擅长的作品，这都是正常的情况。倘仅仅是慕其名而使他勉为其难，那就实在不应该了，这种热闹实在凑不得。

老作家茅盾同志曾热切地希望，中国出现更多的鲁迅和郭沫若。从这个意义上来说，如何正确地培养扶植业余作者，就更成为我们亟待考虑的课题了。

1979 年 3 月 7 日

还是"开卷有益"

这篇短文的题目，是"偷"廖沫沙同志的，权且作为己有。事情是这样：去年秋天，我去找廖老约稿，请他写一篇杂文。廖老想了想，说："写什么呢？我看还是'开卷有益'，就写这个题目吧。"后来因有了别的题目，他便把这个放下了，而我却从此记在心里，并不时萌发出一些想法。

众所周知，廖沫沙同志和邓拓、吴晗两同志，因为读书，写文章，在文化大革命开始时，曾首当其冲被讨伐，结果邓、吴两位受尽种种折磨而含冤离世，廖老虽幸存却也身体欠佳。这样一位劫后余生的老人，不记前车之鉴，仍然"顽固"地坚持嗜读书，而且仍然"顽固"地认为有益，这就不能不引人注意，更不能不令人思考，问一问道理在哪里了。

人们不会忘记，在"四人帮"逞凶的 10 年间，在我们这个文明古国里，读书一时成了罪过，读书人成了十恶不赦韵罪人，人们大有谈"书"色变之势。那时，不论出于什么目的，只要你一提读书，就把你同做官联系起来，于是，真的像斗"当权派"似的，把你好好地"触及"一番，可是在更多的人眼里，读书岂止无用，简直是大害。君不见那时节，多少人含泪烧掉过去省吃俭用买下的书，多少人以不读书的"洁民"为光荣，现在有些青年深感自己知识不足，正是那时患下的"贫血症"，可以说是当时的社会病。

书，到底是什么呢？原谅我无能力概括论之，但有一点我还清楚，在一定程度上，书是前人生活和知识的结晶，除极少数的，绝大部分书可给人以思想启迪和精神营养这一点至少不会全错。廖沫沙同志所说的"还是开卷有益"，我想总不会排斥这个意思吧！

要是这样说还有点道理的话，那么，在今天不是更应该提倡认真读点书吗？今天上了点年岁的人，过去也许读了点书，那也大都是马列的基本著作，专业书籍却很少摸，在今天还是有必要补上这一课，以便适应新的发展形势；今天有的青年同志，由于年少时处于视读书如洪水猛兽的时代，除了会背诵几句实用的语录，大概连马列的书也未认真读过，专业书籍就更排不上了，今天更有必要马列、专业书籍一起读。

认真地读点书吧！这是时代的要求，个人成长的需要。相信廖沫沙同志——这位因读书著文逢难而不渝的读书人的话吧：还是"开卷有益"！

1980 年 2 月 16 日

说说杂文

做报刊编辑时，总有许多年，负责杂文稿件。杂文读得多了，久而久之，就喜欢上了杂文。认识了几位杂文大家，受他们的影响和启发，渐渐地学习写点杂文，但是，终因读书不多知识浅薄，对于自己的写作总是缺乏信心。却又不忍停下手中的笔，几年下来，竟然集成一册十多万字的书，这就是我的第一本杂文集《岁月忧欢》。写作的人最大的愿望，就是能够把文章出版成书，我就是受此书出版的鼓励，其后更加起劲地写作杂文。

早年曾经尝试着写过诗歌，后来又一直学习写些散文，尽管都未成什么大的气候，但是也没有操过太大的"心"。写作杂文则不然，在知识的积累上，在文字的磨练上，都得下大的功夫。有次跟一位老杂文家聊天，说到稿费的标准，他调侃地说："写小说，搂搂抱抱一亲吻，一两千字出去了。写杂文，别看只千八百字，得调动多少知识啊。"就我个人的观察和体会，还不只是知识和文字，杂文作者尤其需要思想。在过去历次政治运动中，挨整最多的就是杂文作家，原因就在于他们的思想，仅以我目前记忆所及，如吴祖光的《将军失手丢了枪》，如费孝通的《知识分子的早春天气》，如邓拓的《三个鸡蛋的家当》，这三位前辈作家的因杂文罹难，绝对不是因为文字如何，而是他们文章的思想内容，触犯了当时敏感的政治神经。这正是杂文的可贵和可怕之处。当然也是读者喜欢的所在。

关于杂文写作的方法，读书多有学问的作者，文章大都是以古论今，表达思想的同时传授知识，这好像是杂文写作的正宗。只是闹不好会有"掉书袋"之嫌。我没有认真地读过书，各方面知识都欠缺，自知不具备写作功力，倘若勉强地引证点书本，好像也不是绝对不可能，却又怕闹不好会出笑话，反不如来个本色现身踏实。再说，人分等次，物有类别，读书少的人，总也得说话，自己这样一想，就也泰然处之了。没学问就是没学问，绝不装"大尾巴鸡"，倒成了我杂文的特点，所以要跟读者说清楚。

写作杂文，除了可以说点想说的话，更可以规戒自己的行为，因为杂文大都针砭时弊，痛斥别人屁股不干净，首先得自己不尿裤子，不然未下笔就会手颤。有些杂文作者出身的官员，即使不是"一身正气，两袖清风"，起码也不会沦为"下三烂"。不信你就挨个数数看。经常读读杂文，心灵就会净化；经常写写杂文，境界就会提升。这是我多年编杂文写杂文最大的感受。

2008 年 8 月 26 日

聊天儿出杂文

在允许人们说真话的年代，我先后主持过《工人日报》副刊，《新观察》杂志的杂文栏目，有幸结识了多位当代著名杂文作家。作为杂文编辑我一直认为，倘若不与作者建立真诚、信任的亲密关系，要想办好杂文栏目这是很难想象的。谁都知道，比之小说、诗歌、散文等文学形式，杂文反映生活现象更迅速更直接，这样也就给报刊杂文编辑提出了个问题：如何紧密联系作者？如何迅速组织稿件？我在担任杂文编辑时，常常为此事苦恼；而当顺利解决之后，又感到莫大欣慰。

记得是1978年秋天，《工人日报》副刊开辟《周末杂谈》专栏，领导让我主持，我便给刚刚在报上露面的老杂文作家廖沫沙同志写信，请他为这个栏目写些文章。没过几天，廖老来了信，说他正在住院，约我去聊聊。在北京市朝阳医院的一间病房里（更像廖老的书房，窗台、茶几、床头，堆放着各种书刊），廖沫沙——这位劫后余生的老人，跟我诉说着他在"文革"中的遭遇，同时向我询问社会上的种种情况，唯独不提为我们写文章的事。

廖老是位知识渊博、阅历丰富的健谈长者，他的"话匣子"一打开，我很难插言，一时无法说明我的来意，很是着急。正在我感到为难的时候，廖老突然改变了话题，说起他与邓拓、吴晗写作《三家村札记》的情况："当时，我们三个人，都身兼要职，工作忙，时间少，只能抽暇在一起聊聊天儿，从聊天儿的内容里找出题目，然后确定谁写什么。那些杂文，许多是聊天儿聊出来的。"哦，这时我才茅塞顿开，忽然领悟到，原来廖老并非完全闲聊。他是想让我从他谈话的内容里，确定请他写的合适的文章；他也想从我讲述的社会情况里，寻找出他合适的文章题目。后来见他寄给我的一篇杂文，里边谈及的有些内容，正是我们那次聊天儿聊的。这是一位多么聪明、机智的老人啊！

俗话说，听君一席话，胜读十年书。廖沫沙同志的这番话，对我的工作有很大的启发。在我主持《新观察》杂志杂文栏目时，时不时地邀请一些杂文作家，凑在一起天南地北地聊大天儿，从聊天儿的内容中确定选题，就是从廖老那里学来的方法。

在北京的夏衍、廖沫沙、唐弢、宋振庭、蓝翎、邵燕祥、刘征、舒展、谢云等杂文作家，以及一些中青年杂文作者，都曾参加过《新观察》杂志的杂文作者座谈会、茶话会、选题会等活动，大家边聊天儿边确定写作题目，既互相启发又互相促进，效果非常好。后来又请来漫画家丁聪、方成、王乐天、李滨声、江帆、徐进、毛铭三等与杂文作家一起聊，有时当场定文定画，保证了《新观察》杂文版的图文并茂。

现在，由于工作的需要，我离开了编辑岗位，再无机会跟杂文作家打交道了，但每次与一些熟悉的杂文作者相遇，回忆起这些年来的交往，我们依然感到十分亲近。在廖老启发下举办的这种杂文作者的聊天儿会，不仅使我们及时地约到了一些杂文佳作，而且沟通了作者与编者的思想感情，建立了真诚的友谊，以至于在我离开编辑岗位以后，有的杂文作者还把我当做老朋友，丝毫没有那种庸俗的"利用"关系。

这几年的杂文创作日渐繁荣，各级报刊大都辟有杂文栏目，还有了《杂文报》、《杂文界》专门报刊，这说明杂文的影响和作用，正在我们的生活里形成和发挥。我把自认为可行的联系作者、组织稿件的方式，写出来供杂文编辑工作参考，以便让更多的来自生活的杂文，不时地出现在报刊上。丰富多彩的生活，心情舒畅的环境，使人们有可能无拘束地聊天儿，在聊天儿中一定会有好杂文问世，同时也会涌现出新的杂文家。我热情地期待着。

1985 年 3 月 18 日